北平双探

叶遁◎著

时代文艺出版社

图书在版编目（CIP）数据

北平双探 / 叶遁著. -- 长春：时代文艺出版社，2024.1
　　ISBN 978-7-5387-7343-9

Ⅰ.①北… Ⅱ.①叶… Ⅲ.①长篇小说－中国－当代 Ⅳ.①I247.5

中国国家版本馆CIP数据核字(2023)第230993号

北平双探
BEIPING SHUANGTAN

叶遁　著

出 品 人：吴　刚
责任编辑：卢宏博
装帧设计：任　奕
排版制作：隋淑凤

出版发行：时代文艺出版社
地　　址：长春市福祉大路5788号　龙腾国际大厦A座15层　（130118）
电　　话：0431-81629751（总编办）　0431-81629758（发行部）
官方微博：weibo.com/tlapress
开　　本：710mm×1000mm　1/16
字　　数：443千字
印　　张：32
印　　刷：三河市万龙印装有限公司
版　　次：2024年1月第1版
印　　次：2024年1月第1次印刷
定　　价：59.80元

图书如有印装错误　请寄回印厂调换

自　　序

2019年底，我在医院的病房里住过七天。

同屋的是一个急性心梗患者，抢救过来以后，从早到晚输液。

他六十多岁，面糙，五大三粗，说话声震屋瓦，骂护士时怒目圆睁，嘴里头能塞下装着500毫升葡萄糖液的玻璃瓶子。他自称有五十多年烟龄，没"梗"之前一天三包红梅，酒也喝，但没有烟凶，散篓子一顿半斤八两。

他给我讲年轻时在钢厂与人械斗的事情，也会突然吼起《咱们工人有力量》，牛拉犁似地使劲儿；歌词是一句不落，械斗讲到关键处却戛然而止。下钩子——求我帮他搞烟，没有烟，酒也行，对着头顶上的吊灯发誓出了问题跟我无关。

我不敢冒失，婉言拒绝。

护工着了他的道儿，弄来烟酒，他兑现承诺，讲完后半段，手抖得哒哒直响。

女儿闻讯赶来，叱他作妖找死，命他好自为之；他没心没肺，替护工说情，发誓只要不换掉人家，出院之前保证不再碰烟和酒，还是对着头顶上的吊灯起誓。

女儿来去匆匆，临走时有话留下，已订好去国外度假的机票，放他在北京的家里过年。

两天后，家乡的老伴儿赶过来，他不避我，抱着面相和善的妻子号啕大哭。

他说不想在北京过年，这里没有老哥们儿，孤零零的，还不让放呲花，你又盯着我，无烟无酒无氛围。妻子说没关系，能走走就好啊，北京这老些名胜古迹……

能走走就好啊。

接下来爆发了新冠疫情。

环境的变化让这句平常无奇的话显露出深意，不时蹦出我脑海，就像手机里设置的运动提醒。这应当是新篇的契机，念头一出，"纸上巡礼"四个字"咣当"撞在心坎上。

没怎么犹豫，我就选定1936年的北平作为小说的背景。

1928年，北伐战争取得胜利，国民政府迁都南京，北京改名"北平"。从这一年6月初，盘踞在北京的北洋政府里的最后一位实权者张作霖及其国务总理潘复逃走，直到1937年卢沟桥事变之后，宋哲元率部撤离，北平沦陷为止，学人邓云乡先生将这一特殊历史时期的北京称为"文化古城"，他在《文化古城旧事》的开篇写道：

> 北京改名"北平"，这其间，中国的政治、经济、外交等中心均已移到江南，北京只剩下明、清两代五百多年的宫殿、陵墓和一大群教员、教授、文化人，以及一大群代表封建传统文化的老先生们，另外就是许多所大、中、小学，以及公园、图书馆、名胜古迹、琉璃厂的书肆、古玩铺等等，这些对中外人士、全国学子，还有强大的吸引力……凡此等等，这就是"文化古城"得名的特征。

纸上巡礼的目标，正是这样一座旧都。

新的问题：跑北平的动力是什么？或者说，是什么样的"热源"可以把跑北平这桩事变成永动机？

在浩如烟海的都门史料里，一则趣闻引起了我的注意。

陶然亭水怪。

事发1894年春，城南陶然亭的苇塘里传来怪叫，周边居民受惊，谣言起，称有水怪潜藏其中。官军奉命捉拿，搜索甚勤，一无所获。不得已，内务府遣道士设坛驱邪，数日后，怪叫销声匿迹。岂料1916年夏，怪叫再次响起，轰动一时，观者数以万计，这一回官军不负众望，他们在苇塘里发现了一个大鸟巢，鸟被惊动，怒鸣飞起，遂被子弹击落。这只怪鸟"比大雁脚高，长嘴，很像鱼鹰，原是一种珍异的水鸟，而且可能是候鸟，习惯于春夏之间来陶然亭苇塘中栖止，可能正是求配偶时期，所以发出响亮的鸣声……"后来，这只怪鸟被制成标本，以"稷园四异物"之一在中央公园（中山公园）陈列展出，邓云乡先生自称年轻时亲眼见过，撰文收录在《宣南秉烛谈》一书当中。遗憾的是，这份标本后来下落不明，当代学人只能凭借诸如此类的描述，推测这可能是一只夜鹭，也有人认为是鹈鹕或大麻鳽，众说纷纭，不一而足。

我更关注的是1894和1916这两个年份。

前者岁在甲午，锐意革新的光绪皇帝极力主张对日作战，结果北洋水师全军尽墨，割地赔款，日本一跃成为亚洲强国。后者是袁世凯暴毙的年份，这位只做了83天皇帝的复辟者因为一己私欲，引发了严重的金融风暴，经济秩序大乱，民不聊生。

有意思的是，作为主宰两个时代的风云人物，光绪和袁世凯的关系十分微妙。光绪认定是袁世凯的出卖导致维新变法失败，戊戌六君子喋血菜市口，他被囚于瀛台。而依靠告密建功的袁世凯，却在血腥的政变之后得到慈禧太后的信任,地位扶摇直上,声势日炽,逐渐登上权力的顶峰……

这些赋予了"陶然亭水怪"强大的张力,使之作为"热源"的功能性不言而喻。

于是,我有了大胆的设想:在"文化古城"阶段的末期,日寇兵临城下的危机时刻,如果陶然亭第三次出现"水怪",会引发怎样的连锁反应?

我想,那将是一幅逼真的民生百态画面,届时,邓云乡先生所罗列出的构成"文化古城"的所有元素都将不期而遇,并且最终拼凑成一卷旧京版"清明上河图"。

要完成这项使命的是两个年轻人。

作为本书的主人公,陈鸳桥的身份是办报的记者,顾随则是侦缉队的警探。他们的性格一个豁达乐天,好奇心重,热爱生活;另外一个耿直孤傲,嫉恶如仇,身上没有半点儿烟火气息。让这样两个人一起跑北平,出发点是希望呈现出"文化古城"的两个世界。

这想法的根源,在于一个有趣的经历。

过去,地坛公园每年都会举办两回持续十天的书市。那是爱书人的天堂,我总会想出各种理由翘班,徜徉于书海,乐此不疲。后来不知什么原因,书市的地点改在了朝阳公园,规模也每况愈下,渐成烤串庙会。对此我生出一些感叹,以为地坛已经成为一种符号,尤其在爱书人的心目中——谁没读过史铁生先生那篇名气足够大的《我与地坛》呢。但听过我的意见,一位年长的爱书人笑着"哦"了一声,他说,自从书市不在劳动人民文化宫举办,改在地坛公园以后,我就再也没有去过。

劳动人民文化宫,位于天安门东侧,原是明清两代皇帝祭祖的太庙。

然而,两个平行"文化古城"的呈现,却并没有想象中那么容易,甚至因为陈鸳桥的兴趣广泛以及那张爱吃的嘴,一度变成了美食日志和风物考略。这样的铺陈就像一条河流分出许多岔道，极大地破坏了我作小说向来秉承的快节奏。刹车，转向，必须要让顾随眼中的世界丰富起来，这样才不至于前功尽弃。只是，我忽略了最为重要的一点，城与人之间存在互动交融，人与人之间也有感情纽带。随着与陈鸳桥的交集，顾随与作者的关系变得不再紧密，他甚至已经厌倦了作者的指手画脚，急于跟他的伙伴去热爱生活了。

两匹脱了缰的小马……

文章千古事，能写出来是一回事，读者认可是另外一回事。类如自己的小孩，从哪个角度评价，都不免有失偏颇，一叶障目——可一叶也能知秋呀！唐人有诗句："山僧不解数甲子，一叶落知天下秋。"我生逢甲子年，父亲给取的本名里有个"秋"字，这当是我以"叶遁"为笔名的注脚之一。

陈鸳桥的名字，参考的是鸳派作家范烟桥，老先生一辈子著述甚丰，可惜我几乎没怎么读过。喜欢他，是因其年幼时厌恶经书而钟情弹词和小说，为了不给父亲发现，只能早晚间偷读于枕边。长大后，这位因用眼不当造成近视总是戴着墨镜的文人，给自己取过一个很酷的别号，叫做"愁城侠客"——文人皮，武人骨，这很陈鸳桥。

驼庵先生是文史大家，出类拔萃的弟子众多，邓云乡、周汝昌、叶嘉莹……还能数出长长的一串来。他讲诗，不重理论分析，重感受，三言两语，零金碎玉。我见过一帧他与友人的合影，面有锋芒，身形削瘦，穿长衫，持礼帽，手悬杖，傲然之态深具武人风范。他姓顾名随字羡季，驼庵是别号。

在写这篇序言之前，我平生第一次去了陶然亭。自1952年开辟成公园以来，这里经过全面整修，已经成为一座新型城市园林。昔日荒草丛生、鬼火摇曳的苇塘，现在是受保护的市级湿地，湖水清澈见底，垂柳的倒影清晰可见。拾级而上，来到窑台茶馆，小院里摆着两块图文并茂介绍茶馆沿革的展示牌，黑框、白字、红底，可能是被阳光晒得久了，突起了许多不规则的小鼓包。两位年长的斯文人从茶馆里走出来，他们彼此挨得很近，话声也弱，但我还是听到了一句"到底是失了味道呀"。

我想他们指的绝不是茶馆里卖的茶水。

但——

能走走就好啊。

2023 年 3 月 14 日

目录

第 一 章	陶然亭水怪	001
第 二 章	郎各庄请鹰	010
第 三 章	狐魇窦三姑	020
第 四 章	龙泉寺囚徒	030
第 五 章	白米仓旧窖	040
第 六 章	夤夜驱妖猫	050
第 七 章	神跤斗京华	060
第 八 章	赵子玉款识	069
第 九 章	浩荡青冥白	079
第 十 章	郎八通脱眉	088
第十一章	永定河秘辛	098
第十二章	新世界疑云	108
第十三章	琉璃厂钩沉	118
第十四章	宝刀与笺谱	128

第十五章	九龙琉璃壁	137
第十六章	丹青曼陀罗	147
第十七章	紫禁城寻迹	156
第十八章	大觉寺忆往	167
第十九章	四宜堂述奇	177
第二十章	混同江石砮	187
第二十一章	红袖献秘策	196
第二十二章	蜃气何所破	204
第二十三章	蛊毒出南洋	213
第二十四章	魃鬼生东海	222
第二十五章	只影向西山	231
第二十六章	迷踪逐北辰	240
第二十七章	听风逛柳獾	250
第二十八章	神獒巧御敌	259
第二十九章	戒坛牡丹院	268
第三十章	针尖对麦芒	277
第三十一章	南柯梦一场	287
第三十二章	胆行白米仓	296
第三十三章	群英会鼠魃	305

第三十四章	萃锦繁华短	314
第三十五章	香灯氤氲长	324
第三十六章	金陵有客来	335
第三十七章	五兵蚩尤车	344
第三十八章	柳树井灶庙	353
第三十九章	再向陶然行	363
第四十章	饮冰血难凉	373
第四十一章	恨别鸟惊心	383
第四十二章	走马卢沟桥	392
第四十三章	土御门算砂	401
第四十四章	渡河采异草	410
第四十五章	葬身十八蹬	420
第四十六章	观颐斋陈情	430
第四十七章	盛夏访蠖园	440
第四十八章	黄沙涨满天	451
第四十九章	烂柯争锋记	461
第五十章	仗剑风萧萧	471
第五十一章	河山一局棋	483
第五十二章	春明梦余录	493

第一章
陶然亭水怪

将团粉灌入猪肠,以快刀切成薄片,放在平底铛上半烤半爆,待表层焦黄,蘸着盐水蒜泥,用竹签子扎着入口,咬下去,"咯吱"一声,再一嚼,外酥里嫩。

这种叫灌肠的小食,是北平特有的气息,也是庙会上不可或缺的风味。

西城粉子胡同有一爿铺眼,外无招幌,内无座位,却是除去庙会上,吃灌肠的最好去处。早年间,爆灌肠讲求用猪大肠熬出的油,取其味道浓腴诱人,可这铺子的掌柜顶会推陈出新,用马油替代猪油,口感更为脆爽。吃罢一盘,再叫上一碗烫舌头的棒糁儿,捧碗缩颈而饮,额头起了汗珠,整架身子都透着舒坦。

陈鸳桥早就知道这地方,自打决定回北平办报,他就想着逮个机会去解馋。只是为报馆选址,颇费了一番工夫。《异报》这个名字,他在北上故都之前就已经想好,取异者非同寻常,更兼怪力乱神之意。既如此,这馆址就不可马虎,须得有所呼应才是。

选来选去,便选中了石碑胡同。

北平时候,市井有"四大邪地"之说,闲人编了顺口溜,是为"虎坊桥夹道，柳树井灶庙，白米仓旧窑，石碑胡同奈何桥"。这石碑胡同本是处繁华之所在，但随着"国府南迁"而衰败，屋漏偏逢连夜雨，异事也是一桩跟着一桩。

先是一家叫云巧斋的冥衣铺，掌柜不知怎的被斩掉了脑袋。警察遍寻两日不见，第三天却接到报案，说是一宅门人家扫墓祭祖，竟发现一个纸人上，插着一颗血淋淋的人头；而那堆要烧掉的纸马纸人，正是从云巧斋订制……

过不多久，又有人在一个雾夜撞了邪，就是走不出胡同，呼天喊地了一通，腾地看到十几个红毛小鬼来到近前，不由分说拆骨架桥，每拆身上一骨，便吱叫一声：撞邪人共听到三百三十三声吱叫，再看那"骨桥"已经搭好，战战兢兢往上走，耳听着脚底嘎巴作响，约有一刻钟，方才下得桥来，茫然四顾，已然身在巷外……

彼时，北平的小报将此事描绘得十分详尽，还附有撞邪人两寸免冠照片一帧。

自此，石碑胡同人人谈之色变，周遭房屋的赁价，也就一截儿一截儿地短。房主自是叫苦不迭，可却无意间成全了陈鸳桥，他只用了市价的三分之一，便赁下了云巧斋，并在当日就挂上了"异报"两字的匾额。

这天开设报馆的杂事总算忙得七七八八，陈鸳桥按捺不住便叫了洋车，沿着石碑胡同向南，拐到绒线胡同往西，到了西单北大街再一直奔北，快到缸瓦市的时候，那粉子胡同也就抬眼可见了。

一进胡同，灌肠的味道便钻入鼻孔。陈鸳桥舌底生津，三步并作两步，想着上回吃灌肠，还是在数年前蟠桃宫庙会上，如今已是而立之年，禁不住暗叹时光易老。

胡同里招幌遍布，买卖铺子甚多。

名为"洪桥王"的羊肉床子门口，队伍排出去老长，手里提着盆碗的吃主儿们前腔贴后胸，一边蹭着碎步，一边聊得热火朝天。陈鸳桥想找个宽敞些的人缝钻过去，试了几回都没成，正要挑个好面相道声"劳驾"，但见队伍末端有两人起了争执,他好奇听了两耳朵,便不由自主停下脚步。

——两天前,陶然亭的苇塘里冒出一只水怪。

其中一位称,那水怪甚是骇人,身似蛟龙,眼如铜铃,张嘴一叫好比震天雷。若问其由来,正是出自京师万牲园。那万牲园建于清末推行新政之际,当时出洋考察成为时髦,一个叫端方的大臣为哄慈禧老佛爷开心,花费白银三万两买来一批珍奇异兽。其中当属澳洲鸵鸟和美洲大鹅最为名贵:前者虽只有三趾,但跑起来快似闪电;后者凶悍不比寻常鹅类,即便恶雕与之斗法,一时也难分上下。而这陶然亭水怪,便是两者杂交而成的异种——否则,又怎么能够轻而易举将两名警察掏出心肝,肠子扯了一地?

另一位辩驳道,杂交异种纯属子虚乌有,万牲园早因经费不足而衰败,动物们病的病死的死,甭说澳洲鸵鸟和美洲大鹅,张家口的大尾巴绵羊都剩不下一只。陶然亭水怪既能瞬间伤人性命,想来绝非凡间之物。听闻前几日北新桥有一口枯井泛出异水,那水湛蓝黏稠,微有腥味,触火即大燃。当日有一位白云观道士正巧路过,言称此为海中巨蛟之油脂,而那口枯井正是海眼之所在。众人闻之,忙以巨石瓦块填井,不料还未将枯井填平,就觉脚下震动不止,跟着一声爆炸,乱石迸裂,浆液四溅。只见一庞然大物浑身黑须,张牙舞爪,啸叫三声,直向宣南方向飞去……

"洪桥王烧羊肉!肥嫩香烂!入口不腻!西半城头一处!"随着几声老腔,满锅的烧羊肉置在精光瓦亮的大铜盘子上,肉气扑鼻而来,香味四射。

那因陶然亭水怪争执的两位,顿时瞪大了双眼,各自抻脖张望,生怕一个不留神,大铜盘子里的烧羊肉会长出一双翅膀飞掉。

有吃主儿拍了拍陈鸳桥的肩膀,他这才察觉自己一直没挪动地方。

陈鸳桥撤出长队,一边掉头快步向来路奔去,一边似有所思;此时一辆洋车从身边经过,他叫住车夫,跳上车去,道了一声:"劳驾!宣南陶然亭，要快！"

洋车在西单北大街飞驰，直奔南城方向。

陈鸳桥一颗心脏"怦怦"乱跳，道路颠簸，加重了这份激动，竟让他的脸膛看起来比车夫还要透红。但此刻他已顾不得失态，满脑子都是《异报》的版面……

陈鸳桥要在《异报》的创刊号头版上，详细报道陶然亭水怪的来龙去脉！

做出这个决定，固然与报人捕捉时事热点的敏感密不可分，可在陈鸳桥内心深处，他更渴望的是探求一份真相：究竟……这陶然亭为何会三现水怪？

——陶然亭确曾还闹过两回水怪。

光绪甲午年（1894年）四月间，南下洼一带的居民常会听到一些瘆人的叫声：由黄昏落日时响起，时断时续，及至子夜骤然加剧，待到拂晓天明，又归于寂然。

起初，人们以为是"妖猫闹春"。

这南下洼与八大胡同相距不过七八里路，后者是京师人尽皆知的风月场，鼎盛之际可谓之日日车水马龙，夜夜笙歌不断。人道是"千金一掷为红颜"，可即便是绝世美人，到底也有年老色衰那日，任谁也不可逆转。这命好的妓女，撒手人寰之际尚有副棺材下葬，可那些命薄之人呢？苇席一裹，就近拉到南下洼埋掉了事。

死人埋得多，就成了乱葬岗。

于是，无主的尸骸、横死的过客、死猫烂耗子也便通通在此料理了。

因为阴气过重，四围八方的住家便日渐稀少；至于那些实在挪动不起的穷门寡户，以及从别埠辗转到此的游民，也就只好多往白云观跑两趟，求几道符箓庇佑出入平安了。

也不知从何时起，那些荒坟烂冢开始有野猫出没：起初也就三五七只，可是短短两三春光景，它们便开始成群结队，一发不可收拾，非但将周遭的老鼠清剿得半只不剩,就连凶横的恶狗也不敢轻易近前。

四下的住户厌其可恶,便制作了猫夹大肆捕杀;又见那野猫十分肥腴,索性剥了皮炖煮解馋。可也是奇了,吃过猫肉的人个个浑身酸软无力,如同醉酒一般不省人事。两三日后虽恢复了意识,但浑身上下处处淤青,时而隆起大包,时而有吱吱异响自皮下传出。待到五六日后,食猫之人已面无血色,身上淤青变为绛紫,那皮下异响也愈发强烈。而到了第十日,食猫之人的身子便开始爆炸,每炸一处,必溅出一股黑雾,如此炸遍全身之后,食猫人方才咽了气息,剩下一堆血肉模糊的肢体……

出了这档子邪事,当然再也没人敢吃猫肉了。

可那些野猫却似被惹恼了一般,见有人靠近必然龇出尖牙,面露恨意。那猫眼里仿佛藏着两把嗜血的利刃,只消轻轻挥动,来者便会横尸当场!

妖猫之说由此传开。

傍到来年春天,那些野猫仿佛是在呼应这种说法,日落之后便整宿瘆叫不止;尤其是午夜时分,那叫声随风飘荡,层层叠叠,密密麻麻,直叫人不寒而栗。因此一到了三月间,南下洼的居民总得叹息一声:"妖猫又要来了!"

当人们发现这声音并不是妖猫所为时,是在怪声响起的两三天之后。

平日里鲜少有人光顾的南下洼,开始出现陌生的面孔。他们无一例外都奔向陶然亭的那片苇塘,就像在寻觅什么奇珍异宝。

水怪出没陶然亭的消息就这样一传十,十传百,不消几日便笼罩了整座京城。

各种猜测纷繁而起。

有言此为老岁刺猬作怪——民间谓刺猬为"白仙",常在家中角落供奉以求平安,传闻活过八十载的刺猬可仿人咳嗽之声,日夜练习与常人无异后,便可得道成仙。又有人称,此乃灵鼍褪甲之吼声。那灵鼍本栖息于颐和园昆明湖中,每隔三十年有一次褪甲,因褪甲痛苦万分,犹如女子分娓，所以灵鼍往往在地下四处打洞冲撞，直到力不能支，方才就地褪去身外之甲，每褪一块，便大吼一声……更有甚者，直接将水怪杜撰为牛头蛇身，不但绘图于报端，还取了一个"大老妖"的名字。

谣言袭入京城各处，即便紫禁城的铜墙铁壁也未能将之阻遏。

光绪皇帝急遣翁同龢前往查探。不料这位博闻强记的帝师，竟给出了与谣言相差无几的答案，断定那怪叫来自于鼍吼。皇帝显然不满意这种结果，于是再派步军统领福锟办差，定要将此事查个水落石出。

武将毕竟不同于文臣，做事讲求"深知此事要躬行"。为免当真有魑魅魍魉作怪，福锟率禁军前往陶然亭之前，还调来了神机营的几十名枪手和三门阿姆斯特朗重炮。当时清廷各部受洋务运动所惠，尤其是神机营，长枪换了一茬儿，崭新锃亮；火炮更是威力无比，炸天炸地。有如此先进武器助威，福锟意气风发，心道就算那物真是牛头蛇身的"大老妖"，也定会将之打成竹筛，再轰它个稀巴烂。

到得陶然亭后，福锟立即调配出一支敢死队伍，他们由先头的伐苇士兵和尾随的神机营枪手组成。恐在除妖过程中伤及无辜，福锟又命一队人马排成人墙，将围观的百姓们通通拦在苇塘之外。

诸事准备停当，福锟这才下达了号令。

士兵们出身禁军，个个武艺高强，训练有素。只见他们配合默契，一边伐苇，一边深入塘内，但凡哪处有一丝异动，先头的伐苇兵士必定匍匐在地，而后边的枪手便齐刷刷跪地射击，一时间子弹鱼贯而出，枪声响彻长空……

如此亦步亦趋放了三轮火枪，本以为那水怪已经毙命苇塘，但想不到的是，此物叫声比之从前更加气定神闲，直叫在场围观的民众面面相觑！

见此情景，福锟也犯起嘀咕：莫非这水怪真是什么灵物，有刀枪不入之本领？

不如向圣上回禀，从长计议……

只是，众目睽睽之下，倘若就此偃旗息鼓，天威何在？

略一思量，福锟便改了主意。他撤回敢死队伍，命炮手将三门火炮对准苇塘，欲对水怪施以重击……

寻常百姓哪里见过这番阵仗？于是人群中立即爆发出一阵骚动，"呼啦"的一下子往前涌去，直将一干维持秩序的禁军撞倒在地。

那些禁军平日里耀武扬威，岂能容许这等事情发生，于是跳起身来，对着越界的民众便是一通拳打脚踢，噼里啪啦了好一阵儿，秩序方才恢复如初。而在此期间，炮手们已经调整好火炮的发射角度，只等福锟一声令下了。

福锟望着这三门铸造于江南制造总局的超级重炮，它们的威力十分骇人，贯穿十二寸的铁甲不在话下，射程更是可以达到二十四里。那么，就来看看这水怪的皮囊到底厚不厚得过十二寸吧！

然而，围观民众并没有等到福锟的号令。

在一万多只眼睛的注视下，只见他带领一干禁军迅速撤离了陶然亭。

当天下午，城内贴出以巡城御史之名发布的告示，这纸布告行文十分啰唆，反复都在强调一个事实：陶然亭苇塘里并没有水怪，至于那扰民的叫声，则是有人藏于其中戏吹鸣角。就在布告贴出后不久，京城多处杂货铺就遭到全面清查，差役们只要搜出鸣角，不论材质，不论工艺，不论大小，不论长短，通通就地击成渣滓。一时之间，满城都在挥动着铁榔头，"叮当"的敲砸声一直持续到黄昏落日。

铁榔头击破了万千鸣角，但并没有击碎京师百姓心头的疑虑。尤其是当晚陶然亭竟被重兵包围，这更加让人们笃定，此事绝非布告所言那般简单——说不定那水怪当真是牛头蛇身的"大老妖"，竟连阿姆斯特朗重炮也无法将之摧毁，因此，步兵统领福锟这才不得已鸣金收兵。

如此猜想，在两天后有了石破天惊的佐证。

有个热衷此事的流民，于黉夜时分亲眼见到，在内务府官员的引领下，一位浓眉大目的道人进入苇塘。之后他溜过岗哨，见那道人设坛施以厌胜①之法，便记下了道人的模样。这流民平日无所事事，游手好闲又喜神侃胡聊，逢人便讲那晚所见，还言之凿凿地称，他已查出那道人所在，正是隐于旸台山大觉寺旁。没想到当真有人前往旸台山求证，见那道人模样与流民所述相差无几，这才知此事不假。

彼时石版印刷风行，于是坊间迅速以此为蓝本，炮制出大量秘本小说，并配以种种令人咋舌的水怪插图。这些图画在反复的拼接和夸张后已然变得面目全非，样式足有百十种之多，流传的速度更是如同江河决堤一般。

许是那旸台山老道的厌胜之术当真立竿见影，又或是水怪经不起被人一再篡改面目，总之不久之后，苇塘里便再也没有异响传出了。层层把守的重兵也于一夜之间消失不见。这时人们搭帮结伙深入苇塘，只见内里的一处地方面目全非，显然是被撤离的士兵们才翻新过不久。这再一次加剧了人们的狐疑：紫禁城到底在掩饰什么？

人们绞尽脑汁地希望窥得其中真相，但紫禁城却始终沉默不语。

寒来暑往，物换星移。不觉间二十余载已过。

其间清室崩塌，民国建立。政权更迭之际，民生凋敝，百姓苦不堪言。

就在人们无暇再忆及此事之时，陶然亭的苇塘里却又一次传出怪叫。但与二十余年前有所不同的是，这一回袁世凯当局干脆利落，派出了一个营的陆军杀入陶然亭，几乎没费什么力气，便在苇塘之中找到一只大鸟，并当机立断将之击斩。后经万牲园方面证实，此鸟名为大翅夜鹭，当属十分稀见之水鸟……

倏忽间二十个春秋又过，而今陶然亭三现异鸣，难道仍是那大翅夜鹭所为？

只是，在"洪桥王"羊肉床子门口，那争执的两位红口白牙，言之凿凿已有两名警察因此丢掉性命，这显然并非一只水鸟能够办到……

陈鸳桥一路思虑，猛地抬眼，发现此刻已行至粉房琉璃街。他向车

---

① 厌胜：指压制鬼怪的巫术。

夫道了一声"劳驾",催促之语还未出口,那车夫便骤然加快了脚程。

出了粉房琉璃街,眼见着人家开始寥落,道路也跟着颠簸不堪。

时值初夏,太阳虽不甚毒烈,但打从粉子胡同一路奔来,却也真得有几分耐力撑着。陈鸳桥见那车夫汗如雨落,心下不忍便叫住了他。那车夫面带愧色,头也不抬,再三请陈鸳桥多多包涵,称只需喘息片刻就好。

陈鸳桥四顾周遭,只见密密的芦丛绵延远去,望不到边际:"不必再行,我走过去便是了。"他说着跳下车来,一边将车资递给车夫,"多给你加一毛,天热劳苦,去喝一碗信远斋的酸梅汤吧。"

那车夫点头如捣蒜,陪在陈鸳桥身边踱着碎步,不肯掉头离去。

要知当时的北平,一角钱相当于二十三个大铜元,坊间俗称"大枚"。只要三大枚,就可以买来一套软香可口的烧饼果子;若是再添上七八大枚,便可以割一斤五花肉,白煮后切成透着亮光的大薄片,蘸了料汁儿,好生吃一顿那应了节气的"蒜泥白肉"了。

那车夫再三谢过之后,又问陈鸳桥何时归城,是否需要等候。陈鸳桥不知此行会耽搁多久,便客气地拒绝了他的好意。那车夫见状,这才停下身来,向陈鸳桥深鞠一躬,然后调转车头,风一样奔向来路。

陈鸳桥沿着芦丛间的道路迤逦前行,不多时便见一片荒冢,坟地当中鲜少有碑,即便有那么几块,大半也是字迹漫漶不清,如同风烛残年的老朽一般歪在草间。

由荒冢又向西南方向行了几步,便有人语从芦丛间传出,应是好奇的看客们在议论,风穿苇荡,"嚓嚓"的摩擦之音让他听不清内容。他抬眼见到在几株老树的掩映下,有一座地势甚高的古庙,临下该是一目了然。

陈鸳桥知那古庙是慈悲庵,于是不及细想便飞奔过去。

不料即将上得一道缓坡时,就觉脚下猛然间一震,跟着一声吼叫凿入耳际,那叫声如同瓮中牛鸣,回音荡出老远。

就在陈鸳桥停身回望之时,又传来三声尖厉的枪响……

必是有人与那水怪交上手了!

第 二 章
郎各庄请鹰

陶然亭本是建于慈悲庵西侧的几间敞轩,因始建者之故又称江亭。康熙年间,工部侍郎江藻监管窑厂事务,于南下洼一带烧制琉璃砖瓦,闲暇之余建亭,以为公余休憩之用。江藻取白乐天诗句"更待菊黄家酝熟,与君一醉一陶然"之"陶然"二字入额,亭名便是由此而来。又因慈悲庵其地高亢,周边塘泽错落,蒲渚参差,可远眺西山,野趣盎然,于是时日一久,便成为名士墨客们绕不过的游玩之所。只是斗转星移,随着清室崩塌,京城各处内苑解禁,陶然亭昔时的荣光也就日渐暗淡了。

此时,北平市公安局外五区署长陶孟和端坐在敞轩之中。他身材微有些发福,制服却熨烫得十分笔挺,头发也梳理得一丝不苟。"社长?主编兼记者?这么说是小报?"陶孟和瞟看手中名片,一手接下秘书奉上的茶。

陈鸳桥赶紧掏出一盒"白金龙",抽出一支为陶孟和点燃。他准备再抽出一支,却听陶孟和阻止道:"甭献殷勤了,顾队长洁身自好,不吸烟。"

"陶署长,是陈某太过唐突了,还请您不要怪罪才是。"陈鸳桥向身旁的侦缉队长顾随欠了欠身,解释道,"刚刚在路上,我见顾队长提着枪奔向这里，知道刚刚一定是他与那水怪交了手。陈某本想获悉一些细节，以备刊登报端之时有凭有据，不想竟让顾队长误会，以为在下是您新聘任的秘书，便带到了这里……"

"连一个办小报的都要讲求有凭有据了，怪不得有人说，这日本人马上就要拿下北平城。还真是要变天啊！"

不待陶孟和吩咐，顾随就一把掐住陈鸳桥肩头，往外推去。

陈鸳桥只觉五根钢钉嵌入肩头，疼痛立时荡遍全身。此人看似削瘦单薄，不想竟有如此之力道。陈鸳桥强忍着不叫出声来，低声道："陶署长，容陈某再说几句话，说完之后，不劳顾队长，我自会离开。"

"我要是你，就想清楚再讲。"

"多谢顾队长提点。"陈鸳桥忍不住揉着肩头，沉吟了一会儿才开口道，"陶署长，我知道您十分讨厌办小报的，换做是在下，他们如此诋毁，我也会很生气……"

"噢，你的消息很灵通嘛。"

"陶署长是大人物，举动自然会受人关注。"

陈鸳桥话虽说得模棱两可，但在场人等无不知晓，他指的正是前几日闹得很凶的"浪人刮骨"事件。说起来，此事来龙去脉十分简单：一个叫武宫正朔的日本浪人，开设的烟馆被公安局查封，陶孟和勒令他为十名吸食鸦片者戒毒，以为惩戒。武宫答应得痛快，未料不久便有消息传出，武宫借口戒毒，对那十人分别进行刮骨虐待，美其名曰"刮骨疗毒"。陶孟和得知此事后异常震怒，带人将武宫捉拿。怎知驻守在北平周边的日本军队却称，武宫并非浪人，而是一名军人；如果北平公安局不立即放人，他们将不排除会用武力解决此事。为免兵戎相见，驻守北平的二十九军军长宋哲元亲自给陶孟和挂了电话……

但令陶孟和万万没想到的是，就在武宫大摇大摆走出警署的第二天，北平的几家小报竟统一口径，纷纷斥责陶孟和与武宫沆瀣一气，乃头号卖国大汉奸。当然，小报自是不会指名道姓，但明眼人一观，便知个中影射。陶孟和虽然气愤，却只能咬碎槽牙肚中咽，自己但凡有所行动，岂非不打自招？由此，便恨透了小报。

"你倒不糊涂。"

"在陶署长面前不敢装糊涂。是这样，陈某有一个法子，能把您丢了的面子找回来，而且是在哪儿丢的，咱们在哪儿找回来。不知道陶署长是否有兴趣听一听？"

"给我下钩子？"

"不敢！那我就直言了。鄙人是想让陶署长开个天窗，允许我跟踪报道咱们外五区警署铲除水怪的全过程。在这里我可以向陶署长保证，日后《异报》的报道文章，一句一字绝无水分，但凡做不到的话，您可以立即叫我滚蛋，在下绝无二话。"

陶孟和反问："帮我们找回面子，你有什么好处？"

陈鸳桥笑道："我只想让北平的百姓知道，《异报》虽然是小报，但却是不一样的小报而已。当然了，在下必须提一个要求，这次的跟踪报道，我要独家。"

陶孟和思虑片刻，凛然道："记住你说的话，要是在你的文章里看到一丝夹枪带棒，我就会让全城的百姓都知道，你的《异报》是怎么消失在北平的阴沟里。"

"多谢陶署长成全！"

陶孟和这才把目光转向一旁，吩咐道："顾随，那就让陈记者陪你走一趟郎各庄吧。"

"署长，还是我一个人比较方便。"

"照我说的做，记住，对记者先生不要有任何保留。这一回，我就是要让北平的百姓都瞧瞧，咱们外五区警署，到底是怎么尽忠职守、为民分忧的！"

"明白！"

"时间紧迫，快去快回。"

汽车出了永定门，一路向丰台方向飞驰而去。

顾随寡言少语，陈鸳桥几次挑起话端，最终都未能逃过一问一答的形式。为免继续尴尬下去，陈鸳桥只好暂时放弃交谈的念头，转而仔细打量起顾随：他的年纪与自己相仿，生得蜂腰猿臂，眉宇阔朗，颇带英气。相书上讲过，眼乃心神，眉为性情。此人难掩孤傲，再加之坐时腰杆笔挺有力，当是耿正不阿之人……

陈鸳桥打定主意开门见山，想问他与水怪过招的所有细节。不料话未出口，便从两旁的高粱地里猛地窜出几条粗汉，夯石一般将汽车拦了下来。

几条粗汉赤膊上阵，提枪拎刀，满脸凶相。

高粱绵密，不知内里还藏有几人。

顾随镇定自若，对陈鸳桥说了"等着"两字，跳下汽车，前去。

透过车窗，陈鸳桥看到顾随拱手与对方寒暄，几句话过后，为首的壮汉露出笑意，一摆手，余人便把刀枪收起，然后又是一阵对话。陈鸳桥听不真切，无奈天生长了颗好奇心，于是便壮着胆子下车来，学着顾随的样子上前与人寒暄，还掏出"白金龙"来分发，一副驾轻就熟之状。待到离去之际，又把剩下的洋烟塞给人家。

"陈记者，你身上究竟带了几盒烟？"汽车启动后，顾随突然间发问。

"让顾兄见笑了。所谓有备无患，陈某不比顾队长一身武人底子，因此总得懂一点儿世故。"

"这么说不是第一回？"

"第一回。"

顾随瞥了一眼陈鸳桥。

"千真万确。"他擦了擦额头上冒出的汗珠儿。

"想不到你还是个实诚人。"顾随的脸上终于露出一丝笑意。

"既然顾兄都这么说了，那我再绕弯子也就太没劲了。"陈鸳桥就坡下驴，"我想知道你与那水怪交手的细枝末节。"

顾随猛踩刹车,汽车在土路上骤然停下,腾起一片烟尘。

"怎么,顾兄有难言之隐?"见顾随蹙着眉头良久不语,陈鸳桥试探着问道。

"我有些想不明白。"

"什么?"

"……子弹都打不透!"

"哦?"

"侦缉队有两个弟兄,不幸死在水怪手里。我检查两人尸身,发现他们肚皮的伤口十分平整,更像是被又薄又利的锋刃划开的。"

"顾兄在怀疑什么?"

"我问过署里的法医,得到了肯定的答案。法医见我仍有顾虑,弄来一块猪皮和一支鹰爪标本。的确,柳叶刀和鹰爪在猪皮上留下的创口大不一样。也就是说,这水怪伤人的法门与寻常猛禽走兽截然不同。"

"顾兄可曾看清那水怪的模样?"

"本来署长已经有了对付它的办法,可我还是想会会它。于是,就瞒着队里先行赶到陶然亭。我本想出其不意,谁料苇塘泥沼缠脚,刚一进去就被那东西发现了。还没等我掏出手枪,就听到一阵唰啦啦的响声,跟着闻到一阵腥气,一条碗口粗细的尾巴向我扫来——那尾巴的样子犹如蟒虫,有鳞片,更像是鱼鳞——我只瞟了一眼便翻滚在地,躲开了。然后,我掏出手枪,朝着苇塘内里连开了三枪……"顾随话到此处,摇了摇头,"没打透!怪就怪在这儿,那东西身上像是套了一副金钟罩,子弹全都弹飞了!"

"好邪门!"陈鸳桥像是想到了什么,回忆道,"我从前听人讲,关外辽东地区产一种山猪,长着四根獠牙,见人必主动出击。它们觅食间隙,常常将树脂蹭在身上,然后再到河谷沙石地带打滚,待满身泥泞之后,则重返林中。如此循环往复,身上便如同套了一副钢铁盔甲,寻常猎枪根本伤不到它们。因此,狩猎的乡亲若想将之击杀,往往就得五六人或者上十人一起行动，否则单枪匹马，多半会被它所伤。"

顾随掏出左轮手枪，利索地摆弄着，摇头道："打猎的人之所以不能一击中的，那是因为猎枪是霰弹，辐射面虽广，杀伤力却不足。山猪与水怪不是一回事儿。我常年枪不离身，再清楚不过了，能把子弹给弹飞，而且是三颗子弹全部弹飞，那东西定是非同寻常，用你们文人的话讲，该是叫坚不可摧。"

"顾兄能够不避忌讳，知无不言，真是让鸳桥十分钦佩。"

"打住！按照我的经验，你们文人一旦开始恭维对方，接下来就一定是有事相求，我说得没错吧？"

"顾兄心细如发，鸳桥只能再佩服。"陈鸳桥自然是想知晓郎各庄到底有什么铲除水怪的法门。

"先赶路，再讲给你听。"

汽车继续前行，高粱地一眼望不到边际。

顾随告诉陈鸳桥，这次前往郎各庄，为的是请一只鹰出山来对付陶然亭的水怪，又补充道："叫鹰不准确，应该说是——海东青。"

"海东青？"陈鸳桥眼睛一亮，"你是说女真人用来狩猎的神鹰？"

"你到底是见多识广啊。"

"并非如此，同那四根獠牙的山猪一样，在下都是听一位朋友讲的。我的这位朋友生在关东山，他称自己是牲丁的后人。女真人入主中原以后，对关外施行封禁，不许寻常百姓出入，将之变成了自家的采捕场。这牲丁就是采捕高手，传说他们有一套绝不外传的秘技，其中就有如何猎得海东青，然后进行驯养，驱使其捕猎。"

"还有什么？"

见顾随并不抵触，陈鸳桥又引申道："传说当年金太祖完颜阿骨打率领女真部族起兵反辽，其中一个非常重要的因由，便是辽国天祚帝酷爱狩猎，频繁向女真人索取海东青而不知收敛，后者被逼得走投无路，这才不得不大举兵事。这场战争一打就是七年多，最终以完颜阿骨打攻入上京，生擒天祚帝，辽国灭亡而告终。更让人唏嘘的是，满清建国之后，一次康熙出巡塞外，八阿哥胤禩因未能随行，特选了两只上等海东青派人献予康熙；不料到康熙手里的时候，不知为何变成两只奄奄一息的死鹰。康熙龙颜大怒；竟说出与胤禩再无父子之恩的话来。从此，八阿哥胤禩退出皇位争夺，成为"九王夺嫡"的又一位失败者。此后，四阿哥胤禛御极，是为雍正帝，大清王朝的历史被改写……就是不知道，这回的海东青，能否再显神威？"

"我没有见过那东西，不敢乱说。"顾随时刻保持克制，"不过，我倒是听陶署长提到过，郎各庄的这架海东青有些手段。前些日子，门头沟的煤窑里窜出一条尸魅子，祸害了七八口子煤工，闹得整片煤区不得安宁。后来有人去郎各庄碰运气，不想还真把那架海东青给请了去，结果没两个回合，就把尸魅子给拾掇了。"

这尸魅子，陈鸳桥倒是有些了解，也曾在古籍笔记当中不止一回读到过。传闻那东西乃老僵一类的邪物，早年间煤工井下作业，常有因坍塌而被埋者，他们的尸身为土中精华之气所养，不朽不腐；待到再次被人挖出之际，便会飞起魇人，专门以利爪勾人屁眼儿，扯肠大嚼……

"那架海东青的主人是谁？"

"此人名叫郎八通，是二十年前京南一带的绿林总把，人送外号'南霸天'。咱们署长在他金盆洗手的时候跟他见过，有一些交情在。"

陈鸳桥暗忖：这郎八通既然能成为京南的绿林总瓢把子，想必定是位异人，若是能从他口中获取些许绿林秘辛，载于自己的《异报》当中，也不失为一桩美事。

顾随见陈鸳桥思绪飘离当下，索性加快车速。晌午将至，他们便抵达了郎各庄。

京畿的村落广阔宽敞，村民的房子东一座，西一座，盖得十分随意，就像掷出去的泥巴似的，落在哪儿就是哪儿。陈鸳桥又见炊烟一筒接着一筒，直叹景致绝妙。

两人把汽车撂在村口，瞄着那炊烟当中最壮的一筒奔去。

顾随的判断果然没错儿，这郎八通的大宅与平头百姓之家确有不同，宽阔的门楼、舒敞的院子，高大平房一溜排开，三合土铺地，一侧埋着几十根木头桩子，碗口粗细，高低各不相等，柱头磨得锃亮。不消说，这便是武林中人常说的梅花桩了。

顾随请看院家丁通报，言行皆遵循绿林规矩。

不料那家丁一口回道："八爷不在家，还请改日再来。"

顾随又称事关重大，非八爷不足以平息云云，家丁仍是此前说辞，不曾移换一字。

陈鸳桥见状，掏出一张法币扔在家丁脚下，又快速俯身捡起，递上去："人都说郎家富得流油，您瞧瞧，这地上都能生出钱来……"

家丁"扑哧"笑了："八爷不在府中，请改日再来。"还是不曾移换一字，但法币却入了兜，又随便一指，"我没说八爷在那儿，您也甭说钱的事儿，都好。"

"什么钱？"

家丁笑得开怀，打袖口里伸出大拇哥一挑，摆手做了一个"请"的姿势。

两人按照家丁指明的方向行去，顾随脸色一直很难看。

陈鸳桥宽慰他不必记挂心上，所谓阎王好见，小鬼难缠，又打趣道："若不是顾兄误把我当作陶署长的秘书，恐怕我想见署长一面，那也并非易事吧？"

顾随叹了一句："不守规矩，何以成方圆。"

行不多久，两人的眼前出现一片水田，沟渠水流淙淙，稻苗长势喜人。

有一位光头农夫正操着推网沿沟渠逆流而上，聚精会神，好似在水中淘金一般。阳光倾泻而下，这农夫竟不戴一顶帽子。

陈鸳桥准备上前搭茬儿，却被顾随一把扯住。

顾随也不言为何，只是拉着陈鸳桥静静地立着，看那农夫把推网罩住的虾米逐一倾倒在鱼桶之中，然后又下了沟渠，再次操弄起推网……

日头毒起来。

陈鸳桥浑身燥热，一边解着衣领，一边来到沟渠旁边，蹲身瞧着那些虾米。

"这可是好滋味呀。"

听到陈鸳桥搭话，那农夫不紧不慢提起身子，扭过头来，四目相对，陈鸳桥感觉自己的目光倏地一下短掉了，像是被烫坏了似的。他心头一颤，再看这农夫人高马大，一副不怒自威的模样，尤其是两条白硬白硬的短眉，配着一双鹰眼，叫人不敢直视。

是了，此人当是郎八通无误！

正想寒暄，却听得对方说道："怎么，你也尝过这等滋味？"声如闷钟。

陈鸳桥搜肠刮肚，无奈心神被摄，怎么也想不出个所以然来。腾地里，他记起幼时曾吃过一种叫做"炸虾米团儿"的小食，那味道鲜少有人知悉，不过是将小虾米喂在葱姜等物组成的料水当中，再用荸荠粉将小虾米团成小丸子，以温油炸熟即可。此物咸香嫩鲜，吃罢仍能唇齿留香，只可惜近年来售卖杂货的小铺皆无可售，原因便是这一个"活"字——唯有活虾，才能得料水之全汁全味。

"有点儿意思。今儿个晌午，咱家就吃炸虾米团儿。"几声大笑，瓷瓷实实。

"八爷见笑，后生唐突了。"陈鸳桥照着顾随现学现卖，向郎八通施以绿林礼节，不伦不类，惹得郎八通再次开怀。

顾随耿直，竹筒倒豆子一般说明来意。

郎八通搂了几把光头，只道二人远来是客，先归庄，再详叙。

见顾随忧心忡忡，陈鸳桥宽慰道："顾兄不必急于一时，我看八爷是性情中人，再说还有陶署长的书函在，想来该不会为难咱们。所谓既来之则安之,意下如何?"

顾随刚一点头,便觉一道劲风袭来,只见郎八通头也不回,将手上的鱼桶平行向他抢了过来。顾随下意识地仰身躲过,不料就在这电光石火的一瞬间,郎八通竟将鱼桶脱了手。眼见着一桶活虾就要重归沟渠,顾随只得就势后仰,以全身之力灌注双手,接下那鱼桶;而此时他已无力再控制下盘,整个身子不由得摔入沟渠,结结实实溅起一片水花。

陈鸳桥正要跳下去帮衬,却见顾随小心翼翼将鱼桶递来,他接下鱼桶,顾随这才爬起身来,向郎八通抱拳道:"粗浅功夫,让八爷见笑了。"

"是粗浅了些,骨头倒硬。"

离去,大步流星。

第 三 章
狐魇窦三姑

　　郎八通不避烦琐，竟按照陈鸳桥的口述，烹制了一盘炸虾米团儿。未曾料想，当年大口喝酒、大碗吃肉、就地分赃的大寨主，而今居然成了一位食不厌精的老饕。陈鸳桥尝过郎八通的手艺，比自己少时所食更胜一筹，加之本就有些饥饿，禁不住大快朵颐起来。

　　又见桌上有一盘蒜苗，盈绿喜人，却并未与他物佐炒，忙向郎八通请教为何。

　　郎八通笑道此等时令鲜蔬，只求本真之味。

　　陈鸳桥从郎八通的微笑里读出了意味深长，正犹豫要不要动筷，却见顾随先他一步。甫一入口，顾随还保有矜持，但仅片刻，便好似鱼入大海，整个人都活泛了。眼见顾随一副铁树开花之状，陈鸳桥再也克制不住，跟着下了筷子。只一口，陈鸳桥便叹服了，蒜苗在唇齿咀嚼间，好似生出许多钩子，由不得让人一筷子接着一筷子，欲罢不能……

　　反复思量，不得要领，只好请教。

　　郎八通不急回答，待一盘蒜苗见底，这才大笑了两声，说道："咱家的蒜苗之所以不用佐料烹炒，全因在地里施了人药，自然要比寻常蒜苗肥壮些。"

"何为人药?"

"自打二十年前咱家金盆洗手,每年总有那么三五个不懂规矩的愣头青,不时跑来庄子上滋扰。劈了之后埋在菜地,权当肥料罢了。"话毕,郎八通又是一阵声震屋瓦的大笑,好不痛快。

饶是两人见多识广,一时也禁不住面面相觑,良久无语。

"不好了八爷!"就在郎八通刚刚收起笑容的时候,一位家仆快步闪入,神色慌张,"八爷,三姑……又闹起来了!您快去瞧瞧吧!"

闻听此言,郎八通弹身而起,随那家仆快步离去。

等了半个时辰,不见郎八通回来,也不见任何家仆前来知会,顾随有些沉不住气,这就要去找郎八通,直截了当借鹰。陈鸳桥怕他太过耿直,言语冒失惹恼了郎八通,那就得不偿失了。于是让他稍安勿躁,容自己先去打听一下事情原委,再作打算也不迟。

"是郎家的老夫人,得了癔病,已经好一阵儿了。"陈鸳桥回来后说,"听家仆讲,郎老夫人当年在江湖上是有名号的,叫'火鹞子'窦三姑,是使暗器的好手。窦家有一门家传的秘技,需以狐胆炼制方可,因此,老太太年轻时猎杀的火狐不计其数。想来如今她已是耄耋之年,威风不比过去,这才遭了狐魇。"

"无稽之谈,这等鬼话你也信?"

"我自然不信。顾兄,不如我们前去探查一下如何?"

"愿意奉陪。"

"不过,还请顾兄见我眼神行事,万不可提借鹰之事,否则,恐怕这趟咱们就白跑了。"

"小心弄巧成拙。"

"有顾兄陪同,拙技必定事半功倍。"

两人出了屋子,陈鸳桥叫来一位家仆,向他耳语了一番,那家仆连连点头,小跑着离开了。一会儿的工夫,家仆气喘吁吁归来,称郎八通请陈鸳桥他们二人前去:"八爷已在三姑的屋里备好了茶点。"

家仆引两人兜兜转转,来到窦三姑房内。

屋内收拾得整洁干爽,桌椅板凳摆放得井井有条。许是怀念过往,又或是向外人昭示身份,屋内的正墙上挂着一张弩弓,造型古朴,通体乌黑透亮,透着神秘。顾随从未见过此等器物,不由得凑近观瞧,暗叹真是一张好家伙,上头竟没有发现任何拼接的痕迹,仿佛整张弩弓是由一位能工巧匠雕刻而成,可配得上"巧夺天工"四个字。

正啧啧称奇,却见幔帐挑开,郎八通与一位身着道袍的中年人走了出来。

幔帐随即放落,但只这一瞬间,顾随还是瞥见了窦三姑炕上的火盆。那盆中炭火烧得正旺,此时已是初夏,这老夫人缘何如此畏寒?

那道人名为惊奇,众人寒暄过后,他又自袖内拈出一道符箓递给郎八通,交代了一番如何使用,便告辞离去。

"八爷,三姑怎么样了?"

"自打年前生了这异病,我便差人去旸台山请来惊奇道人,本以为可以将那些脏东西尽数铲除,不料道长几次解魇,老太太却还是时好时坏,未见痊愈。"郎八通叹道。

"狐魇之说,可是惊奇道人的判断?"

"是咱家的判断!不然的话,这病又怎会这么怪?"

陈鸳桥沉吟片刻,向郎八通抱拳道:"八爷,实不相瞒,我幼时学过一些不大入流的岐黄之术,想斗胆为老夫人一瞧,不知八爷可否给一个机会?"

"原来你说的好法子,是想拿老夫人试技?"

"不敢!怎敢在八爷面前造次?适才我听家仆描述了三姑的病症,依我看来,这并非什么狐魇,而是一种罕见的寒疾。"

"此话怎讲?"

"可否容我给三姑把把脉?"

"这……"郎八通显然不敢直接应承,便挑开幔帐,去寻三姑的意见了。

"你懂医术？真的还是假的？"顾随忙把陈鸳桥扯到一旁，"怎么早先没听你提起过？"

"你也没问呀。"

"我不问，你就不说？"

"你不问，我要是说，那不是很怪？"

此时，郎八通走了出来，示意陈鸳桥可以为三姑进行诊治。

陈鸳桥最能察言观色，见郎八通仍旧面带疑虑，便一指顾随，字正腔圆道："八爷请尽管宽心，若是在下对三姑有什么冒犯，顾兄说了，他自会承担一切后果。"

顾随骑虎难下，只好硬着头皮点着头，但望着陈鸳桥的眼神里不免带着一把钩子。

陈鸳桥挑开幔帐走入，先是与窦三姑一阵寒暄，过不多久便听郎老太太吩咐，让郎八通在外等候，没有她的召唤，不得擅自闯入。郎八通在外人面前虽然豪横，可唯独对老母言听计从，当即便带着顾随走出屋外。

骄阳似火，叫人烦躁。

顾随几次欲提借鹰之事，但话到嘴边又想起陈鸳桥的告诫，于是只好平稳心神，权当陈鸳桥当真有妙招，可将窦三姑的异疾治好……

"八通，你进来吧。"约有小半个时辰，突听得三姑的声音传出。

郎八通快步推门而入，顾随紧随其后。

窦三姑在陈鸳桥的搀扶下，慢慢坐在椅子上。老太太满头白发，虽然精神有些萎靡，但仍旧透着一种沉稳干练，叫人不由得肃然起敬。

顾随赶紧行礼。

"免啦。"三姑一边摆手，一边打量了顾随一番，"真是一块练武的好苗子！可惜啊可惜，要是你早生二十年，我这一身的功夫，就不至于失传了。"禁不住叹了一声，全然听不出是寒暄之语，而是藏着无尽的感慨。

"老夫人，这位陈……师傅可……还行？"郎八通试探着问道。

窦三姑瞥了一眼陈鸳桥，点头道："诸事都听鸳桥的安排吧，我信得过他。"

郎八通一愣，然后才道："明白！"

"我有些累了，今儿个话说得多了些。"窦三姑说着伸出一只胳膊来，"鸳桥，你扶我去休息一下吧。"

待出得屋来，郎八通迫不及待地问道："老夫人到底得的是什么病？"

陈鸳桥如实告知："三姑她老人家并非得了什么狐魅，而是年轻时受了寒疾，未能及时察觉，到了年迈之时气血两衰，以至寒气集结成疝，流窜于体内，无法消除。"

"请教解疾之法，感激不尽！"郎八通抱拳道。

"只需活蛛两只。"

"活猪？"

"正是。"

"公的还是母的？"

"八爷，是织网的蜘蛛。"

"咱家到底是粗人！"郎八通大笑两声，向外一招手，"来人啊，去，给咱家逮两只蛛子来，要大的、活的！听懂了没有？"

在外的家仆领命之后，一溜烟儿奔出了郎宅。

回到前院，郎八通又吩咐人换了新茶，扯了几句闲篇儿，逮蛛的家仆便风尘仆仆跑了进来，站在门口请郎八通示下。郎八通又问这活蜘如何用药，陈鸳桥说："活吞即可。"

"这……"

"活吞两只，可保老夫人寒疾全褪。"陈鸳桥表情坚定。

郎八通摸了摸脑壳，横下心来，点了点头。

"那就有劳八爷了，我和顾兄在此静候佳音！"说罢做了一个"请"的姿势——那意思再明白不过，他就不去喂窦三姑吃那活蜘蛛了。

郎八通离去后，顾随赶紧问道："从前你为他人医病，可用过这个法子？"

"并没有。"

"人命关天，你好大胆子！"

"顾兄稍安勿躁。岂不知世上本无路，走的人多了，也便成了路？"

"这话听着耳熟，谁说的？"

"改日，我送顾兄一册这人写的书。"

"别给我打岔！我问你，到底有几成把握？"

"这世间的事儿，也真是叫人啧啧称奇。"陈鸳桥气定神闲，"就比方说顾兄名随，可在下怎么看，你的性情都跟此字毫不相干。"

"食国禄就当为民分忧，又怎么能够随遇而安？"

"顾兄有真性情，所以陈某也就实话告之，在下根本没有任何把握。说句粗鄙之语，完全是死马当活马医……"

顾随惊道："你这真是草菅人命！"

"不过……万一老太太命硬，你我此行岂不就是马到功成了？"

顾随越发愤懑，正要与陈鸳桥继续理论，忽听得屋外传来一阵急促的脚步声，跟着房门"砰"的一响，一分为二，只见郎八通跳进房中，大喊一声："黄口小儿，给我拿命来！"不由分说掌劈陈鸳桥，好似雷霆万钧！

顾随深知，以郎八通的身手，这一掌若是劈中陈鸳桥，非得让他筋骨断裂，余生成为废人不可；又见他避之不及，只得飞身上前，硬扛下了这一掌。饶是自己年轻力壮，但胳膊也不免生疼，如同撞上了铁板一样，强忍着才不至于叫出声来。

郎八通一击不成，又是接连三掌，掌掌挂风，皆是直奔命门的杀招！

陈鸳桥十分狼狈，只好往顾随身后躲去。郎八通恼于顾随阻拦，愤怒之下虚晃一招，跟着猛地弹腿，快似闪电一般，正踢中顾随胸口。这一脚的力道堪比泰山压顶，只见顾随如同劲风下的落叶一般飞了出去，砸向角落里的方桌!

见此情景,陈鸳桥也不知哪里来的勇气,竟飞身扑向顾随,试图拦阻顾随已经不受控制的身体。只是他太过异想天开,高估了自己的身手,又低估了郎八通这一脚的力度,结果不但没有接住顾随,反令自己失去了平衡,硬生生叠在了顾随身上。

"咔嚓"一声,方桌四分五裂。

"扑哧"一声,一口鲜血喷在了雪白的墙壁上!

尽管郎八通这一脚踢得顾随气血翻涌,但若没有陈鸳桥这么一叠,也不至于伤到这般田地。陈鸳桥不敢怠慢,一个骨碌起身,刚要去搀扶顾随,就觉脑袋倏地一下发晕,再看自己的身体已经离了地,被郎八通高高举起——此刻,郎八通的膝盖只消那么一顶,陈鸳桥当即就会被磕为两截儿,不死也得落下个终身残疾!

"别动!"一把左轮枪对准了郎八通!顾随擦了擦嘴角的血迹,喝道,"郎八通,放下他!"

"好小子,跟我动枪,看来你是不想活了,非要变成人药!"

不等郎八通再吩咐,一阵乱响,打由外边闯入十几个护院的子弟,个个手里操着一杆猎枪,黑洞洞的枪口齐刷刷对准了顾随的面门!

"小子,有种你就开枪。"

"八爷,有话好说!就算死,您也应该让我们死得明白,不是吗?"

"还他妈装糊涂?要不是听了你们两个催巴儿,老夫人能就这么撒手归天吗!"

听得此言,顾随脑袋里"嗡"的一声,心道这下就算插翅也难飞出郎各庄了,不禁后悔自己为何不阻止陈鸳桥的胡作非为,非要给窦三姑吃那活蛛!

陈鸳桥虽成了郎八通的"囊中之物",但嘴上仍不闲着:"顾兄,今天我连累你了。倘若再有来生,在下一定邀你去六国饭店,喝上一杯正宗的法国咖啡。"

"甭自作多情！今天我是为了北平一百五十万老百姓的安宁而死，跟你没有半毛钱关系！"转而大声喝道，"郎八通，放了他，我的命，给你拿去便是了！"

"你们还是到阴曹地府一起去喝法国咖啡比较好。"话毕，郎八通猛地将陈鸳桥掷向了顾随，就在这千钧一发之际，但听得郎八通喊了一声，"开枪！"

十几杆猎枪，足以将两人打成筛子！

郎八通以陈鸳桥为筹码，就只这么一掷，顾随的左轮枪便不能发挥作用。

顾随脑中一闪，深知小命休矣，双臂却下意识地接住了陈鸳桥。

就在此时，扳机扣动的声音响起，"砰"的一声巨响；而与此同时，一声撕裂的喊叫也凿入顾随的耳中——"八爷快停手！三姑又活过来啦！"

快如闪电的一脚踢出，枪管改变方向，"砰"的一声，将顶棚打出一个大洞来。

郎八通收脚，不由分说随报信家仆奔去。

陈鸳桥起身去搀顾随，顾随摆脱他，自行起身，咳嗽不止。

陈鸳桥想搬把椅子给他，无奈十几把猎枪不允，黑洞洞的枪口黏着他的身子，半寸不离。

过不多时，郎八通去而复返。

顾随见郎八通的脸色仍旧是一副铁青之状，不由得又拦在陈鸳桥面前，一副来者不拒誓要死磕到底的架势。

"你让开！"

"从我身上踩过去！"

"非得逼咱家动手！"郎八通蒲扇般的大手快如鹰爪，钳住顾随的臂膀用力那么一拨，"噔噔噔噔"，顾随便向一旁退去，险些栽倒在地。

待他站稳之后，又要上前，却见郎八通突然一跨马步，单膝"当"的一声磕在地上，向陈鸳桥抱拳道："恩人在上，请受郎八通一拜！"

顾随愕然，张大了嘴巴。

陈鸳桥冲着他露出了如释重负的笑容，不知为何，这笑容竟让顾随的内心涌起一阵暖意。

事情在经过一番离奇的波折之后，终于云开见日。

此时，陈鸳桥再提借鹰之事，郎八通大笑几声："小事一桩！只是，现在那海东青并不在咱庄子里。"他说。

"那在何处？"陈鸳桥追问道。

"咱家归隐之后，前些年机缘巧合之下，又收下了一个关门弟子，这厮与那海东青混得透熟，昨日又缠着咱家，把那物带回北平耍去了。"

"八爷，您的高足姓甚名谁？家住何处？我们可否登门前去拜访？"

"你是咱家恩人，自是那厮恩人。你将一样东西转交给他，那厮必定可以配合你们，将陶然亭的什么水怪杀个干干净净。"

郎八通请陈鸳桥转交的东西，竟是一只鸣虫葫芦。

这支鸣虫葫芦色如重枣，上头的玳瑁蒙芯精美绝伦，雕的是秋山行旅，穿枝镂石，活灵活现，即便不懂古董之人，也一眼便知这是一件好物件。

郎八通见陈鸳桥一时看得有些痴了，忙问道："怎么，恩人也识得此物？"

陈鸳桥道："雅致无华，精光内敛，这是三河刘的手艺，晚清的时候就得用金条换了。"

郎八通大笑几声："怪不得！自打那厮见了这东西，时不时就磨着咱家，眼睛里放的都是贼光。这么看来啊，我这不孝徒儿，也是个懂行的主儿哪！"

陈鸳桥道："请八爷放心，在下必定将此物完好无损地交到令徒手中。"

郎八通又说了一些感激不尽的话来，临了突然话锋一转道："哦，恩人，还有件事情请必须应下我。老夫人再三嘱咐，她跟你说的那些体己话,天知、地知、她老人家知、你知就好了,请万不要外传。"

"在下决不会嚼舌头。"

"甚好,甚好!"郎八通这才露出了轻松的笑容,直摸光头。

临别之际,不知为了何事,陈鸳桥又将郎八通请到一旁,窃窃私语了几句。顾随见陈鸳桥有意避着自己,索性走得远了些,但还是隐隐约约听到郎八通说了些"生死有命,富贵在天"之类的话——想来,应该与窦三姑的病症有关,陈鸳桥定是又看出了些什么。

顾随突然对陈鸳桥产生了莫大的兴趣。

第 四 章
龙泉寺囚徒

高粱茂密,阳光烧灼,叶枝呈现出与先前不同的颜色。归途,陈鸳桥好似换了一个人,眉头紧皱,仿佛被什么心事牵扯,颇不安宁。

"怎么,你担心三姑的病症有反复?"顾随开门见山。

"你都听到了?"

"无心。"

"我担心的并非三姑,而是郎八通。"

"怎讲?"

"顾兄心思细腻,难道就没觉察,郎八通这人有什么不对劲吗?"

陈鸳桥全无玩笑之意,顾随立即在脑海中将郎八通的影像过了一遍,然后才十分谨慎地回答道:"要说不对劲,也就只有一个地方……大概有两次,不,是三次,郎八通情绪激动的时候,掉落了……几根眉毛……这个算吗?"

"是了,这就是他的劫数。"陈鸳桥长叹一声,解释道,"郎八通修的是内家功夫,炼气入骨,最忌毫无节制。我见他眉毛稀疏,便向府上的家仆打听,得知郎八通喜食鱼腥,不论冬春,也不避寒暑,每隔三五日,必定亲自入河摸鱼捕虾,如此已有近二十余年。这鱼腥之物,应按时令食之，否则必伤及身体，万劫不复。眼下郎八通虽看似强壮，实则鱼腥之毒早已随气入骨，俨然外强中干，无药可治了。我提醒他将鱼腥戒掉，方可多活些时日，可凭他的性子，未必肯听。"

顾随这才知晓，郎八通那句"生死有命，富贵在天"是在说他自己；又问道："那依你所言，郎八通还能活多久？"

"恐怕……恐怕是要白发人送黑发人啊。"

顾随反复打量陈鸳桥，不语。

"有什么指教？"

"你这人，还真是有些深不可测。"

"哪里有顾兄说得那么邪乎，不过是少时有一些机缘巧合，学了点皮毛医术，不想今日竟给用上了而已。"

"那我倒想听听，是哪些机缘巧合。"

"不说可以吗？"

"当然可以，不过……我会跟陶署长讲些你的坏话。"

"这话从你嘴里说出来，够坏。好吧，路途漫漫，那就权当给顾兄解解闷子。"

陈鸳桥本名午生，鸳桥是他成为报人之后为自己改的笔名。民国时候，文人取笔名或字号皆有古意，如郑西谛、吴幼陵、周瘦鹃、徐卓呆、赵焕亭、林畏庐……往往意味深长；陈鸳桥对这种调调儿甚是喜欢，于是便随波逐流，取下了这么一个名字。

陈鸳桥不知父母姓甚名谁，当年他被送到宣南龙泉寺，孤儿院的老院长问过这事儿，好心人只说是由将台陈各庄捡来，于是他就姓了陈；又因为那龙泉寺孤儿院始建于光绪丙午年间，而今他要以此为家，那便以家之生日为生日，这便是"陈午生"之名的由来。

龙泉寺与那水怪出没的陶然亭可谓比邻而居，同属宣南。

民国四年（1915年），陶然亭二现水怪之时，陈鸳桥已然九岁有余，正是因为孤儿院与陶然亭如此相近，因此虽然过了这些年，他仍旧能够对往日的事情记得十分清楚。

而真正改变陈鸳桥命运的，却是在水怪出没的前一年。

这年，他认识了一个人。

陈鸳桥还能记得那是一个寒风呼号的黄昏，院里的孤儿们正准备去上佛法晚课，突然间传来一阵嘈杂声，跟着负责讲习佛法的觉先和尚便来通知一众孤儿，今日佛法晚课暂停，由陈鸳桥监督众人自行研习。

孤儿们年纪大都相仿，没有超过十二岁的。按照孤儿院的规定，超过十二岁的孩子，便要离院自力更生。这个年岁，正是好奇心最重的时候，因而觉先和尚一离开，便有几个孩子不受陈鸳桥监督，跑出去打探起了消息。

他们回来后这样讲："有人被囚禁在龙泉寺，据说是得罪了袁世凯。"

这个人脾气十分古怪，动辄便对看守的士兵破口大骂，许是因为生在南方，又或许是天气寒冷染了风寒，他骂起人来鼻音浓重，经常叫陈鸳桥摸不着头脑，他到底在骂些什么内容。而且，就连照顾其日常饮食的厨房师傅他也不放过，隔三岔五就把碗筷砸得稀巴烂，有时又怀疑饭菜之中给下了毒，进而大声呼号袁世凯的名字，接着又是一番狂风暴雨般的吼叫，简直就是一个不折不扣的疯人。

于是孤儿们便管他叫"疯人囚"，以至于不久之后，寺内的和尚们也都跟着叫起来。

陈鸳桥真正与疯人囚近距离接触，是在他被囚禁了一个月以后。

那晚，陈鸳桥奉松坡居士之命，将一碗烂粥和几样寡淡的素菜送给疯人囚。那松坡居士乃带发修行，据闻他与龙泉寺住持寄蝉是总角之交；即便寄蝉遁入空门之后，他们也时常往来。孤儿院成立后，寄蝉兼任院长，但因寺内诸事繁忙，便聘请松坡居士为副院长，助其管理孤儿院一切事务。

陈鸳桥将饭菜端给疯人囚的时候，他已经绝食三天。

在此期间，不断有人冒着连日风雨由城内赶来，他们无一例外面带愁云，但举手投足都彬彬有礼，一眼便知皆是文士。这些或是三五成群结伴而来、或是单枪匹马形单影只的探望者，见到疯人囚之后，都以"恩师"相称，然后便是一番接着一番苦口婆心的劝慰，希望疯人囚早日进食……只不过，他们带来了多少愁云，便带走了多少惨雾，即便有一位耿钝的门生长跪不起，那疯人囚抛出来的依旧是那句老生常谈："除非袁贼放吾离去，否则，吾决计不食一粟！"

陈鸳桥将饭菜放下，叫了一声"先生"，请疯人囚进食。

疯人囚瞥了一眼陈鸳桥，见他不过是个孩童，摆手道："出家人的饭菜我吃不惯，拿走吧。"话毕伸出舌头来，舔了舔毛笔尖，一边在昏黄的灯光下继续奋笔疾书，一边捂着肚子，面带痛苦之状，显然正受着饥肠辘辘之苦。

陈鸳桥并没挪动脚步，反而向疯人囚行礼道："师父说过，救人一命，胜造七级浮屠。"

"你师父是谁？"

"佛法课上听来的。"

"这龙泉寺里的和尚，个个狗屁不通，他们讲的佛法课，不听也罢！"

"先生，我听来探望您的人说，就是那位叫钱玄同的，他说，您是一位了不起的人物，这世上就没有你不知道的事情，是这么回事吗？"

疯人囚自负一笑："我确实很了不起，否则，怎么袁世凯都不敢杀我呢？"

陈鸳桥一副并不服气的模样，分辩道："可我却不这么认为。"

疯人囚哈哈大笑："你一个孩子，懂什么。"

陈鸳桥梗着脖子反问："您说您很了不起，比起三国里的祢衡呢？"

疯人囚闻听此言，放下了手中的毛笔，再次伸出舌头来，用手指蘸了唾沫，抹了抹两道眉毛，撇嘴道："看来龙泉寺的和尚，也不是个个狗屁不通，还是有通些狗屁的啊。"

"您先甭骂人，回答我的话。"

"你说的那个祢正平,连我那姓钱的门生都不及,又怎么能比得上他的老师呢?"

"后学却不这么认为。"陈鸳桥琢磨了一下,侃侃道,"想当初,刘景升欲杀祢衡,但自己又不想背负罪名,所以将祢衡送到黄祖那里,让黄祖下手来当这个恶人;如今袁世凯可比刘表厉害多了,因为他不需利用黄祖那样的人,就可让先生自己把自己杀了……所以,怎么看先生都是不及祢衡啊,您说是也不是?"

疯人囚听得此言,猛地一拍桌子,突然"嘶"了一声,竟一头栽倒在地!

"先生,您怎么了?!先生……"陈鸳桥吓得脸色惨白。

"告诉我,这话到底是谁教给你的!"疯人囚死死拽住陈鸳桥胳膊,"快点儿告诉我……"

陈鸳桥早已吓得六神无主,哆哆嗦嗦道:"松坡先生不让我说,他说……非得等您进了食之后,才让我告诉先生……先生,您没事吧?"

疯人囚一把将陈鸳桥甩开,扑向那烂粥和素菜,一边端起往嘴里灌去,一边嘟嘟囔囔说道:"我不死了!叫你那松坡先生来见我……现在……就是现在!"

陈鸳桥早已被疯人囚的癫狂吓坏了,一溜烟儿跑了去。

此后,松坡居士常来与疯人囚会面,两人最初只谈些佛法,渐渐旁涉孔、孟、老、庄等学问,几乎无所不谈。陈鸳桥从旁伺候着,但听得两人所言古奥难解,异常晦涩,不免常犯瞌睡。那疯人囚童心未泯,不时信手拈来一段妖狐鬼怪之事,直吓得陈鸳桥毛骨悚然,脸色惨白,而他则放声大笑,好不快活。

过不多久,陈鸳桥与那些守卫也混得厮熟,便可出入无阻了。有时松坡居士不在,他便缠着疯人囚讲一些事情,那疯人囚一边奋笔疾书,一边讲解陈鸳桥所问之事,居然能够做到一心二用而不乱,直叫陈鸳桥啧啧叹奇。

其间每隔三五日，仍有其门生前来探望，所带之礼物颇多。那疯人囚往往将笔墨纸砚尽数归于书桌之上，剩余吃食则全部交给陈鸳桥。陈鸳桥自是欣喜不已，然而疯人囚马上就转起眼珠儿，称做人做事需得公平起见，然后，便要求陈鸳桥偷偷去给自己买来豆汁喝，还大呼自己是"逐臭之夫"，非臭不足以解忧……

这一日陈鸳桥下了早课，闲来无事溜入禁室，只见疯人囚正笔走龙蛇，在宣纸上刷刷点点写着字，一脸凝神静气，颇为认真。

陈鸳桥不敢作声，待疯人囚落笔，这才凑到近前，叫了一声"先生"。

"写得如何？"疯人囚指着墨迹未干的书幅，问道。

陈鸳桥见那书幅一共有二十四个大字，写着正是"变化齐一，不主故常；在谷满谷，在坑满坑；涂郤守神，以物为量"，右上款为"书赠豫才"，左落款则是"章炳麟"三字。他不自觉地念出了声，笑道："原来先生的大名是章炳麟呀！"

疯人囚一副高傲状："怎么，你听过这个名字？"

陈鸳桥老实回答："并没有。"

疯人囚道："那你激动个什么？害得我白欢喜了一场！"

陈鸳桥又去看字，接着啧啧叹道："先生真是写得一手好字，就连我们习佛时抄写的经书都比不上您，真叫一个朴茂古雅！"

疯人囚闻听此言，颇为得意："这个词用得甚好，不枉你与我相识一场。"话毕，又似想起了什么，向陈鸳桥吩咐道，"你来得正好。这样，你将这幅字拿给外边的先生吧，他是我的门生。你去告诉他，我偶感风寒，鼻塞难耐，又恐传染于他，今日便不见他了。天寒路远，让他早日归城吧。"

"他可是这字幅上所写的豫才？"

"记得叫先生。"疯人囚又从书桌上拿起一册籍子，那籍子的封面光光如也，显然是他的抄本，"这个也给他。"

陈鸳桥将字幅小心收好，再看那册籍子又被疯人囚收了起来，忙问道："先生，还给豫才先生吗？"

疯人囚犹豫了一下，摆手道："不给了。"

陈鸳桥拿着字幅，跟守卫打了招呼，来到会客小厅，将书幅交给了等候的豫才先生，又将疯人囚交代自己的话，原封不动地转达给了他。

那豫才先生身材不高，身着灰色旧袍，一双眼睛精光熠熠。他将书幅悉心收好，沉默了一会儿，才郑重其事地嘱托陈鸳桥："请代为照看太炎先生，感激不尽。"

陈鸳桥返身而回，刚入禁室便闻到了一股臭气。疯人囚背对着自己，就像捡到了什么奇珍异宝，肩膀连连耸动，一边"哈哈"笑出声来。待到近前，陈鸳桥方才看明白，原来是自己拿来孝敬他的一罐王致和臭豆腐，刚刚就放在门口，不想就这么一会儿的工夫，竟被他给发现了，看来"逐臭之夫"这称号当真是实至名归。

臭豆腐让疯人囚十分愉快，一双眉毛都站起来了。他一边品尝，一边还不忘问道："豫才可跟你说了些什么？"

"他让我代为照看先生，道了一声感激不尽。"

"他就没有说我的字如何？"

"说啦，说啦！"陈鸳桥恭维道，"他说您的字……好！简直比那……何绍基和翁方纲写得还要妙！"

"黄口小儿，胡说八道！"疯人囚拧起鼻子骂道，"罚你跟我同食臭豆腐，否则我就去向松坡老儿告状，把你撵出龙泉寺，流落街头！"

陈鸳桥见疯人囚面带恶相，也不知他说得是真是假，一时间便给他唬住了，不得已只得硬吃下了半块臭豆腐。

疯人囚这才哈哈大笑，一指陈鸳桥："我生平最厌他人欺骗，简直恨比袁贼。不过……看在你尚知何绍基和翁方纲的份儿上，今日便不追究了。"

陈鸳桥赶紧道谢："后学知错啦！"心道疯人囚阴晴不定，今后需得多加小心才是，否则再说错话，真的被撵出龙泉寺，那便不妙了。

"你这小脑袋里，又在琢磨些什么？"

"我……后学是在思考，缘何先生知道学生说了谎话了呢？"

疯人囚又是一番大笑，露出怡然自得的表情："在我之门生当中，以豫才最为老成，喜怒不形于色，而善于旁观。他如此性格，怎会不仔细品字，便胡乱发表意见？"

陈鸳桥一副豁然开朗状，又想到那豫才先生举手投足皆四平八稳，就连道的那声"感激不尽"都透着克制，简直与疯人囚判若两人，不禁脱口道："先生好像特别中意豫才先生？"

"那是自然！"疯人囚扬起嘴巴，"豫才与其弟是我门生众人中的佼佼者。早年他们合译《域外小说集》，虽是白话，但是一看便知对文言文是相当有根基的……甚得吾心。"

陈鸳桥转了转眼珠，瞥向桌上那册籍子："那为何先生还对豫才先生这般吝啬？"

"非也。以豫才之才，他日文名必可在我之上。我虽钟爱这册籍子，有心与他分享，但为了他的前程，也就只好忍耐心中瘙痒，不予相送啦。"

"先生的话，后学十分糊涂。"

"糊涂的又岂止你一人？世人都以我为革命先驱，更尊我为大学问家，而实则他们并不晓得，我尚有妙手回春之本事，唤作神医章炳麟实至名归也。"

"先生，您到底要说什么啊？"

疯人囚把臭豆腐罐子放在一旁，扯着陈鸳桥来到书桌前，将那册籍子打开，指着上面的字迹道："这便是我多年来，在浩瀚的古籍中瞧来的医病良方！不过此籍所载，并非寻常病症，而是只记怪病异病，可谓我心血之作。"

"可是先生……这些治病的方子，真的管用吗？"

"屁话！"疯人囚厉声道，"我又没给人家治过，怎么知道管用还是不管用!"

陈鸳桥被噎得一时语塞。

"不过呢,这确实是你该考虑的事。"疯人囚又笑了,"因为现在,我要把它送给你了。"

"这是先生的心血!"陈鸳桥自然要推脱。

"知道就好。给你是给你了,但我还有一个要求:往后,你要是按照籍子上的方子给人医病,死了,算你自己的;要是医好了,别人问起来,你千万别掖着瞒着,无论如何也要告诉人家,这是章炳麟的医方——神医章炳麟!"

不等陈鸳桥接茬儿,疯人囚便提笔在籍子的封面上写下了三个大字。

"尬中癖?"

"怎么,你还想再取个名字?"

"后学不敢!"陈鸳桥捧着这册《尬中癖》手抄本,规规矩矩给疯人囚叩了三个响头。

"你最应该感谢的是王致和。"疯人囚怪笑一声,又对着臭豆腐欢天喜地起来。

正是因为这册《尬中癖》,陈鸳桥才敢为窦三姑开方。

那窦三姑的怪疾,实则名为"肉中邪",此病罕见至极,若非陈鸳桥早就将《尬中癖》里的医方背得滚瓜烂熟,他是万万不敢造次的。

话说几十年前,窦三姑以火鹞子的名号行走江湖之时,认识了一个贼人。此人乃水匪出身,飞檐走壁,身轻如燕,因为遁身于永定河一带,因而有了"永定河小霸王"的外号。这小霸王是吃仓讹库的高手,京城的库丁们对之恨之入骨,于是便合邀请窦三姑出马,打算逮了这厮。那时三姑刚二十出头,一心只想除恶扬善,便应承下来。

岂料小霸王轻功实在高强,抓捕过程中几次被他逃走,就这么溜溜抓了一年多,终于让三姑逮到了一个机会,把小霸王堵在了永定河岸。三姑本以为这回大功告成,却不想小霸王生来是个混种,竟跳入河中。三姑水性不佳，但又不想让煮熟的鸭子飞了，于是也跟着下去。那时节正是秋末冬初，河水里像是挂着刀子，三姑没游几下，就感到身子不受控制，挣扎着便不省人事了……

本以为到了阴曹地府，竟不料醒来却见到了一张英俊的脸庞。

又见自己衣衫不整，以为是受了小霸王凌辱，正要拔剑自刎，却被小霸王夺下。那小霸王坏坏地笑，将自己的衣衫脱下，披在三姑身上。三姑见小霸王裸露着身子站在月光下瑟瑟发抖，内心竟十分不忍，想着如何才能让他暖和一些……

思来想去，还是觉得该把衣服还给他才是。

递过去，小霸王接下，然后窝成团，大力掷入永定河，笑，还是瑟瑟发抖。

这可怎么办？

实在没了办法，就把身子贴上去了。

"身体深寒未除，却行干柴烈火之事，犹如柴内湿而外干，燃后成滞，生疾。"陈鸳桥这样告诉三姑以后，老人家叹息一声道："孽缘啊！"

三姑与小霸王野合后第三日，永定河洪水泛滥成灾，白浪掀石，惊涛裂岸，沿岸村庄深受其害，屋宇倾圮者不可数计。于是朝廷颁发谕旨，开仓赈济。小霸王与时俱进，不再打库丁的主意，而是干起了洗劫钱粮的勾当，不料霉运当头，横死在捕役的火枪之下，尸首被扔在乱葬岗，待到三姑赶来，只剩下一副骨架。

三姑恨极了官府，此后出没于京城的暗角，以一柄伏弩射杀了三十又一名捕役，这才消了心头之恨。过不多久，便嫁于郎八通之父。

若非为了医好体内怪疾，三姑是断断不会将这般往事与外人诉说的，因此在陈鸳桥离开之时，这才让郎八通再三嘱托，切不可外传，以免侮了声名。

第 五 章
白米仓旧窖

窦三姑这段往事，陈鸳桥自是不会吐露半字。

顾随是何等聪明之人，深知其中必有纠缠，当然也就没有过问。

只是陈鸳桥用一罐"王致和"换取一册《尫中癖》，而今由这册奇书引出此番奇遇，直让顾随感叹世间之事，真是冥冥之中自有注定。

"谁说不是呢？"陈鸳桥表示赞同，"太炎先生自诩阅遍世间一切古代典籍，更常常自夸医学冠甲天下，可是对于自己的鼻疾，却一直认定那不过类如疥癣而已，无需特殊治疗。不料今春他忽然病重，是因那鼻疾已然转化为鼻窦癌，不久便撒手人寰了。得到消息，我立即改了行程，由沪上赶往苏州吊唁……否则，该会早几日北上的。"

"世事难料。"顾随刚叹了一句，腾地里人影一闪，"砰"的一声，汽车戛然停在了路面上！

五六米开外，一人上半个身子扎在高粱地里，两条腿露在外边，一顶怪模怪样的帽子散落在脚旁——这人应该被撞得不轻，发出类似肥猪进食似的"哼唧"声。

陈鸳桥想要上前，却被顾随一把摁住肩膀。

"救人要紧。"

"别动，我先去看看！"

顾随保持着一贯的谨慎，确认陈鸳桥明白了他的意思之后，这才稳步上前。

尿片一样的军帽，青色绑腿，翻毛皮鞋……

是一名……日军士兵！

顾随不止一次见过他们，这些人的眼睛里藏着躁动，看人的时候仿佛在炫耀：北平这座城市早已是他们的盘中之餐，只不过他们还没有找到合适的筷子享用而已。

顾随厌恶日本人的洋洋得意，尤其是他们在京郊四处游荡，精力旺盛地肆意捕杀农人饲养的家禽时，他会琢磨："应该教训一下这些短腿儿渣滓，如果有机会的话……"

"机会难得，你还犹豫什么？"

顾随像是被蜇着了，唰地一回头，只见陈鸳桥不知何时已跟了上来，猜中了自己的心思。

"你到底是人是鬼？"

"你要是决定了，我会助你一臂之力。"

顾随没吭声，一只脚踩在军帽上，望着士兵颤抖不止的双腿，忽然，又想到了什么："日本人钻高粱地干什么？"

"我只知道，这是个日本鬼子。"

"我得弄明白再决定，毕竟也是一条人命。"

不等陈鸳桥再语，顾随便循着日本士兵出现的方向走去，拨开浓密的高粱棵子，一股鲜烈的草味儿扑鼻而来，让他打了一个喷嚏；再睁开眼睛的时候，透过茂密的枝叶，隐约出现一张面孔，那脸上似乎还有一些血迹；于是快步上前，这才看到一个仰面朝天的妇人，她身上虽然穿着衣服，但胸前却盘着一堆肠子，大个的黑苍蝇"嗡嗡"地缠在左右，贪婪地霸占着肠子散发出来的腥臭。

妇人是被活活剖开胸膛的，焦躁的日本士兵甚至懒得脱掉她的衣服。

顾随没有按照他从前的办案习惯继续对尸体进行察验，比如受害人是否遭到侮辱，是在生前还是在死后。此刻，他的胸膛里已经着了火，浓烈的火焰足以烧焦整片高粱棵子。他抽出左轮手枪，笃定要打光所有子弹。

可是，当他重新奔回道路上的时候，却变得瞠目结舌。

刺刀就横拦在陈鸳桥脖子上，刀刃上女人留下的血迹清晰可见。由于身高的原因，被控制的陈鸳桥不得不屈膝而立，仿佛如厕的前奏，十分狼狈。日本士兵脸上挂着血迹，想来应该是被撞飞后擦伤的。

见到顾随手上的左轮枪，日本士兵习惯性地缩在了陈鸳桥身后，没有给对手留下任何可乘之机——这源于良好的训练，更有战场上的历练。顾随虽然日日枪不离身，但若论起此刻双方的心理素养，显然自己要短下一截。

武人与军人大不一样。

前者如郎八通，待对手尚留余地；后者从死人堆里寻活路，把对手不当人看。

顾随明白这个道理，知道救下陈鸳桥不易，心里发沉。

日本士兵叽里呱啦说着话，两人虽听不懂，但也能猜个十有八九，无非是让顾随把枪放下之类的要求……

把枪放下，胜算就更小了。

刺刀锋利，陈鸳桥的脖子上已经被划出血迹来。

心一软，胳膊垂了下来，却听到陈鸳桥提着嗓子说道："你要走我不拦着，可是我应下了八爷，要把这三河刘的鸣虫葫芦交给他徒弟。君子一言，快马一鞭……"

陈鸳桥声音虽然发抖，手上却硬是从怀里把鸣虫葫芦掏了出来，扔向了顾随。

顾随刚接过来，猛听得日本士兵大叫一声，跟着冲着他手中的鸣虫葫芦又是一阵叽里咕噜，话里像是带着刀子。

陈鸳桥说:"你扔过来,他想要。"

顾随盯着陈鸳桥的眼睛看,犹豫了一下,把鸣虫葫芦扔向了陈鸳桥。

鸣虫葫芦在空中划过一道弧线,越过陈鸳桥的头顶,又越过日本士兵的头顶,向高粱棵子里飞去。日本士兵下意识抬手拦截,就在这电光石火的一瞬间,陈鸳桥"哧溜"从刺刀下逃之夭夭,跟着顾随飞起一脚,正中日本士兵胸口……

待到陈鸳桥把倒下的高粱棵子扶正之时,看到日本士兵已经被抹了脖子,上身还多了几个血窟窿,那把刺刀就插在胸口上。

"我脸上有没有血?"

"我给你擦擦。"

"不劳您大驾。"

"说了助你一臂之力的,君子一言,快马一鞭,怎么可以不算?"

陈鸳桥为顾随擦去脸上的血迹,又说:"咱们得赶紧把尸体处理了,否则,一会儿小鬼子的同伴找来,那事情可就闹大了。眼下日本人虎视眈眈,正愁找不到由头对北平城开刀呢,这个霉头触不得。"

顾随明白陈鸳桥的顾虑,刚刚那名日本士兵听到汽车声便奔了出来,显然是以为他的同伙回来了,不然作为一名军人,他决不会这么莽撞。

顾随从汽车后备箱找出一把铁锹来,准备将日本士兵的尸体就地掩埋,招呼陈鸳桥一起帮忙。陈鸳桥琢磨了一下,建议将尸体埋在被害女子所在的那块地方。陈鸳桥说,这叫做"灯下黑",至于那妇人的尸首,唯有暂且不动,留待她的家人前来认领。

顾随表示同意。

一切处理停当,两人这才继续赶路。

汽车回到外五区警察署门口,日头已经往西沉去。

顾随招呼陈鸳桥进去小歇,陈鸳桥称自己还要赶回石碑胡同写稿,《异报》能否在北平立足,这陶然亭水怪的第一篇报道至关重要,他须得彻夜发力方可。又约好明日九时,一同去拜会郎八通的高足,再行借鹰之事。

回到署里，顾随向陶孟和汇报了郎各庄之行的见闻，至于他干掉了一个鬼子那段，自然是要隐去不讲的。陶孟和听闻陈鸳桥居然身怀岐黄之术，啧啧称奇了一番，又压低声音，嘱托顾随方便时候，可代为请他开一张医治前列腺的方子。

顾随道："请署长放心，他一定不会知道是您需要。"

第二日，顾随准时来到北剪子巷口，见陈鸳桥早已在此等候，还换了一身西装。

郎八通的高足姓范名世海，便住在这北剪子巷白米仓胡同之中。

此前赁下云巧斋为馆址，陈鸳桥曾听捐客提及北平"四大邪地"，其中便有这北剪子巷白米仓。那日正事办得，他便以道谢为由请捐客去了北海漪澜堂，泡上香片之后，陈鸳桥就问起了这"四大邪地"的来龙去脉。那捐客因为赚了陈鸳桥一笔银子，心里头十分痛快，自然知无不言，言无不尽，溜溜地给他讲了一个下午，顺带还吃掉了三盘玫瑰枣，以及几块带山楂糕的豌豆黄。

话说自元时起，及至明清两代，京城的朝阳门到东直门一带曾一直是运粮河道，因此附近建有许多仓廒：明末便有九仓，待到晚清之时，更是多达十三仓。后来漕运荒废，人徙而居，懒得琢磨地名，便以仓名为之。这白米仓便是其中之一。

人道是"民以食为天"，尤其在早年间，若是能在粮仓里混个差使，那就好似捧上了一口摔不烂的铁饭碗，要不然怎么会有一群地痞流氓，专门干起吃仓讹库的营生？不过，凡事都不可以绝对而论，所谓"东边太阳西边雨"，有这么一位典守，就恨不得自己离那仓廒远远的，最少一点关联都别扯上。

这倒霉的典守名叫佟禄，因为看守的仓廒出了缺短，被粮官打了二十鞭子，勒令他十日内查明真相，不然就要劈开他的脑袋瓜子，挖出脑仁儿拌芝麻酱消暑。

如今十天过了五日半，没有任何眉目，佟禄心里早就长起一片草。人一慌神儿，脚步就不听话得厉害，生拉硬扯把他晃进了"大酒缸"。这大酒缸，滋生于北平的大街小巷、胡同旮旯，几乎随处可见，最得卖体力的爷们儿青睐。此类店中大多无桌，有的甚至连个字号都没有，不过是将存放散酒的缸半埋于地下，酒缸上头扣一个涂了朱漆的圆盖儿，如此，便成了酒腻子们推杯换盏的饮桌了。

经营"西兴隆"的是个老西儿，瞎了一只左眼，往来的客人爱管他叫老陈醋，也有直接唤他陈瞎子的。老陈醋为人谦和，逢人皆是一张笑面，尤其是对待向佟禄这样的老主顾，酒账可以赊上许久，节时结算便可。

佟禄曾经问过老陈醋，他那只眼睛是怎么瞎掉的。老陈醋起初闪烁其词，称是与乡人械斗时被插进了一根木楔，熟了以后才悄然道，乃是被"飞僵"的尸浆所伤。

晋地配冥婚之俗盛行，家中有未婚男丁不幸夭折者，往往出重金请人配鬼亲，以免落下座孤坟，碍了家宅运道。老陈醋年轻时喜好四处闯荡，跟过路的老道学过一些堪舆皮毛，见人家做鬼媒人，赚得盆满钵满，禁不住诱惑也干上了这行当。

起初的几桩生意做得顺利，银子没少拿，主家还尽拿山珍海味招待他，乐得他一天到晚合不拢嘴。本想这桩营生能干到天荒地老，没想到一个不留神，配出了一只"飞僵"，要不是他腿脚利索，估计早就下了阴曹地府十八层地狱，去给阎罗王当碎催了。

老陈醋告诉佟禄，僵尸一物，分无毛儿和有毛儿的两种。后者殊为可怖，更以毛色来区分凶恶之程度。生白毛儿的是七品僵尸，好比官员中的县太爷，昼肥夜瘦，四处乱窜时易被发现，见者可用火攻，但闻其"啾啾"乱叫的时候，以涎水唾之，则立化为一摊血水。比白毛儿僵尸高一等的是红毛儿僵尸，可谓之僵尸中的大将军。"红僵"用火是烧不坏的，而且越烧红毛儿越多，越烧红毛儿越长，只要被红毛儿缠住，不死也得留下半条命。待到红毛儿变成了绿毛儿,那这个僵尸可就是宰相级别的了,用老陈醋自己的话说,就是"出入阎罗宝殿,好似去了一趟妓院"。而老陈醋碰到的"飞僵",便是生着黑毛儿的僵尸,活脱脱的僵中之皇,即便法术高超的道士,也未必能够将之诛剿……

佟禄也曾听过一些僵尸之事,但他皆以为那不过是无稽之谈,从不放在心上,往往一笑置之。那老陈醋开店做生意,最会察言观色,见佟禄并不相信,也就没再往下抖搂。可是今日闻听佟禄提及了丢粮之事,却还是忍不住提醒道:"佟头儿啊,您千万别嫌我多嘴,莫不是什么……脏东西干的吧?"

闻听此言,佟禄心里"咯噔"的一下。

是呀,这几日他将仓廒来回检查了好几遍,没有漏掉任何一个死角,结果根本没有发现人为盗取的痕迹。若不是魑魅魍魉作怪,怎会不留下蛛丝马迹?

佟禄心里琢磨,嘴上却没接茬儿。

夜里,佟禄躺在床上睡不着,翻来覆去了好一阵儿,起身,摘下墙上的快刀。

这一晚风大云移,灯笼明明暗暗,空气里渗着一股腥气,越靠近仓廒,气味越浓。

佟禄记得这气味白日里偶尔也能闻到,但他从来都没放在心上,猜想那不过是几只硕鼠,因为贪吃粮食饱胀而死,尸身腐败所致。

但今晚不同往日,佟禄在这浓烈的腥气当中,嗅到的分明不是死亡。于是拔出快刀,顺着腥气传来的方向逐一检查,待来到第五口仓廒门前时,他确定了自己的判断——腥气的源头正是出自这里。与此同时,他听到了一阵低沉又连续不断的"呼哧"声,仿佛年迈的老者喉中有浓痰一般。

佟禄有些害怕,尤其是天上的月亮,吱溜钻入云层,又吱溜钻出来。

他握刀的手抖得厉害,另外一只手也不听使唤,越想控制,越不受控制，正别扭着，哗啦刮过一阵荒风，啪，蜡烛灭了！

灯笼掉落在地，仓廒里的"呼哧"声也戛然而止。

被发现了？

佟禄一下不敢动弹，只觉更为浓重的腥气扑面而来——不用猜，此刻那东西正透过门板的缝隙向外张望，与自己相向而立。

腥味儿冲击着鼻孔，让佟禄的鼻子一阵发紧，若不是平日里有吸鼻烟儿的习惯，他早就被熏得喷嚏连天。

握刀的手抖得更厉害了，佟禄只能用另外一只不听使唤的手按着，这样的结果，便是一口快刀在夜光下摆动不止，像是醉酒了一样。

现在逃跑还来得及，仓廒的地形他十分熟络，闭着眼睛都熟……

"你这个王八蛋，要是再查不清粮食是怎么丢的，老子我就劈开你的脑袋瓜子，挖出你的脑仁儿拌芝麻酱！"刚一闭上眼睛，又想起粮官那日的咒骂。

佟禄十分了解自己的顶头上司，这位皇亲十分跋扈，经常劈开属下的脑袋瓜子。虽然不知道他究竟有没有挖出被杀者的脑仁儿拌芝麻酱，不过这个已经不重要了，眼下重要的是自己必须做出选择：要么，被粮官劈开脑袋瓜子；要么，用手中的刀冲杀进去，劈开里头那东西的脑袋瓜子。

这么一琢磨，脑袋清醒了，握着刀的手也就没那么抖了。

然后，只见他猛地睁开眼睛，大吼一声，饿虎扑食一样向仓廒的门板撞去，"咔嚓"的一声断裂，整个门板被他撞开，硬生生拍在地面上。此时月亮又从积云当中探出头来，在月光的照耀下，佟禄但见一物浑身长毛，个头与自己不相上下。这物小眼透亮，尖嘴带须，两颗獠牙弯曲向上，见佟禄奔来，吱叫一声，跳上木柱，噌噌噌直奔房顶的气窗逃窜。

佟禄本是壮着胆子行事，此刻却见那物抱头鼠窜，胆子也便越发大起来。他少时学过些武术，身手还算敏捷，于是一边脚蹬木柱腾空而起，一边大力挥起快刀，照着那物的身子就砍了过去。这一刀过后，佟禄身体失去平衡，结结实实摔在地面；而与他一共掉落在地的，是自己那把断成两截的快刀,以及一条两拃长短的尾巴。

佟禄歪在地上,望着被那物撞开的气窗,久久回不过神来。

那气窗之作用,是使仓廒上下通气,如此便可减少湿气上升,避免粮食发霉变质。如今被那物撞出一个大窟窿来,一旦下起雨,恐怕自己也就不用再查清真相了,粮官照样会劈开自己的脑袋瓜子。

积云善变,佟禄不敢疏忽,连夜攀爬而上,将那气窗进行了一番修缮,直忙到天色大明方恢复如初。

于仓廒就近买了两套煎饼果子,草草果腹之后,他直奔西兴隆而去。

听罢佟禄磕磕巴巴的描述,老陈醋又展开那条尾巴仔细端量起来,良久也没有一句话。

佟禄见老陈醋一张脸变成了菜色,忙问道:"这……到底是什么鬼怪?"

老陈醋沉吟片刻,叹道:"鼠魈。"

佟禄不解:"此话怎讲?"

老陈醋道:"耗子成魈,就好比那生了黑毛儿的僵尸,是极难缠又凶险的秽物。"

佟禄闻听此言,倒吸一口凉气:"那怎么办?"

老陈醋请佟禄稍安勿躁,又道:"佟头儿也不必太焦心,这些年您没少照顾小店的生意,我这心里都记着。如今您遇着了难处,我怎么会袖手旁观呢?"

佟禄赶紧抱拳道:"老哥哥,那小弟就全靠你了!"

老陈醋道:"我师父曾经告诉过我,这世界万物都逃不过一个相生相克的道理,说得再简单点儿,就是卤水点豆腐,一物降一物。耗子就算成了魈,有了几百年的道行,根基也是吃粮的畜生,只要这一点不变,咱们就可以对症下药。最近,我听城南的几个老主顾说,南下洼一带的坟圈子里出了些妖猫,都是些厉害角色。我这就走一趟,捉几只回来,今晚就用它们来收拾那鼠魈。"

佟禄自是感激不尽，连连道谢。

琐事不表，且说老陈醋回到西兴隆时，天色已经擦了黑。

吩咐伙计好生招待主顾之后，老陈醋将佟禄请到了内宅。待将灯火掌上，佟禄这才仔细观察猫笼里的几只妖猫，但见它们眼神迷离不定，透着一股狐魅之气，直叫人头皮发麦，鸡皮疙瘩层层叠叠。

老陈醋见状道："猫性属火，畏水厌湿，所以每逢雨天便遁入棺木之中。时日一长被尸气所侵，自然就成了这副怪模样。"

佟禄闻听之下，不敢再同它们对视。却见老陈醋翻箱倒柜，不久便从一个木匣当中取出了一撮干巴巴的枯叶子；又见他将枯叶碾碎，拌入早就准备好的鸡肉当中，这才向猫笼里投食，目不转睛地盯着几只妖猫将食物尽数吃光。

佟禄忍不住问道："老哥哥，你在这鸡肉当中拌了些什么？"

老陈醋面露神秘之色，也不着急回答，只告诉佟禄稍安勿躁，待会儿便见分晓。

佟禄不好再问，耐着性子等待了一刻钟左右，再看那几只妖猫的眼神突然发散，身子摇摇晃晃了几下，四腿发软，竟纷纷跌倒，好似饮下西兴隆的"莲花白"一般……

第 六 章
夤夜驱妖猫

古籍所载，虎食狗，鸠食桑葚，鸡食蜈蚣，蛇食茄，猫食薄荷，皆醉。老陈醋翻箱倒柜找出来的枯叶子，便是干薄荷了。薄荷又名升阳菜，老陈醋早年干的是配鬼亲的行当，免不了出没阴贼之地，身上带些薄荷，阳升则阴降，取一个好兆头，再踏实不过。时日久了，便成习惯；即便背井离乡来北平找营生，也没有忘记。

见几只妖猫都已昏醉，老陈醋取来一只白瓷大碗，将白醋哗哗注入，刺鼻的酸气顿时弥散开来。老陈醋称，之所以用白醋而不用陈醋，是因前者有祛毒之功能，那大耗子既已成魅，就算一条斩断的尾巴也不能小觑。说着便将那断尾投入白醋当中，嘴中念念有词。佟禄虽听不大懂，但猜想定是些道门驱魔一类的口诀。

刚开始那断尾仅是轻微颤动，但随着老陈醋的念词越来越快，它竟在白醋之中竖立而起，上面的毛须纷然蓬起，仿佛遇险时的刺猬一般。佟禄见此情景，大气都不敢喘上一声，生怕一个不留神，惹出什么乱子。

老陈醋又念了一阵口诀，直到豆大的汗珠儿顺着两腮流下，他才将白瓷大碗端起，蹑着手脚放在猫笼旁。

佟禄递来茶水，老陈醋咕咚咕咚喝了个精光："大耗子成魅之后，甭说是尾巴，身上随便的一根毛儿都有灵性。"他又喝了一碗茶，说，"我用白醋这么一解，妖猫闻了它的气味之后，就不会被魇着。到时候只要咱们跟着妖猫，就一定能找到那东西的老巢。"

佟禄道："那又何必将妖猫弄醉？"

老陈醋笑道："你当只有鼠魅有灵性，这妖猫就没有了？驱猫捉鼠，最忌讳的便是让猫知晓它是工具。猫这畜生，个个都是傲种儿，闹起来比人还坏。"

两人又折腾了好大一阵儿，待那几只妖猫完全苏醒过来，已然接近子时。

老陈醋推门观天，见月明星稀，决定出发。

佟禄引老陈醋一路快行，不多时便来到了仓廒附近。两人找到一处暗角，老陈醋将猫笼打开，几只妖猫嘶叫了两声，跟着鱼贯而出，一晃之下便消失不见了。

"糟了！"佟禄好似想到了什么，急忙说道，"老哥哥，这妖猫神出鬼没，就咱们俩这脚程，怎么能够跟得上？"

"佟头儿别急，我自有办法。"老陈醋话到此处即止，再未多言。

见佟禄仍是一脸焦躁，老陈醋把挂在腰间的酒葫芦摘下，又从怀里掏出些下酒的油炸花生米来，掸土之后席地而坐，摆手招呼佟禄共饮。

佟禄虽是好酒之徒，但此时哪有闲心，因而入口的酒是什么滋味，他全然不觉，只一门心思惦念那几只妖猫，望它们不辱使命，替自己一解燃眉之急。

过不多时，忽听得身后有窸窣声响，佟禄猛地转身，只见一只妖猫已不知何时归来，望着他的眼神里仍旧带着鬼魅。那妖猫见被佟禄发现，也不停留，转身而去。这边，老陈醋急忙扔掉手中的油炸花生米，扯起佟禄，一路尾随。

妖猫在仓廒之间闪转腾挪，竟来到了稷神庙的门口。

此庙乃仓廒禁地，是因庙内供奉"五谷之神"后稷，除去祭祀之日外，粮官严禁闲杂人等出入，以免恼了神灵，有碍粮运。那粮官对待部属虽然跋扈嚣张、动辄打骂，但却生了颗虔诚之心，每日必来庙中烧香叩拜，风雨无阻。

妖猫溜入庙中，佟禄颇为犹豫，倒是老陈醋干脆利落，循迹而入。佟禄踟蹰了一番，到底事关项上人头，便也硬着头皮跟上了。来到近处，只见那只领路的妖猫蹲在泥塑金身的后稷像下，正冲着老陈醋频频龇牙，却不发出一丝声响，俨然通风报信之状。

老陈醋似有领会，挥了挥食指，那妖猫仿佛看得懂，蹑着脚步快速溜出了后稷庙。

庙内烟香缭绕，叫人恍惚。

老陈醋试了试后稷塑像的重量，示意佟禄上前帮衬。

箭在弦上，不得不发。佟禄也顾不得那么多了，助力他将塑像挪开。

地面上出现了一口黑洞，洞内有很重的腥气涌出，即便在烟香的掩盖下，仍然十分刺鼻。老陈醋放倒塑像，检查后发现内里中空，后稷头顶的天灵盖也不复存在。佟禄看罢判断，鼠魃很可能是通过这个头顶的窟窿将粮食倒入，继而转移到地下的巢穴之中。那后稷神像两米有余，加之鲜少有人前来，头顶的窟窿自然也就很难被发现。

洞口侧耳倾听，并无动静。

那黑洞虽不甚宽，但刚好可以容一人进出。

两人决定下去，一探究竟。

在马灯的照耀下，只见粮食遍地，大有满坑满谷之状。奇怪的是，此地并非一处寻常的盗洞，却更像是一个人为修建的地窖，四壁皆是光滑平整的大石。老窖十分宽敞，可以容人直立行走。两人转了一圈后，除了发现不同种类的粮食被分别存放以外，还发现了一套吸食鸦片的器具，至于鼠魃本尊，则并没有在洞内。

佟禄略微松了一口气，昨晚的经历实在可怖，一想起来，后脊梁就阵阵发凉。

正要招呼老陈醋赶紧离开，以免跟耗子魈碰个正着时，一张嘴，哗啦，头顶被结结实实地砸下了一片粮食，吓得佟禄"咕咚"坐在了地上。要不是老陈醋眼疾手快捂住他嘴巴，他这一嗓子喊出去，准能传出去二里地。

老陈醋冲着佟禄一通比画，那意思是鼠魈就在上头运粮，万不可让它察觉。

佟禄心里七上八下，喉咙发干，生疼。好在他留了一手，下洞之前不避烦琐，将那后稷塑像依原样摆正了。他琢磨，鼠魈除了这个运粮口之外，旧窖应该还有其他的出口……

大约过了一刻钟光景，运粮终于停止了。

佟禄目测了一下身边的粮食，少说三四百斤不止。若是鼠魈一晚上走三回，那就是千八百斤。可是佟禄转念又一琢磨，便有些疑惑了：就当这鼠魈一顿能吃五十斤，一天三顿也不过一百五十斤而已。时日一长，堆积的粮食必会将旧窖填满。可是眼下这地窖里尚且还有余地，这又作何解释呢？

未等佟禄再往下思虑，老陈醋一把将其扯起，称必须马上离开了。

两人在鼠魈再去偷粮的间隙离开后稷庙，而后奔出仓廒，一路快行返回西兴隆。

喘息未定，佟禄便将旧窖所思尽数倾吐，老陈醋暗自纳闷了一会儿，也未说出个所以然来。已是丑时，两人都有了困意，便各自睡去。

第二日晨起，老陈醋照例同伙计交代了一番，便与佟禄一道离开了西兴隆。此后的几天之中，两人走访了六家米铺和八家烟馆，终于弄明白了旧窖内的粮食消失之谜。

佟禄自是对老陈醋感恩戴德，一再声称救命之恩，来日必报。

转眼间十天之期已到，佟禄打算翌日便将真相告知粮官。多日奔波，两脚酸胀不已，烧了热水正烫脚，猛地里一阵夜风刮过，房门"吱嘎"一声敞开了。本想烫完脚再关门，怎奈风中裹挟着沙尘，颇为恼人。

佟禄趿拉着鞋子将门关闭，又挂上别子，一回头，愣住了。

鼠魈就坐在自己洗脚的地方！

细长的双眼里带着诡异之色，一边望着他，一边捻动着腮边那几根结实的胡须。

佟禄被吓了一个透心凉，移动着冒着热气的双脚，他急忙寻找贴身的快刀，却发现它就在鼠魈的身后。

这可如何是好，难不成今晚这条小命要交代了？

佟禄索性心一横，握紧双拳，这就要跟鼠魈拼命，寻一条生路来！

未料就在这个当口，那鼠魈突然站起身来，越过洗脚盆，开始向佟禄频频作起揖来，原本双眼里的诡异之色也不见了，转而化作了万千委屈，泪珠儿"啪嗒啪嗒"往下掉，好一副乞怜之状。

佟禄傻眼了，呆头呆脑地咒骂道："畜生，你到底在使什么妖法？"

那鼠魈被佟禄突如其来一骂，惊得倒退了几步，一不留神踩入了洗脚盆当中，烫得尖叫连连，急忙蹬腿儿，直将洗脚盆弄翻，热水溅了满地。

佟禄瞅准机会，猛地扑上前去，将快刀抄入手中，抢出刀鞘，刀光一闪，便向鼠魈砍过去。后者见快刀劈来，吱溜躲开，本想逃窜，无奈地面湿滑，竟脚底拌蒜，仰面朝天正摔在了佟禄脚下！

刀尖抵在鼠魈胸口，只需略一用力，便可将之开膛破肚。

那鼠魈又开始流泪，伴以"嘤嘤"啜泣，一边伸出颤巍巍的前爪儿，握住快刀缓缓移动着，待到它的左腹方才停止。

佟禄不知何意，但见它泪流不止，竟忽而动了恻隐之心。再一仔细观察，却见刀尖抵住的腹部微有隆起——这其中像是有什么蹊跷……

想到此处，佟禄蹲下身来，用手试探着摸了摸，只觉皮下有一肿块，十分坚硬。

恍惚之间，佟禄似乎明白了一切。

前几日，他与老陈醋暗访了几处贩米铺子，一番试探，果然在一家名为庆泰的米铺发现了一些线索。据米铺的掌柜称,近来确曾收购了一批好米,只是每桩交易皆在黄夜,卖米人身披斗篷脸蒙黑巾,从不以真面目示人,亦未曾听过此人声音。

接着两人又来到庆泰米铺附近的烟馆暗查,从烟馆伙计口中,得到了与米铺掌柜相差无几的答案,购买鸦片的人正是身披斗篷脸蒙黑巾,且自始至终不发一言。

如今看来,鼠魃之所以偷粮贩卖、购买鸦片,是为了以此减轻体疾带来的痛苦。

那鼠魃颇通人性,看佟禄已有所明白,又起身不断向他作揖,还将倾倒的洗脚盆摆在了原处,然后恭恭敬敬立在旁边,仿佛一位久经训练的奴仆一般,甚惹人怜。

佟禄摆手道:"罢了!你且去吧,今日我饶你不死。"

那鼠魃伫立不动,仿佛并未听到佟禄说话。

佟禄又重复了一句,结果如出一辙。

佟禄再做出承诺:"罢了!明日我不会将你偷粮之事说与粮官便是。"

这一回,那鼠魃终于抬起头来,上前两步,虔诚地给佟禄磕了三个响头。虽然它的姿态十分滑稽可笑,但佟禄的内心却涌动出一阵暖意。

摆手之间,那鼠魃已然消失不见。

躺在床上,五味杂陈,明日便是最后期限,如今应下鼠魃,却该如何才能保住项上人头?

"你且猜猜看,这佟禄是如何应对那粮官的?"

"你要说便说,我又没逼着你。"

陈鸳桥绘声绘色讲了一路这白米仓旧窖的轶事,本想吊一吊顾随的胃口,却不料顾随表现得如此冷淡,于是他也便没了再讲下去的兴致。

两人来到范宅门前,叩门。

好一会儿,两扇广亮的朱漆大门方才"吱呦"一声,裂开一条缝隙。

"您二位有何贵干?"范宅的家丁面带机警,不住地打量着身穿制服的顾随，眼神闪烁。

"烦请通报一声，我们求见五爷。"陈鸳桥回道。

"抱歉了您，五爷不在家。"

"我们去过郎各庄，八爷有话待传五爷。"

那名为索巴的家丁闻听此言，似有些讶异。见陈鸳桥往院中瞄看，又急忙挺身遮挡，仿佛院中藏着什么机密似的："五爷大清早便去了天桥跤场，烦请二位去那里会他。"他忙道。

"天桥跤场？"

"怎么，您二位真不知道？"

"此话怎讲？"

"五爷要与跤王小鬼追比试跤技，四九城无人不知哇！"

陈鸳桥与顾随相视一愣，还未道声"谢谢"，索巴便急匆匆将宅门关闭，跟着响起一阵快步奔去的脚步声。

两人走出北剪子巷，跳上汽车，直往天桥跤场行去。

路上，陈鸳桥挨不住烦闷，挑起话茬儿："顾兄，你觉不觉得那个伙计有些怪？"

"他很害怕咱们进宅。"

"该不会有什么不可告人的秘密吧？"

"确实。"

"你好像知道些什么。"

"这伙计见咱们之前刚刚才烧过大烟膏，因此看见我这身衣服，才显得格外害怕。"

"我怎么就没闻出来？"

"要是阁下都有这样的本事，还要我们这帮警察有什么用。"

陈鸳桥被噎得说不出话，偏过脸去。

汽车沿着东四牌楼北大街南行，过崇文门向西，至正阳门再往南，不多时便来到了北平尽人皆知的天桥市场。

这天桥，本是连接永定门与正阳门的一座石桥，民国初年方才成为集市。此后天桥市场蔓延之速度奇快无比，桥南东西两侧与天坛及先农坛北部皆成为其版图。又因此地四通八达，更是北平市内电车最南端的终点站，因而往来游客可谓接踵而至，多不胜数。

人气鼎旺，自然也就驱使大批的奇人异士到此卖艺，于是百业杂陈，无所不备，茶馆、戏馆、落子馆、说书场、杂技场、河南坠子场、数来宝场、拉大片场、摔跤场、估衣铺、木器市、古玩店、筷子楼，更有点猴子相面的、卖膏药修脚的、织袜子补鞋的、扎猪鬃人玩具的、磕泥模子的，至于爆肚、苏造肉、褡裢火烧、杏仁茶、江米藕、艾窝窝、玻璃粉、雪花酪之类的小食，那更是可以数到口舌生津。故而即便在民国二十三年，市府因拓宽道路将石桥拆掉，北平人却还是照旧叫着"天桥"两字。

顾随因为这地为外五区所辖，平时免不了往来，找起跤场自然驾轻就熟。

早有看客将跤场围得密不透风，里外三层都不止。陈鸳桥跟着顾随在人堆里画圈儿，好久才挤到前面。顾随最了解跤场的情况，平日里绝不会有如此高的人气，想来这些看客早就得到了范世海要与小鬼追比试的消息。

跤场南北两侧各置一椅，椅上分坐两人。一人头皮刮得清亮，浓眉大眼，鼻梁高耸，身量高大结实，模样倒有几分郎八通的影子。另一人则瘦小精干，脸庞如同刀砍斧凿一般棱角分明，手中转悠着一副铁胆，不时发出"咯咯愣愣"的响动。

陈鸳桥几年前在沪上报界混迹，兼任了几家报纸的副刊编辑。当时有一家报刊的主编为提高报纸销量，怂恿他撰写武侠小说，并许以高额稿酬。陈鸳桥为生计只得应承下来，于是临时抱佛脚，找来还珠楼主的《蜀山剑侠传》依样画葫芦，虽然最终小说写得一塌糊涂，导致报纸销量骤降、报社门口让人泼了大粪，但却让他识得了不少武术掌故。

过去习武之人，常以"同、田、贯、日"四字来形容人之体魄，谓此四种体质皆可成材。比如瘦小精干的那位，他的体质乃属"日"字一系，骨骼精悍，爆发之力尤强。而身高马大的那位，举止端凝，方正浑厚，正是"同"字一系。两者互有长短，难分伯仲，若是定要在跤场上分出个胜负，那便要看彼时谁的运气更佳了。

顾随打量两人，猜不出哪位是范世海，哪位又是小鬼追。倒是在场地中央以大镐刨土的那位他十分熟悉，此人名叫阴三，乃京跤的顶级高手，亦是这块跤场的主人。

天桥摔跤的规矩，不在于斗勇拼狠，而重于表演，因而每天开市皆以大镐将昨日夯实的黄土刨松，免得伤人身躯。一般而言，这类粗浅活计是由徒弟来完成的，可是今日阴三却抡起了大镐，可见是给足了范世海与小鬼追面子。

那阴三虎背熊腰，虽然年近五十，但赤膊上仍旧泛着油亮的光泽。他瞟眼瞧见顾随，立即快步上前，双手抱拳道："顾队长，今儿个清闲！"

顾随回礼道："三爷说笑。"

阴三仍是恭敬有加："请顾队长上座，我这就叫人为您备茶点。"

顾随连忙道："三爷不必客气。今儿个有些事情要办，待他日再来叨扰。"

话毕，向阴三介绍了陈鸳桥。

寒暄过后，阴三一边引陈鸳桥与顾随走向北首边方向，一边道："这位便是海五爷了。"原来瘦小精干的那位，才是范世海。

范世海闻听两人昨日见过郎八通，立即褪去脸上的傲然之色，道言："既然我师父您①老人家发话了，在下必当鼎力相助。只是……"他瞟了一眼南首的小鬼追，脸上的傲然遽尔重现，"我与小鬼追有言在先，今日必要分出个胜负来，雷打不动。所以，能否请两位稍候片刻，待我将这厮拾掇得心服口服，再与你们一共前往陶然亭除妖？"

---

① 您：北京方言，对第三人称的敬称。

顾随似有犹豫，陈鸳桥却抢口道："如此，那我们只有祝五爷旗开得胜啦。"

阴三于人情世故颇为练达，立即招呼人前来，吩咐道："顾队长和陈记者是稀客，今日赏光观赛，咱们需得好生招待才是。"

那徒弟得了师父的命令诚惶诚恐，殷勤地将两人引到上座。

甫一落座，顾随便沉下脸来："除妖之事迫在眉睫，你还有闲心看人摔跤！"

陈鸳桥笑道："如此对决，若因你我而择期，岂不是罪过？你且好说，就怕人家知道我的身份后，再去砸了我的报馆。再者说，我那《异报》还指着水怪一炮而红呢。如果昨日刚载一期，今日便顺顺当当将水怪除掉，岂不是虎头蛇尾？若能有个小插曲，总算是可以添砖加瓦，再凑上那么一期，也不枉这连日的奔波了。"

顾随揶揄道："可怜你长了一副读书人的皮囊，骨子里却是一个不折不扣的生意人。"

陈鸳桥赔笑："顾兄火眼金睛，你说什么便是什么。"

此时，一声清脆的锣声响起，只见已经穿好跤衣的范世海与小鬼追双双走向场地中央，分而向诸位看客频频抱拳。

"起——！"

随着阴三这低沉的一吼，两人拉开马步，渐次靠近对方……

霎时间，众看客无不凝神屏息，双目圆睁，生怕错过了这场京跤盛事当中的任何一个细节。

第 七 章
神跤斗京华

北平摔跤的根基，源自清廷所设之"善扑营"，其成员称为"扑户"抑或"布库"。女真人崛起于白山黑水间，善骑射，好演跤，即便日后踏破山海关，建立满清帝国，亦对本族传统不敢废弛。例如善扑营，其门户十分森严，所辖"扑户"只可从八旗兵丁之中甄选，更要刀、马、弓、石、步、箭，样样出众，非如此不可以入营伺驾。

善扑营自康熙携诸扑户智擒权臣鳌拜之后，便形成了一套非同寻常的摔跤秘术。这秘术明令禁止外传，尤其不可授予汉人，否则，纵然有天大因由，也逃脱不了杀头之罪。善扑营作为清廷的特种队伍，除去在重要场合进行演跤以悦龙颜之外，更重要的，则是侍卫宫廷，擒拿潜入紫禁城的飞贼歹人，保障内苑安宁。

乾隆二十三年，萧山出了一位威震全国的盗贼，此人姓查名神行，传闻他在钱塘江观潮时，得水中鬼魅指点，习得一套五行盗术，江湖上送了一个"仙人盗"的称号给他。查神行倚仗这穿云入雨的本领，四方招摇，到处偷盗，且每盗必成。甚至得意之际，他在选定目标之后，还会先将欲要盗取之物及时间以信笺的方式告知对方。可即便对方早有防备，他却照样得逞，叫人闻风丧胆。所谓艺高人胆大，后来查神行与人打赌前往紫禁城偷盗，目标正是庋藏在三希堂的王羲之《快雪时晴帖》。可没承想他根本未进得养心殿，就被善扑营的一干扑户们发现，继而擒拿归案，了却了一段人心惶惶的公案。

善扑营因其地位和深不可测的技艺受到民间摔跤手的追捧，能够成为他们中的一员，是每个摔跤手梦寐以求之事。"官腿"和"私练"这类说辞，代表的便是跤技的正统与否。只是到了晚清，朝廷已是强弩之末，尤其是推行新政，崇尚洋枪大炮，执新式枪械，善扑营便日渐式微，此前森严的制度也随之垮塌。及至民国建立，这个曾经地位显赫的组织也就被历史的洪流所吞没。扑户们丢了饭碗无以生计，脸面填不饱肚子，便只好撂地卖艺了。

阴三的父亲便是道咸间盛名在外的扑户。他天生神力，少年之时肋骨已宽如牛肋，乃是正儿八经的摔跤奇才。跤界有言，寻常人积十年之功，不如牛板肋一个朝夕。因此他成年之后顺利入选善扑营，还被善扑营统领赐绰号为"八方鼎"。彼时，蒙古各部旗时常进京朝贡，有一个摔跤手名为吉布哈，正是科尔沁部响当当的第一"巴图鲁"，其跤技在草原大漠无人匹敌。八方鼎奉命与吉布哈演跤，三五个回合之后，便以一招冠绝天下的"野马分鬃"赢得比赛。为此，吝啬的道光皇帝破天荒赏给他百两黄金。此后清宫豢养的一头雄象，因误食了壮阳丹药而大发兽性，冲开象房，踩死平民十七人，又是八方鼎以一记"单臂擎车"将之掀翻在地，制服。自此，这两手绝技便成为后世摔跤手必练之功，只可惜多年来鲜有人成，要么是天分不足，要么则是画虎不成反类犬，徒增笑耳。

阴三虽得了父亲"官腿"的真传，可惜他天资不足，亦没有八方鼎那副牛板肋，因而"野马分鬃"和"单臂擎车"这两手绝技，他至今并未练就。可即便如此，他依然靠着父亲所授之跤技，在奇人辈出的天桥占据了一席之地，成为北平跤界绕不过去的头一号人物。如今范世海和小鬼追选择在这块跤场比试高低，并且由他主持裁决，那意思显而易见：为的就是公平起见，孰胜孰负往后绝不会有人质疑。

阴三陪坐在陈鸳桥和顾随身旁，一边闲聊跤界掌故，一边望着场上的两位比试者。许是碍于对方是行家里手，此时范世海和小鬼追不过是相互试探，并未只顾拼勇斗狠，反而显得过于谨慎。

陈鸳桥道："三爷，依您所见，场上的这二位谁的跤技更胜一筹？"

顾随道："三爷，我要是您，就小心回答。您应该知道的，他们这帮干小报的，就喜欢无中生有，挑拨离间。"

阴三大笑两声，摆手道："陈记者绝对不是这样的人。"

"何以见得？"

"能让从不开玩笑的顾队长开起了玩笑，我想陈记者一定是您的真朋友无疑。"

"难怪在天桥人人都要给三爷几分薄面，在下领教了。"

"陈记者不必客气。我爹偲老人家活着的时候，曾提着在下的耳朵说过，跤技这个东西，人外有人，天外有天，没有赢不下的跤，也没有从不输技的人。上了场的，那便是对手，心里头要搁着一份敬重。有了这份敬重在，输赢才是输赢，朋友才是朋友。所以，您若是想让我掏句实话，我只能说，平分秋色。"

阴三到底是在天桥混迹，五方杂地最能教会人言之无物，却又像是什么都说了。

陈鸳桥心有不甘，又迂回道："三爷，依陈某之所见，这小鬼追仿佛是官腿一派，而五爷恰恰是私练，这官腿和私练除去正统与否之外，还有什么差别？"

阴三频频点头道："现在我相信，您真的是一名报人了。按说在下是官腿一派，自当奉本派的跤技为大，私练为小。可这天下之事哪有绝对？打比方说场上的这两位：小鬼追的跤技得于我师叔奎宝寿，当年偲老人家与我爹都是善扑营的顶尖高手，不分上下。若论起来我该称呼小鬼追一声师弟。只是，我师叔从不承认小鬼追是自己的徒弟，笑称不过是因为在旧宫里烦闷，随便教给他几手而已。但就是凭借这几手，小鬼追一出山，就打败了扬名鲜鱼口十几年的小孩王，把这跤王的名号易了主。再说海五爷，七八年前我认识他的时候，他还是位只会撒银子糟蹋祖荫的少爷秧子，见天儿不是往妓院里扎，就是在胡同里盘鸽子玩。谁承想，机缘巧合竟被郎各庄郎八通收为徒弟，从此悉心调教。那郎八爷早年间可是京畿道上出了名的狠角色，您二位都见过，想必就不用我多言语了。单说八爷的跤技，他是先有了武艺，后练的摔跤。以武驭技，可谓是变化多端，深不可测，因而比之官腿，反而少了些束缚——话到此处，我倒忽然想问问陈记者，您且说说看，这两者有何差别？"

陈鸳桥闻听之下，心道眼前这位孔武有力的摔跤手真是狡猾透顶，兜兜转转了一圈，等于又把自己提出的问题给抛了回来。

依照陈鸳桥争强好胜的性情，他非得找补回来不可。只是这样便着了阴三的道，于事无补。想到此处，他话锋一转："三爷真是太瞧得起陈某了。在下不过一介报人，哪里懂得跤界的深水？不过有一事我倒是好奇得很，您且说说看，倘若您师叔奎宝寿奎爷，与那郎各庄的郎八爷对垒，又该是何等的场面？"

阴三又是大笑两声，不过这回他没有急着回话，而是十分审慎地望了几眼陈鸳桥，方才说道："陈兄啊陈兄，您真是一位有意思的朋友。现在我明白了，为什么顾队长跟您在一起就像变了一个人。就冲着阁下这份韧劲儿，今儿个我就透露些事情出来。只不过在下希望您能高抬贵手，不要见报才是啊。"

陈鸳桥朗声道："君子一言，快马一鞭！再者说，我总不能把顾兄饶进去不是？"

顾随笑道："三爷，还是那句话，小心为上。"

"顾队长越是这么说，在下也就越放心了。"阴三沉吟片刻，"其实，今日小鬼追与海五爷在我的场子比试，正是源于当年我师叔奎宝寿与郎八爷之间的恩怨。早在十年前传授小鬼追之前，我师叔曾经收了一个徒弟，名叫桂四，此人与我爹身量相当，都是牛板肋，天生摔跤的料，因此倍受我师叔喜爱。可是没想到，某年在京畿道上的茶寮，桂四阴差阳错与郎八爷狭路相逢，性如烈火的两人因口角而动手。见桂四颇有跤技，郎八爷主动提议掼跤以决胜负。未承想这一日晚间时分，我师叔在旧宫便见到了桂四的尸体。我师叔一生未娶，视桂四犹如己出，真是伤心欲绝……可是在勘验桂四的尸首时，我师叔却发现了一些不对劲的地方，只见桂四的两只手上，被割开了七八条大口子，显然是利刃所为。本是比试摔跤，怎么会把手割伤？我师叔越想越不对劲，于是就来到我家——那时候我爹尚在，您老人家毕竟是见多识广，听罢我师叔的描述，一口断定，是郎八爷在跤衣里藏了磨了边儿的铜钱！"

"这岂是大丈夫所为？"顾随蹙眉道。

此时，但见场上的两人胳膊箍在了一起。在相互试探了一番之后，已然把对方的底细摸得差不多了，攻击则水到渠成。小鬼追身宽臂长，几次想抓住范世海身上的跤衣，但均被后者灵活地避开了，且每避开一次，范世海便变守为攻，亦是试图去抓小鬼追身上的跤衣——无奈他臂展过短，多是无功而返。

阴三见状继续说道："这正儿八经摔跤的跤衣，乃是九层棉布一层帆布所制，质地坚硬无比，非一般寻常布匹可比拟，因此藏几枚铜钱在里头，很难被人察觉。但是真正的摔跤手是不屑于干这等龌龊之事的，反而是那些技不如人又气量狭窄的贼人，才善使这类阴招。要知道如此锋利的铜钱，倘若在双方对阵的时候抓握，只需一下，手骨就会被破开，轻者血流如注，重者可直接断为两截。若是后者的话，恐怕这辈子都不能再上跤场，即便上得了，也不可能使出先前的本事了，真是害人终生！"

"在下虽然与郎八通仅有一面之缘，但自认为他不是那等奸险小人。"陈鸳桥试探着问道，"这其中……是不是有什么误会？"

"若是真的有什么误会，那就不会有今日的比试了。"阴三话说得十分肯定，"当时我师叔不顾我爹的劝阻，星夜便直奔郎各庄，誓要让郎八爷血债血偿。那个时候八爷已经金盆洗手，但是庄子上还是有不少子弟在。我师叔一出手便重伤了七八名子弟，直让郎八通怒不可遏。双方立即画地成围，比试起摔跤。郎八爷的跤技虽说是私练，但他娘是江湖上响当当的窦三姑，可谓近水楼台先得月，武术根基自然了得。以武驱技之下，我师叔并占不到太大便宜。就这么着，两人差不多对峙了半个多时辰，渐渐地，郎八爷便有些力不从心了。其实我师叔何尝又不是呢？只是他内心悲痛万分，憋着一股恨意，催着您虎虎生风罢了。眼见郎八爷只有招架之力，我师叔突然使出了那记'单臂擎车'——我爹在世的时候说过，若想练得此技，并非一朝之功。这一手跤术难就难在以瞬间之力，将人平直抡起的这个过程，因此才得了个单臂擎车的名字。这等瞬间将力量集于一臂之上的本事，非得将全身之力聚于臂膀不可，差一点儿火候都不成。我师叔早年虽说日日跟随我爹勤学苦练，但囿于身量和天分，并无所成，而那日竟在悲愤间使了出来。这一招的厉害之处，就在于只要被抡起来，摔向哪儿，便是哪儿了。就在这千钧一发之际，一只铁胆打在我师叔手腕上，您手上一软，八爷才没有撞在一旁的石锁之上，否则，必将脑浆迸裂不可！"

陈鸳桥道："若是我没猜错，出手相助之人应是窦三姑吧？"

阴三点头道："依照窦三姑的本事，这一只铁胆，完全可以将我师叔手腕打碎，今后都甭想再摔跤。可她出手之时便有意卸去了七八分力道，因而我师叔不过是手腕酸麻，并未有他碍。但这一击还是让我师叔吃惊不小，知道对方手下留情，于是赶紧抱拳道谢，而后快步离开了郎各庄。"

"后来弄清楚了吗，桂四当真是死在郎八通之手吗？"

阴三犹豫了一下，才慎重地点头道："我师叔归来的第二日，我爹便接到了窦三姑差人送来的信笺和五百块银元。窦三姑请我爹务必帮助说合，并替八爷道了歉。我师叔虽然内心愤懑，但到底人家饶了自己一命，也就没有再往下追究。"

顾随面有戚色，仿佛并不相信也不愿意相信，郎八通真的干了那等龌龊之事。

陈鸳桥则又问道："事情既已了结，何以又有了今日的比试？"

阴三叹了一声："要不说不是冤家不聚首嘛，场上的这二位本不应有什么瓜葛，坏就坏在他们俩都是有鹰癖之人。前些日子，这两人不知怎么的，在隆福寺鹰店碰上了，聊着聊着就把那些陈芝麻烂谷子的老事翻了出来。前头不是跟您二位念叨过了吗，那海五爷本是个少爷秧子，亏了郎八爷悉心调教方才成人。因此听到小鬼追辱骂自己恩师，自是怒不可遏。两下就这么大打出手，直把鹰店弄得七零八落。那鹰店的掌柜名叫快手刘，因为善于捕鹰而结交了许多达官贵人、八旗旧裔，逢人都给三分薄面。正是快手刘对着场上的二位讲，若是真想分出个胜负，就去天桥的跤场正儿八经地比试，甭在鹰店丢人现眼，辱了玩鹰人的气量……这两位便当场约好，来我阴三的跤场一决胜负。"

陈鸳桥听罢抱拳道："多谢三爷慷慨，为在下解惑。"

阴三摆手道："不过是些旧事，陈记者若是听着不烦，他日找个机会，咱们再聊就好。"

两人端起茶碗喝茶，猛听得看客们爆发出"唔——"的一声。陈鸳桥被吓了一跳，手上茶碗"咯噔"一歪，若不是阴三眼疾手快，一碗热茶就全都倾翻在他的裆部了。

陈鸳桥尴尬极了。

顾随笑道："大可不必，台上才有意思。"

此时，台上早已换了一番情形，彼此间不再有所披藏，各式手法和门路轮番上演。小鬼追沉稳不迫，每一招都显得十分老练，即便一记最常用的撤步，脚步亦从不凌乱。而这边厢的范世海则正相反，出招快而油滑，常常一招未等使完，便遽尔幻化成另外的招数，叫人意想不到。看客们随着两者的出招，嘴中爆发出不同的声调，更有管不住碎嘴的几位，临时充当起了解说的角色。一时之间推、倾、扎、挤、背、扫堂腿、鸳鸯拌、怂人杵、兔子蹬鹰、举火烧天等摔跤行话，一波盖过一波地扎入陈鸳桥耳朵中，直让他在巨大的声浪中有些恍惚不已。

这一波你来我往的角斗，持续足有一刻钟之久。

如此激烈又紧张的氛围，就连陈鸳桥都禁不住四体发汗，更何况台上的二位。

小鬼追和范世海开始喘起粗气，胸口起伏不定，跤衣的边缘也被汗水濡湿。两人都心知肚明，这个关口才是胜负的转折点，因此仿佛商量过了一般，状态又恢复到了最初时候的试探。于是，场外的看客们也便安静了许多。倒是阴三，嘴角罕见地扬了扬。

陈鸳桥敏锐地捕捉到了这意味深长的微笑，忙问道："三爷不可独乐，要众乐乐才是啊。"

阴三眯起眼睛，声音压得很低："酒过三巡才是好酒，菜过五味才是佳味。"

那阴三说这话的时候，双眼钉子似的不离台上。

陈鸳桥眨眼间便有所领悟，忙向台上望去，就在这电光石火的一瞬，本还在歇息状态的小鬼追突然间发力，三步并作两步，一手陡然划弧，噌！啪！这短促的两声过后，只见范世海整个身子已经脱离地面，滞在了空中。

单臂擎车！

这一记只闻传说却鲜少有人亲睹的招式，今日居然在众目睽睽之下上演，怎能不叫看客们惊诧？以至于他们无一例外地发出了与往昔不同的声调，就仿佛被一柄利刃活生生插入了后腰一般。

此时，原本松弛无比的阴三整个人突然绷得很紧，握着茶碗的手也微有抖动。

能让这位见多识广的跤界魁首心绪发生变化，可见这记"单臂擎车"确曾使出了它该有的模样、该有的分量、该有的精髓……

这等思虑仅是在陈鸳桥脑海中一闪而过，如此千钧一发之时，他又怎么舍得分心。但就在包括陈鸳桥在内的所有人都等着小鬼追那惊天一掷之时，滞空的范世海却好似猴子附体，快得根本没有人看清楚，他究竟是怎么卸掉了小鬼追胳膊上的力量,又是如何"反客为主"使出了那记"野马分鬃"的。接着,陈鸳桥听到了两声几乎不分先后的"刺啦"响动,再看小鬼追和范世海各自向后退去,噔噔噔噔,都差点儿跌翻在地。

他们身上的跤衣皆已绽开,正是对方的手力所为。原来,那"野马分鬃"是专门克制"单臂擎车"的技法。范世海本想后发制人,一击中的,无奈小鬼追身高臂长,受到攻击之时仍旧能够抓住范世海的跤衣,丝毫不落下风。

这两手久不露面跤界的绝学,于顷刻间轮番上演,直叫人血脉偾张,就连陈鸳桥这等手无缚鸡之力的文人,都感到内心狂跳不已,更何况顾随与阴三这等武人。

阴三甚至站起身来,打翻了茶碗都毫无察觉。他抑制不住地喘着粗气,剧烈的程度似乎要远远超过场上角斗的两位。那是一种武人的兴奋,既有大开眼界的一面,又有一丝既生瑜何生亮的暗嫉裹杂其内。

此时陈鸳桥再观场上二位,皆已露出疲态,一眼便知是在强撑腰身。本想提醒阴三,却见顾随先一步凑到阴三身旁,耳语了几句。

阴三连连点头,快步来到场上,一手执小鬼追腕子,一手执范世海腕子,平息了片刻方才朗声说道:"今日比试到此结束,双方——未分胜负!"

第八章
赵子玉款识

　　一天之内，一场之中，一瞥之间，冠绝北平跤界的两大奇技先后上演，直叫看客们大呼过瘾。这消息在天桥的传播速度赛比迅雷，不多时便引来数倍于前的观者，都盼着能够再睹范世海与小鬼追的风范，也不枉做一回爱跤人。

　　见此情景，阴三与角斗的两位进行商量，决定三日以后再比试一场，时间地点不变，风雨无阻。他亲自公布了这个消息，看客们这才拖着脚步，意犹未尽地渐次离去。

　　在阴三的引领下，陈鸳桥、顾随、小鬼追、范世海来到内间。早有徒弟经阴三授意泡好茶叶，备上糕点。众人各自落座，那徒弟识趣地离开。阴三招呼众人喝茶，连道辛苦，称暂且小憩一会儿，中午由他做东，请诸位吃个便饭。

　　小鬼追面色冷峻，似对这等琐事毫无兴趣。他将茶碗放下，站起身来，冲着范世海抱拳道："五爷好本事！那日在隆福寺，真是眼拙了。"

　　"您何必谦虚？"范世海眼也不抬，傲慢地拱了拱手，"那一记野马分鬃，要不是在下学艺不精，今日就应该分出胜负的。"

　　小鬼追道："私练到了这个地步，难比上青天。"

范世海丝毫不给面子："大清都亡了二十五年啦，还分什么官私？"语气傲慢至极。

"没有规矩，不成方圆。"

"规矩是死的，人才是活的。"

"怕就怕活了一辈子，到头来还不知道那一撇一捺怎么写。"

"狼行千里吃肉，狗行千里吃屎。"

"长了一副狼的模样，干的却是狗的勾当，五爷还是不要什么都学才好。哦，对了，这么多年我也没弄明白，郎八通的郎，到底是哪个郎？"

范世海闻听此言，猛地一拍桌子，喝道："小鬼追，我看你是活腻歪了，急着去给阎王爷当小鬼，那就让五爷我帮帮你！"

"好啊，放马过来！"小鬼追轻蔑地勾动手指，"郎八通没教会你做人，我教你！"

这二位唇枪舌剑，摽着劲儿互不相让，当即撸胳膊挽袖子，就要再行动手。

"顾队长和陈记者都是贵客，两位今儿个是非要折了我阴三的面子，是吗？"阴三沉下脸来，不怒自威。

两人勉强压住火气，各自落座。

"我看还是选处馆子吃饭吧。"顾随道，"二位有什么好建议？"

"取灯胡同怎么样？"范世海驾轻就熟，"同兴堂的枣泥方谱做得十分地道，枣用的是郎各庄我恩师亲自侍弄的紧皮枣，肉厚香甜，保证诸位吃得欢喜。"

陈鸳桥与顾随相视对望——不消说，两人都忆起了那日在郎各庄食过的蒜苗，此番听闻那紧皮枣如此美味，心道该不会也同样上了"人药"吧？

见两人并不应声，范世海又道："那同兴堂还有一道烩三丁，火腿用的是上等金华，海参用的是牟平海刺参，就连那鸡丁，用的也是玉泉山放养的鸡。此菜与别处更不同的，是芡粉里掺有藕粉和茯苓粉，所以吃到嘴里，一丝发柴发木的感觉都没有，即便是牙口已弱的老人家，照样可以大快朵颐。"

"我倒是有另一家好去处，供各位选择。"不等众人回话，小鬼追插言道，"南城外有一家春华楼，不但近便，而且还是江浙馆子。他家的招牌——银丝牛肉，棒！真是此味只应天上有。那牛肉不似寻常菜馆又拍又打，而是全凭火候刀工，嫩而有味，即便垫底的银丝，也炸得恰到好处。不知诸位是否想尝尝看？"

这二位真是好斗成性，就连遣词用句都如出一辙，不让分毫。

为了不让他们再继续下去，陈鸳桥啜了一口茶，说道："烩三丁和银丝牛肉自然是好物，不过陈某以为，既然都来了天桥，何不随遇而安，吃一吃那瞪眼食儿？"

此话一出，众人无不面面相觑。

"陈记者，你不是开玩笑吧，让我做东请诸位吃那个？"

"怎么，三爷有忌讳？"

"那倒也不是。"阴三摆手道，"我是怕失了二位的身份，尤其是顾队长……"

"多谢三爷体恤。"顾随笑了笑，"不过，既然陈大记者想解馋，那我一定奉陪就是了。"

"我就知道，顾队长就是生性洒脱自在，要不怎么会取了一个'随'字为名呢！"陈鸳桥又转向范世海和小鬼追，"那么，您二位呢？"

小鬼追道："……陈记者，我人可实在，会当真的。"

陈鸳桥道："当着真人，从无假话。"

范世海盯着陈鸳桥，看了又看，笑道："既然各位都同意了，那么在下跟随便是。"转首向阴三抱拳，"三爷啊三爷，看来今儿个，您要破费啦。"

阴三抑制不住地放声大笑，而后与四人走出内间，向那天桥市场深处行去。

众人在人头攒动的市场里闪转腾挪，不多时路过一间切面铺。陈鸳桥请他们稍候，自己再出现的时候，手里头捧着十来个刚出炉的火烧，外有几张热腾腾的烙饼。他说，吃瞪眼食儿现买这些可不赶趟，要自己备好才是。言语之间，一副驾轻就熟的模样。

由切面铺又行了百十来步，众人在街角的一个小摊前停下来。

挑子一副、烧着煤火的煮锅一口、筷子数十把、零碎作料几样，外加一位憨态可掬的小贩，这便是瞪眼食儿的组成了。要紧的是锅里的煮货，虽是些在猪肉市上趸来的筋头巴脑边角料，可这一整锅炖在一起，有肥有瘦，扯住骨头连着皮，咕咕嘟嘟的，香气一波波地往外涌，扑进鼻孔里，好似扎在心坎上，不由得叫人想尝上一筷子头。话说这东西很来瘾，只要下了一筷子，准保勾着人的手指，再把筷子伸进来，然后，就彻底松快了，一筷子接着一筷子，直到胃里撑得鼓鼓囊囊，再也塞不下为止。

瞪眼食儿的小摊，向来是不设座椅的，就连半只残碗也不配，至于火烧和烙饼，更是要如陈鸳桥一般，事先从他处买得。食客自行取筷，筷子入了锅，甭管夹起的是小块碎肉还是整块筋皮，都是一大枚一筷子，经济实惠，因而尤受底层的劳苦大众喜爱。至于吃主儿是围着煮锅蹲着吃，或是夹起肉来站着享用，那便要看个人的喜好了。因是先吃肉，后算钱，食客又你来我往，三五成群，那小贩只好双目瞪得溜圆，一刻不得闲地盯着伸入煮锅的筷子，生怕计算错了吃亏，所以，才有了"瞪眼食儿"的名字。

众人来到小摊近前，那小贩老早便冲着顾随点头哈腰，口中尽是问候之语。见顾随抄起筷子来，那小贩更是吃惊不小，一时手足无措，只顾憨笑，竟忘记了去盯看先前的食客。待反应过来，懊悔不已。顾随看在眼里，道了一声不必慌张，他已经替小贩记下了筷数，待会儿结账的时候，加上即可。那小贩闻听此言，笑开了花，不知该如何感激顾随，只好憨傻地盯着他手上的筷子，指引他下筷——众人再明白不过，那小贩最熟悉锅中好肉所处之位置。顾随谢过小贩的好意，提醒他不必特地招待自己，否则又该忘记了他人的筷数。

陈鸳桥驾轻就熟地掰火烧下筷子，引得身旁的阴三啧啧声不断，还是没忍住，问道："陈记者，你不像是常吃这个的人，怎会如此娴熟？"

陈鸳桥也不避讳，称少时在龙泉寺孤儿院的时候，每隔些日子便会偷跑出来，为的就是能够饱食一顿这瞪眼食儿："后来，我离开北平往沪上谋差，时常也会想起这道美味而不可得；如今再回故都，心心念念都是它，不想今儿个机缘巧合，怎有不食之理？"

阴三道："陈记者，你是一个有趣的人。"

陈鸳桥笑道："三爷高看了。其实在下一直对摔跤十分感兴趣，若是哪日三爷有闲，我请您到报馆小坐，不知是否愿意赏光？"

阴三道："就算你不请我，我也必会登门拜访。"

陈鸳桥变戏法儿似的掏出了一张名片，递给阴三，又专心致志地下起了筷子。

顾随仅下了两筷子，目光便被对面的范世海和小鬼追所吸引。

这二位在斗跤和斗嘴不分胜负之后，又不出意外地斗起筷子，仿佛谁夹上来的肉块大一些，对于对方而言都是奇耻大辱似的，非要再下筷子还上不可。一时间，这两双筷子你来我往，一下快似另一下，肉入口中，哪里还能尝出什么滋味？简直是囫囵吞枣。那小贩没见过这等食客，不禁眼睛发酸，一副叫苦不迭的模样。

陈鸳桥示意小贩不必惊慌，而后冲着他们说："两位莫要再糟蹋这等好物！听我问一句话，看看有谁能够答对。"

这二人早已吃不下，只是碍于面子硬撑，听到陈鸳桥的话，立即松了口气，齐声请他快快讲来。

"也并非什么难题。"陈鸳桥轻描淡写，"就是想请两位猜猜，这小摊为何不备碗？"

范世海与小鬼追双双笑出了声。

"有了火烧和烙饼，再来一只碗，岂不是很多余？"

"莫不是你这挑子不结实,再带上十几只瓷碗,怕折了一锅的煮货?"

那小贩望着陈鸳桥"哧哧"地笑,也不与小鬼追搭茬儿。

"两位讲得都有道理,但在下以为,这是卖主故意为之,为的便是让我们这些食客,自以为有便宜可赚。"陈鸳桥道破其中玄机,"诸位琢磨一下,要是万一卖主没有瞧见,我们是不是就可以多吃一筷子?反之,要是我们恰巧自己没数,卖主是不是又能多收一筷子的钱?有了这个可能,那便是这道美味背后的滋味所在了。"

阴三笑道:"陈记者真是越发让在下刮目,到处都能看出名堂。"

顾随揶揄道:"看破不说破,才是真不错。"

陈鸳桥笑道:"卖弄了诸位,我认罚,所以今儿个这顿由我来请。他日咱们再到同兴堂和春华楼,我再陪诸位一醉方休。"遂掏出钱来,交于小贩。

阴三也不拦着:"那就依了陈记者。"他说,"不过,他日非得由在下请客,要是陈记者不答应,在下是无论如何都不会赴约的。"

"恭敬不如从命了!"

众人离开瞪眼食儿的小摊,依原路向跤场走去。

顾随挨在陈鸳桥身边,压低声音道:"阁下真是会就坡下驴,又省了一笔银子。"

陈鸳桥笑道:"多谢顾兄成全。"

来到车前,众人依次拱手告别。

陈鸳桥相邀阴三和小鬼追于午后前往陶然亭,共观除妖大戏。

阴三婉言谢绝,称早已与人相约,商谈再辟新跤场之事,不可出尔反尔。

小鬼追则欣然应允,末了还补充道:"都说郎八通的那只青冥白难得一见,这么好的机会,在下又怎么会错过。"

三人跳上汽车以后,还没开出去多远,范世海就换了一副面孔,迫不及待地扯着陈鸳桥的胳膊,连声道:"快拿出来,快让我瞧瞧,快!"

陈鸳桥将那只"三河刘"的鸣虫葫芦交给他后,剩余的路途,范世海便再没有了一句话,口中尽是赞叹的啧啧之声,完全沉浸在对手中之物的欣喜之中。陈鸳桥本想问几句那架海东青的事情,到底也没插上嘴。

回到范宅,范世海招呼索巴为两人看茶,自己又盯着鸣虫葫芦继续痴迷着。

"五爷,此物何以让您如此兴奋?"

"自打我跟随恩师那日,就盼着您老人家能够赏赐。这一等就是十年,今日终于圆了这个念想,简直是高兴透了!"

"这么看来,五爷必是也有促织之癖啦?"

范世海突然眯起眼睛,来回地打量陈鸳桥,最后露出意味深长的一笑,他说:"能问出这句话,想来鸳桥也是懂虫人,那可真是太妙了!"起身做了一个"请"的姿势,"两位跟我来,我藏了些好物,请你们共赏!"

陈鸳桥懊悔不已,本想先寒暄两句,便立即请范世海架鹰,直奔陶然亭除妖,不料弄巧成拙,也只好硬着头皮站起身来。

两人随范世海行入内院,索巴先一步将东边厢房打开,于门口恭候。

屋内正中央摆着一方考究的八仙桌、几把好椅。四壁各设有博古架,架上分别置了些器物。这些器物与寻常瓷器不大相同,尽呈罐盆状,无一光鲜,皆显质朴。除此之外,还摆着十几个鸣虫葫芦,模样大小与那只"三河刘"不相上下。

范世海道:"我少时就迷上了斗蛐蛐儿,每到秋季,真是不斗浑身痒,一斗万病消。后来跟着京城的大养家们混迹,见他们不但为买一条好虫一掷千金,对盛虫的盆罐更是不惜血本而必得之,因此也就跟着上瘾了。这些年陆陆续续买了这一屋子,就差一件'三河刘',如今也算是功德圆满了!"说着,他将那鸣虫葫芦郑重地置在屋中最显眼处,面露惬意,容光焕发。

话说这斗蟋之风,古来有之,北地又名斗蛐蛐儿、斗促织。蟋蟀吟于土石砖甓之下,其声悦耳如织,"促织"之名,可谓文雅。但北平有此癖好者，多直呼"斗蛐蛐儿"，往往以白露为限，之后方可开盆。究其缘由，是因早虫立秋时蜕壳，一月后可成材，否则身软而力疲，毫无斗志，实在无甚看头。

蛐蛐儿局大都由圈中老手组织，于白露前几日下邀请帖，写明时间地点及赌彩，由家丁呈送给同好。斗局前更是有许多规矩，有名为"司称"者将蛐蛐儿称重，高唱所称之虫的重量如何；再有名为"司账"者备好表格，写明蛐蛐儿重量，交由虫主持。各家蛐蛐儿登记完毕，一目了然，斗家据此才可以"拴对"，取分量相当的两虫相斗。

此时还有名为"监局"者，将宽大而底部不甚光滑的瓦罐放于八仙桌前，这便是两虫相斗的斗盆了。双方各自将蛐蛐儿放入斗盆，规矩是只可用粘有鼠须的拃子撩拨自己的蛐蛐儿，使其知晓有敌来犯。胜负既分，"监局"须以毛笔记录，将条子交与"监局"，以为凭证，免得斗家结账时不予承认，再闹出拳脚。

不过，这蛐蛐儿局也分不同的等级，最顶尖的要数"大将军"之局了。这可以说是蛐蛐儿局当中的千叟宴，非一般玩虫者可以参与。此局之举办，只在每年冬至前后，地点多选在有名的饭庄子或是某位养虫名家的府邸，邀请之家亦是先发请帖，并事先在中堂处设供桌，摆香炉蜡签、头等的面食和佳品果子，又延请寺观清音乐队，待来客到齐后举行请神仪式，其礼数十分繁缛，赛比红白之事。请神完毕，开始对局，赌彩数额往往巨大，令人咋舌。待分出最终胜负，还要举行封虫大典，哪只为将军，哪只为虫王，皆记录在案。而后，又开始行送神礼，将事先备好的宝盖及幡等物抬出门外，一边奏乐，一边焚化。诸事结束后，众人齐入宴席。宴毕，大家拱手告别，齐道明秋再会，一年的斗虫之乐就此而止。

但，斗虫虽止，觅器却不休。

如同那"大将军"之局一般，觅器的参与者多为王公大人、富商绅士。这些人斗虫，有时在乎的并非输赢赌彩，而是一个"斗"字——既是斗，那斗的就不光是虫了，更有蓄虫之器。虫器品种繁多，有蟋蟀盆、过笼、水槽、净水瓶、押子等类别；材质更是五花八门，或为瓷，或为古玉，或为玛瑙，或为象牙，或为骨，不一而足。

北平的盆罐名器，当属"赵子玉"与"万礼张"两系为大。

前者以其澄泥紧致为长，棱角挺拔，制作精工，表面润滑如肤，向日映之，呈绸缎之光华，而绝无杂质之反射；后者则澄泥略疏，质地坚密不及，但正因其有此特征，用作养盆之时，反倒更胜过前者。故此两系在玩家眼中，不分伯仲。

范世海自架上取下一只"赵子玉"款识的虫罐，一边展示给陈鸳桥和顾随，一边说："这是我不久前花重金买来的子玉款，今日又得了三河刘，可谓之府中双璧。"

顾随接过虫罐观瞧，只见内有款"古燕赵子玉制"六字，他对这些事向来排斥，更别提什么赏玩了。出于礼貌点了点头，便转给了陈鸳桥。

陈鸳桥持罐细观，倒更像是一位老玩家。

顾随厌他装模作样，笑道："陈大记者，可看出了什么名堂？"

陈鸳桥只笑不语，将虫罐交还给范世海，转而去瞧别的器物，有意不去理会顾随。

顾随只当他阴阳怪气，懒得再去搭理他。可范世海不一样，他越发觉得陈鸳桥的笑意里带着些不可捉摸，十分可疑。

"鸳桥，有什么话但说无妨，何必藏着？"

"五爷这是怎么话儿说的？"

"我这子玉款，你像是看出了些什么，愿闻其详。"

"这个……"

"愿闻其详！"

陈鸳桥本想推诿过去，但见范世海双手抱拳，盛意满盈，心里一软，便应声道："在下自幼无父无母，在龙泉寺孤儿院长大，十二岁离寺自谋生路，曾被宣外西草地曹家收养。曹家有三位爷，是当时北平鼎鼎大名的蛐蛐儿养家——想必五爷也听说过。三兄弟当中，以曹四爷的眼力和技术最为出色。我有幸伺候您四五年,耳濡目染学了些斗蛐蛐儿的皮毛。四爷曾经告诉我,这子玉款的虫罐,若是以'古燕'开头,如末尾一字为'制'而非'造',无一例外皆是伪赝;反之,若款识以'都人'开头,则末尾一字为'造'也皆是伪赝;而真物应为'都人赵子玉制'。除此之外,我刚刚观察五爷所藏的虫罐,'古'字下端有一戳记。据曹四爷讲,那戳记当用水牛角刻成,用久了定会出现两端下弯之裂纹。但五爷的虫罐只有戳记,却并无裂纹,想来……"

"想来是新造的,是也不是?"

"五爷莫急。我刚刚仔细看过,虽是新造,但仍是难得的好器,不可等同寻常赝品。"

"真就是真,假就是假,你又何必宽慰在下?"范世海满面怒气,当即抄起虫罐,大力掷向屋外……

陈鸳桥耳听这一声清脆,不由得一声叹息。

第 九 章
浩荡青冥白

子玉款的伪虫罐分崩离析,索巴心疼透顶,一张脸拢成了包子褶儿,直呼这砸的哪是虫罐,分明就是碎了八百块大洋。

"五爷啊五爷,我真是罪过大了。"陈鸳桥懊悔更甚。

"算不得什么。"这一砸之后,范世海反待陈鸳桥更亲昵了几分,连声道,"你今儿个给我上了一课,什么才叫真人不露相。兄弟我生平最钦佩有本事的人,现在也明白了,为啥我师傅会放心让你把'三河刘'转交给我,您到底还是眼明心清啊!"

陈鸳桥寒暄道:"毕竟让五爷破费了,得罪!"

范世海连连摆手,忽而话锋一转,笑道:"那你是不是要找补我一下?"

"愿听差遣。"

"既然老兄得曹四爷调教,想必定会有些秘技,不如找个机会,透露给兄弟几手可好?"

"五爷发话,鸳桥怎敢不从?"

范世海十分开心,连声道谢。

顾随道:"时候不早了。不如我们尽早启程赶往陶然亭,等到除掉那水怪,你们再详叙如何?"

"小弟真是糊涂,一勾连上蛐蛐儿,比抽了大烟还来瘾,简直不成样子!见谅,见谅!"

范世海引两人走入第三进院子,索巴早已等在索罗杆之下。

那索罗杆是"在旗"之家的标志,一丈多高,杆顶处置一锡斗。陈鸳桥曾听人讲过,女真人自辽金时期便有"祭天"的习俗,于锡斗内常放一些肉类,供飞禽来食,据说是能带走噩运。不想这习俗源远流长,竟随他们由白山黑水辗转至燕地,至今仍有缘得见。

陈鸳桥生来一颗七窍玲珑心,凡事都要弄个明白,正欲求证,倏地一道白光闪过,厉风荡过脸庞,竟让他梳得服帖的头发垂下额头,身子也歪了一下。

稳住身子,见一物立于范世海肩头,周身皆白,毛芯里隐约沁着葡萄紫,淡如烟熏……

"好一架神鹰!"陈鸳桥痴了,世间怎会有如此傲然之物?

禁不住伸出颤抖的手指……

啸叫一声,犹如晴天霹雳!

那神鹰横眉立目,似对陈鸳桥此举颇为不悦。

索巴忙向陈鸳桥说道:"陈爷,您别介意,这架海东青,可不是寻常的鹰隼,只有在吉林和黑龙江的大荒深山里才能瞧得见,所以性情古怪了些。咱们满人的先祖肃慎族,管这灵物叫'雄库鲁',意思是世上飞得最高和最快的猛禽。都说一万只鹰里才能出一架海东青,这里头又以周身皆白者为上上品,一飞可直冲青冥,'青冥白'这个威名,便是这么来的。眼下也就是民国了,要是搁在清朝,这架'青冥白',只能皇帝老儿一人可以拥有,旁人若是跟陈爷您似的,那便是犯上僭越,要砍脑袋的……"

"混账东西!一张嘴就没个深浅,这里有你说话的份儿吗?!"

索巴挨了骂,立即缩了头,退在一旁。

而此时,陈鸳桥不知为何脸色变得煞白一片,呼吸愈发急促,几乎力不可支……

范世海当即喝道:"顾兄,不可再让鸳桥去看'青冥白'的双眼!"

顾随利索地钳住陈鸳桥肩膀,一兜,直将他掼倒在地,脑袋磕出了响动。经此一撞,陈鸳桥剧烈地干咳了几声,气色方才恢复如初。

索巴将之扶起,掸扫身上泥土。

"这是怎么了?"陈鸳桥四下观瞧,竟浑然不知自己为何会摔倒在地。

范世海沉吟道:"当年我师父曾告诉过我,海东青之所以被唤作万鹰之神,是因为它们生来就居于绝顶,俯视众生,一双鹰眼无处不在,可顷刻间洞悉数里之外的风吹草动,而后将猎物一击毙命。您还一再告诫我,切不可与'青冥白'对视过久,因为鹰眼最能摄魂,尤其对于修习内功者,视魂为精气,精气一散,则非死即伤!您说这番话的时候,像是饮了苦酒,当年,您就是自认内功深厚,不听人劝,谁知道白白糟蹋了七八年的苦修,折了阳寿不说,还差点儿瞎了双眼!"

"八爷他……当真说过这话?"

"这种事儿,我又岂能诓骗顾兄?不过话又说回来,当时我年轻气盛,自然也不信,心道将来有机会非试试不可,反正自己又没什么内功……"

"愿闻其详。"

"我试过之后,第二天就跑到郎各庄交了实底儿。"范世海摇头苦笑,"我师父虽说满脸铁青,倒也没有冲我发火,只问我都看到了什么?我说,黑雾汹涌啥也看不清,只是觉得身子腾云驾雾,就像抽了大烟泡;还有,就是胸口翻江倒海地疼,然后便昏死了过去。我又问您,自己究竟到了什么地方?您沉吟了一会儿,说了'虚空'两个字。我到底也没有弄懂这两字是什么意思,琢磨来琢磨去,也只好安慰自己:师父身怀绝技,内功精湛,自然非寻常人等所能堪透。但我却从此对鹰眼摄魂这事儿深信不疑了,更觉得在那双眼睛背后,一定藏着什么古怪。"

陈鸳桥闻之,再望向"青冥白",目光便怯了。

众人赶到陶然亭之时，早有人将除妖之事大肆传播，各路看客纷至沓来，好不热闹。

陶孟和亲自指挥警察们维持秩序，忙里偷闲告诉陈鸳桥，第一期的《异报》他已经看过了，虽然未经他同意就刊行了，但内容可谓之字字珠玑，甚得其心。

陈鸳桥道："昨晚开了夜车，今晨三时方才弄毕。本想立即将校样拿给您过目，可是又怕耽搁您休息，这才唐突了。"

陶孟和道："唐突得好，唐突得妙，唐突得呱呱叫！"四下瞄看两眼，压低声音，"这样也好，一眼就知道没被人改过，文章行云流水，才显得真实不是？只不过这个度，你得装在心坎里，千万别越了界限才是啊。"

"请署长放心，这是不可能发生的。咱们《异报》从今天，不，从这一刻起，那便是北平公安局的喉舌、第五区警署的阵地、您的排头兵。"

"嘿！这个排比好！回头啊，你教教我那新来的秘书，稿件写得一塌糊涂，简直不堪卒读。我多次跟他讲，要排比，要排比，要排比，只有排比才能感情充沛，才能深入人心，才能够彰显人格魅力……欸？要不，你给我当秘书得了？放心，我绝不亏待你。"

"做您的排头兵，自然再好不过。可是刚刚您不是也说过嘛，不刻意才是好文章。在下身在曹营心在汉，于您而言，才有大用处啊！"

陶孟和盯着陈鸳桥，看，又看，露出意味深长的微笑："我就喜欢你这种人，通透，不倔强。"转而望向在一旁替自己维持秩序的顾随，摇头道，"可惜啊，要是顾随有你这番心思，那我就不用这么辛苦啦。"

"署长，我有不同的看法。"

"但说无妨。"

"我的这些想法，也许不成熟，但都是肺腑之言。武人与文人，以刀笔行世，各自的承担是不尽相同的。后者如我，于文章之中或嬉笑怒骂，或感时忧国，或针砭时弊，或歌功颂德，无非是遵从内心的感受罢了，成本不过几页稿纸。可前者却要身体力行，将文人口中的漂亮话用行动来表达，有了好的结果那是该当，反之，这些行动就毫无意义。所以我认为，武人行世实则更难。难在他不可以如文人般鼓唇弄舌，不可以如文人般在字里行间耍小聪明，不可以如文人般对厌恶之人笔伐。武人的伐，是要流血的，伐的是命。再讲些不该讲的，譬如眼下日寇将北平围困，其狼子野心，您与我全都明白。难道说，那些守土的士兵不明白吗？兵戎相见，早晚之事！不论那些政客如何斡旋，我相信只要一声令下，他们必会以死相拼，拒日寇于城外。这就是武人的朴素信念，以守土保家为己任。可若是所有士兵都像我这么机巧，所有身居要职如同顾随一般的武人，都同我等这么机巧，那这北平城岂能守得住？因此在下的结论是：得武人如顾随在旁，是署长您之福也；得文人如我等在旁，不过是给您增色而已。"

陈鸳桥这一番话，绕来绕去九转十八弯，到头来虽是给顾随戴了高帽，可话被陶孟和听在耳朵里，却怎么着都觉得舒服，越发觉得自己伟岸了。

"署长，还有一事要麻烦，请万不要推辞才好。"

"鸳桥的事，就是老哥的事，说！"

"明日的报纸，鸳桥打算刊登署长的一帧相片，请您一定要给面子才是啊。"

"好说，好说！我这就吩咐人准备，待除妖事毕，照他个十几二十张，供你选择。不过这样是不是……显得有些高调？"

陈鸳桥笑道："鸳桥愿助署长荣升一阶。"

陶孟和强掩笑容，摆手道："功名利禄，都是过眼云烟，为民谋福祉，才是我辈之信仰。"

陈鸳桥附和着道："正是，正是！"

此时秘书走来，先递上一块毛巾，待陶孟和擦完脸，他这才说："请署长敞轩坐镇，茶水和果点均已备好。"

陶孟和点点头："鸳桥，你随我一起吧？"

陈鸳桥推辞道："多谢署长垂爱。不过鸳桥还是在这里比较好，免得日后有什么闲言碎语，说《异报》不过是靠着跟署长的关系，才揽下了独家报道权，其实根本就没来过现场做工作，那岂不是给署长脸上抹黑？"

陶孟和深以为然："有道理。那我就不勉强了，切记小心为上。"

送离陶孟和后，陈鸳桥快步来到顾随身旁。

"可有五爷的影子？"

"还没有。"

"按说时间也差不多了，该不会变卦了吧？"

"这么出风头的事情，你总得容人家换一身行头，打扮一番才是。"

顾随话音刚落，忽听得不远处的人群里传来了几声惊呼，有人仰起头来，纷纷望向天空。

只见一只大鹰在天空翱翔，忽而展翅，忽而啸叫，尽显逍遥之态，当是"青冥白"无疑。

"'青冥白'既现，五爷也该来了。"

"你就不好奇，刚刚我跟署长都说了些什么？我一直等着你问我呢。"

"我故意不问你的。"

"你问我。"

"现在我改主意了，决不问你。"

"顾兄，你在辱我。"

顾随冷笑了一声，不再搭茬儿。

就在这时，有两人自不远处的苇荡奔来，这二位似在角逐，面颊紧绷，两双眼睛一只瞪得比一只圆，好似两副铁胆。

只眨眼的工夫，他们便奔到陈鸳桥和顾随身旁，双双立住。

是范世海和小鬼追。

当真如顾随所言，范世海换了一身行头，他系着搭膊穿着坎肩儿，足下蹬了一双黑皮快靴，透着一股子豪杰气概；倒是小鬼追，还是跤场那副装扮。

"两位真是好兴致，每时每刻都要比拼。"

"不过是活动活动筋骨而已,谁知中途遇见了他,便一道奔过来了。"

"与遛弯儿无甚区别,不爽。"

"不爽不乐。不如我再陪追兄折返一遭,出出汗?"

"折返两遭我也奉陪到底!走着?"

这二人说着又要开练,透着死磕到底的味道,就怕谁短了一截气焰。

顾随上前,拦在两人中间,面色深沉:"二位不要再意气用事了,还是留着精力,待三日后跤场上分胜负。眼下,对付那水怪要紧。"

范世海道:"罢了,就依着顾兄。等除掉那怪物,要是你还想出出汗,我一定奉陪到日落西山,就算奔一趟沧州,我也照陪不误就是了。"

小鬼追面露不屑:"沧州就算了,实在无聊。要去,咱们就奔一趟洛阳。"

陈鸳桥赶紧岔话道:"五爷,您倒是给说说这除妖计划,是否需要顾兄这边配合?"

范世海一脸傲然:"鸳桥不必担忧,无须顾兄劳心。"他说,"只要'青冥白'出马,就算那妖怪有九头身,今日也必是它的死期!"

不等众人再语,范世海冲着天空卷舌而哨,那"青冥白"接到信号,"嘣"的一下滞空,兜翅扎向范世海,身段实在漂亮,惹得不远处围观的看客发出一片唏嘘之声。

那"青冥白"冲力遒劲,落在范世海肩头时却又稳如磐石。

陈鸳桥望着这灵物,看不够,却又不敢盯着太久,生怕再出洋相。

范世海驾着"青冥白"往苇荡行去,就像一位阅兵的大将军,胸脯挺得老高。那些看客也竟如陈鸳桥一般,痴痴地望着"青冥白",脚下不由自主地挪动,依次将道路闪开。

自是有那瞧着不忿的,揶揄道:"不就是一架白鹰嘛,挨得着跟这儿耀武扬威吗?八旗子弟谁没玩过鹰呀?纵鹰狩猎可是咱老祖宗给发扬光大的!再说了,有像这位爷用肩膀架鹰的吗?真是坏了规矩!"说话这人瘦骨嶙峋,一副遗少模样,话毕一指人群,"瞧见没,架鹰那得臂擎,这才

085

不是秧子。"

看客们顺着他所指望去，果见人群中裹着一位胳膊架鹰的瘦高个，不过，他那只黄鹰可比"青冥白"差远了，不光模样，就连精气神儿都隔着两座山。那遗少见众人都不言语，脸上轻佻之色更浓。

巧的是，此时"青冥白"抖了抖翅子，它这一抖不要紧，"扑棱棱"，黄鹰顿时如临大敌，撕裂般地叫了一声，猛往人群里扎去。那黄鹰爪上拴着绳，瘦高个不及防备，摔了个狗抢屎，众人哄声大笑。那遗少再没了先前的气焰，脸膛涨得通红，扭头钻入人群，瞬间便不见了踪影。

为免除妖过程中有所差池，顾随谨慎地命一队警察组成人墙，再三喊话，禁止看客们越过界限；又恐"青冥白"与水怪角斗，惹怒后者兽性大发，顾随提着警察们的耳朵逐一交代，不管那东西有多么可怖，都务必保障看客们的安全，敢有临阵脱逃者，他决不放过，就地枪决。说着掏出手枪，身先士卒地站在最前沿。

这时日头似又毒辣了几分，前来看热闹的人又叠了两三层。

正在人声鼎沸间，湖心处传来水怪的两声吼叫，声虽短促，但陈鸳桥仍觉到脚下的土地略有颤抖。就在此时，那"青冥白"唰的一声挥翅而去，直奔湖心，好似满弓发出去的利箭一般，漂亮至极。

"嚯——！"众看客瞪着眼，不敢眨上半下，喉结一片攒动。

再看那"青冥白"扎到湖心，忽地一兜翅，插向天空，跟着一声尖厉的啸叫，飞落直下三千尺，身子没入苇荡，全无了踪迹。只须臾间，便有一阵打斗声传来，时而伴有两者的你鸣我叫。无奈芦苇碍眼，难以观瞧，急得众人直攥拳头，膀胱发紧。

陈鸳桥与小鬼追并肩而立，站在人群的最前沿。虽然明知就算搬来凳子踩上，视线仍旧无法越过恼人疯长的杂草，可即便如此，陈鸳桥还是忍不住时时踮起脚尖儿，眼睑被撑得麻了，酸了，也不肯稍息。比之陈鸳桥，小鬼追倒是淡定了许多。他不时还与陈鸳桥扯几句闲话，但后者完全置若罔闻。

打斗声持续了一刻钟有余，忽而一声巨吼传来，犹如大石砸入泥潭，脚下的土地晃动得厉害。这声音显然来自水怪，许是它被青冥白惹怒。忽而一霎间，"青冥白"突然现身，它的整个身子几乎是平移而上的，仿佛两只利爪下有一道看不见的气力推动着它。与先前浑身的洁白不同，经过一番打斗，此时的"青冥白"周身已经沾染上了污泥和血迹。然而仅仅是在空中兜翅了几下，那些污迹便瞬间消失不见了。

　　众人见那"青冥白"顷刻间恢复了先前模样，始知它身上的血迹来自水怪，不禁露出了快意的笑容。不光是陈鸳桥，就连顾随都微微舒了一口气。而范世海则仿佛胸有成竹，自始至终揉着一副铁胆，面不更色。

　　可是谁都没有料到，就在青冥白再行兜翅之际，忽的一下，自它身体升起的地方，甩出来一根粗壮的尾巴来！那尾巴生有鳞片，在午后灼热的阳光下甚是耀眼，白光闪动间，直向"青冥白"掴来——这一袭迅雷不及掩耳，"青冥白"因为兜翅而视线受阻，眼见着那尾巴劲风骤雨般落下，范世海竟忍不住大叫一声："青冥我兄，快快避开——！"

第 十 章
郎八通脱眉

任谁也明白,那水怪的尾巴十分灵动,距离又近在咫尺,就算"青冥白"侥幸逃脱,也必会伤筋动骨。范世海一声嘶吼过后,只觉胸口气血翻涌,眼前一团黑暗,竟偏脸掩面,不忍观瞧这伤心一幕。

几乎就在这一瞬间,"青冥白"的啸叫声凿入耳际,直让范世海舌尖腾然发苦,鲜血便从指缝间溢了出来。他极力平息胸中气血,却听到了一阵讶异的声音——它们由不同看客的嘴巴里发出,虽杂乱无章,但无一不透露着由衷的赞叹。

这如洪峰一般的响动过后,才有零星的掌声响起,渐而越发密集起来。

范世海顿感三魂归位,他将手掌移开,但见"青冥白"在湖心上空兜翅,身上并无任何血痕——它究竟是怎么躲掉水怪这一击的呢?

"若是在下没有看错,刚刚这神鹰所用的脱身术,好像是野马分鬃?"

"鸳桥好眼力,正是野马分鬃无疑。"小鬼追道。

"看来五爷为了练就这一招,平日里没少下苦功夫。这海东青也真是灵物,居然能够仿人的身形御敌,可谓天下奇观也。"

"范世海好福气啊!"小鬼追感叹道,"实不相瞒,在下也喜好大鹰,可这些年走遍四九城的鹰店，也没见哪只鹰能跟这'青冥白'相提并论。不过，论起那手野马分鬃，这'青冥白'可比范世海强多了。今日我与他掼跤，他并未伤我分毫，可'青冥白'不同，一出手就立竿见影。这么看来，将这水怪除掉，不过是时间问题。"

这两人你言我语之间，范世海也已经弄清了来龙去脉。

当年，郎八通秘授他这手野马分鬃的时候，并没有言及其与桂四、奎宝寿之间昔年的恩怨。后来他与小鬼追相逢于隆福寺鹰店，始知有这样一桩往事。在他的一再追问下，郎八通这才不得不道出实情，并称当年败给奎宝寿之后，便开始潜心研究那手单臂擎车，以三年之功，方才琢磨出其中的破绽，继而想出了野马分鬃这手破解之招。那神鹰"青冥白"便是在郎八通琢磨野马分鬃之时来到郎各庄的，想来日日耳濡目染，近水楼台先得月，竟先一步学会了此技，无形之中成了范世海的师兄。

思虑自此，他哑然失笑。

此时，那青冥白又是一声啸叫，再次扎入湖心。

这回打斗的时间十分短促，便传来一声异常痛楚的吼声。接着"青冥白"一飞冲天，在湖心上方划了一个小圈，飞抵众人面前，扔下了一疙瘩半红不白的碎肉。

众看客蜂拥上前，巨大的力量险些将警察搭成的人墙冲垮。

顾随非常兴奋，他立即命人将这块碎肉装入物证袋，呈给敞轩督战的陶孟和。

范世海道："顾兄你何必多此一举，待'青冥白'将这怪物彻底斩杀，岂不是任你宰割？"

顾随笑道："那就有劳五爷，再请神鹰出手！"

范世海甚是得意，抚摸站在肩头的"青冥白"，小声说了些什么，那"青冥白"仿佛听得明白，猛地抖翅，嗖的一下，又飞入天空，再向湖心扎了下去。

这一扎，似有撼天动地之气概，那水怪当即发出急促而嘶哑的叫声，显然是明白危险临近。然而就在水怪的叫声一声快似一声、那"青冥白"的身躯将要没入苇丛之际,不知什么因由,它突然停了下来,好似被烫到了一样。跟着,"青冥白"便开始在湖心上方兜圈,再也没了先前的从容淡定,尤其是它略带悲鸣的啸叫,竟仿佛被摄取了心神一般!

"五爷,这鹰……怎么了?"

"顾兄别急,也许是它发现了什么不寻常,正在想办法应对。"

"神鹰从前可有这样的情况发生?"

"此物生来傲然,有一颗磐石之心,一般的情况,不足以让它有这么大的反应。"

顾随见范世海脸色阴沉,猜想事情有些严重,便吩咐两侧的警察注意警戒,最重要的是,若一旦出现突发状况,万不可让看客们有任何闪失。

陈鸳桥道:"追兄,依你所见,这'青冥白'为何会这般惊慌失措?"

小鬼追双目不离"青冥白",摇头道:"我虽没有得到过这样的神鹰,但寻常鹰隼上手也不下二十架,从来没有见过哪一只这么慌乱,即便是对付机敏异常的老兔,往往也不会发出这种叫声……"

"你们快看!"人群中不知谁喊了一声。

陈鸳桥定睛观瞧,那"青冥白"居然展翅升空了,稍稍盘旋了一个来回,便响箭似的奔至东南方向,只眨眼的工夫,便化为一个白点,远去,消失于青空。

汗如雨下……

范世海整个人僵掉了!

看客们如同苍蝇般的窃窃私语,这些声音汇集成流,在他的耳朵里,渐渐变得涛声震天。

"青冥白"这是怎么了?难道,真的怕了那水怪?!

不应该的……

这一问一答,在他脑海反复不止,就像两条阴阳鱼一样,怎么都逃不出那个圈，滞住了。

顾随遇事最能保持冷静，见此情景，他立即吩咐众警察先疏散看客，又生拉硬拽，将范世海扯离，宽慰他不要太放在心上，也许"青冥白"是察觉到了什么别的事情，远要比眼前的事情更重要……

"不好！我师父……恐有难！"顾随这句无心之语让范世海幡然醒悟，他望向"青冥白"飞离的东南方向，"郎各庄！"

"五爷别急，容我去跟署长禀告一声，这就驱车载你前去。"

范世海抱拳道："大恩不言谢！"

琐事无需细表。

且说陈鸳桥、顾随、范世海、小鬼追四人来到郎各庄，只见郎宅大门上挂起白绫，众徒弟家丁披麻戴孝，个个神情憔悴，面带凄惶，更闻"青冥白"声声饮泣，自内宅传出。

范世海不及细问，先于众人飞奔而入，口中大呼"师父"……

待陈鸳桥三人来到内宅，范世海已然身着孝衣，跪立棺旁。那"青冥白"与之不过咫尺之距，仍是悲鸣不已。躺在棺材里的死者，正是郎八通，身躯似比生前小了一整圈。他的脸庞虽经粉饰，但仍旧难掩塌陷，痛楚之色犹在，仿佛生前曾经受了巨大的折磨，痛感已沁入肌肤纹理当中。

顾随特地观察了郎八通的眉毛，荡然无存。

陈鸳桥暗想，昨日离去之际，自己还曾再三提醒郎八通不可贪恋鱼腥，他那爽朗的开怀大笑犹在耳旁；不想才过去一天而已，如今竟阴阳两隔，真是生死无常。

"恩师您身子骨向来刚健，怎么会突然间撒手人寰？"

范世海这陡然一问，将陈鸳桥的思绪拉回当下：虽说郎八通嗜鱼腥无度，他日必将脱眉而亡，但时间仅过去一天，这似乎并不符合此疾的慢性特征……

"大吉祥，你给世海和鸳桥说道说道吧，我有些乏了。"窦三姑一边向身旁的一个护院吩咐着，一边窝进藤椅里。白发人送黑发人，老太太的神情甚是哀伤。

那叫大吉祥的护院娓娓道来——

昨夜掌灯时分,他与另外几名护院正绕着宅子巡查,突然奔来一队端着枪的日本兵,他们由一名日本浪人引领,不由分说将郎宅团团围住。那浪人名叫武宫正朔,说是有一名士兵在附近失踪了,怀疑很可能就在郎宅里,要闯入搜查。

大吉祥当然不会允许他们胡来,一边命人阻拦,一边火速奔入内宅禀告。

那时郎八通正在独自饮酒,桌上摆了一盘刚刚烹好的炸虾米团儿。送别顾随和陈鸳桥以后,他对这道美味意犹未尽,又抄起渔网,奔向近旁的一脉山溪。山溪清澈凛冽,所产之虾子风味更醇。

正要大快朵颐,闻听日本人前来捣乱,郎八通不禁怒气冲天。

武宫正朔是个中国通,见到郎八通施以绿林礼节,抱拳道:"八爷您好,鄙人名叫武宫正朔,冒昧打搅。今日前来府上,是因为我们有一名士兵失踪了……"他说话的腔调,几乎与北平人一模一样,若是换上一身中国人的衣服,足可以乱真。

郎八通冷言道:"咱家虽是穷苦人,可也不是什么阿猫阿狗都往家里捡。"

武宫面不更色,还是十分客气:"八爷您不必谦虚,当年南霸天的威名,鄙人是有所耳闻的。同时也请八爷不要误会,我们此行只为找人,绝无挑衅之意。"

"哼!你们把队伍都拉到咱家门口了,还睁着眼睛说瞎话?你去问问北平的老百姓,谁相信你们只是过来遛弯儿?"

"八爷,您说的事儿,跟今天在下要办的事儿,不是一回事儿。"

"在我这儿,都是一回事儿。"

"八爷说是,那就是。"武宫挺了挺胸口,"只不过,在下今天一定要找到那名失踪的士兵,还望八爷能够从旁协助,感激不尽!"

"你怎么就敢肯定人在我这儿?"

"不敢肯定,只是怀疑。所以,才希望八爷配合,一搜,便真相大白。"

郎八通阴了脸:"我要是不许呢?"

武宫笑了,微微低下头来,瞟了一眼挂在腰间的倭刀,再抬起头的时候,脸颊上的笑容遽尔消退,目光也锐利起来,他说:"在下有一个提议,望八爷不要拒绝。素闻八爷金盆洗手之前,是北平地界一顶一的高手,而后又潜心研习掼跤,亦有所成就。正巧,在下也学了些皮毛的武术……"

郎八通一扬手:"少啰唆,放马过来便是!"

武宫却并不着急,嘴角泛出一丝邪笑:"还是讲清楚比较好,输了怎样?赢了怎样?"

"输了让你进去搜,否则,带着你的人立即滚蛋!"

"如果在下进去没有找到人的话,有一样东西,还希望八爷割爱——当然,也并非什么了不得的东西,不过是挂在三姑房中的那柄弩弓……"

不等武宫话毕,郎八通厉声道:"得寸进尺,真该掌嘴!休要啰唆,放马过来!"

于是,两人便动起手来。

这武宫正朔并非鼓唇弄舌之辈,他的刀法十分诡异,那倭刀仿佛是他身体的一部分,任何招式都运用得行云流水,且招招直奔要害。

事后郎八通曾告诉大吉祥等几位护院,以他的见识,武宫的刀法应是源于日本赫赫有名的"北辰一刀流",这个流派源远流长,在日本江户时期便享有盛名,而后门人辈出,青出于蓝而胜于蓝。及至近代,他们已然完全将剑术当中无用的枝节抹掉,所保留的精华,可概括为三个字:心、气、力。

武宫可谓将这"三字真言"演绎到了极致,气势和力道总是用得恰到好处。

郎八通以一口大刀迎敌，以宽对窄，化凌厉于无形。

昔年长城抗战，二十九军大刀队于喜峰口一役砍杀日本士兵数百名，一时声名大振。大刀队所用的刀法，名为"无极刀"，乃为二十九军副军长佟麟阁邀河北冀县武术名家李尧臣研创，以为御寇所用。李尧臣本是一名镖师，拜名师苦练三皇炮锤、六合刀而自成一家，但他并不满足，又以数年之功，将十八般武艺尽数学成。后又痴迷水上功夫，机缘巧合之下随"永定河小霸王"学会了梅花状元笔。正是从小霸王口中，他得知窦三姑是使暗器的行家，于是苦苦拜师数年，方得三姑同意，传授其紧背花装弩、飞蝗石子等暗器。

佟麟阁找到李尧臣之时，他已在天桥开办"武术茶社"十载。自镖局解散后，他便常常往来于郎各庄，一是与窦三姑有师徒之情；这二，便是他与郎八通十分投脾气，两人经常切磋武学。也正是李尧臣前往二十九军之前，在郎各庄，与郎八通根据战刀的特点，结合"无极子路刀法"，创编出一种刀法，起名无极刀。

那武宫正朔，不愧是"北辰一刀流"的当世高手，不但剑术了得，眼界更是宽广。两人只对决了十几招，他便看出郎八通所使刀法的渊源，更诘问郎八通与李尧臣有何关系。就在此时，郎八通出其不意，踢飞了他手上的倭刀。

武宫正朔十分恼火，但有言在先，自是无话可说，随后便带人离开了。

大吉祥等众护院见郎八通获胜，纷纷夸赞郎八通威风不减当年。

郎八通哈哈大笑，声震屋瓦。

众护院围着郎八通来到内宅，他一边喝酒大嚼虾米团儿，一边将"北辰一刀流"的渊源讲给众护院听，不料吃到最后一口的时候，突然身子一挺，猛地大叫道："不好，咱家大限将至！"

大吉祥闻听此言，登时魂飞魄散，忙上前来一摸，郎八通浑身滚烫灼人，知他所言非虚，此乃体内精气相互冲撞、无法排解所致！

昔日，郎八通曾告大吉祥等人，内功深厚之人，临终之时必要经"散功"一关，否则不得全尸，死后尸身七日内虽与常者无异，但七日之后，则渐次浮肿，胀如圆球，而后便会全身炸裂，浓浆四溅，谓之"尸爆"。坊间又有传闻，活人若被"尸爆"的戾气裹缠，不日四肢将硬如镔铁，遍生红毛。"红毛老僵"性极恶，喜吃童子的睾丸，害人不浅。旧时人讲求留得全尸，入土为安，以便他日投胎能成完人，当年净身入宫的太监，年迈之际告老还乡时，都需取回"宝贝"，即是一例。因此修习内功者，明知这"散功"要遭受堪比凌迟还痛的过程，却也别无他法，只能苦熬。

大吉祥携众护院透过门缝观瞧，只见郎八通时而浑身雾气蒸腾，汗流浃背；时而面颊铁青，瑟瑟发抖；时而大咳不止，气喘吁吁。如此循环往复长达三个时辰之久，这才长长地呼出一口浊气，肖然归天！

事情的来龙去脉讲毕，大吉祥早已泣不成声。

范世海得知恩师遭受此等折磨，心道昔日多承师父悉心调教，如今方不至变成百无一用之人，不禁双眼温热，泪如雨下。

那"青冥白"似也感同身受，低声连续嘶叫，声声锥人心肺。

大吉祥道："都是那日本浪人武宫正朔，要不是他追着八爷比武，八爷您又怎么会……"

范世海怒道："说什么丢了一个小鬼子，分明就是借口！这个武宫小儿，不过是想来挑战恩师，随便找一个借口罢了。此仇不报，我范世海誓不为人！"

陈鸳桥与顾随双双起身拦下范世海。

两人心里都明白，那失踪的日本士兵已经死掉，此刻就埋在高粱地里。

顾随准备将事情的来龙去脉和盘推出，却见陈鸳桥眼神坚定，不住地向他摇头，于是话到嘴边，又咽了回去。

二人正琢磨找些话来宽慰范世海，却听窦三姑说："世海不要冲动，眼下你师父的后事还需你来操持。待葬了八通，你再去找那东洋小鬼也不迟。"

范世海不敢分辩，应声道："谨遵老夫人之命！"

一代豪杰"南霸天"突然陨殁，震动了京畿绿林界，前来吊唁的同道中人及郎八通生前好友络绎不绝，蔚为壮观。范世海以其关门弟子的身份料理一切丧葬事宜，并请来惊奇道人主持法事，一时之间，郎各庄陷在一片哀痛当中。

眼见水怪便要铲除，不想中途竟发生如此风波，天意有定，真叫人无可奈何。

陈鸳桥宽慰顾随稍安勿躁，容那水怪再活上几日，待郎八通下葬以后，再行打算。顾随仍是十分忧心，尤其"青冥白"的状态，一日赛比一日委顿，竟至一口水都不喝了。大吉祥受范世海之托照看"青冥白"，也急得疯了一般，几次找到范世海求法，皆因范世海走不开身而无功而返。还是小鬼追给出了主意，称可用鸡翎蘸水滴在其鼻间，果然，"青冥白"开始频频张嘴吞咽起来，众人这才微微放下心来。

看鹰的空当，顾随问大吉祥："那叫武宫正朔的日本浪人，左眼眉上是不是有条长疤？"

大吉祥诧道："怎么，顾队长认识那个家伙？"

顾随冷笑道："果然是他！"

"你是说，前阵子你们警署抓的那个浪人，就是他？"

"这个人，很早就来了北平，不仅仅是个浪人，与日本军方也有着很深的勾连和瓜葛。当初署长要依法惩办他，后来愣是让二十九军军长宋哲元给拦了下来，可见一定是日本军方从中施压了。这个人不简单，我甚至怀疑，他就是日本军方的情报探子也说不准。"

陈鸳桥道："可是武宫为何要找郎八爷的晦气？"

顾随陷入思虑当中，突然眼前一亮："或许跟那柄弩弓有什么关联……大吉祥，我记得你说过，武宫特地提到了那柄弩弓？"

大吉祥直点头:"确实如此。那物件是老夫人的心头好,您特别喜欢,每次命我取下的时候,都再三嘱托,务必要小心翼翼。我听说,那弩弓好像是宫里造办处的活计,是难得的好手艺……再多的事情,我也就不知道了。"

陈鸳桥疑问道:"日本人向来机关算尽,看来这其中定有什么玄机。顾兄,不如你我前去请教一下三姑,看看您是否能解开其中的谜底。"

不等顾随搭话,但听得窗外传来一个声音:"鸳桥,随我来罢。"

第十一章
永定河秘辛

灵堂宽敞，设供桌，悬祭障，摆贡物，燃高烛，所用之材，无一不精。遗像两侧，由陈鸳桥笔书挽联"今朝骑鲸去，何年化鹤归"，字是馆阁体，端庄匀整，刚劲有力。

黑漆棺材置于厅堂中央，比寻常棺木大了三号，此棺所用之料为檀香木：自从金盆洗手以来，郎八通拉拉杂杂用掉了七八年的时间，方才于年初髹漆完工，不想仅隔数月，便魂飞九霄。

窦三姑引陈鸳桥、顾随、小鬼追走入灵堂。

范世海正跪于地上焚纸，惊奇道人则立于棺旁，口中念念有词不止。

见三姑前来，范世海擦去泪痕，起身行礼，搀着她落座。

三姑冲着惊奇道人点了点头，后者心领神会，说道："三姑请稍安，贫道这就吩咐下去，请吊唁的宾客稍候再来。"话毕，飘然离去。

"小奎的身子可好？"

"回三姑的话，我师父还算硬朗。"小鬼追顿了一下，才又接着说道，"就是那受伤的腕子，每逢阴雨天气……酸痛得厉害。"

窦三姑一声叹息："当年我也是一时情急，出手多用了两分力道，想来是震坏小奎的骨骼了。这事儿我一直都很愧疚，所以还请你代为转达，就说三姑向他道歉了，希望他不要再跟我这个孤寡老人一般见识。我备下了一些通筋活络的药，你别忘了带回去给小奎，虽说不能痊愈，但至少可以减轻些苦楚，算是……略作弥补吧。"

"三姑言重了！请您老务必节哀才是！"

窦三姑一边点头，一边将目光伸向檀香木棺材，两行热泪透迤而下，腔调也变得嘶哑起来："八通我儿啊，是为娘的对不住你，让你担负了这么多年的恶名！而今你去了，为娘得把这份干净还给你，还给你……"

闻听此言，在场人等无不诧异，皆不知三姑所指。

待其情绪稍有平复，陈鸳桥方才搭话道："三姑，请您老明示。"

"我要说的，是桂四之死，其实……"窦三姑似有百般的苦楚，嗫嚅了几声，才继续说道，"当年，是有人蓄意陷害八通，此事根本与八通无关……以我儿的品行，他怎么会在跤衣里藏铜钱呢？"

"三姑可知是谁……陷害？"小鬼追面带疑虑。

"不但我知道，八通也门儿清。只不过碍于老身的关系，八通不得已才认下了这桩恶名！"

"可八爷是您儿子，难道还有人比您跟您更亲近？"

窦三姑苦笑了一声，说出了一句让在场人等愕然不已的话来："那个人，也是我的儿子。"

"这……"范世海插话道，"三姑，按说我拜师也有些日子了，怎么从来也没听师父您提起过呢？"

"八通不提，那是顾及老身的脸面！因为那个逆子，跟八通并非同父，乃是老身嫁来郎家之前，与一个冤家……结下的孽种！"

陈鸳桥恍有所悟，此前为老太太医病，窦三姑曾将她与"永定河小霸王"的陈年旧事说与自己听，未曾料想两人在永定河畔干柴烈火，竟致三姑有孕在身。

"不知是老天爷惩罚，还是因为那'肉中邪'的缘故，我生下的这个逆子，自幼便阴狠毒辣，好事一件没干过，坏主意却是一拍脑门儿就能琢磨出一箩筐。"窦三姑摇头苦叹,"当年我因羞于未婚而孕,逆子他爹又被捕役所杀,不得已之下,只好将之寄养在永定河畔的渔家,想着以后找个合适机会,再告知八通之父,接他回郎各庄来。谁料,这逆子十来岁的时候,便因养父叱了他几句而怀恨在心,进而借捕鱼下网,将人家淹杀,遂遭官府通缉。这个畜生一不做二不休,索性投了水匪,与他爹生前的结拜兄弟'浪里杵'沉澧一气,还给自己取了一个'海猴子'的匪号,从此打家劫舍,过上了刀头舔血的日子。后来,因为他们这伙水匪实在猖獗,官府便动用了火枪大炮,一路击杀不止,将他们剿了个七零八落。我因这逆子毕竟是我骨血,苦求八通出手相助,八通向来对我敬重,于是秘密救下了他,并以家仆的身份将他安置在郎各庄。虽说如此,可八通待他,却如亲兄弟一般……"

范世海又湿了眼眶:"师父待人向来敦厚,若不是得您教诲,世海如今还是个催巴儿①呢!"

"若是我那逆子有你一半的德行,事情也不会到今天这般地步!"窦三姑恨声道,"这个畜生,不来正好,来了之后,郎各庄就没有安生过。他对八通没有半点儿兄弟之情,反而认定八通将之安排在家中,完全是为了羞辱他!我训斥他不下八百回,每一回他都鼻涕眼泪一大把,拿他死去的爹发誓痛改前非,但转脸就变了一副面孔,事事在暗中掣肘八通。后来甚至变本加厉,勾连外边的匪盗,企图杀掉八通,从此掌控郎家。但是那些毛贼匪盗,岂是我儿八通的对手?往往来一个,劈一个,来一对,劈一双,全都充当了菜地的肥料。八通当然知道,这些龌龊事都是海猴子所为,但他说毕竟都是兄弟,也就忍了下来,没有再去追究。可让我万万没有想到的是,八通到底还是着了这畜生的道,以至于小奎将桂四之死,全都算在了他的头上!"

"三姑莫怪,"小鬼追蹙起眉头,十分谨慎地说,"晚生只是有些疑

---

① 催巴儿:此处指替主人做事的仆从。

惑，师父曾经跟我说过，您与八爷过招之后，确定伤我桂师兄之人，非八爷莫属。难道……那叫海猴子的，也懂跤术？"

"小鬼追，你什么意思？"范世海横眉立目，"三姑还能蒙骗你不成？"

"五爷别误会，我只是就事论事而已！"

"三姑不顾自己的名节，只为还我师父一个公道，难道这样还不足以让你信服吗？！"

"请五爷不要动气，我绝没有诋毁三姑的意思，天地可鉴！只是凡事都讲究证据，我想这番道理，鸳桥和顾兄也该知道的。"

范世海还要争辩，窦三姑摆手道："世海莫急，小鬼追说得不无道理。其实，我一直也没有弄清楚，为什么那个孽畜也会跤术，而且跟八通所习一模一样。直到……直到惊奇道人为我解惑，我这才恍然大悟！"

"三姑言重了，我不过是实事求是而已。"惊奇道人话到人到。

"道长可否明示？"

"那你可曾听令师提过，桂四的手掌是被铜钱割伤的？"

"如不是中了招，我桂师兄怎么会遭了毒手？那铜钱磨得飞薄，藏于跤衣当中，角斗之时瞬息万变，谁又会去在意呢？"

"那令师可曾跟你讲过，桂四伤了几根手指？"

"这……"

"左手拇指、食指断裂，中指被斜面割开一寸的口子，至于右手……则只有食指和中指被割开，大拇指之所以完好无损，是因为桂四当时戴着一枚玉扳指。"

小鬼追"嘶"了一声："我虽不知桂师兄具体的指伤情况，但听师父讲，师兄天生左撇子，摔跤时发力自当以左为先，这的确与他指伤的情况相吻合。"又反问道，"道长怎会知道得如此详细？"

"当年山人正是目击者！"惊奇道人甩动拂尘，"可惜的是，我赶到的时候，桂四已经大限将至。海猴子见事情败露，本想偷袭我，结果不成，于是便逃之夭夭了，从此下落不明。"

"道长将实情告诉我以后,老身真是恨死了自己,为何要生下这么个孽畜!"三姑因为激动,连咳了几声,"后来我去他的房间,搜出一本书来,发现他将八通所练的跤术,全部都偷偷记着呢。这个时候我明白了,他从来都没放弃陷害八通!我将事情原原本本向八通和盘托出,八通怜他从小孤苦伶仃,说白了还是顾念兄弟之情,于是有意庇护,并在小奎杀来郎各庄的时候,揽下了所有罪过,一句也没有提那个畜生。小奎因为丧徒怒火中烧,哪里还有心思分辨细节,当即直取我儿性命。我儿不敌,关键时候老身出手,打伤了小奎。这之后,我给八方鼎写了一封信,请他代为斡旋。那八方鼎与小奎是师兄弟,经他从中说合,这件事方才告一段落。"

三姑话毕,一时众人皆默不作声。

"冤有头,债有主!这件事我会尽快禀告师父,还八爷一个公道。"

"唉,这些腌臜事情,老身本想烂在肚子里一辈子,再也不跟任何人提及。可是上天不庇我儿,竟让老身白发人送黑发人!若是当年我狠下心来,把那个畜生料理了,此刻我与八通……又怎么会阴阳两隔啊!"

陈鸳桥略一思虑,便弄清了三姑话中的隐意,她仿佛在强调,郎八通之死与海猴子有着莫大的关联……

而此时,顾随的目光缓缓掠过众人,落在陈鸳桥脸上。

陈鸳桥了解他,知他所虑,于是将两人在高粱地杀死日本鬼子的事情道出,末了又站起身来,向三姑抱拳道:"请三姑降罪!这件事……本该一早就如实禀告的。"

窦三姑目光如灼地打量着陈鸳桥和顾随,笑出声来。"东洋小鬼,真该再多杀他们几个!"她说,"老身明白你们的意思,你们是觉得,若那个鬼子不死,武宫也不会带人来到郎各庄滋事,是不是?如果武宫不来,八通也不会跟他比武,也就不会死了,是不是?若是你们这么想,那就大错特错了!因为就算那个鬼子不死,武宫还是会照样来郎各庄挑衅,而他的目的,也并非与我儿切磋那么简单,这个坏种,意在我那柄弩弓呢。"

"三姑,这世海就不大懂了。那日本浪人武宫,怕是第一次来郎各庄，怎么就会知道您老墙上挂有一柄弩弓呢？"

"要是我说，郎家出了一名家贼，是不是你就明白了？"

"家贼？！"

"本来我并不确定，可是武宫与八通比试，点名要以弩弓为筹码，我就全明白了。这个家贼并非旁人，正是多年前陷八通于不义，而后消失得无影无踪的那个孽畜！"

"三姑为何如此肯定？"顾随追问道。

"你有所不知，老身珍藏的这柄弩弓，实则与永定河流传的一件秘事关系匪浅。这事在北平，只有寥寥几个人知晓，就连八通都不清楚。依照海猴子的性情，当年他能够同意来郎家，我想多半是奔着这柄弩弓而来的。只不过老身防得严实，一直没有给他机会下手。谁知道过了这么多年，他居然和东洋小鬼子勾结在一起，真是贼心不死！"

陈鸳桥对永定河颇为了解，此水每逢汛期涛声震天，挟泥裹沙，因壅塞而留下了多达十几条的河道，故有名"无定"。康熙三十七年，圣祖命河工大规模疏通河道、加固岸堤，而后改称"永定"，自然是希望这条河流不再兴风作浪，存"永世安定"之意。

陈鸳桥少时常于河中嬉戏，多少也听过些传闻，大都是些无稽之谈，例如水鬼勾魂、巨鳌显灵、鱼肚藏书之类，稍一琢磨，便知是杜撰。

而三姑口中的秘事，则与一口铸于永定河东岸的铁牛有关。

原来自金元始，及至明清，历代执政者都未能逃脱一个魔咒，那便是永定河不定期泛滥成灾。治理河患，除去疏浚之外，筑堤建坝更是重中之重，尤其是在河水出山口的薄弱之处，若不加以重视，一旦让猛流决口泛滥，则都城皇宫便难保万全。

明代自道衍和尚姚广孝兴建紫禁城，一时营造工艺登峰造极，即便御水的河堤也都保持了高超的水准。在永定河的一处拐弯地带，有名为"十八蹬"的堤坝，乃是用十八层花岗巨石垒砌，每层条石外错出七八公分，从而形成梯蹬状；且层与层之间、块与块之间，皆用江米熬的汁儿和熟石灰调成糊，用其填缝，黏度相当大；而后，再将条石之间以银锭锁扣接，那惊涛骇浪虽有千钧之力，亦对其无可奈何。

那座铁牛就位于"十八蹬"护堤的砖石台基上，坐南朝北，头往西北永定河方向，遥望河对面的河道拐弯处。古人认为，"牛象坤，坤为土，土胜水"，建造者自然是希望"牛能镇水"，庇佑江河风平浪静。除此之外，因为牛腹为中空，每逢永定河涨水的时候，河水倾灌入内，便会发出连续不断的吼声，以此提醒周边的百姓们避险。

"这铁牛镇水，本是一桩惠民的好事，可偏偏就有人瞧不顺眼。"窦三姑苦笑一声，陷入了对往事的回忆当中，"那个孽畜的父亲，有一位师父，是个厉害的角色，水上功夫无人能及，匪号叫做'欢喜佛'。当时，欢喜佛手下有二百多号人马，他们在永定河兴风作浪，为害一方。欢喜佛平生只收了两个弟子，一个就是小霸王，另一个就是他的师弟，名叫'浪里杵'。不过即便是徒弟，也有远近……这些，都是小霸王告诉我的……扯得有些远了，咱们还是言归正传。那欢喜佛，一直都视那座铁牛为眼中钉。他们水匪，最盼望的就是水灾，有水灾便可以浑水摸鱼，大肆抢劫。后来，也不知他从哪儿弄来了一些炸药，就带着小霸王准备将那铁牛炸成碎片。可是这一去，欢喜佛就再也没有回来。他师弟浪里杵当然要盘问小霸王因由，但他就是不肯相告。本来两兄弟感情很好，却因此而心生嫌隙。小霸王平日里自视甚高，待人不如浪里杵宽厚，帮中的兄弟都希望浪里杵能够当头儿。小霸王独来独往惯了，也就顺理成章推举了浪里杵。而小霸王则神龙见首不见尾，经常出入京城盗窃。就在那段时间，老身阴差阳错结识了他，因着这段孽缘，日后才诞下了海猴子。"

对于往昔的回忆，似乎耗费了三姑太多气力，令她又开始咳嗽起来。

范世海一边伺候她饮水，一边道："不如世海先扶您回去歇息片刻，反正天色尚早……"

"不可！岂能让吊唁的宾客久等？这不是待客之道。"

"全听三姑安排。"

"老夫人，究竟……"陈鸳桥问道，"欢喜佛突然失踪，与那铁牛有关？"

"这也是浪里杵的疑惑。后来有一次，两兄弟豪饮，小霸王走漏了风声，说那晚他与欢喜佛来去炸铁牛，为了让炸药发挥最佳的效力，欢喜佛鬼使神差地把炸药塞入了铁牛的腹中……没想到，就是这个无心之举，居然让他发现了一个永定河的大秘密！那铁牛下的台基，居然是中空的，有一条暗道，顺着暗道前行，可以进入'十八蹬'。当时，小霸王隔着石堤，只听得欢喜佛在内里大呼'发财啦！发财啦！全是金子……'之类的话，正要问是怎么回事，忽听得一阵毛骨悚然的惨叫，欢喜佛像是遇见了什么鬼怪，跟着便是噼噼啪啪的声响，像是有什么东西大力地撞在石头上……也许是小霸王伤心过度，又或是酒劲上头，话到此处，他便昏睡了过去。"

陈鸳桥一针见血："浪里杵决不会善罢甘休。"

窦三姑连连点头："正是。此后浪里杵又三番五次逼问过小霸王，还斥责小霸王为人薄情，师父待他们兄弟如亲子，怎可不让其入土为安？小霸王不知浪里杵激将，竟脱口相告欢喜佛临死之前有指令，万不可再入'十八蹬'……浪里杵又继续追问，欢喜佛还有什么遗言留下，小霸王恍然明白了师弟的心思，从此不再提上半句。"

陈鸳桥沉吟道："这个时候，倘若我是浪里杵，便会做两手准备，要么，继续逼问小霸王；要么，自己来想办法，去探一探那'十八蹬'的来龙去脉。"

窦三姑笑道："你到底是个聪明种子！浪里杵虽然贪财，但还不至于良心泯灭，再者小霸王得了欢喜佛真传，功夫比他要强上不少，浪里杵还不敢忤逆。他倒是真的探了几回'十八蹬'，均无功而返。这是有原因的，欢喜佛有一手看家本领，当年他落草之前，曾走南闯北了一阵子，在一家撂地的杂技团里学会了缩骨的本事。凭借这个优势，他才能够钻入铁牛腹中，进入'十八蹬'。缩骨最伤人，弄不好会落下终身残疾，所以当年不管是小霸王还是浪里杵都没有学。没有此技傍身，浪里杵只能选择用炸药

105

将'十八蹬'炸开,直接取金。可是他翻来覆去一琢磨,又恐炸堤不成,反倒将官府引来,那可就得不偿失了。思来想去,也只好按捺心绪,再寻找机会了。就是在这个时候,永定河又闹了水患,不久,小霸王便死在了捕役的枪口之下,尸骨无存……"

话到此处,三姑哽咽了几声,一下子变得沉默起来。

"小霸王虽死,但浪里杵却终究不信他会把'十八蹬'的秘密烂在肚子里。"三姑极力平息情绪,缓言道,"于是他撒出去人马,四处打探,很快就还原了小霸王近一段时期的轨迹,自然也就知道了老身。沿着老身这条线捋下去,他便知道了小霸王曾经送过我一副弩弓,姑且……算是定情之物吧。据小霸王说,这架弩弓是宫里造办处的活计,至于到底是出自谁手,当时他并没有多言语,只说让我务必悉心收好……后来,海猴子来到郎家,三番五次打过它的主意,我瞧着他满眼冒贼光,知道这小子肯定没安好心。这也勾起了我查探弩弓来历的心思。八通外头的朋友多,几乎没费什么劲儿,他就查出是鲁班馆的名匠'老厃广'的手艺。确如小霸王所言,老厃广当年在宫里造办处当过差。只不过,八通见到老厃广的那个时候,他早已被挑断手筋脚筋,成了一个废人!"

"这是浪里杵干的好事吧?"范世海忍不住插嘴。

"不是这厮,还能有谁!当年老厃广受小霸王之托打造那柄弩弓,的确曾在弩中设有凹槽一处,并目睹小霸王将一块写有字迹的锦帛藏于其中,而后才安装拼合。浪里杵由此断定,那锦帛上写的,必定是如何潜入'十八蹬'内盗取黄金的方法。我猜他之所以没有前来找老身的晦气,是怕自己根本不是我的对手。而海猴子跟了他之后,便成了他的筹码。可惜那个孽畜天生嫉妒心强,为了陷害我儿八通,最终未能完成偷窃。想来他也知道回去浪里杵饶不了他,于是不知道藏在北平的哪个暗沟里,一消失就是许多年。不想如今他居然与东洋小鬼勾搭成奸,又来打我的主意,真是天下第一的孽畜啊!"

"三姑切勿动怒,保重身体才是。"陈鸳桥宽慰道,"此事关系重大,待将八爷入土之后，需得从长计议才是，到时诸事还得请您拿主意。"

"八通既去，我已心灰意冷，不想再过问这些事情了。今日了却了桂四这桩公案，再无什么牵挂。世海是我儿八通的爱徒，顾队长为人刚正不阿，鸳桥又曾有恩于我，至于惊奇道人，与我郎家更是交往多年，因此后边的事情，就请诸位商量着办理吧。"窦三姑犹豫了片刻，又补充了一句，"……我那孽畜孩儿，如果可以的话，还望各位手下留情，给他一个全尸。这样，我也算对得起他那早死的爹爹了。"不等众人应允，三姑猛地站起身来，向惊奇道人挥手道，"请宾客们继续吊唁吧。"

言毕，拭泪而去。

第十二章
新世界疑云

"青冥白"死了。

就在郎八通出殡当日,它用利爪勾翻一只梅瓶,砸晕大吉祥以后逃出鹰房,然后在一片哀乐声中,它将自己化作一柄快剑,穿过纷扬不止的冥钱,戳破鲜红如血的铭旌,啸叫一声过后,在众目睽睽之下,凿在棺木上,碰死了自己。

"青冥白"念主而不愿独生,直叫在场吊客唏嘘感慨,遂引为一时佳话。

大吉祥苏醒之后长跪不起,双眼哭得通红,称郎八通"散功"之余曾对他言,"青冥白"多年陪伴自己左右,早已深通人性,此物生来刚毅,决不会独活。待范世海来庄之后,可将其关入笼中,用黑布罩起,避离郎各庄豢养,或许还能活些时日。却不料大吉祥因郎八通之死身心憔悴,竟一时忘记了这茬儿,如今悔之晚矣!范世海闻之高声恸哭,后将"青冥白"与郎八通合葬,于坟前立一鹰碑,洒罢烈酒,就此阴阳两隔。

除妖未捷身先死,陈鸳桥与顾随虽心有不甘,但造化如此,又能奈何?

众人与窦三姑作别,陈鸳桥又嘱咐道:"现下日本人已经打上了那柄弩弓的主意，往后还请三姑小心才是。顾队长为人可靠，如需帮助，捎信给他便是。"

顾随抱拳道："义不容辞。"

三姑谢过两人，小鬼追走上前来："请三姑务必节哀！"他说，"我会将事情如实禀告给师父，然后择日再陪您到庄上给您请安。"

窦三姑道："替老身给小奎问好。还有，别忘记把那些药带上。"

小鬼追接过药来，又是一番感谢。

众人往外走去。

陈鸳桥一直没见着范世海，正要问一下惊奇道人，突见人影闪动，范世海拦住去路。只见他双眼猩红，一脸的胡茬儿，密密匝匝，神情甚是激动。

"那水怪……怎么办？"

"我会和署长商议，再想别的办法。"

"什么办法？"

"现在还不知道。"

范世海哽咽了一下，仰天叹道："我自幼顽劣不堪，正经事儿没做过一件，散德行的事儿，倒是掰着指头都数不过来。后来多亏师父教导，才不至于成为一个废人。可是……可是我终究还是辜负了您。您让鸳桥将那'三河刘'的鸣虫葫芦带给我，那意思再明白不过，就是让我务必要完成您应承下的事情，将陶然亭水怪铲除。可是我呢？为了斗气，非要与小鬼追比试跤技，又拉着鸳桥炫耀那些个瓶瓶罐罐，结果，耽搁了时间……若是我能立即带着'青冥白'赶往陶然亭，又怎会让师父承人之事落空？归根结底，都是我范世海的不是！所以今儿，我要请惊奇道人为证，在下这就亲往西山，打下一只鹰来，回城熬训之后，再助顾兄铲除那水怪！世海就在这儿向各位起誓，如若食言，当断另外九指如此！"说着竟"噌"地顺出一把匕首来，向自己的左小指斩去！

"当啷"一声响，匕首被顾随踢飞，"五爷何必如此在意形式，将鹰打回来就是了。"

"顾兄教训得是!"范世海抱拳道,"那就……期待与各位再会!"

"五爷安心去西山,阴三爷那边,我会亲自前往天桥跤场解释。至于你我的较量,或许……留个悬念更好。"小鬼追说。

"待将水怪铲除,请随便选时,在下必当奉陪便是!"

临行,顾随又拉范世海来到角落:"有一事,还须嘱咐五爷。"他压低声音说,"日前我与鸳桥去拜访五爷,发现府中有鸦片的味道。这等祸害人的玩意儿,还望五爷能够当机立断戒掉,不要沉迷其中;若是府中他人所为,也请五爷及时制止,尽快销烟。"

范世海沉吟片刻,欲言又止。

"五爷有难言之隐?"

"此事……说来话长,容我他日再讲给顾兄!"

"好吧,多多保重。"

顾随载着陈鸳桥和小鬼追回城,中途将小鬼追放在了南苑附近。他说要去旧宫拜见师父奎宝寿,如实禀告郎各庄见闻,待此事了结,再请两人喝酒。

作别小鬼追,两人回到外五区警署。

等了一会儿陶孟和,不见人影,去问秘书,答曰署长到总局开会,午后才归。

时已晌午,顾随问秘书要了饭票,要带陈鸳桥去吃食堂。

陈鸳桥不去,拉着顾随往外走。"我打听过了,贵署食堂里的东西,除了油水大,一无所长。"他说,"这几天跟郎各庄光忙活了,没吃上一顿安稳的。今儿我来请,带你去一家小馆儿,咱们俩吃些适口的。"

"挑三拣四,你怎么跟个孩子似的?"

"饮食男女嘛。"

"不要一竿子打翻一船人。"

"了解。"一边说着,陈鸳桥一边还拉着顾随动身。

"把手拿开，成何体统？不知道的，还以为我顾某人有断袖之癖。"

陈鸳桥放开手，笑道："阁下真是出淤泥而不染。"

顾随冷笑两声："真是讨厌死了你们这帮文人，夸起人来像骂人，骂起人来倒像是夸人。"

按照陈鸳桥的指示，顾随驱车来到了煤市街一家名叫"有缘斋"的小馆儿。

北平过去的吃喝去处，大致分为饭庄子、饭馆子，以及小馆儿和二荤铺等类别。饭庄子可谓是一等一地阔，院落、跨院、亭台楼阁、小花园，顶要紧的是必须设一座富丽堂皇的戏台供主顾们唱堂会。这种庄子，甭管是前清或是民国，春卮团拜、红白喜事、做寿庆典，甚至于梨园行祭祖、唪圣等事，大都在此举行，一开席就是百八十桌，场面十分热闹。饭庄子其中的佼佼者，当属什刹海的会贤堂、金鱼胡同的福寿堂、地安门外的庆和堂、报子街的聚贤堂与同和堂等处，至于南城外，便要属范世海口中取灯胡同的同兴堂了。饭馆子较之饭庄子，规模上则要小得多，筵席至多十桌八桌，且平日里很少接待，还是以单桌和小酌为主。此类馆子中以东华门大街路北的东兴楼、锡拉胡同的玉华台、隆福寺街的福全馆、西四牌楼的同和居、前门大栅栏的厚德福、煤市街的丰泽园较为地道。至于这第三种，便如陈鸳桥和顾随今日光顾的有缘斋了。

两人落座以后，陈鸳桥驾轻就熟，要了一小碗干炸儿、两个面坯儿、一个烧紫盖儿、一盘炸素丸子，外加二两白干，末了又嘱咐伙计道："炸酱里不要放豆腐干和口蘑丁，我吃不惯。另外面码儿爽利些，尤其是掐菜，头尾要去得干净。"

那小伙计回了一句"得嘞"，又问道："这位官爷，您来几个面坯儿？"

顾随道："除了炸酱面别的还有什么？"

未等伙计搭茬儿，陈鸳桥便道："那就来一碗芝麻酱面吧，跟我一样，两个面坯儿。凉水多浸一会儿，他最近火大。"

"得嘞！您自己放作料还是……"

"自己来。"

伙计得令后，快步离去。

顾随四下打量，问道："常来?"

陈鸳桥点头道："前些日子忙着报馆开业，累了遛弯儿，于是就发现了这处好地方。"

"那水怪……你脑子灵，可有什么好法子?"

"刀枪不入，那就用大炮咯。"

"你当我是兵工厂厂长，说弄来一门大炮就弄来一门?"

"不是还有陶署长嘛！实在不行，就让他打个报告，从二十九军调来一门不就行了吗?"

顾随蹙起眉头，不知在思虑什么。

"可你总不能等着范世海去西山打下一只鹰来，熬训好了再去除妖吧？况且燕地不是辽东，谁又能保证他到底打不打得着？就算打着了，谁又能保证它是另外一只'青冥白'是不是？那可是一架神鹰，万里挑一。"

"是啊，为今之计，也就只剩下你说的法子了！"

不多时，伙计将所点之物上齐，道了一声"两位慢用"，便去招待其他主顾了。

陈鸳桥手快，一边刷刷点点将芝麻酱、酱油、糖水、花椒油、黄瓜丝、掐菜、咸胡萝卜丝及蒜水倒入面中搅拌，一边问道："你可有什么忌口没有?"

顾随道："你都拌好了，何必再问?"

陈鸳桥笑着说："可惜春日过了，若是香椿季节，里头放些香椿末儿，我保准你吃完了还会再叫两个面坏儿。"

"那就只能等到来年春天，再请鸳桥兄为我拌上了。"

陈鸳桥叹了一声："日寇虎视眈眈，北平已成危城，不知道是否还有机会。"

顾随道："弃笔从戎不适合你。还是办好你的报，别亏了本儿，省得到时候我要再来两个面坯儿,还得自己掏钱。"

陈鸳桥大笑两声,二两白干一饮而尽,拌上面码儿,吃得开心极了。

两人回到警署又等了一会儿,陶孟和才从外边赶回来。

顾随汇报完郎各庄见闻后开门见山,将陈鸳桥提供的方法说与陶孟和,不料陶孟和连连摆手道:"这事儿你想都不要想!这个关口,甭说是一门大炮,就算是一颗子弹,我都没办法帮你弄过来。"

顾随辩解道:"水怪扰民已久,不可不除!"

"我又何尝不知道水怪要除?"陶孟和直点头,"这是咱们的分内之事,责无旁贷。可是眼下情况特殊,日本人三天两头闹事,你当他们是为了什么?还不是想找个借口占了北平城吗?今儿个的会议是晋察政务委员会召开的,宋哲元亲自主持,三令五申各区所有之相关公务人员,但凡遇有日人之事,务必克制,不论缘由……这说明什么?日本人是要动真格的了!这个时候,你让我给你弄来一门大炮,好家伙,我敢跟你赌项上人头,只要这头你炮声一响,你看吧,不出俩时辰,日本人准保开进北平城!真要是到那时候,我陶孟和成了历史罪人倒不打紧,可是这一城的百姓呢?他们可就真的成了亡国奴啊!"陶孟和一番慷慨激昂过后,脸膛涨得一片通红。

"这么克制下去,北平城还不是一样要丢?"顾随愤愤道,"前怕狼,后怕虎,我看宋哲元就从来没有想过这一城百姓,不过是为了保住他委员长的职位罢了!日本鬼子都这么嚣张了,反正早晚也要兵戎相见,与其整天低三下四,不如奋起反抗……"

"匹夫之见!"陶孟和猛地拍动桌子,吼道,"这等国家大事轮不着你来操心!我警告你,这话我不想再听第二遍。你给我听好了,铲除水怪才是你应该考虑的,而且不能动枪不能动炮!还有,一个月,我只给你一个月的时间,要是下个月的今天,你还不能把那怪物干掉,我就把你先撸掉!我陶孟和说到做到,决不食言!鸳桥,这一个月的期限,明儿个你给我见报,务必见报,听懂了没有!"

陈鸳桥停下手中钢笔，点头道："请署长放心，我相信顾队长有这个能力。"

顾随也不搭茬儿，闷在那里。

"顾队长？"

"我听到了，一个月，不开枪，不放炮。"

陶孟和又道："还有，那怪物身上的烂肉，我已经差人送去了万牲园方面检验，他们毕竟见多识广，或许会弄明白它到底是个什么玩意儿。所谓知己知彼，方能有的放矢。回头你们去问问情况吧。"

顾随道了谢，正要与陈鸳桥一同离开，陶孟和又像是想到了什么："等等，还有些话我要嘱咐你。今后凡是与日本人有关的案件，你都要第一时间向我汇报，我亲自处理。像那个日本浪人武宫的事情，我不希望再有第二回。"

顾随立住，转身，问道："您的意思是，就算那个畜生再来一次刮骨疗毒，我们也要装作他确实是在做善事？"

陶孟和双眼迸出怒火，嚷道："再跟我鼓唇弄舌，信不信我现在就撸了你！"

顾随不甘示弱，正要继续理论，房门突然"砰"的一声被撞开，一个警察神色慌张地跑了进来，甚至忘记了敬礼，磕磕绊绊说道："不好了署长……死了！日本人被杀了！就在香厂路的……新世界游艺场里头……"

"怎么回事？！"陶孟和猛地站起身来。

"卑职接到报案，"那警察喘了两声，"说是'新世界'发生了命案，我带人立即前往查探……发现……发现……死者有两人，其中的一个是日本人……"

"你怎么知道是日本人？"

"这个人您也认识，就是从前开烟馆的武宫……"

"武宫？"

"没错，就是武宫正朔！"

确是武宫正朔无疑——那个前两日还出现在郎各庄、与郎八通比试武艺的日本浪人。

另一名死者顾随也认得，正是在天桥开跤场的阴三。

顾随几个人急忙赶到案发现场。

现场勘验过后，顾随来到陶孟和身边汇报情况："署长，法医初步判断，两人的死亡时间应该在凌晨四五点钟。在此之前，他们进行了剧烈的打斗，阴三身上有刀伤十二处，最致命的是腹部一刀，刀口为斜角，由下而上插入；武宫身上多处骨折，尤其是肋骨断掉了三根，除此之外，他脖子上有勒痕。两下结合比对，应该是阴三勒住武宫脖子的时候，后者以匕首反向插入阴三腹部，然后武宫窒息身亡。观察现场的血迹判断，武宫死后，阴三本想离开，但最终因为失血过多……倒在了楼梯口。"

"还有别的没有？"陶孟和吸了一口烟卷，大力吐出，烟雾让他的面颊显得模糊不清。

"另外……还是请您移步，亲自看看吧。"

顾随引陶孟和走到案发现场靠近东窗的角落，待将一些杂物拿开，掀开一块破旧帆布之后，内里出现了一门火炮，炮筒与炮架是拆散的，旁边另有一个小木箱，装着炮弹。陶孟和乍见之下不免瞠目，竟一时语塞，只顾拿着手帕擦拭额头上的汗珠儿……

那边，两名警察正在问询报案人，陈鸳桥认出，他是阴三的一个徒弟，名叫德子。此前在天桥观瞧范世海对阵小鬼追时，都是此人从旁伺候。

按说这种场合，于规矩陈鸳桥是不可以进入的，只是陶孟和因为死者是武宫正朔而忧心忡忡，也就没了心思在意这些。旁人见陈鸳桥跟在陶孟和身旁，顺理成章以为这定是经过了他的允许，自然也就不好再说什么。倒是顾随，反复叮嘱陈鸳桥，不可多言，亦不可让此案的任何细节见诸报端。

陈鸳桥安静地听着警察与德子之间的对话，渐渐捋清了事情的来龙去脉。

那日众人吃罢瞪眼食儿，陈鸳桥相邀阴三前往陶然亭观看"青冥白"除妖，结果被他拒绝了。当时阴三称，他要去谈新辟跤场之事，事实上，那块新辟的跤场，就在这案发地。民国初年，新世界游艺场与不远处的城南游艺园相继开业，一时盛况空前，顾客络绎不绝，立即成为北平娱乐之巅。尤其是前者，不但有五层的环形建筑，楼内更设有电梯、剧场、电影院、杂耍场、新潮饭店，而且五层楼顶还有一座花园，游客可凭栏眺望，心旷神怡。

然而，这两大游艺园的生意，却双双在"国府南迁"之后一落千丈，终致关门歇业。"新世界"人去楼空之后，曾有驻平的军队借住，渐渐沦为败楼，后成乞丐收容所，那房屋就更加破烂不堪了。

彼时洋货占据北平市场，尤其是日本人又把东北四省变成了"满洲国"，这使得一些尚有良知的企业家们义愤填膺，于是"国货当自强"的口号便越传越开，自然也就引得一些商人响应口号。有这么一位商人，姓黄名赞侯，琢磨着将"新世界"盘下来，欲改为"世界商场"以此繁荣经济。"新世界"的地主闻风而动，立即把一干乞丐全部清理出去，对房屋稍加修缮，准备坐地起价，多宰些银子。黄赞侯不想做冤大头，于是辗转找到与那地主关系密切的阴三，想请他做和事佬，从中斡旋，少要些租金。

黄赞侯是生意人，自然明白无利不起早的道理，因而甫一见面，就请阴三提条件。阴三并非贪财之辈，一门心思只想将父亲传授的跤技发扬光大，让掼跤再上一个台阶。天桥虽然人流熙熙，卖艺所得也可糊口，但跤场若是能够迁到"新世界"楼内，借着黄赞侯的商机，想来必可让更多的人认识掼跤的魅力。于是阴三便提出，可以帮忙从中说和，事成之后也不取分文，只想请黄赞侯同意辟出一层来做游艺之所，而他则可以优先选出一块地方来做跤场。黄赞侯本也有意恢复游艺，就这么着，两人一拍即合。

事情办得出奇顺利,黄赞侯也没有食言,约好时间请阴三前来选地。

不料阴三心急,五更起床练功,按捺不住便跟德子知会了一声,说是先去"新世界"看两眼,不至于到时候忙中出错。这本是人之常情,德子便没有跟着一块去,而是想着将早饭备好,待阴三归后便吃。可是左等不回,右等不回,时间过了晌午,他这心里便开始打起了鼓,于是便向"新世界"寻来,竟不想看到屋内一片狼藉,阴三与武宫正朔双双倒在血泊之中,早已没有了气息!

陈鸳桥暗自思忖:"看来阴三该是无意之中撞见了武宫正朔,从而发现了一些武宫不为人知的秘密;于是,武宫准备杀人灭口,但想不到阴三功夫了得,与之旗鼓相当……"他转过身来,将目光停留在了不远处的那门被拆解的火炮上,"显然,是武宫将火炮运到了这里藏匿,可他要用火炮来做什么呢?"

就在百思不得其解之时,陈鸳桥在阴三尸首不远处,发现了一小块满是血迹的纸片。那东西他再熟悉不过,正是当日自己送给阴三的名刺。

名刺上……像是有一些异样!

第十三章
琉璃厂钩沉

名刺上分布着不规则的血迹,并不是溅上去的,更像是人为涂抹。上前近观,应是一个字,又仔细辨认,确定为"甸"字。笔划断断续续,粗浅不一,推断为手指蘸着鲜血写就而成。法医检查阴三的双手,确认这血迹出自其左手食指。

"三爷究竟想说什么?"

"他是想告诉咱们,武宫正朔并不是无缘无故出现在这儿,而是与……陶然亭水怪有些关联。"陈鸳桥说着一指名刺上的血迹,"这是我的名字,三爷特意在'阝'旁边写下了这个'甸'字,意思显而易见。"

"日本人不会是想替咱们一解燃眉之急吧?"顾随把目光伸向角落里的火炮。

"假设当真如此,我关心的是,驱使他们的动力是什么?"

"现在这种局面,牵一发而动全身。"陶孟和沉吟良久,似经过深思熟虑,"这件事必须立即向总局汇报,按上峰的指示进行处理。顾随你听着,别人我管不着,但是我必须告诫你,别插手这事儿,一个指头都不许!你就给我专心琢磨怎么才能尽快干掉水怪,如此就是大功一件了……"

"天下之事，越不过一个理字！"顾随分辩道，"没有日本人，这水怪我顾随要除；跟日本人扯上关系，这水怪我顾随一样要除。但是既然扯上了关系，我就得弄个清楚明白，否则稀里糊涂高高挂起，跟那些官僚大老爷又有什么区别？"

陶孟和脸色一沉："我再说一遍，不许你插手，听到了吗！"

"听到了。"

"重复一遍！你要怎么做？"

"照章办事。"

"混账！现在你就给我脱掉警服，从我的视线里消失！"

"不就是滚蛋吗？但是署长我必须告诉您，就算脱了这身皮，这事儿我也照样不会袖手旁观！"说着，顾随竟开始噼里啪啦地解扣子。

"署长您先息怒，容我劝劝他，回头再给您道歉！"陈鸳桥一把按住顾随的腕子，目光锐利地盯着他，压低声音道，"能不能别像个孩子似的！听我说，既然日本人跟这事儿扯上了，那就是天大的事儿！只要你别冲动，咱们就一定还会有机会的！"

不等顾随辩驳，陈鸳桥生拉硬拽将之拖出房间。

待走出"新世界"，他招手拦下两辆洋车来，推顾随上车之后，道了一声："中山公园。"

洋车沿着天桥南大街一路向北，过了正阳门后又奔驰了一阵儿，便来到中山公园的门口了。付了车钱，陈鸳桥走向园内，顾随跟在身后，闷闷不乐的样子。

其时正值午后四时，园内游人熙攘，尤其是往来今雨轩的方向，多半是些打扮时髦的名媛，她们身边的伴侣则皆是绅士模样，无一例外高视阔步。

陈鸳桥与顾随避开人流，过了汉白玉大牌楼，转弯往西，沿老柏树荫覆的林荫大路前行不远，一过唐花坞，便是春明馆茶社了。

大五间的房舍卸了窗子，变成敞轩，翠柏映衬之下，空气中浮动着树木散发的香味，当真是幽静非常。环顾四下，只见茶客以长者居多，或在窗边置一盘围棋对弈；或是两三人围坐一桌，手持古董轮流赏鉴。

甫一落座，茶房的伙计便上前来问："二位客官，是要香片还是龙井？"

"香片。"

"夏天啦，龙井。"

那伙计向陈鸳桥点头，高喊一声："龙井一壶。"

不多时，便有闷好的茶水送上，另附小碟的花生和瓜子各一份。

陈鸳桥也不说话，慢条斯理地为顾随倒茶，又为自己倒了一杯，悠然自得地品啜着。

早有租报纸的师傅从旁立着，此时方才凑上前来，请两人选报。

顾随便拿了一张《新北平》，有一搭无一搭地翻看。

"怎么没有《异报》？"陈鸳桥将一沓报纸翻了个来回，也没找到一张。

"你那小报才刚刚创刊，能有多少发行量？"顾随揶揄道，"能卖掉百八十份，就可以烧高香了。"

租报纸的师傅向顾随微微欠身，说道："您说笑了。现下这报纸十分受人欢迎，别瞧它是份小报，可内容好着呢！陶然亭水怪的事儿，看了这张报，我保您门儿清。不过今儿个恐怕要慢待两位了，我备下的几十份，还没走出今雨轩就一份都不剩啦。"

"那我也来一张《新北平》好了。"

"不许，换一张别的。"

那租报纸的师傅丈二和尚摸不着头脑，又见顾随穿着警察制服，不好得罪，于是为陈鸳桥取了一张《立言报》后，又去招待别的顾客了。

"你笑什么？"

"我在翻报纸，没工夫笑。"

"别以为挡着脸，我就看不清你的嘴脸。"

"顾兄啊顾兄，在你眼里，我是那种得意忘形的人吗？"

"把报纸放下来！"

陈鸳桥慢吞吞地移动着报纸，露出了一张无论如何都憋不住笑的得意忘形的脸来。

"真是混账！"顾随的眉头终于舒展了。

"你的脾气要是发完了，咱们是不是应该想想下一步的计划了？"

"我没有头绪，说说你的想法。"

"武宫不可能一个人就把那门火炮运到'新世界'，他必须依靠工具和人力。不管他是从城内运出，或是从城外运入，都会留下痕迹。只要咱们找出工具或者人力，就早晚能够查明真相；而且，我有一种感觉，这一定是日本人的一个大阴谋，而其中的一环，就与那水怪的出现息息相关。"陈鸳桥有些兴奋，搓了搓手，"容我大胆猜测：日本人对北平虎视眈眈已久，他们拉来了那么多军队，我始终认为是一定要动武的，不过是时间早晚的问题。但动武这个理由十分重要，所谓名不正则言不顺，所以有没有这个可能，只要陶然亭炮声一响，他们就有了理由？"

"你的意思是，日本人其实已经断定，依照现在这种局势，分署是绝不会动枪火的，而他们则要反其道行之，一旦炮声响起，这盆污水无论如何都要泼在分署头上。而这个时候他们便会趁机进入北平城，理由便是……我方主动挑起摩擦？"

陈鸳桥连连点头："陶署长不是说过吗，宋哲元才刚刚下了命令……"

顾随义愤填膺道："我方一举一动，竟全在日寇掌握之中，毫无秘密可言！这要是真打起来，不吃亏才怪！"话到此处，他咬了咬牙，"不过，只要我活着，就决不会让他们得逞！我们必须再想出一个清除水怪的方法，而且，要抢在日本人下一次的行动之前。"

陈鸳桥道："是，唯有如此，才是对三爷最好的报答。"

不觉间黄昏已至，两人都有些饿了。

陈鸳桥叫了半只香酥鸭，两份鸡丝凉面，又请伙计帮忙去不远处的长美轩买来一笼火腿包子,全部吃掉以后,他们又各自喝了一杯冰啤酒。

顾随招呼茶房结账,不料伙计笑吟吟地说:"二位不必了,已经有朋友请客了,还给了小的赏钱。谢嘞!"

两人不知是谁,伙计递来茶盘,上放一张名刺:"这位爷让小的转告二位,今晚八点钟有重要之事告知,请务必赴约,地址附上。"

陈鸳桥拿起名刺,只见上面依左至右分别是电话、姓名及地址,递给顾随,"琉璃厂观颐斋文玩处,沈岐周,你可认得此人?"

"我对古董一窍不通,并不认得。"

"难不成把你我当成了富贾,准备夜里兜售什么秘宝?"

"与其徒劳无功地猜测,不如到时赴约就是了。"

时候尚早,陈鸳桥提议去稷园一行,刚刚他在《立言报》上看到了花讯,现下正是紫丁香、山兰芝、海棠和杏花争相斗艳的时候,落日余晖,该是别有一番情趣。

顾随不好此道,却也没有拂了陈鸳桥的兴致。

赏花间隙,陈鸳桥还不忘讲上一些花事掌故,顾随象征性地点着头,完全不觉得有意思。

出了中山公园,两人照例叫了洋车,依名刺之地址往厂甸而去。

此地古董店、古书铺、南纸店、碑帖铺、钱币铺、裱画图章铺、墨盒铺鳞次栉比,短短的东西琉璃厂街,由厂东门至西门,不过二里之遥,却有近百个铺眼儿。若是逢了庙会,更是人流如织,络绎于途,十分热闹。

观颐斋十分好寻,金字招牌出自退庵周肇祥的手笔,超逸清雅,不愧为宋时大儒周敦颐的后裔。陈鸳桥正啧啧称叹,黑暗里忽然闪出一个小伙计来,也不多说话,直接将两人引入旁边的一道窄门。

曲径幽深,兜兜转转,方才进到一个院子。

"冒昧冒昧!"一位五十多岁的中年人拱手寒暄。他身材微胖,头戴瓜皮帽,生着一双大耳,尤其是一双耳垂,足有半指来长。但此人精神却不大好，霜打过的茄子一样，仿佛没有睡醒，有些发蔫。

"阁下可是沈岐周沈掌柜？"

"如假包换。"

沈岐周引两人走入屋内，厅堂布置得十分雅致，盘、碗、盒、匣，瓶、罐、壶、衾，各色宝器有条不紊地置于博古架上，无一例外皆是鬼斧神工的造作，透着古物特有的非凡气度。

甫一落座，小伙计便麻利地端来茶点，而后猫一样消失不见。

沈岐周招呼两人喝茶，举手投足从容不迫，仿佛更像是在会友，而非有他事要谈。

顾随受不惯这等无聊，开门见山道："沈掌柜，我这个人直来直去，也希望别人直来直去。所以有什么指教，不妨直说。"

沈岐周颔首笑道："我听街面上的人讲，北平内城六区外城五区，所有区署里的侦缉队长，个个香车美女，夜夜笙歌，可唯有顾队长您，只肯拿俸禄，甚至就连食堂里的饭票都不肯多取一张。人家说，您活得忒没劲，连钱都不喜欢。可我是这么觉得，只要自己舒服，自己觉得有趣，又何必在意别人的看法？"

"谁说我不喜欢钱？只要合乎法度，我情愿越多越好呢！"

沈岐周愣了愣，大笑两声："看来我要向顾队长道歉了，您比沈某人想象中要有意思得多。我喜欢跟有趣的人交朋友，最好还能一起赚钱。"

"这么说，沈掌柜今晚是有赚钱的买卖要便宜我们喽？"

"不，今晚咱们只交朋友。"

沈岐周站起身来，从一旁的抽屉里取出一个纸封来。内里装有一沓故纸，尺寸不一，颜色或深或浅，亦有污迹、水渍，显然是曾经没有妥善保管才造成的。

他取出最上面的一张，捧给陈鸳桥，十分郑重。

陈鸳桥双手接下，只见纸张上的字迹半是满文半是汉字；那汉字是馆阁体，写得十分规矩、精美。待仔细阅罢，不禁吸了一口凉气，神色颇为凝重。

"沈掌柜，兹事体大，这可作不得伪。"

"琉璃厂恐怕还没人有这个本事吧？"沈岐周微微一笑，"再说，沈某也不是棒槌，就算是作伪，也得分个对象不是？老弟当年曾在宣外西草地的曹家待过四五年，这我还是知道的。世人提及曹家三兄弟，都只知道他们是北平蛐蛐儿行里首屈一指的大户，殊不知早在康熙年间，曹家就与圣祖过从甚密，甭说别的，就是御赐的书画古董，随便拿出来一件，都可以换下我这一间观颐斋。所以话再往前说，你是见过真东西的人，我沈某人再怎么没脑筋，也不至于班门弄斧，自讨苦吃吧？"

"您有心了，连我少年之事，都了解得这么清楚。"

"若不是对二位深入了解，这些东西我是断断不敢见光的。"

此时，顾随把那页纸放下，脸上写满了疑问："这等大内秘档，本该躺在故宫里的，怎么会到了沈掌柜手里？"他摇头道，"我还是觉得太蹊跷了些。"

沈岐周仿佛早料到顾随会有此问，他慢悠悠地啜了一口茶："若是我说，当年的八千麻袋事件，沈某人是当事人之一呢？"

顾随不解："什么八千麻袋？"

沈岐周道："顾队长忙着维护古城的治安，自然无暇去理会这等文化事件。不过，作为弄笔为生的报人，鸳桥老弟总该对这件事有所了解吧？"

——陈鸳桥岂止了解，简直了如指掌！

当年，他由北平南下，初到沪上谋职，写就的第一篇文章，便是钩沉这"八千麻袋"事件，并以此文赢得了报馆主编的青睐，成为该报日后长达三年的第一主笔。

这件事的起因，始于八国联军入侵北京的前夕。

当时，宫里有一名太监，无意间发现内阁大库有渗漏，他害怕存放其中的档案有损，于是立即进行了上禀。彼时虽正值变法维新，但光绪仍旧没有慢待大库之修缮。因为这些秘藏之物，不但有诏令、朱谕、奏章、历科殿试卷子，更有各位帝王的起居注，甚至还保存了由盛京移来的满文老档，可以说每一页纸上，都记录着皇朝不为人知的机密。内务府接谕旨后不敢怠慢，立即制定修缮方案，不料风云变幻，维新变法仅仅持续了百日便夭折失败，而后慈禧掌权，将光绪囚禁于瀛台，康梁逃亡日本，"六君子"血溅菜市口。

突如其来的政变，让大库修缮未能按计划进行。比起一间千疮百孔的库房，如何拯救清王朝这座将倾的大厦，显然要重要得多。尽管此后也有朝臣再三提及修缮之事，但均是不了了之。如此延宕了近两年之久，这件事终于得到慈禧的首肯。然而冥冥之中似有天意，就在内务府议工期间，八国联军又攻入了北京城，眼见紫禁城风雨飘摇，慈禧便以"西狩"之名义，仓皇出逃京城。京城成了无主之地，联军肆意屠杀，抢劫强奸，坏事做绝……这等关口，修缮之事也只好偃旗息鼓了。

沧海桑田，就在"庚子国变"十年后，两次修缮未果的大库，终于在风雨的侵蚀之下垮塌了一角，其时已是宣统元年。榫卯结构的木建筑，牵一发而动全身，为免牵连过广，此时已经到了非修缮不可的地步。就这样，库内的数百万件档案被逐一搬了出来，堆积如山。有臣工甚是担忧，这些数量巨大的档案，散布于宫中各处，天干物燥，一旦"跑水"，后果将不堪设想；结果其建议是：可挑选其中一部分焚毁。这位没脑子的臣工的建议，得到了更多脑袋进水的臣工们的支持，焚毁档案遂提上了日程。

好在不是所有臣工都鼠目寸光，一位后来以研究甲骨文而名声大噪、名叫罗振玉的学部参事，无意之间捡看这些欲焚档案时，发现其中有价值者不在少数。他深知兹事体大，赶紧请张之洞上奏阻止焚毁。然后，罗振玉便被指派处理这批档案。罗得令后稍加整理，将其中的殿试卷子收藏于学部后楼，余者装了八千麻袋左右，转移到国子监敬一亭中。

未几，辛亥革命爆发，清王朝倾覆，中华民国成立。肇建之初，百废待兴，北洋政府打算筹办历史博物馆，于国子监设筹备处，并准备以这八千麻袋档案作为馆内藏品。不久，筹备处迁到了故宫午门，档案也随之挪到了午门外的朝房。由于数量巨大，还有一部分实在放不下，就只好堆在了端门的门洞里。

这些档案在屡次的搬运中，难免会被"有心之人"顺手牵羊，继而出现在琉璃厂的旧书肆中，或是隆福寺庙会的小摊上，然后再被有识之士发现，买来收藏。没有不透风的墙。东西越丢越多，筹备处方面不敢再怠慢，连忙向教育部请示如何处理，教育部又将此事交由社会教育司处置。司长夏曾佑深谙中国历史，为人世事洞明，其主张也是四平八稳，以不变应万变——看管，加派人手，保证档案不再流失。

八千麻袋档案就这样又安稳地躺了数载，时间到了民国七年。一位后来以藏书家头衔为人所熟知、名为傅增湘的人当上了教育总长。此人嗜书如命，尤其对宋金刻本广为搜罗，他称自己曾在琉璃厂买过宋版残本两册，怀疑正是出自这八千麻袋当中。也不知是出于公心还是私欲，或是两者兼而有之，反正这位藏书家总长上任后，便决定整理这些档案。

奉傅增湘的指派，一位后来成为妇孺皆知的大文豪、不久之后即将发表《孔乙己》、名为周树人的教育部佥事接下了这项工作。他与同事陆续搬回若干麻袋，拆开寻宝。搜检的过程中，教育部的官员们对这些故纸兴趣盎然，经常会拿走"研究"一番，等到再送回来的时候，总像是少了些。这些人的行为让鲁迅深为不齿，于是在十年之后的民国十七年，当国人争相议论"八千麻袋"的时候，一篇名为《谈所谓"大内档案"》的文章发表在一份名叫《语丝》的周刊上。鲁迅以其嬉笑怒骂的文风直将此事推上了风口浪尖，从而引起了人们的高度关注。而正是在这一年的晚些时候，陈鸳桥来到沪上，应景作了那篇名为《"八千麻袋"钩沉》的文章。

时间往前推七载，民国十年前后，北洋政府因为财政困窘，不得已只好让各部门自行筹款以为生计。此时，已有几年支不出薪水的教育部想到了那批档案，与其让它们日渐腐烂成渣，倒不如换做银钱来得实际。于是，这批重约十五万斤的大内秘档，便以银元四千块的价格，售与了西单一家名叫同懋增的纸店。这家纸店擅长做"还魂纸"的生意，就是把废纸和故纸运到唐山和定兴一带，化作纸浆。据说他们准备运走之前，有几位琉璃厂的掌柜闻风而动，是夜挑灯翻检，从中淘出了一些珍贵密件。

幸运的是，这批档案最终并没有化为纸浆。那位深知档案价值的罗振玉，与另外几名清朝遗老，打听到了同懋增纸店，并以两倍于前的价格买下了它们。罗振玉为此专门准备了书库予以储存，经整理汇编，刊行了《大库史料目录》六种及《清太祖实录稿》三种。而这时北洋政府的财政状况赤字渐平，看到档案中颇有"油水"，便又打算从罗振玉手中购回。但是罗振玉并没有同意，而是于不久之后将档案分成两份，一份售与前驻日公使、曾任民初新参议院议长，又是大收藏家的李盛铎；而另外一部分，则秘密卖给了日本学者松崎柔甫。罗振玉的卑劣行为不胫而走，国人顿时议论纷纷。正是在这样的背景下，才有了鲁迅那篇《谈所谓"大内档案"》的文章。后来，罗振玉迫于舆论，又从松崎柔甫的手中购回了大半的档案；至于这位松崎柔甫，究竟将多少档案带回了日本，其带走的档案价值几何，具体内容又是什么，一直以来却皆无定论。

第十四章
宝刀与笺谱

陈鸳桥简明扼要地介绍了"八千麻袋"事件的始末,顾随听罢说道:"沈掌柜,我好像有些明白了。那些档案被卖到纸铺以后,琉璃厂有几位闻风而动连夜前去挑拣的人里,您恐怕就是其中之一吧?"

沈岐周大方地点头承认,神情又突然变得有些复杂。"早年间我初来北平谋生,先在琉璃厂的古书铺里干了好些年的伙计,开设观颐斋古董店,那是大后来的事情了。"他语气甚是诚恳地说,"因为有过这么一段段经历,我深知故纸片的价值所在,更别提这些大内秘档了。当时,我们一共有四个人去了纸铺,其中又属我本钱最少,看着满坑满谷的宝贝,而自己又无力全部购下,真是比割肉还难受。如今这件事儿已经过去这么多年,但一想起当时的情景,我却还是没办法释怀。不过,好在天可怜见,我花光积蓄买下的那三麻袋,可谓价值连城——尤其对您二位而言。"

陈鸳桥笑道:"如果没有看过刚刚那页档案,这话我无论如何都不会信。"

顾随又问道:"沈掌柜,您是何时发现这档案当中的记录与陶然亭水怪有关系的?"

"实不相瞒,就在最近几日。"

"哦，当真这么凑巧？"

"当年我买回它们之后，并没有像其他三位同行一样，趁热进行兜售。我是想着，待风头过去之后再行整理、出售，谨小慎微总归是不会错的。没想到这一搁下，七八年转眼就过去了。等我准备动它们的时候，不想又闹出罗振玉秘密将档案贩卖给日人松崎的事情来。如此风口浪尖，我自然不会往枪口上撞。于是，只好继续将它们细心藏匿于暗室，想着来日寻个机会，再做打算。谁料从民国十七年往后，我突然转了运道，观颐斋的生意越来越好，资金上没有缺口，我也就越发不再动那些档案的心思了，琢磨着留下它们作镇店之物也好。可是就在不久前，一个日本浪人找到了我……"

"日本浪人？"

"对，此人叫做武宫正朔，开门见山要买那批档案，还大言不惭地让我随意开价，他全部照付。"沈岐周面露不屑，"我不喜欢日本人，拒绝了他的要求。他则称改日再来店里拜访，一副志在必得的样子。正是源于这个契机，我才将三麻袋档案从暗室里取出，这一整理可不要紧，居然让我发现了陶然亭水怪的由来！"

"怎么又是这个武宫正朔？"

"这也更加证明，他的行动是基于陶然亭水怪。"

"可是……就连沈掌柜都不知麻袋里档案的内容为何，这武宫又是怎么未卜先知的？"

"老实说，我也想不通这一点。"

"听二位的话里话外，似乎对这个日本浪人很熟？"沈岐周插话道。

"此事说来话长，稍后再说与您听。"

沈岐周点点头，将剩余的档案放在陈鸳桥面前，"我发现了这些档案的不寻常之后，与店里的伙计连续忙碌了七八个通宵，方才将涉及陶然亭水怪的部分全都拣了出来，并按照时间顺序进行了整理。皇天不负有心人，除去几处细节以外，来龙去脉基本清晰。二位，请过过目吧！"

陈鸳桥一把按住顾随伸出的手，笑道："沈掌柜，您要知道，一旦我们看过了这些档案的内容，它们可就不再价值连城了。您就……真的舍得？"

沈岐周淡然道："谢谢鸳桥老弟提醒，不过沈某刚刚已经说了，今晚，咱们只交朋友。"

于是陈鸳桥逐一翻看档案，时而惊叹，时而愕然，时而口中啧啧作响……

阅罢，长叹一声。

与陈鸳桥表情的变化丰富恰恰相反，顾随翻看档案的过程中始终面色沉静，唯有眉头越聚越紧，仿佛下一秒钟就要迸裂似的。

待将档案交还给沈岐周，三人不约而同沉默起来。

"两位接下来有什么打算？"

"我并非不相信沈掌柜，只是我更相信证据。"

"顾兄，看来明天我们有必要去一趟故宫了。此外，我觉得当年在陶然亭施以厌胜之法的那位道人，也是一条不可忽略的线索。"陈鸳桥略一思虑，脱口而出，"不如去问问惊奇道人，他常年在旸台山隐居，同是道门中人，或许知道些什么。"

"我也正有此意。沈掌柜，不如一同前去如何？"

"沈某该做的都已经做了，就不给两位裹乱了。不过日后如果两位需要什么帮助，沈某不才，这些年到底还积攒了些银钱，两位万万不要客气才是。"

"以茶代酒，先行谢过！"

喝掉杯中的茶水，陈鸳桥和顾随正准备起身告辞，那小伙计又猫一样钻出来，手中还捧着一匣一函，来到三人面前，颔首微笑。

沈岐周将一匣一函分别放在顾随和陈鸳桥面前，他先将匣子打开，说道："顾队长廉洁奉公，众所周知，想来那些个瓷器软片，也并非你所好。因此我便准备了这件利器，就算博个好彩头吧，希望日后顾队长可以执此刀披荆斩棘，一往无前。"

顾随抽刀而出，只见刀身长有二尺五寸，透着森森寒气，又以指弹，叮的一声，痛麻由指尖儿倏地一下荡开；再观那刀鞘由黄绫包裹，始知此物绝非寻常兵器。

"真是一把好家伙！"

"宝刀赠英雄，看来这把遏必隆刀遇到正主儿了。"

"遏必隆刀？"

"如假包换！"沈岐周神秘一笑。

"沈掌柜如此肯定，看来定是做过一番功课的，愿闻其详。"

"鸳桥老弟见笑了。做我们这一行，过手的东西，要是不弄个所以然出来，那便是对主顾的慢怠，是做不长久的。"沈岐周寒暄了几句，这才娓娓道来，"据闻此刀，乃是辽东铸剑名手应清太祖努尔哈赤之托所制，以淬钢合以石砮混铸。那石砮出自混同江中，是松脂入水经巨浪激荡千年所化，坚过铁石，凡采集者，必先请大萨满祈神，否则非死即伤。因而此刀才有削铁如泥之力，更在每日子丑交替之时泛出异彩。昔年，遏必隆跟随皇太极与明军交战，屡建功勋，赐奉一等公，位极人臣。后顺治死去，康熙继位，遏必隆又与鳌拜等人同为辅政大臣，权倾朝野，宝刀便是在这个时候赐给他的。刀以人传，后世便都称之为遏必隆了。康熙初年，鳌拜专权，每每忤逆圣意；而遏必隆却作壁上观，无所作为，及至康熙铲除鳌拜，便将之与鳌拜一同问罪，宝刀自然也就收归内府了。三年后，遏必隆去世，其次孙讷亲袭爵。乾隆年间，大金川土司犯边，川陕总督进讨无功，高宗转而命讷亲为经略大臣，率领禁军督战，不料仍是毫无起色。乾隆震怒，派御前侍卫鄂宾监视讷亲还军，赏带的就是这遏必隆刀。巴琅山下，鄂宾以刀将讷亲枭首于军前，而后归刀深藏内库。直到咸丰年间太平军金田起义，宝刀复又被文宗赏给钦差大臣赛尚阿，以壮军威。可是赛尚阿也是徒有虚名，屡战屡败；文宗着急不起，又改任徐广缙为钦差大臣，宝刀一并易主。岂料，徐广缙也督师不利，于是将之缉拿进京后，宝刀一并缴还。到了民国时候，袁世凯做起黄袍加身的美梦，云南蔡锷起兵倒袁，袁世凯派兵入滇镇压，又怕将在外君命有所不受，于是想到了这把遏必隆刀，便向逊帝溥仪借刀一用。彼时，溥仪犹如笼中之鸟，只能唯袁命是从，将宝刀取出给袁。而后袁世凯选了黄道吉日，煞有介事地举行出征授刀仪式，就这样，西征军执法大臣雷震春带刀去剿蔡锷了。可任谁也没有料到，雷震春的前军刚刚踏入四川境内，竟有另外三股势力通电宣布独立，袁世凯忧心过度，不久撒手人寰。雷震春知此变故以后，只得偃旗息鼓，带着宝刀回到金陵。那时候金陵之主是冯国璋，乃'北洋三杰'之一，向来嗜古如癖，闻听雷震春带着宝刀，心痒不已。雷震春深知洪宪失败，自己早已通缉有案，为求冯国璋庇护，于是顺水推舟将宝刀献上，美其名曰请冯暂为保管，以策安全。冯国璋得刀之后藏于暗室秘不示人，后进京任代理总统。民国七年，他通电辞职，于翌年带着金银细软返回河间故里，行至固安遭匪人洗劫，众多被劫之物里，便有遏必隆刀。几年前的一个雪夜，一个独眼老者持此刀来到观颐斋贩售，我见此刀不俗，以二十大洋购之。后来经过琉璃厂的老师傅鉴定及考证，才知它的身份与来历。"

沈岐周一番钩沉，直说得自己口干舌燥，忙来饮茶。

顾随叹道："怪不得此刀寒气逼人，原来是见过血光的。只是无功不受禄，如此厚礼请恕我万万不敢接受，抱歉，抱歉。"

沈岐周也不急着劝说，而是将茶饮毕才笑道："鸳桥老弟办的《异报》，我是很喜欢看的，也知道顾队长与那水怪交过手，而且还开了枪……既然如此，顾队长就没有想过，以此刀再与那水怪较量一番吗？有道是工欲善其事，必先利其器啊！"

顾随摩挲刀鞘上的黄绫，犹豫了片刻："那就……恭敬不如从命了！"但他马上又补充道，"待日后水怪一除，我定当即刻还刀。有鸳桥兄作证，请沈掌柜放心！"

沈岐周笑道："好说，好说。"一边将宝刀收纳，转而指着陈鸳桥面前的书函，"想必这个不用我再介绍了吧？"

陈鸳桥伸手抚摸函表,难掩兴奋之情:"老早就听说鲁迅和西谛两先生要合印一部笺谱来着,后来得知在沪上内山书店发售,不料待我凑了钱奔去,早已被抢购一空。"他摇头苦笑道,"这一转眼,已是两年前的事情了。实不相瞒,这两年我在沪上真是花了不少力气寻它,可惜的是,竟连这笺谱的真容都没有见过。今儿个,这念想总算是圆上啦!"

沈岐周道:"看来这礼物我是选得恰到好处了?"

两人说话的间隙,顾随将这部一函六册的《北平笺谱》展开,只见内里收录的笺纸包罗万象,计有花卉、人物、月令、博古、山水、鸟虫,等等,总该有三百余幅。顾随虽不大懂美术,但仍能觉此书印制精良,应属难得之物。又翻看书尾,见仅刻印了一百部,更有鲁迅与郑振铎的亲笔签名,不禁脱口而出:"东西很漂亮,一块大洋总是值的。"

"顾队长的前半句说得中肯,至于后半句嘛,就谬以千里啦。"陈鸳桥说,"要是我没记错,这部笺谱当年的发售价是十二块大洋……"

"十二块?!"

"鸳桥老弟没记错,确实是十二块。西谛先生寻笺样之时,几乎跑遍了北平,琉璃厂的清秘阁、荣宝斋、淳菁阁、松华斋,这些南纸店就甭说了,就连我的观颐斋,他也是来过四五回的,笺谱里收录的缪素筠花鸟和林琴南山水,其中几种就是我卖给他的。我知道他眼光独到,更何况还有鲁迅先生与之合作,所以打从一开始,就密切地关注着这事儿的动向,心里头想的都是奇货可居这四个字。民国二十三年初,我听说笺谱已经由荣宝斋印毕,又得知这百部之中,鲁迅先生与西谛先生自订三十部,上海内山书店经售二十部,剩余五十部,则会以预约的形式发售。于是我双管齐下,一边差人往上海,一边预约购买,结果得到了这七十部当中的一半,也就是三十五部,总计花费四百二十块大洋。"

陈鸳桥苦笑道:"怪不得这两年我遍寻不到,原来大半都被沈掌柜庋藏了!"

沈岐周道:"生意人嘛,利己必损人,没有办法的事。"

陈鸳桥摩挲着笺谱："十二块大洋我是付不起的，当然，它现在的市价恐怕十倍都不止了。所以……"他说，"我看不如这样，《异报》尚有广告版，若是沈掌柜有需要的话，鸳桥倒是可以给您的观颐斋再壮一壮声势。"

沈岐周笑得十分欢快，接连拍手道："能够沾上《异报》的光，我观颐斋自然是蓬荜生辉！只是，我有一个疑问，这几天的报纸我每份必买，好像并未见有广告刊登。"

顾随冷笑了一声："他倒是想卖，问题是无人问津。"

"其实也谈过几回，都是些乾宝补丸、固肾调经片、仙传草还丹之类的壮阳药品，窃以为有损本报格调，所以逐一谢绝了。"

"那我的观颐斋岂不是拔了头筹？太好了！这是桩好买卖，咱们君子一言，快马一鞭，你可不许反悔才是啊！"

"鸳桥万万不敢！"

两人各自将沈岐周馈赠的礼物收起，又是一番感谢，方才告辞。

小伙计手提气死风灯为众人照夜路，出了胡同，只见早有两辆洋车等在街上，显然是沈岐周事先安排。

此时，琉璃厂各铺眼儿已然打烊，街上十分静谧，偶有两声猫叫传来。

洋车跑了没多远，陈鸳桥不知道为何突然叫停了车夫，跳下车来，奔向不远处的一眼铺面。顾随也跟着叫停了车夫。来到近前，只见这间铺面门脸不大，左手门外有一堵磨砖的影壁墙，中间有个磨砖斗方，写着"信远斋记"四个大字。

陈鸳桥轻声叩门道："掌柜的，劳驾盛一碗酸梅汤，解暑……"

顾随明白过来，咕哝了一句："幼稚小儿。"

"北平的酸梅汤，就属他家熬得浓，不掺冰水，碗碗挂浆。有这么一碗垫底，今晚开夜车写稿，才能保证我文思泉涌，不打瞌睡。"

"嘴馋就说嘴馋，何必找些冠冕堂皇的理由出来？"

陈鸳桥也不理会他的揶揄,继续叩门。

不多时铺内亮起灯来,吱呀一声,门开了,一位须发皆白的老掌柜出现,颔首微笑,脸上没有丝毫不悦,张口道:"来嘞您二位,快请进屋坐!"

陈鸳桥直拱手:"打搅了您,实在是想这口儿,不喝上要烦上几天。"

老掌柜道:"都明白。前晌来了一位主顾,一进门就骂骂咧咧,非说让人蒙走了一个官窑青花罐儿,不想活了,打算喝一碗酸梅汤,就去扯白绫子。不想这位爷,喝了咱们家的酸梅汤之后,直接把寻死这茬儿给忘了,这些日子见天儿奔这儿扎……"

陈鸳桥笑道:"懂得您的意思,可以解忧。"

老掌柜嘿了一声:"解忧?绝啦!就是这个意思。"欢欢喜喜地从青花坛子里盛出来一碗酸梅汤,递给陈鸳桥。

"顾兄,既然你要请客,不陪上一碗,有些失礼吧?"

"这都堵不上你这张嘴!"

顾随本不想喝,无奈被陈鸳桥将了一军,只好点头,也要了一碗来。

陈鸳桥喝罢一碗,再请老掌柜续上,扯起闲话来:"老师傅可认得观颐斋的沈掌柜啊?"

老掌柜道:"怎么,着了他的道啦?"

陈鸳桥连忙摇头:"萍水相逢,并无深交。"

顾随却道:"老师傅,听您这话里话外,这沈掌柜似乎名声不大好?"

这回换做老掌柜摇头,他笑道:"这沈掌柜啊,做生意从不吃亏,不但不吃亏,而且让对方吃了亏还能乐乐呵呵的,下回还跟他接茬儿做买卖!"

"此话怎讲?"

"打眼儿一瞧,我就知道您二位不是凡人,自然也用不着我乱喷吐沫星子招人烦。往后啊,您和他且有来往呢,慢慢品,才有滋味儿不是?"

"老师傅才不是凡人,眼明心清。"

"我听老辈儿人讲过，这世上有两类人，从相貌上就能断其祸福。一类呢，叫做形如病虎，好似那帮衬燕王打下江山的道衍和尚姚广孝，日后位极人臣；这另一类呢，叫做神如蔫狼，主大富大贵，我看沈掌柜，就八九不离十啊。不过，做这两类人也是挺辛苦的，头顶早早就光秃一片啦，倒也没个意思。"

陈鸳桥笑称有趣，转而想到沈岐周的神情里确有几分"蔫狼"之态，又想到此番见面的过程，他确实一直带着帽子未曾摘下过，不知是否因为童颠的缘故。

正想再与老掌柜攀谈一二，却见他哈欠连天，眼神发散，知他定是困倦了。于是招呼顾随结了账，满身舒爽地离开了。

两人复又坐上洋车，沿着南新华街向北，过了和平门迤东，不久便到了报馆门口。

陈鸳桥请顾随进去喝茶，顾随冷笑道："还是不要的好。免得你突然肚子又饿了，还得我叫盒子铺来吃。认识你以后，我的薪水越发地不够用了。"

陈鸳桥大笑两声，又与顾随约定，明日九时神武门相见，同游故宫。

回到报馆，推开窗子，只见院中的西府海棠含苞待放，红艳犹如点点胭脂。宽衣静赏片刻，忽觉夜风微凉，不禁打了一个激灵，腾地眼前泛出了那些大内秘档来，于是摊开了纸笔，依记忆笔走龙蛇，记录下了这一段宫苑秘辛。

第十五章

九龙琉璃壁

光绪二十年三月二十一日,京师天降暴雨,雷鸣电闪,大风呼啸如巨鼍,紫禁城屋瓦飞落似雹,彻夜不息。

雨将止,风未住,一名太监急匆匆向养心殿行来。时近拂晓,但天色却没能掩住他脸上的惊慌失措。一阵疾风掠过,这太监冷不丁一抖,身子虽没摔倒,帽子却掉进水洼里。他连忙捡起来,用袖口抹了一把额头上飞冒不止的汗水,顾不得戴上,便继续奔了去。

彼时,光绪已然洗漱完毕,正准备临朝议事。

可是这名太监的突然到来,却让他改变了计划,转而行向宁寿宫。

有清一代,宫苑营造十分频繁,乾隆时代达到鼎盛,其中以宁寿宫为最。昔日皇太极以盛京为都,大政殿后建有清宁宫,辟为祀神之所;以后女真人金戈铁马,踏过山海关定鼎燕京,袭旧制选定乾清宫后殿之坤宁宫用以祭祀;而宁寿宫扩建改造,其作用之一便是要替代坤宁宫,移神位与神杆于此。乾隆六十年归政,永定此宫为太上皇的晏憩之所。及至光绪亲政之时,慈禧又舍慈宁宫长居于此。

宁寿宫格局疏朗,前有九龙壁、皇极门、宁寿门、皇极殿,中有养性门、养性殿、乐寿堂、颐和轩、景祺阁,东有扮戏楼、畅音阁、景福宫、梵华楼，西有古华轩、遂初堂、符望阁、倦勤斋，殿阁楼台，亭斋轩馆，无所不容。尤其皇极门外九龙琉璃壁，长约九丈，高约一丈，壁面以二百七十格专门烧造的塑块拼接，云水为底纹，分饰蓝绿两色，水天相连，气势磅礴；壁上之九龙，分为正龙、升龙、降龙三种，翻腾自如，神态各异。人云：九龙壁之设计与装饰，或明或暗蕴藏着象征皇权的九五之数——阳数之中，九是极数，五则居中，九五之数，亦即"九五至尊"。

然而，此时出现在光绪眼前的，却是另外一番情形。

只见原本巍峨壮观的影壁，竟有些许琉璃塑块残缺不见，满目疮痍。

光绪不禁蹙起眉头，连忙吩咐身旁侍卫和一干众太监寻找残缺塑块，再遣工匠予以妥善修补。此物之象征不言而喻，如今竟为天力所损，是何因由？光绪心中惴惴不安，朝罢之后连茶都顾不得喝上一口，便起驾向宁寿宫而来。

到得锡庆门，侍卫鄂扎上前禀告，已寻遍附近区域，但并未发现残缺塑块。

光绪不悦："竟连一块都没有寻到吗？"

鄂扎回道："微臣奉皇上之命，不敢有丝毫懈怠！"

光绪又道："这就怪了，难不成那些塑块生了翅膀，飞出了紫禁城？"

鄂扎回道："微臣也觉得很是蹊跷，若是昨夜风雨所致，所遗之塑块不会无迹可循。于是微臣又返回九龙壁，仔细察核了一翻，不想竟发现了一些奇怪。兹事体大，微臣不敢妄加揣度，还请皇上移步定夺。"

鄂扎随光绪穿过锡庆门，来到九龙壁前。

"哪里生了奇怪？"

"回皇上的话，便是这壁上九龙。您且瞧瞧，这居中黄龙，所缺之塑块为龙角；左右两侧的蓝白四龙，自西向东所缺依次为龙面、龙须、龙颈、龙腹；而外两侧的紫黄双龙，所缺则为龙爪、龙目、龙身、龙尾。九龙所缺部位各不相同，且无一例外均消失不见，所以微臣才觉得奇怪，特此禀告。"

鄂扎的发现让光绪不禁为之一震，临朝之前匆匆一瞥，他确实没能察觉个中端倪。经典有云："国家将兴，必有祯祥；国家将亡，必有妖孽。"而今九龙各失一格，显然并非祯祥之兆，需得细细查明因由才是。

思虑自此，光绪向鄂扎吩咐道："加派人手，继续寻找残缺塑块，范围可扩展至整座皇宫。吩咐知情的侍卫、太监、宫女，不可背后议论，若有违反，杖毙处置。"

鄂扎领命后，带领一干侍卫快步离去。

回到养心殿西暖阁，光绪招五官灵台郎郭世忠觐见。

那五官灵台郎隶属于钦天监。后者掌管一国之历法、推演节气、观察星象、颁布时宪书等事宜，乃皇家钦定的数术机构；而五官灵台郎，则是专以天象来辨吉凶的分支。

光绪将九龙壁之事如实相告，郭世忠听罢道："启禀圣上，这确非祥兆。几日来，微臣于观星台执勤，见客星色白而体大，形如风摇，位现东南……恐怕，恐怕……"

"啰唆，说下去！"

"请皇上息怒！客星现东南，乃主……兵事！"

"哦？那你且说说，这兵事起于何处？结果又当如何呢？"

"回禀皇上，以目前之天象所显，微臣只能推演出兵事出于国之东北，至于结果……还望吾皇恕罪，需得再行观测方能得出结论。不过请皇上放心，我大清有万世不拔之业，国运向来昌盛，尤其是皇上亲政以后，励精图治，选贤任能……"

"你是钦天监官员，照实禀报即可。以后此等阿谀之语，不必多言。"

"微臣谨记皇上教诲！"

"下去吧。"

待郭世忠告退以后，光绪吩咐近身太监："去查一查郭世忠的执勤记录，看看他有没有说假话。另外，召翁同龢、文廷式、志锐、张謇四人觐见。"

139

郭世忠离开养心殿，在月华门等了片刻，太监二总管刘诚印现身而出。

往常都是李莲英与之会面，而后引他往慈宁宫觐见慈禧，怎么今天突然换人了？

今日之事必定非同小可！

世人皆知慈禧身边有两大红人，前为安德海，后为李莲英，却不知还有这位刘诚印。此人心思极为缜密，毫不张扬，更有一双洞察世事的眼睛，往往三言两语之间便可戳中事情要害，令闻者豁然开朗，茅塞顿开。因而慈禧每逢有重大决定，无不听一听刘诚印的意见，而后才做出决定。

郭世忠忐忑不安地随刘诚印来到宁寿宫，此时慈禧刚看完直隶总督李鸿章送来的密折。

行过礼节以后，慈禧单刀直入："你可是按照我教给你的与皇帝讲了？"

郭世忠道："回圣母皇太后的话，正是。"

慈禧淡淡一笑："皇帝听过之后，作何反应？"

郭世忠道："微臣不敢妄自揣度圣意。"

慈禧道："恕你无罪。"

郭世忠这才微微松了一口气，缓言道："九龙壁残损，皇上本是十分忧心。但当臣说出恐有兵事发生后，不知为何，皇上的眉头反倒疏朗了许多，仿佛……"

"仿佛什么？"

"皇上仿佛很乐意听到这个答案！"

"诚印，你且说说。"

比之郭世忠，刘诚印则要从容得多，他思虑片刻方才有条不紊地说道："禀圣母皇太后，奴才以为，皇上本性并非好战之人，而是翁师傅等一班所谓的'清流'教唆而至。李中堂不是也说了嘛，书生意气，误国误君，实在可恶……"

"好了，哀家问的是你，又不是李鸿章。"慈禧啜了一口茶，又对郭世忠说，"既然皇上的想法与咱们如此相悖，诚印的那个法子，你可认为是个好法子？"

郭世忠道："以微臣之愚见，只要利于我大清社稷，便是上策！"

慈禧不住点头，似乎对郭世忠的回答十分满意。

"老佛爷，那奴才这就去办了？"

"去吧。"

刘诚印得令，郭世忠跪安后也随后而出。

到得僻静地方，刘诚印又向郭世忠嘱咐道："如今皇上身边能人辈出，我等行事务必小心谨慎才是。老佛爷特地让我提醒你，那观星台上的执勤记录，你一定要做得比真的还要再真，防止皇上追查起来露出马脚。"

郭世忠用宽大的袍袖拭了拭额上汗水，向刘诚印拱手道："多谢刘总管提醒！还望刘总管能时时在圣母皇太后面前美言，以彰显世忠尽忠之心。"

刘诚印道："老佛爷火眼金睛，又何必用我聒噪？放心，此事你功不可没。"

郭世忠又是一番寒暄，这才离去。

就在刘诚印回房整点行装之时，养心殿西暖阁传来了一阵慷慨陈词。

"日本偏僻处于东洋，全境不过我大清一二省之大小，如此蕞尔小国，莫说他不敢犯我大清，就算是他吃了熊心豹子胆，当真敢踏上我龙兴之地，也势必有来无回。不过微臣倒恳盼他们胆大妄为一回，如能通过一战而扫平日本，则可刷新格局，振奋精神，以图自强，从此昂首迈向强国之路。如此，既可除卧榻之患，又借以震慑西夷，岂不美哉？"

说话的是礼部右侍郎志锐，其人生性刚傲，敢于仗义执言，又是珍、瑾二妃的堂兄，故而深得光绪所倚重，可谓之"帝党"的核心人物。

"你这番话深得吾心，若当真如此，朕倒也盼着能有这么一仗！"

"微臣亦认为志锐大人所言甚是。我大清讲求海防已三十年，创设海军亦七八年，北洋海陆军技艺纯熟，行阵齐整，各海口炮台船坞一律坚固。倘若岛夷小丑当真自不量力，让其尝些苦头也无不可。"

"不枉朕亲自提擢你为一等头名，这样的文廷式，谁不喜欢？"光绪脸颊上的傲然之色越发浓重，目光转而移在张謇脸上，笑道："状元郎，你可有话说？"

年方四十有一的恩科状元瞟了一眼身旁的帝师翁同龢，回道："皇上有此雄心壮志，实为大清之幸事。我等愿为皇上作鞍前之卒，虽万死而无惧。期盼日后大清鼎盛繁昌，再现康乾之盛世，如此，方能报答皇上的提携之恩！"

光绪竟笑出了声，扬手道："不用动不动就提死，你是新科状元，代表的可是我大清的将来。听说你的字很不错，他日开战，我还要你来书写檄文呢。"

见光绪神情激动，面露骄狂之色，翁同龢适时道："兵事非国家之福，请皇上万不可生有此心。况且天象本就无定数，若全部听信而不察，岂不是愚夫所为？再者，微臣曾与皇上分析过，若日本欲犯我天朝，必先图朝鲜，以此为跳板方可，否则不可为。而今朝鲜方面风平浪静，皇上何故如此失态？"

光绪闻之怏怏不乐："谨遵翁师傅教诲。"

翁同龢又道："九龙壁损，还望皇上及时差办内务府修缮，以免时日一长产生流言，于皇家威严不利。至于残缺塑块之去向，臣以为鄂扎定会查明真相。"

光绪的情绪似还未平复，只说了一句："知道了"。

翁同龢并未像别的臣子一样，因为皇帝的不悦而诚惶诚恐。身为帝师，他与光绪一直保持着良好的关系，深为皇帝所信任。

其实，在翁同龢心中，他何尝不是与志锐、文廷式、张謇一般想法？只是身为"帝党"的头号人物，他不可以锋芒毕露，要藏锋方可以与慈禧与李鸿章这等人物相颉颃。

然而，此时的翁同龢还不知道，对于东亚政局走向的掌握，"后党"一派远要比之深刻得多。清代自雍正设立特务组织粘杆处，刺探情报便成为其铲除异己的不二法门。虽然这种做法深为乾隆所不齿，而招致废止，但慈禧却认为大有裨益。因此，她在"垂帘听政"之初便秘密成立了乾坤两营，"乾字营"专司海外情报的收集，而"坤字营"则主要负责刺探紫禁城内外的情报。

几日前，乾字营驻日本的特务飞鸽传书，称日本右翼组织玄洋社头目与朝鲜东林党骨干多次会面，很有可能后者将要有所行动。朝鲜政府军战斗力薄弱，东林党背后又有日本人参与其中，因此，政治嗅觉异常敏锐的慈禧马上便意识到，日本人志在大清——只要朝鲜政府不支而求援，大清没有不出兵的理由，而日方等的便是这一千载难逢之机，借此对清宣战！

这一年，慈禧六十岁。

六十大寿，本是举国同庆之际，怎可兵戎相见？

况且，日人励精图治多年，早已不是蕞尔小国那么简单。李鸿章筹办洋务多年，于两国之军力对比最为熟悉，就连他在密折里，都极力主张要避日人之锋芒，故而战事决不可开启。

只是，光绪已然亲政，若事情当真如此，他会作何打算？

以自己对这位侄儿的了解，他定会主战！

朝夕思虑对策，不得要领，便招刘诚印前来，将心中烦恼尽数说与他听。

刘诚印深知慈禧十分看重六十大寿，决不想在其荣耀之年见到血光，于是便道："恕奴才斗胆献策，倘若人力不可使皇上改变心意，莫不如以天命……"

慈禧道："说来听听。"

刘诚印犹豫了片刻，虽是在密室，但他仍旧俯身，向慈禧耳语了一番。

不料刚撤回身子，就听慈禧斥了一声："大胆奴才，我真该将你千刀万剐了！"

刘诚印"咕咚"一声跪倒在地，又把头"咣当"磕在地上："老佛爷息怒！诚印虽万死亦不足惜，只是倘若兵事扰了老佛爷的六十大寿，那诚印就算在九泉之下，也会替您感到惋惜啊……请老佛爷三思！"

慈禧沉默了好一阵子，才将刘诚印扶起。

"兹事体大，毕竟是旁门左道，哀家是怕出了岔子，导致我大清万劫不复！"

"请老佛爷放心，只要老佛爷应允，这桩事奴才亲自来办。"

"好吧。"慈禧闭上眼睛，又怃然道，"但愿列祖列宗能够明白哀家的苦心孤诣，明白哀家是为了大清江山永固，明白哀家……也是不得已而为之！"

"老佛爷之心，天地可鉴！"

是夜，刘诚印密会灵台郎郭世忠，以慈禧之命招揽。郭世忠多年来恪尽职守，却因朝中无人，而一直没有升迁的机会，如今碰到千载难逢之际遇，自然是要牢牢抓住。

刘诚印遂命郭世忠察天象，得知三月二十一日夜必有暴雨。

当晚，刘诚印一身夜行衣，早早便遁于畅音阁的暗角里，只等风过雨来。时近子时，天空划过一道闪电，雷声从西山滚滚奔来，刘诚印自畅音阁飞跃而下，动如脱兔，一路连翻数道宫墙，来到皇极门外九龙壁旁。

彼时，刘诚印已然年过半百，如此奔驰却如履平地，则要得益于他多年来修证道门之典籍。其实早于二十余年前，刘诚印便在因缘际会之间皈依道教，成了白云观的第二十代道师，非但如此，此后他还贡献巨资传戒、重修碑志、拓修云集山房、创建和捐助长春永久供会及刊版印经等善举。传言他主持了白云观数次规模宏大的受戒，受戒众每次都是成百上千人，而清末宫内太监大多皈依道教，与刘诚印的鼓动及赞助不无关系。

究其因由，这是因为当年慈禧的母亲去世后，需要找一个寺庙停灵。

当时尚未独揽大权的慈禧,派刘诚印到北京贤良寺等佛寺寻访,这些寺院的住持僧大都不甚热情,慈禧甚为恼火,后转往北京白云观,受到白云观道士的热情接待。此后,慈禧与白云观的来往便日益密切,这才有了后来刘诚印皈依道教的事情。而正是因这特殊的关系,刘诚印才得以近观白云观藏经阁中的典籍,从而修得一身不为人知的上乘功夫。

刘诚印以大雨为掩护,盗取九龙壁上琉璃塑块九格,藏于水车当中。那水车自玉泉山汲水,每日经西直门往来于皇城。刘诚印买通送水人,将塑块运出宫,交于西直门瓮圈儿里经营缸店的一名掌柜,再由这名掌柜将之放于咸菜缸中,躲过城门检查,送至他早已选中的地方——陶然亭。

时值夜黑风高,南下洼鬼火幢幢,四下里一片阒静,只有夜莺之啼偶尔飘入耳中。仍旧是一身夜行衣的刘诚印斜挎着一个包袱,于荒草丛中快步行来。虽已牢记琉璃塑块所藏匿的地方,但前夜的大雨如注,致使本就塘泽错落的南下洼更显泥泞不堪,因而他兜转了好一会儿,方才找到一条可以下脚的小径,鞋底总算没有粘上过多的稀泥。

撩拨荒草,九格塑块逐一显现,借着月光,刘诚印又仔细将它们抚摸一遍,确认每格完好无损之后,他又重新以荒草掩埋。

以此向南不过三五十步之遥,便是乱葬岗了。

前日他已经仔细勘察过,此地少说也有一百多座坟茔,其中还不包括随便挖坑埋掉的那部分。他依记忆在坟茔间穿梭,不多时便找到了先前选定的那座。可是凑到近前一观,却险些叫出声来。那坟茔与前日自己所见大相径庭,原来隆起的土包已经塌陷,四周全是烂泥,狼藉不堪。许是遇见盗墓贼了?可是转念一想,这等无主之坟哪里会有贼去盗。又见烂泥上有些凌乱的小脚印,这才明白这座坟茔该是早就成了野獾的洞穴,不料前夜的大雨过于凶猛,从而导致了獾巢坍塌。

事到如今,也只好再寻一处道场了。

刘诚印继续在坟场穿梭寻找,费了许久也没有找到合宜的坟包。抬眼仰观天象,见时近子时,不可再耽搁了,于是转身奔向北侧,于一座坟

145

前停下身来。这座坟茔他刚刚仔细勘察过，尚且合乎他的要求，只是后身不远处有一个大苇坑子，荒草连绵不断，于风水上稍有不妥当。不过乱葬之地，本就不是什么风水宝地，也不可过于强求了。况且，自己已经在老佛爷面前打了包票，今晚无论如何也要行事，否则夜长梦多出了岔子，如此欺君罔上之罪过，就算自己长了一百零八颗脑袋，也是不够皇上砍的。

决心已定，刘诚印将包袱取下，摸出一张符箓，咬破手指，滴上鲜血两滴，再将符箓压于坟包顶端，念念有词了一阵。事罢，他快步返身，将藏于荒草中的九格琉璃塑块分两次搬至坟前，又以塑块上的图案排列组合，一条拼凑而就的"龙图"立时展现在眼前。

刘诚印呼吸突然变得沉重，他极力平息了一会儿，将包裹展开，依次取出火镰一支、小口径黑铁锅一口、宫女发辫九束、猪油若干、猫头鹰肉一块、章柳木刻小人儿一个。待将黑铁锅以方石支好，用火镰点燃锅下的荒草枯枝，望着锅中的猪油受热而缓慢融化，那段诡异的文字骤然浮现在他眼前："章柳之根，酷似人形者可通灵，刻画成小儿。取御物九块，女子发辫九束，于夜深人静之子时，寻坐北朝南之墓地，用猪油煎炸猫头鹰肉，可将御物所受之天地精气、日月精华，拘至章柳小儿之上。掘地三尺而埋，翌日则能被人所驱，可预知祸福兴败，每求必应……"

恰在此时，不远处的苇坑子里有涉水声响起，连绵不断的荒草依次散开，随着一阵腥气扑面而来，刘诚印惊讶地看到了两只铜铃大眼。它们在暗夜里幽幽闪动，贪婪地盯着黑铁锅里"滋滋"作响的猫头鹰肉……

然后，一声巨吼响彻暗夜！

第十六章
丹青曼陀罗

奉光绪之命，侍卫鄂扎以九龙壁为中心，带人再次扩大了搜索范围，然而经过两日的寻找，仍旧没有任何一格琉璃塑块的下落；正要前往养心殿禀告，不想走得急些，在月华门外撞了一名宫女。这宫女是宁寿宫的喂鸟丫头，名叫怜月，一早便钟情于鄂扎，只是碍于宫中禁忌，从来不敢吐露心中情思。当下不期而遇，怜月自是窃喜，于是便找了些话来说，岂料说者无意，听者有心，几句闲谈竟让鄂扎立下了一桩大功。

原来那喂鸟丫头，除怜月外还有一人，名叫惜月。刘诚印采集的九束发辫，其中一束便是她的。怜月与惜月向来不睦，慈禧又对惜月喜爱有加，故而怜月常怀妒忌，如今便将此事当作笑谈，说与了鄂扎。

那鄂扎自光绪十五年被皇上选为近身侍卫，数年来一直殚精竭虑，不敢有半刻松懈。光绪看在眼里，再加之他出自香山健锐营，有着八旗子弟的血性和忠诚，于是时日一久，便将之视为心腹，无话不谈。

有此默契，鄂扎来到西暖阁回禀塑块之事后，便对光绪提及了怜月之言。起初，光绪并未将两事串联，而是怀疑刘诚印在搞厌胜之术。宫里历来严禁此风，视其为洪水猛兽，查处甚严。传闻堂兄同治帝之所以英年早逝，便是外出寻花问柳之际，不幸被人下了梅蛊，竟至绝后。光绪少时便有所耳闻，记忆犹新，因此当即便向鄂扎下令，停止继续找寻缺失塑块，而是暗中去调查刘诚印。

鄂扎得令离去，内务府营造司官员杨豫甫觐见。

行过礼节，未等光绪开口，杨豫甫便道了一声："请皇上恕罪！"

光绪的脸一下子阴沉下来："命你督造几格琉璃塑块而已，缘何满头大汗？"

杨豫甫道："前日奉皇上之命烧造所毁之塑块，微臣曾夸下海口，两日便可交付！可是造办处的匠人今非昔比，其中东侧白龙之龙腹塑块，无论如何也烧造不出，颜色若对了，形神则无；形神若对了，颜色则差以千里……"

光绪道："那你可有什么对策？"

杨豫甫犹豫了一下，回道："微臣冥思苦想许久，或可以暂且由他材替代，待造办处烧造出来，再行替换……"

光绪怒道："混账！那九龙琉璃壁是何等尊贵之物，你居然胆敢说出这等大逆不道的话来，是不是要朕取了你的项上人头，安上去？！"

"微臣该死！微臣糊涂！"

"杨豫甫你听着，若是朕再从你口中听到这等僭越之语，定不饶你！"

"微臣该死！微臣糊涂！"

"换一句。"

"是！微臣罪该万死！微臣糊涂至极！"

"下去吧。"

杨豫甫汗如雨下，出得西暖阁，越发后怕，脚步踉跄不堪。一人从旁搀扶了他一把，杨豫甫正了正红顶，发现翁同龢正颔首微笑地望着他。

"多谢翁大人！"

翁同龢问其为何如此惶恐不安，杨豫甫一声叹息，道明因由。

翁同龢听罢道："不必忧心，皇上性急，一时震怒而已，过后绝不会再行追究。"

杨豫甫又叹道:"可是烧不出塑块,皇上终究还是要向我问罪!"

翁同龢道:"此事我来替你解忧吧。"

"当真?"

"翁某岂是言而无信之人?"

"甚好!甚好!有翁大人这句话,今晚我可以高枕无忧了!"

别了杨豫甫,翁同龢来到西暖阁觐见。

光绪余怒未消,张口大骂:"杨豫甫口无遮拦,僭越犯上,这等乱臣贼子,真是该千刀万剐!若不是想到翁师傅的告诫,要时时隐忍,我今日决计不会饶他!"

翁同龢道:"皇上能够保持克制,是我大清之福。杨豫甫虽上不得台面,可他掌管的营造司,能够得到圣母皇太后的青睐,说明此人还是有些本领。因此,就算他办事不力,也不能因此而与圣母皇太后产生嫌隙。"

光绪叹了一声:"翁师傅所言甚是,只是那九龙壁之修补,亦亟待解决。"

翁同龢道:"九龙壁损,宫中已是流言霏霏。如今营造司进行修缮,若空余白龙之龙腹塑块,必定更会引得好事之徒猜测,牵出些不必要的麻烦来。所以微臣以为,不妨就如杨豫甫所言,先行找到他物替代,待风波平息过后,再行替换。"

光绪思虑了片刻,方才道:"就依翁师傅。不过,此事决不能让杨豫甫去办,否则被太后知道,定会以此大做文章!"

"请皇上放心,微臣会亲自来办。"

"说来听听。"

"回皇上,可在营造司修缮过后,寻一善雕刻之能工巧匠,以楠木仿之,涂上白漆。"

光绪思虑良久,肯定了翁同龢的办法。

翁同龢虽在政局方面目光略浅,但到底算是老成持重之辈,他深知此事关系重大,必须亲自处理才好。于是,当日他乔装了一番,怀揣塑块

149

仿样，来到杨梅竹斜街的广兴顺。此处乃京师数一数二的木雕作坊，凡窗棂、隔扇、镇尺、笔架、挂屏、木匾、案屏、镜架，无所不雕，更可根据主顾之要求雕刻，无所不包。

其实，琉璃厂尚有一家名为复兴厚的作坊，不论是做工还是规模，都远超广兴顺。只是翁同龢时常往来于厂甸书铺寻书，南纸店又挂了不少他的字画在卖，那些书铺和纸铺的掌柜个个眼尖，要是被他们认出自己去过复兴厚，第二天这事儿准会传遍京城。

广兴顺计有雕工二十余位，翁同龢选了一位面相老实的工匠，先付了一半工钱，又与掌柜商量，要全程监督工匠雕刻。那掌柜自是多番推诿，翁同龢早就料到有此一遭，于是便多付了一倍的价钱，这才得到同意。那工匠技艺精湛，只用了半日便依样画葫芦将龙腹雕刻完毕，又用了两个时辰调漆，待得到了翁同龢的肯定，又花费了两个时辰将楠木涂漆，然后他告诉翁同龢，明日午后便可以取走使用了。

工匠话毕扔掉手中工具，歪倒在一旁，顿时鼾声如雷。

翁同龢虽然困倦，但却不敢有一丝放松。他一边目不转睛地盯着塑块，一边听着工匠抑扬顿挫的鼾声，直到天色大明。

就是在这一天，掌柜为他奉上早点的时候，陶然亭出没水怪的传闻也一并到来。

起初，翁同龢并未将此事放在心上，料想那不过是闲人耸人听闻的编造而已，用不了几天，就会有另外的什么怪事将之替代。因此翁同龢只是粗略地听了个大概，便又继续不敢有一丝懈怠地盯着龙腹塑块了。

终于到了午后，工匠以肯定的眼神告诉翁同龢，大功告成了。

翁同龢长吁了一口气，将龙腹塑块谨慎地进行了包装，正准备离去的时候，那位一直沉默寡言的工匠突然张口说话："大人慢走！听了我一晚上的呼噜声，请多担待。"

翁同龢道："为何叫我大人？"

工匠笑了："要是不懂察言观色，又怎么能雕出大人满意的龙腹来？"

翁同龢一时愕然，郑重地拱手道："受教。"

回到皇宫复命，光绪乍见到这格楠木仿塑块也不禁啧啧称奇，立即吩咐鄂扎取走，于当夜进行秘密安装。

鄂扎领命离去，光绪突然愁眉不展，说道："翁师傅，近日朕闻得城外陶然亭有水怪出没，京师百姓皆以为是不祥之兆。先有九龙壁，后有陶然亭，朕心里甚是不宁，所以想请老师辛苦一趟，去陶然亭一行，为朕解惑。"

翁同龢欣然领命，又宽慰道："皇上不必忧心，或许不过是谣言。"

翁同龢带回的答案是："鼍吼。"

至于为什么鼍会出现在陶然亭，这位帝师则没有给出让光绪足以信服的理由来。

或许是体谅翁同龢连日疲惫不堪，又或许是知道文臣不善此道，光绪在给予翁同龢肯定之后，又派出了步军统领福锟前往办差。

福锟以其强悍的作风伐草放枪，一时之间，陶然亭弥漫在一片火药味当中……

就在福锟带着神机营的枪手、三门阿姆斯特朗重炮开赴陶然亭之际，侍卫鄂扎对于刘诚印的调查已经结束了。但在起初，听罢鄂扎有条不紊的禀告过后，光绪露出了十分怀疑的神色，直到鄂扎将一册用红绸包裹的手抄本奉上，光绪这才不得不相信这等诡异之事。

鄂扎解释道："皇上，这册名为《太乙金华宗旨》的抄本便是整件事的罪魁祸首了。几年前，刘诚印打算刊版印经，不料在整理白云观藏经阁的典籍时，无意间发现了此书。刘诚印向奴才交代，《太乙金华宗旨》本是前朝的修道者托名吕祖洞宾所作，坊间版本众多，印刻良莠不齐。不过所有版本当中，全部都没有此书尾页的丹青曼陀罗画作。当时，刘诚印见画作十分精美，便将此书夹带出藏经阁，窃为己有。日后他闲时便翻看修证，哪知道时日一长，竟让他大有所成，天目穴处频现性光。刘诚印依记忆将频现的性光画出，竟发现与尾页的丹青曼陀罗如出一辙。他欣喜

151

若狂,始知手抄此书者乃得道之士。于是,他更视此书为珍宝,以红绸包裹,并打造了一方紫檀木盒专门存放。可是叫人万万没想到的是,那幅丹青曼陀罗画作里,还嵌了一门邪术!因对此书深信不疑,刘诚印自然也对这门邪术毫不所疑,就这样,当圣母皇太后向他吐露了心事之后,刘诚印便想到用这门邪术来蒙骗皇上。刘诚印告诉奴才,他是打算驱动章柳小儿,发出城鸣之音。这时,皇上必然会让钦天监查明事因,而在历代钦天监的记录里边,凡是有城鸣之事发生,必有兵事,应战者必败……"

"啪"的一声,光绪将青花笔筒掷在地上,碎片顿时星散开来。

"阉人欺朕太甚,不将之千刀万剐,不足以平朕心头之恨!鄂扎听旨,速速去将刘诚印缉拿见朕,如有阻拦者,杀无赦!"

"皇上息怒!"鄂扎猛地上前一步,跪倒在地,"此事背后主使者乃圣母皇太后,如若皇上贸然行事,定会惹恼太后!到时候双方撕破了脸,可就再也没有挽回的余地了!为了大清的江山社稷,奴才万望皇上三思而后行啊!"

"朕是一国之君,难道要杀一个玩弄邪术的阉人都不成吗?!"

鄂扎诚惶诚恐道:"皇上乃真龙天子,君命臣死,臣不得不死,何况刘诚印?只不过皇上自登基以来忍辱负重了那么久,终于开创了今天的大好局面,若是因为一个阉人而前功尽弃,奴才真是替皇上不值,替等着皇上励精图治的天下百姓们不值啊,皇上!"

光绪闻听此言,费了好大的力气才闭上双目,良久,淡淡道:"起来吧!朕刚刚有些孩子气了,你不要笑朕才是。"

鄂扎赶紧叩首:"奴才万万不敢!"

光绪躬身将鄂扎扶起,问道:"为今之计,你觉得该怎么办?"

鄂扎道:"刘诚印向奴才交代了一切,他知道皇上必然不会饶了他。奴才认为,他一定会去圣母皇太后那里求情。太后心机深似海,泰山崩于前而色不变,依奴才推测,她绝不会主动来找皇上解决这件事,而是会等着皇上去找她,见招拆招。所幸的是,刘诚印的诡计并没有得逞,倘若……倘若皇上肯将此事化小，奴才以为，圣母皇太后必定会……念着皇上这份情，也方便日后行事……您说呢皇上？"

光绪点头道："你说得很有道理，朕不能跟皇太后闹得太僵。至于刘诚印嘛……"

鄂扎立即接话道："奴才明白皇上的意思。皇上暂时不动他，但并不代表他从此就带上了免死金牌！皇上请宽心，奴才会替您记下这笔账，并以项上人头担保，刘诚印决计活不过明年这个时候！"

光绪愤然道："阉人贱命！前有安德海，现有刘诚印，后世阉人当以此二贼子引以为戒！"

鄂扎又道："皇上，现下还有一事亟待解决。刘诚印的诡计虽没有得逞，但他因为煎炸猫头鹰肉，将沉睡在苇子坑里的妖蜃引了出来。那妖蜃本来就很难对付，此番又把章柳小儿吞进肚皮，有九龙精气庇护，可谓如虎添翼。恐怕……福锟大人的火炮洋枪，并不足以将之斩杀，况且若是妖蜃为京城百姓所见，人心惶惶之下，说不定又会惹出什么乱子。"

光绪道："那阉人可知退妖之法？"

鄂扎摇头叹道："真是多行不义必自毙。大概是在丹青曼陀罗画作里发现了邪术的记载后过于兴奋，刘诚印居然落下了至关重要的一行字。这行字是告诫运用邪术之人，千万要远离魑魅魍魉出没之地，因为煎炸猫头鹰肉的气味可以将它们招来。那南下洼一带是永定河故道，水潦纵横了几千年，难免有些水怪妖蜃藏匿其中。偏偏刘诚印没深没浅地选在苇子坑旁边炼章柳小儿，这才惹下了大乱子。他向奴才交代，当晚妖蜃出没，他吓得魂飞魄散，抄起地上的琉璃塑块便掷向它，不料那妖蜃张口接下，继而大嚼，吃得十分欢快。刘诚印将九格塑块全都扔完了，见状不好，这才顾头不顾腚地狂奔离开。待回到宫里，他琢磨着不对劲，于是翻开了那册《太乙金华宗旨》，仔细观瞧丹青曼陀罗画作，终于发现了那行告诫之语。奴才见他形神俱损，知道指望不上他，便让他交出书籍。刘诚印二话不说把《太乙金华宗旨》抛给我，说这辈子再也不想见到它了。奴才得书之后逐一翻看、查寻,尤其是书尾那幅丹青曼陀罗画作,反复观察了好几遍……可是,再也没有新的发现。"

光绪沉吟片刻,展开红绸,翻看书籍。这是一册十分工整的抄本,作者显然研习过书法,蝇头小楷一丝不苟,腕力非凡。

"那就请宫中的大萨满走一趟吧,眼下也就只有这个办法了。"

"万万不可!"鄂扎解释道,"世人皆知大萨满负责宫廷祭祀,倘若出现在陶然亭,就给了百姓们联想,使他们认定妖蠹与皇宫有关。如此一来,谣言必出,恐对皇上不利。依奴才所见,当另寻他法。"

"那你且说说,有什么法子?"

鄂扎犹豫了一下,回道:"请皇上容许奴才出宫,往香山一趟。"

"难不成健锐营里有除妖的高手?"

"既是厌胜之术将妖蠹引出,还需厌胜之术将它制服才是。三十年前,英法联军攻我京城,家父指挥健锐营守卫京畿,与洋鬼子苦战数回,最终正白旗士兵全员阵亡,只有家父侥幸捡了条命回来。蒙咸丰爷恩典,赏穿了黄马褂,因此奴才才有幸被选中,来到皇上身边当差。但是那一战之后,家父每月逢初一和十五两日,夜里总会看到阵亡的士兵纷纷涌入屋内叫嚷,彻夜不休。家父遍寻高人解魇,但情况比之从前更加严重。直到三年后的一个大雪之夜,一位避雪的道人略施小计,才解了家父的燃眉之急。从此,家父与之结为莫逆,又因那道人隐居在旸台山大觉寺附近,所以两人时常走动。奴才是想请此人出山,再由内务府牵头前往陶然亭降服妖蠹,替皇上解忧!"

光绪闻之欣然道:"若是朝中大臣人人都如你一般处事得当,思虑周全,我大清又何至于每每为洋人所侮。"

鄂扎跪地叩首:"奴才愿为皇上鞠躬尽瘁,死而后已!"

光绪再次躬身将鄂扎扶起,拍了拍他的肩头:"去吧,快去快回。"

鄂扎道了一声"嗻",又似想到了什么,说道:"皇上,为免福锟大人炮击陶然亭,还请您尽快下旨撤兵。另外,奴才听闻众多谣言当中有一则称，陶然亭苇塘里其实并没有什么水怪，至于那扰民的叫声，不过是有人藏于其中戏吹鸣角。奴才以为，不如就将这条谣言坐实，贴出告示来再做些收缴鸣角的动静，待妖蜃被除，时日一长，就算百姓们有所怀疑，那也只能是怀疑，没有真凭实据。这样过些日子，就没人再记得这回事了。"

光绪深以为然，立即下了这两道旨意。

鄂扎果然没有托大，他将那姓穆的道人请来后送至内务府，在内务府官员的陪同下，穆道人进入重兵把守的陶然亭，而后一夜之间，那恼人的吼叫声便不再响起了。至于穆道人用了什么手段和方法，那妖蜃是否已被铲除、尸身何在，则无人知晓。

正如慈禧先前预料，一个月后，朝鲜果然爆发了"东学党之乱"。

彼时，朝鲜政府军战斗力薄弱，战事一起便节节败退，于是只能向宗主国清朝乞援，日本乘机也派兵到朝鲜，战事一触即发。

慈禧因"九龙妖蜃"之事棋失一着，虽明知大清必败，却又只好苦水肚中咽。而以翁同龢为首的"帝党"，则趁此机会极力鼓吹与日本一战。光绪二十年六月二十三日，在光绪和万民无限的期盼当中，丰岛海战爆发，甲午战争拉开了帷幕。然而由于日本蓄谋已久，军队实力又在清军之上，这场战争最终以中国战败、北洋水师全军覆没而告终。

其后，清政府迫于日本军国主义的军事压力，签订了《马关条约》，割让了台湾岛及其附属各岛屿、澎湖列岛，并赔偿两亿两白银给日本；与此同时，还增开了沙市、重庆、苏州、杭州为商埠，并允许日本在中国的通商口岸投资办厂……

就在《马关条约》签订后几日后，侍卫鄂扎向光绪禀告，太监刘诚印因病亡故。

光绪问了一声："什么病？"

鄂扎回道："听说是一种怪病，叫做石麻症。"

光绪冷笑："阉人贱命，真该将他千刀万剐后，再让他去死！"

第十七章
紫禁城寻迹

万二余言，陈鸳桥几乎一蹴而就，待放下笔来，始觉臂膀发酸，手指痉挛。抽了一支香烟，酸疼感反而更烈，只好披上外衣，于院中踱步小憩。

夜色隐去了海棠树上的部分繁花，观之反倒比白日更有风华。微风过耳，几多叶片簌簌泻落，或远或近。陈鸳桥有些感慨，花落花开，岁岁年年，慈禧也爱这海棠花，更在颐和园乐寿堂的庭院里种植了多株，可人终究是人，生前权倾朝野，肉体一灭，便再也没有办法干预别人的命运了。由此，又想到大军阀孙殿英盗掘东陵的往事，传闻掘坟士兵掀开慈禧的棺椁之后，这位"老佛爷"还曾诈过尸……

如此胡思乱想了一阵，手臂倒也不那么酸疼了。

回到房内，展开纸稿审阅，读罢一遍，方觉自己为情绪所扰，行文太过恣意。于是提笔蘸墨，边阅边改，越发觉得十分糟糕，索性弃之不用，另起了炉灶。这一回，他变得凝神静气，逐句斟酌，总计不过千言，竟然用掉了两个时辰之久。休息片刻再阅，确认字里行间不再有章回小说的气息，这才将早已候在外间的助理叫来，遣他送到印刷厂去。

时近拂晓，陈鸳桥穿衣出门，叫了洋车，奔向李铁拐斜街。

到了西"升平园"澡堂，早有干报馆的同行们先自己一步入池，陈鸳桥寒暄两句，便也洗了起来。洗透了，困意一浪浪冲顶，招呼小伙计，嘱他将自己从前存在这儿的上好香片焖上一壶，就睡去了。

这一觉解乏至极，甫一睁眼，那透着机灵劲儿的小伙计便把焖好的香片奉上。此时正是叫渴之际，陈鸳桥连喝下三碗，整架身子大有荡涤一新之感。

香茶勾人胃口，肚子"咕咕"作响。

小伙计又上前来问："先生吃些啥咧？烧饼果子正热乎，我给您去叫？"

陈鸳桥摆手道："不必了，我外头吃就好。"

串澡堂子兜售烧饼果子的小贩，虽也是足工足料味道不错，但比之铺眼上刚出炉的，究竟还有段时差。像陈鸳桥这等吃主儿，把这段时差看得比天还大，若是吃不好，整天下来，做什么事儿都觉得欠火候。

就近寻了一家粥铺，陈鸳桥叫了炸果子、热烧饼，盛了一碗甜浆粥，又选了一碟六必居的螺丝转儿酱菜。这甜浆粥是小米做的，先把小米研磨成浆，锅开后，把米浆搅在开水内，便成稀薄之浆质；预先加入适度的食碱，用文火慢煨，香美之甜浆粥即成。而热果子，则是甜浆粥的绝配之物，把它们撕在碗内，再浇上甜浆，趁热大嚼，其味道足以使人忘忧。

吃罢这顿适口的早点，陈鸳桥叫了洋车，奔向神武门去会顾随。

紫禁城分为外朝和内廷两个部分，外朝有殿而无宫，以乾清门为界限。民国成立时，按照宣统逊位之条约，清室将来要让出皇居交给民国政府而迁到颐和园；但实际上，由于种种复杂的原因，内廷一直没有交出，因此溥仪也始终留在宫内，仍然关起门来做他的皇帝。直到十三年后，才由鹿钟麟带兵将他撵了出去。

外朝被国民政府接管以后，以文华、武英、太和三殿为中心成立了古物陈列所，教育部又将午门辟为了历史博物馆，所以在民国十四年间，故宫博物院所辖之范围，仅包括乾清门至神武门之间的内廷。

故宫开院后，一度游人如织，非但北平市民，亦是外埠来客绕不过去的游历佳地。只是好景不长，山海关陷落日寇之手以后，院内所藏重要文物南迁，游人便寥落起来。

两人入院以后，东行而向南，直奔锡庆门。其间一个游人都未遇到，只见宫墙上杂草丛生，四下里宫鸦盘踞，虽是夏日，仍不免感到荒凉。

来到九龙壁前，陈鸳桥一指东数第三条白龙："沈岐周提供给咱们的大内秘档，是真还是假，现在便可以见分晓了。"他说，"但愿他只是一片赤诚，别无他求。"

根据秘档记载，白龙之龙腹塑块，乃是帝师翁同龢乔装至杨梅竹斜街的广兴顺，亲自监督匠人雕刻的。只要确定这塑块并非琉璃烧造，而是楠木雕刻髹饰的，那么便可以肯定：沈岐周庋藏的那些纸片儿，的的确确是清宫秘档。

陈鸳桥的手指有些颤抖，将要触及龙腹的时候，不知为何又倏地撤了下了："你来。"他嗓音干哑地说。

"神经兮兮！"顾随揶揄了一句，伸手摸下去，屈指敲了两声。

不是琉璃该有的响动。

"是真的？"

顾随没有说话，移开了手指，又敲动了旁边的塑块，传出的声音与刚刚差别很大。

"谢天谢地！"陈鸳桥如释重负地笑了笑。

"这下你满意了吧？"

顾随话音刚落，猛听得"嘣"的一声，再看一尾利箭戳在了龙腹塑块的边缘，箭身"嗡嗡"抖了两下，一歪，"啪嗒"，掉在了两人脚下。

"这是……"

"别愣着！快跟我走！"

顾随一把扯过陈鸳桥，飞奔向九龙壁的西侧。

偏在此时，他们的周遭又"嗖嗖"飞来几尾利箭，支支带着遒劲之声,又险些射中二人!

"大清已经亡了二十五年,这紫禁城怎么还这么凶险?"

"当然是冲着你来的。"

"为什么?"陈鸳桥缩在顾随身旁。

顾随把身体隐在九龙壁后,四下瞄看了几眼:"因为你铁公鸡,昨晚我请你喝了信远斋酸梅汤,今儿个的门票,你又没掏钱。"他说,"这个理由足够了吧?"

"都什么时候了,你还有心思跟我算账。"陈鸳桥喘得厉害,手里攥一尾暗箭。那箭镞黑黢黢,不似寻常利刃那般精光熠熠,他说,"这箭头上喂了毒药!"

"看来有人坐不住了!"顾随拔出配枪,转过头来,"你就在这儿别动,我去去就回。"

"等等!"陈鸳桥一把扯住顾随的手腕。

"放心吧,我有分寸。"

"我是想提醒你,尽量不要开枪,这里的一砖一瓦,都是文物,破坏不得。"

"知道了。"顾随一把甩开陈鸳桥的手。

陈鸳桥缩在九龙壁下,等了小半个时辰也不见顾随回来,侧耳倾听,只有宫鸦的声声瘆叫。他壮着胆子伸出头,四下张望,未见任何异动,放下心来。

陈鸳桥一路由皇极门奔向宁寿宫,不见顾随踪迹,便又来到畅音阁附近寻找,不知不觉便越过了养性殿,进入了宁寿宫花园。在园中兜兜转转,猛地里一抬眼,但见遂初堂的匾额上插着一支利箭,上前了几步,始见一捧血迹洒在门前的台阶上。

陈鸳桥心里"咯噔"一下,头皮一阵阵发麻。

适才情急之下,他话只说了半句,那箭镞上所涂之毒,实乃雷公藤和以牛血炼制,其毒性十分骇人,《尬中癖》记载此毒名为"神仙疲",位列是书五大猛毒之一,即便是华佗在世,也要惧它三分!

陈鸳桥越想越怕,忍不住喊起顾随的名字,脚下也跟着跌跌撞撞,一路在花园里乱转。

不觉间奔到了禊赏亭。流杯渠迂回宛转,陈鸳桥一时不慎,竟滑了一跤。他狼狈地爬起身来,又是一番找寻,待来到倦勤斋门口,身子猛地斜了一下,心慌意乱地转过身来,才发现顾随就站在自己身后,还是一如从前那般镇定自若——他完好无损,手中还多了一架造型十分熟悉的弩弓。

"让你待着别动,怎么又乱跑出来?"

陈鸳桥是聪明人,知道顾随与那偷袭者已经交过手,且那人并非他对手,否则手上的家伙断然不会为顾随所夺。如此,那遂初堂门前台阶上的血迹,应是那人留下的。

"那人吃了你一箭,恐怕活不过今天晚上。"

"别打岔。我在问你话呢,让你待着别动,你为什么跑出来?"

"我本是想等着你回来的,不料你刚走没多久,打锡庆门进来一位女游客,模样甚是勾人,身段袅袅娜娜,当真是摇曳生姿。我一时欣喜,便忍不住跟随其后,这才进了花园,却碰到了你,追丢了她。扫兴!"

顾随敷衍一笑,也懒得去拆穿陈鸳桥,转而把手中弩弓递来:"眼熟吗?"

陈鸳桥点头道:"跟三姑房中那柄造型一致。"

"这个人来头不简单。"

"你可见了他的模样?"

"他蒙着脸,交手的时候我本想扯下来,却不想他宁肯丢了弩弓也不肯让我得逞。不过此人该是有烟癖,凡是抽过那东西的,隔着八丈远,我都能闻出来。"

"看来今后咱们要更加小心才是。此人虽然活不过今晚,但保不齐明天就还会再冒出来几个。小心驶得万年船。"

"这话你该提醒自己，说不定今晚你的报馆就会遭殃。"

陈鸳桥连连摆手："那里本就是一处闹鬼的宅子，再坏又能坏到哪儿去呢？"

"嗯，你说的话，总是很有道理。"

两人握箭提弩一边走出宁寿宫花园，一边商议对策。

"既然沈岐周所藏的大内秘档不假，我想下一步咱们要做的，就是找到侍卫鄂扎口中的那位穆道人，弄清楚当年他是如何降服妖魇的。"陈鸳桥说，"如果他可以再次出山，当然最好；假若请不动他，那也无碍，只要他肯将方法告知，咱们照做便是了。"

"事不宜迟，咱们这就再往郎各庄走一趟。同是道门中人，又都在旸台山隐居修行，说不定惊奇道人还认得那位穆道人呢。"

两人一拍即合，快步行出紫禁城，跳上汽车，往郎各庄飞驰而去。

沿路无事，到得郎各庄，恰是正午时分。

大吉祥见到两人，甚是讶异，一边上前寒暄着，一边差家丁往里头向窦三姑通报。问过大吉祥后，得知惊奇道人仍在庄上，陈鸳桥嘘了一口气："没白跑一趟。"

两人随大吉祥往里走，只见刚刚报信的家丁去而复返，迎面立在三人面前，喘了两喘才说道："三姑丧子心伤，怕招待二位不周，容……改日再行赔罪。"话毕，做了一个干脆利落的逐客姿势，斜瞟一眼大吉祥，然后埋下头来。

"顾队长与在下都是闲人，等等也是无妨的。"陈鸳桥笑道，"大吉祥兄弟，我们大老远赶过来，怎么也得歇歇脚不是？烦你差人倒两杯水来，总是可以的吧？"

"这个……"大吉祥眉头紧蹙。

"莫非这庄子里出了什么事，要瞒着我们？"

"绝对没有！"大吉祥听闻顾随这么问，冷汗登时迸出，大脑袋摇成了拨浪鼓。

陈鸳桥与顾随对视一眼，又道："顾队长最爱开玩笑，你不必紧张。只是兄弟你太不地道了些，就算做戏，那也得有个做戏的样子呀。"转向适才那位报信的家丁，"三姑的居处在后院，一个折返用多少时间，我还是知道的。"

大吉祥被拆穿，连忙拱手道："陈爷勿怪！实在是……实在是三姑早有吩咐，没有她的召唤，不管是谁来了庄上，一律不见！"

陈鸳桥道："原来如此。那就请兄弟你亲自去一趟，就说鸳桥有要事求见。如若三姑当真不见，我们决不纠缠。"

大吉祥还是有些为难，他说："不是我不想帮您的忙，只是三姑的脾气……"

顾随冷言道："鸳桥，不然我替你走一趟？"

大吉祥愕然，又连向顾随摆手："不劳顾队长！我这就去！请二位在此稍候，稍候片刻！"

大吉祥不忘向身边的家丁使眼色，那意思是嘱他看好陈鸳桥与顾随。

两人心知肚明，也不去理会。

没一会儿的工夫，大吉祥去而复返，身边还多了一位，正是惊奇道人。

陈鸳桥和顾随上前寒暄，三番相见，惊奇道人也十分热络。

闲话过后，陈鸳桥单刀直入，不料惊奇道人却称："眼下有一桩更要紧的事情，非鸳桥兄不可解！还请二位快随我来，待将此人的性命救得，山人任二位差遣便是。"

惊奇道人不说二话，直将二人引向窦三姑居处。

即将走到门口，顾随便抽搭了一下鼻子，说道："好大的烟土味儿！"

惊奇道人叹道："要不是靠那东西顶着，早就没命了！"

陈鸳桥道："到底是谁受了伤？"

还未等惊奇道人再语，只见房门被拉开，"哐当"一声，窦三姑双膝跪在地上，连向陈鸳桥磕头道："鸳桥侄儿，快请来救我儿性命！"

"三姑莫要折杀我！鸳桥不才，全听您吩咐便是！"陈鸳桥赶紧将她搀起来，心里头不免琢磨道，"郎八通日前不是已然过世了吗？缘何又有救其性命之语？难道这几天里庄上又有什么异事发生？"

惊奇道人见陈鸳桥不明所以，忙解释道："鸳桥兄不要误会，八爷已然入土为安……"

那就是海猴子了！

陈鸳桥没有猜错，撩开幔帐，只见海猴子缩在炕上，此人与郎八通年纪不相上下，又是同母异父的兄弟，但两人的长相却大相径庭。海猴子骨瘦如柴，仿佛一戳就会散架，且通体弥漫着阴贼之气。他的伤处在右侧脸颊，虽有黑亮的烟膏糊住止痛，但整个身子还是疼挛不休。陈鸳桥注意到，那伤口周边呈现出一片褐色，已有向脸颊四周蔓延之势。

"他是何时来到庄上的？"

"……昨天夜里……"窦三姑啜嚅道，"来的时候……只说了一句话，便人事不省了！"

"说了什么话？"

"求我这个做娘的，救救他……"

陈鸳桥听罢叹了一声，将目光伸向顾随。

"三姑，您不必隐瞒我们，他是刚刚才到庄上的，至多不超过半个时辰。"

窦三姑愕然道："你怎么……"

"我们上午见过面，还交过手，就在紫禁城里。"话毕，顾随便将海猴子以弩弓偷袭之事，逐一向窦三姑和惊奇道人全盘托出。

窦三姑闻之满面怆然，浑浊的泪水簌簌而下，透迤流淌于满脸的皱纹间。她拭了拭，咬牙切齿道："孽畜尤好此道，真是报应不爽！如今你们找上门来了，看来老身又要白发人送黑发人了……"言语之间，带着无限的凄惶。

陈鸳桥连忙道："三姑误会了！顾兄与我前来，实在并非追踪至此，而是有要事要请教惊奇道人。现下这种情况,实属巧合。"

"你说的……可是真话?"

"鸳桥愿以顾队长的性命为担保,句句属实,绝不敢欺瞒!"

顾随瞪了陈鸳桥一眼,附和道:"三姑,这件事真的是巧合,晚辈不打诳语。"

窦三姑的脸庞有所舒展,试探道:"这孽畜……可还有救?"

陈鸳桥没有隐瞒,将海猴子所中之毒告以三姑,又补充道:"中了'神仙疲',最怕长途奔袭而至毒气扩散,如此一来,恐怕……"

窦三姑的眼神遽尔暗淡下来,哀怨道:"我真是对不起那冤家……这才叫不得好死啊!"

陈鸳桥明白,三姑口中的冤家,正是永定河小霸王。

"三姑也不必太过伤心,"陈鸳桥沉吟道,"此毒,倒也不是没有解救之法……"

"只要能救他一命,老身什么都答应你!"

陈鸳桥默然片刻,十分郑重地说:"这人命呢,鸳桥会尽力来救。不过,有些话鸳桥要事先告知三姑,就算人救活了,恐怕……恐怕今后他也不会再有子嗣了。"

三姑凄凉一笑:"好啊,想来这就是命!罢了,终究是老身的过错,不该生了他,却没养他,倘若鸳桥侄儿能救了他的命,也算是替老身赎罪了!"

惊奇道人宽慰道:"只要命能留下来,就是好事一桩。鸳桥,事不宜迟,还请你快快告知解毒之法。"

"此毒乃是用雷公藤和以牛血炼制而成,能够列为《疽中癖》五毒之一,自然有它的不寻常之处。大吉祥兄弟,还得烦劳你去庄上跑跑,找两样东西回来。"

"陈爷吩咐便是。"

"这第一种,是要找一只五年生以上的老公鸡,取其鸡冠。这第二种，则是需要少女的经血。将鸡冠捣碎和以经血再加适量泉水熬制成汁，然后每隔半个时辰，涂手心脚心四处，用力大搓，只要出现呕吐的症状，就停止搓动。如此循环往复，直到体内的毒汁排净，再静养几日，命就可以保住了。"

"都听明白了吗？"

"回三姑的话，都记下了！"大吉祥话毕，快步离去。

窦三姑又道："鸳桥侄儿勿怪，大吉祥这厮从小到大一根筋，若是他先前有什么得罪你的地方，老身代他赔罪就是了。"

陈鸳桥赶紧站起身来："三姑说笑了！"他说，"不过要是三姑肯吩咐人给我们准备点儿吃食，我想顾队长会十分感激的。"

窦三姑愣了一下，欢快地笑出了声："你可真是个鬼机灵！"

惊奇道人适时道："三姑，您也疲乏了，就让山人代为招待鸳桥兄和顾队长吧。若是海猴子有什么异常，您差人到前院叫一声便是。"

窦三姑点头以示赞同。

众人退出房后，移步前院厅中就坐。

不多时，一桌酒菜齐毕，陈鸳桥着实有些饿了，频频下起筷子。

顾随提及穆道人，询问惊奇道人常年在旸台山修道，可曾听说过此人。

惊奇道人摇头："听你们描述，此人若仍在世上，想来也已是耄耋之年。山人自十年前便在旸台山修行，对那一带的道观十分熟络，但所认得的道人当中，却无一人符合。不过若论年纪的话，倒是与我师父相仿。"

"贵师年轻时候，可还叫过别的道号？"

"我明白顾兄的意思。恩师当年是否叫过别的道号，山人不敢完全肯定，但可以肯定的是，您绝不是你们要找的人。"

"何以见得？"

"待晚些时候，我与二位共往旸台山，见到恩师以后，你们便知道了。"

165

陈鸳桥暗自思忖，惊奇道人明知其师并非穆道人，却又言之凿凿，要带着他与顾随前往旸台山拜会，可见此人该是有十足的把握，能够提供穆道人的线索。

既如此，随遇而安便是。

又想到范世海往西山打鹰，忙问可有他的消息。

惊奇道人笑道："昨日有人捎信到庄上，说他已在潭柘寺安顿了下来，扬言不打下一只好鹰，这辈子决不再回北平。"

第十八章
大觉寺忆往

那《尨中癖》记载的解毒良方果然管用，大吉祥依照陈鸳桥的吩咐为海猴子用药，不消两个时辰，他已经吐出了一罐黑血，伤口周围的肿胀也消下了许多。虽然仍是不省人事，但依目前的情况来看，命该是可以保住了。

窦三姑免不了伤感，尤其在为海猴子擦拭脸颊之时，手帕上尽是掉落的胡须。

"鸳桥侄儿，这个孽畜就真的不会有子嗣了吗？"

"但凡有办法，我怎能不尽力？"陈鸳桥于心不忍地说，"这掉须，仅仅是第一步；等他苏醒过来，三五天内全身的毛发便会尽数褪去，此为第二步；再过半个月，他的声音也会变为……女声；之后，直到他的睾丸溃烂脱落，一切方可尘埃落定。三姑，这都是海猴子的劫数，您老不要过于伤感才是啊！"

窦三姑怅然一笑，叹道："多行不义必自毙！"

顾随安慰了她几句，话锋一转道："三姑，晚辈……还有个不情之请。"

"老身都明白。"窦三姑说，"这个孽畜处心积虑偷袭你，背后必然有人指使。你放心吧，我会差人好好看管他，等他醒来，再任凭你们审问就是了。"

"多谢三姑成全！"顾随又将大吉祥扯到一旁，郑重其事地嘱托道，"海猴子生性阴狠毒辣，切不可对他动半点儿恻隐之心，一切等我们从旸台山回来后，再作打算。"

"顾队长放心，我知道该怎么做。"

顾随这就要与三姑辞行，陈鸳桥却称要去方便一下，请他与惊奇道人稍候片刻。

陈鸳桥这一去，用掉了小半个时辰。

"可还痛快？"

"这就是做报人的不自在，尿遁真如家常便饭。"

原来，他知道旸台山路途遥远，今晚必定无法返回北平，但《异报》上的文章又不可不写，于是便假借解手的名义，钻到一处僻静地，写起了急就章。

作别三姑，顾随开车载着陈鸳桥、惊奇道人奔向城里。到得石碑胡同，陈鸳桥将写好的文章交给助理，又嘱他好生照看报馆，复又坐上汽车，往西郊方向而去。

汽车出西直门，经颐和园，过安河桥，一脉西山映入眼帘。又循百望山而行，至西北旺稍歇片刻，再过晾甲店、青龙寺、白家疃、北安河，旸台山可望。此时道路渐渐陡高，正值夏时，梨杏蓊郁，枝叶蓬勃阻遏，汽车愈行愈难。惊奇道人建议弃车步行，还可一路观赏景致。陈鸳桥自是十分欢喜，顾随便将汽车停了下来。

三人沿路入山，不自觉间天色已暗。腾地里一抬眼，只见一间寺院横在不远处，寺门上方横着一匾，有字：敕建大觉禅寺。陈鸳桥甚是开心，早先他就听闻这大觉寺里藏着一株古玉兰树，花开时香味射人，大如拳，白似玉，是北地难得一见的名种，因此这大觉寺虽位处西郊，却与教子胡同法源寺、白纸坊崇效寺，齐名为京师三大花寺。陈鸳桥曾动过花期前来游赏的心思，无奈为报社选址，耽搁了行程。不料今日机缘巧合，竟与之近在咫尺，虽说花期已过月余，但那株自蜀地移植而来的佳树仍可一看。

同顾随、惊奇道人说明因由，正想窜步入寺，却被后者拦了下来，"鸳桥兄何必如此焦急，我们陪你便是。"

"如此甚好！"陈鸳桥奔了两步，又停下，"道长进佛寺，是不是有些不妥当？"

"鸳桥兄岂不知万物并育而不相害，道并行而不相悖？"

陈鸳桥笑道："是鸳桥迂腐了，受教！"

顾随上前叩动寺门，须臾，便有一知客僧出现，年近半百，慈眉善目，连声的"阿弥陀佛"，引三人往寺内行去。

"劳烦方家，为我这两位朋友安排两间禅房。"

"道长请放心。"

陈鸳桥与顾随不明所以，却听惊奇道人解释道："恩师与我修行之道观，窄小仄人，糙陋非常，不宜招待二位。你们先在此歇息，待我将恩师请来。"

"这样好吗？"

"顾队长就听山人的吧。"

目送惊奇道人出寺，知客僧引陈鸳桥和顾随继续往寺中行去，其间陈鸳桥与知客僧攀谈得十分投机，兜兜转转了一会儿，他们来到了一处名为"四宜堂"的小院。陈鸳桥一眼就认出了那株古玉兰树，心上欢喜，凑上前去观瞧，一副旁若无人之状。

顾随显得百无聊赖，竟问起知客僧是否有斋饭可吃，得到了肯定的回答。

陈鸳桥瞧来瞧去，叹道："可惜错过了时节，惜哉！"

"那就明年再来，这树又不会自己长腿，你惋惜个什么劲儿？真是矫情鬼。"

"明年的事情,谁又能说得准?"

"怎么越说越来劲了还?"

却听知客僧道:"施主爱花,但这玉兰仅是本寺众多胜迹之一,所谓一叶障目,不见泰山,贫僧是否也要向施主道一声惜哉呢?"

陈鸳桥闻之,大笑了两声:"鸳桥愚笨,师父见笑。"

知客僧将两人安置在四宜堂厢房,又吩咐小沙弥取斋饭送来。两人吃罢,走出屋子于寺院之中消食。

是夜月明星稀,山中较之城里微凉了几分,倒也惬意。古寺阒静无声,偶有山鸟短啼两声,玉兰花虽败了,但空气中却浮动着浓郁的草木味道,新鲜而持久。

大觉寺最初为辽寺,后经历朝代更替,几易其名,待到明季宣德年间重建,方才叫了如今这个寺名。陈鸳桥本想瞧一瞧那方辽碑,只是才看了两行,眼睛便累得发酸,于是只好作罢,想着翌日天明再补上也不迟。

两人沿阶而行,不多时便来到寺院后山,通过大悲堂,一尊覆钵式白塔赫然耸立,于月色之下显得十分肃穆。在白塔的两侧,一松一柏环绕,两树皆枝繁叶茂,遮月蔽星,甚是雄壮。陈鸳桥绕塔而行,顾随跟在他身后,几次都差点儿撞上。

"你这绕了一圈又一圈,什么时候算完?"

"我在想一件事儿。"

"怎么,又欠了哪家姑娘的嫖资?"

"佛门重地,非礼勿言。"

顾随冷笑了一声:"那阁下就甭端着了,我洗耳恭听还不成吗?"

陈鸳桥道:"坊间都叫此塔为迦陵舍利塔,以为这塔中埋着迦陵和尚的舍利,往往绕塔行拜,寻求庇佑。可我却觉得实在荒谬。"

顾随道:"愿闻高见。"

陈鸳桥仰望两侧松柏,道:"传闻胤禛还未继承大统的时候,极喜结交僧道,迦陵和尚便是其府中的常客。后来大觉寺修葺,还是雍正在康熙面前美言，这才让迦陵和尚当上了大觉寺的住持。而雍正之所以如此厚爱迦陵，则是因为迦陵授予了他一门谋政之法。雍正依此运筹帷幄，逐渐在九王夺嫡中脱颖而出，渐渐得到康熙青睐，日后才继承了皇位。"

"所以呢？"

"后人鉴于两人的亲密关系，便顺理成章地以为此塔必然是为迦陵和尚而建。就像四宜堂外的那株古玉兰，后人都相信它是迦陵和尚亲手栽种，可是谁又亲眼所见呢？"

顾随有些不耐烦："你到底要说什么？不妨少些啰唆。"

陈鸳桥指了指两侧松柏："我是想说，这两棵古树少说也有四百余年的树龄，它们显然是作为白塔的陪衬才被栽种两旁的。"他笑道，"四百多年前，女真人还在白山黑水间捕鱼摸虾呢。所以，这尊白塔当然是明塔，又与迦陵和尚何干？"

"看来鸳桥兄在贵小报上又有谈资啦。"

"多谢建议。"

两人又转了一阵儿，自然少不了连番斗嘴。

约莫惊奇道人也该来了，循原路返回四宜堂，于北厢房外喝茶静待。

陈鸳桥见东西两壁的粉墙上有些墨迹，心下好奇，凑上前去观瞧，竟是一诗一词。诗为五律，是一首观花留题；词则是一首《瑞鹧鸪》。看得出两作均出自同一人之手，下笔遒美刚健，秀逸有致。陈鸳桥越发喜欢，细细读来，不由得发出了一声惊呼。

"你要死啊！"顾随吓了一跳。

陈鸳桥把茶杯掷在桌上，扯起顾随上前，指着粉墙上的一行墨迹道："看！你快看啊！"

"瑞鹧鸪……"顾随念出声来，"丙子三月题壁……心……心什么？"

"心畲！西山逸士溥心畲！"

"西山逸士？听起来像是一位化外高人。"

陈鸳桥也不回答，兀自叹道："丙子三月，这不就是上个月吗！时值玉兰花开，旧王孙又常年隐居在西山，怎会不来观花？我真是愚笨，若是想到了这一点前来大觉寺，岂不是就见到了他？说不定，还会一起喝杯茶呢！"

"什么旧王孙？"顾随一头雾水，问道，"这个人欠了你的钱吗？"

"当然没有！"

"那就是他抢了你的相好？"

"无稽之谈！"

"既然都不是，你干吗像是抽了鸦片似的？"

陈鸳桥略微平复片刻，方才道："我只是觉得可惜，本来是有机会见到他的。此人乃前清恭亲王奕䜣之孙，诗文书画皆造诣非凡；尤其山水画，画风俨然宋代之马远与夏圭，高超而萧疏。曾有人在报刊上撰文，将之与蜀客张大千并称为'南张北溥'，并言称，二人是时下画坛无可非议的两座重镇……"

顾随"哦"了一声："那位张大千，可是留着大胡子，专画仕女图的家伙？"

陈鸳桥大笑了几声，连连点头。

顾随语带讥诮："听说他画仕女，往往把一双手画得肥不溜丢，很是难看。后来他在城南游艺园瞄上了一名鼓姬，叫杨宛君，生得一双好手，用你们文人的话讲，该叫做纤纤玉笋什么的吧。为了资以写生，张大千方才纳了人家为妾，若我是溥心畬，跟这种人齐名，倒也没什么意思。"他揶揄过后，又说，"不过，这位旧王孙放在城里不待着，跑到西山来做什么？不会就是为了寻清静，好好画画儿吧？"

"此事说来话长。"陈鸳桥解释道，"当年恭亲王助慈禧发动'辛酉政变'，功成后被擢为议政王，入值军机处任领班大臣，一时可谓之权势赫赫。只是宦海浮沉，不久慈禧便翻云覆雨，重用起醇亲王，于是，失势的恭亲王便只好长期隐居在西山戒台寺，韬光养晦。自然，其子其孙也就顺理成章地跟随他在那里久居了。溥心畬少时与古松做伴，十余年来尽观冷云、黄叶、晚鸦、荒烟、急雨、哀蝉、霜落、大雪……想来，这也正是他画艺登峰造极的缘由之一吧。"

"所以这江山鼎革，对他而言未必是件坏事。要是他生来就在北平锦衣玉食，估计也画不出什么好画儿来，那可就是当今画坛的损失了；就算不是画坛的损失，至少也是鸳桥兄的损失——少了这些谈资，你该寂寞死了。"

"也不尽然。顾兄虽然是个无趣的人，但却不是无聊的人。"

顾随好像十分厌恶这样的回答，懒得再理陈鸳桥，自顾自地又喝起了茶。

陈鸳桥再三阅观两壁上的墨迹，细细品读下来，终究还是喜欢那首《瑞鹧鸪》词里的末尾一句："况是芳菲节，艳阳辰，最伤神，一片芜城赋里春。"说与顾随听，不料他撇嘴道："谁还没有些糟心的往事？"

此时山风乍起，树声如卷浪一般袭来，滔滔不止。

陈鸳桥有些受不住，挽袖看手表，时已接近十二点，而惊奇道人仍不见踪影。

"这么晚了，怕是不会来了。"

"说好了的，难不成被什么事情给耽搁了？"

"猜来猜去都是徒劳，反正咱们也不知道他的道观在什么地方，总不能出寺去寻。不如先行歇息，待明日再做打算。"

陈鸳桥只好应下。

两人各自回屋，睡去了。

翌日还未天明，陈鸳桥便被僧人早课的念颂声吵醒。于冥冥佛音当中起床洗漱，去斋堂吃罢早饭，东方已白。心里挂念那方辽碑，迫不及待前往，将昨夜未观的部分补上后，始觉心旷神怡，一身舒坦。

又吸了一阵新鲜空气，想着顾随也该起床了，遂返向四宜堂。

刚一进小院，就见顾随迎面行来。

得知陈鸳桥已用过早饭，顾随一边拉着他走，一边道："再去陪我吃

173

一点儿。然后，我陪你去看昨晚没有看完的辽碑。"

"你怎么知道我要去看碑？"

"鸳桥兄如此好古，不去看碑，又怎么能与我等俗人一分高下？"

陈鸳桥大笑："就喜欢你这样的人，从不说假话。老实说，早饭我已经吃得很饱了，不过因为你这句话，我决定再陪你去一回斋堂。"

他转身便行，不想一个没留神，竟与惊奇道人撞了满怀。

那惊奇道人面色苍白如纸，双眼布满了血丝，与昨日相比，整个人好似被偷走了三魂七魄，令陈鸳桥和顾随十分诧异。

"道长何故如此，究竟出了什么事情？"

"贵师可曾一道前来？"

对于他们的提问，惊奇道人充耳不闻，反倒泪洒道袍，叹息不止。

陈鸳桥见此情景，深知必发生了一桩了不得的大事，又四下观瞧，并未见其师踪影，心里不由得"咯噔"一下："道长，难不成你师父……"

正如陈鸳桥所料想，待三人进得房中，惊奇道人给出了肯定的答案："恩师昨夜已遽返道山！山人因此而没有赴约，还请顾队长和鸳桥兄海涵才是。"

顾随惊道："这到底是怎么回事儿？！"

惊奇道人盯看了两眼顾随，一声叹息："我本想着为除妖略尽绵薄之力，却不料弄巧成拙，竟害死了师父！"

"道长，你怎么越说我越糊涂！"

"是我糊涂才是！"惊奇道人又叹了几声，说，"昨晚我与二位分别后，便赶回道庵去请恩师前来相见。恩师向来乐于助人，因此当我将陶然亭水怪的事儿说与他听后，他称虽并不认得穆道人，但却可以提供除妖之法，命我快快带路。我一边伺候师父更衣，一边将两位仁兄的情况细细道来。我说到鸳桥兄的时候，师父并无任何异样；但是，当我提及顾队长的时候，师父却突然脸色大变，浑身颤抖不止，就像是发起了疟疾一般！我不敢怠慢，赶紧扶他坐下来，倒水给他喝，又问他哪里不舒服。师父良久无语。我再三追问之下，师父这才摆摆手，说自己无碍，并让我立即前往大觉寺来告诉两位仁兄，除妖的忙，他帮不上了，还望另请高明……"

"道长，"陈鸳桥忍不住插话，"你说起顾兄的时候，言辞上可有什么不当之处？"

"句句属实，没有半句妄言！"

"那就奇怪了！"陈鸳桥反问道，"明明已经答应帮忙，却在听到他的名字后，立即反悔了，这是怎么回事？顾兄，你与大师可曾有什么过节？"

顾随一时摸不着头脑，陷入了思索当中。

"山人也是这般疑惑，自然也想问个清楚明白。"惊奇道人接着说，"谁知师父突然大发雷霆，命我速速离开，如若不从，便立即将我逐出师门！我入师门这些年来，他从未对我发过火，更别说这般凌厉了。见此情形，我不敢再啰唆，快步奔出了道庵。我一路向寺院奔来，心中的疑虑就像夜色一样越来越浓，脚步也就越发慢了下来……"

"道长来而复返了？"

"我是觉得师父的行为实在蹊跷，深怕有什么事情要发生！"惊奇道人满面悲怆，"没想到果不出所料，待我重返道庵，发现师父竟已倒在血泊之中，身受重伤！"

陈鸳桥与顾随面面相觑。

"究竟是谁干的？"

"是两个蒙着脸的日本浪人！"

"日本人？！"陈鸳桥和顾随双双惊呼道。

"若不是师父年迈体衰，那两个歹人根本伤不着他。我察看了一下两个歹人的尸首，发现师父双双击中了他们的心窝，只是因为力道的原因，并没有将他们一击毙命，从而留给了他们出刀的机会……"话到此处，惊奇道人抑制不住地哽咽起来。

陈鸳桥暗自思忖：当初海猴子引武宫正朔到郎各庄发难，可见他与日本人早就狼狈为奸了。而前番海猴子在故宫偷袭自己与顾随，很显然，

175

这背后也是日本人在指使。如今再发生行刺之事，虽然目标另有他人，但却与陶然亭水怪有着千丝万缕的联系——仿佛……但凡与陶然亭水怪扯上关系的，日本人都十分紧张，究竟，这背后有着怎样的阴谋？

见惊奇道人情绪略有好转，顾随方才张口道："如今再去琢磨，贵师急着要道长赶紧离开道庵，似乎他早知有此一劫。难不成……大师真能未卜先知？可要是这样的话，何不与道长一起避离道庵呢？"

"顾队长的疑问，也是山人的疑问。"惊奇道人喝了一口茶，接着说，"当时我为恩师处理了伤口，扶他上床之后，也问了相同的问题。师父淡然一笑，他说命数如此，是无论如何都逃不掉的，否则，必殃及他人。而调我离开，是不想我有任何闪失。"

"道长真的相信命数？"

"从前有疑虑，但从今日起，相信了。"

"道长，我关心的是，为什么贵师听到顾兄的名字后，竟会出现那样的反应？"

"因为命数，顾队长便是我师父的……命中之劫！"

"道长，"顾随猛地站起身来，"我自幼疾恶如仇，自认这些年来清清白白，从未干过一件肮脏之事，怎么反倒成为贵师的命中之劫了？"

"请顾队长不必激动，"惊奇道人抱拳道，"此事并非如你想象那般。其中之原委，请容我细细道来，二位听罢，一切豁然。"

顾随抄起茶杯，一饮而尽，杯落话出："在下洗耳恭听。"

第十九章
四宜堂述奇

"算起来,师父收我为徒,已经是七八年前的事情了。"惊奇道人自斟一杯茶,从容喝下,娓娓道来,"我俗姓康,本是京南宛平城人氏,因为少时一次晴天鸣雷,不知怎的落下了惊悸的毛病,只有服用珍珠粉末,方可续命,多年来耗尽了家中的钱财。我因不忍双亲朝夕殚精竭虑,更心疼小妹为续我命,欲卖身青楼,故而决定一死了之;又不想他们看到我的尸首徒增伤悲,于是便偷偷溜出了家。在此之前我没有逛过北平,想着就要死掉,不到处走走,或许再也没有机会了。我在北平逛烦了,就琢磨着找个地方去死,不自觉地便往西山走来,一路寻觅葬身地。那时候正值阳春三月,我无意间闯入了一片离这里不远的桃园,当时桃花开得正艳。我决定就在这里自尽,一是因为这里的风景很美;这二呢,是因为我身上带着的一册书。那书的名字就叫《桃园》,是我在逛东安市场的时候,随手在旧书摊上买来的。我读了几回,没看懂。但那时候我觉得,这是冥冥之中早就注定的——否则,我怎么会买下这册书呢?那个作者,我连听都没有听说过。我挑了一株顺眼的桃树,正准备用随身携带的绳子上吊,却不料一位道人突然出现在我面前,斩断绳子,救下了我。这位道人,就是我的师父,后来他遍寻医方,终于医好了我的惊悸之症……"

"容我插一句，不知道长可否将那医方提供给我，以补《扈中癖》之不足。"

"稍后我会写给鸳桥兄。"

"感激不尽！"

"那日我在濒死边缘得救，心想这大概就是天不绝人吧。"惊奇道人接着说，"不知为什么，那一刻我脑袋里空空荡荡，竟不由自主地跪在了地上，嘴里喊着'请师父救我'之类的话。我师父良久无语，我等不及了，猛地一抬头，只见他泪水长流，面目憔悴凄楚。我不由得感到惊奇……想来就是这一望，才让您给我取了'惊奇'这么个道号吧。但当时我并不知道师父为何流泪不止，直到昨晚，我才明白了这一切。"

"贵师都说了些什么？"

惊奇道人置若罔闻，一连串的叹息过后，才又继续说道："当初在桃园，师父为我取名惊奇之后，我也问了他的道号。谁知师父一笑，将我丢在地上的那册《桃园》捡起来，指着此书的作者说，这个人叫废名，废名而新生，往后，他的道号就叫废名了。"

"那后来……废名道人可曾说过他从前的道号？"

"昨晚之前，从来没有。"

"他之前的道号，到底叫什么？"

"穆道人。"

惊奇道人此话一出，陈鸳桥和顾随双双倒吸了一口凉气。

四十余年前，太监刘诚印在陶然亭坟场煎炸猫头鹰肉，结果将妖蜃引出，人心惶惶。后来，还是穆道人施以厌胜之法，才将妖蜃镇住。而如今，穆道人却在他们的眼皮子底下撒手人寰，怎能不让人扼腕？于目前的情况而言，这几乎是最为快捷的一种除妖方式了。倘若能够有缘见上穆道人一面，只须从他口中获悉除妖之法，一切自然迎刃而解！不想竟以这种结局收场，因此，就连一向乐观的陈鸳桥都不禁一声长叹。

"穆道人驾鹤西游，看来要想铲除妖蜃，还须另想办法才是！"

"二位仁兄可知，二十年前陶然亭二现妖蜃，又是谁出手解决了那畜生的？"

"据我了解，"陈鸳桥略一思虑，张口道，"这一次并非妖蜃所为，而是一只伤了喉咙的大翅夜鹭从中搅局。如果我没有记错，当时为了以正视听，万牲园方面还将那只鸟做成了标本，曾在中山公园陈列展览过。"

"这些，不过是那些当权者惯用的手段罢了！"惊奇道人说，"四十年前的光绪，二十年前的袁世凯，一模一样，换汤不换药。"

"看来二十年前的事情也另有内情？"

"不错！二十年前，正是我师父再次出手，降服了妖蜃！可惜天不庇佑，这一回师父被妖蜃所伤，差点儿丢了性命；而留在您体内的蜃毒，每到阳春三月间就会发作，其时全身的骨骼就会如同碎裂，痛不欲生，如此循环半月之久，方才罢休……"惊奇道人泪眼蒙眬，嗓子也有些哑了，"师父曾尝试医治蜃毒，但那畜生并非凡胎，需以生在南洋的一种神异之物克制……多年来，师父求而不得，唯有年复一年地忍受挫骨之痛！十多年过去了，师父终于忍无可忍，决定放弃修行，一死而了之。但冥冥之中，我却出现在桃园，被您救下了。师父认定，这是上天派我来渡他，因此您决定与过去决裂，重新开始。'废名而新生，新生则不可遇故人，逢，则必死无疑。'这是一位神算子为师父卜的卦，是您的命局。因此，当昨晚我提及来访者有顾队长之时，您便知道，自己大限将至了！"

顾随叹道："原来，是我这姓氏惹的祸！"

惊奇道人解释道："此乃天意，顾队长请万勿介怀！师父因为那卦辞，多年来从不踏出道庵一步，也从未见过一位故友旧交。然而，直到昨晚他才恍然大悟，那故人指的并非旧交故友，而是顾兄你。于是，师父立即将我驱赶，果然就在我刚刚离去不久，两个蒙着面的日本浪人，便出现在道庵……"

惊奇道人话到此后，不由得满面悲怆，迸出两行热泪。

陈鸳桥和顾随一时陷入沉默。

日头上挑，茶凉了。

陈鸳桥唤小沙弥换了一壶，说："道长，二十年前究竟发生了什么事？"

"二十年前……"惊奇道人以袍袖拭了拭双目，"不，准确来说，应该是二十一年前，时在民国四年初春，突然有人前来道庵造访师父，称是奉大总统袁世凯之命，请师父出山拯救苍生。师父虽在山中修行，但对袁世凯其人也有所耳闻，传说他极为迷信占筮数术，时常遣人四处寻访名僧异道，秘密请入府内，而后询问天机。我师父心道，来人寻他莫不是也为此事？于是，他笃定主意决不答应，正思虑如何与来人推诿，却不料对方提到了一个人的名字，还拿出了他的亲笔信函……这个人，名叫鄂扎，是清朝光绪帝的侍卫。而在更久之前的甲午年，正是因为鄂扎的再三央求，师父才勉为其难出山，前往陶然亭以道术制服了兴风作浪的妖蠼。鄂扎在信上说，请我师父务必随来人进城，唯有他，才可以一解袁大总统的燃眉之急，从而造福四万万苍生。"

"袁大总统的燃眉之急？"陈鸳桥疑道，"据我所知，民国四年早春时候，袁世凯正因为'二十一条'之事焦头烂额。难道，还有一桩比这更严重的事情让他忧心？"

"大记者，我可听说过，这所谓的'二十一条'是袁世凯为换取日本人支持他复辟称帝的筹码，这等好事儿，他不是该很开心才对吗？"

"国人真是误会袁项城太深！"陈鸳桥十分庄重地说，"岂不知为了拒绝与日本人签订这丧权辱国的'二十一条'，袁世凯费尽了心机，几乎到了殚精竭虑的地步！"

"看来鸳桥兄对窃国大盗有另一番见解？"

"袁世凯复辟称帝，当然难逃鞭笞。可我等不应该全盘否定他曾经的努力和奋斗，至少没有此人，就没有今时今日的中华民国。再者说了，当年国家内忧外患，日本人又刚刚占领了胶州湾，势头正盛，种种迹象都在昭示，日本打算利用战争来取得对中国的控制，而这所谓的'二十一条'，明摆着就是欺辱与侵略。你若是不服气,没问题,那就开战。但以当时的国力,动武无异于以卵击石,因此,唯有谈判一条路可以行得通。袁世凯能够在晚清那样波谲云诡的局势下扶摇直上,自然有他超出常人的谋略。为了应对日本人,他不断地制造各种理由拖延谈判的时间,一边又迂回地将'二十一条'的内容透露出去,寄希望于欧美列强能够伸出援手,从而遏制日本人嚣张的气焰。除此之外,他还来了一手虚张声势,密令冯国璋等十九省将军联名发出通电,称若日军胆敢进犯,将不惜一切诉诸一战……凡此种种,又怎能将之一棒子打死?"

顾随笑了笑:"多谢鸳桥兄教诲。"

陈鸳桥叹道:"只可惜,当时袁项城虽有力挽狂澜之心,却无翻云覆雨之力!面对日本人来势汹汹的最后通牒,他也只能忍辱接受。虽然其中至为苛刻的条款在他的努力下得以删除和修改,但即便如此,满蒙和山东还是沦为了日本人的战利品。袁世凯认为这件事于他而言是奇耻大辱,并要求各级官员以此为激励,决不可因循忘耻,发奋以图日后。"

"其实,袁世凯做的并非只有这些……

"道长请明言。"

"当年袁世凯差人请我师父出山,也与这件事情有关。这陶然亭二现妖鼍,根本就是日本人一手策划,用以应对袁世凯的不肯妥协!"

"当真?!"陈鸳桥话一出口,便恍有所悟,"是了!日本人提出那'二十一条'的时候,曾再三告诫袁世凯要保密,决不可外传。然而,袁世凯为了获得谈判的筹码,想到了以西方人来压制日本人的招数,因此才秘密将条款的内容透露给欧美各大报纸的记者。只要舆论哗然,挑起四万万国民的神经,必然会引起公愤,从而在谈判桌上事半功倍!可是,日本人毕竟不是善类,他们见招拆招,来了一手以彼之道还施彼身,用'陶然亭再现水怪'来转移舆论方向,如此,便可以破坏掉袁世凯的计划!"

"这么来看,日本人已经做足了功课,深知妖鼍之事对国人的影响。

真是机关算尽，亡我之心，昭然若揭！"

"不过……"陈鸳桥像是又发现了什么疑点，"日本人是怎么引出妖蜃的？当年太监刘诚印煎炸猫头鹰肉，完全是无心之举……难道，日本人也看过那些清宫秘档？"

惊奇道人摇头道："并非如此，此事另有一番隐情。昔日，刘诚印因帮助慈禧寻访其母的停灵之所，而与白云观的住持高仁峒相识。之后，高仁峒通过刘诚印，向慈禧进贡了金丹驻颜，遂成为西太后的心腹。高仁峒为人八面玲珑，十分机敏，更有一颗壮胆，只要是有利可图的事情，简直无所不用其极。就这样，他利用与大内的关系，大肆从事卖官鬻爵的龌龊勾当，把好好的一座白云观，变成了一幢乌烟瘴气的黄金屋。二位仁兄琢磨一下，日本人那么狡猾聪明，怎会忽略此地？于是为了探听情报，白云观里便有了……日本道士！高仁峒明知日本人所图，却又架不住利诱，因此清宫里的秘密，就这样被源源不断地送到了日本人耳朵里。那么，他们知道煎炸猫头鹰肉可以引出妖蜃，也就不足为奇了吧？"

"真是苍蝇一样的日本人，无孔不入！"

"这样看，陶然亭再现水怪的消息一起，袁世凯就猜出这是日本人的阴谋了。"

"不错！师父您在总统府怀仁堂听罢事情的来龙去脉后，知道此事关系重大，必须立即制服妖蜃才是。您当即向袁世凯请命，是夜往陶然亭而去。袁世凯对您讲，为了大局，恐怕要隐去他的功劳，将此事换一种方式公之于众。我师父欣然点头，袁世凯眼中含泪，向我师父抱拳以示感谢。然而，除去我师父，谁都不知，当晚正值月盈，乃妖蜃最为凶猛之际，实难对付，弄不好就会被其所伤……"

顾随的眼前恍然又映出那日与妖蜃交手的情景来，禁不住有些后怕。

"师父将妖蜃制服之后，连夜返回怀仁堂报喜。袁世凯很开心，又向师父请教如何遮人耳目。师父思虑再三，想出了一个万全之策，那便是用一只大翅夜鹭来做文章。袁世凯当年在天津小站练兵，周边河泽错落，常有水鸟栖息。某日他亲手捉下一只怪鸟，本想观赏一番后放归，不料那鸟几次发出呜咽之声，犹如妇人之哭泣。袁世凯觉得奇异，便将之豢养，已有近二十余年。袁世凯不忍杀鸟，便令我师父动手。我师父见此鸟双目含泪，一时惊奇，竟也将扬起的手掌滞在了空中。就在这个空档，那奇鸟猛地哀鸣了一声，飞身而起撞向壁墙，头迸脑裂而死。接着，袁世凯便密令他的手下提着那自尽的怪鸟，带着一队心腹赶往陶然亭……第二天，报纸上便有了怪鸟被斩杀的新闻，然后便是万牲园方面给出鉴定，此鸟名叫大翅夜鹭，并迅速制成标本，陈列在中山公园供人展览。"

"想不到袁世凯为了与日本人周旋，竟这样煞费苦心！"

"穆道人破了日本人的局，他们一定是恼羞成怒了。"陈鸳桥推测道，"这样也就不难解释，为什么不久之后日方便给北洋政府下了最后通牒，声称不排除付诸武力！道长，还有件事很重要，贵师……有没有说过制服妖蜃的法子？"

"师父临终之时，将这些事情讲给我，又让我转告给两位，如果对他的话抱有质疑，大可以去勘验一下那只怪鸟的标本，看看它的头骨是否碎裂。虽然已经时过境迁，但我想中山公园的管理者应该不会擅自处置标本。师父指令，一定要让我陪你们一同前去确认，只有你们完全相信这一切并非虚妄，我才可以把治妖之法说出，否则——请恕山人无理，我是一个字都不会讲的。"

陈鸳桥道："一切全依道长就是。"

"在去中山公园之前，"顾随说，"我想去拜祭一下穆道人，不知是否方便？"

惊奇道人站起身来，说："师父已经入土为安，二位请随我来吧。"

三人与知客僧道别，走出大觉寺。

由寺东小路西行不远，在一处岔路转而向南，越过一片杏林，便来到了道庵门前。房屋十分简陋，几乎与隐于山间的农户如出一辙，甚至连庵名都没有。

穆道人的葬身处距道庵很近，坟地选在一株枝叶蓬勃的翠松之下，四周荒石磊落，偶有青蛇自石缝间滑过。惊奇道人以木为碑，上书一行墨迹："无名道人埋骨之地"。

"为何又叫了无名？"拜祭过后，陈鸳桥问道。

"师父临终时说，废名乃借他人之名，人死不能带走，否则视为偷。"

又是一阵沉默，顾随开口道："对了道长，那两名日本浪人的尸首在哪儿？"

"尚在道庵之中。我想到顾兄侦缉手段高明，也许能在他们的尸体上看出些什么来，因此就没有擅自处理。"

"道长心思缜密，咱们这就去看看。"

两名日本浪人的身上并无任何外伤，但因为被穆道人击中心窝而死，面孔扭曲得十分难看。顾随欲要搜身，惊奇道人说他早已搜过了，他们自知是刺客，十分谨慎，除去两把削铁如泥的倭刀以外，身上什么都没有。

"日本人如此处心积虑，是不会留下把柄给咱们的。"陈鸳桥一针见血。

"干我们这一行，最怕的就是武断。"

顾随说着将其中一名日本浪人的衣物剥开，仔细勘验起来。见并无异样，他又不甘心地把尸首翻了过来，这一回，他在死者遍布紫红色尸斑的后背上，发现了一块刺青。顾随眼睛发亮，再将另外一具尸首剥去衣物，结果如他所料，此人后背上同一位置，也有同样的一块刺青。

刺青的图案，是一只衔着酒杯的飞鸟，头向上，尾朝下。

"我真是大意了！"惊奇道人说，"要不是顾兄你坚持己见，这么重要的线索恐怕就要遗漏掉了。只是……这飞鸟衔杯，又是什么意思呢？"

陈鸳桥蹙着眉头，像是想到了什么。

"别愣着了大记者，现在正是需要您博古通今的时候。"

陈鸳桥置若罔闻，眉头蹙得更紧。

"想得通就想，想不通就以后再想。虽说刚刚你武断了些，也用不着为扳回一城这么拼。"

"我不明白，是什么原因让土御门的人也跟着掺和进来了!"

"土御门……什么意思?"

陈鸳桥沉吟道："我跟你说过吧，当年我在上海兼任了几家报馆的副刊编辑，其中一位主编为提高报纸销量，怂恿我写过一阶段的章回体武侠小说……"

顾随笑道："这我怎么会忘记？因为写得太差，报馆门口还被人泼了大粪。"

"还好，就泼了一回而已。"陈鸳桥转而道，"当年，我把连载小说的故事背景，设在了戚继光抗倭的时代，为此，我在动笔之前做足了功课，尤其对倭寇和浪人的沿革进行了深入的梳理。我发现，越到近世，他们与日本的神道组织关系越密切，尤其是刚刚我提到的土御门家。日本的神道组织，集大成者名为阴阳道，乃起源于中国的阴阳五行学说，其从业者称为阴阳师，祭祀、占卜、修历、观星，无所不能。阴阳道在日本平安时代出了一位了不起的阴阳师，此人名叫安倍晴明，传闻其母乃一只白狐，所以他生来便可看到许多异象，注定是一名阴阳师。这个土御门家，正是安倍晴明的直系后裔，江户时代因受到德川幕府的大力支持，遂成立土御门神道，一时声名显赫。然而到了明治维新之际，新政府崇尚西学，土御门家遭到了致命的打击，阴阳道更是被认定为淫祠邪教，遭到废止。但尽管如此，土御门家的一些旁支还是不肯俯首听命，他们秘密结社，暗地里组成了土御门神道同门会。在同门会中，有一支秘社异军突起，创始人名叫土御门龙藏，他曾经的身份是大海贼，驰骋于濑户内海，身边环绕着一批杀人不眨眼的浪人。后来不知为何，土御门龙藏与他的手下们竟一夜之间消失不见，人们再得到他的消息时，发现他竟以阴阳师的身份统治着关西地区一半以上的浪人，其势力一度令日本军方感到忧虑。土御门一系的日本浪人虽然人数众多，但所有成员后背都有一块飞鸟衔杯的刺青，其来源与安倍晴明密切相关。晴明的道友藤原，一日被施了诅咒，来求晴明解救。晴明推测施咒的正是他的老对手道满，于是便掏出一张白纸，折成飞鸟状，让它衔着一只酒杯，抛向空中，白纸顷刻间变成了一只白鹭，飞向南方，来到道满所居之处，顷刻便解开了后者所设的咒术。土御门龙藏以此意象为标志，当然是为了彰显他与安倍晴明的关系；而这块刺青的形状，怎么看都像是横向放倒的"竜"字，无疑又在强调他们皆是龙藏门下。"

听罢陈鸳桥的讲述，顾随连连点头："噢，有一件事我忘记告诉你了。"他说，"那个被三爷击杀的武宫正朔，后背上……也有一块一模一样的刺青。"

第二十章
混同江石砮

事情变得越发清晰了。土御门神道与日本军方过从甚密,武宫正朔身为其成员,海猴子又与之沆瀣一气;那么,这前后两次的刺杀,说不定就是受日本军方所指派。

"日本军方的每一次行动,都有许多双眼睛盯着,将一些见不得光的事情交给土御门家这种民间力量来做,确实可以省去很多麻烦。"

"武宫正朔志在陶然亭,可惜死人开不了口,没办法招认。"顾随说,"目前来看,还得从海猴子入手,只要他肯把知道的都讲出来,我就可以要求署长向总局汇报,再去跟日本人交涉。到时候人证物证俱在,日本人还敢抵赖不成?"

"事不宜迟,咱们马上下山。"

"且慢。"惊奇道人拦下他们,"这两具尸首如何处理?"

"道长不必担心。回城之后,我会通知署长,他自会派人来前来处理。"

"嗯,这样最好。"

三人到得城里,顾随找了一个电话亭,往警署给陶孟和挂了一个电话,详细说明穆道人被害的情况之后,又与陈鸳桥和惊奇道人赶到中山公园,准备先看一眼那怪鸟的标本,再行奔赴郎各庄。

问过公园管理处,得知标本几年前就已经停止展览,现存放于董事会的北厅之中。

来到北厅,却被一名戴眼镜的年轻职员告知,不可以观看。

顾随亮明身份,那年轻职员的口气稍微温和了一些,但坚称:"近来因为陶然亭水怪的原因,前来要求看妖鸟标本的人实在太多,已经严重影响了我们办公,因此恕难从命。若顾队长真是为了查案,请出示搜查令,我立即放行。"

顾随急着去审海猴子,一把抓住那职员的肩膀,将他扔在一旁。不料年轻人很倔强,也不顾摔烂的眼镜,扑过来缠住顾随的双腿,怎么着都不撒开,仿佛要拼死一搏。

顾随又好气又好笑,说:"你起来吧!我不进去就是了。"

年轻职员还是不放手,让顾随赔他眼镜。

"我赔。"

年轻职员刚一放手,顾随冷不丁腿上发力,本想乘其不意闯进去,却被人家料到,狠狠地一扑,"扑通"一声,重重摔在地上。

顾随从未如此狼狈过,况且又有陈鸳桥和惊奇道人在。

他正要发火,一抬眼,看到一张笑意盎然的脸,心里不由得骂了一句脏话。

"顾队长,别来无恙?"

"沈掌柜?"顾随站起身来,"您怎么在这儿?"

"凑巧,凑巧。"沈岐周笑道。

也不知为何,那年轻职员见到沈岐周后,突然收起了蛮横。

沈岐周躬身为顾随掸了掸身上的尘土,有些忍俊不禁:"真是没有想到,你也这么调皮。"

陈鸳桥道:"我也一直以为,顾队长是言出必行,从来不说谎的人。"

顾随瞪了他一眼,又向那年轻职员道:"眼镜,我还是会赔给你的。"

沈岐周问明来意，称他是中山公园董事会的成员之一，说着带着三人走入北厅，兜兜转转了一会儿，来到妖鸟标本跟前，一指："诸位请便。"

顾随查验标本期间，陈鸳桥一直在琢磨与沈岐周的这次相逢，思来想去，都觉得他的出现并非偶然，而是在某种安排下的结果。这位琉璃厂的古董商，又是赠刀又是赠笺谱，看起来完全是古道热肠，可总叫人不那么放心……

正不得其解，猛听顾随击掌道："鸳桥，你快来试试！"

陈鸳桥也伸出手来，摸了摸那妖鸟的头骨，果然呈现出凹凸不平的状态；又凑近仔细观瞧，发现整个头骨确实经过了精心的修补，还隐约可见镶嵌和缝痕。

勘验完毕，年轻职员将标本重新罩上玻璃。陈鸳桥恍然，当年此物展览的时候，应该也是有玻璃罩保护的，正是因为这个缘由，观看的人无法离得更近，妖鸟骨头碎裂的秘密才没有被发现。

沈岐周与三人离开北厅，又一路相送到公园门口。

陈鸳桥和顾随再三道谢，沈岐周让他们不必太客气，还郑重地嘱咐："若是今后还有什么事情需要帮忙，沈某真的十分愿意效劳。"

上车以后，一直都没怎么说话的惊奇道人突然问了一句："这位琉璃厂的沈掌柜，两位仁兄是怎么认识的？"

陈鸳桥如实相告，又说："道长可是看出了些什么？"

"鸳桥你该是知道的，我等修道之人，识人往往通过观气。这天下之万物皆有其气，清气、灵气、煞气、病气等等，不一而足。但是这位沈掌柜却十分怪异，他的气分为两层，表层清气卓然，内层却是腐气沼沼。"

"道长是想说，沈掌柜这人表里不一，要提防些才是？"

惊奇道人先是点头，后又摇头，他说："顾队长指的是此人的心思，我关注的则是他的身体。打个比方吧，这沈掌柜就好比是一棵枝叶蓬勃的参天大树，但若剖开树干，便可以看到里头正在枯朽，长满了虫子。"

顾随惊诧道："沈岐周……命不久矣？不会吧！鸳桥，你懂医，说说看。"

"实在是惭愧。我这点儿医术，胜在将那册《疮中癖》背得滚瓜乱熟，照方抓药罢了。哪里有道长这般高深的望气学问？"

"只可惜我修为浅薄，只能看出这些来。"惊奇道人叹道，"若是我师父没有被害，他定会勘明这其中的道理。"

惊奇道人语含苦涩，陈鸳桥知他伤心，于是连忙转移了话题："对了道长，如今怪鸟已经确认是头骨碎裂而亡，你是不是可以告诉我们除妖的方法了？"

"师父说，妖蠹是个十分狡猾的灵物，他第一次使用厌胜之法制服它以后，这家伙长了记性。因此在第二次狭路相逢时，它已经懂得见招拆招，这才重伤了我师父。俗语说得好，有再一再二，没有再三再四，两次交手下来，师父的那套厌胜之法恐怕也没什么用了。不过，他叫你们不用灰心。这些年来，他花费很大的精力钻研妖蠹的习性，终于谋得了一个法子，那便是寻得一种名为石砮的东西，斫成利器，方可将妖蠹斩杀。"

"石砮？"顾随说，"我怎么好像听谁说过……"

"师父告诉我，石砮产自关外混同江，乃是松脂入水经巨浪激荡千年所化，传闻此物坚过铁石，凡采集者必先请大萨满祈神，否则非死即伤。"

"穆道人不会是让我们去东北吧？那里现在已经变成了'满洲国'，可是日本人的天下！"

"师父说，这的确是唯一的办法。"

"这可糟了！东北路途遥远，先不论咱们过不过得了山海关，就算是真的到了，我想那石砮也并非遍地都是；况且，还要请一位大萨满呢……"顾随有些怅然。

"倒也不一定非去关外。"

"永定河里可没有那种怪东西。"

"永定河里虽然没有，可是顾兄的家里却有呀，就怕你舍不得。"

"我可没心思跟你开玩笑！"

"还记得沈岐周送你的见面礼吗？"陈鸳桥说，"你要是还记得，就不用我鼓唇弄舌了。"

"嘎"的一声，汽车硬生生横在路面上，耸了陈鸳桥一个趔趄。

"对啊！"顾随恍然有所悟，"我怎么把这茬儿给忘了，那遏必隆刀正是以淬钢合以石砮混铸！我就说嘛，在哪里听到过石砮这档子事儿！真是得来全不费工夫！"

"拜托，你不要兴奋起来就胡乱停车，好不好？"

"好，下次我再兴奋的时候，一定提前通知一声。下不为例。"

陈鸳桥像是又想到了什么："不过……你也不要高兴得太早。关外虽暂且不必去，可是你跟那妖蠹交过手，最清楚它到底是什么角色。试想连子弹都打不透它，若是以人力持刀与之抗衡，就算那宝刀再怎么削铁如泥，也未必有完胜的把握吧？"

惊奇道人深以为然："这也正是我担心的。"

"子弹打不透，火炮用不上，遏必隆刀虽可克制妖蠹，力道上却又差了一截儿，真是叫人头疼。"

"办法总会有的。"陈鸳桥说，"实在不行，那就只能请顾队长携刀斗妖蠹了。到了那时候，你也不用伤感，陈某无论如何都会前往观战的，若是你不嫌弃，我完全可以作一名击鼓手，为你呐喊助威。"

顾随讪笑："就不劳烦鸳桥兄大驾了，省得回头你还得去西鹤年堂讨刀伤药。"

两人又是一番相互揶揄，谁都不肯少说一句。

忽听得一声枪响自庄内传出，跟着是一阵嘈杂不堪的呼号，接连又乱响了一阵枪声。顾随不敢怠慢，猛踩油门，汽车颠簸着冲到郎宅门口。不等三人下车，就见一群抄着猎枪的护院在大吉祥的带领下奔了出来。

顾随拦下浑身是血的大吉祥，忙问他发生了什么事情。

大吉祥双眼猩红，一张嘴便"扑哧"一声吐出一大摊血来，血顺着下巴洒在前衣襟上,濡湿了一大片。顾随看到,大吉祥的两颗门牙没了,许是舌头也伤了,呜噜呜噜地听不清他在说什么,只能感觉到他异常愤怒。

身旁的几位护院替他着急,纷纷抢着说话,一番七嘴八舌下来,顾随终于弄明白了:原来,那海猴子在大吉祥的照顾下苏醒过来,而后恩将仇报击伤了他,还跑到窦三姑的房间里去夺伏弩……

"快带我们去见三姑!"陈鸳桥与惊奇道人快步奔向宅内。

顾随则犹豫了一下,他攥住大吉祥,命他引路,声称要亲手再将海猴子抓回来!

陈鸳桥与惊奇道人赶到内宅的时候,窦三姑正捧着瓷罐儿大口大口吐着黑血。她身旁站着一位伺候丫头,生得明眸皓齿,眉目如画,虽身着粗布,但仍旧掩盖不住一股大家闺秀身上才有的气质。前番几次来庄,陈鸳桥并未见过她。正要寒暄两句,却听她说,刚刚海猴子来找三姑夺弩,争执之下,居然对三姑动起手来,三姑被其所伤,气血攻心,已经吐了两罐黑血……话到此处,已然洒下两串眼泪。

弩弓此刻就放在窦三姑身旁,她一手攥着,就像攥着救命稻草一般。

陈鸳桥唤了两声"三姑",让她躺平,又掏出笔来写了一帖药方,请那伺候丫头赶紧去抓药。不料窦三姑扯住那伺候丫头的衣角,摇了摇头。

"鸳桥侄儿,不必再枉费精力了,我大限将至,心里有数……"

"三姑不要说这样的话!那'肉中邪'鸳桥都能医好,这区区小伤又算得了什么!"

"是啊三姑,"惊奇道人附和着,"鸳桥兄妙手回春,您老还是听他的,让丫头快些去抓药,不要耽搁了才是!"

那伺候丫头欲挣脱,三姑陡然咳了两声,又溢出些血迹来。她不敢怠慢,忙掏出手帕来为三姑擦拭。她手指十分修长,笔直又白皙,陈鸳桥从未见过如此漂亮的手。

"鸳桥你听我说,我死之前……有两件事,需要托付给你,你要答应我……才是啊。"

"三姑……"

"这第一件事，便是这柄跟了我一辈子的弩弓……这东西，决不能落在日本鬼子的手里头，否则，我就对不起那畜生他爹的在天之灵！"窦三姑又咳嗽了几声，"我思来想去，唯有托付给你才放心。本来……我还想着等我死之后，让丫头带着它去找你，可如今你来了，看来这就是老天注定啊。"她说着想提起弩弓，却怎么也拿不动。

惊奇道人连忙帮了一把，将弩弓交到陈鸳桥手中。

陈鸳桥就像捧着一块烫手的山芋，连声道："三姑，您老真是折杀鸳桥了！如此重任您叫我怎么担当得起呢？"

窦三姑苦笑："八通已先我一步去了，难不成你要我把这东西交给大吉祥？"

陈鸳桥听出了几分悲凉，内心一阵激动，竟不由自主地点头道："好吧！既然三姑信任我，那鸳桥就算舍掉性命，也决不会让它落在日本人手里！"

窦三姑如释重负地笑了笑，然后把目光伸向一旁的伺候丫头，伸出颤巍巍的手抓住她的腕子："这第二件事，就是我要把这丫头托付给你。虽然她与老身才相识一日，但老身却认定了，她就是老身上辈子的亲闺女！鸳桥侄儿啊，你记住，老身把这丫头看得跟这弩弓一样珍贵，日后你可要好生待她！"

"这可使不得啊三姑！"陈鸳桥如临大敌，"您可能还不知道，我在乡下的二老已经为侄儿定下一门亲事，我那妻子性如烈火，是出了名的河东狮，要是让他知道我在城里金屋藏娇，非剥了侄儿的皮不可啊……"

窦三姑摆手道："别当我不知道，你自幼在孤儿院长大！我虽然是要死的人，可并不糊涂。你听着，这丫头也生在书香门第，若不是落了难，怕是你还没这个福泽呢！"

陈鸳桥抬眼望她，只见她双目清朗，眉宇微蹙，虽为三姑的病情所

193

忧，却又极力克制着情绪，当真是含蓄有度。

陈鸳桥心口一荡，脱口而出："请问芳名？"

丫头回道："眉楼。"

陈鸳桥又问："哪两个字？"

丫头偏过脸来，望着陈鸳桥的眼睛："回世兄的话，是'画眉楼上愁登临'的眉楼。"

这"世兄"二字，本是有世交的平辈间之互称。但陈鸳桥出身寒微，甚至连父母姓甚名谁都不清楚，而人家却是这般称呼，此中深意，怎能不令他发怔？

"好名字，好名字……"

眉楼淡然一笑。

陈鸳桥心口又荡了一下，却忽觉在此场合当是大不敬，于是连忙避开眉楼的目光。而此时他竟才发现，三姑已不知道何时闭合了双目，嘴角还留着一丝淡淡的笑意……

"三姑？三姑？"

"三姑已然羽化登仙，她的后事自当由山人操持，还望鸳桥兄和眉楼姑娘节哀。"

惊奇道人话音刚落，顾随气喘吁吁闯入，见此情景，一时也愣住了。

"海猴子可有下落？"

"让他跑了！"顾随一声叹息，瘫坐在椅子上。

相隔不过几日，郎八通与窦三姑先后故去，让郎宅笼罩在一片惨淡愁云之中。惊奇道人受三姑临终之托，再次承担起处理后事的职责，一时忙得不见了人影。

顾随仍不放弃追寻海猴子的下落，硬拎着几名护院以郎各庄为中心，四下里奔走。他断定海猴子不会走远的理由十分简单——弩弓仍在郎宅。

陈鸳桥则躲在房中，望着那架弩弓惴惴不安。可是此物究竟比不过眉楼棘手，他越想越恨自己一时走了心神，竟至没有及时拒绝窦三姑，如今真是悔之晚矣。思来想去，唯有溜之大吉才是上策，只是转念想到眉楼微蹙的眉头，心里竟不知为何一阵悸动。

陈鸳桥恍然有所悟，他是迷上这个女子了！

窦三姑说眉楼落了难，昨日才投奔郎宅，一日相逢，便让识人无数的三姑视如己出，可见她绝非寻常女子。但为何偏偏是在这个关口来到郎家？当真是巧合？连日来，发生了太多的怪事，不能不让陈鸳桥起疑。于是他笃定主意，暂且不动声色，待与顾随商议后再作决定——若果然是巧合，那便罢了；若眉楼当真是有所图谋，他与顾随反而可以顺藤摸瓜，说不定还能把从海猴子那里断掉的线索接起来。

不过，他再三告诫自己：切不可乱动心思，以免贻误大事。

第二十一章
红袖献秘策

连续两天，顾随带人寻遍了郎各庄周边可匿身的所有地方，但终究没有找到海猴子的下落。他并不死心，又佯装偃旗息鼓而在庄内外布下了圈套，可是又过去两天，仍旧没有等来目标。惊奇道人治丧之余劝慰他不可强求，顾随表面应承，实则却大为不甘。

时值夏日，停灵不宜过久，因此三姑入殓的第二日，惊奇道人便决定为其出殡，入土为安。大吉祥等众护院自是一番撼天动地的哭别，无须细表。

诸事停当，陈鸳桥请惊奇道人一同回城。道人却称，他还要留下处理郎家的田产，以及遣散众位护院等琐事，请陈鸳桥等人先行一步；又称窦三姑临终前吩咐，田产变卖所得，除去遣散费用以外，尽数赠予眉楼，以为嫁妆。

眉楼听罢不以为然，问道："既为嫁妆，那可否有劳道长帮我置办？"

惊奇道人说："三姑临终遗言，山人愿意效劳。"

眉楼颔首微笑道："那实在是太好了！不过我说的置办有所不同，道长您听好了，我要请道长将所得钱财一分为二。这第一部分嘛，用以为道长营建道庵——我听三姑提及，多年来您与郎家相交甚好，郎家的大事小情没少了您帮忙;虽然您从来分文不取,但是三姑心里一直记挂着,不敢忘记……"

"这可使不得!这可是眉楼姑娘的嫁妆……"

"那都是三姑的体恤,道长不必太过当真。"眉楼望了一眼陈鸳桥。

"这个嘛……"

"道长若是不想让在下难堪,就依了眉楼小姐吧!"陈鸳桥忙道。

惊奇道人沉吟道:"那好吧,贫道多谢眉楼姑娘!"

"道长不必客气。"眉楼说,"那另外一部分钱财,恐怕还得道长帮我处理一下。"

"愿意效劳!不过,眉楼姑娘当真不给自己留一点儿?"

"我自有打算。"眉楼继续说,"这剩下的所有钱财,请道长替我走一趟宣南龙泉寺,那寺里有一家孤儿院,是世兄自幼长大的地方,就捐给他们吧,聊表心意。"

"请放心,山人定不辱使命!"

陈鸳桥一时发愣,不知该说些什么。

"怎么,世兄还有别的想法?"

陈鸳桥摇了摇头,欠身道:"多谢你慷慨解囊,鸳桥无以为报,只能代龙泉寺孤儿院的孤儿们,再三谢过!"

眉楼面若平湖:"世兄言重了。我不过是借花献佛而已。"

沿途上,陈鸳桥一言不发,偏脸望向窗外。

高粱棵子绵延不绝,满眼翠绿逐一滑过,浓重的鲜草味儿呛得人喘不过气来。

"我说鸳桥兄,"行了一阵儿,顾随突然张口讲话,"平日里这个时候,你的话已经说了几十箩筐了,今儿个这是怎么了?不会是因为眉楼小姐吧?"

"当然不是!我在想,接下来要怎么才能接上从海猴子那里断掉的线索。还有就是,如何才能让你那把遏必隆刀,发挥出最大的作用。"

"可有眉目?"

陈鸳桥叹了一声,又把目光伸向窗外。

"顾队长,"眉楼说话了,"这几天我从世兄口中,大致弄懂了你们现下的困境。小女子不才,有些心底话,不知当讲与否?"

"眉楼小姐为人爽快,对身外之物看得轻如鸿毛,顾某视为女中豪杰。既如此,请指教便是,在下洗耳恭听。"

眉楼沉吟片刻,转而十分干脆地说:"妖蜃第一次出现在陶然亭,是在四十多年前的甲午,不久,中日两国便发生了战争。妖蜃二现陶然亭,是在二十年前的民国四年,'二十一条'的事情惹起轩然大波。现在,我们已经查到,妖蜃第一次出没,是太监刘诚印煎炸猫头鹰肉的后果;妖蜃第二次出现,是日本人故意为之。前后两回,都与突变的政局息息相关;所以同理,妖蜃三现陶然亭,也绝非偶然,尤其是在这个时候。假设这一回也是日本人故意为之,那么,他们要获得的是什么?以小女对时局的浅见,无非是要尽快拿下北平吧。碍于舆论压力,日本军方秘密指派土御门神道暗中操作,在这个过程中,顾队长成了他们的眼中钉、肉中刺,欲除之而后快;尤其是武宫正朔运输火炮进城失败,这才有了海猴子紫禁城的暗算,以及穆道人被袭这些怪事。而日本人的这些动作,也恰恰在验证我刚刚的推测。综上,事情到了这个份儿上,小女以为,追查海猴子这等事情已无太大必要,重要的只有一件,那就是如何制服妖蜃。小女相信,只要妖蜃被制服,顾队长想要知道的事情也会水落石出。这些便是小女的浅见,还望顾队长和世兄不要笑话才是。"

眉楼这一番话深入浅出,可谓之见地非凡。陈鸳桥向来自视甚高,也禁不住在心底暗暗赞叹,但随之也愈发怀疑起眉楼的身份了……

"世兄,"见两人都不说话,眉楼又道,"我可是说错了什么?"

"眉楼小姐不必多虑。在下只是在顺着你的思路往下想,到底应该怎样才能制服妖蜃。"

"所谓工欲善其事,必先利其器,人力所不逮之时,何不另辟蹊径?"

"在下不懂，请眉楼小姐解惑。"

眉楼伸出手来，抚摸着架在陈鸳桥身前的弩弓："比如这东西，由它触发而出的箭，就远远比寻常弓箭的力道要大。"她轻描淡写地说，"试想一下，如果将遏必隆刀重新进行铸造，化成几十枚箭镞，而后再将这架弩弓进行改造，扩展它的力道，如此合二为一，是否就可以解决顾队长的担忧了呢？"

眉楼话音未落，汽车猛地横在了路面上，"刺啦"的一声。

"拜托你，不要动不动就激动，行不行？"陈鸳桥气闷地揉着前额。

"抱歉了鸳桥兄，我又忘记通知你了。"顾随说，"眉楼小姐，这法子你是怎么想到的？"

"怎么，是不是太过天真了？"

"当然不是！"

"当真？"

"当着真人不说假话。鸳桥兄，你觉得呢？"

陈鸳桥犹豫了一下，点头道："到目前为止，无疑是一个好办法。"

汽车再次发动，剩下的路途中，陈鸳桥一直都在揉着疼痛的前额。

到得石碑胡同，临下车的时候，他才想到有些事情需要同顾随商量。

将自己的担忧尽数吐露之后，顾随道："刚刚一路上我也在思虑这些问题，你我不懂铸造，更不懂弓弩，那就去寻找擅长此道的人来完成便是了。"

"看来咱们有必要扩展队伍了。"

"我想到了一个人，他一定能够帮得上忙。"

"你是说沈岐周？"

"此人见多识广，熟门熟路，有他相助，必当事半功倍。"

两人一拍即合，又约定翌日同往琉璃厂观颐斋拜会沈岐周，遂相互告辞。

顾随走后，陈鸳桥站在报馆门口，迟迟不肯进入。

"世兄可是在想要如何安置我？"

"虽说这报馆是我经营的，但毕竟是办公之地，携带家眷到底不便。所以，能否先屈就眉楼小姐，暂且到一旁的旅馆歇息几日，待我为你赁上一间房子……"

眉楼断然道："将小女置于旅馆，世兄可放心得下？"

陈鸳诚惶诚恐道："你放心！我会叮嘱掌柜，对眉楼小姐多加照看的。"

"我并非四体不勤之人，何需他人照看？"

"要不，我们暂且先进报馆再说？虽说是有所不便，但若是你在报馆任一职位，我便好办多了。"

"你要给我一个什么职位？"眉楼追问道。

"那就请眉楼小姐屈尊，做我的秘书好了！"

"多谢世兄。"

两人走进报馆，陈鸳桥向几位同僚做了介绍，又命助理为眉楼安排了一个办公座位。接着带她来到后园，选了一间空房，不避烦琐地打扫一新。眉楼对陈鸳桥的安排很满意，尤其推窗便见西府海棠这一点，"甚有风趣。"她说。

陈鸳桥请眉楼先行小憩，他来到前院，找到助理问了一些报馆的情况，得到的答复是《异报》的销量正在节节攀升，势头正旺。陈鸳桥心下欢喜，不料，助理马上泼来一盆冷水，声称印刷厂有电话打来，近日北平局势微妙，纸张供应多有不足，恐没有把握保证《异报》的加量印刷。陈鸳桥立即给印刷厂挂了电话，确认了这个事实之后，他不敢怠慢，又联络了几家印厂，结果情况一样，甚至还有一家印厂因为无纸可印而不得不暂时宣告歇业。陈鸳桥不甘心，再去联络了沪上几家相熟的纸业，然而得到的回复竟更为糟糕，不禁怅然。

此时日落西山，肚子"咕咕"叫了起来。

腾地想到眉楼也该饿了，于是放下手中电话，快步向后园行来。才刚迈进月亮门，便闻到一股勾人的香气，循香而行，竟在那棵西府海棠树下的石桌上见到了几味菜肴。凑上前逐一瞧罢，遽尔面带异色，四下里找寻，却不见一个人影。

正要去眉楼的居处寻她，猛听得身后有声音传来："世兄，我在这儿。"

陈鸳桥扭过头来，只见眉楼手中端着茶盘，天色虽然暗了些，但仍旧能够看清有一缕长发自她鬓间垂落下来。

陈鸳桥赶紧去接茶盘，忙道："辛苦眉楼小姐。"

"快尝尝看。"

"这都是你的手艺？"

"下午趁你忙碌的时候，我悄悄溜出去，买了些时令鲜蔬，做了这几个小菜，权当是感谢世兄的收留之恩。若是烹得不好吃，还望你不要见怪。"

"不必客气，在下虽不敢以老饕自居，但对吃喝之事也有一些浅见。这几道菜肴，光从气味上便可以判断，道道都是佳品。"

"世兄此话当真？"

"就拿这道鲜葱炒羊犄角来说，此菜的关窍在于这羊犄角辣椒，必须煸得恰到好处，方可再放入鲜葱段儿，否则两者皆是辛辣之物，不易出鲜。"陈鸳桥说着拾起筷子，夹起一段儿入口，当真是鲜辣异常，忙道，"简直是辣不堪言，辣不堪言！"

"快来尝尝这道赛香瓜，解辣。"

陈鸳桥打眼一瞧，见是用鸭梨和黄瓜切丝搅拌，尝了一口，微甜爽口，鼻间又留有一抹香气，便知这是一道借味菜。

"本无瓜香，却要做出香瓜的味道来，当真是与赛螃蟹如出一辙。此菜看似简单，操作起来却并非易事，重在将拌好的梨丝和黄瓜丝密封，以一刻钟为最佳时候，短则香瓜之味稀薄，长则两丝口感欠佳，是因白糖沁入纹理，失了脆生。"

"世兄真是长了一张刁嘴，看来我往后少不了要与炊烟相伴了。"

"岂敢日日劳驾！"

"近来暑气上升，世兄又终日奔波，"眉楼拾起筷子为陈鸳桥夹菜，"快来尝尝我这道海棠花炒猪肚，最能清热。"

陈鸳桥品尝过后，叹道："猪肚软嫩可口，不但余得恰到好处，就连菱角片切得也见功力。眉楼小姐，你既懂医理又擅烹饪，真是由不得让在下好奇。所以我想冒昧地问一句，小姐贵姓，到底为何又沦落到去郎宅做使唤丫头呢？"

眉楼嫣然一笑："世兄何必如此心急？就好比这佳肴，狼吞虎咽岂不是失了风雅？"

"这不是一回事。"

"在我看来这就是一回事。总之，世兄只要记住，我不会害你便是了，至于你想要知道的那些事情，总会知道的。"

陈鸳桥见眉楼口风甚紧，不好再行勉强，于是便拾起一个团子，轻轻掰开。不料那团子当中有馅，乃是切成小方丁的大红萝卜。陈鸳桥乍见之下不禁愕然，继而盯着萝卜馅儿久久地出了神，思绪似乎已然游离当下。

"世兄可还是在为短缺的纸张发愁？"

陈鸳桥叹了一声，摇头道："当年，我离开龙泉寺孤儿院后，一直过着颠沛流离、食不果腹的日子，后来承蒙宣外西草地的曹家四爷收养，您老人家不但教给了我许多养蛐蛐儿的门道，还教给了我许多为人处世的道理。就是这位曹四爷，最擅长做这道'黄袍灯笼红'的团子。我记得当时我还问过他，为什么叫这样的一个名字。您老人家说，团子的外皮是黄玉米面，仿佛昔日赵匡胤黄袍加身一般，红萝卜又颜色喜人，好像大红灯笼，于是便有了这个名字。我觉得有趣，为此还特地让四爷教会了我制作的方法，可是这之后，却再也没有做过哪怕是一回。不想今日却见到了！这一晃便是十五六年，也不知曹四爷是否安康……"

"世兄不必伤感，他日我陪你探望四爷便是。"眉楼说，"现下，你还是尝尝吧，看看有没有四爷做的好吃。"

陈鸳桥咬下一口，仔细品咂，长叹连连："是了！是了！简直与四爷所做的一模一样啊！当年四爷曾再三告诉我，这个团子要想做得好吃，顶重要的一点，便是五香面儿绝不可放得过多，否则夺了红萝卜的味道，那便失了味了。实不相瞒，刚刚在吃之前，我还担心呢，不想眉楼小姐真如得了四爷真传，在下佩服！佩服！"

"那世兄要如何谢我呢？"

"请眉楼小姐示下！"

眉楼望着陈鸳桥的双眼，欲言又止了片刻，轻声道："写稿去吧。"

第二十二章
蜃气何所破

这一晚陈鸳桥文章写得异常滞涩，全然没有平日里那般顺畅无阻。他破天荒吸掉了七八支"白金龙"，反复润色了四五遍，方才交给助理。不想临睡之前又想到什么，爬起身来给印刷厂挂去电话，指示候在那里的助理削删了两句，终于松下了一口气。复又躺在床上，只觉胸口惴惴犹如马蹄踢踏，合眼念了几声千字文，并不见效；再去吟咏《传习录》，到底也没有去了人欲；索性坐起身来，推开窗子，于灯下仔细端详起那架弩弓。

窦三姑在世之时，陈鸳桥曾在她的居处看过此物，当时只觉其工艺精湛，并非寻常的物件。后来三姑撒手尘寰，他疲于应对眉楼，也未来得及细观。当下赏看，竟在弩臂上见到了些缠枝暗纹。此前陈鸳桥只是在古瓷上见过这类纹样，刻在杀人的利器上，他还真是第一回瞧见。那弩臂所用之材，弹之铮铮作响，暗红微黑，像是枣木却又带了一丝辛香，叫陈鸳桥终究不敢肯定。虽不是习武之人，但多年来弄笔为生，陈鸳桥所学极为庞杂，因此他知道弩臂的后端装有弩机，更有用于挂弦的钩子名为"牙"，而"牙"后连接有用于瞄准目标的准星谓之"望山"。通过"望山"进行瞄准后，便可以扣动名为"悬刀"的扳机，从而将事先装于弩臂凹槽内的箭矢射出。

陈鸳桥摩挲着有些微凉的弩机部分，脑中忽而闪现出顾随的身影，在虚幻里，只见顾随手持弩机，在妖魇的咆哮下闪转腾挪，继而连续射出响箭，那妖魇中箭之后一边喷出黑如墨一般的雾气，一边发出轰鸣暴裂的啸叫……

一阵香气扑鼻而来，这味道他再熟悉不过，是自己最喜欢的香片——每天早起，陈鸳桥做的第一件事便是先将之焖好，待洗漱完毕来喝，喝到整架身子倦意全消，这才琢磨着吃早点以及吃什么早点。

陈鸳桥脑袋浑噩，正琢磨大夜里为何会有香片的味道，猛地听到了一声"世兄"，当即睁开眼睛，却见天已大亮，自己竟不知何时伏在弩弓上睡去了。

"来，喝茶。"眉楼招呼道。

陈鸳桥见她收拾一新，身子恰好湮在光束里，越发地好看，不由得心里一荡，困意顿时烟消云散，竟比喝下一壶香片还管用。

"有劳眉楼小姐，我昨夜失眠，实在是唐突了。"

"是在为缺纸的事情吗？"

"也不尽然。"

"还有什么？"

"也是奇了，昨晚的文章竟然写得颠三倒四，已经几年没有这样的时候了。"

眉楼莞尔一笑，也不去拆穿，兀自提起桌上的毛笔来，蘸了淡墨，拾过一旁的笺纸，悬腕写下了几个字来。

"既见君子，云胡不喜……好一手簪花小楷！"

"世兄真是好无趣！"

"此话怎讲？"

"谁要你夸我的字好看？"

陈鸳桥一时发怔，不知如何回答。

僵了一会儿,他才又说道:"若是顾随知道我与眉楼小姐相处之际是这般的窘迫,我想他一定会破例开怀大笑一回。"

眉楼点头道:"看得出来,顾队长是一位真君子。"

"那么在下呢?"陈鸳桥忍不住问了一句。

眉楼仔细地盯看陈鸳桥,面色平静地说:"现在还看不出来。"

吃过早饭,陈鸳桥叫了洋车,与眉楼一道向琉璃厂而去。

陈鸳桥本想独自前往观颐斋,但想到若是眉楼执意相随,必然又得是一番唇枪舌剑。而以往常的经验来看,自己十有八九还得妥协,与其如此,不如直截了当些更好。况且眉楼的见地到底不俗,有她在,还能给出出主意。

两人抵达观颐斋的时候,顾随早已先到一步,茶喝了有一阵儿。

沈岐周大概已经从顾随口中得知了眉楼的事情,因此一见陈鸳桥就连忙抱拳道:"恭喜鸳桥老弟,喜得红颜知己!"

陈鸳桥看了顾随一眼,笑道:"从顾队长嘴里说出来,一定没什么好话。"

众人又寒暄了两句,遂入正题。

"鸳桥,刚刚顾队长已经把你们的想法和盘托出了。我仔细琢磨了一下,觉得你们的方向是对的。将遏必隆刀重新锻造成箭镞,这完全没问题,我可以找到最好的刀匠。至于改造那架弩弓,我认为也并非太难的事情——我这观颐斋,收来的古董旧家具,少不了要跟鲁班馆的老师傅们打交道——只要有图纸,他们绝对可以依样画葫芦。但是,在做这两件事之前呢,在下以为,还有一些问题亟待解决,否则便会本末倒置。"

"小女以为,沈掌柜的担忧有两点。"眉楼接话道,"其一,所谓口说无凭,如何证明改造后的遏必隆刀就能克制妖蜃?若不起作用,非但除妖者性命堪忧,而且宝刀岂不是就此绝迹于世?其二,就算可以证明第一点,可那妖蜃并非凡物,若不对其有充分的了解,恐怕再威力无穷的弩弓也会无的放矢,从而导致除妖大计事倍功半。这些,都是小女的浅见,还望沈掌柜不要笑话。"

"失礼，失礼！"沈岐周正了正那顶无论何时都不肯摘下的帽子，连声说道，"现在沈某是真真儿地相信了，为什么顾队长会说，眉楼姑娘是鸳桥的红颜知己。在下本以为这是个玩笑，但现在看来，是我唐突了。"

眉楼笑道："沈掌柜说笑了。"

此时，陈鸳桥像是想到了什么，"咦"了一声："顾兄，我记得当日'青冥白'与妖蠚大战的时候，曾叼了一块那怪物的碎肉回来……不知那东西现在何处？"

"当时我装入物证袋交给署长了。后来我问过署里的法医，说是奉署长之命将标本送到了万牲园，请他们做做研究，看看那怪物到底是什么来头。"

"后来呢？"

"后来一忙起来，我便再没有过问。"

"看来这第一步，我们有必要去一趟万牲园。"

"世兄的意思是，通过那块标本来验证遏必隆刀是否管用？"

陈鸳桥点头道："虽然我百分百相信穆道人的话，但检验一下也并非什么坏事。"

"不过，另外一桩就有些难度了。"顾随说，"在下前一阵子与那妖蠚交过手，即便如此也没能见到它的真容，也就谈不上知己知彼。"

"这世上见过它真容的，恐怕只有太监刘诚印和穆道人了，前者早已化成尘土，后者也刚刚过世。"

"这是一个必须解决的问题。"沈岐周说，"在下以为这同做生意没什么两样，既然没有办法获知对方的来路，这桩生意我宁可放弃，也决不冒险。"

闻听此言，陈鸳桥和顾随都变得沉默起来。

一时间，屋内只剩下了饮茶之音。

"小女不才，窃以为这并非什么难事。"还是眉楼打破了僵局，"所谓不入虎穴，焉得虎子，我们只要寻得一位艺高人胆大的画匠，前往陶然亭苇塘，引出妖蠹，请他记住那东西的模样，然后付诸画端就是了。只要有了妖蠹的图谱，便可以根据它的身体构造，制造出一架克制它的弩弓。这样，问题便可以迎刃而解了。诸位想想，是也不是？"

"对啊！"顾随赞叹道，"我怎么就没有想到！不管是当年的太监刘诚印，或是后来的穆道人，他们见过妖蠹，不是同样都活着走出陶然亭了吗？"

沈岐周也点头道："嗯，眉楼姑娘聪慧，这确实是一个好法子。鸳桥，你觉得呢？"

"妖蠹并非寻常的走兽，稍有不慎便会丢了性命！"陈鸳桥频频摇头，"那穆道人已非凡人，就连他都被妖蠹喷出的蠹气所伤，导致十数年来尝尽碎骨之痛，又何况我等？即便真的有哪位画匠敢冒此险，谁又敢保证，就一定能画出妖蠹图来？"

"不去尝试，你怎么知道不行？"顾随辩驳道，"大丈夫顶天立地，都像你这么婆婆妈妈的样子，再过二十年，妖蠹也制服不了！"

"总之，我不倾向这么做，除非……"

"除非有什么东西能够克制蠹气，保证冒险的人不再重蹈穆道人的覆辙？"

"对！"陈鸳桥肯定地望了一眼眉楼，"这样的话，咱们好歹也能跟请到的画匠有个交代。给他吃了定心丸，那么，我想事情定然会办得更为顺利些。"

"别做梦了！"顾随叹道，"穆道人穷十数年之功，都未能找到医治蠹毒的法子，试问在短短的时间里，你又能有什么办法？"

顾随这句话犹如一盆冷水，当即让在场人等再次陷入了长久的沉默。

茶已喝得没了味道。

沈岐周正要起身招呼小伙计来换，却见他敲门而入，称有电话打来，请他去接一下。

"跟这位主顾讲，我不在店里，请他午后再打过来。"

"掌柜的，您最好还是接一下。"

"没看我正招待贵客吗？"

"电话是从南京打过来的，说是有要事。"

沈岐周一愣，忙请陈鸳桥等人稍候，一边声称去去就回，一边把茶壶塞给了小伙计。

小伙计很快便换好了茶，为三人各斟了一杯，识趣地走开。

陈鸳桥思虑再三，到底也没有想出解决的办法，便道："我看不如这样吧，与其在这儿冥思苦想，不如咱们先行动起来，把能解决的问题先解决了。"

"万牲园那边你不用操心，我今日便去问个明白。你不是还有一册宝书《尯中癖》在手吗？再回去好好翻翻，看看能不能找出一个法子来，万一就成了呢？"

"为今之计，也就只好如此了。"陈鸳桥犹豫了片刻，"不过我得提醒你，日本人贼心不死，你单独行动，要小心才是。"

顾随冷笑道："北平虽然已经被围，但现在还不是日本人说了算。"

眉楼又道："顾队长，小心总不是坏事。若是你有什么三长两短，恐怕北平就再也没有人能够制服妖蜃了。再者，世兄也是会伤心的。"

"请眉楼小姐放心，"顾随十分认真地向她抱拳道，"在下一定万事小心，决不会让你为了你的世兄伤心就是。"

正说着话，沈岐周去而复返。

陈鸳桥将打算告知于他，他琢磨了一下说："为今之计，也只好暂且如此；不过请诸位放心，锻造遏必隆刀、改造弩机以及寻找画匠之事，我自当鼎力相助。至于如何抵御蜃气之侵袭，那便尽人事、听天命好了。"

众人又是一番寒暄，遂告辞。

临行之前，陈鸳桥又想到印纸告急，本欲请沈岐周帮帮忙，但话到嘴边，又犹豫了，到底也没有说出来。

三人出了观颐斋，陈鸳桥说喝了太多的茶，口中寡淡，想要去信远斋喝一碗酸梅汤。顾随则称时不我待，请陈鸳桥自便，他跳上汽车，奔向万牲园而去。

眉楼陪着陈鸳桥去喝了一碗酸梅汤，本以为可以一展他的愁眉，不料喝罢一碗，他的眉头越发地皱了。

出了信远斋，陈鸳桥一言不发，只顾往古书铺里走去，招店伙计将待贾之医书取出，而后逐一翻看。如此逛了总有七八家铺面，看了不下百十种古籍，到底也没有买下一册，反倒在一位口若悬河的书估的力荐下，买了两种拓本。

眉楼见陈鸳桥其心怏怏，时已过午也未提吃饭之事，知他真的是犯难了，便宽慰道："世兄莫要焦虑，船到桥头自然直，若是自乱了阵脚，岂非让日本人看了笑话？依我浅见，这等大海捞针之举实在是徒劳无益，你大可以请沈掌柜帮衬，他在厂肆熟门熟路，只消几个电话而已。"

"我真是愚笨至极，竟全然忘了这一点！"陈鸳桥闻之恍然，连声道，"这厂肆是有些不成文的规矩，除非与掌柜混得相熟抑或是名流学士，否则，他们是不肯将皮藏拿出的。那些书估又认得我是谁？"

眉楼笑道："世兄不必妄自菲薄，你在小女心中，便是当世一等名流。"

陈鸳桥道："诚惶诚恐！"

"好啦世兄，你看现下已是午后，即便除妖事大，到底也不能饿了肚子不是？还是先回报馆，待我买些时蔬去，为你烹几个小菜，你再去饮冰也不迟。"

说着拦下洋车，扯陈鸳桥坐了上去。

中途，又转道去了菜场，余下陈鸳桥独自返回石碑胡同。

前脚刚进报馆，便有电话打进来。陈鸳桥问了一句哪里，助理答是印刷厂，找他谈谈纸张的事情。陈鸳桥已经想好，《异报》才刚刚打开局面，万不能因为此事而歇止，实在不行的话也只好多付钱，印刷厂的办法总是要多过自己的。因此接过电话便开门见山，跟对接的经理道明了自己的态度。不料电话那头传来了笑声，甚是温和，他称自己并非经理，而是印刷厂的厂长。陈鸳桥有些纳罕，像他办的这种小报，一般都是经理负责，还够不上厂长，怎么今日太阳打西边出来了？莫非纸张缺得真如沪上的同僚们讲的那样，马上就到了无纸可印的地步了吗？脑袋里正琢磨着该如何与对方斡旋，却听厂长连声道歉，称从前确实不知道陈鸳桥的身份，多有怠慢，还望不要怪罪之类的话；又称，现下印纸确实十分紧张，但就算再紧张，也绝对不会耽搁了《异报》的出版；而且还说，若是陈鸳桥今后有任何事情，请直接打电话给他就是了，不必再跟从前的经理联络……

"不是，厂长，冒昧打断一下，您是不是打错电话了？"

"鸳桥先生真会说笑，我是生意人，怎么会干这种糊涂事儿？倒是鸳桥先生的所作所为让我糊涂了，像您这样上头有大靠山的人，怎么会办了一张小报？"

上头有大靠山？陈鸳桥越发地摸不着头脑，思来想去，唯一的可能，那便是沈岐周看出了什么，暗中予以相助……

"您瞧我，真是多嘴！鸳桥先生，您贵人事忙，我就不打扰了，容改日再去报社登门拜访。总之，印纸的事儿您不必发愁了，三年五载的我不敢保证，但再印个三百六十五天，总是没问题的……"

挂掉电话，陈鸳桥百思不得其解，琢磨了一番下来，越发觉得是沈岐周暗中帮衬。赶紧打去电话，接通的时候又想到不能太过冒失，万一并非他所为，那就尴尬了。结果正如陈鸳桥所忧，迂回试探过后，证实与沈岐周无关。于是，陈鸳桥将寻觅古医典籍之事拿来当起了挡箭牌，言称希望沈岐周在厂肆帮忙。沈岐周大包大揽，让陈鸳桥尽管放心，三日之内便会差店伙计前往报馆，将搜集的医籍尽数奉上。陈鸳桥又说了一番感激不尽之类的客套话，这才悻悻地放下了电话。

喝了几口冷茶，闭合房门，取出《匜中癖》来翻看。

太炎先生博古通今，这些于卷轶浩繁的古籍之中所摘录的良方，门类十分庞杂，甚至还有七八则治疗男性阳痿不举与女性产后护理的。又因太炎先生喜用生僻之字，往往致使内容词义奥衍，殊难理解。早先陈鸳桥读起来极为吃力，两年后复读，始明白了五六成而已；又四年，竟发现先前明白的五六成当中，有一半理解有误；再两年，则进步有如神助，全书仅有寥寥三五则尚未窥破。

陈鸳桥逐页扫过这些背得滚瓜烂熟的医方，如此循环往复了几回，忽然长叹了一声，猛地一拍脑门儿，心道自己真是愚不可及，笨拙得该回炉一炼。那太炎先生是何许人也？他向来自视甚高，当年还亲口对陈鸳桥狂称，他的《訄中癖》里所载的医方，重在载寻常医书之不载，若虽是良方，但成为滥觞，一旦发现，他则必然删去，并视之为辱。试想就连这样的医书当中，都没有录下过破蛊毒的方子，这世上又岂有他书可以？

思虑至此，忽觉一身冰凉，瘫在了椅子上。

也不知过了多久，听到眉楼的声音传入房间，陈鸳桥连忙合拢《訄中癖》，然后推开了房门。不料站在面前的却并非眉楼，而是一位高峭挺拔的老者。这老者面色赤红，血色犹如壮年，脸上绽放着笑意，一边打量陈鸳桥，一面捻动着收拾齐整的胡须。

"四爷哎！"陈鸳桥双眼发辣，膝盖发软，噔，跪倒在地。

这来者并非旁人，正是宣外西草地的蛐蛐儿大养家曹四爷。十几年前，陈鸳桥离开龙泉寺孤儿院后，一时无依无靠，多亏曹四爷好心收留。

"午生孩儿，真是叫我好生想念！你回来北平，也不说去看看老头子！"

第二十三章

蛊毒出南洋

陈鸳桥将曹四爷请入屋中上座。眉楼聪敏慧心,端来焖好的香片,闭合房门,请两人安心叙旧,她则到厨房去烹煮菜肴了。

曹四爷一如从前那般爽朗无拘,调侃陈鸳桥真是有福气,得了一位佳偶。陈鸳桥连忙解释,不想近来嘴巴笨拙,反倒越描越黑,引得四爷一阵发噱。

赶紧转移话题,问起四爷的近况,得知他那两位老兄弟已然撒手尘寰,禁不住湿了眼眶。四爷叫他不必伤心,称人生一世,犹如那秋虫一般,枯荣是在所难免的事情。

陈鸳桥笑了,说道:"您老这些年可还养蛐蛐儿吗?"

曹四爷一挑眼眉:"没有我曹家的蛐蛐儿,北平城里那帮好斗的主儿,还不见天儿白刀子进去红刀子出来?只不过这几年时局动荡,日本人整天在城外叫丧,弄得人心涣散,玩蛐蛐儿的主儿少了,就连蛐蛐儿也是一茬儿不如一茬儿啦。"

陈鸳桥道:"这些年我在沪上,每逢立秋的时候,便会想起您老,还有二爷和三爷组织斗局的那些事儿……最难忘记的,是三爷以一敌二,那只'大将军',可真是威猛如同常山赵子龙!都是难得一见的盛举啊!"

曹四爷显出不以为然来,摆手道:"那叫什么本事?我三哥好歹也是号称大养家,干的却是坏了规矩的事儿,哪里有一对二的斗法儿?虽是玩乐之事,可规矩就是规矩,甭说他是我三哥,就算是天皇老子,我也照样臊着他!"

陈鸳桥笑道:"您老的性子,真是一丁点儿都没有变!"

曹四爷道:"我又不是蛐蛐儿!"

陈鸳桥一边为曹四爷斟茶,一边道:"当年在曹家,我就垂涎您日日有这香片喝,后来我趁您不在偷喝了几回,简直是沁人心脾。那以后我就爱上这口了!您快尝尝看,跟曹家的是不是一回事?"

"你那时还是孩子,这东西喝多了伤身。"曹四爷啜了一口,"嗯!还真是曹家的味道嘿!可我就不明白了,你这么念旧,为什么不去瞧瞧四爷?"

"嗐!"陈鸳桥毕恭毕敬地说道,"我少时因为偷看您书架上的那些志怪笔记,没少被您教育,说是应该多读些孔孟,才是长学问的正道。而此番我回来办的这张小报,又是专载些怪力乱神的文章。怕您说我没长进,所以就一直没敢去……"

"亏你还有点儿自知之明!"曹四爷拧着鼻子说,"这也是就是眉楼去请我,要真是换做你,今儿个我是决不会来你这魍魉之地的。"

"那是自然,那是自然!"

"怎么?"曹四爷话锋一转,"我听眉楼姑娘说,你遇着难处了?"

"不提也罢,免得搅了您老的兴致!"陈鸳桥叹道,"今儿个,就让午生陪您喝两杯吧。"

曹四爷道:"酒是一定要喝的,但这苦闷也得给你解了;不然,你岂不是辜负了人家姑娘的一片好心吗?"

陈鸳桥道:"是,四爷教训得是!"

然后便一五一十地讲起了事情的原委,不料说到在天桥阴三的跤场,范世海与小鬼追斗跤的那截事情时,不知为何,曹四爷竟"哼"了一声,满面愤懑之色。

"四爷，可是茶冷了？"陈鸳桥不敢再往下讲。

"不关茶的事儿。我来问你，你说的这个范世海，可是家住在白米仓吗？"

"正是此人，怎么，四爷认得他？"

"在这北平城里，恐怕有秋虫之癖的主儿，还没有哪一个不来我曹家买虫的吧？"

陈鸳桥恍然，范世海爱蛐蛐儿入骨，从他家中收藏的那些蓄虫之器便可见一斑。不过听曹四爷的口气，好像对范世海颇有些意见，于是忙问道："他干了些什么，让您老这般生气？"

"按说，这个小厮倒是个爽快种子。"曹四爷捻须道，"为了玩乐倒也舍得扔银子，来我这儿买虫买器，我一开口，他从不还价。可是他好胜心太强，比起我那三哥，可真是有过之而无不及。你是知道的，对于斗虫这事儿，我最瞧不上的就是坏了规矩。没有规矩，就不成方圆，都像他们这样，往后这蛐蛐儿，还怎么玩下去？"

"难不成范世海干了更出格的事情？"

"我三哥尚且在明，可这小子，他玩的是阴邪！"曹四爷一拍桌子，脸上愤然之色更浓。

"这到底是怎么回事？"

曹四爷啜了一口茶，起身道："你是知道的，咱们北地斗虫的规矩，两虫在斗盆里对峙的时候，可以使抻子。别小瞧了这几根鼠须，抻子掌得好，能让本就占上风的蛐蛐儿斗志更胜，可以一鼓作气干掉对手。反之，则可以用它遮挡封护，使那落了下风的蛐蛐儿稍作一喘息，待恢复元气，反败为胜。这个范世海呢，他就把主意打在了这个抻子上头，人家用的都是普通的鼠须，他可倒好，用的是精怪鼠须！你来说，这小子是不是阴邪？"

陈鸳桥觉得甚是好笑，不过是游戏而已，亏得范世海能想出这等怪招来。又见曹四爷脸上的愠色愈浓,不敢造次,只好憋着不让自己笑出声,频频点头。

"蛐蛐儿这东西,本就脆弱,他用那阴邪抻子一扫,但凡给它碰上的,没有一个不蔫儿的,纵然再好的虫,也挨不过当晚。就是靠这一手,这小子用一条普普通通的虫,愣是打败了七八条身经百战的'大将军'哪!"

"那您老是怎么发现的?"

"哼!在北平城,掌抻能够赛过我的,恐怕还没生出来吧?"曹四爷说,"就连我与他斗,都不能取胜,你说这里边能没有弯弯绕吗?于是我表面上不动声色,暗地里一查,这才弄明白,这小子跟家里头养了一只鼠魅,还见天儿供那玩意儿抽大烟!"

陈鸳桥恍然忆起,不久前他与顾随曾前往白米仓去访范世海,在范宅门口,顾随从索巴身上闻到了一股鸦片的味道。而在此之前,陈鸳桥还把从掮客那里听来的"白米仓旧窖"之事,讲给过顾随。如今来看,确有鼠魅其事,但那鼠魅怎会与范世海扯上关联?

陈鸳桥将所知尽数说出,曹四爷冷言道:"这其中是怎么一回事,那你就要去亲口问范世海那厮了!但是我还得提醒你,你与他交友我并不反对,可那东西到底是魍魉之物,还是少接触为妙。"

"四爷放心,鸳桥记下了。"

"你可知那耗子为何成魅?"曹四爷好像仍不放心,补充道,"我已经查清楚了,那是因为它误食了下了蛊的'唵叭'所致!这叫'唵叭'的东西,是南洋产的一种珍贵香料,香农往往大面积种植,又苦于贼人偷盗,于是便请降头师在丰收季节下蛊。那位告诉我这些的朋友,多年来一直在南洋经营药材,他说,降头师下蛊,有轻有重,那中蛊者头脚生疮,七窍结痂,尚且不算什么;腹内生瘤,才是真正的重蛊,分分秒秒让人不得安宁。吐,又吐不出;化,又化不掉。生不如死,死,又死不掉……"

陈鸳桥脊背直发凉,叹道:"想来那只耗子不过是无心之举,不料竟要日日遭受瘤蛊的锥心之痛。"继而忽然明白过来，那耗子之所以成魃，也全因腹中瘤蛊作怪。

"不过话又说回来，"曹四爷说，"范世海供养鼠魃，虽为了取其须，却并没有泯灭良心，为了减轻它的痛苦，想来这些年他扔了不少银子买鸦片。这也就是刚刚我说的，你与他交友，我并不反对的原因。"

陈鸳桥想到了一句北平城老话，叫做"不冤不乐"。他觉得这四字，再适合范世海不过了。

翻过了这一篇儿，陈鸳桥接着把剩下的事情又讲给了曹四爷。

"你也用不着太过苦恼，"四爷听罢道，"我活了这把年纪，只弄明白了一个道理，叫做得来全不费工夫。有时候你绞尽脑汁，那线头儿就是穿不过针鼻儿，可有的时候呢，你把鞋子从这岸随手扔向对岸，过去一瞧，整整齐齐，就像摆在那儿的一样。再者说呢，这世间的万物，都逃不出相生相克的道理，再厉害的蛐蛐儿，总能碰到一个比它更凶猛的对头。所以说，这世上也一定有一样东西，可以克制蜃气。"

"四爷说得是。"话虽如此，但陈鸳桥仍不免情绪低落。

"再换句话说，若这东西真的找不到，你换个法子就好。大丈夫顶天立地，何至于如此？"

"多谢四爷宽慰！"陈鸳桥使劲地点头，"午生……都记在心上了。"

正说着话，眉楼已将饭菜备好。

陈鸳桥挽袖看手表，不觉间竟到了黄昏时分，这才觉出些饿意来。

眉楼将烹煮逐一摆上，分别是蚝油鳝背、鸭油豌豆苗、冷翡翠、素熬豆腐，另有一味天福熏燕翅；末了又提来一瓶同仁堂的绿茵陈酒，为曹四爷和陈鸳桥各满上了一杯。

曹四爷甚是欢喜，提筷尝了一口鳝，又品了一口豌豆苗，兀自笑了。

眉楼见四爷只笑不语，忙道："听世兄讲，四爷也是老饕……可是小女这菜烧得不合您胃口吗？若是如此，还望四爷不吝赐教才是。"

曹四爷摇头道："我是笑眉楼姑娘聪慧，叫人喜欢。午生，你说是也不是?"

陈鸳桥道:"您又拿我打镲!"

曹四爷将杯中陈酒一饮而尽,笑道:"你小子心里明镜得很,何至于羞涩?我虽不是梨园中人,却也晓得一些掌故。听说名旦梅兰芳最喜欢去前门外陕西巷的恩承居小酌,是因这家馆子里有两道拿手好菜,一是蚝油鳝背,另外一味便是这鸭油豌豆苗了。而且,他每食此两味,必配以同仁堂的绿茵陈酒。久而久之传扬开来,便有文人称之为翡翠双绝。今日这桌子上头有一道冷翡翠,那双绝,岂不就是暗指你二人吗?你好歹也算是文人,又有一张好吃的嘴巴,怎会不知道这等事?既知这等事,又怎会不明白眉楼姑娘的心意?"

陈鸳桥言语结巴,支吾不明之下,唯有端起酒杯,以敬酒之名强加掩饰。

"四爷到底是四爷,不但识虫,更知人心!"眉楼倒是落落大方,"不过,小女也并非全是为了取悦世兄。近来暑气日盛,吃得清淡些,到底是好的。尤其是这绿茵陈酒,最能祛湿气,您养虫多年,膝盖有疾,再喝一杯。"

曹四爷饮罢第二杯酒,调侃道:"午生,今后敬酒,当以眉楼为榜样才是啊!"

陈鸳桥越发地窘迫了。

那冷翡翠是由小红萝卜与新鲜黄瓜拍碎佐拌,余下时间,陈鸳桥嘴中咯吱声不断,如同看客般,眼见着眉楼哄得曹四爷合不拢嘴,却插不上一句话。

小宴临近尾声,曹四爷意犹未尽,竟主动提议收眉楼为义女,还将佩戴数十载的扳指送给了她。那白玉兽纹扳指,乃康熙赐给曹家先人,多年来四爷倍加爱惜,就连陈鸳桥都未曾碰过,而今竟赠予了眉楼,老爷子对她的喜爱,即可见一斑了。

陈鸳桥见曹四爷有些微醺,怕他路上有所闪失,执意要亲自送他回宣外西草地。

　　四爷倔强，硬生生将他推下洋车，最后又补了一句："你这没心肺的混账小子，你若是去了，大夜里的，岂不是会让眉楼姑娘担心吗？"

　　陈鸳桥哑口无言。

　　送走了曹四爷，眉楼焖好香片，端来解渴。

　　喝了一宴的闷酒，几杯香片下肚，陈鸳桥胸口方觉舒畅了许多。

　　挑灯写起夜稿，不知觉间脑中又泛起曹四爷所说的南洋蛊毒之事，于是搁下毛笔，沉思了一阵，随手又翻起书案上的那册《尴中癖》来，有一搭无一搭地扫看；约有一刻钟的光景，思绪像是被什么突然攫住，身板挺得笔直，继而抄起书来，飞奔出房门，甚至碰翻了座椅也不去理会。

　　奔至报馆办公室，陈鸳桥薅起正在烧水的助理，命他赶紧找来李时珍的《本草纲目》。那助理见陈鸳桥神情激动，双眼泛红，不敢有丝毫怠慢，丢下水壶，便去翻书架了。

　　架上工具书林立，陈鸳桥几次催促，助理方才将一册落了灰尘的《本草纲目》寻来。陈鸳桥也顾不得呛人的尘土，唰唰啦啦一阵猛翻，然后突然定住了眼珠儿，须臾过后，又大笑起来，直将助理看得目瞪口呆。

　　"您……这是怎么了？"

　　"曹四爷说得没错，真是得来全不费工夫！"

　　陈鸳桥没头没尾地回了一句，便一手攥着《尴中癖》，一手拎着《本草纲目》，复又奔回了后园，敲开了眉楼的房门。

　　眉楼刚刚洗漱完毕，见陈鸳桥气喘吁吁，诧道："世兄，缘何这般躁动？"

　　陈鸳桥也不解释，径直闯入屋中，将两书放在桌上，又将眉楼拉到身边，紧握住她的双手，仍是气喘不止，"我找到了，我终于找到了！"

　　"嗯？"

　　"是破蛊气的法子！终于还是给我找到了！"

　　"世兄可当真？"

"如假包换!"陈鸳桥说着撒开眉楼的双手,抄起那册《庀中癖》来,唰唰翻动后,指着一处道,"你看这里!"

眉楼仔细辨认墨迹,缓缓读出:"笃耨,大者如掌,色似鹅脂,克一切恶气……"

不等眉楼念毕,陈鸳桥又抄起厚如砖头的《本草纲目》,翻至一页,兴奋道:"依照李时珍的记载,这种名为'笃耨'的香料,产自真腊国,这真腊,正是地处南洋!"

眉楼似有所悟:"这'笃耨'与四爷口中的'唵叭'又是什么关系?"

"问得妙!"陈鸳桥击掌道,"你看,李时珍说,'唵叭'生交趾、南番诸国,也是南洋!他又将两者列在一目当中,这说明,这两样东西有同样的功效!"

"嗯,然后呢?"

"当日在旸台山,惊奇道人曾有言,他说穆道人因为受那屭气之苦而不能忍,多年来都在寻找解救之法。其实,穆道人已经找到了克制屭气的东西,可惜那东西并不产自中土,因此他也只好望洋兴叹了。"

"你是说……"眉楼推测道,"就是这种叫做'笃耨'或者'唵叭'的东西?"

陈鸳桥点头道:"当时,惊奇道人告诉我,穆道人称那东西名为'笃禄',我还特地让他写出了这两个字。其实这'笃禄'便是'笃耨'了,只不过因为音译的关系,才让人一时摸不着头脑。而太炎先生又惯于用冷僻字,两者选一,他是绝对会选这个'耨'的……"

"所以,倒是太炎先生给世兄出了难题?"

"好在眉楼小姐体恤在下,请四爷来为我解忧!否则,我还不知道要何时才能知道呢!"

"这么说,四爷是请对喽?"

"在下多谢!"

话毕,陈鸳桥煞有介事地向眉楼行了一个大礼。

翌日晨起，眉楼照例将焖好的香片端来，待他喝足了，又把早已备好的早点搁下。陈鸳桥不知怎的，竟被甜浆粥呛了一口，甚是狼狈。

眉楼嘱他慢些，又道："好端端的怎会呛到?"

陈鸳桥一张脸憋得通红，连声道："不小心。"实则他是想起昨晚激动之余握了眉楼的手，到底唐突了些。

吃罢早饭，陈鸳桥打算去外五区警察署找顾随，向他问一问，昨日前往万牲园的收获如何，顺便与之商议一下破解蜃气之事。

出了报馆，正准备拦一辆洋车，就见顾随开着汽车猛驶过来，戛然停在他面前。

顾随一副睡眼惺忪的模样，头发蓬乱，双眼布满血丝，像是熬了大夜。

"怎么，你也做起了夜猫子?"

"少废话！快请我进去喝杯茶，在协和医院折腾了一晚上，消毒水闻得我快要吐了！"

"真是巧了，早上焖的香片，正好还剩下小半壶，本来是要倒掉的。"

"我真该再给你找来一位眉楼！"

两人一路拌着嘴来到后院，正见着眉楼刚刚倒掉了残茶。

顾随笑道："这回你还有什么话说?"

"眉楼，"陈鸳桥招呼道，"顾队长来报馆做客了，他说他刚刚喝足了茶，就不劳你再烧水焖上香片啦。"

"你要是嘴上不占点儿便宜，恐怕一天都活不下去。"

"顾队长甭跟他一般见识。"眉楼看穿了陈鸳桥的把戏，笑道，"稍候，我这就为你上茶。"

第二十四章
魍 鬼 生 东 海

几杯香片入喉,顾随脸上的倦意慢慢退去。他拢了拢额前的发绺,道出昨日之见闻。原来万牲园方面早在警署送去妖蜃标本的第二日,便由他们一位姓夏的园长给陶孟和打过了电话,明确告知,以现有的技术手段,尚不足以分析出个所以然来。在电话里,夏园长还给出了建议,可送往协和医院,请他们予以协助。陶孟和未加思索便答应了下来,于是这份标本便被移送到了协和医院的解剖室。

"可是,事情马上变得奇怪了。"顾随说,"我驱车前往协和以后,他们却告诉我,根本就没有什么水怪的标本被送来。我赶紧给署长打了电话,他支支吾吾,顾左右而言他。在我的一再追问之下,他这才透露道,标本的确是送到了协和,但是由于解剖室的一位医师操作不当,致使标本遭到破坏,已经荡然无存了。我有些怀疑署长的说辞,他却解释道,人非圣贤,孰能无过?就连梁启超那样的大人物,在协和手术的时候都被割错了肾,又何况一份标本呢?"

"你就这样放弃了?"

"你当我是白痴吗?"顾随冷冷地瞥了陈鸳桥一眼,"我当然要弄个明白!于是我提出要见一见那位操作不当的医师。正如我所预料,协和方面起初与署长一样支吾，不得已我只好把配枪掏了出来，给他们讲了一下子弹是如何被射出枪膛的。就这样，他们才告诉我，那位犯了错误的医师已经被辞退。我想知道医师的名字还有家庭住址，但他们却只肯告诉我前者；至于后者……实在没有办法，我只能再给他们讲一遍子弹是如何被射出枪膛的，才得到了答案。我按照协和提供的地址，开车来到报子街的华北公寓，去寻找这位名叫李绍久的医师，可惜的是，还是去晚了那么一步，公寓里早已人去楼空……"

"你就这样放弃了？"

"不说话没人当你是哑巴！"顾随懒得再去看陈鸳桥，"在下毕竟是一名警察，不但是警察，还是侦缉队的队长，怎么可能轻易放弃？房间里凌乱不堪，但李绍久在协和的办公室却十分整洁，因此我判断，他是在匆忙之间离开的。顺着这个思路，我去还原房间里曾发生过什么，得到的答案是，他遭到了袭击，并且受了伤。我之所以认定凶手并没有得逞，是因为房间里留下的一本《故宫日历》。这本日历上，四天前的那页沾有血迹，且用笔画了一个'×'，之后的两页也有一个'×'，但纸面上并没有任何血迹，笔迹显示所用的笔也不是同一支。这说明，这三个'×'并不是在同一天画下的，试想，若是李绍久四天前就被袭身亡，又怎么会画下另外两个'×'呢？"

"那有没有这样一种可能，"陈鸳桥问道，"是凶手画上去的呢？而实际上李绍久在四天前就已经身亡了。"

"当然有这种可能。但是我忘记告诉你了，在房间里，我还找到了一些未来得及处理的带血纱布。从上面的血迹也可以判断出，这些纱布并非是一天之中换下的。而且，根据日历上的笔迹，我还知道了，李绍久伤的是右手。"

"李绍久究竟在等什么？"眉楼插话道，"离开北平最快的交通方式是火车，难道是因为这三天都没有票了吗？可是据我所知，搞到一张车票，并非什么难事……"

"李绍久是烟台人。"

眉楼笑了："那小女就明白了，难买的并不是火车票，而是船票。"

"眉楼小姐到底是聪慧过人！"顾随连连点头，"没错儿，李绍久的打算，正是由北平乘火车到天津，再由天津坐船返回烟台老家。他应该在天津有熟人，而昨天日历上留下的不是'×'而是对勾，说明他的熟人已经帮他买好了船票。"

眉楼试着推断道："若是小女没有猜错，顾队长首先会往天津打一个电话，确认船只开航的时间，然后据此来判断，李绍久会乘坐哪一班火车抵达天津。"

"不错！李绍久一刻也不想在天津停留。"

陈鸳桥摇头道："生命受到威胁，难道不是越快离开北平才越稳妥吗？"

"恰恰相反！"顾随反驳道，"李绍久是个脑子灵光的人，他十分清楚，凶手第一次没有得逞之后，决不会冒险再在同一地点进行第二次刺杀。基于此，留在公寓里反而比其他地方更安全。事实证明李绍久做对了，凶手果然没有再次出现。那么，剩下的最佳刺杀地点有两处，一是从公寓前往火车站的路上，二则是在天津下了火车前往码头的路上。缩短时间就意味着给凶手增加了难度，因此只要在从公寓前往火车站的路上保持警惕，安全抵达火车站上了车，性命基本也就保住了。"

"保持警惕还不够。"眉楼补充道，"我若是李绍久，就决不会大摇大摆地叫一辆洋车，那样目标太大，一定要掩人耳目。不如打一个电话，叫人来打扫一下房间……"

"或者，叫几样盒子菜，等小伙计送来的时候，买下他的一身衣服和手中的食盒，这样便可以金蝉脱壳了。"顾随笑道。

"所以，李绍久昨天都叫了些什么菜？"陈鸳桥说。

"请阁下正经一点儿！"

"那个凶手后来出现了吗？"眉楼追问道。

"他追去火车站的时候,恰好我也找到了李绍久。"顾随冷笑了一声,"只可惜我不能放走李绍久,也就只好让他再次溜了!"

"看你一副咬牙切齿的不甘心样子,想必此人一定是海猴子喽?"

顾随哼了一声:"早早晚晚,我要亲手逮住这个阴人,把他身上剩下的毛全都拔个干净!"

陈鸳桥叹道:"看来日本人并没有罢手,只不过暂时更换了目标而已。对了,那块妖蜃的标本,真的是像协和方面说的那样,已经没了吗?"

顾随又喝下一杯香片,润了润嘶哑的喉咙,方才摇头道:"并不是。李绍久做完研究以后,刚刚出了报告,就被人取走了。拿走标本的人,正是……陶孟和。"

"他为什么这么做?"

"我还没来得及回署里问他。"

"陶孟和应该不会与日本人狼狈为奸,这其中定有什么隐情。"

"我会查明。若他真做了日本人的走狗,就算拼上这条命,我也决不放过他!"

"李绍久都说了些什么?"眉楼又为顾随倒了一杯茶。

"他的确是一个聪明人,要我安然将他送到天津以后,才会开口。于是我只好陪他一起坐上了火车。到得天津码头,他几次看手表,距离开船还剩下十分钟的时候他才告诉我,协和方面开除他的时候,赔了他一大笔酬金,并不准他透露任何有关标本的事情。他本想守约的,但性命却遭到威胁,所以也只好不再当君子了。"

"真是个啰唆的聪明人。"

"然后,他说了一堆我听不懂的医学术语,称这些便是报告的内容。我云里雾里的,便直截了当问他,用什么东西可以切开它。他使劲摇头,说什么纤维过于紧凑细密,非寻常器械可以切割。我又直接了些,说我也要做个实验,就是想把那东西切开,现在标本没了,能不能找个什么替代。他听罢笑了,揶揄我应该早些直接点儿,让他徒费了一番唇舌。接着

225

李绍久告诉我,他是渔家人,烟台海边的渔民常用一种藤网去拦截凶恶成性的水魈,那藤网乃是将藤子入水沤泡数十日,晾晒,再油浸,七天之后再取出晒干,最后涂以鱼油编织而成。他说,妖魇的肉质,与那藤网相差无几……"

陈鸳桥多年来浸淫怪力乱神之事,自然是知道水魈的。其实,这水魈与出没于煤山当中的尸魔子如出一辙,不过是乘船过海之人为海盗所害,冤气未消而至尸身凝结不腐,又被海潮朝夕涤荡,四肢渐与躯体长合在一起,最终形同一截浮木。而后但凡有海难沉船,水魈便靠近魇人,落水者危难之际难以分辨,奋力奔游而来,水魈便趁其力竭将其淹杀。因此,沿海的渔民多称之为魈鬼。

东南沿海乃所谓海上丝绸之路的起点,海盗多如牛毛,杀人如麻,于是魈鬼之多远胜于别处。传闻戚继光抗击倭寇之时,水师兵卒就经常被魈鬼所害,还出现过成群的魈鬼联合冲击营寨的恐怖事件。后来戚少保震怒,于御寇间隙苦心钻研,终于发明了一种厉害武器,继而将魈鬼一网打尽,稳定了军心。

至于戚继光所造之器,是否用到了藤网,早已不可考证。不过晚一些时候,清军与沙俄对峙雅克萨,却用过一种用藤条所制的盾牌,完全可以抵挡火枪的袭击。为此,康熙还给这些装备了藤盾的士兵取了一个名字,叫做"虎装藤甲兵"。此后每逢边乱,藤甲兵便以"秘密武器"的姿态出现,且几乎每战必胜,直叫外寇闻风丧胆。

陈鸳桥不徐不疾地道出这些掌故以后,又补充道:"单凭藤甲盾牌可以抵御火枪之攻击这一点,想来李绍久对你并没有说谎。"

顾随道:"我哪里知道这些?眼见着李绍久奔上船去,心道总不能跟着他去烟台,只为找回一张藤网吧?幸好我不是傻瓜,天津卫九河下梢,海河里头的怪东西,又岂止水魈一种呢?我们顾家祖籍津门,到我父亲这辈才来到北平定居,总也是有些故旧的。于是我托人搞来了两张藤网,便马不停蹄地又赶了回来。我回到家中时已深夜,饭也没吃上一口便迫不及待地取出遏必隆刀，几次斩刺，藤网果真断了、透了。我又以寻常的兵刃实验，却没能奈何得了那藤网。我不放心，又取出那日在高粱地里捅杀日本鬼子的军刺，结果还是如出一辙。待到此时，我才真的信了沈岐周的话，那的确是一口宝刀。"

"那刀你可藏好了？"

"把心搁在肚子里吧！就算我把自己弄丢了，也不会丢了它！"顾随反问道，"你这边怎么样？太炎先生的医书里，可有记载那破蛊气的法子吗？"

陈鸳桥遂将昨日的事情逐一道来。

顾随听罢道："你这人虽然不怎么样，身边的贵人可倒是不少！曹四爷与我自然就不必去说了，就说眉楼小姐，也不知道阁下上辈子做了什么丧尽天良的好事！"

"你是在嫉妒吗？"陈鸳桥大笑。

"小人嘴脸！"顾随冷言。

两人又斗了几句嘴，顾随突然话锋一转，问道："接下来你准备怎么办？"

陈鸳桥道："我正要与你商量。那鼠魅被范世海供养在家中多年，可是帮五爷赢了不少蛐蛐儿局。若非得到五爷的首肯，咱们是万万不能动它的。再说那'唵叭'被下了蛊，又在它的腹中，如何取出，又是一道难题……"

"我认为两条腿走路比较好。"顾随沉吟道，"一是尽快去西山将范世海寻回，那鼠魅毕竟在他家，有他在，办起事情来不用畏首畏尾；第二，窃以为还得再请惊奇道人帮忙，他到底是道门中人，破解蛊毒之类的事情，除了他，我还真想不出别人来。"

陈鸳桥把目光伸向眉楼："你觉得如何？"

眉楼笑道："顾队长人中龙凤，小女自然没有意见。"

"好！"陈鸳桥站起身来，"事不宜迟，顾兄，咱们这就一并前往西山，争取今日便将五爷接回城里，共同谋取'唵叭'之法。"

顾随点头表示赞同。

眉楼送两人往外去，迎面却见报馆的助理带着一人快步行来，那人满脸污迹，道袍上也尽是些泥渍，整个人像是刚刚经历过一番劫难，神情沮丧至极。

"道长，你这是怎么了？"陈鸳桥先一步上前。

惊奇道人嘴唇颤动，似有千言万语要讲，却又无从说起，只管望着顾随支吾着。

众人赶紧折回身来，复又回到房中。

眉楼为惊奇道人倒了一杯茶，他一饮而尽，后又自己动手，接连灌下了几杯，以袍袖擦了擦嘴角，方才舒下了一口气。

"道长，可是郎各庄又出了什么岔子？"

"回眉楼姑娘的话，郎各庄一切安好，贫道已经将郎家的田产变卖，除去发放的遣散费用之外，剩下的也按照姑娘的托付，捐赠给了龙泉寺孤儿院。这便是个中明细了，请姑娘过目。"说着自怀中掏出一个小册子，递给了眉楼。

眉楼接过册子放于桌上，又问道："那就怪了，看道长的模样，像是经历了什么变故？"

惊奇道人再一次将目光伸向顾随，仍是一副难以启齿之状。

"道长，请明言！"

"道庵……"

"道庵怎么了？"

"道庵被人……放了一把大火，已经不复存在了！"

"谁干的？！"

"山人去大觉寺里问过了知客，他说就在咱们下山后不久，有两个警察来到旸台山，向他打听了道庵的所在……"

顾随猛地站起身来！当日下山以后，他的确是给陶孟和挂了一个电话，让他差人前往旸台山收取那两名日本刺客的尸首，以便日后与日本人交涉所用……思虑至此，脱口道："那两个刺客的尸首呢？"

惊奇道人露出疑惑的神态："他们好像并非为了收尸而来。"他说，"而是……为了毁尸！我在道庵的废墟里，找到了几块烧烂的残骸，应该就是两名刺客的。"

顾随闻之，脸颊绷起来，极力克制着愤怒。

"这个陶孟和，到底要干什么？！"

"鸳桥，恐怕这趟西山你要自己去了，恕我不能相陪！"

顾随拔腿便往外去，却被眉楼拦住去路。

"顾队长稍安勿躁。此事若当真如你心中所想，那么事情则绝不是你去找陶孟和吵一架就能解决的。你想想，当初因为武宫正朔之事，陶孟和可是摆明了与日本人势不两立。可是看他近来的举动，先是取走了妖蠠的标本，又差使人毁灭了刺客尸首。这一前一后，可以说是自相矛盾。顾队长曾经说过，陶孟和性情沉稳，处事老练得当。试想这样一个人，突然性情大变，是不是很蹊跷？"

经眉楼怎么一提醒，顾随又慢慢坐下身来，连连点头："我也觉得这并不符合他的处事逻辑。"他说，"据我对陶孟和的了解，这个人虽然一门心思想往上爬，但起码的是非还是能够分得清的。当初，晋察冀委员会要求北平城的警署大力开展禁烟运动，别家的警署都是做做样子，唯独他枕戈待旦，带领署里上下全力清剿毒贩，整个过程我都是见证人，绝无徇私枉法的地方……"

"看来，这其中定有什么隐情。"陈鸳桥说，"我以为不如这样，西山还是我一个人去就好了。你与道长先去探探陶孟和的口风，道庵被毁，若是黑不提白不提，反倒会让人家起疑，光明正大去署里据理力争，正合乎常理。"

"鸳桥说得有道理。"惊奇道人附和说，"顾兄，就让山人随你一同吧。"

"那就有劳道长了。"顾随点头道,"不过,西山路途遥远,你手无缚鸡之力,万一碰到什么棘手的事情,那可怎么办?"

"你是担心再也见不到我,就没人给你添堵了是不是?"

顾随摇了摇头:"我是担心你若是有什么三长两短,岂不是辜负了眉楼小姐?"

眉楼笑道:"有顾队长为小女撑腰,我想世兄一定会惜命的,是也不是?"

陈鸳桥点头道:"在下谨记便是。"

送走顾随与惊奇道人以后,陈鸳桥立即提笔写起了文章。没有顾随相伴,此去西山再快也要明日归来,报上无稿可刊那便麻烦了,至少也要留出一日的余地。这一笔走,直到晌午方才搁下,展纸阅看,拉拉杂杂竟写了七八页。

眉楼早已备好午饭,陈鸳桥准备边吃边润色稿件,笔却被眉楼一把夺下。

眉楼命陈鸳桥安心吃饭,由她来检查文字的讹误。陈鸳桥吃罢之时,眉楼也将稿件看完,几处圈起的地方修改得恰到好处。

陈鸳桥与眉楼告别,嘱她安心待在报馆便是,自己快去快回。

出了报馆,眉楼又追出来,将一件大衣披在了陈鸳桥身上,说:"西山夜凉,可以御寒。"

陈鸳桥将一绺垂发绾在佳人耳后,跳上洋车,道了一声:"有劳,平则门方向。"

第二十五章
只影向西山

平则门是阜成门的前称，元灭明兴，江山鼎革，民间却早已叫成了习惯。传闻当年吴三桂引清兵入山海关，闯王李自成败走北京时，正是从此门通过，因而百姓们戏称之为"平贼门"。北平有"内九外七皇城四"之说，阜成门便是这北平内城的九门之一，往西山最为便宜，距潭柘寺八十余里路程。北平内城的城门，虽然名为九门，可实则却有十八个门洞，里城门洞和城门楼之外，尚有外城门洞和门楼，只是后者较前者略小，两者之间又用城砖围起来，于是形成一个院落，百姓们俗称之为"瓮圈儿"。与朝阳门如出一辙，阜成门的城门洞里，进城右首边，七八尺高的地方，也镶着一块二尺长短的汉白玉。与之不同的是，阜成门的这块汉白玉上头，刻的不是谷穗儿，而是一朵梅花。昔日江南的大米由运河北上抵京，皆是通过朝阳门而至禄米仓，如此粮道，谷穗儿自是最好的象征。而门头沟煤山栉比，运煤入城，这里也是必经之地，梅与煤谐音，"阜成梅花报暖春"，到底是个好意象。又有野老闲谈，当年李自成奔出阜成门之时，曾执鞭问过一位路人，前方何地，答曰煤山。闯王闻之面色怆然，煤山、煤山，没了江山，怎能不叫人心灰意冷？一语成谶，此后闯王果然不复先前之勇，直至在九宫山被杀，大顺军土崩瓦解。

洋车沿着西单北大街一路向北，过缸瓦市，到得西四南大街路口往西，入羊市大街，直奔阜成门行去。这车夫脚程甚快，只与陈鸳桥搭了几句话的工夫，便已经来到了阜成门大街。此时但见街上人流如织，好不热闹，行车受阻，车夫的脚步自然慢了下来。

"可是白塔寺庙会？"陈鸳桥问了一嘴。

"回您嘞爷，今儿个是头一天，要是您贵人事忙，明儿个来也成。"

北平的庙会老早便有规定：每月逢三土地庙开市，逢四花市，五六白塔寺，七八护国寺，九十则是隆福寺了。

陈鸳桥少年时候，尤其是被宣外西草地曹四爷收养以后，逛得最多的就是土地庙，究其因由，自然是近便。土地庙位处宣武门外下斜街，虽说不比东西两庙之规模，但若要是想买些名种花卉，却又非它莫属。誉满京师的丰台花乡，恰与之毗邻。陈鸳桥就是在庙会上耳濡目染，这才渐渐喜欢上赏花；再加之曹四爷也好莳养，无形之中又让他长了不少见识。若非如此，当日他怎会因旸台山大觉寺里那株玉兰而欣喜如狂？

不过，白塔寺他每年也至少陪四爷去一回。

曹家是宅门，祖上因为伺候过康熙皇帝而发迹，惠泽了子孙，就算到了四爷这代今非昔比，但家道仍是很殷实。虽说四爷早两辈人就已经不做官了，但留下的排场却多年来都未曾变过。比方这除夕，向列祖列宗的牌位进香，非得是五尺长短、拇指粗细的藏香不可。而在北平，只有两处才能买到藏香：一处是东北城角的雍和宫，另外一处便是白塔寺了。至于为何寻常的香铺没的卖，陈鸳桥也曾问过四爷。四爷笑道，藏香以西藏所产的苦楸木为原料精制而成，即便在藏地也是佛前专用的极品供香，更别说运来北平了。

旧事映出脑海，陈鸳桥不自觉喊停了洋车，付了车钱，信步向路北行去。

白塔寺是民间的俗称，其寺本名"妙应"，只因寺中白塔巍峨壮观，成为阜成门一地的标志建筑，本称几乎无人去叫。传闻北海琼华岛上的那尊白塔便是仿照此塔而建，至于为何要仿建，则众说纷纭。

有擅风土者称，妙应寺白塔的建造者名为阿尼哥，此人乃尼波罗国人，因幼时便能识得梵文而被冠以神童之称。后来阿尼哥渐渐长大，对营造之事兴趣盎然，凭借天资聪明，因此绘塑铸镂无所不精。帝师八思巴听闻后，将之收为弟子并带到中土，举荐给元帝。忽必烈并未将这位少年放在眼里，又不好驳了八思巴面子，于是便指派给阿尼哥一尊年久失修的针灸铜人像命他修理，以试其技艺。阿尼哥果非凡人，他不但修好了铜人，还在修理的过程中，通过关腧脉络学会了中土医理。阿尼哥以医理推演"城疾"，在平则门发现了一口海眼，若不镇压，燕地日后必成泽国。于是，他向忽必烈请命修塔，元帝欣然应允。

此后白驹过隙，沧海桑田，待到清顺治八年的时候，时任钦天监监正的西洋传教士汤若望，再次发现了北京城的第二口海眼，正是位处北海琼华岛。汤若望不敢怠慢，立即将此事禀报，并建议仿照阿尼哥所建之塔以为震慑。当时清廷内部矛盾重重，又是福临刚刚亲政的关口，为了避免节外生枝，孝庄太后便出了一个主意，以西域喇嘛欲以佛教阴赞皇猷为由立塔，从而免去了许多无端的揣测。

两塔此后命运多舛。

北海白塔在康雍两朝遭逢地震，均进行重新修缮。

妙应寺白塔则有过之而无不及。当年李自成攻下北京城，在金銮殿的门槛上倒坐了十八天，土皇帝的瘾头还没过足，清兵就入了关。他连忙携兵从平则门奔逃，其间他听说了白塔镇海眼的传说，便让手下兵勇找来了一堆炸药，打算将白塔炸了，水淹北京城。不料匆匆之间炸药没攒够，轰的一声巨响过后，白塔并未倒掉，只是在塔肚子上裂开了一条缝隙。此时追兵已至，闯王无暇再去毁塔，逃之夭夭了。兵燹过后，百废待兴，如何修缮白塔让人犯了难。突一晚周遭的百姓们闻听白塔上头传来异响，本以为那塔要倾覆，谁知第二天却发现覆钵上给人镐了一道铁箍，还用石灰麻刀给抹好了，不仔细瞧，根本看不出来修整过。众人都知道遇上高人了，但到底也没弄清，是哪位匠人的手笔。无以为报，便只好在塔盘悬上一只木盘，于盘中放些石灰麻刀，以为纪念。

陈鸳桥记得自己问过曹四爷此事的真伪，四爷不置可否，只是发了一句牢骚："好好的一座塔，非要挂上这么个东西，不伦不类，简直就像白粥里淹死一只苍蝇！"

沿路想着这些掌故，陈鸳桥手持买来的藏香返身往外走。一打眼，竟在古玩摊上瞄到了一口粉彩笔筒，凑上前去端详，温润缜密，光泽透明，不消说，洪宪瓷！

昔年袁世凯强谋帝制，改元洪宪的时候，清宫里的太监为讨好这位"大皇帝"，奉上了古月轩一批宝石料子。袁世凯以此烧了一批瓷器，可谓是精品当中的极品，丝毫不逊康雍时候的官窑。

陈鸳桥一观便知摊主不识，本想问个价钱买下，但转念一想此去西山路途遥远，更有要事在身，于是便强忍下爱物之念，不再去看那笔筒一眼，心道若是他日有缘，终究还是会置于他的案头——尽管这种缘分，连他自己都无法相信。

陈鸳桥穿过城门来到关厢，早有手持粗把短鞭的赶驴人上前，询问陈鸳桥去往何处，是否要雇驴。陈鸳桥点头称是，赶驴人则殷勤将之请到一旁的凉棚下，提起磕了牙子的粗茶壶为他倒水喝。陈鸳桥请他不必招待，快将驴赶过来便是。那赶驴人露出十分抱歉的笑容，连声让陈鸳桥稍安勿躁，今日白塔寺庙会，雇驴的人实在太多，现下那些牲口都还在路上。陈鸳桥这才明白，同他一并挨在凉棚下喝茶的七八人，想必都是等着用驴的雇主。

陈鸳桥耐着性子等了一刻钟，不见一头驴归来，心道这样下去不是办法。于是伸手招呼赶驴人过来，一边问他可还有别的办法，自己要到潭柘寺烧香拜佛，误了时辰便是大不敬，一边动了动手中的藏香。那赶驴人又露出了歉意的笑容，称若是陈鸳桥不愿候着，倒是可以为他安排一头对槽驴，就是怕陈鸳桥坐不习惯。

陈鸳桥却笑了一声："如此甚好，牵过来便是。"当即付了雇钱。

那对槽驴陈鸳桥再熟悉不过，从模样上看与寻常之驴并没有任何不同，不过但凡骑过的人都明白，这种驴走起路来不紧不慢，始终保持匀速，任人怎么驱赶也绝对不会加快一点儿速度，若是性子急的人骑上它，能把人逼出鼻血来。又因雇佣寻常之驴之时，赶驴的往往都会小跑儿跟在后头，而对槽驴则不然，比如香火旺盛的潭柘寺，只需安排一人候在寺门口便是，骑驴人到了地方，那驴自然会找到等待的主人。如此在甲乙两地往返，绝不会跑丢，全因这种驴经过了特殊的训练，如此得了一个"对槽驴"的名字。

于是陈鸳桥骑驴行路，伴着嘚嘚蹄声，观赏着长势喜人的庄稼、蓬勃的树木、淙淙流淌的河湾、低低矮矮的茅屋，沿途倒也是野趣十足。满眼的景致总比焦心等在嘈杂的关厢划算上许多，至于能否在天黑前赶到潭柘寺，那便随遇而安好了。

如此出城走了二十余里，不想天边滚起闷雷，响了几声之后有风过耳，跟着便落起了雨水。陈鸳桥仰观天象，见头顶的乌云有些凝滞，知这雨水恐怕还要下上一阵儿。藏香没处躲藏，若是淋湿便不好了，自己生平第一次去潭柘寺，烧不成这炷香，到底对不住心头的那份虔诚。身下的牲口仍是不紧不慢，陈鸳桥这时方才觉出它的坏处来，几次耐不住性子，便跳下来，扯着它四下寻找避雨之所。

眼见雨水就要洇过藏香外头的黄纸，路边冒出两间草房子。房前搭了芦草席棚，棚下有土坯砌的座凳两三排，一旁的架子上还放着十几把老旧瓷壶，更有一堆乱七八糟的茶碗或叠或挨在一起。陈鸳桥大喜过望，这显然是一间野茶馆！

快步奔到芦棚下，先将藏香放好，又拴了牲口，掸落头发和身上的雨水。

正要打声招呼，"哐当"的一声响动，由房内奔出一位莽撞汉子，只这几步远，热水溅了一路。此人足足高了陈鸳桥一个脑袋，憨憨地笑，两只鼻孔黑洞洞，这边往壶里灌水，那边热水又飞溅了满桌子。

许是想到忘了装茶叶，他又憨笑了两声，才从兜里扯出一包香片来，扬进了茶壶，瓮声道："吴德泰，喝得惯？"

陈鸳桥道："甚好，有茶便好。"

莽撞汉子鼻孔又圆了一括，笑道："填肚皮的，要些吗？"

陈鸳桥本想叫些豆腐、干鲜花生之类的佐食，但想到他刚刚扬茶的模样，便打消了念头。

那汉子仿佛早就料到陈鸳桥会拒绝，"咯噔"一声把水壶撂在坯台上，又撂下一句"茶钱两大枚"，跟着大步流星，头也不回地又奔回草房里。

陈鸳桥望着溅出的一片热水，摇头苦笑。

拣出一只茶碗烫了烫，倒入茶水来喝，沫子漂了一层，当真是难以下嘴，索性全部倒掉了，干喝起热水。若不是身上湿漉漉，他是决计不会喝的。

淫雨簌簌，不知还要下多久。

清水寡淡无味，连带着四下的景致也了然无趣。

就这么枯坐了半个时辰，雨水渐渐收起，天色也暗淡了下来，已是黄昏时分。

起身活动了一番，将茶资放入桌上，正想牵驴继续赶路，忽然间一阵微风刮过，让他嗅到了一股食物的香气。这气味裹在湿润的空气中，让陈鸳桥的肚皮由不得一阵呱叫。他知道自己是饿了，但凭借过往的经验判断，这香气绝非因为饥饿才让人垂涎欲滴，而是这食物本来就是佳肴！

陈鸳桥不及思索，上前叩响了房门。

又是"哐当"一声，先前的大汉露出半拉身子，动了动鼻孔："还没走？"

陈鸳桥吸了一口气，确认香气正是来自屋中，于是笑道："太阳落山了，不知道有什么填肚皮的没有？还要赶路。"

那大汉不置可否,"哐当"一声,又把房门闭合了。

陈鸳桥呆在门口立了一会儿,不知应留还是该走。正犹豫着,房门又开了,大汉单手托着个大木盘子,三步并作两步,撂在了坯台上,"叮叮咣咣"将上头的盘碟放在上面,拎着木盘又奔回了屋去,照例还是不忘关闭房门。

芝麻酱卷酥、酱羊肉、五香毛豆角儿、盐水卤杂碎,外有一小壶海淀莲花白。

陈鸳桥刚刚落座,大汉又端上来一碗冒着热气的白杂碎,顺便放下了各式的作料,白葱丝儿、香菜末儿、胡椒面儿、芝麻酱、酱油醋,甚至还有一小碟秦椒油。

陈鸳桥乍见之下不禁一喜!北平人吃东西有个习惯,就是作料得全乎,决不将就。当年曹四爷养虫熬夜,饿了亲自下厨做了一道虾米冬瓜汤,就是因为少了点韭菜末儿,他愣是把陈鸳桥从睡梦中叫起,差他大半夜去买韭菜,买回来切了末,再腌好,这才肯动筷子,否则宁肯饿着也不坏了胃口。陈鸳桥耳濡目染,在吃喝上也讲究起来。当下陈鸳桥看到这些作料,先前的不快一扫而光,只叹自己先入为主,险些错过了美味。

奶汤儿、酱色的心肺、灰绿的肚儿,将作料逐一撒上,最后又点了两滴秦椒油,这一碗杂碎入了口,暮色四合的山景登时在他眼前活了。

又尝了酱羊肉,咸香不腻,毛豆角儿软硬适中,卷酥脆美,卤味恰到火候。就连那莲花白,也比平日在二荤铺里喝得更醇。

如此僻地,这般莽撞汉子,竟有这等手艺,直让陈鸳桥大感亲切。

佳肴已尽,浑身舒爽,沉了沉身子,陈鸳桥站起身来,抄起放在坯台上的菜资,心道还是要亲口说一声谢谢,不能就这么一走了之。

来到门前,胳膊才刚举起,就听到草屋内传来几声妇人的叫嚷。

陈鸳桥一怔,竖起耳朵,叫声还在持续,是压制不住的痛楚,令人头皮发麻。"住手!"他不及细想,猛地扯开房门,大叫了一声。

屋内有些昏暗,影影绰绰间,只见那大汉喘着粗气,双眼猩红,怀中抱着一位腹部隆起的妇人，正六神无主，不知所措。

陈鸳桥一拍脑门儿，直恨自己太过莽撞，竟以为那汉子在施暴！

莽撞汉子见陈鸳桥闯进来，先是一愣，接着将妇人放在炕上，上前一把抓住陈鸳桥的肩膀，直将他掼到了炕沿儿前，嚷道："要生了！帮帮忙！我这就去找产婆！"

"门口有驴……"

陈鸳桥话未说完，汉子已经奔将出去。

妇人仰在床上，叫声比之刚才更甚，双臂因痛苦而不能自已地颤抖，手指痉挛。陈鸳桥不知作何，着实慌乱。突地一阵钻心疼痛，只见妇人已经钳住了他的手腕，指甲正抠入他的皮肉。陈鸳桥一边强忍着不叫出声，一边掏出手帕，去擦妇人额头和脸颊上的汗珠。妇人拼命地摇着头，嘴唇咬出了血，仿佛在向陈鸳桥表达，他的这种帮助，无济于事。

陈鸳桥顺着妇人渴求的眼神，把目光伸向她无比滚圆的腹部。

妇人用力点头，以示肯定。

陈鸳桥伸出颤抖的双手，开始了艰难的推动，一下，两下，三下，妇人叫声更甚，快要撕裂他的耳膜……

这样下去不是办法，这妇人腹中胎儿过大，非得有经验的产婆方可顺利接生！

陈鸳桥停止了推动，转而安慰起妇人，再坚持一会儿。

那妇人恨骂道："生不出这孩子……我就把你……切了卤……杂碎……喂给驴吃——！"

陈鸳桥一声苦笑，心道也不知哪尊神拜错了，竟让他摊上了这桩为难事……

不想思虑至此，脑海中腾地里闪出一个念头来，竟让他挣脱了妇人，飞步奔向了屋外！

——陈鸳桥自然不会见死不救，况且他也不想被切成杂碎喂驴，尽管自己十分钟爱这道食物。

再次奔回屋内，他手中多了那支放在坯台上的藏香。

来不及拆去黄纸，就手掰开，自灶下拔出一截炭火，将那断香点燃，来到妇人身前缭绕起来。妇人此时已然面色惨白，嘴唇上仿佛涂了一层薄薄的浆糊，而眼见她双目里贮满了气恼，却发不出任何声响来。

陈鸳桥见状道："你且先闭上眼睛，积攒一些气力。待我让你使劲儿的时候，你再用力就好了。有我在，你们母子定会化险为夷！"

或许是陈鸳桥镇定的语气得到了妇人的信任，又或者她真的力竭不支，没有办法不听从陈鸳桥的安排，总之她顺应了，长吁了一口气，安静地合拢了双目。

那妇人不知，陈鸳桥当下已然心乱如麻，虽说那《尬中癖》里有记载，藏香可助孕妇生产，但他到底是头一回经历，所谓纸上得来终觉浅，俨然是全无把握！

藏香的味道越来越浓，已然压过屋子里食物的味道。

陈鸳桥深吸了几口香气，试着让自己平静下来。那藏香的味道十分柔和，他果然觉得自己的手指不那么抖了。偏脸去瞧妇人隆起的腹部，虽然隔着一层褥子，但仍旧能够感受到胎儿在动。陈鸳桥下意识伸出手来，可还未触及到褥子，就听到妇人发出了一声撕裂的叫声，跟着霍地睁开双目，撑开嘴巴，整个身子抖成了一团！

陈鸳桥知道是那藏香起作用了，于是他将双手放在妇人的腹部，开始了他生平里第一次又或者是仅有的一次接生……

第二十六章
迷踪逐北辰

陈鸳桥从未听过如此嘹亮的婴啼,竟让他十分担心头顶会掉下什么来。

瓜熟蒂落,母子平安!

过不多时,莽撞汉子去而复返,腋下夹着一位年迈的产婆。他没听从陈鸳桥的建议去用那头对槽驴,而是徒步飞奔到阜成门关厢,找到产婆以后,又将之裹在腋下,再徒步飞奔归来。到底是二十多里的路途,那产婆被放下后,根本站不稳,经陈鸳桥搀扶了一会儿,方才勉强恢复意识,跟着又是一阵号啕大呕,胆汁儿飞溅了一地。

莽撞汉子只顾抱着婴儿欣喜若狂,仿佛是在感谢,猛将陈鸳桥也揽入了怀中,勒得紧紧巴巴,嘴里头咕咕噜噜说着话,翻来又覆去。

陈鸳桥提醒他婴儿骨软,不要弄伤了才是。他憨憨地笑,让婴儿重归母亲的怀抱,却仍旧勒着陈鸳桥不放。陈鸳桥提醒他,应该将产婆送归关厢才是。他憨憨地笑,冲着产婆连带着陈鸳桥连连鞠躬。那产婆不敢收下他大手掌里的酬劳,嘟囔着只要能离开就好,仿佛这座茅屋,是哪个土匪的巢穴。

产婆一路呕吐着跑离以后,陈鸳桥道:"这回,你该放开我了吧?"

莽撞汉子放开他，又"咕咚"一声双膝跪地，他说："老天爷开眼，今儿个要不是有您在，恐怕我们刘家就断后了！您别动，让我磕几个……"

陈鸳桥伸手来扶，汉子稳如磐石，扶不起，只好由他磕，叮叮咣咣响成一片。

他自称姓刘名把儿，早先是一名堆子兵，后来大清朝亡了，又干了一阵子清道夫，因为泼街时一个不小心，用双耳大木桶砸死了人家一条狗，那狗主不是善茬儿，非要讨个说法不成，就这么着丢了营生，再也没了关饷。后来衣食没了着落，就在城郊应了个给人"看青"的差事，不想却在菜地里从两个土匪手里救下一个姑娘。于是有了媳妇儿，便在此地开了间野茶馆，兼做些小食来卖……

话说清末的时候，北京城的每条街上都设有一座面积不大的官厅，凡有军队过境、官兵放哨、警卫巡逻，都可以在官厅内歇脚喝水。在官厅里当差的人，便被叫做堆子兵了。陈鸳桥从前也听人家讲过，当过堆子兵的人最会察言观色，没有比他们会伺候人的了，因而到了民国，宅门人家最喜雇佣。不过，这位叫刘把儿的汉子，显然是个例外。

陈鸳桥好奇心使然，又问那妇人，何以厨艺如此了得。妇人直说见笑，只是在城里的"都一处"烧卖馆做过几日杂活，看到灶上的师傅烧菜，便记了下来。又再三向陈鸳桥道歉，称自己也是焦急，方才说了那些难听的话，万望陈鸳桥不要计较。

陈鸳桥摆手笑道："若是今后能够不时来尝尝你的手艺，那便更好了！"

妇人道："随时恭候！"

此时，那婴孩儿又大哭了起来，比之出生之时更为响亮。陈鸳桥知他定是饿了，要吃些奶水，于是快步走出草房，打算就此别过。

不料刘把儿也跟了出来，伸手钳住陈鸳桥的胳膊，还是憨憨地笑。

"刘大哥，还有何事？"

"您先别忙着走，我还有件事儿要劳烦。"

"请讲。"

"您看，今儿个要不是您在，恐怕他们娘俩儿早都没命了。您是我们老刘家的贵人，所以我还想再跟您沾沾光，帮我儿子取个名字吧，保佑他长命百岁！"

陈鸳桥道："你可对他有什么期望？"

刘把儿闷闷地摇着头，"长命就好！长命就好！"又像是想到什么，眼睛一亮，"要是能够像您一样有学问，那就更好嘞！"

陈鸳桥思虑片刻，不知为何，脑海中竟映出了报馆后园的那棵海棠树来。"不如……就叫绍棠吧。"他说。

"刘绍棠？"

"对，绍世的绍，海棠的棠。"

刘把儿笑得十分欢快，摩搓着双手不知该如何表达这份喜悦，又伸出双臂，将陈鸳桥拢进了怀中，双手成拳，用力地凿了几下他的后背，弄得陈鸳桥直咳嗽。

解开拴驴的绳子，陈鸳桥向刘把儿告辞。

刘把儿有些不放心，劝道："往潭柘寺还得三十多里路，不如在我这儿屈就一宿，明儿个我亲自送您上山去。"

陈鸳桥一指悬天圆月，说："难得遇上这等好夜，若是用来睡觉，那就太可惜了。好意心领了，他日再来向兄嫂讨一碗羊杂汤解馋。"

刘把儿仍是不放心的模样，他扯过对槽驴的耳朵，鄙夷道："这是个不中用的家伙！荒山野岭的，我得给兄弟你吃一颗定心丸。"话毕，将驴背上的坐垫扯下，奔回了屋内。

不多时又走出来，将那坐垫重新放上，双手托着陈鸳桥骑上驴。

陈鸳桥本想问他搞了什么名堂，哪知刘把儿照着驴腰冷不丁劈下了一掌。一声尖叫，嘚嘚嘚嘚，那驴飞快地奔了起来，直让陈鸳桥无法顾及其他，死死地抓紧了绳套。

这一阵猛奔，好似出了弦的响箭，风过耳畔，唰唰作响。

因着先前这驴所行甚缓，两下一比较，陈鸳桥竟生怕这牲口一个不留神，跑断了四条腿！

不知刘把儿使了什么法子，越发狐疑，试着腾出一只手来，迅速地伸入坐垫下一摸，只觉湿漉漉一片，还有些温热。赶紧察看，月光下，双手沾满了鲜血，腥气"吱溜溜"钻入鼻孔，立即去扯缰绳。那驴受到钳制，陡然扬起前蹄，竟差点儿将陈鸳桥掼飞。又与这牲口周旋了一会儿，见它的情绪略有平稳，便瞅准机会，跃身跳下。

这一通折腾下来，陈鸳桥浑身已是汗津津。

擦了擦额头的汗液，陈鸳桥将坐垫掀开，那驴猛地嘶叫一声，甚是痛楚。陈鸳桥这才看到，左侧驴腰的部位，挂着一个沉甸甸的东西。陈鸳桥将那东西嵌入皮肉的一端拔下来，终于明白这牲口为何这般反常了。

刘把儿劈下的那掌，是将他事先放于坐垫之中的一根弯钩儿戳进了驴腰。那钩子甚是尖利，陈鸳桥也不识得它原本的作用。但可以想见，钩子嵌入肉中，定是十分疼痛，那驴因为难以忍受方才奔跑起来，进而越跑越疼，越疼越跑，如此循环往复……

陈鸳桥不忍再去骑它，所幸这一阵猛行，距离潭柘寺也该不远了。

是时皓月当空，北辰悬照，不远处有淙淙溪流之声。陈鸳桥牵驴上前，将之饮足水，自己又洗掉了脸上的汗渍。山溪煞凉，沁入毛孔，直让他连打了几个激灵。此时方才觉出些寒意来，立即披上了长衣。

陈鸳桥于是沿路牵着毛驴前行，近处树影婆娑，暗香浮动；远望则冈峦重叠，浮云缭绕；如此且行且观，半个时辰之后，忽地眼前一亮，只见数十米外偏正前方的树丛中，腾起了一片亮光，如同篝火炸起的火星子一般纷扬不止。

陈鸳桥不由自主停下脚步，再看那些星星点点在树梢处闪动了几下后，仿佛被风吹动似的向一侧倾斜。只是不知什么原因，这倾斜只持续了须臾，它们便被拔高了一截，而后嚓嚓作响起来，纷纷融为丸状。

待到所有火星全部都结成亮丸以后，散发出的光芒比刚刚更炽。它们相互逗引追逐，时而聚拢，时而星散，有时又排列成行，瞬间却又首尾相连，千变万化，异常绚烂，把个陈鸳桥看得痴了。

他不知此景是否便是那些笔记小说里记载的"玄狐炼丹"，好奇心使然，竟想再走得近些，以窥全貌。但这时他发现那头对槽驴有些不对劲儿，这牲口呼呼喘着重气，感觉竟比狂奔时还要疲惫不堪，且不住地往后撤步，任由陈鸳桥拉扯，也不肯再向前，仿佛十分惧怕那些还在飞动的亮丸。

动物在感知危险方面，往往比人更加敏感，如在地震之前鼠类咬尾迁徙。

思虑至此，陈鸳桥当即打住了念头。

环顾四下，倒是有两条羊肠小道，想来可以绕过亮丸出没的那片地域，于是不及细想便牵驴走过去。这回那驴倒是十分配合，没有丝毫的拂逆。

陈鸳桥想的是，以亮丸出没之地为中心，兜上一个半圆便重归原路，这样是绝不至于迷路的。可未曾料到，才刚过了一刻钟的样子，那些原本闪动不止的亮丸，竟"呼啦"一下子熄灭了。没了坐标，他只好依照记忆以及天上的北斗星判断方向。然而林大树密，那羊肠小道时隐时现，最后竟根本没有路了！

林中崎岖难行，陈鸳桥走得有些累了，便将驴拴好，坐下来，点了一支烟。

四下里一片阒静，只有一些窸窸窣窣的声音。

掐灭烟蒂，陈鸳桥站起身来，打定主意：不再寻找过去的足迹，只管向西而行，只要方向是准确无误的，即便多走些路程，也总归会距离潭柘寺越来越近。

正要伸手去解缰绳，那驴却不知为何竖起了耳朵，绕着陈鸳桥直打转儿，一边乱蹬着四蹄，一边发出尖厉的叫声。

这是怎么回事？这驴见到天空出现亮丸，也只是有些躁动，并未发出这等瘆人的叫声……

——莫非这林子里有什么东西？！

陈鸳桥腾地起了一层鸡皮疙瘩，直觉头皮发麻。

就在这时，一阵唰啦啦的响动响起，像是什么东西在奔跑时剐蹭树叶发出来的——而且分别来自南北两个方向！

陈鸳桥心里"咯噔"的一声，在这等密匝老林中出没的，当然不会是好对付的角色。依照它们行进时发出的声音，以及树木摇晃的程度判断，这两个东西体形硕大，该是十分迅猛凶狠一类的家伙。

落荒而逃自是首要之选，也许这两个家伙有了那头对槽驴果腹，就不会再难为他。

陈鸳桥倏地抽回了手，不再去解缰绳，提步便向事先选定的西侧奔去；但将将迈出一步，便又收住了身子，折回来，慌乱去解缰绳。

到底是于心不忍，尤其是那驴一声接着一声地惨叫。

缰绳却解不开了！

越是着急，那绳子越是系得紧，扯来拽去，最后竟变成了一个死疙瘩。

苦笑一声，心道这一晚恐怕自己要和这牲口做伴成为"盘中餐"了，不知道吃下他们之后，那东西是否也会如同自己平日里那样，去品评一番肉质的优劣……

偏在此时，那对槽驴猛地一挣，缰绳笔直，绷了两下，"啪"的一声，断了！那脱了缰的对槽驴疯了似的往西奔去，只一眨眼的工夫，身体便淹没在黑暗的森林当中……

也正是在这时候，两兽也来到了近前！

陈鸳桥下意识地用双臂护住了头部，耳听着两道遒劲的风声自南北两个方向扑来，内心涌出一阵寒意，叹了一声："我命休矣！"

"呔——"就在这千钧一发之际，一声叱喝响起，脆生生凿入耳际。

不敢放下胳膊，偷眼观瞧，只见两兽分别蹲在自己脚下，距离不过盈尺，正伸着长满黑斑的长舌呼呼地喘着——柳罐般的大脑袋，一双眼睛深陷进眼窝，像是用火筷子戳了似的，毛色铁青，细腰匝背……竟是两条瓷瓷实实的大獾狗！

陈鸳桥喘得厉害，慢慢放下胳膊的空当，獾狗的主人亦来到了他近前。

此人膀阔腰圆，身量丝毫不逊于开野茶馆的刘把儿，反倒比他更结实一些。他头上扎着一块巾布，身着一袭暗灰色的衣裳，袖头与裤腿都扎了起来，十分利落。除此之外，他身上还斜挎了一个行囊，因为面对面的关系，陈鸳桥看不到他背着的东西，猜想无非是些山林猎獾时必备的工具以及干粮等物品。不过最让陈鸳桥感到好奇的是，此人留了一片漂亮的长须，修剪得十分得当。或许是因为过于爱惜这片美髯，害怕被树枝剐蹭，他竟在脖间系了个小围兜，以作防护。

三言两语道明来由，陈鸳桥一边忙于请教如何才能走出林子，一边询问此人尊姓大名。

"那拿。"

"真是个有趣的名字。"

那拿却道："我有一事不明，还请阁下不吝赐教。"

陈鸳桥见他一副武人做派，也忙着拱手道："那兄请讲，在下知无不言。"

那拿十分小心地捋了捋颌下美髯，说："刚才我见你本可以溜之大吉，留下那头对槽驴来吸引大青和二青，可怎么就突然改了主意？你就不怕奔来的是两头饿狼，把你拆成一堆碎骨头吗？"

"怎么会不怕？怕极了！"

"那你还逞能？"

"让那兄见笑了。实在是于心不忍，这一路上我都在心生愧疚。"于是又将刘把儿暗在坐垫下藏了一个钩子的事情全盘道出，叹了一声，"也不知那驴跑到哪里去了。"

"你放心，那是头对槽驴，可比你狡猾多了。"

"真的不用管它吗？"

"它自会找到主人。"

陈鸳桥点头道："噢，还请那兄指明道路。"

那拿道："这林子地形复杂，即便我指给阁下，你也照样会迷路。"

陈鸳桥道："我先试试，若是不成，至多走些冤枉路就是了。再不济，我还有嗓子，到时候喊几嗓子那兄的名讳，我想你总不至于见死不救，是吧？"

那拿笑得十分开怀，又像是忽然想到什么，遏制住了笑容，叹了一声："罢了！就让我来送你这位好心人出林子吧。"望了一眼星空，又自言自语道，"合该那只柳獾好命，不然今晚，我非震了它不可！"

"如此，那就有劳那兄了。"

"客气话就不必说了。"

"噢，刚刚那兄说什么？"陈鸳桥走了两步，又停下，"有一只柳獾？"

"怎么，莫非阁下也懂得这些？"

陈鸳桥转过身来，盯着那拿的眼睛，十分认真地回道："那兄，在下有个不情之请，请务必应承。就让我随你一起去逛獾吧，待收拾了那只柳獾，你再送我出林子便是。如此岂不是两不耽搁？"

那拿欣然道："现在，我突然十分想知道阁下的大名了。"

陈鸳桥道："好说，在下姓陈名鸳桥。"

逛獾之事，实则与捕鹰如出一辙，皆是满洲八旗于关外渔猎时的遗风。又因这两种癖好有着不可分割的关联，因而北平俗语里，便有"獾狗大鹰"这样一句话。獾狗，指的是用来猎獾的狗，它们大都经过精心挑选，以混以蒙古狗种者为佳，因其体形硕大，性情凶猛，能够驱狼而护羊之故。野獾狡诈，行动机敏，非有此血统的狗不足以与之对抗。

不过，这仅为选择獾狗的最基本条件，除此之外还要从外形、毛色、

247

行动坐卧上来辨别其优劣。比如那拿身边这两条大獾狗,头大三尺六,眼角有瘀肉,皆是性情刁狠的特征,此乃狗中贵相。更为难得的,是这两条狗的毛色,深而均匀,如同绸缎子。这样的铁青狗,北平的玩家有一句顺口溜,叫做"铁背苍狼真不坏,自古人称乌云盖"。而若是"乌云盖"的舌头上长有黑斑,那便如同金镶玉,必是性猛善斗的标志,往往身价陡增,有时高于常狗十倍都不止。这两条狗,正是"花舌子"。由此可见,那拿绝对是一位养狗的行家。

陈鸳桥自然没有养过狗,也就无从谈及逛獾了。他之所以对此事了然于胸,也全然是在阴差阳错之下。当年北平养狗之风甚盛,但主要是为了看家护院而非赏玩。曹家是宅门,里里外外算起来,也有七八条狗。曹四爷兄弟几个虽然对秋虫爱之入骨,但那到底是撒钱的玩意儿,出了窟窿怎么填?无非是从钱栈、布铺、皮局子上的利头来补。这些买卖地段,从来都是选在游人如织的闹市,闲杂人等出没,难免有些顺手牵羊的,因而养几条狗,自然是理所当然之事。等到群狗有了繁育,便挑出精明的送到宅子里,时日一长,积少成多。

曹家这些护院狗当中,有一条毛黄脸白的,性烈如火,平日里旁人根本近不得前;就连宅子里喂狗的力巴,也忌惮它三分。有时候一个不留神,脚上的鞋子就被它叼了去,再想抢回来,往往只剩下一块烂帮子。这黄狗的刁狠深为曹四爷赏识,因此,就算曹家的另外几位爷极力游说他将此狗送人,四爷仍旧不为所动。而那黄狗仿佛通人性,只对四爷恭敬,就算是日日伺候在旁的陈鸳桥,它也保留着一份警惕。

曹家的几位爷虽然厌恶这黄狗,却自有人对之醉心不已,甚至不惜铤而走险,夜来潜入宅子里盗取。但那黄狗到底不是等闲之辈,非但没有让贼人得手,反而还将其逮个正着,若不是曹宅的家仆来得快些,它非得给贼人撕碎了。

管家拎起这位浑身是血的飞贼,一面辱骂,一面扬称报官。岂料这位大言不惭,反倒训斥起管家不懂规矩,称他不过是爱狗,算不得贼,还嚷嚷要当面跟四爷讲讲道理。管家气得扬手便抽了他两个嘴巴，正要接着教训，不想给四爷惊动了，命陈鸳桥带人来问话。

松了绑，这位给四爷行礼，自报家门："四爷吉祥！在下从前一直在城北一带混迹，有个绰号叫紫猴儿，爱狗，但不是贼。"

不等四爷搭茬儿，管家又绷不住了，骂道："再强词夺理，我打烂你这张嘴！"

曹四爷摆手，笑道："你且说说道理，我先听听。"

紫猴儿蹭了蹭嘴角的血，指着四爷面前的茶碗道："您老赏光，也给我来一碗。您养的那大宝贝也忒本事了，瞧瞧我这一身血，都快流干了！"

曹四爷示意陈鸳桥上茶。

紫猴儿接过茶碗，也顾不得烫，呲溜呲溜喝了个干净，这才一抿嘴巴，笑道："四爷啊四爷，道理我可以给您讲，不过话我还要说在前头。要是您觉得我说得有理，能不能高抬贵手，今儿个就放了我一马？"

曹四爷点头道："我不但不报官，还会治好你这身伤。"

第二十七章
听风逛柳獾

紫猴儿接过陈鸳桥递来的湿毛巾,擦去脸上血迹,鼻头露出了一块紫色的胎记出来。他说自己之所以得了"紫猴儿"这个绰号,这块胎记便是缘由之一。又东拉西扯了一通后,方才切入正题。

"四爷,晚辈虽然在城北一带混迹,但您曹四爷的名号,我也是早就如雷贯耳的。你们曹家先祖,是康熙皇帝眼中的大红人,结交的都是皇亲国戚,是大宅门。人家都说宅门里规矩多,咱们北平坊间也有'没有规矩不成方圆'这句话,那您老是不是也听过这么句话,叫做'偷猫盗狗不算贼'呢?"

"满口胡言!"陈鸳桥厉声道,"既然有偷有盗,怎么不是贼?"

"这位小哥问得好,我还就怕没人这么问!"紫猴儿傲然道,"让我来给你解释。头里我也说过,曹家是宅门,四爷自然也是不差银钱的主儿。可我大老远从城北来到城南,翻墙入府可是为了钱财?当然不是!我不过是为了府上那只黄毛白脸的大宝贝!那条狗可是逛獾的好手,我紫猴儿也活了半辈子了,还真就没见过这样的神獒,简直是万里挑一!"他抑制不住兴奋,又连连赞叹道,"四爷欸四爷,今儿个栽在您老手里,我也不怕给您撂个实底儿。您府上这条黄狗,早就名扬四九城了,凡是癖好逛獾的主儿，没有一位不是抓心挠肝想要得到它的。您怕是不知道为什么，我讲给您：咱们这伙人，有一套口口相传的相狗诀，就跟你们玩虫的，也有一本《促织谱》是一个道理。您府上这条大宝贝，诀上是这么说的，叫做'黄狗白脸金不换，白云晾狗争着叹'——拿金条都换不来，就是正月初八到白云观晾狗，那也是没有一个不竖大拇指的！"

"你若是真喜欢，何不光明正大些？"曹四爷道。

"这事儿我不是没想过，"紫猴儿一脸无奈地摇头，"可是转念一琢磨，您老家大业大的，我纵使把自己当了，恐怕这些散碎银两您也不会瞧上一眼。我总不能凭着一张嘴来讨吧？要是那样的话，恐怕我连您的面都见不到，就得被您府上的下人给打成血猴儿。思来想去，所以才出此下策，那也是万万不得已！"

"你说得也不是没有道理……"曹四爷捻动胡须，缓言道。

"就是嘛！"紫猴儿闻听之下拍手道，"就算晚辈将那狗偷去，也只会拿它当大宝贝来疼，决不会谋财害命。说句您不爱听的，这狗放在贵府，实在是大材小用，若是经我调教之后，我保证它能够逛独围，连那近郊的柳獾，它照样也如探囊取物！"

陈鸳桥好奇心重，忙问道："请问什么是独围，什么又是柳獾，能讲一讲吗？"

"野獾这种害兽，最为奸诈，"紫猴儿炫耀地说，"狡兔尚有三窟，可这畜生却恨不得有八窟！它是穴居，经常变换出入的盗洞不说，逛獾的人还得能分辨气眼，若是把气眼误认成盗洞，那就大大不妙了。这气眼是窥探动静和通风所用，误认则会打草惊蛇，使得先前的努力化为泡影。除此之外，这畜生还有另一种藏身地，我们称之为截窑。这是野獾的别苑，它出去觅食的时候，凡有任何风吹草动，它便会钻入截窑，一晚上也不会再回原穴。你想想啊，这畜生这么精明，又有那么多的道行，只用一只獾狗，又怎么可以对付它？所以大凡出去逛獾，往往都是三五成群，各人牵着一狗，协同作战，方能将野獾捕获。而这个独围，指的就是一人一狗。

人自不必说了，非得是像咱这样的老手了；这狗呢，要求就更高了，非神獒不可以办到。至于这柳獾，说的是野獾当中的佼佼者，活的年头较久，它们往往藏身在离人家不远的近郊，伺机出没，从不暴露。"

紫猴儿眉飞色舞，夸夸其谈，说得嘴角直冒白沫儿。口干舌燥之下，又向陈鸳桥讨茶。接连续了两碗给他，皆是一饮而尽。

曹四爷道："听着怪有意思的，你再讲讲。"

紫猴儿扬了扬嘴巴，摆出一副指点江山的模样，说："难得四爷爱听，那晚辈就给您说说这相狗的秘诀吧！"于是他又是一番巨细无遗的云山雾罩，足足侃了近两个时辰，方才长吁了一口气，"四爷，这些门道您可是花钱都买不到！就看在我陪您解闷的份上，今儿个您老就高抬贵手，饶我一回？"

曹四爷不紧不慢地啜了一口茶，笑道："今天我饶了你可以，你可保证往后再也不来？"

紫猴儿一拧鼻子："四爷，咱们明人不说暗话，我是真真儿地保证不了！"他说，"我能保证的，就是甭管往后再来几回贵府，只打大宝贝的主意，决不去动贵府的一草一木。您看这总行了吧？"

此话一出，直将管家气了个半死，不由分说又要对紫猴儿动粗。

曹四爷摆手制止道："看来，你是非要把那狗弄到手不可了？"

紫猴儿用力地点头："还望四爷大人有大量，千万别给我报官，那晚辈就感激不尽啦！"

陈鸳桥又好气又好笑，心道这真是碰到了一块滚刀肉，偏脸瞧见四爷蹙起眉头，知他老人家正在思虑对策，仿佛不得要领。腾地里一个念头自脑海中闪过，他眼珠一转，俯在四爷近前耳语了一番。四爷听罢，瞟了陈鸳桥一眼，嘴角浮现出一丝浅笑。

"四爷，您老要是没别的事儿，晚辈先告辞了？"紫猴儿口气是试探，步子是真往外迈。

"慢着！你就没想着张张嘴，向我讨一回？"

"您老肯割爱？！"

"那狗与我十分投缘，我当然不舍得。"

"嗐！"紫猴儿一下子又蔫了，"那您老就别跟晚辈逗壳子啦！"说着转身，又要离开。

曹四爷也不拦着，只冲着陈鸳桥道："午生，你去把大黄牵过来。"

陈鸳桥道："是。"也不去看紫猴儿一眼，径直而去。

再回来的时候，紫猴儿果然还在。

陈鸳桥冲着四爷使了个眼色，四爷道："紫猴儿，今儿个我就绝了你的念想吧！"

紫猴儿一惊："四爷，您老可不能啊！要不您放了大宝贝这一回，我砍下一只手来给您！这狗是天造地设独一份，您万不能动杀念啊四爷！"

曹四爷笑道："你想多了。我比你更疼这狗，不过为了不再让你惦记，只能先疼它一下。"说着吩咐管家与一干仆从，将那黄狗的尾巴斩了去！

紫猴儿闻听此言，脸都憋紫了，支支吾吾了几句，汗珠子就进满了额头。他"咕咚"跪倒在地，大叫道："四爷欸四爷，手下留情，手下留情！您斩归斩，好歹给它留一个棒槌尾儿，不然，它可就真的做不成獾狗了⋯⋯"

"嚓"的一声，手起刀落，尾巴剁了去。那黄狗一声尖叫，却好似明白曹四爷的良苦用心一般，并没有对持刀的管家进行扑咬，而是三步并作两步蹿出了屋外。

紫猴儿瘫在地上，双眼发直，就好像一下子被抽去了三魂七魄。

曹四爷吩咐陈鸳桥将之扶起，然后说道："刚刚你不是讲过吗，品相再好的獾狗，但凡尾巴去得太短，那便不可再用，否则会被同好耻笑，抬不起头来。那句相狗诀，是怎么说的来着？"

"要命就怕连根去，没辙难死活神仙。"陈鸳桥复述道。

曹四爷一边点头，一边捻着胡须，向两旁仆从吩咐道："给我把他叉下去！"

陈鸳桥记忆最深刻的,是紫猴儿离去时流下的两道委屈的泪水,还有他口中嘟囔不止的那句话:"谁能还我大宝贝一条尾巴啊!就一拃!一拃就好啊……"

将这番往事一一道出之后,陈鸳桥叹道:"当年我少不更事,为四爷出了那个馊主意,让大黄从此只能做一条看家犬。如今看到那兄这两只铁背苍狼,真是后悔不迭。"

那拿笑道:"鸳桥老弟秉性温厚,这是难得的品质。只是不要太苛求自己,凡事都如此挂怀,那岂不是活得硌硌棱棱吗?"

陈鸳桥此时再四下张望,只见周遭陂陀起伏,沟壑纵横,老树虬枝,藤蔓缠绕不止,地形似比之前迷路的地方更为复杂。于是向那拿问道:"那兄,当年我听紫猴儿说,北平养獾狗出围的玩家,大都在京郊的平原地带猎獾,是因地势平坦,便于观察以及相互配合,缘何老兄要反其道而行之?"

那拿将两只獾狗拽住,指挥它们蹲坐在地后,方才答道:"那个偷狗贼说得一点儿都没错,獾子狡诈异于他物,就算是平原地带,那也非得将地形弄得清清楚楚不可,否则一个不留神,就有可能前功尽弃。而我之所以在山中猎獾,倒也不是偏向虎山行,全因舍下就在附近,自然对周边地势了如指掌。"

陈鸳桥突然有些纳罕,此人居于山林,长了一副武人面孔,但话语中却又文白糅杂,好似也读过一些书……真不知是何身份。

那拿似乎有所察觉,笑道:"怎么,你怕我是开黑店卖人肉包子的?"

陈鸳桥刚摇了摇头,就见那拿笑意全无,脸膛一紧,伸手示意不要讲话,状颇神秘。

那拿一边抽动着鼻子,一边作侧耳倾听之态;这奇怪的动作大约持续了一刻钟,他突然说:"到底还是出宫了!"

"出恭?"

"不是撒尿,是那只柳獾出洞了。"那拿又将柳獾的狡猾之处讲给陈鸳桥，说那畜生惯于使诈，出洞之后四面八方试探，一丝不苟；然后再以洞口为中心，一圈接着一圈地弄出响动，从而判断是否有危险；之后还不放心，重新又回到洞中，从气眼观察四周的动静。如此折腾了一番，方才真正离开洞穴外出。

"是去觅食？"

"平日里是，但今天不是。"

"哦，可有说道？"

"前番你可瞧见飞荡在树梢的那些亮丸？"

"那究竟是怎么回事儿？"陈鸳桥称，正是目睹了那异象，自己才迷了路。

"鸳桥老弟是读书人，应该知道'先有潭柘寺，后有北京城'这句俗语吧？"

陈鸳桥当然听说过，这等掌故于他而言信手拈来。那潭柘寺兴建于西晋时期抑或是南北朝，但不管真实纪年为何，终归是先于北京城。此寺院周边因有一口龙潭及众多柘树而得名"潭柘"，至于其真实称谓，则有"嘉福"与"岫云"等名。传闻那寺内住着两条得道的青蛇，院中和尚皆称其为大青爷、二青爷。两蛇可自由变幻，大小形态时常不一，晴时于寺中大雄宝殿内的黄云锦缎上盘卧，雨时则潜入龙潭作吐纳之状。只是这终归是传闻，多年来能够目睹两者真容的香客，总计不过七八人而已。陈鸳桥是想碰运气的，因此才在白塔寺庙会上买了一支藏香，以示虔诚之心。

"难道说与那两位青爷有关？"

"并非如此。"

"请恕兄弟愚钝，那可就难猜了。"

"此事全因帮助燕王朱棣夺取天下的姚广孝和尚而起，至于其中的细枝末节，容他日闲时，我再讲给你。"那拿说着将行囊卸下、展开，取出了两只獾钩和两条角棒。

陈鸳桥接过那拿递过来的獾钩，一颗心却被"姚广孝"三个字给勾

255

走了。那姚广孝法号道衍，人称黑衣宰相，精通三教，是诸葛孔明一类的人物。关于他的传闻汗牛充栋，如今北平城的格局更是由他在潭柘寺驻锡时灵机一动，一手缔造……

陈鸳桥正漫无边际思虑之际，那拿将一根角棒递过来。陈鸳桥提着颇沉，问过那拿，方知此乃是用罕达罕的腿骨所制。罕达罕又名驯鹿，是关外鄂伦春人豢养的一种牲畜，其骨骼坚硬却不易折裂，正是震獾的绝佳器物。

"鸳桥你听着，这只柳獾不但狡诈，而且颇有些魅人本事。三年前的秋天，我与它交过手，可惜那时候大青和二青经验尚浅，结果不但让这个畜生给跑掉了，还在我胳膊上留下了一道疤。"那拿说着撸开袖子，一边展示给陈鸳桥看，一边哼声道，"我打小就在西山长大，还从未吃过这样的亏！所以这三年来，我已经摸准了这畜生的脉，除去天寒时候冬眠以外，每到月圆之夜，它必定会出洞，寻一高处，遥拜那些飞动的亮丸……"

"你是说今晚亮丸还会出现？"

"月圆之夜，一晚上总要有那么三五回，且位置变幻不定。"

"当年我听紫猴儿讲过野獾的习性，因为觉得有趣，便牢记在心。他说，这东西自立冬之后便不再出洞觅食，待到来年春暖大地方才开始蠕动，时令到了惊蛰才开始出洞觅食。但经过一个冬天的消耗，野獾精瘦而灵活，反扑的时候极为迅猛，往往令獾狗受伤，因而此时并非逛獾的最好季节。比这更不适合的季节，便是当下，是因草木茂盛，障碍物多，野獾在其间闪转腾挪，往往能把人与狗累个半死，却一无所获。"陈鸳桥问道，"那兄，不知那紫猴儿说得可有道理？"

"此人还是有些见识的。"那拿捋了捋颔下的美髯，"他说得没错。寻常来讲，这暮春之前、中秋以后方是逛獾的最好时候。不过这只獾是柳獾，那就非得剑走偏锋才能够收拾了它，说白了就是出其不意，让它想不到我会在这时候跟它斗法！"

陈鸳桥调侃道:"到底还是那兄更柳一些。"

此时那拿抽动了几下鼻子,嘱咐陈鸳桥:"那畜生已经走远。我现在就去拾掇窟窿,查明一下它进洞出洞的具体位置;然后,再把它的截窑找到——根据我的经验,这个畜生肯定不止一个截窑,非得全都弄清楚了不可,否则漏掉一个,指不定还要再用多久才能跟它交手!"他一边说,一边蹲下身来,分别摸了摸大青和二青的脑袋,"鸳桥,你和它们就挨这儿等着我。记住,千万别乱走,也别丢下钩子和角棒。"

陈鸳桥道:"那兄放心,我自有分寸。"

那拿紧了紧头巾,又小心翼翼捋顺了颔下的美髯,步履矫健地消失在密林之中。

陈鸳桥一手持钩,一手提棒,与那两狗相对而立,一会儿的工夫,便有些吃不消了,于是寻了一棵不远处的老树,倚靠起来。他伸手招呼大青和二青上前,那两狗熟视无睹,仍旧保持在原来的位置。

许是这一路来耗费了太多精力,四下里又是一片阒静,陈鸳桥眼皮发黏,勉强硬撑了几回,困意反而愈浓,眼前变得影影绰绰……

偏在此时,大青和二青突地站起身来,两狗相视过后,如同接到了什么指令一般双双跃身而起,直奔南侧方向而去。陈鸳桥压低声音予以制止,两狗根本不听他指挥。他追撵了几步,察觉到手中空空如也,赶紧返回来将罐钩与角棒捡起。只是这时候,大青与二青却再也没有了一点儿踪影。

陈鸳桥立住身子,屏住呼吸,侧耳倾听。四下里依旧岑寂,根本没有两狗的任何声响。陈鸳桥有些慌张,一时陷入纠结,不知是该原地等待,还是该继续寻找两狗的踪影。此时密林中开始出现隐隐的薄雾,陈鸳桥试着走了几回,都折戟而归。他实在不敢冒险,况且那拿再三叮嘱过他,不要乱走。

也许是那拿发现了什么,两狗这才循主人而去?

陈鸳桥宽慰着自己,心道还是老实听话才是,万一正如自己所料,那拿回来后找不到自己,他又懒得再找自己,那岂不是搬起石头砸自己的脚?

正想着的时候,前方不远处的矮树丛突然乱抖了一阵,像是有什么东西经过。陈鸳桥停下身来,警觉地将獾钩和角棒横在身前,瞄着四下。一刻钟的时光如同弹指之间,并没有任何事情发生。陈鸳桥两臂有些发麻,他扔掉了獾钩与角棒,打算做短暂的小憩。

这两物刚刚掉在地上,"秃噜"的一声响,陈鸳桥感到一道迅猛的力量正扑向他的小腿。他慌忙间一扭头,只见一物面门黑白相间,身如肉球般滚到脚下,跟着用细长的嘴巴左右一撅,那獾钩和角棒便"嗖嗖"两下,飞入了密林的黑暗当中!

这风驰电掣的一瞬,全然让人应接不暇。陈鸳桥脚下拌蒜,竟"咯噔"一声摔在了地上。待他爬起身来,那物却不知又藏到了什么地方。

虽然从没见过野獾,但凭借紫猴儿当年的细述,陈鸳桥认定刚刚那东西就是野獾——那拿口中的那只柳獾!

不敢怠慢,须得另寻一件顺手的防身之物才好!

陈鸳桥四下观瞧,几步之外的另一簇树丛下,半掩半露出一截儿木棍。陈鸳桥不及细想,上前俯身去扯,扯了两下没动,却觉得有个什么东西拍打着自己肩头,"嗒嗒"作响……

第二十八章
神獒巧御敌

绝不是人的手掌！

从做出判断的那一刻起，陈鸳桥一颗心便提到了嗓子眼儿，喉咙发干，一阵火辣辣的疼痛，连带着大脑一片空白。但在意识短暂陷入混乱之际，他的双手却固执地继续发力，那截儿先前无论如何都纹丝不动的木棍，竟给他抄在了手里。

于是，陈鸳桥一边扑向前方的树丛，一边将木棍向后抡了去——这样相悖的发力，使他的身体快拧成一根麻花，当然也就无从顾及攻击的效果。但在他戳入树丛之后，身后的那个东西还是三蹿两跳，退至了七八丈开外。

陈鸳桥爬起身来定睛细观，确是那只柳獾无疑！

它的身量虽比大青和二青小了几圈，但全身透着一股阴邪的气息。

陈鸳桥磕磕绊绊地从树丛里爬出来，将木棍横在身前，他知道一只獾但凡能被称之为"柳獾"，就必然有一些非同寻常的本事，绝不能掉以轻心。他想要大喊一声，不管是那拿听到或是大青和二青听到，都会第一时间赶来应援；但又转念一琢磨，如此这般，这只柳獾必定逃之夭夭，说不定那拿再要与他交手，还得等上个三年五载。

259

陈鸳桥不愿意这样做。

适才大青和二青听到响动跑开，或许是柳獾的调虎离山之计。那两条狗经那拿调教，是猎獾的行家里手，它们一旦知道上当，想必会第一时间去而复返。而自己目前最该做的，便是静候它们……

思虑至此，陈鸳桥微微呼出一口气，顺便将木棍交换到左手。

那柳獾一副老成做派，在三尺之距来回踱步，似在思索陈鸳桥举动背后的深意。

许是有所领悟，它突然停下了脚步，在陈鸳桥面前立起身子，以后两爪稳稳戳住地面，前两爪却合在一起，不停摇摆，头部也跟着起起伏伏，像极了那些拜佛的虔诚信徒。

如此摇尾乞怜之状，倒是让陈鸳桥想起了白米仓的鼠魃——当年，它夜里去家中会佟禄的时候，似乎也是这副情形……

"你究竟有何居心？"

那柳獾仿佛能够听懂他的问话，两爪弹起，向前跳了几步。见陈鸳桥没有躲避，又跳了几步，这才以一蹄指着腹部，口中挤出几丝痛苦的嘶叫。

陈鸳桥探头去望，虽是月圆之夜，但林深树密，仍旧看不出什么。

"再上前几步便是了。"

柳獾两爪如之前般弹起，又近了一些。

这下陈鸳桥看清了，那柳獾的腹部隆起了一个大疙瘩，如同饭碗一般大，像是个肿块。

"你这柳獾，怎的知道在下会瞧病？"

那柳獾先是用两爪使劲地揉眼睛，作"嘤嘤"哭泣之状，而后又再次合拢拜个不停，其状甚是卑微，直让陈鸳桥心里一软，便放下了木棒，摆手道："你且再近些，让我瞧瞧。不过事先声明，我可未必能瞧得好！"

那柳獾闻听此言，双后爪猛地一弹，这一下力道十足，直接跳到陈鸳桥的面前，与之不过两拃的距离。

伴着一股浓重的土腥味儿,陈鸳桥慢慢俯下身来,与之四目相对。

虽然在心里已经多少放下戒备,但这一观之下,陈鸳桥还是感觉头皮发麻得厉害。不知为何,他觉得这只柳獾的双眼里,仿佛藏着两根摄人心魄的弯钩,叫人莫名心寒。他连忙避开,去瞧柳獾的腹部——偏在这时,他忽然被一种十分奇怪的声音所吸引。他抬起头,发现那只柳獾正面带微笑,贪婪地冲着他挤动眉眼,几根白森森的利齿上,还挂着几条亮晶晶的涎水!

这一惊让陈鸳桥仰坐在地,那柳獾却已经压了上来。在它骇人的笑意之下,陈鸳桥感到一股寒意硬生生进入体内。他不明所以,但分明能够感受到体内的热气正顺着自己的毛孔急涌而出,这一入一出,根本不受自己控制,意识也渐渐开始模糊不清……

或许是想证实什么,他在头脑一片混沌之际伸出手来,摸向了柳獾的腹部,事实正如他的预料,那上头根本就没有什么隆起的大疙瘩,只有一片软茸茸的皮毛。

自己终究还是被这只柳獾给诓骗了!

陈鸳桥十分懊悔,长叹一声,正要闭上眼睛受死,朦胧间听到了几声狗叫,更夹杂着人的呼叫,仿佛是在喊着自己的名字。他猛地打了一个寒战,清醒过来。那柳獾竖起耳朵,后撤两步,不甘心地剜了陈鸳桥一眼,快速向南奔去,转眼便消失得干干净净。

陈鸳桥正干呕着,那拿与大青、二青已来到近前。

"那畜生呢?!"见陈鸳桥尚可支撑,那拿劈头盖脸地问道。

陈鸳桥伸手指向南端。

那拿不说二话,向两狗发出命令:"獾——!"

大青和二青听到主人命令,犹如两尾离弦快箭,"嗖嗖"飞入密林,奔了过去。

"兄弟,还行不行?"

"那兄不必管我,快去追那柳獾,绝不能让它跑了!"

那拿犹豫片刻，将陈鸳桥抄起，扛在了肩头上，一边奔跑一边说："那畜生是个难缠的主儿，若是我把你丢在这儿，它兜兜转转，说不定还会再来魇你，这回你捡了一条命，下回可就不一定了！"

那拿虽长得人高马大，身手却十分矫健，在密林中奔跑，如履平地，不多时便追上了大青、二青。陈鸳桥在那拿肩上左摇右晃，腹中翻江倒海，脑袋快要炸开。那拿将他放下后，他"哇"的一声大呕，吐得昏天黑地。

但这一呕过后，他竟清醒了许多。

扶着身旁的一棵老树，陈鸳桥眼前出现了一片直径约五六米、高有七八尺的矮山包。这隆起的山包上并无成材大木，皆是一些连绵不断的野草，疯长成一片。大青和二青分别蹲守在东西两角，警觉地望向山包的中间地带——想来，那只柳獦便是从此处逃遁的。

"这是那畜生的第二口截窑，上回交手，它就是从这里逃的！"

"实在是抱歉，都是在下拖了后腿。"陈鸳桥面带愧疚，"若不是我乱发善心，说不定此刻，这柳獦已经成为那兄的囊中之物了。"

"这便是造化，又与你何干？"

"柳獦受到惊吓，想必三五日都不会出洞了。那兄，接下来你作何打算？"

"我惦记了它三年，自然也就琢磨了它三年。"那拿冷笑了一声，"这截窑虽然四通八达，像是迷宫，但出口也就那么两三口，刚刚我已经都弄清楚了。这一回，我要给它来一手闷罐儿，我就不信，它还能再忍个三五天不出来！"

"莫非那兄想以烟熏逼它现身？"

"这手虽然有点儿下作，但此獦已学会魇人，不得不除！"

"我常听关外的朋友讲，黄皮子最爱魇人，怎么这獦子也有相同的卑鄙手段？"

"不独关外有黄皮子，西山也十分猖獗。"那拿抬眼，透过枝丫望了一眼圆月,"它们每逢这样的夜晚,亮丸飞升之时,都会成群结队拜祝,而后便像习武之人得了什么秘籍,武功突飞猛进,进而纷纷潜入城中魇人。也不知是何原因,这只柳獾格外聪明,竟从黄皮子那里把这手旁门左道给学了来。"

"原来如此。"

"时候不早了,咱们还得早些行动才是。鸳桥,你得帮我一把,按照我的吩咐,把该填的洞口给封死才行。"

"那兄吩咐便是,我定当尽全力而为。"

说着两人分开行动,一人去搜集石块和泥土;一人去寻地衣和苔藓,以备烟熏之用。

那拿常年出入山林,经他指示,陈鸳桥事半功倍,很快便搜集了一大堆地衣和苔藓。

"烟要足又不爱灭火,半干半湿的才行。"

那拿取出火镰点燃地衣和苔藓,又折了一丛蓬勃的枝叶为扇,开始向洞内扇火。

烟雾起初缓慢弥散,渐渐地,陈鸳桥便感到双眼极度不适,开始有些辣辣的刺痛。

那拿仿佛并不满足这样的强度,更加快了频率,约莫过了一刻钟,他终于停下来。而此时,整个山包都已经被烟雾所吞噬,几乎什么都看不见了。

"鸳桥,你还得帮我最后一个忙。"那拿将水壶递来。

"那兄……吩咐便是……"实在是辣得受不了,陈鸳桥忙拧开水壶汲水,涂在眼睛上。

"水量有限,留着还有大用处。"那拿将壶盖儿拧上,扯着陈鸳桥深一脚浅一脚地登上山包的中间地带。

在那拿的指示下,陈鸳桥看到了唯一的出入洞口。

"就是这里。"那拿将水壶推给陈鸳桥,"待会儿你听我的命令,我让你往里倒水你就倒，不要停。然后，只要那畜生一出洞，你的任务就算是完成了。"

"那兄这要是水淹七军？"

"光凭这些烟雾，不足以让那畜生出洞。"

不等陈鸳桥再语，那拿三步并做两步跳下山包，前去部署了。

陈鸳桥半蹲身子，早早便将水壶的盖子拧开，只等那拿一声令下，便将这一大壶水倾灌而下。他甚至都想好了退路，水尽之后，就地匍匐下来。那柳獾在惊慌之下出洞，必定会抱头鼠窜，也就自然不会顾及自己了。

正思虑着，手上水壶发出"铛"的一声响，飞出去老远，壶中的水也溅洒开来。就在这电光石火的一瞬间，柳獾自陈鸳桥的身边划过，奔下山包，所逃走的线路，正是那拿刚刚去的方向。

"那兄！"陈鸳桥猛地喊了一声，"柳獾出宫啦——"

他这一喊，位处东西两端的大青和二青各自汪叫一声，双双追去。

陈鸳桥站起身来，也顾不得去捡水壶，趔里趔趄尾随着。

大约奔出去半里多路，在一眼山泉旁边，陈鸳桥看到大青和二青正与柳獾滚作成团。大青叼住了柳獾的后腿，面门暴露，正被柳獾回身用利齿狠狠咬住；而二青急于帮助大青摆脱柳獾，又咬住了柳獾的脖颈儿。三者相互制衡，谁都不肯放口，于是痛叫声交叠在一起，听起来竟十分凄厉。

陈鸳桥看呆了，一时手足无措。

此时只见那拿匍匐在山泉的北侧，一手持钩，一手拎棒，口中发出"啾啾"之音。大青和二青仿佛接到了指令，拼尽全力地将柳獾往他的方向扯去。那柳獾也仿佛感到了危机，尖叫着发力，试图阻止两狗。双方互占上风不定，如此拉锯，足有十几个回合之久。突然，那二青不知怎的，竟松开柳獾的脖颈儿，照着它的后腰猛地咬下去。这一咬力道十足，柳獾被疼痛所扰，身子打了一个激灵，嘴上的力道便卸下了半分。那两狗的配合十分默契，大青适时发力，这一下柳獾瞬间被拖出去几丈，与埋伏的那拿愈发近了。

那拿慢慢伸出獾钩，如同一位穿针引线的老妪般娴熟，他将钩子通过大青的身下，猛然间用力，那钩子不偏不倚正好勾住柳獾的下颌。跟着他腕子轻轻一抖，"啪"的一下，那大青顺势躲了开，柳獾便被提离了地面。正当它扭动身体，试图做最后的挣扎之时，那拿抡圆了角棒，震在了它的脑袋上。这一记角棒，劲道实在太大，一声裂帛声响，柳獾自钩子上飞出，圆滚滚的身子砸入了山泉当中！

泉水飞散，溅得陈鸳桥满脸满身都是。他顾不得去擦，跑上前去，泉水被血迹洇红，柳獾一动不动，已然气绝身亡。再去看大青和二青，两狗都受伤不轻，尤其是大青，满脸是血口子。那拿心疼，摸着两狗默然了好一会儿，才将那柳獾自水中捞出来。

死獾扛在肩头，那拿说了一声："打道回府！"

依北平早年的老规矩，逛獾功成，往往在回城以后，要找一间像模像样的大茶馆进行"挂獾"，否则不足以为该次出围画上一个句号。紫猴儿说过，他这辈子最大的念想，就是能够养一条大黄那样的獾狗，抢在早春的时候逛独围，咬下第一头獾；再在晚秋的时候咬下最后一头獾。他说，这样咬来的獾，挂起来，才真正值得炫耀一番……

陈鸳桥一路想着这些旧事，不觉间出了密林，又随那拿在羊肠小路上行不多久，面前便出现了一条较为宽敞的山路。

陈鸳桥总算放下心来，正要道谢，却听那拿道："山寺就在前方，随我来吧。"

陈鸳桥心中一喜，抱拳道："有劳那兄。"

于是两人两狗继续前行，越过一道缓坡，陈鸳桥远远地看到了一座山寺。

这山寺半掩于几株老松之下，月圆之夜，分外静谧。只是越靠近山寺，陈鸳桥心里却越发狐疑起来：依照他的了解，古往今来的名刹古寺，不但选址要上风上水，院落的格局也皆是坐南朝北——可怎么，这潭柘寺是坐西朝东？他生怕自己闹笑话，又再三确定方位，方才向那拿道出心中疑惑。

那拿听罢笑道："这西山又不止潭柘一座寺院。"

"你是说……"陈鸳桥恍然间想起旸台山大觉寺，此寺肇建于辽代，因为契丹部族有崇拜太阳的习俗，因而寺院的格局便顺理成章地坐西朝东。而在北平尚有另外一座寺院，亦是肇建于辽代，名为戒坛寺。"我真是笨到家了！戒坛与潭柘同为西山古寺，前者在山脚，后者在山腰，因为那亮丸的缘故，我另寻道路，不想无意之间竟绕过了潭柘！"

"戒坛距潭柘虽不是太远，但总也有十几里山路。"那拿说，"今晚你随我在戒坛住下便是，待明天一早，我亲自送你下山。"

听那拿的话里话外，他的住处似乎就在戒坛寺中，但观其举止，却又不像一个和尚。思虑间蓦地一个念头涌出来，张口问道："那兄，莫非你与旧王孙有一些瓜葛？"

那拿站住身子，提了提肩上的獾钩，说："鸳桥老弟此话怎讲？"

"小弟在沪上谋生的时候，曾有一段时日在报纸上撰写过不少宫闱秘闻，因而对于皇室掌故还算熟稔。"陈鸳桥侃侃而谈，"当年，咸丰皇帝崩逝于热河，临终前托付以肃顺为首的八大臣辅佐幼主，从而将自己的兄弟恭亲王排除在权力中心之外。西太后慈禧恼于肃顺专横跋扈，唯恐其权倾朝野，威胁幼主，于是联合恭亲王诛灭了以肃顺为首的所谓'顾命八大臣'，为亲生儿子日后执政扫清了障碍。恭亲王因在'祺祥政变'中起到举足轻重的作用，一时之间可谓荣耀傍身，意气风发。然而慈禧虽为女流，却深谋大略，她随后便将恭亲王视为心腹大患。恭亲王当年曾是皇位最有力的竞争者，向有才具，只是这份才具虽可以让咸丰皇帝朝夕忌惮，却在与慈禧相颉颃时显得心有余而力不足。除去不合时宜的冒失冲动以外，也许是久在京城的缘故，恭亲王的眼界少了些开阔，于是便注定了他日后被逐出军机处，革去一切职务的宿命。宦海浮沉让恭亲王笃信佛教，京中多座寺庙皆有他的身影。尤其是这西山戒坛，他更是常年捐奉，可谓寺中第一大施主。因为有此因缘，恭亲王遂隐居寺中，一避便是十年之久。旧王孙溥心畬乃恭亲王之孙，他于民国初年效仿其祖避地西山，十三年后方才离开戒坛返回城中，而后名噪画坛，与蜀中张大千并称为'南张北溥'，领一时风骚。"这一番来龙去脉话毕，陈鸳桥沉吟了片刻，"大清虽亡，可溥心畬到底曾是天潢贵胄，他绝不会独往于戒坛，想必身边总会有人陪伴。那兄一身武人的底子，话语之中却常夹文词，这该是与旧王孙朝夕相处，耳濡目染的结果。"

那拿再次驻足，十分认真地盯着陈鸳桥看，说："鸳桥老弟，你是一个明眼人。"

"据我所知，民国十三年旧王孙便已回到城中恭王府，缘何老兄却还守在这里十余年？"

"身为包衣，我们那家受恭亲王惠泽多年！我也自当听任二爷的差遣，即便是放逐……"

陈鸳桥向来喜爱溥心畬的丹青，懊悔前番与其在大觉寺失之交臂，如今机缘巧合竟结识其家臣，怎能叫他不心生好奇，一探这其中的是非瓜葛？

那拿必定藏着一肚子的秘辛！

第二十九章
戒坛牡丹院

溥心畬名儒，乃恭亲王奕䜣的次孙，生于光绪二十二年，由于生日恰与咸丰皇帝忌日重叠，依照清律要有所避讳，故而在宗谱上的记录只得提前一天，是为七月二十四日。溥儒这个名字，是皇帝光绪钦赐。溥心畬还有一位同父异母的哥哥，单名一个伟字，他是恭亲王的嫡孙，后来承袭了王爵。小恭王曾经策划诛杀过袁世凯，更在大清灭亡后，对恢复满清江山矢志不渝，可谓"复辟狂人"。只是此人空有一腔热血，却没有力挽狂澜的才具，到头来落得个贫困交加，死在关外一处旅社当中。正是因为溥伟为其兄的缘故，于是旁人才称呼溥心畬一声"二爷"。

那拿引陈鸳桥从戒坛的偏门入寺，夜色里寺内一派庄严肃穆，只偶尔传来几声木鱼的寥落之声。戒坛向以奇松著称，松柏鳞次栉比，散布寺内各处，有卧龙、九龙、抱塔、自在等名目的奇松不下十数株，古人曾有诗称："潭柘以泉胜，戒坛以松名。一树具一态，巧与造物争。"

陈鸳桥一边赏松，一边听那拿说道："当年在恭王府，二爷读书之余，我陪他练习骑射和拳脚功夫。二爷不但书读得好，这两样也是不甘于人后。我们满人拉弓射箭是要吊膀子练基本功的。工具都是自己做的泥球，趁着湿的时候抓上五个指印，晾干之后就可以抓起来练臂力。等到觉得轻了，再做一个大些的便是了。二爷练习臂力十分刻苦，一力弓要十五斤的力气方能拉开，而我能拉四力弓的时候，二爷就已然能够驾驭五力弓了，远远超过同他一起练习的兄弟们。后来我们跟随李文侯学拳也一样，李师傅是硬功一派太极拳的高手，一辈子能让他看上眼的人没有几个，二爷就是其中之一。他说二爷是天赋异禀之人，若是能够走上武家这条路，日后必成大器。只是他心中也明白，像二爷这等天潢贵胄，习武不过是为了强身健体而已，又怎能成为他的传人？不过早年的这些苦功，到底还是惠泽了二爷，让他在日后不论弹琴、写字还是画画，腕子上的力气，都要远远高过常人。"

陈鸳桥恍然道："难怪，难怪！我观旧王孙的画作，凡见笔画线条处，无不坚刚而有力量，原来是这等缘故！"

那拿又道："后来大清朝亡了，我随二爷遁避这戒坛，他在苦读之暇，仍旧不忘策马骑射。某年大雪，我随二爷于六国岭打猎，他箭无虚发，一口气射下来七八只野鸡，当真是叫人瞠目。至于夜出逛獾，那几乎是我们乐此不疲的游戏；当然，八旗子弟其他的玩意儿，二爷也是无所不涉，且玩得都成了精，没人不竖大拇哥的。"

说话间已来到千佛阁，虽是夜晚，但陈鸳桥一眼还是看清了阁门额上"智光普照"四个金字。字体浑圆而呆板，当是爱到处题字的乾隆皇帝手书。此阁盛名在外，除去三重檐楼阁式的建筑风格将之衬托得分外壮观以外，其阁内更是遍布神龛，且每龛内都供有一尊高约掌长的木雕佛像，共计一千八百六十尊之多。不过让陈鸳桥更感兴趣的，却是千佛阁前分立的两块碑文，一为曾经当过大总统的徐世昌所撰；另一撰者，便是这戒坛的大施主恭亲王奕䜣了。

夜来不宜观碑，陈鸳桥接受大觉寺的教训，准备翌日晨起再一饱眼福。

"那兄，听闻旧王孙当年离开西山，是因其姑母荣寿公主七十生诞，为表孝道，特到身前侍奉，这可是事实？"

"二爷下山不久，荣寿公主便故去了。他若不是别有所图，又怎么会从此居于恭王府？"

"那兄是说，下山祝寿不过是托词？"

"那时候大清虽已亡国了十余年，但溥仪不是还在紫禁城里吗？有些不甘心的皇室和遗老，一门心思想着复辟，大爷就是冲在最前头的那一个。他们这一伙人，虽然想的事情是一样的，可暗地里并不团结，分成好些个派别。二爷的身份举足轻重，自然有人打上了他的主意，希望他出山，于是前来西山游说的秘密使者，可谓是花样百出；甚至为了投二爷所好，有人还请了一位德国老毛子军官，以比试箭法为名套瓷，真是机关算尽！"

"旧王孙是什么态度？"

"起初二爷倒是不为所动，"那拿摇头叹息，"可时间一长，他的心思便活泛了。当时我看出了二爷的态度，便单刀直入问他，是不是真的要下山。二爷要听听我的建议。我直截了当地告诉他，不要去掺和，那些人目的不纯，大清都已经亡了，亡了就是亡了，又何苦再做那些螳臂当车的事情。二爷听了很不高兴，说了些豪言壮语，大概的意思就是他身为爱新觉罗的子孙，如今朝廷召唤，自当效犬马之劳才是。我顶撞他，说那是什么朝廷，外头只认大总统，只有紫禁城里人家才叫溥仪一声皇帝而已。二爷听罢十分恼火，他叱我枉为一个满人，并决定不带我下山，让我留在戒坛思过，以为惩戒……其实过了这么多年了，我倒是有些理解二爷了，当初他毕竟才而立之年，想着建功立业也无可厚非，只是他秉性纯良，虽有文韬武略，却并不适合搞党争。我与他自幼为伴，其实是不忍他受到伤害，因此当年的话才说得那么重，未承想适得其反，竟让他误以为我生了二心。"

陈鸳桥也不客气，叹道："这便是旧王孙的不对了，就算生气，总也该有个时限！"

那拿没有再接话，伸手将陈鸳桥引入牡丹院内。

此地本为寺之北宫院，与南宫院分列千佛阁两端，后者为帝王巡寺之时驻跸，前者则为王公贵胄们所居。恭亲王避地戒坛之时，撒下大把银子改建北宫院，使南国园林之秀美根植于北地，可谓美不胜收；此外，恭亲王还广寻牡丹名种栽种于院中，每逢花期群芳争艳，直叫人流连忘返。因而后世之人多称此处为牡丹院，北宫院反而不大有人去叫了。

那拿引陈鸳桥由垂花门穿过，内院更显幽静。虽然已过了花期，但是院内仍是一派绿树成荫，枝条修剪亦十分得当。又见回廊曲折相连，雕梁画栋，丝毫不见破败，一眼便知是经细心打理过的。

陈鸳桥不吝赞美，那拿却道："恭亲王离开戒坛之后，牡丹院一度变得荒凉。后来二爷住进来，这里才慢慢恢复了先前的样貌。二爷聪慧，少时只是听先父描述过这里的繁华，日后便能复原个七七八八，不相上下。"

陈鸳桥笑道："若非如此，旧王孙又怎能出手惊人，领画坛一时风骚？"

那拿卸下柳獾，又将两狗拴好、喂食，便把陈鸳桥带入他所居住的西厢房。一如院内之整洁，屋内也被他收拾得十分干净，桌椅板凳摆放得井井有条，刀叉弓棒也都有条不紊地分列在旁。让陈鸳桥倍感好奇的，是墙上挂着的两幅画作，一幅所画为"桐江七里泷"，另一幅则是"清秋巫峡"，且两作均没有署名和落款。

"那兄，这是何人所作？"

"你见多识广，眼睛又毒，猜猜便是。"

陈鸳桥笑道："这两幅画作的内容，皆是南国名胜，画者极力表现自然之胜，力求风神和韵味；而我观旧王孙的画作，则以灵性和境界见长，因此，这显然不是出自他手。要我说嘛，这正是蜀中张大千的画风，但却并非张大千所为，而是……阁下的杰作！"

那拿一愣："何以见得？"

陈鸳桥道："刚刚我已经说过，此画力求风神和韵味，风神尚可，差在韵味不足。那兄生在北地，于南国的山水不甚了然，这当然怪不得你。

再有，我见你蓄着一团美髯，完全与大千居士一模一样，这也算是一个疑点吧。"

那拿不动声色地点了点头，然后突然扬起手臂，将蒙着的头巾摘了下来，露出了一方寸头来，憨笑道："你猜中了！"

"真是像极了张大千！"陈鸳桥大笑不止，前仰后合了好一阵方才止住，"旧王孙与张大千齐名，你近水楼台却偏不爱主子的画，而是迷上了大千居士，还留着与他一样的寸头和长须！我突然想到一件有意思的事，也许旧王孙早就原谅你当年的那些忤逆之言了，只是看到阁下这副尊容之后，才又生起气来了。"

"我对二爷忠贞不二是一码事，我仰慕大千居士又是另一码事。谁说我非得喜欢二爷的画，才是对二爷忠诚呢？二爷的画，大部分都是取材西山，而我在这里真是待够了，所以不喜欢他的画，那也是情有可原，是也不是？"

"谁说不是！那兄，就为你这份坦荡，今夜在下也该陪你浮一大白！"

"太好了！待我烹了獾肉，咱们一醉方他个休！"

是夜两人喝酒啖肉，谈天说地不停。陈鸳桥本担心獾肉土腥气太重，不易烹煮，岂料那拿是行家里手，只用了些陈皮便化腐朽为神奇，直让陈鸳桥大感意外。问了究竟，方知这陈皮乃出自牡丹院内所种的一株橘树。北地种橘殊为不易，但此树却能耐得了寒冷，且每年硕果累累，味道甘美，着实叫人讶异。

好奇之下，陈鸳桥非要前去观赏，那拿拧不过他，于是只好将酒桌"移师"树下。

两人又是一番推杯换盏，酒喝光了，那拿又取来两瓶红酒，笑道："这是我的珍藏，打从二爷赐给我，少说也十几年了！今日，就与鸳桥同享！"

陈鸳桥笑道："夙闻恭亲王洋派，也喜欢红酒，这不会是他留在戒坛的吧？"

那拿为陈鸳桥满了一杯:"没错儿!"他说,"听说还是法国老毛子送给他的呢!"

两人所谈更欢,直到圆月下沉,方才散去。

翌日晨起,陈鸳桥迫不及待前往千佛阁观碑,回屋之后那拿已将早餐备好。

喝下了两碗烂粥,倦意全消。

起身告辞,那拿也不挽留,送至寺门时,将一罐獾油递上:"回城以后,劳烦你往后海恭王府跑一趟,把这东西带给二爷。"他说,"早年间我随他在山里打猎,天寒地冷,二爷不小心冻伤了小趾。"

"那兄放心,我定当亲自交到旧王孙手里。"

"除妖之事,小心驶得万年船。"那拿抱拳道,"要是日后有什么难处,而我又能帮上忙的话,你一定不要客气。你我投缘,叫人捎一句话便是。"

陈鸳桥笑道:"我这个人,可是最爱给朋友找麻烦的。到时候,你可别推却才是啊。"

那拿道:"再好不过!十年了,我真是恨透了清清静静!"

陈鸳桥大笑两声,提着獾油往山下行去。

到得潭柘寺,日头已然上了三竿。

向知客僧打听范世海的下落,告以日出之时便跟其同伙一前一后去了后山。

陈鸳桥又问知客僧,范世海可打着了鹰,不料知客僧捻须微笑,摇头道:"这个季节,西山过鹰不多,能见着已是凤毛麟角,又怎会那么轻易打着?"

陈鸳桥想到当日范世海的豪言壮语,说若打不下鹰来决不回城,看如今的状况,恐怕自己要多费一番唇舌了。

匆匆穿寺,诸多景致不及细看,直奔后山。

山路曲折窄仄,颇为难行。陈鸳桥后悔自己心急,该请知客僧代为安置手中獾油才是，至少还能轻松些。兜兜转转了一会儿，额头上便已冒了汗。短暂歇息过后，又行了一刻钟的光景，眼前出现了一方潭水。见立在一旁的碑文上有"龙潭"二字，陈鸳桥不禁恍然大悟，原来这便是那大青和二青常常嬉戏的地方；只是未曾料想，这方潭水竟这般局促。

潭水沉碧清澈，触之甚凉，陈鸳桥掬水洗脸时，闻听有泉水入潭的激荡之声，涓涓不息；洗去满脸汗渍，站起身来，清风过耳，一片舒爽；想到还要继续行路，带着獾油终究不便，于是便将之藏在了潭水一侧的草丛当中。

沿龙潭继续前行，不多时便上了一道缓坡，远远瞧着距离顶峰不远的山坡上，一人正蹲在一处垒砌的石墙后头，百无聊赖地仰望着天空。陈鸳桥知道打鹰的规矩十分繁杂，又在白米仓范世海家中，被"青冥白"那双眼睛魇着过，因而他将脚步放得很轻，慢慢地向石墙的方向靠拢过去。

走得近了，他发现躲在石墙后头的那人并非范世海，但瞧着身量十分眼熟。靠上前，不禁脱口而出："追兄！怎么是你？！"

"咦？"小鬼追见到陈鸳桥也十分讶异，"鸳桥，你怎么来啦！"

"说来话长！"陈鸳桥坐在小鬼追身边，这才发现面前的石墙高四五尺，宽七八尺，在墙上还留着两个孔洞，两根绳索穿洞而过，皆被小鬼追握在手里。陈鸳桥透过石墙的罅隙往外瞧，只见墙外张着一面鹰网，向东敞开；另一条绳索上，则拴着一张灰毛兔皮，还有一只蒙了双眼的褐色小鹰，看样子像是隼。"怎么样，今儿个可有什么收获？"

"杵了一个上午，屁都没瞧见！"

"五爷呢？"

"我都没有收成，他就更别提了。"小鬼追一脸较劲儿，随便往西侧不远处一指。

陈鸳桥顺着小鬼追指引的方向望去，瞧了两个来回，方才辨认出来范世海的鹰铺。原来他用树草进行了伪装，不仔细看，还真看不出来。

陈鸳桥蹑手蹑脚上前，跟藏在鹰铺里的范世海打招呼。

多日不见，范世海瘦了一大圈儿，原来白净的脸膛也变黑了，胡子拉碴的像是两年没吃过饱饭的模样。

"五爷，你这又是何苦……"

"鸳桥不必相劝！我说过，不打下一只鹰来，决不离开西山！"

陈鸳桥吃了闭门羹，知道再行游说已失了先机，需得另外找个机会才好。于是便将一肚子的话扎住，静观其变。

范世海的鹰铺，除去外观与小鬼追有所不同之外，绳索上拴的诱饵也与之大相径庭，不过是一只鹌鹑，比寻常的麻雀大不了多少。

"那我便要请教五爷了，为何小鬼追没有用鹌鹑，而是拴了兔皮和一只隼？"

"异想天开！"范世海轻蔑一笑，"那不是明摆着吗，他志不在大鹰，而是盼着能打下来一只雕来。雕这东西，最爱与鹰争食。他这是跟我摽着劲呢，要是他真的撞了狗屎运，肯定得去陶然亭炫耀，盖我一头。"

"看来你们二位，是非要分出个胜负来啊！"

"獾狗大鹰，獾狗大鹰！什么是大鹰？"范世海脸上的鄙夷之色更甚了，"那是有讲究的，不能胡来！别说他打不着，就算真打下来了，怎么训？那大雕体型巨大，臂擎不得，合着不能使八抬大轿吧？那像什么话？再者说了，你看他那鹰铺搭的，就跟没了牙的老酒腻子似的，饶哪漏风！除非哪只雕瞎了眼，才会中了这圈套！"

"我听说过去打鹰，皆在入了秋以后，而夏时打鹰又最难，可有这说法？"

范世海长叹了一声，面色遽尔变得凄苦起来。他摸出水壶灌了两口水，方才不大情愿地承认道："不瞒你鸳桥，这些天披星戴月，只见过一只鹞子……"不过，他马上又换了一副面孔，显得斗志昂扬，"可是换句话来说，要是真这么容易，那岂不是人人都能玩儿鹰？另外这些天我也并非没有收获。鹰这东西，实在怪得很，它跟鱼抢上水一样，飞起来总是迎着风。这些天，山上一直刮北风，所以就算真的有鹰过山，它也是擦着阴坡向西飞，而咱们的网一直安在南铺，当然也就跟它对不上了！"

"所以五爷一直在等着刮南风？"陈鸳桥立即明白过来，追问道。

"只要南风一起，大事可成！"

"若是我有诸葛孔明那两下子就好了。"

"你能来陪我说说话，我已经很高兴了。不瞒你，这些天我简直要憋疯啦。"

"不是还有小鬼追？"

"嗐！我们俩是针尖对麦芒，谁也瞧不上谁。来潭柘寺这些天，只要一碰见，知客僧立即就会带着一干和尚奔过来，不由分说横在我和他面前。"

陈鸳桥笑道："斗气斗到你们俩这个程度，也算是前无古人了。"

范世海摆手："他这人胡搅蛮缠，脑筋不大清楚。他若是真想跟我分个胜负，该当也捉鹰，而不是想着打雕盖过我啊！同样是鹰，分出个胜负来才有意思。这就好比斗蛐蛐儿，大将军与大将军那才有得斗，否则两不相当，那也胜之不武，是也不是？"

"就是，就是！"陈鸳桥突然话锋一转，"五爷，我可听说你使了一手好抻子，往往以普通的秋虫，便可以胜过许多大将军，可有这回事儿？"

"这……谁说的？！"范世海脸色骤变。

第三十章
针尖对麦芒

只这一语，范世海就反应得这样激烈，陈鸳桥始知曹四爷所言不虚。伸手试了试，并没有起南风的迹象。也就是说，按照范世海的判断，大鹰一时半刻还不会过山。于是他打定主意，要利用这个机会发起游说。

"五爷，你先不要激动。莫说你没在抻子上使诈，就算真的使了，那又有什么关系？常言道，人非圣贤，况且这也不算什么过错，勉强来讲，无非是把输赢看得重了些而已。"陈鸳桥把话说得兜来转去，自然是给范世海吃下了一颗"定心丸"。

"其实……我就是看不惯那群人在我面前耀武扬威，天天嚷着自己的虫儿是神勇大将军，天下无敌！"范世海勉强压去一脸的不忿，"鸳桥，你老实告诉我，抻子的事儿，你到底是怎么知道的？"

"在白米仓的时候，我不是跟你说过吗，我少时得宣外西草地曹四爷的收养，侍奉了您老人家几年。前日与四爷见着面了，闲聊的时候提到你与小鬼追在三爷的跤场大战，四爷说你早先常去家里买虫买器，然后便向在下透露了这个小秘密。"

"四爷不愧是四爷！"范世海竖起大拇哥，"我自以为做得天衣无缝，绝不会有人知道。不想您老人早就剥了我的裤衩儿，我还滴里当啷美着呢！"

"原本我以为，那鼠魃的事儿，不过是掮客胡编乱造解闷子的，不想竟然真让他给说着了。当日我与顾队长前去白米仓拜访五爷，路上我还给他复述过呢。对了，那掮客说，佟禄答应鼠魃不将他的事情曝光，结果第二天自己却被粮官打死了，这可是事实？"

"掮客的嘴，那他妈是骗人的鬼，信不得！"范世海撇嘴骂道，"当年的事儿，恐怕把这北平城的人头儿数一个来回，也没人比我更清楚。是，佟爷那晚应了鼠魃以后，的确是做了赴死的打算。可谁又能料到，就在第二天，那粮官正准备拿他开刀的时候，忽然来了一些官差，不由分说就将粮官拿下，上了镣铐，言称粮官贪腐，证据确凿，直接下了大狱。佟爷虚惊一场后，生了一场大病。等他好起来的时候再一打听，始知有人暗中举报了粮官，结果官差在粮官家的暗室里，发现了数以万计的米粮……"

"五爷言下之意，是那位干的？"

"不是它还能是谁？"范世海笑着扬起头来，"鸳桥，我知道你是人精，还喜欢打破砂锅问到底。不过，我乐意告诉你。那位叫佟禄的，不是别人，正是我母亲的亲大哥。这样你就该明白了吧？"

陈鸳桥恍然道："他后来把鼠魃托付给了你们范家？"

范世海点点头："佟爷死的时候，拉着我爹的手，说往后不管怎么着，都不能亏了鼠魃的大烟，他说相识一场，到底有缘分。后来，我爹不行的时候，也拉着我的手，这么交代了一番。我虽然谈不上有多孝顺，但老人家的临终遗言，还是不敢忘记的。"

"难道佟爷和你父亲在世的时候，就没有想过要为鼠魃取出腹中的异物吗？"

"他们也想过办法，"范世海面露惧色，"可每次鼠魃都仿佛未卜先知，十分震怒，就像是被阎王小鬼附了体似的。我爹去世之后，我思来想去，总觉得他们说得有些邪乎，就试过两回，结果还真是那么回事儿！我一琢磨，不如弄点麻药给它打上，再神不知鬼不觉地把那个疙瘩挖出来。

谁承想，麻药也不成！后来我就彻底放弃了……"

陈鸳桥抬头来望，天色湛蓝，太阳已悬在当空。

"五爷，晌午了，我们要不要回寺里吃点东西？"

"那可不成！"范世海一口回绝道，"打鹰的时候，决不能轻易离开鹰铺。万一老天爷开了眼，突然刮起南风，鹰可不等人啊！"

"有道理。"陈鸳桥的本意是想借着下山的时候，再把破解蜃气的事情讲给他，吊足了他的胃口，而后顺理成章请他下山回城。而今见范世海不上钩，也只好和盘托出了。

范世海听罢将嘴巴拉成一个大洞，他说："鸳桥，你可别诓我！"

陈鸳桥道："五爷，你觉得我大老远跑到西山，难不成是炒肝儿吃多了？"

范世海又盯着陈鸳桥看，眉头缓缓隆起，用手指不停地敲击着水壶，"叮叮"作响。

"你还犹豫个什么，换做是我，这就下山去！"范五爷身边忽然响起一个声音。

"你怎么来了？！"

"你当我爱来你这金銮殿？要不是怕你饿死，八抬大轿请我都不成。"只见小鬼追大模大样地坐在了陈鸳桥身边，把一个布袋展开，内里装着些干粮。

陈鸳桥道："五爷，先吃些干粮再说。"

范世海推开他的胳膊："我现在就可以答应你，从鼠魃身上取出那东西。"他说，"只不过还是那句老话，不打下一只鹰来，我决不下山去！"

"五爷，这就是你的不对了，"小鬼追说，"事分缓急……"

"打鹰在我这儿就是急！"

"你不下山，鸳桥他们可能去白米仓吗？"

"我不是说过了吗，只要打下一只鹰，我二话不说，立即下山！"

"我看不如这样，鹰呢，我来替你打，说不定就是这两天的事儿。你呢，这就跟鸳桥下山，两不耽搁……"

"我再说一遍，不亲手打下一只鹰来，决不回城！这回，你听懂了吗？！"

"五爷，你是不相信我能够打鹰是不是？"

"这是你自己说的。"

"别瞧着你把这鹰铺收拾得挺利索，但是没有大用知道吗？打鹰讲究的可不是这些，要手捷眼快，心手相应才行。"

"小鬼追，你当我是雏儿？"

"我是在教你这里头的门道，免得你吃力不讨好！顺便再教教你怎么做人。"

范世海腾地站起身来，喝道："我已经忍你很久了，你见天儿在潭柘寺里聒噪，我早就听烦了！但碍在那是佛门清净地，不好跟你动武。可你还真是蹬鼻子上脸，正好，今天有鸳桥在，咱们就把没摔完的跤接着摔完，不分出个胜负不成！"

"你当我怕你是吗？"小鬼追当仁不让，跃起身来，立即摆出了掼跤的姿势。

"等等！"

"又怎么了？你不会是怕了吧？"

"龟孙子才怕你！"范世海竖起一根手指，"这他妈是我的鹰铺！"

"怎么着，要不去我的鹰铺里？"

"你少他妈跟我斗壳子！就在外头找一块空地，咱们画地成围，一局定输赢！"

"输了怎样？赢了又怎样？"

"你要是输了，就给我乖乖地把你的鹰铺拆掉，立即从我眼前消失。我要是输了，随你怎么差遣，就算你让我趴在地上管你叫爷爷，我也没有二话！"

"爷爷就免了，叫一声爹就成。"

"少废话!"

这两人唇枪舌剑,相互扯着对方往外去,丝毫没有留给陈鸳桥插嘴的机会。

两人寻到一处略微平坦的地方,捡碎石界定范围后,便双双开始活动起筋骨来。

陈鸳桥站在两人中间,心知劝是劝不动的,索性反其道而行之,说:"两位,请我给你们当见证人也不是不可以,不过我有一个条件,要是你们其中有一人不答应,那就恕我得罪了。这个见证人,就算是天王老子让我做,我也照样不给他面子。"

范世海和小鬼追一愣,这两人谁都没有想到,陈鸳桥还有如此刚烈的一面。

"鸳桥,你且说说看。"

"你说吧鸳桥,只要五爷没问题,我当然没问题!"

"我的规矩是,二位使什么招式都可以,就是不能再用单臂擎车和野马分鬃这两手!"

闻听此言,范世海和小鬼追面面相觑,一时间都不清楚陈鸳桥意欲何为。

陈鸳桥的想法很简单:这两手招式分别是双方的拿手绝活儿,往往能够在关键时刻力挽狂澜,甚至一招定胜负。换句话说,禁止这两手的使用,便能够减少不必要的伤损。

"怎么,两位有难处?"

"这有何难?野马分鬃不过是我跤技中最平常的一式,正好我今儿个懒得用。"

"五爷,风大闪了腰可不划算。"

"少废话,放马过来!"

"多谢承让,那我可就不客气啦!"

小鬼追猛地上前一步,快似闪电地伸出粗壮的胳膊来,薅住范世海的肩膀。后者的身子随之向前一掼，跟着一缠头，便轻巧地别开了这突然一袭。小鬼追一攻不成，第二式还未等使出，范世海却避其锋芒，攻起他的下盘来。于是小鬼追只好转攻为守，身子撤回到原来的位置上。只这几式，便看得陈鸳桥手心冒汗，加之两人又都没有穿跤衣，行动比之在跤场上更显利落，真可谓惊心动魄。

陈鸳桥站在场外观望，突觉脸颊发痒，拭了拭，这才发现额上早已大汗淋漓。太阳已经热辣起来。再看场上的二位，也是频频拭汗，却又保持着呼吸的平稳。或许两者心中都有数，想要轻易赢下对方实属不易，因而这场比试往往是一阵疾风劲雨，跟着就会转化为和风细雨。几个回合看下来，陈鸳桥见双方都未呈现出颓势，示意他们暂停。

"我说两位，现下已经过了响午，你们就真的不饿不渴吗？要我说，还是先吃饱了喝足了再行比试，不知意下如何？"

"五爷，你觉得怎么样？"小鬼追说，"我看一时半会儿咱们也分不出胜负，不如就按鸳桥的提议，以一个时辰为限，然后再行比试……"

"一个时辰？"范世海嘴角露出了轻蔑，"我看不如这样，不管你想休息多久，我都陪你就是。要是你觉得一个时辰不够，需要好好睡一觉，十二个时辰也不是不可以。"

"你这话是什么意思？"

"意思就是不需一个时辰，我就让你跪地求饶！"

"好啊，那咱们就接着练，我看到头来是谁先跪地求饶，叫我一声爹！"

这二人一个话不投机，撇下陈鸳桥，又是一阵疾风劲雨，比之先前更加凶狠，仿佛当真要在一个时辰之内分出胜负。

陈鸳桥早已饿得肚皮作响，当下见两人这般执拗，索性自顾自地吃了些干粮，又灌下了些冷水。他知道，这两人其实也饥渴难耐，无奈正斗着气，谁也不想短了气焰，因此都咬着牙硬忍着，想要先看对方的笑话。

如此摽着劲儿，又要时时防着对方攻击，确是十分消耗体力的。半个时辰以后，陈鸳桥再看两人，相互攻击的时间越来越少，各自喘息的间隔却越来越久。陈鸳桥知道，再这样下去的话，恐怕两人都得虚脱，照样会伤了身子。正想着怎么说服二人，突然，两人仿佛同时收到了什么指令，一下子变得斗志昂扬，猛虎下山一样扑向了对方，瞬间滚在了一起！

两股力量裹缠，令他们的脸膛先是通红一片，跟着变成了紫褐色，继而开始渐渐泛白……

"两位仁兄，快快住手！"

"只要他肯放……我就放……"

"我范世海一世英名……要我先放手……除非山无陵……天地合……"

"都什么时候了五爷，咱就别再念诗了好不好？"陈鸳桥又气又急，"这样吧，我来数一二三，你们俩一起放，总可以了吧？"

两人非常勉强地点了点头，脸上已经煞白到了极点。

"一！二！三——！"

两人还是没有放手！

陈鸳桥头都大了，霍地站起身来，嚷上一句"二位悉听尊便"，不料这一张口，劲风哗啦灌入，竟让他连连咳嗽起来。

"南风！刮南风了！"他突然兴奋地喊道。

这一叫犹如一柄快刀，黏在一起的范世海和小鬼追当即被一劈两半。

两人仰面朝天，大口大口地喘息着，喉咙里发出令人作呕的呼噜声。好一阵，他们又仿佛同时想到了什么似的，不顾一切爬起身来，踉跄着向自己的鹰铺飞奔而去了。

南风越刮越大。

躲在鹰铺里的范世海，这关口也顾不得脸面了，操起干粮猛嚼一通，双眼却一直不离外边的那只鹌鹑。陈鸳桥挨在他身边，递给他水壶，他心不在焉地灌了几口，又像是突然想到什么，再三告诫若是过会儿见到鹰，万不可与之对视。因为有了白米仓的遭遇，陈鸳桥深以为然，连连点头，叫范世海放心就是。

范世海称，之所以用鹌鹑来替代人眼，是因为后者的视角毕竟有限，难免因为各种缘由有照顾不周的地方。而大鹰是鹌鹑的天敌，只要它出现在空中，不管多远，鹌鹑都会立即感知到危险的存在。

"鸳桥你记着，但凡看雀的状态不对，那保准有鹰过山，百试不爽！"

范世海话音刚落，陈鸳桥便看到鹌鹑突然愣住了，浑身的毛儿一紧，像是怕冷似的，"五爷，可是这样？"他立即问道。

就在范世海一瞥之际，那鹌鹑"扑棱"的一声，顾头不顾腚地扎入了早先便为它挖好的藏身凹坑。范世海见状立即操起另外一条绳索，开始用腕子抖来抖去，在他的逗弄下，鹌鹑发出惊慌的"啾啾"叫声。

"记着我刚刚的话，千万不要去跟大鹰对视！"

陈鸳桥下意识地抬眼，又倏然偏过脸去："五爷，我瞧见了！"他压着声音说。

虽然只有一眼，但陈鸳桥却免不了内心狂喜，他感到血液"噌噌"往头上涌动，像是要炸裂了一般，让他呼吸艰难。他极力控制自己，不再去瞧第二眼，然而越是这么想，身体却越是背道而驰，仿佛生出了一根挑棍，推着他的下颌向上，再向上，逼着他，非得再瞧一眼不可。

这一眼，他瞧见的是一道白光！

"好俊的大鹰——！"陈鸳桥还是没忍住，高喝了一声。

"唰"的一兜翅，仿佛有一道劲风刮过，再看那鹰消失不见了，仿佛根本没出现过。

"五爷……"陈鸳桥有些慌张。

"我看到了，是一只漠北白，一根杂毛儿都没有。"范世海仿佛早有预见，声音低沉。

"失之交臂！都是我不好！"陈鸳桥面露歉疚。

"这不怪你。"范世海说，"蒙古鹰不比关外鹰，一是狡猾，二是难训，样子虽然好看，但未必能够成为好帮手。"

"五爷不会是给我宽心吧？"

"鸳桥此话差矣，当着真人，不说假话。"

两人正说着，忽见复又跳出凹坑的鹌鹑再次扎了回去，比之先前更加惊恐万分！

陈鸳桥刚要提醒范世海，就觉察着眼前一黑，仿佛有一块砖头砸了下来，跟着鹌鹑就活生生被戳开，一片血肉横飞。陈鸳桥再一定睛，只见一只青鹰被扣在网内，唧溜溜乱叫，嘴角挂满了鲜血和鹌鹑的羽毛。可怜那只鹌鹑，早已不见全尸了。

范世海三蹿两跳奔出鹰铺，麻利地将青鹰自网中摘出，然后用事先备好的软绳将之羽翼和爪分别束缚，这才擦去了满脸的汗水，露出傲然的表情来。

陈鸳桥近观这只青鹰，它身大尾尖，有如芥菜疙瘩一般；爪则如铁，左右两趾张开时仿佛一个"十"字；更兼翅厚羽劲；尤其是胸前，遍布着垂珠一样的纵向斑点，大而稀，十分醒目，一眼便知是一架"儿鹰子"。

原来鹰之老幼，与其他猛禽迥然不同。其自幼到老，每年必更换一回毛羽，且每回换毛羽纹路都会发生显著的变化。初长成时，胸前的羽毛上都有上细下粗的斑点，这在养鹰人那里有专门的术语，称之为"纵理"；次年再换毛羽，竖点就会变为横道，即所谓"横理"是也。再以后每换一回毛羽，横道就会变得更细一些，羽毛也随之更白一些。故而真正的好鹰之徒，只要观看毛羽是"纵理"还是"横理"，就知道鹰龄几何。

北平的养鹰人，秋来选鹰之际，多重稚气尚存的"儿鹰子"，是因其野性未固，较易驯养。不过也有此中高手，偏偏反其道行之，以驯养"老破花"为荣，价钱便宜不说，攫取本领也非幼鹰能比。

当年范世海初拜郎八通为师，曾随后者前往隆福寺大鹰店会友。彼时正值中秋，鹰店新到了七八架大鹰，个顶个的好长相，尤其是一架"酽豆黄"的老破花，可谓之傲然独立，堪称神俊。范世海一眼甩过去就傻掉了，满脑袋冒凉气，不管不顾非要买下来不可。店主知道他是个生瓜，可碍着八爷的面子,于是只好委婉地相劝,称这架老破花范世海根本驾驭不了,切不要逞强。范世海偏要逞强,大放厥词道,要是不把这老破花训得服服帖帖,他这辈子见到店主就叫爷,不叫那都是孙子。店主见郎八通不做表态,也就一笑置之,没有再跟范世海较真儿。事后果不出所料,这老破花极有谋略,训熬之时不显张扬,把个范世海蒙得五迷三道,真以为自己本事了得。待到一下地可好,兔子是一只都不逮,专门逗弄着范世海玩儿,最后让他栽进了野地里的大粪缸以后,才又盘空扬去。

自此,范世海恨死了老破花;

往后,也就再没有去过隆福寺的大鹰店。

第三十一章
南柯梦一场

范世海得了一架幼鹰，不但颜色拔了青鹰当中的头筹，就连重量也十分合适，三十二两只多不少；加之形象显贵，虽不及"青冥白"万里挑一，但到底是难得一见的上品。因此他乐不可支，望着青鹰一阵又一阵地傻笑，先前弥漫在脸上的阴翳一扫而光。

陈鸳桥也很兴奋，亲眼所见大鹰入网，虽在电光石火之间，回味起来却兴趣不减。几日前，"青冥白"勇斗妖蜃之时，他曾听小鬼追提及，每架大鹰落网之后，都需要称出它的重量，以方便来日熬训时掌握火候。既不能将鹰熬得太狠，又不可将之去重太多，否则前者易在御敌之时力薄不支，后者则有逃逸之虞。

问过范世海，他点头道："小鬼追虽然平时一脑袋浆糊，可这话说得在理。比方咱们这只青鹰，三十二两左右，过后要熬到二十六两为宜，非如此不可让它去斗妖蜃，轻了或者重了都白搭，没戏。"

陈鸳桥望着青鹰黑浑的背色，不知怎的，竟想到了那拿的两条獚狗，于是脱口而出："那'青冥白'未竟之事，可期'乌云盖'不辱使命。"

"'乌云盖'？"范世海挑了挑眉毛，"好名字！往后，它就叫'乌云盖'！"

"鹞桥兄,你可不要厚此薄彼!我的这架神鹰,你也要帮它取个绝好的名字才是。"小鬼追话到人到,伸手摸向网兜,取出一物,却也是一架被束住翅爪的大鹰。

"追兄,怎么你也打到一架?!"

"都是托了鹞桥你的福。你人一到潭柘,我今日便有了收成,你说怪也不怪?"

陈鹞桥最清楚小鬼追的性情,他平日绝不会说出这等话来,想来定是得了一架大鹰,心里头高兴。只是近观了几眼这鹰,陈鹞桥却认定小鬼追高兴得过了头。此鹰胸前的纹路为"横理",横道间十分狭窄,细细犹如铁线,当是一架脱了四五回毛的老破花;除此之外,颜色与形象照之"乌云盖"也都差了一截儿,浑身上下透着一股阴贼之气,越瞧越让人生厌,当真是毫无大鹰该有的品质。

"我说小鬼追,"范世海憋不住笑,神色颇为鄙夷,"就这玩意儿,你也好意思请鹞桥给它赐名?我要是你,都甭费那个劲儿逮它,瞧丫一眼,都对不起咱的眼皮。"

小鬼追瞟了一眼"乌云盖",眼神泛光,显然也给此鹰的神俊给震住了。不过他仍旧不甘在气势上输给范世海,翕动了几下嘴唇,才梗着脖子道:"儿鹰子是鹰,老破花就不是鹰了吗?鹞桥,你就说,这名字你给取不给取?"

"名字还不是现成的吗?"范世海揶揄道,"就叫老破花,又老又破又花嘛!"

"范世海,你嘴巴给我放干净一些!"

"你急个什么?我说的可都是大实话,不信你可以好好瞧瞧你的鹰嘛,是不是又老又破又花?哦,不对不对,你打下的这只玩意儿,是鹰不是鹰还两说呢!"

小鬼追猛地上前一步,薅住范世海,喝道:"你再说一遍!"

范世海伸手钳住小鬼追的腕子,毫不躲闪:"我说,你打下的玩意儿又老又破又花，应该叫老破花！"

小鬼追猛咬槽牙，"咯楞"的一声，将大鹰抛给陈鸳桥，便要跟范世海再动拳脚！

"两位仁兄不要再闹了！"陈鸳桥拦在他们中间，制止道，"如今局势危在旦夕，咱们不可以自己先乱了阵脚。若是心里不服气，大可以熬训大鹰之后再比试技能，何苦非要逞一时之快呢？"

"好吧，今天权当给鸳桥面子，我就不与你计较了。咱们骑驴看唱本，走着瞧。"

"范世海，我只有一句话送你，不要得意忘形，吃不了兜着走！"

"瞧瞧你的宝贝疙瘩，"范世海哈哈大笑，几近癫狂，"鹁头鸥首，黄足赤睛，细骨小肘，奸气贯身，简直是一无是处！若是我得了这么个玩意，它的对手却是难得一见的上品'乌云盖'，你难道会不得意？"

小鬼追被噎得说不出话来，脸涨得通红。

恰在此时，那架老破花猛地啸叫了一声，仿佛是在替他感到不忿。只是它的叫声就像拉风匣子一样，透着老气横秋，多少都带着些许力不从心。

范世海炫耀地叹了一声，转而将束紧的乌云盖放入网兜之中，举手投足皆十分小心，生怕弄坏了它的羽翼。

天色已暗，穹庐好似被扑上了一层淡墨，西山如画。

三人携两鹰而归。

途经龙潭，陈鸳桥请范世海与小鬼追稍候，他去取藏在草间的那罐獾油。

驻足潭边，兴趣索然，范世海又调侃起小鬼追的那架老破花，言语间极尽鄙夷之词，丝毫不留余地。小鬼追虽然恼火，无奈自己打下的大鹰着实露怯，只好忍气吞声，不与范世海作口舌之争，待他舌敝唇焦之后，也就不会再聒噪了。岂料他这般想，网兜里的老破花却似受了奇耻大辱般，它哀鸣着挣扎，"扑扑"乱撞，一副要挣脱束缚，替主人雪耻的模样。任小鬼追如何安抚，它都不为所动。

289

"赖巴狗蹲墙头，硬装坐地虎。屁本事没有，脾气倒齁大！"范世海一边调笑着，一边伸手将"乌云盖"从网兜里取出，"既然人家这么想比画，我看不如这样，咱也应个景儿，先亮亮嗓子，让人家听听，什么才是正儿八经的鹰啸，再过招也不迟。"

"五爷，你可不要辱人太甚！"

"我辱你了吗？最多也是我的神鹰辱你的老破花而已。"范世海不收锋芒，一抖腕子把"乌云盖"身上的束缚解了开，只留下一根带扣的绳索，拴住了它的一足。那"乌云盖"登时神清气爽，顺势跳至范世海的肩头，凌厉地啸叫了一声。

这一声鹰鸣突如其来，快剑裂帛一般凿入陈鸳桥耳际，让他身子一抖，手中的罐子差点掉落在地，着实是一惊。

只这一声，网兜里的老破花就好似被点了穴一样，僵住不动了。

范世海摇头叹息道："好歹也俯视过大江大河，也在碧空间遨游过几回，怎么就没练出丝毫的气节呢？真不知道这四五载的时光，尊驾的神鹰是怎么度过的？"

小鬼追真是又羞又臊，也气起自己的老破花来，猛地抖动网兜，打算将这架大鹰掼出来摔在地上，任它自生自灭便是。只是这老破花十分机敏，竟利用两爪死死抠住网兜，一副宁死不从的模样。

范世海看在眼里，笑得脸颊变形，怎么也停不下来。那"乌云盖"也好似能够感知他的情绪，同样展露出傲然于世的神情，接连又啸叫了两声。

此时陈鸳桥已然返了回来，正准备替小鬼追找个台阶下，不想还没说出一个字来，就感到一道阴风自脸庞划过，直向范世海的方向扑了去。这阴风里带着一股浓重的腥气，待陈鸳桥躲闪后再观，只见一张血盆大口用力撑开，直将"乌云盖"鲸吞，翕动几下，丢出了两根鹰羽，跟着脖子一缩，碗口粗细、带着鳞甲的身躯"倏"的一下，钻回到了龙潭之中，只留下了一圈圈涟漪，慢慢向四岸荡去……

迅雷不及掩耳！

以至于范世海捡起地上的鹰羽之后，愣了愣神，方才大叫一声，扑向龙潭。

陈鸳桥和小鬼追赶紧将他拦下！

"你们放开！他妈的！我要抢回我的'乌云盖'！那可是'乌云盖'啊！难得一见的上品神鹰！鸳桥！小鬼追！放开啊！我要跟这个天杀的，斗个你死我活……"

"五爷，你先别冲动，听我说……"

"我不听！我就要我的'乌云盖'！我的神鹰啊！"

"鸳桥你放开，让他去！我小鬼追还就不信了，真能有人敢在大青爷头上动土？"

"什么意思？小鬼追，你给我说清楚！"

范世海没听懂，陈鸳桥却明白过来了，大青与二青两条神蛇，常出没于潭柘寺，而蛇与鹰本是天敌，想来正是因为"乌云盖"的几声啸叫惊扰了它们，这才让它们其中之一跃出潭水，出其不意将"乌云盖"吞入腹中。

得知陈鸳桥的分析后，范世海不再叫嚷了，摊着身子歪在潭边，呆呆地望着龙潭之水出神，不一会儿竟流下了两道泪水，一副伤心至极的模样。

陈鸳桥安慰道："事已至此，五爷也不必难过了，想来这就是那鹰的命数吧。"

范世海一边摇头，一边抽自己嘴巴："小鬼追说得对，是我太张狂了！要不是我得意忘形，非要跟他显摆，'乌云盖'也就不至于成了人家的点心！鸳桥，你们走吧，现在就下山回城。我是没脸再在北平立足了，传出去，我范世海就是人家茶余饭后的笑话，笑话啊！"

陈鸳桥道："五爷，你多虑了，在下管住嘴巴便是。"

范世海没有搭茬儿，偷瞟了一眼小鬼追。

陈鸳桥看在眼里，赶紧说道："追兄向来厚道，又怎会找五爷的晦气？是不是啊追兄？"

"我可没有那个闲情逸致嚼舌头。有那工夫，还不如熬训熬训我的老破花，为铲除妖螙略尽绵薄之力呢。"小鬼追漠然道，"鸳桥，我想了想，决定就叫我的鹰为老破花了，贱名……或许能够长命，你说呢？"

陈鸳桥听出了小鬼追的弦外之音，赶紧岔开话来："那'乌云盖'虽然遭逢不幸，但五爷同样可以为除妖尽力，只要咱们尽快回城，从鼠魅身上取出……"

"就不能再耽搁几日，容我再打下一架鹰来吗，两天？一天也行啊！"

"五爷，您就甭自欺欺人啦！"小鬼追说，"咱们都来多少日子了，这个时节，西山起了几回南风？也不就是后晌这一回嘛！不起南风，您打什么鹰？"

"是啊五爷，徒劳无功嘛。有这个工夫，您大可以逛逛北平鹰店，说不定还能……"

"鸳桥啊鸳桥啊，"范世海面色愁苦，"眼下是夏天，咱们北平的规矩，贩鹰要到中秋以后。所以甭说大鹰店不开张，就算是开了张，我连一摊鹰屎也都见不到啊我！"

"五爷不要悲观，世事难料，不定何时便有转机。"

"什么时候？"

这一下倒把陈鸳桥给问住了，他正思虑该如何回答，一瞥之间，察觉到范世海正偷眼瞟向小鬼追的网兜。

陈鸳桥嘴角露出一丝笑意："五爷，"他说，"我看不如这样，你若是非要认准了大鹰这条路不可，倒是可以恳请一下追兄，看他肯不肯与你一并熬训老破花。"

范世海被猜中心思，嘴上却不服软，仰脸道："他跟我是针尖对麦芒，让我求他，你还不如直接把我推到龙潭里，让那大青爷爷把我吃了！这样一来，我还落得个陪'乌云盖'殉命的好名声呢。"

"要跳你自己跳，甭拉着鸳桥垫背。"

"鸳桥你看看，我说什么来着！就他这态度，你让我怎么去求他啊！"

"两位就不要再唇枪舌剑了。我看这样，追兄，你就权当卖我一个面子好不好？等到回城之后，与五爷一起熬训老破花——不过五爷，我得把话说在前头，这架大鹰毕竟是追兄打下来的，无论如何你都不能占为己有。总之，咱们的目的只有一个，那就是为降服妖蠹，还北平一个太平。"

范世海频频点头，又冷不丁冒出一句来："那要是在熬训老破花的时候，最后它只认我是主人，那又怎么话说啊？"

"范世海你臭来劲是不是？再没完没了，你休想碰一下我的鹰！"

"得！您权当我打了一个喷嚏！"

说来也巧，此时那老破花又提了着嗓子叫了一声，怎么听都像是在嘲笑范世海。

三人回到寺里，简单吃了口斋饭，便各自回房睡去。

翌日早起，三人向知客僧奉上香油钱，便骑着自山门处赁来的毛驴向城中行去。

范世海因着马失前蹄，这一路上分外小心，每行一阵便提醒小鬼追，要他照看好网兜里的老破花，切不可麻痹大意。谨慎过了头，就显示出絮叨，把个小鬼追弄得泼烦，躲又躲不远，于是只好说一些阴损的话出来。哪知范世海一反常态，全然没了先前那般睚眦必较的模样，还嘻嘻地笑："跟我玩儿激将法，你把五爷我当成什么了？我明白着告诉你，我算是跟这架老破花耗上了，天王老子都不换。"

时近晌午，他们抵达阜成门关厢，交了驴子便钻到就近的茶馆，一边喝着茶，一边叫了些简单的吃食。陈鸳桥与范世海商定，晚些时候会同顾随、惊奇道人前去白米仓，一同研究取出唵叭的法子。范世海答应得心不在焉，说了一些不着边际的口水话，这才委婉地问小鬼追是否要赶回旧宫去。

小鬼追漠然道："不然呢？"

"旧宫实在偏僻，"范世海为他倒了一杯茶，"虽说那里更易于熬训老破花，可到底不方便。我是这么想的，往后你就住白米仓，我命人单独辟出一进院子给你。"

"那岂不是叨扰了五爷?"

"不能够!你要是能来做客,那我们范家可是蓬荜生辉啊!"

"当真?"

"孙子才不当真!"范世海凛然道。

"好吧,那我和我的老破花就先试一试。若是不习惯,我们再回旧宫也不迟。"

陈鸳桥附和道:"就是,就是!人多好办事,为鼠魃取唵叭,也非想象当中的那般简单,有仁兄在,到底能帮衬一把。"

三人商议停当以后,叫了洋车,各自散去。

仅才三两日,北平的暑热便盛起来了,在西山的时候还不大觉察,可城里早就是另一番情形了;尤其是那些善于捕捉时令的妇人,早已换上了当季的旗袍。

民国二十三年,蒋介石在江西发表了"新生活运动之要义"的演讲,当年冬天,为了配合这场"运动",宋氏三姐妹在重庆街头穿着旗袍,进行了时装表演。从此,妇人们身上的旗袍样式,更是一年三变,令人眼花缭乱。这在其策源地上海尤为明显。当时陈鸳桥还在报上写了一篇短文,以旗袍样式的变化多端为切入点,谈论"新生活运动"对摩登文化的影响。而今不止沪上,就连北平的大街小巷都成了旗袍的天下。"不觉年华似箭流,朝看春色暮逢秋。"陈鸳桥记起了方干的诗句,有些感慨。

临近石碑胡同,陈鸳桥想到应该带着什么送给眉楼,思来想去不得要领,只好请车夫拉他到就近的饽饽铺,买了一匣点心聊表心意;待行到石碑胡同西口,偶遇贩冰的小贩,又买了些冰来,以备解暑之用。

到得报馆,与诸位同僚寒暄数语,陈鸳桥便提着点心和冰往后园而来。

刚跨入垂花门,便闻到了一阵浓郁的酸梅味道,陈鸳桥舌底生津,脱口道:"真是好诱人的酸梅汤,巧在我还买了冰!"

"世兄到底是世兄,我才刚熬好呢!"屋子里飘出眉楼的声音。

陈鸳桥快步入门，只见眉楼正将一个缠枝纹的青花瓷罐放在桌上，那酸梅汤还冒有一缕缕热气。眉楼也换了一件旗袍，蜜合色的，阴丹士林材质，薄薄的，紧紧地包在身体上，腰肢曲线毕露。与街上的妇人所着更有不同的，是这件旗袍的袖子缩至肩下两寸，几近无袖之状。因此当眉楼提腕去拭额上汗水的时候，那条白葱似的胳膊便越发显得鲜嫩了。

"世兄，你在看什么？"

"哦，我在看眉楼小姐这件旗袍上的细边镶滚，真是精致。"

陈鸳桥将手中的点心匣子和冰放在桌上，一边打开匣子，一边取出冰来去镇酸梅汤；不想心神不宁，竟将几块冰撒在了地上。他慌乱之际蹲下身来捡拾，却被眉楼伸手拦下。就是这一瞥之间，自旗袍开气处，他竟然看到眉楼的玉腿上穿着肉色丝袜，脚下则蹬了一双高跟皮鞋。

陈鸳桥起身向后撤了一步，双眼却无论如何也不听使唤，目光前仆后继地伸过去。眉楼身材修长，但却并非骨瘦之人，甚至比之寻常妇人还多了些丰腴；而今这身旗袍在身，摩登风情尽显的同时，又增仪态万方之感。

"暑气难耐，我可以先喝一碗酸梅汤吗？"陈鸳桥越发觉得口渴了。

眉楼以素白瓷勺搅动酸梅汤，瓷罐发出"铮铮"的悦耳响动。她将汤盛在碗中，却没有递给陈鸳桥，说："等消汗了再饮，否则对身子不好。"话毕，竟自己饮下了一碗，嘴角留下了一抹淡紫色。

陈鸳桥赶紧将自己的手帕递过去。

"是这里吗？"

"不是，再往左边一点。"

"这里？"

"也不是，右边，再往右边一点就好了。"

"擦掉了吗？"

"没有，不是这里……"

第三十二章
胆行白米仓

傍晚时候,顾随和惊奇道人来到报馆。

顾随开门见山,问陈鸳桥事情办得如何。陈鸳桥将西山此行的种种奇遇逐一道来,又反问顾随,陶孟和那边有什么动向。

"按照你的建议,"顾随蹙着眉头说,"我带着道长回到署里去见陶孟和。奇怪的是他似乎已经猜到我们要来,话说得十分坦然,无非是署里的弟兄行动不慎,不小心烧毁了旸台山的道庵。为此他还将那人叫了来,劈头盖脸一通批评,然后勒令他向道长赔礼。后来在我们离开的时候,他又将一些补偿款交由道长,客气话说了一箩筐。"

"这倒符合陶孟和的性情。其他呢,别的地方有没有什么不对劲儿的地方?"

"我和道长交替跟踪他,"顾随摇头道,"并没有什么异样,也没见他去见过什么人。"

"就是……他去了两回西鹤年堂。"惊奇道人补充道。

"去药房干什么?"

"当然是抓药,难不成是去吃炒肝儿吗?我已经问过药房的伙计,还让他抄了一张药方给我。"顾随摸出一张短笺,搁在了桌子上,"是一张安神祛惊的方子,我已经找人弄明白了。"

陈鸳桥看到,上边罗列着的,不过是麝香、朱砂、牛黄、柴胡、桔梗之类的名目,确如顾随所言,只是一张再普通不过的镇静方子。

"顾兄,你最了解陶孟和,他近来身体可有什么不舒服的地方吗?"

"正值壮年,有也是一些小毛病。"

"什么毛病?"

"淋症,前列腺不大服帖。当初知道你有妙手回春的本事,还说过让我请你给开一张方子呢。想来是因为夜尿频多,睡眠不佳,所以才开些药安神。"

陈鸳桥不住地点头,思绪游离当下,好一会儿才缓过神来,抬手为顾随和惊奇道人斟茶。

"要是有什么疑问,你还是说出来比较好。"顾随眼明心清。

"我在想鼠魃的事情。道长,前番走得比较急,忘记问你了,可有方法取出俺叭来?"

"南洋的蛊毒虽然十分恶毒,但到底属于不入流的左道。"惊奇道人气定神闲,"请鸳桥放心,我已然有了应对的法子,可随时出发。"

"那真是再好不过了!"陈鸳桥请眉楼烧几个小菜,待吃罢后同往白米仓。

晚饭吃了一半,天色便已暗下。

惊奇道人放下碗筷,问了陈鸳桥一句,报馆就近可有十字路口。陈鸳桥如实告知,惊奇道人起身离开,言称稍候就回。陈鸳桥和顾随知他定是要为取出俺叭准备一番。

陈鸳桥趁机将鼠魃一事的后半段道来,顾随听罢说:"有些事情看似道听途说,但却并不一定就是假的,反而真得不能再真。"

"这就叫无风不起浪。"

"那我倒要问问了,你与眉楼小姐眉来眼去,可是真的?"

陈鸳桥十分认真地说:"据在下的了解,顾兄并非喜欢打听这种事的人。难不成最近迷上了鸳鸯蝴蝶派的小说了?"

顾随反问道:"谁规定我就不能读张恨水?看你这副趾高气扬的嘴脸,真是小人得志!"

"你好像有些妒忌?"

"我劝阁下还是不要得意忘形,到时候出了乱子,还得我来帮你收场!"

"顾兄岂不知牡丹花下死,做鬼也风流吗?"

"世兄,这可是你的心里话?"

"眉楼,你怎么走路一点声音都没有?!"陈鸳桥吓得站起身来。

顾随正要阴损几句陈鸳桥,却见惊奇道人去而复返,手中还提着一个黄布包裹,看样子里边似乎是一个小匣。那黄布上还勾勾绕绕画了些墨迹,想来是符咒之类的东西。两人知道道门规矩很多,也就没有多嘴。

眉楼换来新茶,先行为惊奇道人斟了一杯。

惊奇道人连声道谢,一边放下黄包裹,一边问道:"不知家中可有糯米?"

眉楼道:"真是巧了!还真有一些,本想这几日闲来做艾窝窝。道长需要多少?"

"一捧便好。"

"我这就取,请稍候。"

惊奇道人收好糯米,便由顾随驱车拉着他和陈鸳桥,一路向东城驶去。

路上,顾随没由来地说:"道长,前番我听说你懂一些观气的好本领,还看出琉璃厂的掌柜沈岐周头顶上的气很怪,可有这回事?"

陈鸳桥笑道:"你从来不喜这些怪力乱神的东西,怎么突然问起这个了?"

顾随道:"你甭插嘴。"

惊奇道人只笑不语,仿佛是在等待两人继续拌嘴。

陈鸳桥又道:"你是不是也拿不定主意,陶孟和到底是好人还是坏人?"

顾随否认道:"看来你并非事事都能窥得玄机。姓陶的是好人,我继续敬重他便是;若是他与日寇同流合污,自有法度在。再者说,这几天我和道长一直都在跟踪陶孟和,若是我想知道的话,为何要等到现在呢?"

"可也是!在下愚钝了。"陈鸳桥恍然道。

"顾兄,我猜你是想替鸳桥问一句,眉楼小姐是否可靠吧?"

"道长眼明心清。"

"你是不是看出了什么?"陈鸳桥疑问道。

"正是因为我什么也看不出,所以才想问一声道长。眉楼小姐聪慧过人,我平生从未见过这等女子。而以她的才具,不应该出现在郎各庄那种地方,更别说给谁当使唤丫头了。这不合理之处,必然有什么隐情在其中,是也不是?"

陈鸳桥表面不动声色,心底却不免惶然又起。

其实他何尝没有思虑过,只是想到自己既非名流显贵,又非军政要人,家财掰着指头也能数得过来,这样一个以弄笔为生的报人,又何至于被人算计呢?就算是眉楼果真为算计他而来,那么她想要得到什么呢?陈鸳桥到底也没有想出个所以然来,唯一能够着些边际的,便是窦三姑临终时交给他的那柄弩弓了。可是眉楼大可以趁其前往西山的时候盗走便是,又何至于一直委身于报馆?

思绪飘荡,眼前竟又浮现出眉楼那件蜜合色旗袍……

"道长,"此时又听顾随说,"你是铁心了不打算给鸳桥任何一点儿建议吗?"

惊奇道人眼神庄重地望了望着手中紧攥的黄包裹,说:"你们两个都是我的朋友,好像我也只有你们这两位朋友。既然如此,我是应该知无不言,言无不尽的。可是有些话呢,得需要机缘到了才可以讲,时间早了不成,晚了也不成,地方不对就更不成了。所谓道法自然嘛,就是这个道理。"

顾随听罢道："得！道长找的这个辙，真叫个滴水不漏。"

三人来到白米仓范宅，陈鸳桥上前叩门，没多久索巴快步而来，殷勤地将三人请入府内。

才刚一跨进院子，陈鸳桥便听到范世海正扯着嗓子嚷嚷——不消说，定是他与小鬼追又因大鹰的事情，起了什么分歧。

众人快步进屋，只见小鬼追蹲在地上，面前放了一只铜盆，那架老破花正坐在其中，频频啄水，不时还将喙中之水甩出盆外，一副挑剔的嘴脸。范世海叉腰站在盆前，一手托着个装着细条羊肉的盘子，盯着气定神闲的小鬼追直喘粗气，仿佛控制不住下一秒就要扑将上去，将一盘羊肉扣在小鬼追脸上。

"鸳桥你们可来了！快，顾兄，道长，你们来给评评理，有他这样驯鹰的吗！完全不按照规矩来！要是这么下去，甭说对付妖孽，就是一只小鸡子，这货都逮不到！"范世海噼里啪啦一通抱怨。

三人皆不明驯鹰之理，自然不知该如何接话。

范世海恍有所悟，立即解释道："这大鹰本是翱翔于苍穹的野物，初为人捕获，必定劳行损性，以至内热郁结，拒不进食。它不吃，咱们不可不喂呀。咱们北平养家的办法，是把大鹰的双翅拢上，掰开嘴直接塞进去，有这么几回，它也就习惯了。只要它开了食，往后也就好办了。可是谁承想，小鬼追他愣是不让我喂，还出幺蛾子弄了一盆水来！你们瞅瞅，这老破花本就寒碜，再这么一洗，不就是一只落汤鸡吗？要是落汤鸡能够除妖，我还费劲巴拉跑到西山干啥，直接找一眼汤锅，让大师傅给我留两只活鸡不就得了……"范世海越说越气愤，到最后竟变成了发牢骚。

"你胡呲够了没有？！"小鬼追终于有些不耐烦了，仰起头来反驳道，"你的规矩是规矩，我的规矩就不是规矩了吗？一口一个北平，弄得北平就跟你家后院似的。我还告诉你了范世海，少跟我来这一套！这老破花再不入你眼，那也是我打下来的。嫌它寒碜，您大可以去潭柘寺后山的龙潭，去跟大青爷和二青爷拔横，是人家吃了你的'乌云盖'，可不是我的老破花。所以说，既然是我的鹰，那就得按照我的规矩来！我的规矩，就是这个时候水比羊肉重要，它要是不喝水，不出今晚，保准完蛋……"

小鬼追当仁不让，所言甚是符合医理。若是人生了病，尤其是内热郁结，饮水亦是最为行之有效的良方。但范世海乃郎八通之徒，后者多年蓄鹰，那架"青冥白"的神俊模样，至今尚还历历在目。范世海得其真传，所遵循的驯理，该是也不会错的。

陈鸳桥有些为难，不过他头脑灵动，略一思虑便道："两位说得都有道理，可是归了包堆，都是为了老破花着想，都盼着它在自己的手上大放异彩，好为除妖尽力。既然如此，鸳桥不才，倒是有一个建议供两兄参考。我听说驯鹰的步骤十分繁杂，一架好鹰，非得经过这九九八十一道难关，方能够识得真味。那不如你们二人交替着，各负责一段，谁也不可横加干预。日后驯好了，道一声彩；若是驯得不好，那就自己认栽。到头来咱们再看，到底是谁三谁七，怎么样？"

"嗯，鸳桥这个主意不错！"

"这样一来，两位便可以少些唇舌之争，专心熬驯老破花了。"顾随附和道。

"我是一百个赞同，就怕有人心里怯，不敢撒手！"

见小鬼追并不搭茬儿，陈鸳桥又道："追兄，五爷拳拳之心，否则也不会请你到他家中来。就凭这一点，我就敢保证，他绝不会对老破花胡来。"

小鬼追点点头，站起身来，偏着脸向范世海一抱拳："咱们一码是一码，你能如此慷慨，我怎么都要道一声谢的。好吧，咱们就按照鸳桥说的办。"

"此话当真？"

"君子一言，快马一鞭！怎么的，你还想让我给你签个字，画个押不成？"

"那就不必了,家中纸墨早已束之高阁。"

解除了争端,范世海头也不回地走出屋子。小鬼追照样我行我素,许是还嫌老破花饮水不够,索性呷了一口清水,直将老破花喷了个"天女散花"。顿了片刻,但见老破花梳理起毛翎来,才放心地随众人离开。

范世海引陈鸳桥等人来到后一进院子西厢房靠北的一间,还没有到得近前,顾随便闻到了一股浓重的烟膏味道。索巴手脚麻利,自腰间摘下一串钥匙,哗啦啦几声响动过后,房锁便给他打开了。

"道长,有什么吩咐,您尽管说。"

"五爷客气了,不知道今天什么时候为它用过烟膏?"

"平日里都是我伺候魑爷,晌午的时候给它用过。一般要到子时,才用第三回。"未等范世海搭话儿,索巴就抢先一步说道。

"那就有劳管家你,现在为它再用一回,剂量可以适当提高一些。"

索巴抬眼瞟向范世海,征得了他的同意后,提着油灯走入屋内。

为免惊动鼠魑,引起不必要的麻烦,陈鸳桥等人只得暂且在屋外等候。听得屋内一阵窸窸窣窣的响动之后,又有呼哧呼哧的喘息声溢出,陈鸳桥克制不住好奇,伏在窗前,透过窗棂的罅隙向里瞄看起来。

油灯昏黄,映着整间屋子呈现出一片恍惚。地面上横七竖八放置了一些粮米麻包,有的还扎着口,大部分却已破开了,致使各色的粮食散混在一起。炕上放了一张矮腿的小桌,桌上置有烟具。鼠魑就仰躺在炕桌一侧,正用双爪捧着烟枪,呼呼地吸食着鸦片,一副驾轻就熟的模样。

与陈鸳桥预想的有所不同,鼠魑的身躯并非浑圆结实,而是皮肉松懈,向身体两侧耷拉着,呈现出一片衰败的气象。这应该是长期吸食鸦片造成的瘦骨嶙峋,陈鸳桥对此并不陌生,那些吸食鸦片的人到后期大半都是这副尊容。皮肉的塌陷,让鼠魑腹部的唵叭更加突出,那东西倒是契合了陈鸳桥的想象,如同一个比拳头略大的芥菜疙瘩。

这么着观察了好一会儿,但见鼠魑那一双紫葡萄似的眼睛闪动了几下,跟着烟枪从它的双爪里掉落,整个身子似比之前更加松懈了。这是鸦片上劲儿的表现。索巴将烟枪收好，返身撤出了屋子。

"取出唵叭要费点儿时间，还请五爷随我一道。"惊奇道人说。

"义不容辞。"范世海一边往屋内去，又问道，"不过我还是要请问道长一句，唵叭取出来以后，魃爷往后是不是就不用再抽鸦片了？"

惊奇道人犹豫了一下，点头道："希望如此吧。噢，还得有一个人随我入内，不知道三位仁兄谁愿意？"

陈鸳桥自告奋勇，伸手接下惊奇道人手中的黄布包裹。

屋里十分刺鼻，即便贮满了烟膏的气息，却仍旧无法掩盖那股糟旧的味道。陈鸳桥双目发辣，眼泪止不住地往外涌，他拼命控制，不想竟打了一个大喷嚏。鼠魃被这突如其来的响动惊得身子一抖，嘴巴两旁的胡须倏地奓开了，眼中的迷离也登时散掉了。陈鸳桥赶紧用手捂住口鼻，以防止第二个喷嚏接踵而至。约莫半刻钟的样子，鼠魃不见再有异动，方才恢复了先前的状态。

此时惊奇道人示意陈鸳桥打开黄布包裹，内里果然是一个木匣。匣呈暗红色，或是因为经年使用的关系，表面布满了斑驳的痕迹。匣上照例贴着一张符箓，不同于黄布上的那些黑色墨迹，这张符箓上用的是朱墨。

惊奇道人单手按在木匣上一边念念有词，一边将符箓揭下，自身下拿出一盒取灯儿点燃，符箓瞬间便化为乌有。接着他口中忽然变更了咒词，越念越快，越念声音越大，于是陈鸳桥托着木匣的双手也变得紧张起来。"啪"的一下，惊奇道人突然将匣盖掀开，昏黄的灯光下闪过一道黑影，只见一个浑身长满触须，一拃来长的活物飞了出来，不偏不倚正落在鼠魃的腹部！

那活物行动迅速，形似蜈蚣，而身长略短，浑身泛着红亮。陈鸳桥仔细辨认了一番，确认它是一条花蚰蜒。此物在北平坊间被叫做"钱龙"，因所处之地域不同，又有千足虫、草鞋虫之类的名称。其性温味辛，用来作药，有破积解毒的功效。

陈鸳桥正好奇这花蚰蜒作何用处，却见它在鼠魃的腹部逶迤而行，待到那凸起的唵叭处却停了下来。这时候惊奇道人止住了咒语，转而深吸了一口气，当他均匀地将之呼向花蚰蜒的时候，那活物竟然浑身一抖，像是得到了什么命令一般，开始沿着唵叭的边缘咬起来，同时发出"吱吱呀呀"的细微响动。

鲜血最初只是一丝丝地往外渗，渐渐才形成小股血流。那花蚰蜒每隔一刻钟便会停止撕咬，一副疲惫不堪的模样。而惊奇道人根本不让它有半刻喘息之机，再次呼气，于是它只得继续"劳作"起来。

陈鸳桥和范世海已然被眼前的景象镇住，如同雕塑般一动不动。

"五爷，"还是惊奇道人打破了沉寂，"我看差不多了，现在就劳你将那唵叭取出来吧。"

"现在……现在吗？"

不知不觉间，花蚰蜒竟已绕着凸起的肿块边缘咬了一圈。到此时陈鸳桥才有所悟：惊奇道人是以此物替代刀刃，为的便是减轻鼠魃的骤痛；而花蚰蜒本身便有解毒的功效，那唵叭被下了蛊，到底是害人的玩意，非用此物，不足以将靠近肿块的肉皮咬开。陈鸳桥理顺了其中的因果，不禁感叹道门之术实是庞博。

然而就在范世海伸出手来，准备将那唵叭取出的时候，腾地里有一声啸叫自房外传了进来。这一声鹰鸣过后，只见原本疲乏至极的花蚰蜒好似被烫到了一般，顾头不顾腚地乱撞了几下，猛地一挺身子，吱溜，竟沿着被它咬开的伤口，钻入了鼠魃体内！

"唧嘎"的一声尖叫，鼠魃绵软的身子突然如同触电一般立起，与三人直面相对！

第三十三章
群英会鼠魃

盈尺之距，且是一瞥之间发生，陈鸳桥先是觉察到鼠魃的胡须刺痛了脸颊，而后才闻到它呼出的呛人味道。他终究是忍不住，压抑着咳了两声。此时鼠魃似已从应激的状态下醒过神来，于是倒变成它给吓得魂飞魄散，猛往后撤，一个趔趄摔在火炕上。范世海毕竟常与之打交道，正要伸手去扶，却见它一个翻滚，骨碌碌自火炕的另一端着了地。由于动作幅度过大，腹部又刚刚被咬开，鲜血止不住地往外迸……

许是那花蚰蜒在鼠魃体内并不老实，鼠魃踉跄奔出屋外以后，不停用爪子去抠伤口，惊慌失措之态尽显。陈鸳桥等人尾随过来，在院中与顾随、小鬼追、索巴会合，排开一个扇形，将鼠魃堵在了墙角。

此刻，老破花就立在不远处的房瓦上。

如此高度，稍稍受到惊扰，只要一展翅，它就会消失得了无影踪。

"你怎么把这个祖宗给放出来了！"范世海压低声音道。

"我怎么知道？"小鬼追说，"走的时候，我明明关好了门窗，谁承想它有这么大本事！"

"现在怎么办？"

"鸳桥，咱俩换个位置，我哄哄它。鼠魃暂且就先交给你们了。"

不等陈鸳桥说话，小鬼追便移动过来。一边是受到惊吓的鼠魃，一边又是随时都可能逃掉的老破花，平日里大步流星的小鬼追，不得不放慢脚步，像个小脚妇人。

尽管如此，他还是给双方都惊动了！

那鼠魃顺着小鬼追留下的缺口溜出"包围圈"的同时，屋瓦上的老破花也抻着嗓子为之附和，然后振翅起飞，眨眼便消失在夜空当中。

范世海怒火冲顶，冲着小鬼追大骂起来。

小鬼追又岂会任他羞辱，自然是兵来将挡，水来土掩……

"两位仁兄别再针尖对麦芒了，赶紧过来帮忙！"陈鸳桥又对惊奇道人说，"那花蚰蜒得从鼠魃体内弄出来，不然我瞧着要出事儿，血流得可有些多！"

"驱虫取蛊，最忌虫受惊扰，从而导致施咒失灵！"惊奇道人有些为难，"现在……恐怕也没有别的法子了，只能制住鼠魃，硬取！"

"那还等什么！"顾随向身旁的索巴吩咐道，"去找一根粗绳子来！"

"五爷……"

"还愣着干什么，听顾队长的！"范世海有些不耐烦，一边撸胳膊挽袖口。

众人围着鼠魃绕了几圈，顾随甩向惊奇道人一个眼神，他突然以脚搓地发生声响，那鼠魃受到干扰而分神。就在这个空当，顾随跃身而起，扑向鼠魃，直将它撞翻在地。鼠魃出于本能乱踢乱滚，顾随则薅住它的皮毛不放，几个回合下来，两者身上便弄得满是尘土。范世海和小鬼追都是摔跤的行家里手，如何使绊限制人行动，他们是再拿手不过的了。可范世海与鼠魃日久相处，早已有了感情，生怕一个不留神伤了它的筋骨，故而迟疑不定；那小鬼追呢，心思完全在飞走的老破花身上，他甚至相信那只大鹰不过是想要透口气，稍后便会去而复返。陈鸳桥与惊奇道人一见这二位如此做派，为免顾随孤掌难鸣，也管不了许多，双双扑上去帮衬。惊奇道人虽没有顾随那样的身手，但多年来修证，一身骨骼练得灵活；陈鸳桥则全凭着一腔热血，因而免不了顾此失彼，一不留神，便被鼠魅击中了胸口，踉跄后退了几大步，喉咙发烫，差点儿迸出一口鲜血来！

顾随目睹此景恨声道："你们二位要是铁定当定海神针，最好现在就奔什刹海！"

范世海和小鬼追不敢再怠慢，也扑将上来。

索巴终于出现，手里扯着一根绳子，气喘吁吁地抛给了陈鸳桥。

众人合力，终于捆上了鼠魅。

"道长，我怎么瞧着有些不对劲儿！"索巴气喘吁吁，"这魅爷该不会是……要不好吧？！"

"那你还愣着干啥，快去找些止血的东西啊！"范世海喝道。

索巴得令，又连喘带颠地跑掉了。

鼠魅有些虚弱，这一番折腾，伤口流血过多，况且那花蚰蜒尚在内里横冲直撞。

惊奇道人也知不可怠慢，情急之下索性将手伸入伤口之中，两指摸索了好一阵，方将那只花蚰蜒捏了出来，二话不说猛一用力，直将它碎成了两截，随手甩在了不远处的墙角。

"五爷，有件事儿我得跟你商议一下……"

"道长有话直说。"

"这南洋的蛊毒虽不是什么太厉害的角色，但在折磨宿主的时候却是十分恼人。就算取出的时候，宿主也要活着，若是在过程中不幸出了岔子，唵叭便会化作一团血水，也就毫无用处了。所以……"

"除妖事大，道长……请便吧！"范世海有些难过，将头偏向了一侧。

惊奇道人请陈鸳桥将那只木匣取来，又从索巴手里捡了一些止血的纱布，蹲下身来一手按在了唵叭上，一边再次念念有词。令人惊异的是，随着咒词的念出，伤口的鲜血竟然渐渐止息了。这时候惊奇道人忽然双目圆睁，下手用力一抠，使劲一扯，"啪"的一声好似皮绳断裂，再看那拳头大小的唵叭已经到了手里。

307

鼠魈疼痛难忍，身体扭曲颤抖，发出歇斯底里的嚎叫声，几欲催人泪下。

惨叫持续不止，鼠魈腹部的伤口再次涌出鲜血，这一次，似乎比之前更为凶猛了。惊奇道人将唵叭放入木匣，飞快地将纱布塞在鼠魈伤口处，命索巴按着止血。

那唵叭血赤连浆，一股浓重的腥气袭入陈鸳桥鼻孔，他又咳了几声，扯着被鼠魈伤到的胸口也隐隐作痛。

顾随将匣子抄过来，正要合上盖子，一阵冷风"呼啦"刮过，有个什么东西划到了自己的脸颊，待他提臂拦截之时，却见匣子里的唵叭被一张利喙戳了起来！

顾随飞身扑将过去，到底还是晚了一步！

"老破花！"小鬼追大叫了一声，"我的老破花！又回来啦——！"

"五爷，快取弓箭来！这畜生叼走了唵叭！"顾随一边大叫道，一边循着老破花飞走的方向紧追不舍。

索巴这回长了记性，没等范世海吩咐便跑掉了。

众人撵着顾随的脚步，来到另一进院子里，只见老破花立在索罗杆顶端的锡斗上。它不时来回跳动，抖抖翅子，或是扬起头来望向夜空，似乎故意逗弄陈鸳桥等人。

小鬼追口中发出"嘿！嘿！"的声音，一边试图吸引老破花，一边举起一条胳膊抬直，诱使它飞下来。起初老破花还瞟过来几眼，可是没几回，它便摆出一副厌烦的样子，理都不理小鬼追了。范世海露出一脸的鄙夷，用身子撞了一下小鬼追，那意思是靠边站，他要亲自出马了。范世海用的方式不一样，嘴里发出的尽是鹌鹑和鹁鸪的声音，时而由慢到快，时而相互交替，倒是十分悠扬动听。老破花渐渐被吸引，盯着范世海露出了诧异的表情来。范世海见状更起劲儿了，身上也加了动作，虽有些滑稽，但在此种关键时刻，又有谁能笑得出来？其间索巴气喘吁吁地将弓箭取了来，交给顾随的时候，却被小鬼追一把夺下，藏在了身后——那意思再明显不过，他哪儿舍得顾随伤了老破花！

范世海如同台上的戏子一般，使出浑身解数冲着老破花又演又逗。有那么几回，老破花似乎都要飞下来了，可是临了，它又停滞不前，让众人空欢喜一场。

如此反反复复了几个来回，眼见着圆月高升，范世海累得口焦舌燥，脖子也仰得麻酸了。

"五爷，还是别费劲儿了！我看得出，这个畜生阴贼得很，根本就是故意逗弄你。"顾随终于怒了，飞身去夺小鬼追手中的弓箭。

"顾队长先别急！"小鬼追劝慰道，"让五爷歇歇，我再来。这个节气，打下一只鹰来实在不容易，射下来，再想打下第二只，可就不知道何年何月了！"

"你就让他们再试试吧。"陈鸳桥附和道，"你就只当以后除妖，老破花能够帮上大忙。"

此时小鬼追上前一步，准备替换范世海。

未料老破花对小鬼追这个举动反应得很激烈，有些躁动不安。无奈之下，范世海只能接着"表演"，同时在心里恨骂这只阴损的鹰，非要累死自己不可。这么想着，越发觉得老破花本就通人性，是故意让自己难堪！

范世海越琢磨越气闷，腾地里一股邪火迸出天灵盖儿，当即收起满脸的堆笑，转而叉着腰指向老破花骂道："你大爷的，你到底下来不下来？你要是再给脸不要脸，我就亲自搭弓射箭，把你丫穿成一个糖葫芦！"

众人闻听此言，各深吸一口凉气，笃定老破花必会振翅飞离不可！

饶是陈鸳桥再怎么豁达，这后果也让他承受不得——若是没有唵叭护体，再探陶然亭的时候，不知还会扔下几条人命！动了气，胸口越发地疼了。

范世海一边咒骂不休，一边去夺小鬼追手中的弓箭，余人横挡竖拦，正乱作一团的时候，却听到老破花"哇"的叫了一声，好似捡到了什么笑话一样，嘴中"咯咯咯咯"响个没完，全然没有一点大鹰应该有的样子，处处透着鸡贼。

唵叭掉落在地，众人止住乱哄哄，齐扑过去，生怕老破花再出什么幺蛾子。范世海和小鬼追最靠近索罗杆，当下一扑之际，竟身子挨着身子横撞在了一起，力量相互卸去，双双摔在了一边。那老破花又发出"咯咯咯咯"的声音来，带着无尽的嘲讽。

范世海爬起身来火冒三丈，抄起弓箭就瞄向锡斗，骂骂咧咧："今天我要是不把你穿成糖葫芦，我范世海从今往后就跟你姓，姓老——不对！姓破，我叫破世海！你个老鸡贼，看我把你射下来之后，怎么拔了你丫的毛，剃了你丫的头，然后腌酱瓜吃！"话到此处，猛地放出一箭，嗖，正戳在锡斗上，差一点儿就射中老破花。

老破花夯了夯翅膀，冲着范世海"咯咯咯咯"地继续叫着，也不飞走，仿佛有意要逗弄他到底。范世海真是给气坏了，拉着弓的手都在哆嗦，瞄也瞄不准了。他气鼓鼓地把弓箭又推给顾随，恨声道："顾兄，是兄弟的话你就帮我一把，把这个畜生给我射下来！在下日后给你当牛做马，就算是到你们家当碎催，那也在所不惜！"

"五爷，唵叭安然无恙，你这又是何苦呢？"小鬼追拦下弓箭，对范世海说，"要是你实在出不来这口气，打我两下得了。"

"你给我让开！我跟丫没完，这辈子都没完！"范世海怒目圆睁。

"五爷，你这样就没劲了吧？"小鬼追纹丝不动，"这好歹也是我打下的鹰！你有本事冲我来成吗？跟一只鹰较劲，你算哪门子北平爷们儿？"

"好啊，那我就让你瞧瞧，什么才是真正的北平爷们儿！"范世海把牙齿咬得嘎嘎作响。

"五爷！不好啦五爷！"索巴一边喊，一边跟跟跄跄地奔过来，"您快去看看魊爷吧！我瞅着……它要不好啊五爷！"

范世海当即熄掉怒火，三步并做两步，奔向后一进院子。

众人到得近前，只见鼠魊仰面朝天躺在地上，伤口处的鲜血虽然已经止住，但整个身子仿佛被抽去了骨骼一般绵软，如同一床摊开的棉被似的。它嘴唇不停地翕动，每动一下，两侧的胡须便跟着抖上一抖，随之发出微弱的呻吟之声。

范世海满面凄苦，伸出手来想要做点儿什么，却又不知该干什么。鼠魃望了一眼范世海滞在半空的手，突然费力地提起了前爪，然后碰了碰自己的胡须，做出蠕动的样子。范世海目睹此情此景，眼泪"哗"的一下子喷涌出来，不顾一切地抱起鼠魃向索巴大嚷，说是要去北平最好的医院，怎么着都要把鼠魃的命救下来，哪怕卖掉一进院子也在所不惜。可是跑了几步过后，他发现怀中的鼠魃越来越沉，竟不由自主地从他手里往下滑，猛地想到了什么，再低下头来瞧，鼠魃已然没了气息。

那边，老破花见范世海离去，竟突然飞身而下，落在小鬼追肩头。待他擎着鹰赶来，乍见此景，也不免感到惊愕；本想安慰范世海几句，但一想到要不是自己没有关好门窗，致使老破花飞出来捣乱，也许鼠魃还不至于死掉。因而话到嘴边，又硬憋了回去，同众人立在旁边默然。

圆月高悬，院子里开始凉了。

范世海终于站起身来，索巴上前搀扶，又被他一把给推开了。

"各位，时候不早了，若是你们不嫌弃，今晚就在舍下将就一宿。待我去安葬了魃爷之后，再来跟你们商议除妖的事情。"

"五爷节哀！若是需要山人帮忙，请不要客气。"

"谁都帮不了我。道长，就让我一个人再去送魃爷最后一程吧。"范世海转向索巴，"好好关照各位，万不可怠慢。"

索巴满口应承，引众人走出院子。

到得前院厅堂，陈鸳桥等人落座不久，索巴便端来焖好的香片，另有几碟应时令的点心。

范世海虽已过了而立之年，但尚未婚娶，因而日常起居全部都由索巴来照看。

谢过索巴之后，顾随直截了当："明儿个一早，我就去琉璃厂找沈岐

311

周，告诉他蜃气可以破解了，请他赶紧安排画匠，最好在明日咱们二探陶然亭。"

惊奇道人摆手道："顾兄不可太过着急，虽说这唵叭已经在手，但这不过只是些原料而已，若是想治成抵御蜃气的法宝，尚需一二日的时间调治。稍后我会跟五爷言明，借他这里一用，不过请大家放心，山人定当快马加鞭。"

顾随抱拳道："那就有劳道长了！鸳桥，明天没事，不如我们一起去琉璃厂。"

陈鸳桥点了点头，又忽地想到自己曾受那拿之托，要将那罐獾油转交给溥心畬，于是连忙又推辞道："替我向沈掌柜问好，就说我得去一趟什刹海恭王府。"

顾随也不强求，自顾自地喝起茶来。

没一会儿，小鬼追满头大汗地奔入厅堂，状甚狼狈。

"怎么，老破花又闹毛病了？"

"鸳桥啊鸳桥，"小鬼追叹了一声，"按说我玩儿鹰也有些年头了，各式各样的大鹰没见过一千，也瞧过八百，不说是行家里手，到底也不是个秧子。可独独这架老破花，我还真是把不准它的脉，不知道这货脑袋里都装着什么！你看看它，没一点儿鹰的样子，可阴损起来，比人还要坏。就刚刚我送它回屋的时候，它又佯装要逃，得亏我身手还算敏捷，不然非得让它闪个大马趴不可。我算是明白了，除非不驯它，要是铁心要驯，往后我得加一万个小心，不然早早晚晚，我得让它给拖累死！"

陈鸳桥知道小鬼追平日里话少，连他都发起了牢骚，可见这老破花的确难缠。

"要是这样的话，不如你跟五爷商量一下，就甭费劲了。"

"我也认为它不是那块料。"顾随附和道，"不如趁早做决定，抽出身子来帮我锻造遏必隆刀，意下如何？"

"我自是愿意，就是不知道五爷咽不咽得下这口气。"小鬼追说。

"你这就去把老破花放掉,不就得了?"

顾随话音刚落,就听到屋外传来范世海的声音:"顾兄你欺人太甚!那老破花骑在我的脖子上拉屎,往我眼睛里插棒槌,拿我范世海当猴耍,我要是就这么着放了它,那往后在北平,我就得见天儿缩在城墙根儿走!""哐当"一声,他推门而出,又吵吵道,"我今儿个把话撂在这儿,一个吐沫一个钉,我要是不把那老东西驯成个鹰的模样,我就一头撞死在前门楼子上。总之一句话,我要跟丫死磕到底,决不妥协!"

陈鸳桥和顾随闻听此言,不由得相视一望,各自一叹。

第三十四章
萃锦繁华短

清晨下起了雨,绵绵密密,暑气裹缠其中,闷得人喘不过气来。

陈鸳桥提着早点走进报馆后园。为免吵醒眉楼,他收起雨伞时放慢了动作,掸了掸身上残存的雨滴,正要推门,却听到屋内响起一阵水沸之声。果真是眉楼,陈鸳桥推开门后,看到她正在从茶罐里取香片。不知是因为雨天还是凑巧,眉楼今天穿了一件天青色旗袍,照样还是剪裁得当,曲线彰显无遗;似比之前那件蜜合色的袍子,少了两分魅香袭人,却多了三分婉约雍容。

陈鸳桥将早点置于桌上,又特别注意了那旗袍的开气,只露出了一截小腿。

眉楼将沸水注入茶壶,茉莉的香味立即荡出来。

陈鸳桥禁不住赞叹道:"这一罐茶,窨得真是地道极了!"

他一高兴,不小心将早点打翻在地。

眉楼连忙俯身去拾,仓促间竟将腿上的袜子刮了一下,脱了丝。

陈鸳桥看在眼里,连声道歉,又说:"改日空闲,我陪你再去买一条吧。"

眉楼道:"世兄是要去鞋店吗?"

陈鸳桥道："难道还有别的去处？"

眉楼笑道："我自己去买就好了。待喝毕了茶，你还是早些去恭王府才好。我看今日的雨水，恐怕要一直落到傍晚。若是世兄事情办得顺利，可到东安市场买一些干竹荪来，我来煨汤给你喝。"

陈鸳桥道："本是想给你赔罪，反倒又让我给饶了口福。"

眉楼笑而不语。

陈鸳桥喝足了茶，又去报馆里转了转，问过助理，答曰诸事顺遂，才又回到了后园。

眉楼将那罐獾油找出，放在几案，只等他来取走。

为陈鸳桥撑开伞的时候，眉楼叮嘱道："东安市场的干竹荪，不要去庆林春买，他家的海味尚可，干品就差得多了。隆景和的更好一点，到底是山西铺子，料真价实。"

陈鸳桥道："眉楼小姐常去东安市场？"

眉楼连忙否认："不过是听人家提起过，便记在了心上。"

陈鸳桥自是不信，但见她不愿吐露，也就没有继续追问。

出了报馆，叫上一辆洋车，沿司法部街一路奔北，向什刹海方向行去。

北平早有"荷乡烟柳什刹海"之语，垂柳匝堤，蝉鸣聒聒，波光潋滟，菡萏香清，风光最为人称道。什刹海分为前海、后海以及西北侧的积水潭三个部分，后者也做西海之称；三泓碧水襟带相连，再加上前海南端的北、中、南三海，统称"六海"。什刹之水，本是永定河故道所遗，后来忽必烈命郭守敬修通运河，设为漕运之港。元代以降，海水退涸，运道就此废弛，而庙宇梵宫此时却大肆兴建，古刹数十座，参差其间，遂有"什刹"之名；至于佛寺的确切数字，一直以来众说纷纭，并无定论。

什刹海有一座名为"银锭"的石桥，横跨在连接前后两海之间的水道上。傍晚，若是腾起红霞时，倚桥远眺，可见西山胜景，一脉横黛，重峦叠嶂。前人曾将这"银锭观山"列为"燕京八景"之一，足可见其风致了。

那恭王府东北两侧被什刹海环抱，选在此地营建府邸，当然是看中了这里的风水。只是宦海浮沉，风水也要轮流转。这座由权臣和珅在乾隆年间建造的宅第，待到嘉庆皇帝才刚刚继位的第四个年头，便更换了主人。和珅获罪之后，皇帝将其赐给了庆亲王永璘。传至第三代的时候，奕劻照例降袭贝勒，另赐府邸，于是，此府便赐给了恭亲王奕䜣。也正是从此时开始，它才被称为"恭王府"。此后清廷覆灭，民国肇建，小恭王溥伟为复辟欠了巨债，偿还无门之下，不得已只好将府抵给了德国天主教会，其中府的前部，包括从府门到最后一进院落的宝约楼和瞻霁楼，早已另做他用；唯有府中的萃锦园，留给了溥心畲与其生母项夫人，以及本支兄弟叔明先生居住……

这些掌故，陈鸳桥半是了然于胸，半是那晚在戒坛寺从那拿口中得悉。由此又想到那拿深慕张大千，竟连装扮也要仿照大千居士，尤其是对那团美髯的爱惜，真是令人发噱；正思虑该如何帮他解了与旧王孙的心结，洋车猛地一转弯，拐入了龙头井胡同，片刻之间便停在了恭王府门前。

陈鸳桥付了车资，向车夫道谢后叩响府门，等了好一会儿，才见门房前来。

道明了因由，门房遂将陈鸳桥引入。

萃锦园比陈鸳桥想象当中的要广阔许多，庭院深深，细雨婆娑，古意甚浓。园中亭台水榭，小塘石桥，太湖石峰，无一不是精工营造。只是白驹过隙，岁月如梭，细观之下，诸般景致都已显出颓败来。尤其是"邀月台"及爬山游廊，都只剩下了柱础，旁侧砖瓦堆叠，横七竖八，连带着疯草恣意，刺猬出没，叫人颇感荒凉。

园中的西府海棠是极为出名的，蓬蓬数十株，林立两行，春来怒放，犹如红巷火云，"萃锦"之名当是由此得来。时下虽已过了花期，但陈鸳桥身处其中，内心却仍旧不免温热了起来：晴好之日，名士雅集，或赏花赋诗，或饮茶清谈，或抚琴写字……惜人生易老，盛筵难再，就连"王孙"前面，都要加上一个"旧"字了。

悲凉腾升，陈鸳桥不自觉地停下脚步来。门房唤了两声，他这才恍然而醒，急忙跟了上去。由中路又行了许久，在最北端的地方，便是溥心畬的起居室和画室了。此处之建筑，因形似展翅飞翔的蝙蝠，因而有"蝠厅"之名，亦即"寒玉堂"。

寒玉堂内，不独溥心畬一人，尚有两位二十多岁的青年站在身侧，状颇恭敬，该是来向旧王孙求教的学生。溥心畬此时正在画一个扇面，听到门房的声音，抬眼望向陈鸳桥，眼神在他手中的那罐獾油上定了一下，目光又落回到笔尖。

陈鸳桥曾经见过一帧恭亲王奕䜣的照片，身材瘦削，麻脸苦相，实在是没有半点儿贵胄气宇。不过与其祖父不同，溥心畬却面容丰润，白皙疏眉，一派朗然之态。

"先生，这空灵二字，就书画而言到底该作何理解？"此时，站在左首那位眉目秀朗、戴着圆框眼镜的青年问道。

陈鸳桥见他话毕微微欠身，一副聆听指教的模样，一眼便知是读过许多书的。

溥心畬却反问道："叫你读的那些诗，可曾都用心读过了？"

秀朗青年推了推圆框眼镜，答道："王摩诘的读了许多，是很对胃口的；孟浩然的实在无聊，读不下去；柳宗元的也很没趣，一点儿味道都没有；倒是韦应物的，越读越起劲儿，清新之气比之王摩诘还高。"

溥心畬面如平湖，顿了顿方才又道："嗯，要继续读。唐诗终究是唐诗，就算你再不喜欢孟浩然和柳宗元，也总是要好过黄庭坚、陈后山那些宋人的。"

秀朗青年立即道："学生记下了。"

"噢，你刚刚问什么？"

"学生是问，先生总讲作书画要讲究空灵，那么您又是如何理解这两字呢?"

溥心畬突然将笔停住,似是在思考如何作答,但也仅仅是一瞥之间,然后又如此前那般继续画起来,陡然冒出一句:"高皇子孙的笔墨,没有不空灵的。"

秀朗青年与身边同学对视一眼,皆面色愕然。

陈鸳桥以手掩口,强忍着不笑出声来,旧王孙这番回答,可真是叫人无法再往下问。这"高皇子孙"与"笔墨空灵"本是八竿子也打不着,但巧在他偏偏占了两者,于是就可以堂而皇之地编排在一起,以作搪塞。

想来是因为敷衍得太过露骨,溥心畬又补充道:"其实诗、书、画都是通的,就好比这萃锦园的格局,分为三路,但是不管走哪一路,只要你想看到我,总是会找到寒玉堂的。诗作好了,画自然就好了,画作好了,字也就不会差到哪儿去。"

陈鸳桥体味旧王孙这番见解,心中暗自钦佩,溥心畬三者皆备,且能够将三者融会,你帮我携,方才达到了三者皆高的境界。有此总结,陈鸳桥心中不免欣喜,身子也舒展了,不再像刚刚进屋时那般急促了;只是转念又一琢磨,旧王孙还是答非所问,根本是以一番道理回避了秀朗青年的问题——看来,这位盛名在外的大画家,虽然造诣非凡,却无法说出也无从说起,自己究竟是怎样达到了外人眼中那空灵的境界来。

由此可知,文艺书画,能够说出来的道理或者经验,往往并非关键之所在。

此时但见那秀朗青年眉头微蹙,似对溥心畬的答复仍心存不甘,且尚有打破砂锅问到底的迹象在,于是陈鸳桥不及细想,起身道:"先生这番话,让后学茅塞顿开。后学不才,有一个不情之请,若是冒犯,还望先生不要怪罪。"

溥心畬见陈鸳桥有心为自己解围,也就没有多想,顺口道:"陈记者是我的客人,有什么话,请但讲无妨。"

陈鸳桥犹豫了一下,朗声道:"后学听闻先生府上藏有一帧《平复帖》，是乃西晋名宿陆机所书。既然先生言称，诗、书、画三者相通相融，那可否将宝帖请出，以之为例，详细讲解？若蒙先生慷慨，后学三生有幸！"话毕，恭敬地向溥心畬鞠了一躬。

饶是旧王孙见多识广，也未想到陈鸳桥会提这般要求！

那《平复帖》是用秃笔写于麻纸之上，因内有"恐难平复"字样，故名。作者陆机曾有名篇《文赋》传世，其书法之造诣，也常为后世书家所推崇。更为重要的，是这帧短短八十余字的书札，乃存世最早的文人墨迹，因而宋时便入藏宣和内府；以后江山鼎革，亦是流传有序，其尾纸上各路名家的题跋，便是最好的佐证。待到高宗时候，乾隆将之赐给成亲王永瑆；而后光绪年间，又为恭亲王奕䜣所有，从此，一直庋藏于恭王府邸。坊间有传闻称，入民国以后，见过《平复帖》的人以十人为止——此语虽不知出自何人之口，但亦可见此帖之珍贵，当得上"稀世珍品"四个字。

陈鸳桥这一席话，不但让旧王孙身子一震，倏地停下了手中的画笔，也令秀朗青年有些怔然。而一直没有讲话的青年，沉静的脸颊上却露出无法抑制的兴奋，仿佛陈鸳桥此举正契合了他的心愿。

溥心畬避开三者目光，缓身而起，拢了拢漆光的头发。旧王孙身材不高，步子稳健，来到窗前，背向三人而立。窗外淫雨未歇，不知何时才能放晴。

"也好，雨来赏帖，或可平复……"话未讲完，旧王孙忽而走向了内室。

取帖间隙，陈鸳桥向两位青年自报家门，又递上名片，请他们闲时去报馆小叙。那二人也赶紧报上姓名，戴着圆框眼镜的秀朗青年，姓启名功字元白；另一位颇为稳重的，则叫朱家溍，字季黄。"元白与季黄"，陈鸳桥不禁叹道，"这字取得真好！"又想到，能随旧王孙习画，家世当是不寻常，也就不足为奇了。

之后溥心畬将《平复帖》展于三人，未谈陆机书法，却先对尾纸后的题跋、钤印详加品评了一番,由此又钩沉起画坛掌故,说此帖的题跋者之一董其昌,目光殊为短浅,将画派分为南北两派且不打紧,非要"崇南抑北",把南宗定为画家的正统,真是徒增笑耳。可见巨擘都是吹捧出来的,骨子里到底是庸人云云……

拉拉杂杂,不觉间已是晌午。

府中用人来请旧王孙用饭,陈鸳桥这才恍然,旧王孙竟未曾提过一句陆机,自然也就更谈不上以书讲画了!只是最后在收起帖子的时候,才向元白与季黄语重心长地说道:"作几幅画,并没有什么难的,至多不空灵而已。可若是日后,你们能将这《平复帖》的内容通释出来,那才是真正的了不起哪。"

元白与季黄闻听此言,异口同声道:"学生谨记!"

溥心畬起身将《平复帖》收归内室。再回来的时候,陈鸳桥刚要起身告辞,季黄却先他上前,自身上取出一只蛐蛐儿葫芦来,恭敬地双手奉上:"先生,您受累给瞧瞧,是个什么来历。学生愚钝,不知其所以然。"

溥心畬将那蛐蛐儿葫芦接下,倒过来随便搭了一眼,又抛给季黄,说道:"嗯,是个好玩意儿,打哪儿淘换来的?"

季黄说道:"不敢瞒先生,这东西不是学生的,而是学生的一位总角之交,两年前在东四的一家古玩铺买来的。他说当时这葫芦只是合了他的眼缘,其他的则茫然不晓。日前得知我要来府上,便央请我向先生求教,以解疑惑。"

"你的这位总角之交,眼力不错嘛。是谁家的公子啊?"

"回先生的话,他是金北楼先生的外甥,姓王名世襄,表字畅安。"

溥心畬点头道:"难怪,你回去告诉他吧,这只葫芦就是当年名满京师的'红雁',早些时候,麻花胡同的纪家托先父办事,送来的谢仪里就有它。那时我尚且年幼,嫌这'红雁'太过秀气,倒是对另外一只'紫雁'喜欢得紧。先父见状,便留下了'紫雁',叫纪家人把'红雁'又收了回去。后来我往西山戒坛,印象里好像也带着'紫雁',蓄过几回秋虫,便不知扔到哪里去了。"

这一番话，溥心畲说得轻描淡写，似根本未将这京师"双雁"放在眼里。陈鸳桥不禁想到当年曹四爷提及这京师"双雁"的往事来。四爷说这两只葫芦，之所以称之为'雁'，乃是因为其形修长如雁之长颈，红与紫，指的自然是色泽了。此二器，在于底部不似寻常的蛐蛐儿葫芦镶有牙托，而是以同色之葫芦填补，工艺殊难，因而价值连城。四爷还曾发过愿，有朝一日必得此"双雁"，想来若是自己把旧王孙这番话告知他，老人家又该顿足捶胸了，索性立即决了这个念头。

此时季黄与元白二人向溥心畲告辞，旧王孙也不挽留，只说下次来府之时，可邀畅安同来一叙，萃锦园中尚存有北楼先生的两件旧物，可托其转交给金家。

季黄欣然，又与元白同向陈鸳桥辞别，走出寒玉堂。

那金北楼乃清末民初的书画大家，其地位不亚于此时的溥心畲，实乃当年京津画派一员重将。尤其是其与陈师曾等人筹建的中国画学研究会，可谓开风气之先。陈鸳桥曾在书肆上购得其所著诗集《藕庐诗草》一册，依稀记得是高野侯题签、朱彊村题耑，宝熙及李汝谦作序，内页则是以聚珍仿宋体排印而成，至于诗作，倒是一首都记不得了。是书印于丙寅年同年，金北楼即下世，到如今已有十年了。而旧王孙口中所称之旧物，猜想该是金北楼的画作。能够入藏寒玉堂，必是难得一见的精品。奈何已有"前车"，怎可得寸进尺？陈鸳桥只好按捺心性，亦上前与旧王孙辞别。

"那拿可对你说过些什么？"溥心畲突然问道。

陈鸳桥一怔，旋即回道："那兄只说了一些与先生在戒坛时射雉猎獾的往事。"

"他过得可还称心？"

"先生何必明知故问，您将那兄留在戒坛十余载，不准他回城，换做是在下，也断然没什么称心可讲的。"

"看来他还是把那件事情告诉你了。"

"那兄为人坦荡，是一位可交的朋友，在下觉得理在他处。"

溥心畲面露愠郁，叹了一声，背过身转向窗外，沉默了片刻方才又道："想来陈记者与那拿也非相熟太久吧？"

陈鸳桥道："不过一日。"

溥心畲道："不过一日，陈记者便将那拿视为朋友，试问我自幼与他朝夕相处，又怎会不知道他的性情呢？他天性纯良，嫉恶如仇，与他父辈一样忠于王府，可以随时丢掉自己的性命来保全我。试问，我若是带着他涉足政治，让他去面对那些蝇营狗苟和尔虞我诈，岂不是比杀了他还要狠毒吗？我生于王室，有些事情是无论如何都逃不掉的，即便非我本意，也得佯装行事。再者说，当年我正值而立，历练不够，对事功有所渴望，这难道不是人之常情吗？好比作画，总得有个过程，方可达到空灵之境界。陈记者，你说是也不是？"

"先生苦心，鸳桥受教了。"

"所以就让他继续误解我吧，总比丢了性命要好。"

"请先生放心，即使日后有缘与那兄再见，后学也定会守住这个秘密。"

溥心畲露出了温和的笑容，说："那就只当我用《平复帖》堵住你的嘴吧，咱们这叫有来有往，互不相欠。"

陈鸳桥略有愧色："适才实在是唐突，为了一睹《平复帖》的真容，竟然对您来了一手见缝插针，不成体统得很，还望先生不要放在心上才是！"

溥心畲重新提起画笔，继续画未完成的扇面，说："既然你与那拿是朋友，那也就是我溥儒的朋友了，不碍。"

陈鸳桥突然向后撤了一步，十分恭敬地向溥心畲鞠躬行礼，然后朗声道："蒙先生瞧得起，那在下也就高攀了。此外尚有一事不吐不快，先生再恕我唐突之罪。"

"但说无妨。"溥心畲只顾笔下刷刷点点。

"在下听闻，"陈鸳桥吸了一口气，语速陡然变得快了起来，"寒玉堂里除去那《平复帖》之外，尚有一幅唐朝韩干的名画《照夜白图》，而就在几年前，先生将之出售给了英国人，英国人又转让给了日本人，而后，这幅画又被美国人收入囊中，可有这回事？"

溥心畲闻听此言，手中画笔立止，脸色忽而变得十分难看，他说："是有这回事的。怎么，陈记者是想深挖这其中的细节，做一篇讨伐我溥儒的檄文吗？"

第三十五章
香灯氤氲长

溥心畲这番回答，着实出乎陈鸳桥的意料。但他只是沉默了片刻，便不卑不亢地继续说道："后学所办之报，虽被人家称作小报，但也并非乱写一气，信口雌黄。窃以为凡事都要讲求规矩，不可以越雷池一步。后学办报的规矩，就是没有佐证，决不杜撰。先生乃是一代王公贵胄，府中所藏自然非我等可以蠡测，譬如那幅《照夜白图》，也许在先生眼中，不过就是全豹之一斑，辗转至异域并没有什么。但现今已是中华民国，先生身为国家子民，就有责任和义务爱惜这些文物。北平现下已是危城，日本人正虎视眈眈，说不准就在后学说话这个工夫，他们就已经开始攻城了。大清国被推翻了，您尚且有戒坛可避；要是北平城破，那这一城的百姓，可就全成了亡国奴！您想想，老祖宗拢共就传下来这么点儿东西，结果都被人家弄了去，归了包堆一句话，那是不是也忒冤了些？"

这一番话说完，陈鸳桥不等溥心畲下逐客令，便先行施了礼，欲转身离去。

"陈记者，且先留步。"一只脚已经踏出寒玉堂的时候，溥心畲不知为何又叫住陈鸳桥。

"先生还有什么吩咐？"陈鸳桥复又走回画案前。

溥心畲也不抬头，兀自沉浸在未完的扇面画作上，好一会儿才撂下笔，又自印奁中取出来一方印鉴，点了朱泥钤在上头。这扇面画的是一幅山水，题名为《极乐洞天图》，左侧尚有诗"一峰耸奇秀，数里诱人行"两句，落款"溥儒"下方，钤印"旧王孙"。

"这极乐峰，在戒坛迤西五里处，峰下有清泉、钟乳、石笋，真乃洞天奇景。昔年我与那拿常往来其中，真是一段极乐的时光啊。"溥心畲不禁感叹道，"你与那拿结缘戒坛，这幅扇面，且送与你吧。"

陈鸳桥有些懵懂："先生，这……"

溥心畲道："做学生嘛，总是要交一些束脩的。"

陈鸳桥大窘："后学怎敢领受！"

溥心畲笑道："安心收下便是。若是日后我要用钱，那《平复帖》也只会转让给知根知底的自家人，绝不会让其流到外邦就是。倘我失信，愿遭君口诛笔伐。"

陈鸳桥正思虑该如何对答，却见溥心畲一边径直走出屋外，一边留下话来："陈记者口如利剑，府中饭菜恐难以招架，就不留你了。他日见到那拿，务要守住你我之间的约定。好雨时节，请再来寒玉堂一聚。"

浓墨未干，到底是旧王孙的大作，得之不易。于是陈鸳桥便在寒玉堂听了一阵雨声，方才将扇面收好，撑伞离开萃锦园。

出了府门，只见龙树井胡同异常阒静，竟空无一人。

时值晌午，陈鸳桥有些饿了，想到什刹海北岸有一家会贤堂，不但菜烧得十分地道，又可凭栏赏荷，微雨徐徐，当是难得的风致。

陈鸳桥打定主意，却怎么也等不到洋车；正准备步行过去，猛地胳膊发沉，似被人扽了一下。

偏了偏雨伞，只见身旁冒出一个人来，面色蜡黄，胡子拉碴，头发也似一团鸟窝。他身着一件灰色的大褂，上头一个扣襻都没有，取而代之的是一根细绳儿，松松垮垮地将褂子束起。

"溥老二下了你多少银子？"这人没头没脑地来了一句，把陈鸳桥挤开了一步，钻到了伞下头。

一股刺鼻的气味溜入鼻孔，这味道再熟悉不过，与那白米仓鼠魃身上的如出一辙。

"阁下有何指教？"

"谈不上，谈不上！"那瘾君子嘻笑道，"这恭王府我进去过几回，溥老二也见过。我看兄弟你是个斯文人，面善，有心给你提个醒，不想让你多扔银子。"

"哦，此话从何说起？"

"嘻！跟我你就甭掖着啦！到这里来的，还不都是为了买一张溥老二的画嘛！"瘾君子一副驾轻就熟的口吻，侃侃而谈，"也不瞒兄弟，琉璃厂的那些南纸店，我是门儿清；他们有多少猫腻，恐怕北平城找不出第二个人比我懂。"

"您到底想说什么，我没听懂。"

"还是个真斯文！"瘾君子又挤了挤陈鸳桥，跟他挨得更近，"这么说吧，你到琉璃厂的南纸店，买一幅溥老二的扇面，比方说要花十个大洋；可是你又怕不是溥老二画的，为了保真，想亲眼看着他画，于是就来这恭王府，难免要多花上十个大洋。现在，你遇见我，哥哥可以帮你省钱，让你只花上三个大洋就能得到一样的东西，看不出假来。"

"看不出假来？"

"越老越看不出，黄公望和赵孟頫更是一等真。"

瘾君子这话一脱口，陈鸳桥算是明白了，原来，这位是在向他兜售假画来了！

昔日的北平，有这样一桩不成文的规矩：这书画的作者若是古人，无一例外都在古董铺子进行买卖；但若是时贤，譬如溥心畬和张大千等人，则在南纸店进行挂笔单，按润格多少收取笔润，或是将作好的字画挂卖。两者泾渭分明，绝无混淆。

在古董铺子里，内行人都管古人的字画叫做"软片"，以跟瓷器、玉器、青铜器等区别开来。古玩行里有一句老话，书画这东西——尤其是古画，十张得有十一张靠不住。有人疑惑，十张就十张，怎么多出来一张？真是岂有此理。其实也不难解释：比如某位古董商人买进一轴六尺的大中堂，找明白人一鉴定，是真东西无疑。可是这画稍有些毛病，毕竟是有年头了，难免有两三处水渍，四五块霉斑，七八处蠹鱼噬下的小孔，这副样子，脱手自然不易，亦卖不上好价。商人最重利润，于是他便想起辙来，给这轴中堂做"手术"。当然了，这"手术"他不会亲自做，要请专司刀尺的专家，也就是制假画的高手来操持。一轴中堂，拆大改小，可以截成三尺条幅一张，二尺条幅一张，二尺中堂一张，小横批一个，外加小方斗两块。这么着一弄，一张立即变成六张，然后再请制假高手题上款识，好好地装裱一番，简直是触手若新，不愁卖不出去。而这六张画，说它是真，其实都经过制假高手的琢磨；若说它假呢，可每张画上，可都有原作者的笔墨啊。正是因为这个，所以行里头才流传出了这样一句怪话来。

其实此风自古已然，但凡名家书画，无不有假。而所谓"行行出状元"，造假画者也是能人辈出。乾嘉年间，苏州有一位名叫翟云屏的人，他原籍浙江嘉兴，后来寄居吴门以卖画为生。他虽然金石书画样样精通，但偏偏时运不济，画作就是无人问津，迫于无奈于是便做起假画来，以此糊口。翟云屏因为耳疾的缘故，别号叫做"无闻子"，有人说他耳朵并没有毛病，取此名号实则另有深意。从前他兜售自己的画作，时常作舌敝唇焦之说服，仍旧不能打动卖主；而那些有些名气的画家，随意涂鸦甚至是敷衍之作，也能为人所争抢。因此他得出一个道理来，世人多耳聋，其病甚于眼瞎。

翟云屏曾与装裱高手张子元，合作炮制出一幅元朝画家高克恭的《春云晓霭图》来，两人为令这伪作登峰造极，可谓是煞费苦心，甚至都用上了鼎鼎大名的"侧理纸"。这纸另有水苔纸之名，据说是用海藻所造，乃中国最为古老的一种纸，年代至少在唐朝以前。乾隆朝的时候，扬州有一位盐商，不知道从什么地方发现了一批水苔纸，重价购买后奇货可居。

后来这批纸的大部分都被当做贡品入了紫禁城，只有少量流传到市面上。而彼时一张纸，也要十两银子方可买下。但是，两人伪作的这幅假画，最后竟然卖出了八百两的高价。

无独有偶，近世也不乏造假高手，其中佼佼者当属张大千。大千居士之家世，虽然比不上旧王孙溥心畬，但也是富贾之家，开着轮船公司、百货公司和钱庄。张大千很年轻的时候就染上了收藏古人名迹的雅癖，花费自是十分庞大。岂料民国十三年，张家的货轮在三峡行船时，一个不小心撞翻了黔军的走私盐船，致使船上的一连士兵尽数落水溺亡。那时候黔军在川蜀的势力很大，为了赔付人家，张家卖掉了许多产业，就此元气大伤。这且不算，而后张家的百货公司和钱庄也是接连出现问题，纷纷倒闭。

财路突断，使得张大千立即捉襟见肘。那时候他的画已得石涛三昧，不论是技法抑或是题款，处处乱真，甚至放入石涛真迹中，比真石涛还要"真"上几分。可是他自己画的水仙，一副册页也不过能卖四块大洋。正如翟云屏的心境一样，再加上急须维持开销，于是张大千便仿起了石涛假画，大赚特赚。有时候为了把价钱卖得更高，他还自导自演，找来书画掮客做戏，简直是造假造到极致。不过，张大千更为聪明的是，他把造假得来的钱财，转而用于大肆收购石涛真迹。如此一来，市面上的真石涛就越来越少，而因为收藏石涛甚丰，他则成了人们眼中的"石涛专家"，如此循环往复，使得他的造假更为便捷了。

这等有亏名节之事，陈鸳桥当然不会跟那拿提及，他秉性高洁，知晓以后定会伤心。然而人生在世，一个人能够成就多少功名，往往与德行并无太大关系。陈鸳桥虽然明白这番道理，但骨子里却还是把"道德"看得极重，否则，他也不会在寒玉堂里抢白旧王孙了。

因着这个关系，他自然对这位瘾君子没有太多好感，于是说了两句客套话，便打算敬而远之。不料这位颇有些"滚刀肉"的气质，追着陈鸳桥的脚步，又是一番絮絮叨叨，大意是若非实在需要用钱，他是决计不会出此下策的云云。到了这个时候，陈鸳桥方才弄明白，原来此人并非书画掮客，而正是造假画的正主！

"实不相瞒，我来恭王府，是受人之托转交给溥二爷一样东西，并非来买画。再者说吧，我劝您还是不要做这等无用功。您琢磨一下，换作您是我，要买几张假画，是不是也得去琉璃厂古玩铺踅摸啊？还有，我劝阁下还是戒了烟癖，现下政府查得正紧。"陈鸳桥话毕心道，这下估计可以脱身了。

"兄弟这番话，说得句句在理！只是老哥不是没办法嘛，但凡有别的法子，哥哥我就不跟这儿找辙啦。"瘾君子甩了甩被雨淋湿的头发，撇嘴道，"这要搁前些年，让我挨在恭王府大门口淋雨？姥姥！就算是溥老二见了我，那也得叫我一声世兄，请我到他寒玉堂看茶呢。还有，就现在的北平城，能称得上画家的有几个？马伯逸算吗？会描几笔郎世宁，连个景儿都不会补，要不是南纸店的人磨我，我才懒得管他！还有于非厂，只会在《晨报》上写些酸唧唧的文章，自吹自擂不说，画工也是一塌糊涂。一幅百鸟图，上头大鸟小鸟一大片，乱得像是尿褯子，阴阳向背都不分，还好意思请我给他补景儿？画宋徽宗，你就好好画，非得云山雾罩，说自己家里藏了几坛子价值连城的好颜料，什么头青三坛，二绿五坛的，真是信口开河的一把好手，谁又看见了？还有荣宝斋的王裕如，更是恬不知耻……"瘾君子越说越是愤懑，突然间又好似觉察出自己的失态，"嗐"了一声，"我跟你提这些干吗呀我！喏，给你我的片子，你用不上，也许你的朋友能用上。"

一方皱皱巴巴的名片，上面用毛笔写着名字和地址，字是馆阁体，很见功力。

"颜端先生？"

"小字嵘峭。"

"那么……嵘峭先生，幸会！"陈鸳桥也掏出名片来，递上去，"我虽不懂书画，却爱听一些个中秘闻。若是先生得暇，欢迎到报馆小坐。"

329

"老弟相邀，为兄当然要给面子。"颜端挑了挑眉毛，顿了顿才又道，"不过不知道老弟今儿个方便不方便，能不能先……借我些钱，我有急用，是要命的事儿。"

"府上有人患疾？"

"家中只我一人。"

"那是……"

"不好说。"

"您要是想一解阿芙蓉癖，恕我无能为力。"

"绝不是！这事儿可比烟瘾严重得多，我要是不办，恐怕往后也就不能去你的报馆了。"

陈鸳桥犹豫了一下，自皮包里掏出几张法币，递给了颜端。

"还有吗？"

"五块都不够？"

"有差头。"颜端盯着陈鸳桥手里剩下的三张。

"这剩下的我今天也要用，若是不够，请您再想想别的办法。"陈鸳桥收了起来。

"萍水相逢，老弟就能舍出这五块钱，当是真君子！"颜端点头抱拳道，"所谓大恩不言谢，为兄就不耽搁你了。就此别过！"也不等陈鸳桥再回话，匆匆奔离。

陈鸳桥码不准这五张法币是否会打水漂儿，不过适才颜端提及的那三位画家，他倒是都有些了解。尤其是于非厂，他在报上写的那些关于都门风物的文章，还是可读的，并非像颜端所言那般一无是处；而所谓"南张北溥"的说法，亦是由此人见诸报端；至于他的工笔花鸟，富丽典雅，灵动秀逸，颇为赏心悦目。如此看来，颜端要么是一位刻薄妄人，要么他便是翟云屏一类时运不济的高手。倘若是后者，那自己为其略尽绵力，也不枉为一桩好事；但若是应了前者，那也只好自认倒霉。

会贤堂很是近便，陈鸳桥收伞入内，早有堂倌殷勤接下，引他上楼。

陈鸳桥叫了几样风味小吃，又叫了油爆双脆和糟熘鱼片，一边赏雨荷，一边吃着。

饭罢，天气仍不见晴。陈鸳桥心道不如早些去东安市场买干竹荪，待眉楼煨好了汤，说不定顾随也从琉璃厂回来了。

陈鸳桥回到报馆，却已是晚上八点钟了。

远远地就瞧见眉楼站在报馆门口，撑着伞张望，微雨婆娑之下，更显窈窕。

见陈鸳桥归来，眉楼不知何故竟收了伞，钻入了陈鸳桥的伞下。

陈鸳桥初感不适，但随即又禁不住一阵窃喜。

中途，陈鸳桥问眉楼，顾随可曾来过。

答曰午后来过："让我转告世兄，明早会同你与惊奇道人，一并前往琉璃厂观颐斋。"

陈鸳桥又见报馆办公室漆黑一片，正疑惑间，却听眉楼解释道："这等天气，易生惆怅，我以世兄之名给大家放了假。不过你放心，该做的工作，大家都已经提早完成了。"

陈鸳桥又问："那么，馆役呢？"

眉楼笑道："他是最后一个离开的，现在应该在大酒缸喝酒。"

陈鸳桥道："就是说今晚这报馆，就你我两人？"

眉楼反问："世兄觉得有什么不妥？"

陈鸳桥道："没有……我是怕竹荪汤喝不完，浪费了你的一番美意。"

眉楼的语气突然变得十分坚定："你不会的。"

两人进得屋内，只见眉楼早已备好了饭食，却没有动过的痕迹。眉楼收起雨伞，让陈鸳桥稍候片刻，她这就去将菜温一温。陈鸳桥一边说自己不饿，一边请眉楼坐下。

"你的鞋子都被雨水弄湿了。"陈鸳桥摸出一块手帕来，"快擦一擦，别着凉了。"

"世兄回来得这么晚，是被什么事情给耽搁了吗？"眉楼剥掉了鞋子，露出了一双隽美如玉的脚。她没有去接陈鸳桥递来的手帕,而是将双脚停在了他的膝盖上。

"本来到隆景和买了干竹荪就应该回来的,只是转念想到,还是该赔给你一双丝袜。"陈鸳桥情不自禁地托起眉楼的脚踝,只觉柔嫩温软。她的足弓曲线优美,脚趾也精致匀称,在润黄色的灯光下,一颗一颗的,显得格外饱满莹翘,仿佛掐上一下,立时就会溅出汁液。

"可是一双丝袜,也不该买这么久的。"眉楼将脚又向前伸了两寸。

"谁说不是呢?只是佳美丽鞋店里的,都被那些摩登太太和小姐们买光了。转遍了东安市场,却再没有寻到第二家。"陈鸳桥将眉楼脚上的雨水拭干净,察觉有些冰,于是便搓热了手掌,握住了她的双足。

"就是说,世兄到底也没有给我买来?"

陈鸳桥不置可否,松开了眉楼的脚,斜着身子将皮包拿到了近前,从内里取出一双丝袜来,递给眉楼后,又搓热了手掌,再次握住了她的双足。

眉楼笑道:"你倒有办法!"

陈鸳桥道:"这是在东安饭店白宫舞厅买来的,那里的摩登舞小姐都是洋女郎,所以丝袜是永远都不缺的,而且款式都是时下最流行的,远好过佳美丽。"

眉楼揶揄道:"世兄很熟悉北平的舞场嘛!我听闻出入其中的舞小姐,个个媚态诱人,除了洋小姐,也不乏江南佳丽和北国美人,简直就是温柔乡,是会叫人欲罢不能的,可是真的?"

陈鸳桥连忙摆手解释:"我是很少光顾的。在上海的时候,倒是去过几回大世界,那不过也是为了采写新闻稿,才接触了几位舞小姐。"

"我的脚还是有些冰。"

"我再给你温温。"

"你捧着这双脚的样子,让我想起了一个人来。"

"是谁?"

"世兄且猜猜看。"

"你倒是给些提示,否则我是断然猜不出的。"

"是一位老夫子,到了民国还留着辫子,且是在大学里教授英文。"

陈鸳桥笑道:"狂儒辜鸿铭?"

眉楼点头道:"自然是他了。我听说这位老夫子,是出了名的沉迷三寸金莲,若是文章写得不畅,便会喊来自己的内人,剥去罗袜,把玩一阵子,然后必定文思泉涌,下笔如有神助……当真有这回事儿?"

陈鸳桥将手松开,回道:"确实如此。而且这老夫子还只有一套理论,他说中国的女性之美,是同三寸金莲脱不了干系的,其原因在于女人裹脚后走路不稳,使得肢体随风摇摆而别有一番韵味。若是天足,那就无甚可观了。有趣的是,当年那位提倡维新的康有为,还曾送给过老夫子一幅匾额,上书'知足常乐'四个大字。辜鸿铭欣而受之,当真在家中的厅堂里挂过一阵子呢。"

"世兄为什么把手松开了?"

"我是怕你误会我也有好足之癖。"

"我的脚不好看吗?"

"才不是!"陈鸳桥又把手伸了过去,"我只是觉得不那么冰了。"

"现在呢?"

"好像还是有些冰。"

这时,眉楼倏地将脚从陈鸳桥的手中抽出来,跟着穿上了鞋子,说了一句:"世兄,你抱抱我。"

陈鸳桥照做了,只觉眉楼的身子滚烫。

"世兄难道没有什么要问我吗?"

陈鸳桥有千言万语要说,可是话到嘴边却无从说起。

"罢了。"眉楼从陈鸳桥的怀中挪出身子,抬手握住陈鸳桥的腕子,将他的手放在自己颈部的衣缘处,旁边的一颗葡萄扣近在咫尺。眉楼道:"既然说不出,那就有劳世兄动动手。"

"是让我解开吗？"

"我自己也是可以的。"

"解开了。"

"既然解开了第一颗，那就有劳世兄再继续。"

"已经第三颗了……还要继续吗？"

"一共有几颗？"

"我数一下……还剩下四颗。"

"那就有劳世兄，将剩下的四颗都解开。"

陈鸳桥虽然点头，却把手指停在了第四颗葡萄扣上，一时不知在犹豫什么。

"世兄，你知道自己最大的弱点是什么吗？"

"请示下。"

"想得太多了。"

陈鸳桥一把将眉楼抱起来，又停下："我先去关灯。"

眉楼伸出一根手指，竖在陈鸳桥嘴唇上："关上灯，你怎么帮我脱掉旗袍？"

第三十六章
金 陵 有 客 来

雨下了一个昼夜，终于歇住。

阳光越过窗子，扑在陈鸳桥和眉楼的身体上。他们在拂晓时醒来，或者，一整夜都未曾睡去。眉楼要陈鸳桥给自己涂"蔻丹"美指油，她先拿出一支宝石色的，又拿出来一支芝兰色的。陈鸳桥说两种颜色都很好看，随便涂哪一支就好了。眉楼却坚持让陈鸳桥选一支，陈鸳桥实在拿不定主意，于是便道："宝石色的那支，倒是可以涂在脚趾甲上。"

涂好了"蔻丹"，阳光开始变得刺眼了。

这时眉楼起身理弄起头发来，陈鸳桥坐在她身后，拾起丢在一旁的旗袍，披在了眉楼的肩头。不经意地一瞥，他发现眉楼乌黑浓密的头发里，竟杂有几根金色发丝，在光芒的照射下，尤为扎眼。

"真是好生奇怪，要不是长在你头上，我险些以为是金线。"陈鸳桥开起玩笑来。

"有几根？！"眉楼倏然扭过头来，眼神里闪过一丝慌乱。

陈鸳桥见她问得十分认真，忙数了数，回道："一共是六根。你是在担忧它们变成白发吗？大可不必的……"

"再帮我数数，只有六根吗？"

"只有六根。"

"世兄，好好帮我数数。"眉楼的语气非常诚恳，甚至还夹杂着哀求的成分。

陈鸳桥不好怠慢，又仔细地观察了一番，当真找到了第七根。他如实告知，不想眉楼竟默不作声了，唯有肩膀抖动得厉害。

"你这是怎么了？"陈鸳桥探身过来，只见眉楼的面颊上挂着两行泪珠。

"世兄，要是明天我就不在了，你会想我吗？"

"你哪儿都不要去。"陈鸳桥将眉楼揽入怀中，为她擦去眼泪。

"要是我死了呢？"

"这就是傻话了。你别忘了，我可是得了太炎先生的真传，那本《疴中癖》可以治好世间的一切病症，所以只要你在我身边就好。"陈鸳桥话毕，紧了紧搂她的胳膊。

"可是……"

"可是什么？"

"没，没什么……"

"你一定是有什么事情，说出来，我帮你。"见眉楼欲言又止，陈鸳桥追问道。

眉楼翕动了几下嘴唇，最终还是没有说出口，而是微微抬起了头颅，吻了吻陈鸳桥的脸颊和另一边脸颊，然后又流下两行热泪来。

陈鸳桥猜不出，为何几根金色发丝会让眉楼如此怛然惊恐。依照他的理解，这多少有些小题大做，极为不符合眉楼的性情。如此看来，这其中定有什么隐情，或者是牵扯到了什么重要的事情……

与顾随碰面后，一路上陈鸳桥的脑袋里尽是眉楼的影子，甚至到了白米仓，惊奇道人告诉他唵叭已经提炼完毕，他仍显得恍惚不已。

宅中不见范世海与小鬼追，陈鸳桥问索巴："这二位又去哪儿了？"

索巴笑道："您怎么突然健忘起来了？当然是去熬那架老破花啦！本来该是一人一个半天，相互轮换着来，可两人不知怎么地又撂起了劲儿，非要一起熬！我算是看出来了，他们就是前世的冤家！"

陈鸳桥点点头，"嗯"了一声。

"你怎么心不在焉的？"顾随拍了拍他的肩膀。

"没什么，昨晚没睡好。"陈鸳桥敷衍了一句，又见顾随眼神里满是怀疑，忙道，"真的没睡好，做了一宿的梦，惊涛骇浪的。"

顾随笑道："今儿个在报馆，我见眉楼小姐挂着泪痕，可是你欺负她了？"

陈鸳桥道："你约的沈岐周几点钟？"

"十点钟。"

"现在几点钟？"

"八点三十五。"

"跟十点钟还差多少时间？"

"一小时二十五分，你问这个干什么？"

"没什么，不如咱们现在就出发，观颐斋的茶还是不错的。"

"都可以，你定。不过，你还没有回答我的问话呢。"

"还是没把你绕开。"陈鸳桥叹了一口气，"顾兄啊顾兄，整个北平城，我真是找不到比你更执着的人了！"

沈岐周似乎料定陈鸳桥和顾随等人会早到，所以他们一落座，伙计便端上了闷好的上等龙井。与前几日的照面如出一辙，他还是戴着那顶帽子，只是身上换了一件褂子。陈鸳桥打趣他，真是铁打的帽子，流水的褂子。

沈岐周笑道："日来暑气渐盛，我又何尝想戴着？无奈头上光溜溜一片，且还有斑秃之疾，实在是不甚雅观，就只好这个样子了。"

陈鸳桥忙道："且等我回去，试着给沈掌柜抓两服药试试。"

沈岐周连连拱手："那就多谢了！"

"沈掌柜，"顾随单刀直入，"昨日我来观颐斋，你说画匠已经找好，今天就来与咱们碰个面，没有什么问题吧？"

"顾队长请放心，绝无问题。只不过这个人有些怪癖，又生性懒散，恐怕这个时候，还在梦里颠三倒四呢。"

"我并非不相信沈掌柜，但此事关系重大，只可成功，不能失败。"陈鸳桥说，"所以我还得冒昧地问一句，这个人当真可靠？"

"没有比他更合适的人了。"沈岐周笑容轻松，"且不说我出了一个很高的价码，足以帮他渡过眼下的难关。单说他那鬼斧神工的画技，恐怕北平也再难找出第二个来。"

"哦，沈掌柜就这么有把握？"

"算起来，我与此人也算共事多年，他没什么朋友，我算是一个吧。当年我刚支起这观颐斋的时候，真是两眼一抹黑，还多亏了他。鸳桥你该是有所了解的，我们这一行，水深似海，有那不开窍的，就算是在行当里摸滚个二三十年，照样拿着西贝货当宝贝疙瘩。就是个中的老手，也不敢说看东西百分之百。那怎么办呢？只好另外花些银子，依照器物的门类不同，请相关的大佬来掌眼。咱们这回找来的这位，当年就是观颐斋的顾问之一，专门负责书画的鉴定。"

"照沈掌柜之言，此人该是财源广进，生活又怎会过得这般清苦？"

"他若不是性情古怪，又何止财源广进？"沈岐周面露惋惜，叹道，"当年他可是金北楼先生最得意的门生，据说北楼先生临终时曾有言，此人日后是可以继承其衣钵的。只不过造化弄人，就因为一幅假画，他毁了自己的前程不说，还险些送了命。"

陈鸳桥好奇心起，不禁追问道："个中详情，沈掌柜可方便透露给在下一二？"

沈岐周道："都是自己人，说说自然无碍。当初此人不光是受了我的聘请，还为北平城几家大当铺掌眼，每逢断瞧大件的东西，那都得掌柜亲自去家里请，绝不敢慢待一点儿。要是弄得他一个不高兴，把假的给断成真的，这一损失，可就是千八百块，不是闹着玩的。当时有一家名叫聚宝德的当铺，这一天来了个主顾，要当一幅梅花道人吴镇的山水中堂。这吴镇与黄公望、倪瓒、王蒙合称为元四家，历代仿画特别多。铺面上的掌柜拿不定主意，于是只好请人去。他来了以后给定了真，当了整两千银元。这幅画押在当铺以后，不想他三天两头过来看，喜欢，爱不释手，最后索性借了去回家欣赏。铺上的掌柜不敢不依，于是提出了一个月为期限，到日子必还。他欣然允诺，结果一个月后，还真就给还回来了。掌柜的悬了一个月的心，这才放下，可是没过个把月，就出事儿了！"

"是不是此人把真的留下了，还回了一幅假的？"沈岐周讲得绘声绘色，就连惊奇道人都忍不住插嘴道。

"道长到底是宅心仁厚！若真是这样的话，他又何至于沦落到今天这步田地？"沈岐周接着说道，"这一个月的时间，他确实造了一幅假的。等到把真的还回去以后，他在家里望着那假画，越看越觉得得意，兴奋之余竟然跑到了琉璃厂的一家古玩铺，经由一位古玩商之手，以大洋四千元的价格给脱了手！"

"那位古玩商可知道这是一幅假画？"

"当然不知！若是知道，打死他都不敢卖，你知道买这幅画的人是谁？胡帅张作霖啊！"

"张作霖是土匪出身，你给他两支枪，他倒能分清哪支是大镜面，哪支是汉阳造。这古画，恐怕看不懂吧。"顾随揶揄道。

"谁说不是呢！"沈岐周望了陈鸳桥一眼，"要是这事儿到此为止，也就不会出现后来的乱子了。偏偏这时候，有一位《晨报》的编辑，一心拍张作霖的马屁，于是便在报上大书特书此事，大意是胡帅慧眼识珠，非但在军事上可以纵横捭阖，就连这等风雅之事，亦是个中好手，可谓'十全大元帅'云云。而且这位编辑，马屁拍得极为认真，他把那幅吴镇山水的笔墨、装裱、款识、印章、等等，巨细无遗地罗列出来，唯恐别人疑他。经他这么一通宣扬之后，没两天，那位当画的主儿就跑来了聚宝德，拿着报纸劈头盖脸地质问掌柜，为什么把他的画给卖了！掌柜的直说不能够啊，立即将画取了出来。可当画的主儿有报纸作证，一口咬定这是闹了双包案，说什么都要登报声明，证明他所当的画是真迹，而胡帅张作霖买到的那幅是赝品。掌柜的听闻，吓得胆汁儿反流，那画被他借出去了一个月，不用猜也知道是怎么回事。这要是一登了报，最后证实张作霖买了幅假画，那还了得？自己不是腈等着挨枪子儿嘛！于是赶紧给当画的主儿又是作揖又是道歉，非但免去了当本两千银元，将画物归原主，额外又送给人家一千元封口。当然，琉璃厂古玩商也得打点啊，这么着又折进去了三百块。里里外外，拢共损失了三千三百块大洋！那可是钱啊，真是跳到黄河的心都有了！您几位说说，那掌柜的还不恨死了这位？！"

"看来这马屁不能拍得太认真，尤其是干你们这一行的。"顾随冲着陈鸳桥挑了挑眉毛道，"鸳桥兄，你当引以为戒才是。"

"这就不劳阁下费心了，敝报的宗旨向来是有一说一，用事实说话。"陈鸳桥噎了一句顾随，又问沈岐周，"那掌柜的出了血，这顾问先生总该有所表示吧？"

"要不说一个人的秉性，就是他的命数呢！"沈岐周直摇头，"这位根本没理这茬儿，还隔三岔五拿这事儿恶心人。时日一长，这掌柜的便在心里埋下了仇，心道早早晚晚，非要让他吃瘪不可。所以待到张作霖在皇姑屯一命呜呼，这掌柜的当即便将此事公之于众，还请了当年那位当画的主儿出来作证。于是乎，北平城的当铺有一号算一号，再也没人请他去当顾问鉴定书画了；就是琉璃厂的古玩铺，也生怕请他之后再惹出什么乱子，亦纷纷对其避而远之了。至于那些卖时贤画作的南纸店，因为他造假画名声不佳，自然也不大愿意挂卖或是经营他的画了。如此一来，他便没了营生，愤愤不平之下，又染上了烟癖，加上多年来更有蓄犬的爱好，府上各类名犬少说也有二十条。这两者都是要银子的事儿，没了法子，他也就只好放下身段，在琉璃厂跑跑街，或是到中山公园和什刹海等地，向风雅之士兜售画作。起初，还声称只仿古人不仿时贤，后来实在缺钱了，时贤也仿，但往往是一边画，一边大骂人家画的都是狗屎，满嘴污言秽语不绝……"

沈岐周话到此处，陈鸳桥突然想到昨日在恭王府门口遇见的那位落魄瘾君子，这二人实在是像极了，说不定就是同一人也未可知。正要问沈岐周此人是否名叫颜端，忽听得一阵脚步声自屋外传来。

"掌柜的，有客人到。"铺上的伙计人未见声先到。

陈鸳桥坐在正对门，只见门帘一挑，走进来一位身材魁梧、面阔重颐之人，他看上去五十多岁的年纪，鼻梁上架着一副圆框黑眼镜，唇上留着浓密的胡须，修剪得当，犹如隶书的"一"字模样。这便是那位时运不济的画匠吗？陈鸳桥见他步履稳健，颇有风度，所以一时之间并不敢肯定。

"这位先生，不知相中了小铺的哪件玩意儿？"沈岐周起身问道。

果然，此人并非沈岐周口中的那位，他倒不急着回话，而是把目光伸向了身旁的小伙计。

"南京，掌柜的，是南京……"小伙计提醒道。

"噢——！失敬，失敬！"沈岐周恍然，连忙拱手道，"没想到您来得这么快，实在是有失远迎，快请坐，请坐！"

"我也是唐突，生怕见不着那件东西，所以告了假，便急忙赶来了北平。"

陈鸳桥见沈岐周有事临头，正打算与顾随、惊奇道人先行到别处避让；不料话还没有说出口，沈岐周便给他们逐一做了介绍。原来这位客人姓周名纬号星槎，现供职于南京国民政府，此次前来，目的是一观沈岐周送给顾随的那把遏必隆刀。

"星槎先生早年是留过洋的，法国巴黎，而且是官派生，拿了法学博士学位的；之后在北平政府外交部工作，出使过巴黎和会，还获得过智利政府颁发的勋章，回国后也是各所大学争相竞聘的名教授，北大、畿辅、南京中央大学，还有几所，我实在是记不得了。就连当年授课的教材和讲义，也全是他编写的，怕是现下还在用呢。"沈岐周夸夸其谈，突然话锋一转，"不过，星槎先生的平生志趣却并非在此，甚至与他所学一丁点儿关系都扯不上呢。列位且猜猜看，这是一桩什么事？"

"沈掌柜到底是生意人，本领手眼通天。我不过在电话里自报了姓名而已，你便已经把我的来龙去脉查得这么清楚，可见你做生意，是不大会亏本的。"周纬不等陈鸳桥三人说话便道，"其实也没什么好猜的，我正在利用闲暇之余研究中国古代的冷兵器，并打算将这部兵器史付梓，以备后人参考。"

沈岐周笑道："我听朋友对我讲，星槎先生为撰写这部冷兵器史，多年来搜集了不少历代名锋宝刃，还专门辟出一室取名'剑庐'，将它们庋藏其中。"

周纬不苟言笑："是有一些的，不过并非什么名锋宝刃，都是寻常可见之物。"

沈岐周一边为其斟茶，一边又道："星槎先生何必如此谦虚？据我了解，清宫大内兵器库里的精华宝刃，十之七八都已被先生搜罗殆尽，因而'剑庐'之名可当之无愧。别的暂且不表，单说那把'小青锋'，就足可以与遏必隆刀相媲美了。"

"后世有人谣传，"陈鸳桥接话道，"这把利刃是江南八侠联手潜入紫禁城盗走的，不知星槎先生可做过考证？"

"怎么，陈记者对兵器也感兴趣？"

"并非如此。我只是喜欢掌故，道听途说的居多，上不得台面。"

"这倒不见得。正史固然是治学之本，但野史却往往能给人启发，以补前者之不足。正如你刚刚所言及的那把'小青锋'，历来都以为所谓的江南八侠根本是后人杜撰，八人潜入禁宫且尽数全身而退，似乎实在不能叫人信服。其实，这事儿真得不能再真，只不过江南八侠不是八个人，而是一个人，只因此人在家中行八。那把'小青锋'，也是我从这位侠客的后人那里得到的。"

"先生今儿个这番话，倒是解了我的一个疑惑。"

"哦，说说看。"周纬面露温和之色，似乎很愿意同陈鸳桥谈下去。

陈鸳桥当仁不让，说道："我听闻当年光绪皇帝亲政，每次临朝的时候，都有四个小太监各抱着一口宝刀站立在御座的左右，以彰帝王威仪。

这四口宝刀,一名'锐捷',二曰'素光',三为'神雀',这第四把,便是沈掌柜赠予顾随队长的遏必隆刀了。而关于那把'锐捷刀'的来历,有人称,此刀便是'小青锋'。江南八侠是在清太宗在位时候盗走的宝刀,以后一直隐居在嘉定,而顺治时嘉定城有'三屠'之殇,'小青锋'便是在这个时候被吴淞总兵李成栋所得,后献给皇帝,改了一个'锐捷'的名字。如今来看,两者并非一物。"

"此番传说我也曾有所耳闻,大致与你讲的差不多,"周纬说,"实不相瞒,除去遏必隆刀以外,包括'锐捷'刀在内的另外三口宝刃,均已被我收藏。"

"那实在是值得庆幸的佳事!"

"那几乎花光了我二十多年乘槎海外所得之薪水!"周纬苦苦笑道,"个中辛酸,如鱼饮水,冷暖自知。"

"五者得其四,先生当止则止才是。"惊奇道人插了一句。

"我明白道长的意思,所谓月圆则缺,万事不可追求太过。但我又实在无法抑制将它们凑在一起的想法。"话到此处,周纬转而面向顾随,"所以顾队长,我想出了一个折中的办法来,请你考虑。"

"请讲,我当尽力而为。"

"我向沈掌柜打听过顾队长的为人,深知用银元是万万换不来的。所以我们可否以刀易刀,我用那把'小青锋'来交换遏必隆刀,两者都是宝刃,且名气不相上下……"

"恕我不能答应。"顾随心直口快,"若是在平常,我可以将刀直接赠予先生,无需其他的条件。但是眼下,这刀是铲除妖魇的关键之所在。"

"非要毁了不可吗?"

"非毁不可!"

"难道……就不可以用'小青锋'替代?"

"绝不可以!"

"这——!到底是为什么啊?!"

第三十七章

五兵蚩尤车

那遏必隆刀出自辽东铸剑名手,乃是以淬钢合以石砮锻造而成。其中那石砮,为松脂入水经巨浪激荡千年所化,坚过铁石,正是克制妖蜃的独门法宝,又怎可与他物置换?

陈鸳桥向周纬详叙其中关窍,末了又补充道:"据我们多番调查,这件事跟日本人难脱干系。眼下北平已成危城,本就人心惶惶,若是能早日将那妖蜃解决掉,当是胜造七级浮屠的好事。先生在外洋工作多年,眼界自然开阔,其他的,也就不用鸳桥再多费口舌了吧?"

周纬摘掉圆框眼镜,用拇指抵揉深锁的眉头,沉默起来。

"先生倒也不必如此惆怅!"顾随宽慰道,"那刀就藏在我家里,可以随时取来供您观赏,拍摄也好,研究也罢,只要不耽搁除妖,万事好商量。"

"是啊,是啊!"沈岐周也附和道,"日后只要先生在您的兵器史当中,记下这遏必隆刀一笔,不也算是为它续命了吗?"

"嗯……"周纬口中喃喃作响,眉头却锁得更紧了。

"星槎先生,我们眼下的关键筋节,是要二探陶然亭,将妖蜃的形象付诸笔端,然后才能根据它的身体构造,研制一架可以射出利箭的机括,从而将之斩杀。因此，若是您方便的话，可以在北平多逗留几日以做研究，想来我们制造机括，总也需要三五日的。"

陈鸳桥话毕，周纬终于抬起头来："看样子，我来得正是时候。"

"没错啊，正是时候！"

"沈掌柜，我们说的不是一件事。"

"嗯？"

"也许……我可以提供给你们一幅制造机括的蓝本。"

"星槎先生，我没有听错吧？"

"沈掌柜，你认为我像是爱开玩笑的人吗？"

陈鸳桥从两人的对话中，隐约读出了一些信息：周纬多年浸淫古兵器，当然不止于刀剑等寻常利器，机括也该是有所涉及的。他既然要作一部兵器史，那么对于各类兵器的构造当然会烂熟于心，"若是能够得到先生的帮助，那可真是事半功倍！"想到此处，陈鸳桥禁不住脱口而出。

"只是这是一道难题，解不解得开，那就看诸位的造化了。"

"先生可否说得再明白些？"

"顾队长可知道抗倭名将戚继光？"

"从前知道得不多，后来承鸳桥兄喋喋普及，算是了解得七七八八。"

"实在是羞于向先生提起。鸳桥当年在沪上的报馆谋生，为稻粱谋曾撰写过一些不成样子的章回小说，其中一部便是以戚少保抗倭为背景，因而很做了一番功课。"

周纬点头道："如此那便好谈了。鸳桥你该是知道的，戚继光曾写过两部兵书，一是《纪效新书》，内容为东南沿海平倭期间的练兵和治军经验；这二，名为《练兵实纪》，顾名思义，自是讲授如何练兵，是其在蓟镇时所撰写。后人因为他的赫赫战功，以及这两部十分优秀的著作，便认定他是一位军事天才，堪比岳飞、霍去病。不过我却以为，有一事后两者却只能望其项背，那便是……对于兵器的改良和创新。"

"戚家军能够多次重创倭寇，狼筅确实起到了非同寻常的作用。据说

345

此物不过是一种在竹子上安装枪头的长矛,且还留有竹子上的繁茂枝叶。它们可以有效地阻碍善于跳跃腾挪的倭寇,也可以卸掉日本刀的力道。"陈鸳桥掉起书袋来。

"作为一个兵器大师,狼筅实在是戚少保最粗浅的发明了。"周纬顿了顿方才说道,"其实他还制出了许多更让后人叹为观止的兵器。"

"比如呢?"

"比如……专门对付海中怪兽恶蟒的五兵蚩尤车。"

"五兵蚩尤车?"陈鸳桥向以博闻强识自傲,凡事若不求出个根底来,是决计不肯罢休的。他对戚继光的了解并非浮皮潦草,非但那两部兵书他都逐一读过,就连另外一册《止止堂集》他也是半字不落地读了下来——少保诗文俱佳,才华不让将才;就是那些看似枯燥的奏疏和条议,也因其性情的原因,时显铮铮之音。不过,这"五兵蚩尤车"几个字,陈鸳桥却未曾在这三部著作当中见到过,"难道,"他说,"是在什么稀见版本的《莅戎要略》或是《武备新书》当中记载的?"

这两部兵书,名字看上去虽比《纪效新书》与《练兵实纪》更唬人,但实际上,它们与这两者内容大同小异,只是因为历代藏家的版本不同,才变得稍微复杂了些。后来,经过版本学家的厘清,学人也便不大提及它们了。

"并不是这样。"周纬再次摘去了圆框眼镜,"戚少保还有另一部兵书存世。"

"这怎么可能?!"陈鸳桥失声道。

"别说你不相信,我初听到的时候也是当成笑话的。"周纬笑容温和,"但是当这部书摆在我面前的时候,我知道是自己错了。那里边的内容,我相信除了戚少保,再也找不出第二个人可以写出来——尤其,是那架叫做'五兵蚩尤车'的兵器。"

"这部书的名字……"

"是书名为《魍魉胜录》,专载东南沿海中鬼怪之事,配以克制这些妖物的兵器图谱。"

"我想知道它的版本!"陈鸳桥言语咄咄,"还有,先生是怎么得到的?"

"这书并没有刊刻于世,乃手抄本,并且我得到的是残册,而非整本。至于当年为什么没有刊刻流传下来,我也不知道。"周纬娓娓道来,"十几年前,我因为立志要钻研中国冷兵器史,四处搜罗相关材料的时候,我的夫人伊丽莎白突然送给我一份礼物——她是个德国人,我二十多岁的时候就跟她结婚了。因为是贵族出身,她认识许多在华在日的德国人,现在的德国驻华公使陶德曼,那个时候还是驻日大使馆临时代办。这人是个文物迷,特别喜欢中国的青铜器。那册残本的《魍魎脞录》正是他作为礼物赠给伊丽莎白,以供我做研究之用的。民国二十年冬天的时候,他调到中国任驻华公使,我们见过面,便有了向他问明了此书来历的机会。原来,这残册的藏者是江户后期的一位汉学家,他离世之后便由他的独子继承。二十多年后,日本开始了明治维新,改革运动的风潮汹涌袭来,一切与传统相关的文化立即遭到了摒弃,汉籍当然也未能幸免。于是,这些当年被他父亲视作珍宝的文献,在他这里则如碍事的草芥一般被扫地出门,通通扔给了就近的古书铺。不久之后,学人杨守敬随日本公使何如璋出使日本,见到满坑满谷的汉籍被日人弃如敝履,便大肆搜罗起来,残册的《魍魎脞录》就这样被重新发现。大概是杨守敬看出了此书乃是戚少保手书,因此表现得十分激动。古书铺的掌柜是万分精明的,看出了其中的端倪,死攥着这残册,就是不肯卖掉。杨守敬料想这书铺掌柜不过是奇货可居,或许自己多去几回、多费些银两,便可以得到。可让他始料未及的是,第二日这古书铺便发生了命案,掌柜一家四口全部被杀!"

"是巧合还是与那残册有关?"陈鸳桥追问道。

"后者。"周纬言简意赅。

"是汉学家的独子?"顾随猜测。

"警察来到他家里的时候,发现他溺死在家中。一旁放着两页遗书,还有那残册。遗书上说,是一只河童挟持他杀掉书铺掌柜一家取走那残册的。至于河童为什么要这样做,他给出的解释是,残册中的记载对于河童而言是灭顶之灾,看过的人绝不可活。"

"什么是河童?"

"在中国和日本,都有关于这东西的传闻。"陈鸳桥向顾随解释道,"都说这东西形似三四岁的孩童,常在荒河汉子里出没,身上布满鳞片,手脚上都有蹼。当然了,也有日本的民俗学家说它们身上并没有鳞片,而是冒着发臭的黏液;除此之外,它们的头顶还有一个碟状的凹槽,只要里头有水,河童就会活蹦乱跳;若是一旦水没了,则立即就会全身乏力变成烂泥巴一摊。总之,这东西是个两栖水怪,害人不浅。"

"鸳桥说得大致不错。"周纬继续补充道,"据我所知,日本有些卑鄙的阴阳师,最好豢养河童魔人,其手段之残忍,真是罄竹难书……"

"可是我不明白,"顾随"嘶"了一声,打断周纬,"若真是那河童干的,为什么它不直接将残册毁了,一了百了呢?再说了,杨守敬不是也看过吗,否则他怎么判断出是戚继光的手笔呢?"

周纬向顾随投以赞许的目光,连连点头:"顾队长的疑问,也正是当初那些日本办案人员百思不解的地方。因此,随后他们又经过了一系列调查,但结果排除了其他人作案的可能性,而是汉学家之子所为。只是案件毕竟有些诡异,日本人又极其笃信河童的存在,故此便将那残册送到神奈川的一座佛寺内消除业障。这残册藏于寺中,安静了几十年,跟着日本发生了关东大地震,一时之间,东京与神奈川等地犹如人间地狱。那时候陶德曼刚刚抵达日本东京,他与驻日公使馆的工作人员前往神奈川协助救援时,无意间在那坍塌的寺院里发现了残册的《魍魉胜录》,便悉心收入囊中。以后他闲暇时便勾起调查此书过往的兴趣,因为身份特殊,很快便让他查清了事情的来龙去脉。"

陈鸳桥终于放心了,欠身为周纬斟茶:"星槎先生,想必那'五兵蚩尤车'的构造您已经有所掌握,依您所见,若是我们用它来对付妖蜃,胜算几何?"

周纬的回答十分明确,他说:"依我之见,戚少保之所以将那兵器取名为'五兵蚩尤车',想来便足以说明一切了吧?"

古史有传,蚩尤乃上古战神,悍勇异常,虽然最终在涿鹿大战中败给了黄帝,但后世却普遍认为,是他掌握了金属的性能,从而创制了戈、矛、戟等五种新式兵器,由此成为了"兵器之祖"。于是蚩尤便成为后世兵事的祭祀对象,就连天象出现的奇特彗星,因为形状酷似军队的旗帜,也被人们称为"蚩尤旗",预示将有战事发生。而戚继光将自己创作的兵器以"五兵"和"蚩尤"命名,显然是为此引以为傲的。

"那还等什么,有劳先生现在就画下来!"顾随掩饰不住兴奋,直截了当地说。

"沈掌柜不忙去取纸笔。"周纬笑道,"那兵器若是我随便就能画下来,戚少保又何必将它著录?顾队长稍安勿躁,我这就挂一个电话,请我的助手携来。不过还是那句话,我必须要再次强调一遍,蓝本我固然可以提供,但最终能否造出来,那就不是我所能掌控得了的了,毕竟——我并非营造中人。"

"能够提供蓝本,您就已经帮了我们大忙!"顾随连连抱拳,"噢,还请先生稍坐,我这就回家将遏必隆刀取来,供您随时研究。"

"不急,我先挂一个电话。"

周纬起身,随沈岐周一并往电话旁走来,很巧,这时电话却响了铃。

沈岐周顺手接起了电话,说了一句"观颐斋沈岐周",跟着便被对方打断,直到挂掉电话,他再也没说过一个字。

"沈掌柜,出了什么事情?"顾随见沈岐周脸色不对。

"这个颜夫子,真是叫人头疼!"沈岐周语气里尽是恼怒,"我悔不该先付钱给他,这下可好,惹出了大乱子!"

"颜夫子?可是……颜端?"这是陈鸳桥刚刚没来得及问出的话。

"鸳桥与他相识?"

"其中因由，稍后我再与沈掌柜详叙。"陈鸳桥话锋一转，"颜端怎么了？"

"被警察给抓了！"沈岐周叹道，"你说他惦记谁家的狗不好，非得去惹王鹿马！那王鹿马可是宋哲元麾下的第一幕僚，是亲得不能再亲的亲信。颜夫子为了把王府里的一条狗弄到手，居然花高价请了一个叫花子，佯装在府门口乞讨，打算把狗喂熟了偷走。真是亏他能想出这样的损主意！"

陈鸳桥听罢心道，颜端嗜狗之状，不就是另一个紫猴儿吗？只是不知道这位时运不济的画家，是不是也有逛獾之好？这等琐事现在提及自然不合时宜，眼下急需要做的，是快些把此人从警署给弄出来才是："看来，得有劳顾兄出马了。"

"而且得快！"沈岐周附和道，"顾队长，颜夫子现在就押在内一区警署，人家说了，要是去晚了，那就只能再去二十九军要人了。"

"这跟二十九军有什么关系？"顾随语气冷峭。

沈岐周解释道："那叫花子长了一双贼眼，只盯狗不要饭，刚一去就被王府的护院给察觉了。盘问之下，他立刻就供出了颜夫子，护院当即报官，警察就把颜夫子给抓了。可是王鹿马知道这事儿以后大发雷霆，他从二十九军打电话给警署，声称要把人提走，亲自进行审讯，要看看颜夫子到底有多大胆子……"

"这是我们警察该干的事儿！"顾随愤然道，"他们该干的，是守住北平城，不让日本人杀进来！内一区是吧？我这就去捞人，决不会让他去二十九军。"

陈鸳桥一把拉住他："我跟你一起，遇事有个照应。"

"还是要以和为贵，把人捞出来最重要。"沈岐周自桌下抽屉中拿出一叠法币，递给陈鸳桥，"有备无患，这些你们先拿着。"

"不必了！人我一定会带回来。"顾随转而面向周纬，"星槎先生，请在此稍候，待我把人捞出来以后，将遏必隆刀一并带到这里。"

周纬点头道:"顾队长不必分心,沈掌柜说得对,把人捞出来最重要。至于'五兵蚩尤车'的事情,也请放心。"

顾随向周纬拱了拱手,与陈鸳桥、惊奇道人一并走出观颐斋。

上了汽车,陈鸳桥开门见山:"顾兄,你不会真的想去内一区警署要人吧?"

顾随道:"也可以不用去,要是鸳桥兄认识王鹿马的话。"

"我不是那个意思。"

"到底是什么意思?"

"我的意思是,这事儿由陶孟和出面比较妥当,请他直接与内一区署长沟通,这样的话会省去很多不必要的麻烦,到时候咱们去把人带回来就好了。"

"鸳桥考虑得很周到。"惊奇道人说,"顾兄,我怕若是你去的话,内一区同样还得联络陶署长,这样的话,你就被动了。"

"听人劝,吃饱饭。"顾随很不情愿地说道。

"另外,"陈鸳桥把脸偏向惊奇道人,"我总是不放心范世海和小鬼追,生怕一个不留神,他们再惹出什么乱子。所以道长,鸳桥有个不情之请……"

"鸳桥不必客气,我明白你的意思,我这就回去看好他们,你和顾兄安心办事便好了。"

"有道长这话,我就放心了。"

顾随开车将惊奇道人送回白米仓以后,便同陈鸳桥一道往外五区警署而去。

到了警署,却没有见到陶孟和的人。

问了那位新来的秘书小段,答道:"早晨的时候接了一个电话,大概是跟掮客一起去收宅子去了。"

"署长购了新宅?"

"嗯,就在这两天,事先摊派我去看的地方,在南城柳树井。"

351

"柳树井?"

"原来明湖春饭庄边儿上的那个大院。"

陈鸳桥听罢心里"咯噔"的一下,心道那地方可是北平的"四大邪地"之一,人人避之唯恐不及,可陶孟和却为何偏要将它买下来?

第三十八章
柳树井灶庙

南城柳树井，近年以明湖春饭庄最为驰名，此乃一家十分地道的鲁菜馆子，尤以油爆双脆、红烧鲫鱼、奶汤蒲菜、宫保鸡丁，深受春明老饕们的赞许。鲁菜之所以能够占据北平的半壁江山，并与淮扬菜分庭抗礼，究其因由，是因为它有三项独门"偷手"。偷手，就是诀窍的意思。胶东临海，内有软体海肠，晾干以后研成粉末，入菜最能提鲜；其二，便是用高汤提味，人道是"戏子的腔，厨子的汤"，此话当是一针见血，鲁菜以熘、烩为首要，若是掌勺的师傅汤吊得不好，那就好比戏子的扮相再佳，却独独坏了嗓子；除此之外，火候也是关键，单说这油爆双脆，非得用急火，且得趁热吃，方能品到胗肝和肚仁的香脆。

不过，明湖春的这些好味，陈鸳桥是再也无福消受了。早在"国府南迁"的前一年，饭庄便已改址到南新华街，又在两年前因经营不善，关门歇业。而明湖春之所以从西柳树井迁走，不消说，自然是因为它与北平第二邪地比邻之故。

话说此地在道咸年间，本是一座灶神庙，后来因为香火不济而衰败，渐成为乞丐避身之所。光绪初，有一位吴姓的当红翰林购地建了三进的宅子，不料才刚刚搬了进去，这位吴姓名士就因言获罪，官职被免，只好赋闲在家。吴生性情孤傲,对宦海之尔虞我诈早已厌倦,于是效仿纪昀的《阅微草堂笔记》,专著志怪故事以排解内心悒郁,一发而不可收拾。

彼时有些名望的汉族名士,宅邸都建在南城,因为相距不远,朋友们常来探望。刚开始吴生还招待有加,并无异样。可是不久之后朋友们就发现,他整个人胖了一大圈,皮肤亮油油的,仿佛日日吃的都是珍馐。有朋友相问缘由,吴生笑而不语,只道天机不可泄露,颇令人感到神秘。

这时候,南城一带忽然闹起了"拍花",七八个婴孩儿被迷晕后掠走,不知所踪。捕役们四处捉拿凶手,可惜雷声大雨点小,并没有任何线索。忽然有一天,几个穿着破烂的流民前来报官,说是看到有人夜里在南下洼的乱葬岗鬼鬼祟祟。捕役们前往调查,竟在坟圈子里掘出一些烂骨来,夹有一些罂粟壳。

根据几个流民的描述,捕役们很快就找到了吴生,并在宅子里搜出了两袋子罂粟壳,又在院中的枯井里找到了几件被拐婴孩儿的衣物。证据确凿,那些婴孩儿定是给吴生所害,而后肢解分尸,佐以罂粟烹食。捕役们当即将吴生捉拿归案,但严审之下,吴生拒不承认,直呼冤枉。可是,巡城御史要吴生解释为何数日间陡然发胖,他却言语支吾,颇有难色。这官员也不管三七二十一,草草结了案,便把吴生投到了大狱当中。

当夜,吴生咬舌自戕。

朋友们都十分惋惜,同习孔孟之道,他们不大相信吴生会干出食婴的事情来。其中一位旧日同僚,知道吴生著述颇丰,又深慕其才学,于是便到宅中替亡友整理遗稿。然而可怖的是,那等身的书稿上,竟无一丝墨迹,遍布的却是密密麻麻的血红印痕!

这位旧僚见多识广,他认出了这些痕迹是黄皮子的脚印。昔年读古籍,曾有误入歧途之画者,以邪术驱黄皮子作画的事情,难道吴生也做了这般事情?为求得真相,这旧僚便决定留在宅中一探究竟……

三五日后,有人发现他吊死在堂屋,身子比从前胖了两圈。

捕役们又是一通忙活,不过到头来也没弄清这旧僚为何要上吊,于是时日一长，便不了了之。因为死过人，又有许多无法解释的诡异，所以这宅子再也没人敢住了。春去秋来，几个年景下来，便荒凉得不成样子；即便是夏日，院子里也透着一股阴森；若是逢了冬时的假阴天，那就更骇人了，只要从门口一经过，鸡皮疙瘩准会一层跟着一层地往上叠。

二十多年以后，这宅子又发生了一宗更邪的事情。

其时为庚子年中，八国联军攻陷了北京城。德军有一个步兵旅的旅长，沿途带人四处掠夺古董珍宝，几处皇戚官邸洗劫下来，东西实在是太多了，满坑满谷，携带甚不方便，于是便派遣手下的副官，去找一处地方集中搁置。

这副官名叫毕希纳，人高马大，有一手好枪法。他得了旅长的命令，找来找去，就找到了西柳树井的这幢凶宅。毕希纳雇的中国向导是个北京通，这个二鬼子听说他选中了这处地方，反复劝说不可造次，遂便把当年吴生的事情一一道来。不料，这毕希纳听罢笑得前仰后合，戏谑中国人就是胆子太小。

这二鬼子向导苦劝不住，便只好由着毕希纳的性子。结果毕希纳和手下的一队人搬进去没两天，死的死，伤的伤，有掉进枯井里摔断腿的，有枪走火打掉下巴的；还有两个年轻的士兵，无缘无故就把筷子插进鼻子，流了一饭桌的鲜血……

那毕希纳虽没有受到什么伤害，可是整个人却胖了两圈，就跟当年的吴生和他上吊自尽的旧僚一个模样！

二鬼子向导吓得不行，赶紧去请堪舆术士来给毕希纳解魇。可他和术士前脚才将进了宅子，后脚毕希纳突然就是一阵乱枪，直接将二鬼子向导打成了一面筛子。

毕希纳的反常引起了旅长的警觉，当时的联军都配有随军医生，于是旅长便找来军医给毕希纳治疗。军医检查了一通，到底也没能查出个子午卯酉来。而随着时间的推移，毕希纳越来越胖，脸皮上的肉都已经耷拉到了胸口，甚至连举枪自杀的力气都没有了，最后还是旅长帮他结果了肥胖的性命。

因为这事儿发生在洋人身上，许多就近的百姓都觉得解恨，就有人钩沉起这凶宅的来龙去脉。当得知这里从前是一座灶神庙，里边供奉的是灶神爷后，他们便暗地里在宅子四围烧起了香，久而久之，这里便被称为"柳树井灶庙"了。

进到民国，南城渐成杂居之地，从前那些名士们的宅邸，纷纷住进了五行八作、三教九流的人。有时候一座院子里，塞进去几十来口子也不足为奇。但碍于"灶庙"是座凶宅，所以就算是在他处挤着，也没人敢搬进去。不过傍到民国十年左右的样子，这处搁置了二十多年的院子，还是再一次迎来了它新的主人。

搬进来的是一位貌美如花的妇人，除了几个使唤丫头外，尚有一队荷枪实弹的士兵。原来这女子是北洋政府里一位官僚的外房，这官僚惧内，便把她安置在了这里。许是他在买下这宅子的时候，也听说过这里闹鬼，所以差了一队人马前来护佑，想以阳刚之气镇住那些魑魅魍魉。果真，这一回"灶庙"里倒是很平静，并没有什么邪事儿传出。但好景不长，没多久那女人就被发现与一名卫兵通奸。那官僚恼羞成怒，将两人剥光了吊在廊下，抽了一晚上的鞭子，活活打成了两摊肉泥……

这以后，宅子再次贴上了封条。

明湖春比邻开业，已经是几年后的事情了。据说开业那日，有一个穿着破烂的算卦人不请自来，大嚼了一通山珍海味之后放言，这饭馆可以火爆五年七个月零二十八日，往后就是神仙老子日日来，那也没用。掌柜的见他一副癫狂模样，又喝掉了许多的烧酒，只当他是笑谈罢了，并没有放在心上。

倏忽间到了民国十六年仲春，这一晚顾客盈门，各桌皆满，偏有老主顾六人，非要在此用餐不可。掌柜的不好拒绝，又没处安排，正为难之际，腾地灵机一动，想到后院尚有一间堆放杂物的耳房，因为地处偏僻又背靠"灶庙"，平日里不怎么使用，此时正可以一解燃眉之急。旋即安排伙计打扫出来，将六位主顾请入房中用餐。上了酒菜以后，伙计便到前厅招呼别的客人去了。约有一个时辰，这伙计忽而想起耳房里的六客，忙奔去照看。远远地听到一片觥筹交错之声，好不热闹，放下心来。正要折身，自房中猛地又传来一阵女人的娇嗔浪语，不禁疑心起来：这六位主顾明明都是男子，何来女声？

好奇心使然，悄然上前，透过门缝观瞧——哪里还有那六位老主顾的影子！

只见围桌而坐的六人，两人穿着前朝的衣服，一人生着红毛蓝眼，一人身着西装，一人穿着戎装，剩下的那位女人，则容貌俏丽，身着华服。而此时桌上放着的，并非先前上的菜肴，乃是一口浓汤滚滚的大沸锅，罂粟的热气汹涌不止，几具婴孩儿的尸身正在其中……

列坐各位，岂不就是曾死在"灶庙"当中的那六个人吗！

此事立即为各报所载，明湖春的生意登时一落千丈，终日不见半个人影来。某日掌柜的忽然想起开业时那位算卦人的疯言疯语，于是掰着指头一算——嗐！不多不少，正正好好五年七个月零二十八日，他因此信了天命，不久，饭馆便迁址到了南新华街。

这以后，有几位泡茶馆的闲人，谈资沉闷之时便编排起北平的凶宅来，且此风气一时甚嚣尘上，竟惹得各类小报争相刊载，东一个"四大"，西一个"八大"，但到头来，这"柳树井灶庙"还是脱颖而出，其邪异仅次于排在首位的"虎坊桥夹道"。

"那么，我倒要请教大记者了，这虎坊桥夹道，又是怎么个邪法儿呢？"顾随听罢陈鸳桥津津有味的讲述，问道。

"到底有多邪，我说了不算。改日得闲，我可以邀请顾兄前往一探，所谓'纸上得来终觉浅，绝知此事要躬行'。身临其境，肯定比我干讲要有趣得多。"

"很有趣吗？我怎么听起来好无聊。"顾随笑着指向胡同南侧的广亮大门，"看样子就是这里了。"

大门红漆剥落，呈现出斑斑点点的黳黑，像一张饱经沧桑的老农的脸颊。拴马桩和上马石都只剩下半块，就连门楼都摇摇欲坠，怕是一阵劲风过来，瓦片就会纷纷泻落。

陈鸳桥盯着门楼上随风晃动的荒草看，一边抽搭着鼻子一边问顾随："你闻到了什么味道没有，又臭又腥……"

顾随伸手推了一把，"吱哟哟"的一声，大门裂开了一条缝隙。

两人一前一后走进去，腥臭的味道更浓了。

"你看这里，好像有些脚印。"转过影壁以后，陈鸳桥指着垂花门前的空地说。

顾随躬下身来，伸手捻了捻粘在荒草上的湿液，凑到鼻间，只一下，他就蹙起眉头，赶紧掏出手帕擦拭说："倒像是放馊了的鱼。"

"越看越像脚印。"陈鸳桥说。

两人沿着这些间隔等长的痕迹，绕着抄手游廊走了一圈，竟发现它们还在延伸。

走进第二进院子后，荒凉比起头进院子更甚，因为无人看护，加上前两日又刚刚下过雨水，所以院内的杂草疯长连绵，差不多没过了膝盖。腾地脚下一软，"吱"的一声，陈鸳桥觉得踩中了什么东西，拨开荒草才发现是一只刺猬，连忙避开。

顾随喊了几声"署长"，不见有人应声。

"要不进去看看？"陈鸳桥看到，湿痕消失在西厢房门前。

"过来，在我身后。"顾随扯了一把陈鸳桥，然后掏出手枪来，警觉地走上前去。

陈鸳桥随手抄起一根朽糟的烂木，用力握了握，说："千万看准了，像这种地方，总会有些乞丐什么的，别伤着人。"

"你真是比唐僧还啰唆。"顾随回身瞪了陈鸳桥一眼。

"小心驶得万年船嘛！"

"闭嘴！"

顾随伸手推门，却发现房门在里边别住了。

此时，房内突然传出一阵桌椅碰撞的乱声！这慌乱让顾随猛地起脚，"砰"的一声，房门被踢开，重重地拍在了地面上。

一片尘埃腾地，只见陶孟和身体笔直地站在两人面前，面色阴冷，十分骇人。

"你们俩怎么来了？"

"署长，这屋里……"地面上遍布着十分凌乱的湿痕，内里却一目了然，并无他物。

"我问话呢，你们怎么会来这儿？！"

"是有一桩急事儿，非得要请陶署长亲自出马方可，晚了就来不及了。"陈鸳桥接话道，又向顾随使了使眼色。

"是啊署长，关系重大，所以……才冒昧了。"顾随说了一句软话。

"哦，什么事？"陶孟和的语气缓和了许多，抬脚往外走，陈鸳桥和顾随只得依次散开。

陈鸳桥三言两语，扼要说明了颜端的事情，又补充道："如果他被带到二十九军，我们就还得再寻一位画匠，如此一来，恐怕又得耽搁了……"

陶孟和脚步甚快，一边道："决不能再耽搁。你们现在就跟我去王府井，内一区警署的署长韩世清是我的把兄弟。我要是亲去要人，这点儿面子他总会给的。"

陈鸳桥道："那真是太好了！"

顾随似乎还未能从刚刚的疑惑里拔出心神，三人走出大门以后，他突然张口道："有句话，我还是想问一声署长……"

"怎么，我想换个大一点儿的住处，难道也不行吗？"

"您知道我不是这个意思。"

"做你该做的，少管你不该管的。"

顾随闻听此言，倏然站住了，他转过身来，差点儿跟陶孟和撞了个

359

满怀,"署长,您知道我是为了什么当的警察,这本来并不是我的命数。"他说,"但既然我当了,那就要对得起身上的警服才是。我不管是谁,哪怕是您做了错事,我也会忠于职责,决不留情!"

陶孟和愣了一下,笑道:"这座凶宅很便宜,我保证是拿自己的工资买下的。这下顾队长你总可以放心了吧?"

"我说的是妖蜃标本的事情!"

陶孟和的脸一下子阴了下来,盯着顾随看,双眼里泛出十倍的阴沉。

"时间不等人,说不定现在二十九军的人已经在路上了呢。"陈鸳桥赶紧打圆场,"署长啊署长,鸳桥说一句冒犯的话,您可别介意。虽说韩世清是您的把兄弟,可要是咱们跟王鹿马在内一区警署碰个正着,那岂不是给您的这个把兄弟出了一道难题吗?若是他顾及兄弟情义,把人交给了您,那就是明摆着跟二十九军过不去;要是他把人交给了王鹿马,那就伤了你们兄弟的感情。可要是咱们去得早,先把人带走了,二十九军的人再来,总也是好解释的,您说是也不是?"

"顾队长,你认为呢?"

顾随有些不甘心,但心里也明白陈鸳桥的顾忌是正确的,只好勉强点了点头。

车上一路无话。

来到内一区警署门口,陶孟和让陈鸳桥和顾随等着,他去将颜端接出来。陈鸳桥说了几句客套话,顾随则闷声不响地把脸偏到一旁。

"刚刚在柳树井,你真是有些冲动了。"见陶孟和走入警署,陈鸳桥说,"别说你现在还没有证据,就算是有了证据,也得找个恰当的时机才好。"

"我错了,请你吃面还不成吗?"

"错不错你都得请。"

"不过,你有没有察觉到,"顾随话锋一转,"今天'灶庙'里的那些湿痕特别诡异,一路上我都在回忆,但就是想不起来……"

"想不起来什么?"

"那又臭又腥的味道里,好像还夹杂有一种别的气味,有些熟悉。"

"哦?那你再仔细琢磨一下,别着急。"

顾随又思虑了一会儿,还是不得要领,于是说道:"颜端你见过,这人到底靠不靠谱?"

陈鸳桥笑道:"为了一条狗,能想出雇佣叫花子的臭招来,你说他靠谱不靠谱?只是既然沈岐周大力推荐,想必问题不大。"

"那你倒是再说说,老沈这么出力,到底为了什么?"

"是啊,总得为点儿什么才是!"陈鸳桥笑着说,"哦,对了,顾兄当警察又是为了什么呢?刚刚在柳树井,我可是听得清楚明白,你说,当警察本来不是你的命数……这话没错吧?"

"没错,这是一个意外。"

"能否透露一二?"

"不能。"

"这么斩钉截铁?"

"对。"

陈鸳桥点点头,正想要迂回试探一番,便见陶孟和从警署门口走了出来,身边挨着的那位正是颜端,身上所穿的,还是在恭王府遇见时的那一身。

"你们俩把人先带回去,我还有些事情,要耽搁一会儿。"陶孟和把颜端交给陈鸳桥和顾随以后,转身又向警署门口走去。

颜端见到陈鸳桥,先是一愣,然后便讪笑起来,连连拱手道:"惭愧,惭愧!"

上了车,颜端倒也不客气,扬手指挥顾随往西珠市口开去,说什么进了局子太晦气,须得泡泡澡堂子,又说别的地方他不认,只认清华池。

依着顾随过去的性子,顾随早就把他扔下车了;可是眼下毕竟是非常时期,时间紧迫,不能再出岔子,索性按捺心性,听之任之便是了。

361

在清华池洗了一通，喝足了香片，又理发刮须后，颜端再提要求："您二位瞧瞧我这身行头，是不是换换比较好？"

顾随的耐心终于被耗光，骂道："用不用我给你换一张脸？"

颜端这才收敛起来，不过在开往琉璃厂的路途上，他变了一种打法，絮絮叨叨地细数自己这些年的困苦，又称去陶然亭会妖魇，不知能否全身而退，若是自己不幸身死，穿着这身破衣去见泉下父母，当是会让他们心寒的，所以说："要一身行头，这很过分吗？"

"闭上嘴，我给你弄两身！"顾随厌烦透顶。

第三十九章
再向陶然行

是夜，一干众人齐聚琉璃厂观颐斋。

在此之前，范世海和小鬼追因为去留陶然亭的问题，又吵得鸡飞狗跳。顾随白日里已经被颜端搞得十分疲惫，索性便同意了两人一并前往。索巴按照惊奇道人的吩咐，烧了几大桶的温水，又将唵叭碾碎，等量投入水桶当中。见其完全化开，顾随、范世海、小鬼追、惊奇道人、颜端，纷纷解衣，裸身浸泡起来。

陈鸳桥回到白米仓的时候，五人都已经重新穿好衣物，浑身散发着浓厚的味道，就像五块正在燃烧的香烛。陈鸳桥请索巴再打来一桶水，却被顾随拦下。

"你是动笔杆子的，就别跟着我们掺和了。"

"我倒是真的有些怕，不过时间已经耽搁得太久了，只好勉为其难了。"陈鸳桥晃了晃手上的相机，"虽然拍到妖孽的机会渺茫，但试一下总是没错的。"

倚在游廊下的颜端冷笑了一声，调侃道："陈老弟，我劝你还是把手中那东西换成一块铁疙瘩，说不定还能管点儿用。"

"管好你自己吧颜夫子，这事儿要是办砸了，往后您就甭想再画画了。"顾随转而向陈鸳桥问道，"眉楼小姐可同意你去陶然亭？"

"她倒是不想让我去。不过我说，不陪着顾兄去冒险，又算什么朋友。"

"算你还有点儿良心。"

陈鸳桥把自己也变成一块燃烧的香烛之后，与另外五块"香烛"一并赶往琉璃厂。

沈岐周早已置办了一桌践行酒，与周纬同坐相候。

得知陈鸳桥也将前往陶然亭，周纬接过他的相机端详了一番，然后从自己的皮箧里拿出了另外一台更为小巧的相机，推给陈鸳桥。

"星槎先生，这可是正宗的德国货，比我那台强多了。"

"全中国也不超过五台，是最新款式的。之前，我想着若是当真得不到遏必隆刀，那就用它将刀的每个细节都拍摄下来，留作纪念。于是便请我妻子托她德国的朋友订了一台。不过眼下看来，这台相机还有更要紧的使命。"

"这……"陈鸳桥有些犹豫，"这样不好吧？"

"你一介书生都可以只身犯险，区区一台相机，又算得了什么。"

"如此，那我就恭敬不如从命了。"

"哦，对了，"顾随忙将背在身后的长匣解下，摆在周纬面前，"星槎先生，这便是沈掌柜相赠的遏必隆刀，您慢慢研究。"

周纬推了推圆框眼镜，极力克制着激动，说道："好，好，真好！"想要立即打开观赏一番，又觉得不合时宜，转而道，"先为你们践行，我回头再看。"

于是众人端起酒杯，碰出响动，各自一饮而尽。

这席酒吃到了月上柳梢，众人方才撂下了手中的碗筷。小歇片刻，便开始整理起随身携带的兵刃，陈鸳桥是不需要的，至多便是请周纬演示了一番德国相机的用法。那颜端望着两人，脸上始终挂着不屑的神情。

"颜夫子，你就真的连纸笔都不需要吗？"

"顾队长要是真的不放心,就容我抽两口鸦片,那就万事大吉了。"

顾随平日里最厌恶有烟癖之人,更在前不久于辖区出重拳捣毁了一批烟馆。只是这颜端关系重大,若不容他放肆,万一在陶然亭临阵腿软,那就得不偿失了。于是说道:"只今晚这一回,下不为例。若是你当真戒不了,我可以帮忙。"

寥寥几言,不怒而威。

颜端料想他定是个狠角色,连连摆手:"顾队长公务繁忙,就不劳您劳心费神了。"

待其吸饱了鸦片,众人告别沈岐周与周纬,直向陶然亭行去。

路上,顾随做了分配,他带领颜端、范世海为一队;另一队则由惊奇道人领衔,陈鸳桥和小鬼追都没有异议。

"五爷,颜夫子是宝贝疙瘩,一切就拜托了。"

"顾兄请放心,"范世海大包大揽,"我怎么疼我那些蛐蛐儿罐儿,就会怎么去疼颜夫子。到时候都听你的。"

"有五爷这话,我就放心了。"

说话间众人已来到粉坊琉璃街,远远地便看到看陶然亭方向灯火通明,凑到近处,才发现是陶孟和。他带着一队荷枪实弹的警察,仿佛已经在这里等了许久。

"署长……您怎么来了?"

"我来给你压压阵。"陶孟和将目光逐一掠过陈鸳桥和颜端等人,颇有些不信任,"就这些人……用不用我给你派几个弟兄撑撑场子?"

"多谢署长!"顾随干脆利落地敬礼道,"这回就让兄弟们歇歇,等到真正铲除妖孽的那天,我再请署长一声令下。"

陶孟和点点头:"好吧,那我就带着他们以做接应。"

顾随不说二话,一挥手电筒:"出发!"

"那个……"陶孟和又似想到了什么,"顾随啊,非常时期,若是没有生命危险,我的意思是,还是尽量不要开枪的好。"

"那就请署长先替我保管。"顾随利落地解开配枪，递给陶孟和。

"我又没说不让你用！我的意思是，尽量……"

"您的意思我明白。"顾随固执地将配枪推给陶孟和，转身带着众人向苇塘深处行去。

不过十几日的光景，芦丛又绵密一层，即便在白昼，向里亦是看不真切。

"我突然有个疑问，"范世海偏着脸，"咱们干吗不在大白天来会妖蜃，偏要深更半夜的？要是眼神不好，一个不留神，妖蜃没见着，反倒呛死在苇坑子里，岂不是太冤枉了？顾兄，你说是不是？"

"五爷，你是不是怕了？"小鬼追抢白道。

"孙子才怕！"范世海瞪了一眼小鬼追。

"是这样，"惊奇道人解释道，"我之前跟顾兄和鸳桥说过，这妖蜃的双目可以聚日光，因此白日里视力极远；而夜里正相反，月光可以阻碍它的视力。"

"还真是个邪性的东西！"范世海抬眼瞧了瞧圆盘似的月亮，"那就趁热打铁吧，别等着待会儿乌云遮了月，那可就占不到先机了。"

顾随点头称是，又再三嘱托惊奇道人和小鬼追照顾好陈鸳桥，这才带着范世海和颜端由南侧向苇塘里摸去。按照顾随的计划，陈鸳桥这一队要绕行一段路途从北侧进入，如此两者会有一段时间差，正好可以静观其变。

芦苇连绵不断，正是生长的旺季，陈鸳桥三人身处其中，所行甚缓。走了一阵，陈鸳桥突感几根手指有些痛痒，用手电筒一照，才发现被芦叶扎破了。他拿出手帕来，将伤口缠好。就在这时，南侧方向的电光忽灭忽亮，连续三次。

这是众人早先就约定好的信号，若是三明三灭，就表示没有发现妖蜃的踪迹；反之，如果发现了妖蜃，三束光线就会摇成一片。

顾随那边安全，就意味着妖蜃很可能潜藏在陈鸳桥三人所在的北侧。

因此，见到信号以后，惊奇道人和小鬼追立即变得十分警觉，双双亮出兵刃来，挡在陈鸳桥面前，好在危险降临的时候以作保护。陈鸳桥也不自觉地将相机从怀中摸了出来。

芦苇开始变得稀疏，与此同时，脚下的淤泥也越发地缠脚了。在月光的照耀下，前方的塘水泛出一片亮光。三人到得窄细的滩涂上，一字排开，将三束电光重合，由近至远扫向塘内，彼此都深屏着呼吸，不敢发出任何响动……

"啪嗒"的一声，不知为何，小鬼追的手电筒突然掉在了地上。

"追兄，你愣着干什么？"见小鬼追也不去捡手电筒，陈鸳桥用肩膀撞了他一下。

"喏，给你。"惊奇道人将手电筒捡起来，递给小鬼追。

"我看到了……"

"什么？！"

"不是妖蜃……"

"你可别吓我！那是什么？"陈鸳桥用手电筒照了照小鬼追的脸，刺眼的光芒让他微趋了双目，但颊上那惊恐的神色却十分明显。"到底是什么？！"陈鸳桥追问了一句。

"人脸！"小鬼追的声调有些嘶哑，"我在水里，看到一张人脸！"

"这怎么可能？"惊奇道人尽量把声音压得很低，"追兄，你是不是一时眼花，瞧错了啊？这苇坑子里有妖蜃出没，谁还敢来？"

"没错儿！"小鬼追十分固执，"绝对没错儿！"他扬起手臂，再次将手电筒照向了塘内，"就是这片区域！刚刚我就是在这个地方，看到了一张人脸！"

"道长，现在我信了……"

陈鸳桥话音刚落，就在小鬼追照射的那片区域，一个东西猛地跃出水面，随着唰唰啦啦的涉水声响，奔着三人的方向横冲直撞过来！

小鬼追和惊奇道人立即将肩膀并起，一边将陈鸳桥挡在身后，一边举起手中的短刀。电光摇晃间，陈鸳桥看清了那东西的模样：它身量不高，类似三四岁的孩童，浑身乌漆嘛黑滑溜溜的样子，遍布着或大或小的鳞片，手脚却如同成人，指间生有蹼。但更让陈鸳桥感到不寒而栗的，是这东西的脸庞——这是一张陈鸳桥曾经见过的脸！

"糟糕！"陈鸳桥脱口而出，"这是海猴子！他变成河童了！"

"哪个海猴子？"

"还能有哪个？当然是窦三姑家的！"

"鸳桥说得没错，就是他！"

惊奇道人一边说话，一边猛地挥出了一刀，那变成河童的海猴子行动异常灵敏，滞空转而飞起一脚，踢向小鬼追面门。小鬼追不及挥刀，便搪起胳膊来，他身材高大，胳膊也十分粗壮，但海猴子这一脚下来，还是让他疼得"嘶"了一声，连连后退了两步。这时陈鸳桥感觉脸颊一凉，忙抬手一摸，闻到一股异常腥臭的味道，竟差点呕出来。

这腥臭与白日里在"柳树井灶庙"里闻到的，如出一辙！

霎时间，一些纷繁的念头袭入脑海：陶孟和平白无故买下了一幢久无人住的凶宅，变了河童的海猴子出现在那里，是与陶孟和约好在此相见吗？抑或是要暗中加害？若是后者，明明海猴子出现在房内，陶孟和为何只字不提？还有，海猴子是如何变成河童的？又是谁在背后操纵着这一切……

这些问题于他的脑海中飞速转动，小鬼追和惊奇道人早已跟海猴子缠斗在一起。陈鸳桥但见海猴子上蹿下跳，应付自如，甚至偶尔还能占得先手，击中两人，知道这样下去肯定不是办法！他本就帮不上忙，又害得小鬼追和惊奇道人为保护自己而分神，于是心里就更着急了。乱战之中，他忽然想到顾随，忙将手电筒举起，用力地摇晃了起来——这虽说是发现妖蠹时才要传出的信号，但此刻也顾不得那么多了，所幸妖蠹到目前还并未现身，先将海猴子这一关过了再说！

南侧的顾随一见光束晃动得厉害，连忙由芦丛中快步来到滩涂，"五爷,照看好颜夫子,跟着我!"顾随压低声音说了一句,也不回头,便扯出快刀,猫着腰向北侧一路奔来。滩涂甚是泥泞,行进的过程中,顾随几次险些滑倒。耳听着背后的脚步声越来越远,顾随只能强忍着停下身来,等待范世海和颜端跟上。那颜夫子虽然抽了大烟,但毕竟体虚力乏,这么着跑了一阵,已然是大汗淋漓,气喘呼呼不止。

"这么着不是办法!"顾随当机立断,"五爷,我先赶过去!"不待范世海应声,他便又向北侧飞奔而去。

海猴子变成河童以后,似乎比从前聪明了许多。

他发现陈鸳桥是敌方的弱点以后,进攻的第一目标总是陈鸳桥,然后再在小鬼追和惊奇道人奋力护卫陈鸳桥的时候,逮住两人的纰漏,发动进攻,几乎每击必中。

眼下,小鬼追和惊奇道人身上已有了多条血口子。虽然并未形成重伤,但从他们的呼吸中判断,两人想必也不会支撑太久;尤其是惊奇道人,体格不比小鬼追,挥动的两条胳膊已经出现疲软之状。

陈鸳桥心急如焚,古书上说,河童的头顶有一个碟状的凹槽,只要里头有水,这东西就会活蹦乱跳;若是一旦没水了,则立即疲软无力。可是他几次照向海猴子的头顶,却根本没有发现这个凹槽!

或许是执念太过,陈鸳桥竟寻到一个空隙,从小鬼追和惊奇道人的护卫中跳身出来,转而来到海猴子身后,想瞧一瞧那凹槽是否长在后脑或是别的什么不易发现的地方。

陈鸳桥根本没有意识到这是一个致命的错误!

就在他将手电筒的光束照向海猴子之时,后者猛地转过身来,发现了他,进而放弃了对小鬼追和惊奇道人的进攻,将矛头指向了他。海猴子行动利落,陈鸳桥在一时错愕之间,它那带有蹼的手掌已经扼住了陈鸳桥的脖颈,然后在重力的作用下,陈鸳桥整个身子被甩飞,重重地摔在了水塘之中。

海猴子的手指十分有力,陈鸳桥根本动弹不得,塘水开始往鼻子里和口中灌入，实在痛苦万分。他挥舞着手臂，塘水啪啪作响，猛地，他感到自己碰到了什么东西，跟着他将这个东西抄起来，几乎用尽了全身的力气，向海猴子的头顶砸了过去！

一声尖叫响起，海猴子像是触了电，一下子弹飞出去老远，跟着嘴里发出"嘶嘶"的声响来。陈鸳桥的喉咙被解放，他大口地喘息着，一边吐掉口中的水，一边咳嗽连连。这时他才发现，刚刚摸到的，正是周纬借给自己的德国相机。

此时小鬼追已经来到近前，一手将陈鸳桥抄了起来，拎到了自己身后。惊奇道人也移动过来，气喘吁吁地横在两人身前。

海猴子用力地揉着脑袋，嘴里发出愤怒又懊恼的"嘶嘶"声，许是这一下很痛，让他突然变得谨慎起来，身子跳来跳去，不再急着进攻了。

这对峙持续了不久，忽见一道黑影闪过，"砰"的一声闷响，海猴子整个身子便腾空而起，落在七八丈远之外，登时溅起了一片水花。

顾随这一踢快似闪电，因为是冲将过来，力道奇足，海猴子自水塘里爬起身来，摇头晃脑，趔趔趄趄了几回，方才站稳。

仇人见面，分外眼红！

海猴子一见来者是顾随，原本可怖的眼睛顿时泛起一片红光，嘴中又接连发出"嘶嘶"的愤怒之音；而短小的身子就像是蓄满水的堤坝，眼见着就要崩塌。

"上回让你在郎各庄跑了，这回你想都别想！"顾随指着海猴子，勾了勾手指。

"姓顾的，话不要说得太满了，也不怕抻着你的舌头！"海猴子的声音十分尖细，就像是从水塘深处发出来似的，带着沉沉的压抑感，令人闻之心惊。

"少废话！放马过来！"

"唰唰"的涉水声响起，海猴子三蹿两跳便到得近前，然而就在顾随准备挥刀迎敌的时候，海猴子却故技重施，虚晃一招，又扑向陈鸳桥的方向。

"鸳桥快闪开!"

顾随错步去追海猴子,海猴子的脸上却泛出一丝诡异的微笑,他突然返身回来,挥起手臂扫向顾随的脸庞。"嚓"的一声过后,顾随感到脸颊一凉,忙退回了几步,一摸,手指上有几点鲜血。

那鲜血在月色的照耀下,透出一种殷红的色彩。

"这就是说大话的后果!"海猴子揶揄了一句。

"诡计多端。"顾随话音刚落,突然一抖手,银光一闪,短刃便向海猴子飞了过去。

海猴子"噌"的一下跃身而起,只见匕首贴着他的脚底滑过,若是他跳得再低一些,必然会贯穿脚踝。他极为自负地"哼"了一声,但身子还未落下,就见顾随猛地又一甩手,直奔他面门的方向!

海猴子一惊之下,忙以双臂护住脸庞,于是视线就受了影响。

就在这极为短暂的空当,顾随三步并作两步,飞身上前,一肘撞在海猴子肋下,"嘎巴"的一声脆响,海猴子嘴中发出一声抑制不住的哀号,身子再次落入水塘当中。

见海猴子遭到重创,小鬼追和惊奇道人也忙欺上身来。

三人将之围拢,包围圈越来越小。

"现在我问你什么,你就给我说什么!要是你胆敢耍诈,我就把你拆了,做成标本放在中山公园做展览。听到了没有?!"顾随厉声道。

海猴子龇牙咧嘴,一边盯着顾随恨恨地看,一边捂着肋下:"就算你们知道得再多,也没有用!"他说,"这一局棋,输赢早已经见了分晓!"

顾随捡起没入水塘里的匕首,抵在海猴子的胸口,厉声道:"我说了,问你什么你就说什么,没问你的,就给我憋住了!说,你在替谁卖命?!"

"日本人。"

"是日本人把你变成这副鬼德行?"

"是你!"海猴子的双眼里冒着两团火,"要不是在紫禁城里中了你的招,你以为我愿意变成这副样子吗!不过为了报仇,为了弄死你,这些,都不算什么!"

"你的日本主子到底是谁?"顾随滑动匕首,停在了海猴子的脖颈儿处。

"你真的想知道?"

"再废话,我就先把你的喉咙割开,让你凉快一下。"

"他叫……土御门……算砂……"

"土御门算砂?你们怎么联络,他的落脚地在哪儿?我怎么才能找到这人?"

"我不知道。"

"我最讨厌重复,再问你一遍,我怎么才能找到他?"

"我真的不知道!"海猴子挣脱了一下,"从来都是他主动联系我,不管我在哪儿,他都能找到我,我说的都是实话!"

"那么,"站在顾随背后的陈鸳桥突然开口说话,"你昨天去柳树井灶庙,也是受了土御门算砂的指派吗?"

"是……"

"告诉我,你去那里干吗?"

"我当然可以告诉你,"海猴子的嘴角突然泛出一丝奇怪的笑意,他看向陈鸳桥的身后,"不过,就算你们知道了答案,恐怕也走不出陶然亭了。"

陈鸳桥顺着海猴子的目光转过身来,待定睛一瞧,不由得倒吸一口冷气,只见一庞然大兽伏身在滩涂之上,正瞧着他们的热闹!

第四十章

饮冰血难凉

妖魇头似鹰首而硕大，双目犹如剥了皮的龙眼葡萄，泛动着猩红色的光芒。其妖眼周遭遍布着微有卷曲颜色十分斑斓的毛羽，清风拂过，如同水藻一样飘荡。那毛羽蔓延至脖颈处便消失不见，取而代之的则是细密的鳞片。而在它浑圆的身躯上，则耸立着一片黑黢黢的尖利硬甲，状似未被去了壳的冬笋。硬甲在尻尾处趋于平滑，渐渐又变为鳞片，长满其整条壮硕且行动灵活的尾巴。相较于这条长尾，它的四肢显得有些粗短，利爪只有四根，笔直又修长，仿佛四刃闪动着寒光的快刀。

目光扫过妖魇的利爪，陈鸳桥的脑海里便泛出当日在请鹰途中，顾随说的那些话来。他说，两名被害的警察，像是被利刃剖开了肚皮，而非动物走兽所为，为此，他还用猪皮和鹰爪做了实验……那时，陈鸳桥尚有些怀疑，以为顾随耸人听闻，如今眼见为实，方知是自己孤陋寡闻了。

妖魇将脖颈儿贴了地面，扬起妖首冲着众人张了张嘴，一声短促的瓮声传来，直将陈鸳桥震得耳朵生疼，连带着水塘都跟着微微颤动。

它显然是在试探。

"顾兄，咱们应该立即散开，不然目标实在是太大了！"

"道长说的有道理！"小鬼追附和道。

顾随瞥了一眼海猴子，警告道："要是想活命，你就给我老实点儿，别耍任何花招！"

"放心，我还要留着命，取了你的命呢！"海猴子阴森森地说。

顾随把匕首收了回去，海猴子脸上的肌肉跳了一下。就在陈鸳桥、小鬼追、惊奇道人等都星散开的时候，他却突然尖叫一声，挣脱顾随，也不知从哪儿摸出一把短刃来，照着顾随的前胸就是一刀！

这一刀快极了，即便是顾随这等好身手，也不可能躲开——幸好，他用手接了下来！

鲜血从指间迸出，短刃还在手中发力！

血汇成流，滴答入水。

海猴子惊讶于顾随的忍耐，他竟连吭都没吭一声，按照自己的设想，这一刀应该直接没入顾随的前胸才是……

"噗——！"就在此时，一柄匕首斜插入海猴子的脖颈儿，贯穿后露出了刀尖！

顾随差点儿忘了自己刚刚收回的匕首。

这突如其来的一刺，让海猴子立即卸掉了手中的力道，那短刃就这样到了顾随手里。接着，在海猴子捂着脖子摇摇晃晃的间隙，顾随调转短刃，跃身而起，扑向海猴子，将之扎进他的胸口！用力摁了摁以后，方才扯下一块布条，利落地裹紧了手掌。

"顾兄，小心身后——！"

小鬼追的叫声传来时，顾随感到脊背上刮来一阵凉风。他快步向一侧闪身，重重摔在了水塘当中。水花四溅，影影绰绰间，他看到那妖鼍用四根利爪戳起了海猴子，后者试图拔出插在胸口的短刃，却没想到刚刚触及柄首，整个人就被撕成了一堆乱糟糟的碎肉！

妖鼍之凶猛，虽早在意料之中，但如今亲眼见到海猴子被撕成碎片，众人无不战栗，就连孔武有力的小鬼追，也禁不住喉结攒动。

或许是海猴子之死激发了妖鼍的嗜血快感，又或许是顾随在千钧一发之际从它手中逃脱，让它有些恼火，只见它双目突然泛起瓦蓝色的光芒，张大嘴巴吼了一声。伴着这令人胆战不已的吼声，一股白如霜雪般的气体从它口中喷涌而出，在场众人无一幸免，皆被这强大的冲劲儿所波及，纷纷摔入了水塘里……

陈鸳桥爬起来，看到未被濡湿的衣服上，还留有那气体凝固后的痕迹，仿佛皑皑白雪的表层；但仅仅停留了片刻，它们就融化成水了。陈鸳桥忙里偷闲摸了一把，闻到了一股酸涩的味道，这便是蜃气无疑了。是日，在浸泡唵叭的时候，惊奇道人曾经说过，蜃气的穿透力甚强，且快似闪电，如无唵叭护体，它将会立即越过衣物，沁入体内，其结果便会如穆道人那般，年复一年地遭受痛楚。

妖蜃一击未成，更为恼怒，双目当中那瓦蓝色的光芒更炽，它一边吼叫，一边蹬着壮实有力的后腿，腾空而起，直向陈鸳桥扑将过来！

陈鸳桥掉头就跑，跑了几步，就觉脚下一软，"扑哧"的一下，陷入淤泥当中！他想抽出来，无奈淤泥过于凝滞，接连试了几回，都未能拔动，反而越发往下沉了。这时，他再扭头回望那妖蜃，只见它与自己的距离，不过几尺而已。

妖蜃的身体奇寒，许是常年隐遁在水中的缘故。陈鸳桥感到一阵彻骨的冰凉，就如同伏在一块坚冰上。他本想再次利用那台德国相机，即便也起不到什么大作用，但是转念还是放弃了，转而抓了一把污水，用力地向妖蜃扬去——"且当是最后的反抗吧！"

水滴落在妖蜃斑驳的毛羽间，竟让这猛兽愣了一下，或许它也未曾料想，陈鸳桥最后的抵御居然是这般轻描淡写。然而，就在它将要挥动利爪的时候，"嗖"的一声，顾随将手中的匕首掷了过来——这一掷，时机恰到好处，待妖蜃察觉到危险，收回利爪的时候，匕首已经从它眼前飞过，一缕毛羽飘然落下。

小鬼追眼疾手快，移动到陈鸳桥身边，不由分说一记"单臂擎车"，直将陈鸳桥薅出泥潭，又在空中掼了一下，不偏不倚，将之抛到惊奇道人的身边。

惊奇道人立即将陈鸳桥搀起，拦在他身前。

陈鸳桥一阵眩晕，干呕了两声，大口喘息着。这时，他看到妖虿再次挥出利爪来，小鬼追侧身躲避，一脚砸向水塘，一道水柱扑向妖虿，它急忙收回利爪阻拦——而此时，小鬼追已然后撤了几大步，将两者间的距离控制在了安全的范围内。岂料，他刚刚站稳，顾随却纵身飞起，一脚踢在了妖虿的眼额上！

这举动实在大胆，非但超出了在场众人的想象，甚至连妖虿都有些发蒙，它望着因挫力连连退步的顾随，待他站稳之后，才发出了一声撕心裂肺的吼叫。

妖虿是真的被惹怒了！

"颜夫子，你给我把眼睛睁大，要看得清楚明白，这样我也就死得其所了！"顾随向不远处赶来的范世海和颜端喊道，摆出了要与妖虿继续搏斗的姿势。

"有我范世海在，还轮不到你当英雄！"未等颜端说话，范世海却不管不顾地冲过来，挥刀刺向妖虿的后臀。

"五爷小心，这畜生连子弹都打不透！"

顾随话音刚落，"哧溜"的一声，闪过一道火星子。

那范世海手中的匕首，当真未能伤到妖虿半分；反倒因为力道受阻，重心不稳，将前半个身子砸在了妖虿的后臀上。

妖虿本欲追击顾随，不想却被范世海所扰，它恼怒着一震身子，扬起尾巴便向范世海扫了过去！

这一扫大有排山倒海之势，其力量之足，大可以将范世海碎成两截儿！

"五爷快闪开，别愣着！"

听到陈鸳桥的警告，范世海竟纹丝不动。那妖虿的粗尾眨眼就到——生死一线，却见范世海两腿一紧，身子贴着虿尾来了一手大回环，不偏不倚躲掉了这致命的一击。

"到底是五爷啊，没想到你还藏了一手'醉弥勒'！"小鬼追仿佛被范世海这一手激起了斗志，禁不住嚷道，"妖蠹，再来吃我一招！"

陈鸳桥再想制止小鬼追，已然来不及，他大步流星，直向妖蠹扑去，气势上丝毫不让范世海。那妖蠹刚刚被范世海摆了一道，正要接着收拾他，不想半路又杀出个小鬼追，于是只好暂且调转头来。偏在此时，小鬼追纵身跃起，一脚正踏在妖蠹头顶，但他只是借力那么一点，跟着又连续踩过妖蠹的背脊，一翻落下，紧起手肘，照着妖蠹的后臀就是一击，随之嚷道："五爷，见笑了！"

这一手"登云梯"，行云流水，一气呵成，亦是小鬼追平日里决不肯使出的独门跤技。

"嘿哟，真是让我刮目相看了！"范世海嚷嚷道，"没想到除了'单臂擎车'，你还有这么一手，看来，往后我对你还得多加小心！"

"彼此彼此，那'醉弥勒'，你藏得也够深！"

两人靠着一起，啰唆不止。

小鬼追这一肘，虽说伤不得妖蠹，但他毕竟孔武有力，多年掼跤的底子，怎么也能起些恫吓的作用，令妖蠹不再如此前那么急于展开攻击了。

借此机会，顾随示意陈鸳桥去与颜端会合，藏在芦丛当中。

陈鸳桥快步奔过去，却见颜端匍匐在地，浑身瑟瑟发抖，根本连看都不敢看妖蠹一眼。

"颜夫子，你还好吧？"

"不瞒鸳桥老弟，今儿个哥哥我算是开眼啦！"颜端说话声都走了调。

"那你可看得清楚了？"

"嗯……再看一眼，一眼就好啦！"

陈鸳桥见他回答得有些迟疑，又见他这般怯懦，心里便有些含糊，不知他是否真的看清楚了——此事不容含糊，遂打定主意，寻找机会拍下

377

一张照片来，以为保险。

顾随与惊奇道人会合，向另一端的范世海和小鬼追发出命令："五爷，你们二位找机会先撤出去，我和道长殿后！"

"不是吧顾兄？这才斗了一个回合……"

"少废话！"顾随厉声道，"留着你的命，咱们下一回才能跟这畜生决一死战！"

范世海挨了骂，只好点头道："知道了，全听你的。"

或是顾随的腔调过于凌厉，本来面向范世海和小鬼追的妖虘，突然调转头来，虎视眈眈地盯住了他。这一回，妖虘的双目中泛出碧绿色的光芒来；与此同时，那本来飘荡有如水藻般的毛羽，也全部奓了起来，异常骇人。

"顾兄，你也快撤！再晚恐怕就来不及了！"

惊奇道人高喝一声，"啪"地撞了一下顾随的肩膀，冲向妖虘！

"道长不要冒险！！"

顾随话未讲完，就见妖虘的长尾从天而降，直将惊奇道人捆飞了出去，狠狠地摔在了十几米开外，一口鲜血当即喷入黑夜！

那妖虘进而开始追击顾随，渐向苇塘深处。

陈鸳桥薅着颜端，趁机将惊奇道人移至芦丛当中。

惊奇道人大口大口地呕着血，脸颊因疼痛扭曲在一起。陈鸳桥试着摸了摸他受伤的地方，只一下，他便像是被烫到了，倏然抽了回来。

"道长，你坚持一下！我这就带你离开，回去……治好你！"

"鸳桥！"惊奇道人一把攥住陈鸳桥的手腕，因为用力，又扯动了伤口，"嘶嘶"了几声，"你知道我没救了……过……过来，临死之前……我还有些话要讲……讲给你听，你过来……过来……"

"道长，你不要说丧气话……"陈鸳桥说不下去了，一阵哽咽，泪水涌出。他刚刚已经摸到，惊奇道人的肋骨因为重击已经碎掉，大口吐血便是伤及内脏的表现；因此陈鸳桥不敢怠慢，忙附耳过来，凑到惊奇道人的嘴边。

那边，顾随在苇塘深处渐渐不支，一是因为身无兵器；二是因为水塘过深，脚下行动略有不便。而妖魇较之在滩涂上，却显得游刃有余。它几次将顾随逼入死地，却又被顾随犯险脱逃，因而斗性更嚣。

范世海和小鬼追见顾随连招架之力都没有，又去而复返，试图用大声惊叫来吸引妖魇的注意力，以便替顾随争取一丝喘息之机。不想那妖魇并非鲁莽之物，弃二人于不顾，只一门心思要先置顾随于死地。

二人见状，只得将手中的兵刃双双抛向它。

"铛！铛！"的两声清脆，妖魇识破了他们的用意，将两把匕首挡开。

范世海十分恼怒，脑袋充血，又要冲上去。

"别犯轴！"小鬼追一把拦住他，"顾随人中龙凤，一定有他自己的打算！"

"屁！你就会说！反正我拿老顾当朋友，就得去两肋插刀！"

"那也得讲策略！"

两人正争执，突见顾随一个不留神，被妖魇的利爪抄起，跟着大力一掷，整个人飞了起来，<u>重重砸在了水塘里</u>，顿时涌起一片水花。

"这下糟了！"范世海挣脱小鬼追，再定睛去寻找顾随，却见水塘空空如也，并不见他的身影，一时蒙了。

小鬼追也有些慌张，不知接下来该做什么。

水面很快便恢复了平静。妖魇站在顾随落水的地方，四下里寻找蛛丝马迹，可是顾随仿佛真的蒸发了一般，根本没有任何迹象。那妖魇似也诧异起来，转而开始将利爪伸入水中摸索起来，一副不将顾随撕成碎片就决不善罢甘休的模样。

此时，惊奇道人已经断了气息，只是双目仍旧瞪得很圆。陈鸳桥伸出颤抖的手指，为其合上眼睛，而后泪如雨下。那颜端早已吓得魂飞魄散，牙齿一边叮当响个不停，一边絮絮叨叨地催促陈鸳桥，赶紧离开才是。

"你先走，我稍后就到。"

"欸！"颜端仿佛等的就是这句话，"那你小心着点儿，哥哥先撤了！"

"等等！把道长的尸体带上，一路小心着。"

"这……就我这身板……"

"就是爬，你也得给我把尸首带出陶然亭！"陈鸳桥不说二话，拭了一把泪，头也不回地向范世海和小鬼追的方向奔去。

他刚刚来到两人身边，原本平静的水面忽然涌出几串水泡，"哗"的一响过后，顾随现身而出，刀光闪烁间，一柄利刃直插入妖蠹的左眼！

那妖蠹受此重创，狂吼一声，呼啸成风，翻滚不止，当是痛彻心扉……

顾随不敢再停留，踉跄奔来，与陈鸳桥三人会合。

"真是没想到啊顾兄，原来你也喜欢留后手！"范世海所指的当然是那把插入妖蠹左眼的匕首，"下回，你可得早言语，省得我们瞎担心！"

"前番……跟妖蠹较量时，匕首……被它打飞……"顾随喘得厉害，"刚才突然……想起来，便将计就计……并非早有预谋，不比两位。鸳桥，道长和……颜夫子呢？"

陈鸳桥本欲如实相告，但转念一想，眼下尚未脱离危险，不可扰了众人心神，以免节外生枝，于是说："适才危险重重，颜夫子有些怯，我便请道长先带他回去了。"

"哦，道长的伤势没有大碍吧？"

"放心吧，道长……宅心仁厚，吉人自有天相！"

顾随见陈鸳桥并不正面回答，且满脸皆是悒色，正要问个清楚，不经意地一瞥，竟发现妖蠹已然消失不见——四下里一片寂然，唯有风吹苇荡传来的"嚓嚓"声。

抬眼望向天空，一片阴云盖住月亮，四野暗淡下来。

顾随停下脚步，示意众人都不要动。

"怎么了？"小鬼追问。

"嘘——"范世海仿佛也察觉到有些异样,"你们听,仔细听,听到了没有?"

"好像是……"

"不是好像,就在咱们脚下!"

顾随这句话一出口,陈鸳桥立即就明白过来,那妖蜃并未放弃追杀他们,正在遁地而来!

鸡皮疙瘩骤然涌遍全身,陈鸳桥不及细想,拔腿就跑,但只奔出去两步,就发现滩涂忽然隆起一个又一个的大包,而自己的双脚仿佛踩在棉花上一样,软塌塌的。跟着,一声巨吼自脚下喷薄而出,淤泥飞溅,乱石横飞,妖蜃蹿身而出,强大的力道将四人纷纷掀飞出去,噼里啪啦地摔在了水塘和苇丛里。

苇丛当中,陈鸳桥被摔得晕头转向,额头一阵剧痛。他摸了一把,鲜血染红手指。芦苇异常绵密,他拨动了几个来回,才看到妖蜃。此时它正挥动着两只利爪,不住地撅起大块淤泥,流星赶月一般掷向不远处的顾随。饶是顾随再怎么身手利落,也没有办法尽数躲掉,身上"砰砰"声不绝于耳,几乎刚刚站稳,便又再次中招,栽翻在地……

陈鸳桥心急如焚,再看范世海和小鬼追歪趄在水塘里,显然也给摔得不轻。他一咬牙跳出苇丛,呜呜哇哇乱叫,来替顾随解围,不料才刚刚喊出一嗓子,胸口突然受到重创,一块淤泥不偏不倚糊在上头,当即舌尖一腥,迸出一口鲜血,栽倒在地。

"鸳桥——!"小鬼追一把将身边的范世海拉了起来,"五爷,老破花往后就靠你了!记着,等铲除了妖蜃,务必到我坟前洒一杯烈酒!"

小鬼追要跟妖蜃拼命,脚下却不利索,被什么东西给绊了个跟头。

"有我在,还有你逞英雄的份儿?!"范世海收起脚,啐出一口血水来,"那老破花是你打下来的,合该你把它熬驯成材,交给我算什么事儿?"

"等等!"小鬼追一把拉住范世海。

381

"再啰唆，咱们就只能到老顾的坟前烧纸啦！"

"不争了，一起！"

范世海笑了："你总算是开窍啦！那就别愣着了，走着——！"

两人双双奔着妖蜃杀过来，一边高声叫嚷着，显示出决心赴死的豪情之状。

那妖蜃被顾随伤了左眼之后，似乎一下子变得聪明了许多，它见两人奔过来，竟然闪身让了一条道路——如此一来，二人便与顾随会合了。

"你们来干什么？找死！"

"要死一起！"

范世海和小鬼追一左一右将顾随搀起来，在他们身后不远处，便是连绵不止的苇丛。

"现在说死还早了些！两位，看见后边的苇荡了吗？"

"怎么着顾兄，你还留着一手？"

"对，这回我给二位托个底。"顾随笑了笑，扯动了一身的伤，连连咳嗽。

"是什么？"范世海和小鬼追异口同声。

"一个字，跑！"

顾随手上用力，将两人向不同的方向推去，他则直奔中路而逃。他想着若是自己侥幸不死，再迂回将陈鸳桥救离；若是那妖蜃认准了自己，非要置他于死地，他也相信，以范世海和小鬼追的为人，必定会保陈鸳桥平安，绝不会见死不救……

然而一脚才刚刚触及苇丛，顾随便听到了一声清脆的"咔嚓"声，顺着这声音回望，只见陈鸳桥不知何时站了起来，手里还拿着那台德国相机——此刻，它正冒着白烟……

妖蜃随即被吸引，调转头来，扑向陈鸳桥！

"鸳桥——！"一声嘶吼，顾随撕心裂肺。

第四十一章
恨别鸟惊心

阳光透过窗子照进来,晃得陈鸳桥睁不开眼。他卧起身来,感觉脑袋浑浑噩噩,里头像是有一块黏腻成团的浆糊。摸了摸额头,伤口已经覆盖上纱布,很疼。口渴得厉害,勉强睁开眼睛,见眉楼正一边注视着他,一边递来茶水。陈鸳桥接过来一饮而尽,茶是温的,喝起来恰到好处。

"我睡了多久?"

"要不要再睡一会儿?你的脸色很不好。"

"有没有更凉一些的冰水?"

"你若是热,我可以把扇子取来。"

"谢谢,我要冰水。"

"你等一下,我这就去拿。"眉楼顺应了他的情绪,转身走出屋去。

陈鸳桥站起身来,打算自己再倒一杯茶,走了两步便觉浑身酸痛,全身骨骼仿佛全都错了位,额头也冒出了汗星儿。他伸手擦了一把,黏在手指间的汗水在阳光的照耀下泛出精亮,令人恍惚。于是,他的眼前浮现出了昨晚那惊心动魄的一幕——

当时,被妖魘抛来的淤泥震到后,他陷入了短暂的晕厥。待恢复意识后,也许是那台德国相机正巧在手边,又或许是他对颜端不放心,总之他站起身来后的第一个举动，便是对着妖靥按下了快门。岂不知，那相机早已在连番的打斗中损坏……

望着妖靥放弃追赶顾随三人，转而奔向自己杀来，陈鸳桥始知这一回必定在劫难逃，因而一声叹息，毅然地闭上了眼睛。也就是在这个关口，他觉得肩膀被什么东西冲撞到，硬生生的，整个人再次飞出了苇丛当中。然后，当他睁开眼睛的时候，便看到一人双手紧扯住妖靥的毛羽，以头颅抵在它受伤的左眼上，只是这样的对抗仅仅持续了片刻，"扑哧"的一声响，他就被妖靥戳开了胸膛，变成碎肉的速度远比海猴子还要快，以至于最后的遗言都没有说完整："恩人，我终于知道你的……"

回忆至此，陈鸳桥禁不住又湿了眼眶，泪眼滂沱。

"他说自己叫刘把儿，前几天你去西山的时候，救了他妻儿的性命。"眉楼去而复返。

"我不该想当然，非要逞能去拍一张妖靥的照片！"

"他说自己得子不易，一时兴奋过了头，让你给那孩子取了名字，却忘记了问你姓甚名谁，实在是太不像话了。于是，就跑到西山潭柘寺去打听，知客僧告诉他以后，他便往城里来寻。就是想见你一面，问了你的名字，以后好告诉那孩子，让他记着你。"

"他不来，我总是要去的，又何必急于一时？"

"把绍棠母子留在家，他放心不下，想着问到你的名字，就立即赶回去。"

"绍棠……"陈鸳桥喃喃道，"刘把儿因我而死，我想跟你商量一下，把他们母子接来报馆……"

眉楼捧着陈鸳桥的脸庞，她说："我已经安排下去，一早时候，报馆的几位同事就已经启程，想来最迟傍晚也能赶回来。"

"有你在真好。"

"你不是要喝冰水吗？"眉楼放开了陈鸳桥，把冰水递给他。

陈鸳桥接过来，又放下，然后拿起眉楼的手，放在自己的脸庞上。

"你再抱抱我,不然我不喝。"他说。

午后,顾随来到报馆。

相较于陈鸳桥,他似乎永远精力充沛,即便昨晚与妖魇那般缠斗,一双眼睛却仍是透着熠熠的光芒。陈鸳桥问他身上的伤如何,他直接略过,反倒发了几句牢骚,怪陈鸳桥自不量力,把自己搞成这副模样。

陈鸳桥笑道:"若非亲眼所见,又怎可下笔如神?"

"您这张小报,牵强附会恐怕还有一些读者,要是一旦正儿八经,恐怕立即就会落个销路骤断的下场。所以我得劝你一句,别想得太多了。"顾随依旧刻薄。

"我虽伤得不重,但也不轻,你就不能行行好说两句中听的话,只当慰籍吗?"

"有眉楼小姐在,你还不够?"

"他这个人,贪心得很!"眉楼推门而入,把闷好的一壶茶放下,一边倒给两人喝一边说,"顾队长,一直承你照顾世兄,还未曾道过一声谢。若蒙不弃,我想亲自为你缝制一件长袍,不知意下如何?"

"眉楼小姐当真?"

"君子面前不说假话,顾队长穿长袍,最见风骨。"

"如此……那就恭敬不如从命了。"顾随说,"待你与鸳桥百年好合之际,我再奉上一份大礼,权当答谢。"

"谁稀罕跟他百年好合!"眉楼嗔道。

"不百年就不百年,那就日日好合,总可以了吧?"陈鸳桥面带坏笑。

三人又喝了一会儿茶,突然不约而同地沉默起来。

"道长不幸身亡,我的意思是,把他葬在旸台山穆道人坟旁,你意下如何?"陈鸳桥说。

"我也正有此意。"顾随沉吟片刻,"早晨的时候,陶孟和找过我,让我跟你商量,关于道长之死,能不能暂且先不写进报纸里,以免人心惶惶……"

"那怎么行！一就是一，二就是二，这是报人的本分！再说了，当初因为武宫正朔刮骨疗毒的事情，陶孟和恨透了小报胡编乱造；可如今为了头顶上的乌纱帽，他却变了一副面孔行事，哪里有这番道理？"陈鸳桥满口铿锵，说着竟站起身来，"还有，道长为了除妖大计可谓兢兢业业，就算他们学道之人不求声名，但到底是一条性命，又怎可轻易给抹了去，只当什么事情都没发生呢？！这种事，恕我干不出来，也不能干！"

顾随站起身来，双手搭在陈鸳桥肩膀上，将他摁回到座位上，笑了笑："我也是跟他这么说的——原话是，署长，您总不能自己打自己的脸不是？"

"他怎么说？"

"他说他记下了，回头再收拾我。"

陈鸳桥也笑了："你就不怕他在背后阴你？"

"好些事情，你越怕，它就来得越快，随遇而安就是了。"

"对了，惊奇道长临终时可留下什么遗言？"眉楼插话道，"道长与郎家多年来过从甚密，而若不是三姑，我便没有与世兄的这段缘分，所以于情于理，我都想为道长做一点儿事情，哪怕是再小的事情。"

"没，没什么……"陈鸳桥喃喃道，心不在焉。

"当真就没留下一句吗？"眉楼追问。

陈鸳桥抬起头来，注视着眉楼的双眼，一下子变得十分认真："今日你若得闲，与我们同去旸台山，送道长一程吧。"

眉楼点头道："我这便去换身衣物，准备一下。"话毕，走出房屋。

"刚刚你的神情有些怪，怎么了？"

"道长的确有遗言留下，只不过我需要消化一下。"

"你不说，自有理由。"

且说三人一并前往旸台山，亲手葬了惊奇道人之后，驱车赶回城中，时已掌灯。

陈鸳桥一心惦念颜端的绘图，于是三人又折途赶往琉璃厂。

观颐斋中，只见周纬，却并不见沈岐周。

"颜夫子自打从陶然亭回来之后，就闷在掌柜的为他准备的房间里发呆，看样子一夜都没睡，早饭和午饭也一口没吃，就跟丢了魂儿似的。"小伙计凑到陈鸳桥身边，小声说，"掌柜的原以为他闹烟瘾，不料弄了一块烟膏给他，他照样没动一下。掌柜的觉得他着实有些不对劲儿，于是便让我在店里陪着星槎先生，他去请大夫了。"

陈鸳桥就德国相机损毁的事情，再三向周纬道歉。

"都是身外之物，"周纬不以为意，"我再让夫人托朋友买来一台就是了；况且这也算是为除妖略尽绵力，鸳桥切勿放在心上。"

众人听周纬又谈了一会儿遏必隆刀的种种好处，仍旧不见沈岐周归来，陈鸳桥便让小伙计带着自己先去看一眼颜端。

一刻钟后，两人去而复返，正巧这时沈岐周也带着医生走入观颐斋。

陈鸳桥开门见山，称颜端已无大碍，不必再请大夫瞧病了。

沈岐周半信半疑，小伙计却道："掌柜的，是真的，刚刚我与陈爷离开的时候，颜夫子已经开始吃饭了。"

沈岐周闻听此言，遂付给医生出诊费，一边连声抱歉，又将之送到了门口。

"鸳桥，你到底用的什么法子？"

"其实也并非什么了不得的秘法，全在找到了症结。"

"哦？"沈岐周望了身边的小伙计一眼。

"掌柜的，我也不知道陈爷用的什么招，只看见他与颜夫子低声说了几句话，那颜夫子便喜笑颜开，变得跟从前一个模样了。"

"这么说颜夫子可以动笔作画了？"

陈鸳桥摇头道："恐怕现在还不行，差了一味药。"

"哪一味？我这就差人去抓。"

"请陈爷吩咐。"小伙计十分机灵，主动请缨道。

陈鸳桥向他招手，到得近前后耳语了两句，那小伙计连连点头，直

387

说:"明白,明白!请陈爷和掌柜的放心,我一定不辱使命。"

众人不知陈鸳桥葫芦里卖的什么药,见他故作神秘,也不好相问,索性骑驴看唱本,走着瞧便是了。

在观颐斋吃罢晚饭,陈鸳桥携眉楼返回报馆。

甫一进后园,陈鸳桥便被一股诱人的香气攫住——好吃之人,嗅觉必定异于常人,这是佳肴才有的味道。在陈鸳桥这里,这"佳肴"二字,是极高的标准。于是脚步快了些,待走入房中,只见桌上置着大大小小七八个碗碟,所用之材都是些再平常不过的蔬菜。

陈鸳桥脑筋快,猜想这定是绍棠娘的手艺,忙叫了两声。

帘子一挑,只见绍棠娘抱着绍棠小步走入,她脸上汗津津的,眼角还挂着泪痕。

陈鸳桥当即说了些宽慰她的话,又叮嘱她刚刚生产,身体虚弱,万不可再下厨,转身便嘱咐眉楼明日雇一名老妈子前来照顾。

绍棠娘性子刚烈,坚决不允,连声道:"你能收留我们娘俩,已经是我们的福分了。我有手有脚,又不是金贵命,何须他人伺候?再说了,你看看,这一桌子菜都是我做的,也没耽搁给绍棠喂奶水。"

"绍棠娘,若是你坚持不找老妈子也行,不如就让我暂且来帮忙……"

"那就更使不得了!"绍棠娘打量着眉楼,"你是金枝玉叶的坯子,让你端盆倒水洗褯子,那我成什么了?"

"那你总不能让他来伺候不是?"眉楼指了指陈鸳桥。

"我不是这个意思……"

"那就听我的吧,找一个老妈子来伺候你,待你出了月子以后,再决定要不要继续请人家帮衬。至于你,就安心养身子,顺带教教我,怎么才能做出这样一桌好菜,我学会以后,烧给世兄吃;等绍棠长大了,再烧给他吃。"

绍棠娘很是感动,恭敬地给眉楼低头行了礼:"我们娘俩遇着好人了。"

"不要这样讲,往后就把这里当做自己的家。"

"我替刘把儿也谢谢你们。"

"嫂子,我叫眉楼,眼眉的眉,亭台楼阁的楼。"

绍棠娘忙说道:"噢,你叫我淑贤吧,我姓柳。"

两人越聊越近,不一会儿绍棠便从淑贤那里,移到了眉楼的怀中。那婴孩儿也不惧怕,反而时时露出笑意,惹得眉楼倍加欢喜。

晚些时候,陈鸳桥写罢文章,正要点一支烟歇息片刻,范世海和小鬼追却架着老破花来到报馆。陈鸳桥一见范世海灰头土脸,面带怒气,便知他准是又碰到什么事儿了。

"哟,这是北平城哪位不开眼,得罪了五爷?"

范世海偏过脸来,剜了一眼蹲在小鬼追肩上的老破花,恨声道:"我准是上辈子欠了这货的,就从来没碰着过这么难熬的鹰!"

"你就是太心急。"小鬼追接话道,"熬鹰,熬鹰,那得使慢火,你上来就要人家对你服服帖帖,那熬出来的也是不中用的鹰!日后别说去对付妖蠹了,兔子它都搂不下一根毛来。这样又有什么用?"

"那也没有这样的鹰!他妈的,一只眼睛假模假式瞪得溜圆,另外一只却在那儿闭目养神,你说气人不气人?"范世海老大的不忿,"要不是我发现得早,早早晚晚,我得给这个王八蛋先熬干了!"

那老破花仿佛能够听得懂人语,扑棱了两下翅子,"哏哏"叫了两声,怎么听都像是在嘲笑范世海,直叫陈鸳桥忍俊不禁。

"五爷莫急,为这桩小事儿动肝火,大可不必。"

"要只是这一桩,倒也罢了,可是这个王八蛋,哪里肯这么简单就放过我?它要不是把我往死里坑,那它就不配叫老破花!"

"哦?"

"老破花也不是有意的……谁能想到,咱们路过豆汁挑子的时候,它偏巧要打条呢?"话到此处,小鬼追憋不住笑,连忙解释道,"噢,这'打

389

条'是咱们北平玩鹰人的行话,就是拉屎的意思。"

"那锅豆汁可倒掉了?"

"十几双眼睛盯着,我是卖豆汁的,也不敢再卖了啊!"

"可惜了,医书上说,鹰屎有消虚积,杀劳虫的作用,实乃良药。"正巧前几日用过的那册《本草纲目》就在桌边,见范世海和小鬼追将信将疑,陈鸳桥抄起来翻了几下,找到了其中的条目,指给两人瞧。

"嘿!我要是知道这些个,说不定就不会弄得这么狼狈了!"

原来那老破花不光把鹰屎滋在了豆汁大锅里,还顺带捎着了几位喝豆汁的主顾。旁的人骂了几句也就算了,可有一位却火冒三丈,非要拔了老破花的鹰羽拧下它的脑袋不可。范世海自知理亏,因此把老破花交给小鬼追,好话说了一箩筐,还亲手给人家擦去了鼻头上的鹰屎。可未承想,这位铁心了要找范世海晦气,非得再让范世海跑去别摊儿,再买过来一碗豆汁伺候他喝光了不可。范世海终于给惹恼了,正要与这位耍横,打四围突然跳出几条练家子来,虽是个个身着便衣,但举手投足都显得训练有素。范世海倒也不惧,撸胳膊挽袖子便跟他们交上了手,到底有一身跤技傍身,只七八个回合下来,这些人便纷纷败下阵。范世海傲然一笑,道了一声"得罪",正欲离开,"哗啦啦"一通响,再看这些练家子竟纷纷自腰下掏出了手枪!范世海常年在四九城混迹,一见这些枪全都是清一色的德国大镜面,当即就明白过来,这些人全都是丘八出身!

"要不是看在这帮人护佑北平的分儿上,我豁出去也要跟他们拼个鱼死网破!"范世海愤然道,"不过,这回我算是彻底折了面子,往后没法在四九城拔份了!"说着又朝着老破花狠狠地瞪了瞪眼。

"五爷,不至于。"小鬼追轻描淡写道,"不过是伺候人家喝了一碗豆汁,再说到底是咱们理亏,虽说这王鹿马是有些得理不饶人,但最后他不也没拿老破花怎么着吗?"

"你说那人叫什么?王鹿马?"

"对,就是二十九军宋哲元的亲信,不然哪来那么大的谱!"

陈鸳桥笑了笑，兀自道："本来我还觉得，那么干多少有些不地道。但是现在好了，既然这个王鹿马如此跋扈，那我就替五爷你出一口气——这就叫来而不往非礼也。"

"鸳桥，你这话……什么意思？"

"五爷不用急，用不了几天，你就明白了。"

陈鸳桥又说了些宽慰话，然后话锋一转，称老破花如此难缠，若是当真能将之驯服，为日后除妖大计尽一番力，那才方显其本色。范世海受了鼓动，冲着老破花骂了几句脏话，又变得斗志昂扬起来。

第二日近晌，观颐斋小伙计来到报馆，与他同来的，则是那位隐居在戒坛寺的那拿——旧王孙溥心畬的"家臣"。

那拿爽朗依旧，不过是与陈鸳桥第二次见面，却已仿佛老朋友一般，张口便道："鸳桥啊鸳桥，那日一别，我还思量，不知啥时候再能跟你一道吃獾肉！不想天人感应，一觉醒来就应验了，真是快哉！说吧，这趟把我叫回城里，有什么吩咐？"

陈鸳桥笑道："那兄不必着急，待我埋锅造饭，咱们边吃边说。"同时将眉楼与淑贤母子作以介绍。

那绍棠不知为何，见了那拿竟"咯咯"笑出了声，直让在场人等讶异不已。

此时小伙计见缝插针道："陈爷，那爷我给您请回来了，任务也算是完成了。若您没有别的吩咐，我这就先回观颐斋了。"

陈鸳桥连声道谢，又道："请代为转告你们家掌柜的，若是星槎先生的助理到了观颐斋，务必第一时间通知我。"

小伙计道："陈爷请放心，掌柜的已经吩咐过，今天我会亲自去火车站把人接回来。"

第四十二章
走马卢沟桥

招待那拿的午饭,是淑贤一手操办的,除去几道极见火候的时令热菜,她还特地做了稍麦和炸三角。这两种小食,皆是"都一处"的拿手绝计,淑贤因为曾在灶上帮厨,可谓是掌握了其中的真味。

那稍麦的制作,可称得上十分精细,拙夫笨妇是应付不来的,单说将和好的汤面团擀成薄片,然后再将之槌为直径三寸许、带有二十四道褶皱的莲花叶薄皮,就且得费些功夫,更不要说馅儿了。淑贤这回用的是三鲜,取虾肉、玉兰片和韭黄,捎带着一点儿猪肉,再以香油和其他作料调匀。淑贤生着一双巧手,包的稍麦皮薄馅大宛若石榴,尤其是收口时,几根手指那么一拧,面皮便化成一束麦穗。

稍麦上屉蒸熟以后,还没上桌就被陈鸳桥连吃了两只,直叹鲜美不可挡。

眉楼不许他再偷嘴,陈鸳桥却非取了一只来,喂眉楼吃下。

"吃了我的稍麦,待会儿你可要看我眼神行事。"

"我可没有求你。"

"反正是吃了,不得抵赖。"

"是是是,世兄说什么,就是什么。"

陈鸳桥又不自觉地伸出手来，被眉楼一把攥住，笑道："君子远庖厨，别说你没听说过。"

"君子还是让顾随去当，容我再吃一只稍麦，再把孟子这话的真意讲给你。"

"那就不必了。"眉楼取出一只稍麦，"我来代劳就好了，省得你那么没节制。再这样没节制，夜里我便不会去为你添茶了。"话毕，将稍麦放入口中。

这屉稍麦，不但让陈鸳桥垂涎三尺，更令那拿赞不绝口，他说即便少时在恭王府，也没有吃过此等好味，后来隐居戒坛，就更甭提了。

淑贤听到那拿的夸奖，只是笑笑，点了点头。她平常不大爱说话，当日生产之际，说要将陈鸳桥剁碎了做杂碎汤，恐怕是生平里说得最歹毒的话了。以至于后来陈鸳桥复述给眉楼听，她一直都不能相信，几度怀疑陈鸳桥在鬼扯说笑。

"不过说起这稍麦，我倒是有一桩见闻与那兄分享。前几日，我无意间路过一家小馆儿门口，见上头赫然写着'烧麦'两字，心道这定是误写了，正巧店里的小伙计走出来倒水，我便顺口提了一嘴。可没想到的是，你猜这小伙计怎么说？"

"咱们北平的买卖人，从来都是和颜悦色，有理都要让三分，自然是感谢。"

"谢倒是谢了，不过后头还跟着话儿，是这么说的：我们掌柜的也知道，是禾字边的稍不是火字旁的烧，可好些主顾一见到那个稍，特别不是咱北平地界儿的人，往往是丈二的和尚摸不着头脑，不知这是什么东西；但若是换做这个烧，那便不一样了，路人一眼便知这东西是吃食，用火烧嘛，吃食才用烧的，您说是也不是？"

"倒也并非没有道理。"那拿直点头。

"所以啊，道理这回事儿，往往是仁者见仁，智者见智，有时候不能以简单的对错一概而论，不知那兄是否同意鸳桥的观点？"

那拿又吃了一只稍麦，笑道："绕得有些远了，不过倒是很有趣。"

陈鸳桥站起身来，准备为那拿夹一只炸三角，不想隔得有些远，不甚方便。淑贤见状忙拾起筷子，为那拿夹了一只。

"其实是有这样一桩事，我有一位朋友，与那兄有同好，生来好犬，简直痴迷。日前相中了一条黄狗后，便夜不能寐，寝食难安，眼见着瘦削得成了皮包骨，叫人心生可怜。我本想助力帮他将那只好犬买下，谁料本主财大气粗……"陈鸳桥指的自然是颜端。

"你找我下山，就为了这件事？"

"这只是其一，另外一桩，稍后我们再详谈，那……难办吗？"

"财大气粗？那想来住的是深墙大院。"那拿说，"可比恭王府吗？"

"那兄说笑了，北平的大宅，能跟恭王府颉颃的，恐怕掰着手指头都能数过来。"

"那就好办了，待吃罢午饭，正好可以活动一下筋骨。"那拿当仁不让，"你只须指给我地点，剩下的事情，我自有分寸。"

他一副成竹在胸的样子，抄起盘中的炸三角，猛咬下了一口。不料那炸三角包的是卤馅，吃时如同那灌汤包一样，要先用筷子在上头戳开一眼儿，而后先把里边的汤汁吮一吮，再慢慢品尝——否则着急来吃，不是汤溅，便是烫嘴。

这一口，两样占全。

嘴烫的是自己，汤就溅在了淑贤身上。

那拿大窘，伸手来为淑贤擦拭，掸了两把，却又倏然缩回，当即面红耳赤。

淑贤也忙起身，称去换件衣裳，顺便去老妈子那里瞧一眼绍棠。

"哦，鸳桥，适才你说还有另外一桩事……"

陈鸳桥望了一眼眉楼，又把眉楼的眼神往淑贤坐过的位置上牵。

眉楼聪明绝顶，当即心领神会，笑道："你不好开口，就让我来说吧。那拿大哥，世兄是想成就一段姻缘于你……"

"使不得，使不得！"那拿哈哈大笑，声振屋瓦，"我平生一个人惯了，无牵无挂落得个自由自在，若是有了妻儿，反倒受了束缚，徒增烦恼！"

"若是淑贤这般的呢？"眉楼一针见血。

"这……"那拿支吾了两句，"这怎么好打比方，刘把儿兄弟刚刚故去，所谓死者为大，大不敬了，大不敬了！"

"那拿大哥不必拘礼于此。适才世兄说那稍麦和烧麦的事情，你不是也觉得很有道理吗？同样都是女人，我看得出来，淑贤是顶好的，若非世兄不了解你的为人，是决不可能将她托付给你的，毕竟刘把儿大哥是因世兄而死，我们有责任照顾他们母子。再者，我见绍棠与你有些缘分，这孩子命苦，还在襁褓之中便没了父亲，不禁让世兄想到了他自己……"眉楼话到此处，见那拿眉头上聚起的褶皱越来越紧，忙又话锋一转，"不过话又说回来，你要是心里头隔着一层，世兄和我也决不会勉强。"

那拿美髯乱颤，摇头道："断不是这层因由！若此事当真能成，我那拿可以起誓，从今往后待绍棠视如己出，如若违背，愿遭天打雷劈，不得好死！"

"那你还有什么顾虑？"

"弟妹，"那拿捋了捋胡须，"可能鸳桥已经对你讲过，我是包衣出身，虽然大清已经亡了，二爷也不怎么待见我，但我不能忘本。所以，这事儿光我愿意还不成，我还得去府里请示一声我们家二爷，只要他发了话，那便好了。"

陈鸳桥与眉楼闻之，相视而笑。

此时有电话打进来，陈鸳桥起身去接，不知对方说了什么，竟让他脸色陡然一变，如临大敌。

"出了什么事情？"眉楼见他挂断电话，连忙问道。

"我得马上去一趟观颐斋。"陈鸳桥说着自柜中取出窦三姑所赠的那架弩弓，一番裹扎后，转而向那拿道，"抱歉了那兄，那边有些棘手的事情需要去处理一下。就让眉楼和淑贤招待你,待办完事后,你我再痛饮一番。"

"忙你的就是!"

陈鸳桥二话不说便往外奔,到得门口又忽地站住,拍了拍脑袋,转身道:"眉楼,你随我一道去,这事儿有你拿主意,我才放心。"

眉楼当即叫了淑贤,请她务必代为招待那拿,便随陈鸳桥出了报馆。

顾随已然先一步到得观颐斋,见陈鸳桥和眉楼赶来,二话不说将桌上放着的一封信笺递过来,脸上的阴沉之色与在座的沈岐周和周纬如出一辙。

陈鸳桥展信来阅,似有一股清香漫过鼻间,信上字迹清隽不苟,学的是宋徽宗,只是少了些剑锋棱角。

"这信是何时收到的?"眉楼看罢,开口道。

"今儿个我从报馆赶回店里,奉掌柜的之命去火车站接人……"

"我知道事关重大,所以一路上都小心翼翼,没有半点儿马虎!"小伙计话没说完,就被坐在周纬身边的一位年轻人打断。他戴着眼镜,显得有些失魂落魄,"周先生,我可以对天发誓,真的,我连半分钟都没有休息过!就在下火车之前,我还再次确认了一下,书就安然无恙地放在皮夹包里,怎么才一转眼的工夫,就变成了一封信呢!"

"谁都不愿意这样,你无须自责。"周纬见他神情激动不已,安慰道。

"星槎先生,冒昧地问一声,不知那册《魍魉胜录》,您可曾复抄过其中的内容没有?"

"你的意思我明白,但是,很遗憾!"

"那也就是说,除了信上说的方式,我们想要拿回它,别无他法?"

"恐怕就是这样。"

此时,顾随站起身来,在屋中踱了两步,说道:"武宫正朔和海猴子,都曾打过那架弩弓的主意,现在这两人已死,这个叫土御门算砂的,竟亲自出马……日本人为什么非要得到窦三姑的弩弓不可呢?难道真的是为了'十八蹬'内的黄金?"

陈鸳桥摇头道:"我总觉得并非这么简单。起先我以为日本人志在妖蜃，现在看来，三姑的弩弓才是他们真正的目标之所在。但这两者之间，又好像没有什么关联……"

"我反而更担心另外一件事。"眉楼插话道，"土御门算砂在信上约我们今晚八点在卢沟桥碰面，届时一手交书籍，一手交弩弓。我在想，日本军队已经占领了丰台，听说他们有几千人，且正在修建营房，预备进驻重兵。这种情况下，若是这个算砂使诈，根本就不想跟咱们交换，而是两样都要得到的话，那我们贸然前去，岂不是羊入虎口吗？"

沈岐周附和道："有道理，防人之心不可无，更何况是日本鬼子。"

"去是一定要去的，兜兜转转了这么久，也该见一见庐山真容了。"顾随转过身来，脸颊漫过一丝冷傲，"算砂想两样都得到，我偏要两样都保全！"

"顾队长勇气可嘉，沈某佩服，不过此事多有牵扯，万不可意气用事。"沈岐周斟酌了片刻，方才又道，"不如请陶署长派一队人马以作策应，这样的话，若是生了变故，也不至于束手无策。各位意下如何？"

"沈掌柜所言甚是，小心驶得万年船。"陈鸳桥道，"顾兄，土御门算砂指名道姓要你我同去——我倒不是怕他，实在是怕若逢事变，拖累你施展武功……"

"有您拖累，我荣幸之至。"顾随开了一句玩笑，又沉吟道，"好吧，还是那句话，听人劝，吃饱饭。我这就回一趟警署，将此事向陶孟和汇报，请他派兵应援。"

顾随当即起身与众人告别，快步而去。

众人在等候期间，陈鸳桥来到后院，去瞧颜端。

正如陈鸳桥所料，他仍旧未动一笔，窝在角落里发呆，一副丢了魂儿的模样。

"颜夫子，你在担心什么？我不是说过了吗，就这几天，保准让你见到那条黄狗，不但让你见着，我还给你安排了后路……"

"就冲那日萍水相逢，你借给我钱，我就没有理由不信你。"颜端站起身来,"可问题是那黄狗是王鹿马家的,上回我雇的叫花子失了手,人家的护院有了戒心,这一回若不能请来高人,折了的话,往后……往后我跟那狗就算是天人永隔了啊!老弟啊老弟,只要是一想到这关口,我就算是抽上大烟,也浇不灭这胸中的块垒啊!"

陈鸳桥憋着不笑出声,心道这位比起当年的紫猴儿,真是有过之而无不及。

"不过话要说回来,要是狗我给你弄了来,你却画不出妖魇……"

"不能够!"颜端拍着胸脯保证道,"只要是你给我办成了,不消半日,我定然给你画出来,保证分毫不差,你点上一双眼睛,它立马就能成精!"

"得得得,八九分像,就已足矣。"

约莫一个时辰,顾随去而复返,告知众人,陶孟和已然应承下来,届时会亲自带人前往。

晚饭匆匆吃罢,众人一同走出,送别陈鸳桥与顾随。

眉楼怀抱着弩弓,待陈鸳桥拉开车门后,她却先一步钻入车内,意思显而易见。

"眉楼姑娘,此去凶险,你毕竟是女流,还是不要去的好。"未等陈鸳桥说话,沈岐周却上前一步,正色道。

"沈掌柜难道忘了吗,当初大伙儿束手无策,还是小女献计一解燃眉之急的。"眉楼气定神闲道,"我虽女流,但自认智力不下须眉。"

"那也不行!"沈岐周突然厉声道,表现得一反常态,但仅只一刹,他仿佛便意识到了自己的失态,连忙找补道,"我的意思是……顾队长虽是人中龙凤,但鸳桥毕竟是书生,尚需他照顾,若是再多了眉楼姑娘,岂不是顾此失彼吗?还望三思而后行。"

"该想的,我都想过了,但还是要去的。"

"你怎么……"沈岐周被噎得说不下去,转而望向陈鸳桥,"听我一句劝,日本人不好惹,不要让眉楼姑娘犯险,她待你可是一片真心!"

"眉楼,你就听沈掌柜的吧,留在观颐斋等我,事情一完……"

"再不走，可就要误时辰了！"眉楼语气甚是决绝，"顾队长，你是君子，该不会也是和他们一般的见识吧？"

这一激当真是见效，顾随二话不说，猛地将汽车发动。

"世兄，你若再不上车，我们可走了！"

陈鸳桥本是骑虎难下，听到眉楼这般言语，不敢怠慢，快速钻入车内。

顾随见状猛踩油门，汽车遂飞奔而去，一片尘土漫过，留下沈岐周一张复杂落寞的脸颊。

汽车沿着黄昏的虎坊桥街道，一路向广安门疾驰而去。

卢沟桥位于广安门外西南二十余里，其河水源自山西太行山，水色浑浊不堪，激流犹如快箭，河道无定，涝时为祸甚巨，故而古有"无定河"之称，更有诗"可怜无定河边骨，犹是春闺梦里人"。后至康熙年间重修河道，始更名为永定河，又有卢沟、桑乾之名。

卢沟桥始建于金大定年间，二百四十步长，孔十一，两旁石栏共一百四十柱，柱端各镌一狮，狮母乳，态色相得。桥下河水东注，惊涛骇浪，四季犹如迅雷奔马。传闻桥下第六孔处藏有斩龙斧一把，虽值洪水暴涨，亦不能漫孔而过。然而光绪丁酉年间，斩龙斧却阴差阳错失踪，致使翌年大水冲毁了一段桥栏。

此事之起因，源于近庄的一位无知的妄人，他听说将龟血摄入人体，可有长生不老之功效，龟龄越久，功效越强。于是便起了念头，沿着永定河朝夕苦寻。谁承想瞎猫碰上了死耗子，他兜兜转转找了三个多月，果真在桥下发现了一只巨龟，光是龟壳便有四五米见方。这妄人生性鲁莽，倚着一副健壮的身板和极佳的水性，手持一杆钢叉，跳入河中与那巨龟搏斗。巨龟体型巨大，运动时翻云覆水，瞬间便将妄人碎成了一堆烂肉，尽入水中鱼虾之口。只是泥沙走石之间，巨力松动了斩龙斧，致使此斧随波逐流而去，不知所踪。

昔日，卢沟桥为进出北平之要道，繁华时候可谓士宦往还，冠盖云集，"卢沟晓月"的景致，能位列"燕京八景"之一，即可见一斑。怎奈沧海桑田，尤其是平汉铁路建成后，此地便不复当年之盛，日渐衰落了。而在眼下，日军已逐步从东、南、北三方面包围了北平，卢沟桥背靠宛平城，扼平汉路，无疑又成为北平通往南方等地的唯一通道——这在军事上讲，便是所谓的"必争之地"了。

三人赶来之时，距八点钟恰余一刻。陶孟和带领一队十人的警察，早已在桥西周遭埋伏妥当。先前顾随便与之商定，为免算砂有所察觉，故而到得卢沟桥后，双方不必见面，只需以口哨联络便是。

一切停当，三人来到与算砂约定的琉璃瓦亭当中。

此时皓月当空，群星布满苍穹，卢沟之水滚滚奔动，浪声铿锵不绝，颇如金戈铁马之战场嘶喊，令人无端生出些紧张来。

陈鸳桥瞧了几次腕表，相较于奔泻的流水，时间仿佛刻意放慢了脚步。他渐感手指有些凉，其时虽已入夏，但河畔的空气里尚且藏着料峭，尤其风吹过时，更能显其威力。

"若是觉得冷，你起身走走便是。"眉楼握住了陈鸳桥的手。

"顾兄八风不动，我就不添乱了，万一这个时候算砂在周围安排了一名狙击手，那便得不偿失了。"陈鸳桥一边调侃道，一边望着顾随笑。

"就算是有狙击手，他们的目标也是我，你还用不着子弹，扔到水里便好了。所以阁下不必自作多情，起来活活筋骨，也没人会看不起你。"

顾随话毕，将陈鸳桥的手从眉楼的手里扯出来，撸开他的袖口看了看手表——整八点钟。

"这个算砂，还真是熬得住……"

突听得一阵乐声传来，这声音在奔袭的水声的映衬下，显得苍凉悠远，动人心魄。

"听，好像是笛声！"

"不，这是……尺八的声音。"陈鸳桥纠正道。

"到底是博闻强识的陈鸳桥，真是令在下不可不刮目相看。"一个声音传来，近在咫尺。

第四十三章
土御门算砂

算砂如同一只狐狸般悄无声息地到来，他身穿一件藏青色带菊纹的筒袖和服，修长的手指在月光下泛动着光泽，如同其掌中那只尺八一样润美。他身材清癯，生着一副精致相，白皙的皮肤甚至胜过柔情少女，尤其是一截脖颈儿，好似蜡蜋，丝毫不输给眉楼。

见陈鸳桥三人纷纷起身撤步，算砂静默了片刻，方才将身上的行囊摘下来。他先是自其中取出了一盏马灯，拧亮后置于石台上，后又放下一副围棋盘、两个棋筒，并将其中一个棋筒推向陈鸳桥的方向。

"我一向是执白不执黑的。陈鸳桥，你坐下，与我对弈。"算砂语气里含着骄蹇，仿佛是在下一道不可违逆的命令。

"棋有的是时间下，还是先办正事儿才好。"陈鸳桥回绝道。

算砂微微扬起头来，状如柳叶般的双眼里射出两道戾气。但这注视仅仅持续片刻，那戾气便化为了阴柔，进而渐生出些媚态来。

他一边浅笑，一边伸出手指，沿着棋盘上纵横交叉的凸纹游走，待到棋盘正中央的"天元"处，突然开口说话："这副棋盘所用之材，乃是产自宫崎日向国山中的香榧，我父亲同我这般年纪的时候，以半月之力斫伐。榧木汁液远胜他木，水分极难清除，易开裂，所以木料需要自然干燥。两年前，我离开日本前来中国的时候，将它取出制成棋盘，除我之外，至今尚未有人落过子。"算砂忽然收起笑容，一双修剪过的剑眉挑了挑，"陈鸳桥，我这样说你总该明白了吧。"

"明白是明白了，可是我这人多年来一直为稻粱谋，哪里有心思附庸这等风雅？所以即便阁下看得起我，硬要与我对弈，那也不过是对牛弹琴，又何必呢？"

"我讨厌你这条活跃的舌头。不过你大可以放心，在没有赢下你之前，我是不会割下它的。"算砂又重复了一遍先前的话，"坐下，与我对弈。"

"好好好，坐下，对弈！"陈鸳桥笑道，"你先来还是我先来？怎么算是赢，怎么又算是输？赢了怎么着？输了又怎么说……"

"我若是你，就安心下棋，而不是鼓唇弄舌。有些事情，难道非要我说出来，你才会变得乖一些吗？要是那样的话，我就提醒你一句，两年前，上海，静安别墅……"

算砂话到此处，陈鸳桥脸上的笑意陡然凝固，脱口道："你还知道什么？"

"我还知道，你是孤儿，自幼在宣南龙泉寺长大。"算砂不紧不慢道，"因为你的脑筋好，深讨孤儿院的松坡居士喜欢，有此机缘，得以与不久前去世的大儒章太炎成为师徒，并经他相赠绝世医术《尻中癖》一册。而松坡居士本人，乃是一位化外高手，尤其棋艺，当可谓'出神入化'四字。昔日顾水如来京试棋，不过是经他指点了一二，便很快击溃了名手汪耘丰，轰动北京，直至称霸中国北方棋坛十几载。可你呢，却得了松坡居士的真传！"

算砂这一番话，直令顾随倍感讶异，关于《尻中癖》的往事，陈鸳桥倒是讲过，可是他从来也没有提过松坡居士曾教他下过棋。连自己都茫然不晓，算砂又如何这般清楚？！

眉楼紧了紧怀中的弩弓——不消说，她也抱有疑惑。

"看来，鸳桥兄并没有将两位视为心腹啊。"算砂敏锐地捕捉到顾随和眉楼情绪上的变化，接着道，"那么，两位自然也就不晓得，他离开龙泉寺之后，还经历过什么吧？"

"我当然知道，鸳桥去了宣外西草地的曹家！"顾随朗声道。

"那他可曾告诉你，北平的孤儿那么多，为何曹四爷偏偏会收留他，而非旁人？"算砂不等顾随回答，便咄咄道，"那是因为，当年在来今雨轩，陈鸳桥一语点醒梦中人，让赌棋局的曹四爷少输了一幢宅子。若非有此瓜葛，曹四爷府中仆役众多，本就用不过来，又何必再添一位吃闲饭的小子呢？"

陈鸳桥执黑子，放于"天元"处，"啪"的一声，落子清脆悦耳。"都说日本人好琢磨事情，"他说，"今日一看，还真就是这么回事儿。不过有一点我要纠正你，当年四爷与我相遇的地方，叫做海丰轩，而不是来今雨轩。就像你父亲的哥哥和弟弟虽然都是你的长辈，但一个你得叫叔，另一个才是你大爷。"

"口舌之快，不足为取。"算砂执白子放在一侧的"星位"上，他虽不理解陈鸳桥话中的粗鄙之意，但总也能断定绝非什么好话。

"算砂阁下，话又说回来了，你为什么非要跟我对弈呢？难道你见我下过棋……在上海的时候？"陈鸳桥再执黑子，放在了与白子相对应的"星位"上。

"难怪你有这么好的运气，到底是脑袋灵光！"算砂执白子，仍落在"星位"上，"刚刚我说过，我是两年前离开的日本，由长崎出发，乘船到的上海。当时与我同在船上的，还有一支围棋亲善使节团……"

陈鸳桥思虑片刻，张口道："就是说，在张澹如先生别墅内举办的棋会，当时你也在场？"

"我本无意参与，在本土的时候，我见识过渡日中国人的棋艺，基本是花拳绣腿。不过棋团里有一位名叫吴清源的，他与另外一位日本棋士木谷实在船上对弈了几局，却让我看得津津有味。因为这两人，我生起了观战的欲望。当然，另外一点便是，我想到父亲来信时曾说过，上海的糟蟹十分美味，张家花园的更属隽品，不可不尝。"

算砂落下一颗子后，抬眼紧盯陈鸳桥。

陈鸳桥将黑子再落在白子的对应处，笑道："若是我没记错，那日在张家花园，我并没有与任何人对弈，既然如此，阁下又怎知我会下棋？"

算砂手持白子，目光在棋盘上缓缓扫过，却没有落下的意思："你虽始终不发一言，但在心里早已替代两位弈者将棋下完，并且分出了胜负。中国人讲，相由心生，而在我们土御门家，由相观心，并非什么难事。"算砂终于将白子落下，接着道，"更重要的是，你竟能在顷刻之间，便看出吴清源与木谷实这二人的高下来，如此见性，怎能不引起我的注意？于是我便告诉自己，这将是我在中国第一个可以对弈的人。"

"于是，你便暗中对我展开了调查？"陈鸳桥落下黑子，仍旧是模仿算砂。

"两年来，我想象过无数次和你对弈的情景，但绝没有想到，会是在这涛声震天的卢沟桥畔。我以为会是上海，不想你却由沪北上，踏上了我的足迹，且成为了我的对手。这岂非就是机缘，就是宿命？"算砂再落一子。

"难得阁下这么惦记，怪不得我有事儿没事儿总打喷嚏。"陈鸳桥说着竟真的打了一个。

"小心，这可能是鼻炎，要不要我为你找一位日本医生？"

"其实大可不必。"陈鸳桥伸出手来，夸张地扇了扇鼻子，"要是你们日本人早点儿撤出中国，也许此疾便会从吾土绝迹。"

"陈鸳桥，一个好的棋士，不该是你这般阴阳怪气。"

"那是，阁下这番妖娆，我也是学不来的。"

"你阴损够了没有？"

"尚有一腔直顶喉间，若是你还想听，我们可以暂且打卦。不过，要是你认为我说这些会影响你下棋的思路，我当然可以闭嘴的。"

算砂清冷地笑了一声，目光覆盖棋盘。此时，除了"天元"落下一颗黑子外，棋盘中央的部分空空如也，所有的棋子都星散地落在了四角。且从一开始，陈鸳桥的黑子便始终模仿算砂的白子，直到第四十九手。

如此局势，对于算砂而言，自然是大为不利的，因为他每落一子，都要谋篇布局，通盘考虑。而陈鸳桥只须跟着走便是，既不费脑力，又不费时间，反而可以趁算砂思虑之际，想出一些怪话来指桑骂槐——然而，这又是合乎规则的，算砂只能忍气吞声。

"老实讲，我从来没有想到，你我的第一次对弈，会是这样的荒诞不经。"就算是克制力异于常人的算砂，也还是忍不住对陈鸳桥的狡猾发了句牢骚。不过，他似乎能够轻易从泥沼中抽身而出，"顾队长，"他偏脸道，"还请稍安勿躁才是。依照陈鸳桥目前的走法儿，这盘棋，少说也得两个时辰方可分出胜负来。好在此地风物绝佳，更有浪涛洗耳，你就当是来解凡俗之气的吧。"

"啪"的一声，顾随将撑开的手掌摁在棋盘中央，漠然道："我本就俗人一个，再洗也成不了圣人。这棋你们改日再下，那书我现在就要拿回。"

算砂嘴角泛出一丝狡黠，仿佛顾随的表现正中其下怀："不愧是北平警界风头正劲的青年才俊，拳头硬，话也硬。不过顾队长，若是算砂说，这局棋我一定要下完呢？"

顾随将"天元"上的黑子握入手中，拳头青筋暴起，盯着算砂的眼睛说："那我就把这颗棋子，塞进你的嘴巴，然后等它落到你的肚子里，再把它锤烂！"

算砂当即怪笑了几声，伸手轻揉了两下腹部："想想就疼得很！"他说，"就是不知道顾队长的拳头，与令兄比起来，究竟谁更强劲一些？"

"你知道我大哥？"顾随的身子一震，脱口而出道，"你到底是人是鬼，究竟还有什么是你不知道的？！"

在过往的相处当中，陈鸳桥从未见过顾随这般慌张，即便是与妖魇斗法之时，性命危在旦夕，他也依然透着沉着冷静，一颗心犹如铁铸钢锻。而此刻算砂仅只一言半语，怎就让他如此阵脚大乱？

——除非算砂已经掌握了顾随的"死穴",那便是他口中的"令兄"!

陈鸳桥暗吸了一口凉气,算砂真是机关算尽,他见自己一直在下模仿棋,虽憎恨却又不肯弃局,于是便想到利用顾随以作干扰,从而在心理上占据优势。之后,他便会趁机挑起棋盘上的战斗,迫自己陷入他的节奏里来!

"算砂阁下,夜水湿寒,你我皆为男子,尚且可以抵御,但唐突佳人就不对了。"陈鸳桥攥住眉楼的手,"我看不如这样,今日且先到这里。山高水长,容我日后再选一处清净之地,届时你我再好生对弈一番,如何?"

算砂翘起一根手指,沿着眉毛的纹路慢慢滑动,陡然停下:"我也正有此意,只不过现在我想请顾队长来做这个决定,鸳桥兄以为如何呢?"

陈鸳桥怕的就是算砂这一手!

四目相对,顾随避开了自己的目光,陈鸳桥突然感到一阵心悸。

"令兄名襄字瓶笙,为人豪气干云且又八面玲珑,北平的黑白两道,都要给他三分薄面。"算砂盯着顾随抖动的拳头,适时道,"三年前,身为平社'西阁大刑堂'的顾瓶笙,因为身犯命案被关进京师监狱。帮派里,所有兄弟都认定他受了冤枉,但独独他自己承认了罪行。不过,在两年前的冬天,顾瓶笙却突然越狱了,至今都杳无音信。正是因为这个原因,你的人生轨迹从此改变。你们顾家,早在明初便落户在此,待到你父亲顾叔崖这一辈发迹。他与你一样,也有一个哥哥,就是你的大伯,名伯萧。两年前,北平城里一半以上的洋车,都是你们顾家的,而作为少东家的你,从来就没想过要当警察,只想子承父业,继续扩展顾记车行。天意弄人,你父亲因为令兄的失踪郁郁寡欢,不久便撒手人寰。而你,因为父亲之死而记恨起令兄,便起意亲自去寻找他的下落。自然,顾记车行也便易手他人了。你能当上警察,靠的是你大伯的保举,老人家早年是北平第一等镖师,与陶孟和之父有过命的交情。你的这身功夫,也是得自于他的亲传。但你能在短短的一年之内荣升侦缉队队长,靠的却是你自己……凡此种种，都没有错吧？"

"当啷"一声响，顾随松开了手，那颗黑子掉落在棋盘上。然后，他颤抖着手指，又将那颗棋子拾起，放在了"天元"处！

算砂露出了早已准备好的微笑，他说："陈鸳桥，咱们继续吧？"

"算砂阁下，不如我们做一个小交易，然后再继续对弈，可好？"陈鸳桥不等其表态便道，"从下一子开始，我不再模仿，但你要据实回答我提出的一个问题。"

"你还真是够朋友！"算砂思维敏捷，他已经猜出，陈鸳桥是在为顾随博一个机会，"我敬重你这份赤诚，所以——顾队长，你可以发问了。"

顾随慢慢抬起头来，因为极力克制着情绪，他的脸变得十分紧绷，双眼也泛了红："我只想知道……"他顿了顿，才又继续说道，"我只想知道，妖魇三现陶然亭，是不是你一手策划的？如果是的话，你是怎么引出的妖魇，目的又是为何？"

此话一出，算砂先前弥漫在脸颊上的笑意陡然星散，他状如雕塑般地盯看顾随，像是要将射出的两道寒光戳入对方的肌理。

"算砂阁下，若是你不打算继续这桩交易，鄙人决不会勉强。"陈鸳桥见缝插针，不失时机地使了一手激将法。

"两位还真是心有灵犀一点通，令人好生嫉妒！"算砂朝着顾随微微欠身，"我本以为你定会向我打听你哥哥的下落，现在看来，倒是我天真了。为此，我该表示歉意。"算砂当真向顾随利落地深埋下头颅。

"算砂阁下，你不会是想道个歉就翻篇儿吧？"

"用不着连番激将，小伎俩！"算砂抬起头来，凝视着顾随，说道，"这件事儿，的确是我一手策划的。至于目的，通过武宫和海猴子的一连串举动，想必你们已经能猜出了十之八九——没错儿，我正是受雇于日本军方，为他们谋求一个占领北平的机会。可惜的是，武宫成事不足，败事有余，居然没能将火炮运到陶然亭，反而在半路被人截杀了！不得不感叹啊，北平真是卧虎藏龙，一个在天桥市场摔跤卖艺的，居然有这等的好身手。"

"这就叫算准了初一，没算准十五。算砂阁下，你说你是不是应该改个名字了？不然传出去，多丢人啊。"陈鸳桥讥讽道。

"你给我住嘴！算砂这个名字，是我父亲赐给我的，你最好保留一份敬重，否则，我定会将你挫骨扬灰！"算砂极力克制涌动的怒火，胸口起伏不定。但仅仅片刻之间，他便充满仪式感地转怒为喜，笑容鬼魅，"没有人可以左右我！"这话更像是说给自己听。

陈鸳桥嘴角泛出一抹坏笑，显然意犹未尽。

顾随早已领教过他的嘴上功夫，知道要是任由他继续，指不定局势会发展到什么地步，于是忙揽过话来："算砂，刚刚你只回答了我一半的问题。"

算砂倨傲一笑，说："引出妖蠹，这又有何难？我日本国自四百年前，便开始计划着征服中土，所谓工欲善其事，必先利其器，没有强大的情报体系作支撑，又怎能找到猎物的七寸之处，一击中的？譬如日清战争，从一开始我方就通过情报判断出，清廷缺乏诉诸干戈的决断力，一旦开战，日本必胜。而我方之所以敢如此肯定，是因为在华的每一个日本人，都是或者将成为一条情报源；反观贵方，不过是凭借袁世凯和汪凤藻等人的一些谬见，就轻易认为日本绝没有能力与清廷对抗，真是贻笑大方了。可惜的是，中国人向来记性不好，四十多年前那场惨败，并没有给五年前的少帅张学良带来任何警示，待到满洲易手，他还在北平优哉游哉地听戏玩乐呢。"一番臧否过后，算砂话锋一转，"两位想必也知道'八千麻袋'的事情吧？那些十分珍贵的清宫大内秘档，其中的一部分，由藏者罗振玉秘密卖给了一名日本人，他名叫松崎柔甫。后来迫于舆论，罗振玉又从柔甫先生的手中购回了大半，但幸运的是，那些最后被松崎先生带回日本的档案里，便有关于甲午年妖蠹出没陶然亭的散碎记录。柔甫先生是我父亲的故交，他无法确定此事之真伪，便前来求教于我父亲。那时候，我也在场……更多的，就无须我再说明了吧？"

陈鸳桥一直怀疑，妖蜃三现陶然亭，幕后的操纵者当是从白云观里那些日本道士口中获悉的情报。现在看来，并非如此。他说："我没有想到，除了沈掌柜庋藏的档案以外，松崎手中的那部分里，也有关于妖蜃的记载。而在这一点上，你却想得更远，因此你曾派武宫前往观颐斋，试图将它们买下来。"陈鸳桥悠然一叹，"可惜你搬起石头砸了自己的脚，若非如此，沈掌柜也不会去整理那批档案，而我们也就不会那么快地知道真相了。"

"事实真的是这样吗？"算砂将目光从陈鸳桥的脸上挪开，伸向了一旁的眉楼，"难道你从来就没有怀疑过，沈岐周为什么要不遗余力地相助吗？难道你就没有疑心过，如此玄霜绛雪的眉楼小姐，怎么会出现在郎各庄那种地方呢？"算砂将身子向前探了探，呈现出压迫的姿态来，"眉楼小姐，你倒是说句话呀！"

陈鸳桥和顾随都听出了算砂话中的深意，双双望向眉楼。

"你既然什么都知道了，那也应该明白，这架弩弓对我而言意味着什么。"眉楼依旧沉着冷静，"时候也不早了，不如我们早些交换，若是你再继续聒噪，说不定我烦了，取消了交易也不一定。你也不想鱼死网破，是吧？"

眉楼的话里带着冰碴儿，算砂被她噎得脸色很难看，于是再次翘起手指，抚摸起眉毛来："陈鸳桥，我本想着这一局棋，要下到卢沟晓月，到时对弈赏景，岂不快哉？只是现在看来，眉楼小姐已经失去耐心。那好吧，今日就到此为止。"算砂从袖中取出一物，展开外部的锦帛之后，出现了一册泛黄老旧的古籍，正是《魍魉胜录》，合拢后，推给眉楼。

"我怎么知道你没有掉包？"

"那岂不是太卑鄙？"算砂又将书册翻开，逐页展示给三人，"这回你们应该放心了吧？"

"嗯，这个给你，也是如假包换。"

眉楼将弩弓轻轻一抛，就在算砂伸手来接之时，一道寒光飘过，只见她的手中多了一柄快刃，直向算砂的胸膛扎去！

第四十四章

渡河采异草

这一刺快如羽箭，即便顾随这等身手，也未必能够躲掉，况且又有弩弓分神。但算砂却轻易躲掉了，他的身体后撤时，仿佛被一种强大的力量扯动，甚至在这急若流星的一瞬，他不光接下了弩弓，还顺手取走了放在石台上的尺八。

"眉楼小姐，你有没有想过，这一刀刺出来，也许斩断的，将是你与陈鸳桥的情愫。依我的观察，你是顶在乎他的。"算砂侧身斜视，尽显巫者之诡谲。

"世兄，把书收好，你们先离开！"眉楼望了一眼陈鸳桥，更像是命令。

"开什么玩笑？他也就罢了，我堂堂七尺之躯，怎么能让你一介女流殿后？这要是被哪个长舌妇传到日本，岂不是把人丢到了海外？"顾随利落地抄起石台上的古籍，抛给陈鸳桥，示意他和眉楼先行。

算砂冷笑了一声："顾队长，你学什么不好，偏学陈鸳桥的阴损刻薄。我说过，我厌恶他的口无遮拦，极其厌恶！我有些生气。既然你们都不想走，那就全都留下吧。"突然，他扬起手臂来，尺八滑过唇间的同时，一串乐声响起——

这声音与算砂先前出现时吹奏的大相径庭，辽阔与空灵尽失，呈现出的是一种刺耳的恐怖！

陈鸳桥忽觉周遭的空气变得有些阴冷，仿佛被什么东西注入了水分，呼吸的时候能够明显感受到压迫，令人心慌不已。

就在此时，四下响起一阵杂乱声，埋伏已久的陶孟和带着队伍现身而出。

"署长，此人名叫土御门算砂，正是引出妖虿的始作俑者！"顾随上前一步，"请署长下令，将他拿下，一切自见分晓！"

"顾队长说得可属实？"陶孟和一指算砂。

算砂将尺八收起，扬了扬手中的弩弓，笑道："顾队长说的没错儿，不过并非全部。我要补充的是，就在刚刚，我们才做了一笔交易，且气氛融洽。是不是啊顾队长？"

"顾随，可有此事？！"陶孟和脸色陡然一变，顺带后撤了一步——这姿势带有明显的防范意味，"你最好老实回答我！"

顾随一怔："署长，你怎么——"

"署里的弟兄们都听着，"不等顾随话毕，陶孟和便号令道，"侦缉队队长顾随，与日本人土御门算砂勾结交易，卖国求荣，罪无可赦。给我拿下！"

众警察闻听此言，面面相觑，一时蒙了。

"你们都聋了吗？我说，顾随与日本人狼狈为奸，给我把他拿下！"

"署长，您是不是弄错了？顾队长他怎么可能——"

"闭嘴！"陶孟和一个耳光扇在问话警察的脸上，怒目圆睁，双眼泛红，"再啰唆，我连你一块抓了！还愣着干什么，上！"

"陶孟和啊陶孟和，现在我是真明白了，为什么你先是毁了妖虿的标本，又差人去旸台山毁尸灭迹，原来你真的给日本人收买了！"顾随怒火中烧，"噌"地顺出短刃，"找了这样的一个机会铲除我，你还真是机关算尽，阴险至极！"话毕，不由分说扑了上来。

陶孟和连忙撤身，薅住两名警察，推向顾随，于是剩下的警察也随波逐流地涌上去，与顾随缠斗在一起。

就在这乱战的空当，算砂悄然隐遁。

陶孟和显然并没有要追赶的意思，仿佛他的眼中只有顾随。

"这样下去不是办法，我去帮帮他！"眉楼不等陈鸳桥说话，便松开了他的手，三步并作两步，前去替顾随解围。

本来刺向算砂那一刀，已然够陈鸳桥惊讶的了，不想她还有一身的拳脚功夫，同时应付两名警察的攻击，丝毫不落下风。

眼见着这一队警察纷纷被打翻在地，"嗖嗖"几声，打由树丛中又冒出来七八个身着黑衣的人来，他们人手一口倭刀，也不声张，只管向顾随与眉楼发动攻击，刀刀狠毒，刀刀冷厉带风，一眼便知是些训练有素的日本浪人。

顾随自知不敌，向眉楼使了个眼色，二人交替掩护，架起陈鸳桥，飞速奔离。

河畔芦苇密布，连绵疯长，高过人头。三人深入其中，一路狂奔，耳听身后簌簌作响不止，知是追兵追近。

"得想个办法，甩掉他们！"

"我去引开他们，你带着眉楼找机会溜走——"

"嘘！"陈鸳桥突然扯住眉楼与顾随，示意他们注意前方。

"坏了！"顾随侧耳倾听片刻，"这两路人马并没有合二为一，而是向咱们包抄过来了！"

陈鸳桥拂开遮眼的芦草，望向沉静的河上，若有所思。

"你开什么玩笑？"顾随好似猜中的他的想法，"就你这副身板，根本不可能游到对岸的，快死了这条心！"

"换做你，有把握游过去吗？"

"别傻了，我怎么会抛下你！再者，这世上也并非只有你陈鸳桥懂得怜香惜玉。"

"带枪了没有？"

"鱼死网破可不是你的风格。"但顾随还是拔出了手枪。

陈鸳桥一把夺过来，高高举起，扬了扬，喊道："陶孟和署长与日本人听着，别再往前靠近了，要是我手中的枪不小心走了火，你们知道后果是什么！我明白，你们也不想把事情弄大，也不想因此惊动宛平城的守军。明人不说暗话，今晚我们是跑不掉了，但请看在这把手枪的份儿上，给我们点儿时间，不要太多，就两个小时而已。陶署长，你在听吗？"

"陈鸳桥，你少给我废话，赶紧让顾随站出来，立刻！马上！"陶孟和的语气里带着不可违逆，"至于你，我会从轻发落！"

"陶署长，你要是听不进去我的话，那我不妨现在就开一枪，反正我们是跑不掉了，不如让宛平城的守军介入，说不定还能博一个活命的机会。不过要是事情闹大了，上头一不留神认真起来，查出些什么，你可别怪我没把话说在前头。"陈鸳桥又扬了扬手枪，"陶署长，这手枪里有几颗子弹，你是最清楚的！"

"两个小时肯定不行！"沉默了一会儿，陶孟和才发话道，"最多半个小时！"

"一个小时！"

"四十分钟！"

"成交！"陈鸳桥露出一丝坏笑，把手枪抛给了顾随，"我以为他只会给咱们十分钟呢！那样的话，可就苦了顾兄了。"

顾随不明所以，问道："你要来这四十分钟，不会是在等什么救兵吧？"

陈鸳桥笑道："恐怕没有，咱们只能自救了。"

"长话短说。"

"你还记得刚刚在琉璃亭里，在陶孟和突然出现之前，算砂做过什么吗？"

"他吹了尺八。"眉楼不假思索地答道，"有什么问题吗？"

"那尺八的声音十分诡异，我怀疑算砂在运用方术。据我了解，日本阴阳道的流派十分纷杂，绵延数百年，其间每一位崭露头角的阴阳师都有一套独门的秘技，比如安倍晴明，他最拿手的方术便是侍神——你可以这么理解，这东西是侍奉其主的神怪或是灵物，当然也包括人。一旦成为侍神，其意志便任由施法者操纵，简而言之，就是一只提线木偶。而土御门家族，正是安倍晴明的直系后裔，所以，我有理由推断——"

"你的意思是，陶孟和他……"顾随倒吸了一口凉气。

"对！我一直都觉得，不管是他从万牲园取走了妖蜃的标本，还是后来差人到旸台山毁尸灭迹，都欠缺些逻辑，又弄不清楚问题到底出在哪儿。直到那晚陶然亭一役，惊奇道人临终时的几句话，才让我豁然开朗。"陈鸳桥抬眼望天，语调忽然变得深沉起来，"还记得道长曾言，他有观气辨吉凶的本事吧？他对我讲，那几日你与他跟踪陶孟和的时候，他就发现陶孟和的气有些不对，本来旺盛的气被笼罩了一层阴霾。而你也曾经说过，陶孟和还抓了几副治疗精神委顿的汤药。由此可见，算砂将他选做侍神，他本身是有所察觉的。"

顾随沉默了片刻，点头道："好像很有道理。依照我对陶孟和的了解，他为人是很审慎又善于谋算的，突然间变得反常，说明定是出了什么问题。"话到此处，不禁叹道，"我真是莽撞，非得有人提醒，方才能够有所察觉！"

"现在不是自责的时候，你还得留着力气游到对岸，帮咱们找一条出路。"

"我说过，决不会扔下你们不管！"

"谁要你扔下我们？"陈鸳桥望了一眼眉楼，"我是要让你去对岸，带一样东西回来。"

"事先可声明了，我虽然比你水性好，但若是你想让我扛一门大炮回来，抱歉，我无能为力，恕难从命。"

"带一根草回来，行不行？"

"你就别往下接了！都什么时候了，赶紧说你的破敌之策！"

"我说正经的呢，你要带回来的就是一根草，一种叫做蝎子草的草。"陈鸳桥进而解释道，"日本阴阳道虽然诡谲莫测，但说到底，仍旧是由中土传入。所谓万变不离其宗，如同道士消解符咒的道理一样，只要遵循相生相克的原则便是。这侍神也是如此。那晚听罢惊奇道人的临终提点后，我做了一些功课，发现克制侍神的方法很是简单，只不过个中的关联鲜少有人清楚。在日本有一种野草，平原地带随处可见，日本人给它的命名叫人喷饭，翻译成中文，叫做'继子尻拭'，大意是如同给继子擦屁股那般恼人。究其缘由，便是因为这种草的藤上生着尖利的倒刺，一旦被它们刺到，酷似蜂蜇。而此草便是解去侍神的秘器，只需一株，万事大吉。"

"这日本继子擦屁股草，在中国的叫法，可就是你刚刚提及的蝎子草？"

"并不是。"陈鸳桥补充道，"我在试着借尸还魂。"

"别绕，说得再明白些。"

"还是鼠魃的事情给了我启发，'唵叭'和'笃蓐'虽非同物，但同样可以抵御蛊气的侵袭。同理，蝎子草与继子尻拭草都有消肿利湿的功效，尤其是又都可解蛇毒这一条，想来功效一致的两种东西，其解侍神也不会差到哪儿去吧。"

"道理上应当。"顾随连连点头，"不过，你怎么就敢肯定，河对岸一定有蝎子草？要是没有的话，我岂不是得要去趟日本？"

"老实讲，我还真不敢肯定。因为这种草，在北平十分稀见。"

"时间紧迫，你最好别开玩笑。"顾随挽袖看表。

"我只能给出这样的解释，至于信不信，你去不去，那便不是我能决定的了。"陈鸳桥镇定自若，"我曾读过前朝名士查慎行的一册笔记，名为《人海记》，书中便提及了这蝎子草，说此草生在塞外，遍地有之，芦高四五尺，叶如麻，中人肌肤，犹如蜂蜇，内地极鲜见。此后，他又在一首游卢沟桥的七绝诗后缀文，再次提及了这蝎子草，大意是竟在河畔偶见,虽不知何年移栽于此,但须录之,以供熟于本草家之研究……依我的了解,查慎行是进士出身,授翰林院编修,入直内廷,该不是信口雌黄之辈。"

顾随终于露出了笑容:"看来不多读点儿书,还真不好意思跟你出生入死!"

陈鸳桥一副傲然状:"不过你也用不着焦虑,"他说,"只要你多多跟我在一起,耳濡目染,总也会学到些皮毛的。"

顾随斜了他一眼:"按说我是不怎么相信你的,倒是那位查翰林,既然他取名慎行,想来不会如阁下这般云山雾罩,应当相信。"他夺下陈鸳桥手中的枪,递给眉楼,"要是我离开期间有什么异动,你开枪便是,千万不要犹豫,决不能落到陶孟和手中。"

"河水冰冷,顾队长请一定保重!"

顾随微微点头致意,拂苇草前行去,过不多时,陈鸳桥和眉楼便听到了一阵涉水的声音。

"有什么问的,现在你可以说了。"月光下,眉楼神情肃穆。

"问什么?"陈鸳桥说,"你想说的时候,自然会说,我平生最不愿意做的就是勉强别人,又何况是你。"

"你就真的不想知道,我为什么要处心积虑地接近你?"

"那都不重要。"陈鸳桥坐下来,"你过来一起坐,这样会暖和一些。"

"现在还冷吗?"眉楼紧挨着陈鸳桥,"土御门算砂说的那些话,你没有放在心上?"

陈鸳桥默然片刻,说道:"我其实看得出,那架弩弓对你很重要。若非如此,你也不会委身郎各庄,给三姑做一名使唤丫头。你如此在乎那东西,却因我一心要铲除妖蠹,毅然把它交给了土御门算砂来换取《魍魎脞录》。仅此一点,我便无须再问其他了。"

"其实,我动过偷走弩弓的念头……"

"你这等聪慧过人,只需找人将小霸王藏在弩弓当中的锦帛取出便"

是。"

"我试过很多方法，可惜并没有成功。"眉楼的语调里略带伤感，"后来我发现，相比较前者，我更舍不得的，却是离开报馆，离开你。所以如果这是天意，我也心甘情愿了，至少在我有生之年，还能留下这样一段姻缘！"

"只是你并不甘心，因为你父亲沈岐周的性命也危在旦夕。"

"你是怎么知道的？！"眉楼大惊失色，"我自以为天衣无缝，任何人都不会察觉的！"

"你们父女俩，一个行事周密，一个聪慧过人，即便无法摆脱非要碰面，也都表现得不着痕迹，行云流水。但人与人之间，最藏不住的便是真情，所谓关心则乱，当你父亲得知你要同我们一起来卢沟桥赴会的时候，他那副样子，已经足以说明你们的关系了。那是这世上只有父亲对女儿才会显露出的状态，又怎么能够掩饰得了？我料想在他的计划里，一定没有你的跟随，而你，是怕我应付不来——我非朽木，这真情，又怎会感受不到呢？"陈鸳桥说着揽住眉楼的肩膀，喃喃道，"一个靠近我，却只在乎我冷暖的人，纵然她的初衷有所图谋，我也决不会让她有任何闪失！"

是时夜风陡起，苇丛经强风吹拂，形成一阵阵唰唰啦啦的音浪。

陈鸳桥拭去眉楼眼角的泪痕，将她裹得更紧："我知道，你们父女遇到的困难，定然是极难解决的。"他说，"但世间之事，万变不离其宗。这一路来同样是千般险阻，可咱们还不是照样都蹚过来了吗？"

"没用的……"眉楼喃喃道，"除非能够想出一个进入'十八蹚'的方法……"

"我见你父亲终日不肯摘下帽子，又见那日清晨，你因为头发里多了几根金丝而神色大变，若是我没估算错——"

"是没错！"眉楼将话拦下，厉声道，"这就是我们沈家的诅咒！"

陈鸳桥正要请眉楼将来龙去脉道出，忽觉脸颊被什么东西刺了一下，火灼似的，禁不住"嘶"了一声，弹起身来——却见顾随就站在身后。

"难怪这东西叫蝎子草，看来查翰林说得没错儿。"顾随一身湿漉漉，脸颊上还挂着残存的水珠，边说边摇晃着手中的一株盈绿的草。

"你可真是来去如风！"陈鸳桥强忍着刺痛说，"你不在对岸试一下，却游过来拿我作验证，若它不是蝎子草，你岂不是还得再游过去吗？"

顾随掸了掸头发，笑道："查翰林不是说，人要是被蝎子草刺到，就如蜂蛰吗？我是怕万一难忍疼痛，我游不回来，岂不是糟糕？"

陈鸳桥恨声道："下次再拿我验证，麻烦您事先通知一下，太突然了。"

顾随却不以为然道："阁下的脑筋一向转得很快，要是事先通知，说不定这一下还得我来挨，与其如此，倒不如这样省事。反正，你和我又决不会让眉楼小姐来试，对吧？"

"好吧，权当是为了活着离开卢沟桥的奉献。"此时那刺痛感虽然减轻，但随之而来的却是一种麻痒，令陈鸳桥不能自已，伸手抓起来。

"别乱动，越抓越痒。"眉楼拦下他，凑过去吹了吹气，"好些了吗？"

"好像有些作用。"

"现在呢？"

"舒服多了，你可以继续吗？"陈鸳桥竟闭上了眼睛。

"这下呢？"

"嘶——！怎么更疼了？！"

"我又刺了你一下，不疼才怪。"顾随说，"时间差不多了，帮你清醒一下。现在蝎子草已经到手了，说说你下一步的安排，要怎么做才能解了陶孟和的侍神？"

陈鸳桥捂着脸，挤出四个字："让他服用。"

顾随疑道："这可有点儿难，我总不能说请他吃草吧？"

"我倒是有个便捷的法子，就是你得做出点儿牺牲，不知道你愿意不愿意？"

"只要别太阴损，在我能够承受的范围内就好。"

"我的安排是这样的：一会儿我会主动跟陶孟和对话，称已经把你控制住了，只要他先放走眉楼，我就把你交给他。至于他会不会放了我，因为我笃定你接下来的行动一定会马到功成，所以不必担心。一旦我把你交到他们的手上，你要第一时间找机会控制住陶孟和，或者我也可以从旁配合，比如我将手中的枪交给你。然后，你就可以让他服下蝎子草了，而那些日本浪人赶到的时候，陶孟和应该已经解了侍神……"

"等等！"顾随打断陈鸳桥，"我出其不意控制陶孟和，这没问题。问题是不管你手中或者我手中拿着蝎子草，就必定会引起他们的注意，他们又不是傻瓜。"

"我刚才不是说了吗，得需要你做出点儿牺牲。要是你能够将蝎子草弄碎含在嘴里，然后控制住陶孟和后，立即取出命他吞服，我想，这也许还能为咱们脱离苦海，赢得些时间……"

"你不必再往下说了。"顾随拍了拍陈鸳桥的肩膀，"我是不是可以理解为，这是为我刚刚刺你那两下必须要承担的后果？"

"顾兄，你想多了。或者我可以先将草捣碎，你藏在衣兜里……"

"你当我们警察都是傻瓜，不懂得搜身？"

"那你就权当刚刚刺我那两下，是你必须要承担的后果，如何？"

"也不知道我们顾家祖上是得罪谁了，到了我这一辈儿，怎么就跟你做起了朋友？"顾随阴着脸，叹了一声，"你现在就叫陶孟和吧，我准备……吃草了。"

第四十五章
葬身十八蹬

陈鸳桥的估算得到了验证，当顾随挣脱束缚，将口中含着的蝎子草碎末塞入陶孟和嘴巴里的时候，后者先是睁大了双眼，一片血红，呕了又呕之后，便开始大咳不止，最后吐出了一大口酱色的汁液，洒在地上，"滋滋"作响。

众警察不明所以，但见陶孟和不省人事，纷纷将顾随围起，齐声诘问。

顾随三言两语道明因由，一干众警察都知其为人，本就不信他会勾结日寇卖国，又试探陶孟和的鼻息，见平稳和顺，并无大碍，于是打消了心中疑虑。

此时陈鸳桥与眉楼也会合而来。

顾随背起陶孟和，当即号令众人撤离，以免算砂纠缠。

"顾队长何必这般心急？皓月当空，清风徐徐，就这么走了，岂不可惜？"突然，算砂的声音传来，声调里透着一股阴冷之气。

"唰唰"一阵响动，守在另外一端的日本浪人纷纷自苇荡中跳出，他们行动机敏，瞬间便呈扇形之势，拦住众人去路，七八口倭刀在月光下泛着寒光。

"你带着署长先撤,这里交给我们!"顾随将陶孟和换给身边的警察,"噌"地顺出短刃来,厉声道,"兄弟们,平日怎么对付畜生,今儿个照样来便是了,千万别客气!"

身子一紧,豹子似的扎了过去,刀刀挂着愤怒。

剩下的警察见状,也都纷纷亮出警棍短刃,冲上前去,一片乱战。

算砂身处外围,笔直站立,悠然地吹奏着尺八,眼望争斗双方,如同看客一般事不关己。

顾随的激情燃起了警察们的斗志,又或是他们恼于被算砂所蒙骗,抑或仅仅只是因为对手是日本人,总之他们显示出了过去从未有过的战斗力,在这场战斗中,竟丝毫没有让日本浪人们占到什么便宜,虽然他们也纷纷挂了彩……

"算砂阁下,看来你们土御门家豢养的走狗也不过如此!"陈鸳桥帮不上忙,只好躲在旁边阴阳怪气,"我看不如这样,你让他们全部弃武从文吧,正好鄙人的报馆准备扩大经营范围,尚缺一些馆役……"

陈鸳桥的叫嚷引起了一名浪人的注意,他向对峙的警察虚晃一招,转而跳身过来,挥刀劈向陈鸳桥!

"铛"的一道火星,顾随眼疾手快,将他拦了下来。

"日本人受不了刺激,你最好消停一会儿!"顾随将陈鸳桥推开,又返回阵中。

"算砂有备而来,不要恋战!"眉楼提醒了顾随一句。

"兄弟们,次第撤退,回头再跟日本人算账!"顾随这边呼喊,手上却没闲着,冷不丁将短刃掷了出去,直奔算砂的面门扎去!

这一击力道遒劲,又是突如其来,待算砂觉察过来,已避之不及,唯有用手中的尺八拦了一下,方才解除了危险。

陈鸳桥偷眼看到,算砂略有慌乱,但这慌乱立即就被他再次响起的乐声掩盖,相比较之前的吹奏,此时的乐声开始变得凌厉,不自觉间,陈鸳桥便感觉到自己的身体在倾斜,仿佛置身在一道随风飘荡的浮桥上!

与此同时，局势也在持续响起的乐声中发生了变化，原本实力相当的对峙，忽然变为了被日方碾压态势，警察们纷纷中招，竟如醉酒一般毫无还手的能力；就连顾随这等身手，胳膊上也被割开了两道口子，血流如注。

陈鸳桥奋力撞开一个欲偷袭眉楼的浪人，横在她身前："土御门算砂在用乐声施巫，刚刚陶孟和就是听到乐声后现身的！"他说，"要想个法子夺下他手中的尺八才是，不然再这样下去，这里的所有人都会性命不保！"

"贸然去夺，胜算太小。"眉楼临危不乱，"世兄睿智，可还有别的法子？"

"看来……唯有束手就擒了！"

"要束你束，我就是血流干了，也不会向日本人低头！"顾随刚插了一嘴，刀光闪动，腕子上又被豁开了一道口子，"当啷"一声，短刃飞落在地。

"别动！再动，就切掉你的脑袋！"一个浪人用蹩脚的中文向顾随喊道，一边压了压架在他脖颈儿上的倭刀。

陈鸳桥见状攥住眉楼的腕子，示意她不要再做无谓之争。眉楼将短刃扔在了地上。

众警察亦被逐一制服后，算砂方才走到近处。

"陈鸳桥，我以为你只是个弈棋的高手，想不到你竟深谙阴阳道术，解开了我施在陶孟和身上的侍神，真是叫人刮目相看！"算砂目光如灼地扫了一眼顾随，话锋一转，"不过可惜，你不可能每回都那么幸运，是吧？"

"你以尺八之声施巫，胜之不武。"陈鸳桥的语气里带着讥讽。

"少来这套！"算砂反驳道，"刚刚对弈的时候，你不也下了模仿棋吗？这个时候跟我论规矩，似无必要了吧？"

"既然落在你手里，说别的也无用。"陈鸳桥摆出一副轻松的状态来，"不如还是老法子，我们接着对弈，赢了任你处置，输了你放我们走——"

"闭嘴！"算砂有些生气，俊美的脸庞紧绷起来，"你当我是三岁的孩子，一遍一遍地陪你捉迷藏？！"

"好吧，既然这么温和的机会你都不要，那么，我只能来强硬的了！"

"大言不惭……"算砂忍不住冷笑了一声，身子却又突然一震，笑意凝结在脸颊之上。

"这回，你还满意吗？"一个声音从算砂背后响起。

枪口就顶在算砂后脑，他想要回头看一眼，可是沈岐周并没有给他机会，"你最好别乱动！我是个古董商人，没练过枪法，万一走火——"猛地一扯，将尺八夺入手中。

算砂绷紧起身子，微微趋起双目，两道寒光射向陈鸳桥，"真没有想到，你居然这么狡猾，是我大意了！你听着，下一回，你绝不会逃出我的手掌心！"他说着向众浪人拂了拂袖子，"把他们全都放了吧。"

那些日本浪人十分听话，转而向沈岐周和算砂的方向围拢，小心翼翼的步伐和频繁更换的持刀姿势，显示出他们对算砂的极度关心。

"鸳桥，你们快撤！"沈岐周喊了一声，"这里交给我。"

"这个日本人十分狡猾，我留下跟你一起！"眉楼显然并不放心土御门算砂。

"你留下只会让我分心！"沈岐周厉声道，"鸳桥，事不宜迟，你们快撤。放心吧，若是日本人有什么异动，我开一枪便是了，大不了鱼死网破！"这最后的一句话，显然是说给算砂听的。

陈鸳桥扯住眉楼，小声道："你父亲做事向来把稳，听他的。"

顾随当机立断，挥手示意一干众警察撤离："沈掌柜，小心日本人使诈！"他说，"这个家伙邪得很，会用你手里的尺八施巫！"

沈岐周点点头，笑道："放心吧，等我把它带回去，亲自扔进火坑里，烧成灰！"

众人这才快速离去，不久便与那名背着陶孟和的警察会合了。

奔了一程，顾随见四周空旷无遮挡，地势上较为安全，于是停下来，

423

令众人先歇息片刻。

眉楼心系沈岐周，颇不安宁。

"她怎么突然如此关心起老沈来了？"顾随也觉察到不寻常，挨在陈鸳桥身边问道，"这不大像她该有的样子。"

"你的伤不要紧吧？"陈鸳桥知道在这个关节解释起来很复杂，于是便转移了话题，"用不用简单包扎一下？"

"不过是几道口子，没什么大碍。"

"算砂真是一身邪气，要是没有老沈，今儿个恐怕咱们都得撂在卢沟桥！"

顾随点头道："是啊！不过真是可惜了，那一刀没能刺中他……"扯动了伤口，嘴上禁不住"嘶嘶"作响。

陈鸳桥赶紧掏出手帕来，撕开为他系上止血。

此时，远处可见人影。

眉楼快步迎上去，见沈岐周安然无恙，欣喜不已，竟不自禁地扑入父亲怀中，泪流满面。

"鸳桥，眉楼小姐她……"顾随见到这幅情景，一时懵然。

"其中牵扯颇多，待回城以后，我再与你细说。"

两人迎上前去，各自与沈岐周寒暄。

"可惜啊，真是可惜！没能从算砂手中夺回那架弩弓！"沈岐周戚然地苦笑了一声，"不过，我还是替你们搞清楚了另外一件事，也算是——"话到此处，他轻咳了两声，连忙抬手遮掩，鲜血却溢出了指缝；跟着双脚一软，"咕咚"摔倒在地，于是那顶从来都不曾摘下的帽子，也从头上掉落了……

沈岐周是被算砂暗箭所伤。他想在陈鸳桥等人撤离后，命算砂将那柄弩弓也交出来，不料算砂却提出要他归还尺八。沈岐周未多想便答应了他，谁知接过尺八的一刹那，算砂忽然手上一抖，多了一柄细锥，刺中了沈岐周的前胸，而后复将那弩弓夺回。

"那柄细锥……就藏在尺八里……你们日后……如果再与算砂相遇，一定要有……所防备才是……"观颐斋内，沈岐周半卧在床，虚弱地向众人嘱咐道。

眉楼双眼通红，显然已经哭过一阵，"您不要再讲话了，有什么事情，等伤好了以后再说也不迟。"她说，"我已经叫人去请大夫了，马上就来。"

沈岐周露出和蔼的笑容，伸出颤巍巍的手指，抚摸着眉楼的脸庞，笑道："你知道就算这回我能逃过一劫，过不了几天，我还是会……离开你的……"

"我不管！我只要您活着，再活一百年！"眉楼紧攥着沈岐周的手。

"别傻了，找不着那东西，一切都是枉然！"沈岐周把手抽走，指向自己的头顶。

那上面布满了大小不一的褐色血痂，坑洼不平，仿佛被什么东西灼伤，且连一丝头发都没有。陈鸳桥不忍观瞧，偏过脸去。

"吓着你了吧？"沈岐周面色平和，"也真是怪了，从前……我生怕外人见到，就连晚上睡觉的时候……都戴着帽子，扎了一道紧箍咒似的。可是今儿个，我竟有……说不出的轻松，就像是……在清华池刚刚泡完澡……"

"是谁干的？"不等陈鸳桥说话，顾随义愤填膺道，"沈掌柜，你告诉我，我这就替你出了这口恶气，不抽了他的筋剥了他的皮才怪！"

沈岐周将手从头顶拿开，上抬，伸出一根手指，"是天意。"他说。

顾随恨声道："哪里有这番道理？！"

沈岐周注视着顾随，想要说什么却又咳嗽了起来，他极力抑制，却咳得更厉害。

眉楼忙上前安抚："您不要再说话了，好好静养，我来讲给他们。"她一边说着，一边请陈鸳桥帮衬，将沈岐周放平。

"这是我们沈家不幸，累世的业障。"见沈岐周略有平复，缓慢闭上了眼睛,眉楼方才说道,"父亲之所以变成这副模样,乃是因为沈家的先祖,被人施了歹毒的鸳鸯煞!"

"既是祖上遭人暗算,何以绵延后代?"陈鸳桥插嘴道。

"这个……我也并不十分清楚。"眉楼用手帕拭了拭沈岐周额头上的汗珠,"只是听父亲提起过,先祖本是明帝朱元璋身边的亲信,一次,他同另外几人被派往燕京,执行一项机密任务。可是到了燕京以后,不知因为什么,先祖却突然离开队伍,不辞而别——这在当时无异于叛逃,想来……他所面临的事情定是事关重大。先祖随后隐姓埋名,落脚于沧州境内,以樵夫的身份行世,后来还娶了一位孟姓的浣女为妻。谁知婚后不久……先祖的头顶突然起了异样,先是头发由黑变黄,接着变黄的头发越来越硬,重量也越来越沉,将之割下来再看,竟与黄金无异!浣女不知其所以然,大呼上天有眼,登时乐得眉开眼笑;而先祖望着这些金发,却瑟瑟发抖,面无血色了好一阵。此后先祖架不住浣女的哀求,将金发换成了银钱。先祖将银钱尽数交给了浣女,只取了很小的一部分作为盘缠,称要去一趟金陵,查清一些事情。先祖这一去,两年以后才回来,从前的襁褓小儿都已经满地奔跑了。而此时浣女发现,先祖的头顶已经不着一发了,且布满了坑洼,血痂大小不一,甚是骇人……"眉楼不自觉地望向沈岐周,叹息道,"就跟父亲现下……一个样子!"

"太炎先生向来自视甚高,他送给我那册《尬中癖》当中,囊括了许多罕见的疑难杂症及解法,不过像这等奇疾,倒是未见半句记载!"

"这鸳鸯煞的歹毒,在我身上还未全部凸显。"不知何时,沈岐周又睁开了眼睛,缓缓说道,"若是我没有中了算砂的暗算……再过一段时间,头上便会生出……蛆虫来,到时候日夜噬咬,一刻也不得安宁,非得等到脑壳被破开……"他说不下去了,叹了两声,喃喃道,"当年,我亲眼见到先父经受这折磨,实在于心不忍,便弄了一块烟膏,请他老人家自己决定生死。没想到他接过来,想都没想便吞了下去,只留下一句话——死,比活容易!"

"当年贵先祖前往金陵，一走两年，该是寻找破解那鸳鸯煞的法子去了。"陈鸳桥疑问道，"往后，你们沈家可有什么祖训传下？"

"你的意思我明白……"沈岐周说，"先祖潜回金陵，确实弄清了此煞的来龙去脉。昔日，明帝朱元璋与汉王陈友谅大战于……鄱阳湖，最终后者不敌，被流箭射死……那陈友谅本是沔阳渔家之子，性情阴险，且有谋略，算得上是一位乱世枭雄……但是他脾气暴躁、弑杀成性，尤其是自立为王后极为奢侈，端的是金饭碗，穿的是金缕衣，睡的是镂金床，凡其宫中器物，即便是挖耳朵的小勺，也必定精益求精，巧夺天工……后来，陈友谅战死，这些秘器珍宝自然全都归了朱元璋了……陈友谅乃沔阳渔家之子，明帝也是穷苦出身，可他却不喜好这等奢侈物，尤其是那张镂金床，朱元璋说，这东西……与后蜀孟昶的七宝便壶有什么不同？那意思是……陈友谅这般骄奢淫逸，又怎能不失天下？于是，当即命工匠把那镂金床熔掉……然而在熔床的时候，那名工匠意外地发现了一些装在锦囊里的砂丸……共有二十多颗，下埋一方，写有此药名为'鸳鸯煞'，乃是以百种鱼鳞……和以狐胆等物练就之类的文字。那工匠不敢私自处理，便将这锦囊上交……因是陈友谅的遗物，朱元璋便命人查了一查。后来查明，那方子上的笔迹，正是出自陈友谅之手……朱元璋听罢，大斥陈友谅无德，竟然炼制这等骇人玩意儿，遂命人将之焚毁！"沈岐周喝了两口水，润了润喉咙，又接着道，"可我先祖经过调查，发现……朱元璋根本没有将'鸳鸯煞'销毁，而是悉心收在了秘密处。当时……他们一行人被派往燕京之前，朱元璋曾亲自为他们践行。先祖称，他喝过的……那杯酒，味道微腥……许是里边就被放了那歹毒玩意！"

"沔阳乃湖北所辖，楚地多巫蛊。"陈鸳桥说，"这我便明白了，为何这鸳鸯煞的歹毒可以绵延给后代了。"又略一思虑，脱口道，"如此看来，当年贵先祖被派往燕京，定是来执行一项极为隐秘极为关系重大的任务，否则朱元璋绝不会启用这害人的玩意儿。不过，现下这并非重点。我猜，贵先祖既已对鸳鸯煞的由来如此了如指掌，那么也一定获悉了破解此煞的方法吧？"

"你到底是聪明人！"沈岐周连连点头，目光却暗淡下来，"只可惜……数百年来，沈家的人一代接着一代地寻，到头来……却仍是竹篮打水一场空！"

顾随沉吟道："究竟是什么稀罕的东西，找了这些年……都没有找到？"

沈岐周硬撑着身子坐起来，他说："这东西名叫……赤鱬太岁，陈友谅亲笔写就的方子上说，只有服用了它，这'鸳鸯煞'才可以化解。"话毕摇头不止，"太岁……本就难得一见，向来便有肉灵芝的美誉，又何况这水中太岁呢！"

"这赤鱬当是山海经中记载的异鱼，传闻它生得一张人脸，叫声却美如鸳鸯，且食其肉可以延年益寿。"陈鸳桥说，"这赤鱬太岁，说的可是这东西？"

"是这东西，却又不是这东西。"

"此话怎讲？"

"赤鱬是没错儿的，而太岁长于其腹中，犹如牛黄。"

"什么意思？就是说逮到一条那怪鱼还不成，还得要长了胆结石的？"

"顾队长所言甚是。"沈岐周苦笑道，"为了能够让沈家的子孙……逃过这个诅咒，数百年来，沈家的先人每一代都临河而居，东至乌苏里江，南到澜沧江，北行额尔古纳河，西越喷赤河……可谓走遍了大江南北！虽然也曾捕获过赤鱬三五回，但遗憾的是，并没有更加幸运地找到带有太岁的……直到，直到我的祖父这一代，幸运才真正地降临了——"

"既然寻到，沈掌柜为何还要经受这'鸳鸯煞'之苦？"

"是啊，所以我才说是天意！"沈岐周面露凄苦，喃喃道，"实不相瞒，我祖父乃是永定河赫赫有名的一位水匪头目，绰号欢喜佛……"

沈岐周话到此处，陈鸳桥和顾随不禁瞠目相对：窦三姑曾有言，那欢喜佛乃是小霸王的师父，当年正是他经由铁牛之腹潜入了"十八蹬"当中，却没有再出来，只道十八蹬中藏着数不尽的黄金……而后，小霸王的师弟浪里杵苦寻盗金之法，其间得知小霸王生前曾赠给三姑一柄弩弓作为信物，还在拼接弩机之时放入了一块锦帛，于是认定，那锦帛上定写着如何进入'十八蹬'的方法——凡此种种，才有了后来海猴子潜回郎各庄的那些事情……

"浪里杵和海猴子是为了黄金，而你们父女俩却是为了欢喜佛。"陈鸳桥叹道，"沈掌柜向来审慎，想来一定已经确定，那赤鱬太岁就藏在贵祖父的身上吧？"

"正是！"沈岐周说，"祖父得到赤鱬太岁后……曾修书一封给我父亲，称……他不日便会金盆洗手，返归家中。谁知那十八蹬，却成了他的……埋尸地！"

第四十六章
观颐斋陈情

沈岐周因为激动又咳嗽起来，越发无法抑制，竟再次呕出了一捧鲜血。

呕吐止住以后，沈岐周的精神反倒有些好转。

眉楼嘱他万不可再讲话，好生歇息才是，不料沈岐周却称肚子有些饿："我想喝一碗芝麻酱面茶。"他说，"劳烦你们谁跑一趟？有一碗热面茶垫底，上路……就不觉着冷了。"

顾随望了望陈鸳桥和眉楼，站起身来，说："我这就去买，就算跑遍四九城，这碗面茶我也定会叫你喝上。"

陈鸳桥最明白"跑遍四九城"这话的意思，那面茶是北平独特的时令小食，要入了冬以后才有得卖，就着刚出炉的烧饼果子，热香暖胃。而之所以叫芝麻酱面茶，则是因为将秫米面熬成糊后，吃时要用两根竹筷子，蘸着调好的芝麻酱洒满表层，然后再撒下花椒盐，这样原来不甜不咸的面茶，顿时香味四射；且芝麻酱盖在浮面有保温作用，就算喝到了碗底，照样还是满口香热，因而最得气血两衰的老年人的青睐。

顾随走后，沈岐周突然抓起陈鸳桥的手，交叠在眉楼的手上："鸳桥，不要怪眉儿，让她接近你都是我的主意。"他说，"当年……得知祖父被困'十八蹬'内以后，我曾多次去过永定河畔……也想过通过什么法子……由铁牛之腹进入，只是不知为何……那原本中空的铁牛已经被注了铅水……我还想过用炸药炸开石蹬，可又怕……又怕波及祖父的遗体，以及那赤鱬太岁……所有的方法纷纷摒弃以后，便只剩下了那架弩弓。"

陈鸳桥疑道："你随我回到报馆以后，有太多的机会带走弩弓，为什么不做？"

"我不想……那么快离开报馆。"眉楼啜嚅道，"还有就是，我试过请人拆解它，但是无功而返。因为当年老仄广做这架弩弓的时候，偷手了。"

"就是说，那弩弓根本打不开？"

"是绝户活儿！"沈岐周接过话茬儿，"我让鲁班馆的老匠人看过了，甚至还找到了老仄广的嫡传后人，他们都纷纷摇头，说若是拆开……这弩机也就变成废料了……"

"但那可以救了你们父女的命！"

"是啊，我也是这么跟眉儿说的。可她坚决不同意，说制造五兵蚩尤车，这架弩弓或许能用上；还说，你心心念念要铲除水怪，务必要助你一臂之力……"

"没有弩弓，五兵蚩尤车尚可以他物替代；可是对于你们，它却无可替代！"陈鸳桥双眼温热，"你不该这么傻！你知道，只要你开口，我一定会让你那么做的。"

"我当然知道了。"眉楼温婉一笑，"不过现在没办法了，就算你想利用弩弓也利用不上了，土御门算砂又给你出了一道难题。"

"鸳桥，你有没有想过，为什么……土御门算砂也志在弩弓呢？"

陈鸳桥连连点头："今晚在卢沟桥，算砂已经承认是他引出的妖蜃，目的也很明确，便是为日寇占领北平博一个机会。但仔细琢磨了整件事的来龙去脉，我发现，相较于前者，在夺取弩机的事情上，似乎算砂耗费的精力要更多。以我对算砂的认识，此人绝非贪图钱财之辈，那么他图什么？我以为，他所图的东西一定至关重要，甚至在他心目中，要远远超过

431

妖蜃之事——换句话说，他也在想进入'十八蹬'的方法！"

"不是黄金，更不会是赤鳙太岁，那到底会是什么？"

"这个……恐怕我帮不上忙了，得你们去查了……"沈岐周说着往自己的胸口摸去。

"你要做什么？"眉楼替他取出了一把钥匙。

"去打开桌子下的抽屉，把里边的东西……拿出来，拿给我……"

眉楼照做，取出了两个信封，一个很薄；另外一个却有些厚实，像是装了为数不少的钱。

"这是我为颜夫子准备的。"沈岐周把那个厚的信封交给陈鸳桥，嘱咐道，"须得他将妖蜃图画好……才能给他；另外，我在房山给他赁了一间房子，去琢磨王鹿马家的狗，成不成人家都不会放过他……避避才是。我初创……观颐斋的时候，他帮了不少忙，人得知恩图报，这些钱……就当是谢仪吧。"

"放心，我一定会安排妥当。"陈鸳桥收起信封来。

"另外这一封，是我为你们做的最后一件事。一旦妖蜃图画好，你们面临的……便是如何制作五兵蚩尤车，这便是我……为你们找的操刀人。"

陈鸳桥正要端详信封上的字迹，却听到沈岐周道："先收起来吧。记住，你一定要按照地址亲自去拜访，这北平城里，若是他不肯帮忙，你那蚩尤车……是绝对弄不成的！"

"鸳桥谨记！"

"另外就是……"沈岐周欲言又止。

"请但说无妨。"

"这恶疾既然名叫'鸳鸯煞'，自有它的道理。往往男女合欢之后，发作愈速……你与小女情投意合，又正值盛年，难免……把持不住。我非封建老朽，断不会让你们禁欲，只是为了小女性命着想，还望你……适可而止才是啊……"

这一席话，眉楼早已脸颊绯红，如芒在背。

"鸳桥定当铭记于心,一刻不敢忘记!"陈鸳桥又道,"另请放心,我定会想办法将弩弓从算砂手中夺回,到时候取得锦帛,亲入'十八蹬',拿回赤鱬太岁!"

"有你这番话,不必喝那……芝麻酱面茶,我也……可以瞑目了……"沈岐周向眉楼招手,"观颐斋的一切,小伙计了如指掌……他自幼失孤,身世飘零,但心性不坏,多年来……我早已视如己出……我去以后,就让他做掌柜……这样,你与鸳桥便可以……安心去寻赤鱬太岁了……"沈岐周话到此处,又是一阵咳嗽,显得十分虚弱无力。

此时,敲门声响起,只见正是周纬。

"星槎先生……"

"沈掌柜切莫动身!"周纬快步上前执其手,嘴唇翕动,竟一时无语。

"先生不必伤感,人终有一死。临终之际,尚有一事相托,如果先生方便的话——"

"方便,方便!"周纬干脆利落。

"先生多年来……研究古兵器,想来对于铸锻之事……也了然于胸。如今万事俱备,五兵蚩尤车之营造也已安排妥当,只是将那……遏必隆刀熔后锻造箭镞,尚需一人掌舵。日前我已在京西……蓝靛厂附近置了一处地方,专门用于此事……"

"能为除妖略尽绵力,周纬自当竭尽全力便是。"

沈岐周笑了,脸庞突然十分舒展:"那便好了,那便好了!"他喃喃道,目光伸向屋门的方向,"替我向顾队长说声抱歉吧,难为他……夏日里去替我寻面茶……"

这"茶"字只发出一半的音,"唔"的一声长喘过后,沈岐周双眼闭合,溘然长逝!

——顾随没有买到芝麻酱面茶,但他还是兑现了诺言。

面茶是他自己熬的,因为不大懂,特地向大伯顾伯萧请教。老爷子虽已耄耋之年,但身强体健,吃喝上讲求地道,经他一指点,这碗面茶才不至于做糟掉。

眉楼盯着被放在食盒里保温的面茶，一时泪如雨下，断了线的珠子似的……

这碗面茶被放在沈岐周的遗像前，一摆就是三日。

而后，在陈鸳桥、顾随、周纬等人的帮衬下，沈岐周得以入土为安。下葬之时，哭得最伤心的却是小伙计，眉楼宽慰他人死不能复生，以后将观颐斋经营好，方是对沈岐周最好的报答。小伙计跪而起誓，说自己一定不负厚望。

这三日间，陈鸳桥办好了几件事。

其一，妖蠹图。

就在陈鸳桥等人与算砂约见卢沟桥的当晚，那拿也展开了行动，他以一条事先觅得的发情母狗，使了一手"美人计"，终将王鹿马府中的那条黄狗诱出。待到僻静处，一个下腰探臂，便用"条子"将之脖颈儿套住，接着收套、码上狗嘴和前后腿，塞入麻包，再用"条子"将麻包扎口，上得肩头，扬长而去。整个过程，可谓行云流水。

那"条子"是套狗专用的工具，以羊肠制成了弓弦，穿过设在一端的小铁圈，从而形成了一个活套，另端用布缠着把手。用其捆扎麻包，可防窒息，不至于白忙一场。

陈鸳桥啧啧称奇："真是强中更有强中手！也亏得那兄能想出这高明的办法来，省时又省力。"他说，"这下，颜夫子该高兴了。"

那拿笑道："只要能为除妖略尽绵力，这算不得什么。"

此时偏巧淑贤抱着绍棠经过。那拿深恐黄狗性烈，怕吓着了孩子，正想将黄狗牵离，却不料绍棠竟十分喜爱那狗，不住地"咯咯"笑着。淑贤见状，倒不似别的母亲那般谨慎，反而越发靠上前去，弄得那拿一脸紧张，额头上生了一排汗珠，手上也不敢松劲儿。

"这小家伙这么喜欢狗，看来跟你缘分不浅。"陈鸳桥点了一句。

"听说那爷这几天要去恭王府？"淑贤躲开陈鸳桥的目光，低下头来，

"不知道方不方便带上我们娘俩儿，听说恭王府很大，有很多海棠树……"

那拿本就窘迫，闻听此言一怔，手上便松了两分劲道；那黄狗性烈迅猛，逮住这一刹的空当，直扑向绍棠！

"孩子——！"

陈鸳桥喊了一声，但见那拿飞身跃起，将淑贤母子抄起，跟着猛地转身，以脊梁硬挨了黄狗的一撞。那黄狗一扑不成，还要再行伺机而动，那拿起脚踩住了绳子，他本就孔武，加之又有武人的底子，因而那黄狗虽然力大，照样无法挣脱。

"你刚刚说什么……"那拿嗫嚅道。

"先把我放下来，让人家……看笑话了！"淑贤话毕，满脸通红地埋下头来。

那拿大窘，一边前言不搭后语地解释，一边将淑贤母子放下；然后却不知该说什么，只顾牵着绳子将黄狗拖来拖去，也不去理会那黄狗早已恼怒不堪。

淑贤说出那句话的时候，陈鸳桥便已知晓她心中所想。此事他本不方便出面，奈何眉楼不在，也只好勉强为之了。

"那兄，你还没有回答淑贤，带着他们娘俩儿到底是否便宜。"陈鸳桥直截了当。

"当然！当然方便！"那拿上前一步，恐那黄狗再对母子不利，又连忙退后道，"怎么会不方便？二爷要是见了这小家伙，一定也会高兴！"

不知是真能听懂，或是巧合，绍棠突然"咯咯"地笑起来，竟比之前还要欢快。于是淑贤紧绷的脸颊上，也露出了轻松的神色。

为那拿和淑贤母子叫了洋车以后，陈鸳桥立即给观颐斋挂了电话，让小伙计转告颜端他心心念念的事情已经办好，现在可以作妖孽图了。岂料那颜端并不执笔，非要亲自瞧一眼黄狗，方才可以安心。陈鸳桥心道，那就送佛送到西吧，又亲往观颐斋将颜端接回了报馆。待瞧过黄狗，颜端眉开眼笑，几日来的萎靡一扫而空，简直比他抽上鸦片还要神清气爽，不

435

再耽搁一分钟,便浑身是劲儿地返回观颐斋去作画了。

这一回颜端总算没有食言,且只用了半日的时间,便画了三幅妖魇图。

陈鸳桥展卷阅看,每幅画作均是栩栩如生,虽然角度不同,但观之犹如身临其境。不由得心里一阵发慌,又想起当日与之斗法的影像,额头便起了汗。

颜端见状一脸傲然:"看鸳桥老弟这副样子,想来是对哥哥的这三幅画很满意?"他笑着说,"不过若是你不满意,可千万不要客气。这等事情,哥哥做起来手拿把攥,随随便便再画几张便是了。"

陈鸳桥心中暗叹,这颜端果然是行家里手,若非命运不济,其名声应当不在"南张北溥"之下。思虑至此,又不得不感慨沈岐周慧眼识真才。

"夫子高才,弟唯有仰慕!"陈鸳桥遂将沈岐周备好的钱款取出,交给颜端,"这是沈掌柜临终之托,请夫子收下吧。另外,那黄狗毕竟是出自王宅,为免王鹿马秋后算账,沈掌柜已在房山为你觅了一个小院,一来是以作躲避;这二呢,他是希望夫子能够远离城中的喧嚣,戒掉烟癖,安心作些画来,也不至于浪费了这一身才华。为弟觉得沈掌柜的话十分有道理,也望夫子能够听得进去。"

"老沈用心良苦啊!"颜端叹了一声,眼眶湿了,"鸳桥你放心吧,那烟癖我一定戒了便是。待哥哥再回北平来,咱们一醉方休!"

"那是自然。"

"这个,还给你。"颜端从信封里抽出五张法币,"欠债还钱,天经地义!"

陈鸳桥收下来,又重新掏出交给颜端:"不知道能不能先向夫子预定一幅画作?弟怕日后夫子名扬,就再也买不起了。"陈鸳桥笑道。

颜端大笑,兀自又拿出了一幅画作:"本想分别之际再送你,既然话到此处,不如就此了却。"说着展开来,请陈鸳桥品评一二。

这画作乃是一副水墨,题名《烟雨欢》。陈鸳桥再一详看内容,不禁笑道："这岂不是那天在恭王府门外，弟与夫子初次相逢之时？"

颜端笑道："此刻想来，其实真正的欢喜，并非你借给我的那五块法币，而是因此结识了你，还有顾队长他们这些仁人志士。哥哥不才，没有勇气再与你们去战妖蠹，但是请相信，我会为你们祝祷。"

"夫子珍重！"陈鸳桥收好《烟雨欢》，遂向颜端行了一个师礼。

送走颜端以后，已是黄昏时分。

不见那拿与淑贤母子归来，料想定是被旧王孙留在恭王府用晚饭了。正琢磨着去哪家小馆吃些东西，不想范世海和小鬼追却来到报馆，两人一人架着老破花，一人拎着两条肥乎乎的野兔。此外，还带着一些酱肘子、熏鱼、炸面筋、苏造肉之类的小食。

"两位红光满面，斩获颇丰啊。"

"不过是第一次出围，老破花便擒下了两只野兔，你说该不该高兴？"小鬼追难掩喜悦之情，一边将手中的小食放下，一边又道，"今儿个必须一醉方休，我和五爷在胡同口还叫了几个盒子菜，一会儿便送来。"

"我就说让你把野兔留在猪肉铺，请他们代为加工，然后一并送来就是，你非不听，偏要让鸳桥看看兔子有多肥。"范世海乜斜了小鬼追一眼，"真是没见过世面！这也就是我那架'乌云盖'走了麦城，要不然就青龙桥那地界，出一趟围，我能打它七八十条野兔！"

"打着就好，打着就好！"陈鸳桥最怕两人吵嘴，"毕竟是第一回出围嘛，能够斩获两只，已经很不错了！"

"本来是三只，可有人偏要玩花活儿，结果到手的鸭子飞了。"

"你懂什么？"范世海冷笑道，"咱们要让老破花对付的可是妖蠹，不练练它的筋骨怎么上战场？你又不是没见过，那妖蠹可不是阿猫阿狗。"

"得，得！您五爷说什么，便是什么好了。"小鬼追偏脸蹭了蹭站在肩头的老破花，"反正到时候，你只需要把妖蠹的另外一只眼啄瞎，便是大功一件了。"

那老破花仿佛能够听得懂小鬼追的话，又提着嗓子叫了一声，神情高扬。

不一会儿盒子菜送到,小鬼追又将两只野兔交给伙计,请他代为烹制,而后三人边吃边谈。

"这老破花才刚刚下地,得多多训练才是。"席间,小鬼追说道,"因此这几天我们打算再到近郊去几回,为免耽搁了正事,还请鸳桥你交个底给我们,你和顾兄到底打算什么时候三探陶然亭?"

"你们尽管安心便是。"陈鸳桥道,"多则七八日,少则三五日,只要五兵蚩尤车的研制没有阻力,车成之时,便是妖魇绝日!"

不觉间酒过三巡,菜过五味,已是八点钟,范世海和小鬼追见天色已晚,便起身告辞了。

陈鸳桥坐在院子里喝茶,一边等候那拿与淑贤母子。

待到九点钟的时候,三人方才归来。

乍见那拿,陈鸳桥不免惊叹:"那兄,出去一趟,你那美髯到哪里去了?!"

那拿摸了一把光秃秃的下巴,望了一眼淑贤:"让你见笑了鸳桥。"他说,"淑贤嫌我的大胡子容易吓着孩子,所以就去理发店给剪掉了。"

"我可没让你剪,是你自己非要去的!"淑贤有些不好意思,颠着碎步跑进了屋。

"看来恭王府这一趟,那兄收获不小啊!"

"你就别拿我开涮了。"那拿将行囊放下,饮掉了一杯茶,"二爷见我到府上,十分高兴,尤其还带着淑贤母子。他知道是你给撮合的,也很放心。我本想禀明此事后就回来,不想惊动了老夫人,您老人家瞧着绍棠欢喜,非要留我们吃饭,于是便耽搁了。难得老夫人如此高兴,我便陪二爷多喝了两杯。"

"旧王孙可怪你擅自下山了?你可跟他说了缘由?"

"我不会说谎。二爷也没有怪我,他还说,往后我带着淑贤母子,有了家,不一定非要再回戒台寺,愿意就回恭王府,在他身边;不愿意的话，他给我们买一间院子，权当是给我们的婚仪了。"那拿话到此处，双眼泛红，"二爷像是……又变成了小时候的二爷了……"

"你们之间的疙瘩，总算是解开了！"陈鸳桥十分开心。

"哦，对了，我还带回了礼物给你。"

"是什么？"

那拿展开行囊，从中取出了两册开本宏阔的线装册子来，将其中一册递给陈鸳桥："二爷知道我向来仰慕大千居士的画艺，恰巧张大千近日来到北平，二爷就圆了我一个念想，带我去了一趟罗贤胡同，亲见了张大千。大千居士以画册相赠，我问他可否多送一册，他说这集子是他的第一册书，要本年十一月份方才出版，眼下的这两册，乃是样书……我说那便算了，我那册也不要了，等到画集出版以后，再买也不迟。"

"张大千怎么说？"

"他没再说什么，就把两册书都给了我，还问了你的名字，题了字。"

陈鸳桥翻来看，只见画集的扉页上以毛笔写着"鸳桥仁兄清赏，张爰"，还钤了两方朱印，白文是"张爰之印"，朱文则是"大千居士"；又翻了翻册子内里，所画皆以珂罗版印制，极为美观，看过版权页，方知是中华书局刊行的。

谢过那拿以后，陈鸳桥又问道："张大千可曾问你，为何要留跟他一模一样的胡子了吗？"

那拿笑道："他没问，我倒是说了。"

"他怎么评价？"

"他说，料你也没我画得好，不过，你这胡须打理得这般好，倒是让我十分汗颜。"

陈鸳桥大笑了两声："可惜你却把它给剪掉了！"

"不可惜！"那拿笑道，"比起见到张大千，更让我高兴的，是淑贤命我剪掉了它们。"

陈鸳桥忍俊不禁，内心却对这句话深信不疑。

439

第四十七章
盛夏访蠖园

翌日一早，陈鸳桥备好妖蠃图，等来顾随，两人便往赵堂子胡同去了。

沈岐周临终之时，曾交给陈鸳桥一封信笺，此信是写给一位名叫"朱启钤"的人，赵堂子胡同三号，正是他的住址。

"朱启钤？"顾随微有所思，"怎么听着有些耳熟？"

"要是我说朱桂辛，你是不是就更熟悉了？"

"难道是……"

"嗯！"陈鸳桥说，"便是在前朝做过外城警察厅厅长、内城警察总监的朱桂老；亦是后来袁氏当国之时，出任北洋政府交通总长、内务总长、代理国务总理的大佬。"

"他还一手创办了京师警察制度，算起来……该是我们做警察的老前辈了。"

"不光如此，修整正阳门、清理街市沟渠、开辟中山公园、设立古物陈列所……这些统统都是老先生干过的事儿，随便拿出一样，都可以留名史书了。"

"不过我可听说，当年他是支持袁世凯复辟称帝的，而且还是大典筹备处的处长。是不是真有这回事？"

"确实是这样，为此他还被通缉过。"陈鸳桥直抒胸臆，"但我是这样想的，人这一生难免会走些弯路，而且这个所谓的弯路，往往还是以后人的标准来评判的。若是能够就事论事最好，如若不能，至少也不该非黑即白。"

"你说得太绕了，咱们还是言归正传的好。这样一位大佬，跟咱们除妖有什么关系？难不成因为他点子多，思路开阔，沈掌柜让咱们请他给出出主意？"

"并不是。"

"竹筒倒豆子，好不好？"

"是因为他做了另外一件足以留名史书的事，而眼下的我们，正是这件事的受益者。"

"我刚刚说过了，竹筒倒豆子，可没让你只倒一半。"

"好吧。"陈鸳桥笑道，"另外一半是，虽然朱桂老因支持袁世凯复辟而被通缉，但毕竟他在政界影响力不弱，于是有人便提议赦免他，或者说是戴罪立功也好，总之民国八年的南北议和，他出任了北方的总代表；而南方的总代表，则是唐绍仪。此后和谈破裂，朱桂老路过南京，有一位名叫陶湘的藏书家与之结为好友，两人同游江南图书馆之时，朱桂老意外地在馆内发现了一部名为《营造法式》的手抄本。别看朱桂老多年来一直混迹于政界，但其实他学养深厚，一眼便知此书之价值所在。编撰此书的作者，乃是宋朝人，姓李名诫字仲明，他步入仕途二十五载，半数从事土木工程，从作图监工起步，到营造皇城宫室主持，再官至当朝将作监，终衔大宋建筑界之领袖。而这部叫《营造法式》的皇皇巨著，便是其毕生所得之硕果。此书图文并茂，规范和详述了建筑类别之释名、制度、功限、料例、画样，等等，总计三十六卷、三百五十七篇。欣喜之余，朱桂老又不免戚戚然，古人著书，向来是无标点的，而善句读的儒者又不懂建筑之事，因而仿佛是在看天书，叫人不由得徒生感叹。不过，朱桂老毕竟不是凡人,他深知众人拾柴火焰高的道理,于是自筹起经费,发起了'营造学社',广招建筑界各路贤能,同时利用自己的影响力,把许多社会名流,更多的是老交通系的同僚,让他们加入学社,保证了学社经费充裕。随着队伍一日日扩大,朱桂老已经不满足单单通释《营造法式》这部书了,凡彩绘、雕塑、染织、髹漆、铸冶、抟埴……一切考工之事,皆予以囊括……"陈鸳桥顿了顿才道,"话说到这里,你该明白,为什么沈掌柜要让我们去找他了吧?"

顾随十分兴奋:"老沈真是手眼通天!依你所言,那学社里的人,个个是人中龙凤,只要他们肯帮忙,制出一架五兵蚩尤车来,该不是什么太难的事情。"又想到沈岐周已然身死,不禁叹然,"可惜,他不能同咱们一道前来!"

陈鸳桥说:"所以你要答应我一件事,不日妖魇铲除之后,你要亲往他的坟前洒一碗烈酒才是,这样的话,他也会替咱们开心的。"

"怎么,听你这话的意思,你不跟我一起去?"

"我……"陈鸳桥若有所思,"或许我抽不出时间来,你知道的,报社人手向来不够。"

"你是不是有什么事情瞒着我?"顾随一脸的狐疑。

"都这么熟了,你还怕我害你不成?"

顾随还要追问下去,却见陈鸳桥抬手一指,那赵堂子胡同已然近在眼前了。

两人下了车,走不多远,便来到了宅院的街门口。陈鸳桥上前叩动广亮大门,不一会儿门房出现,含笑相问所为何事。陈鸳桥将信笺取出,交予门房:"有劳转给朱桂老,就说后学陈鸳桥、顾随拜谒。"那门房和气一笑:"请稍安。"转身快步离去,约有半刻钟,他去而复返,"朱桂老有请两位。"话毕一侧身,伸手相让。

两人进得广亮大门,迎面是一条走廊,陈鸳桥从格局上判断出,这条走廊该是贯通南北的,从而将整座院落分为东西两部。问过门房,得到了肯定的回答。门房引他们两人往东部行来，进得一进院，只见有南房四间、正房三间，在正房西侧建有两间耳房。往里走，又见北房与二进院的南房为三卷钩连搭歇山顶建筑。陈鸳桥特地观察了一番，这建筑用料均十分讲究，工艺也精细无比，比起恭王府的营建似有过之而无不及。不消说，所用的工匠定是从前都在造办处当过差的，非如此不足以有这般活计。二进院有北房、南房、东厢房各三大间，在北房和南房的西侧各建有两间耳房；到得三进院，便是朱启钤的居处和书房了。

时值盛夏，未及午时，骄阳已如火。

门房称老先生在后花园纳凉，遂将二人引入四进院。园子里花木扶疏，绿茵匝地，山石水榭，错落有致，处处皆有匠心。陈鸳桥不禁暗叹，不愧是北洋政坛"不倒翁"、交通系大佬，怎一个气派了得！不过与这庭院相比，老先生的穿着却显得过于质朴了，薄衫一件，扎着绑腿，脚下是一双有些发白的圆口布鞋。

"扰了桂老清修，实在冒昧。"陈鸳桥上前行礼。

"问候您老。"顾随附和道。

朱启钤端坐于亭下，抬眼打量陈鸳桥与顾随。他目光如炬，生着一副敦厚相貌，天庭饱满阔朗，人中宽深通达。相书上有言，这种面相，主长寿有子息。

"坐。"老先生摇了摇手中的蒲扇，惜字如金。

那门房有眼力见儿，为二人倒了茶，又为朱启钤续了一杯，方才悄然离去。

"岐周的信我看过了。"待陈鸳桥和顾随都喝过了茶，老先生说道，"这些年他帮了学社不少忙，尤其是一些市面上难寻的古书，全赖他奔走访探。前些日子，他送来一部《髹饰录》的清代抄本，比我印的那部丁卯本更佳。当时寒舍有客，匆匆之间，忘付了书款，实在是唐突。今日，且帮我一个忙，带给他吧。"

"沈掌柜他……"陈鸳桥顿了顿，"已经过世了。"

443

"唔——!"老先生突然停住手中的蒲扇,拍在石台上,"怎会如此?!"

陈鸳桥将那日卢沟桥畔的遭遇说给了朱启钤,老先生听罢默然无语,神情肃穆。

"想必陶然亭闹水怪的事情您也有所耳闻,这便是我等冒险潜入苇塘,眼观后绘就的妖鼋图。"陈鸳桥将图展开,与顾随一起撑起,"请桂老过目。"

"这图是何人所画?"

"是在下的一位朋友,姓颜名端。"

"这人……"朱启钤又凑近图绘谛视,"他跟金城金北楼是什么关系?"

"桂老慧眼!此人曾拜绍城先生为师习画,只是时运不济,没有赚得画名,给埋没了。"

"画法深得北楼精髓,日后若能继续用功,可成大器。"朱启钤话毕又道,"扯得有些远了,咱们还是言归正传。岐周在信上说,那五兵蚩尤车录在戚少保所著的一册书上,此书你们可带来了?"

"请桂老掌眼。"陈鸳桥取出《魍魉胜录》来,双手奉上。

朱启钤翻动书册,先以手指轻捻,而后又持书册仰视于阳光下,点了点头,方才细看书中内容,渐露出欢悦:"当是稀世之物!"他说着又瞧起绘有"五兵蚩尤车"那页,看了又看,击节赞叹,"到底是戚少保啊,称之为兵器大师,不为过也!"于是,便滔滔不绝地就此图旁征博引,说了些令陈鸳桥大开眼界的见解来。

"此物能够得到桂老褒奖,我辈也就可以放心了。实不相瞒,这书乃是星槎周纬先生的珍藏,他早闻桂老大名,知道我们要来拜访,连夜抄就了一册副本,说是希望能够为学社提供些许研究素材。不过他早有交代,非得您老对此书做出肯定以后,方可以将抄本奉上;若是您老对该书存疑,就省去了丢人现眼。"

陈鸳桥将抄本奉上，毕恭毕敬。朱启钤甚是开心，接下后摩挲良久："星槎先生真是有心了，替我谢谢他，若是得闲，也请他来寒舍一叙。"

"星槎先生早有拜访之意，不过现下他正在蓝靛厂，监造用于对付妖蜃的弩箭。他说待除妖事毕，定会来府上问学。"陈鸳桥顿了顿，又道，"前番若是有一抄本，也许沈掌柜就不会丢了性命……为此，星槎先生甚是懊悔，他说自己不该将《魍魉胵录》庋藏起来，应该学桂老刻印《髹饰录》之举，以行传播之道。"

"这也不能全怪他，奇货可居之心，人皆有之嘛。"

"那么，桂老，您看，"顾随终于按捺不住，"这五兵蚩尤车，到底造不造得出来？"

"年轻人，恐怕要让你失望了。"

朱启钤这一句话，不但令顾随暗吸一口冷气，陈鸳桥也为之怆然。

回想一路来的种种遭遇，从"青冥白"斗妖半途而废，到惊奇道人不幸身死，再至沈岐周撒手人寰，可谓如履薄冰，步步惊心。如今总算守得云开见月明，不想却再生差池，纵然自己生性再怎么豁达，也难掩颓靡了。"难道，是戚少保的绘图有什么问题吗？"陈鸳桥问道，"我听闻学社的法式部，是由梁任公的公子思成先生担当主任，他曾留学宾夕法尼亚大学，还在哈佛大学学过建筑史，请他研究一二，总该有解决的办法……"

朱启钤摇动蒲扇道："思成并不在北平。你该知道的，要想通释《营造法式》这样的天书，光扑在文献工作上还不够，尚需进行大量的实物调查。"

"他去了什么地方，何时归来？"

"上月初，启程奔赴河南龙门石窟，之后又往开封调查繁塔及龙亭，再向济南、历城和章丘一带。来信说，现正在济南修整。过后将南下长青、泰安、滋阳、济宁、邹县、滕县等地，现在应已经到了滋阳。按照这个路线，恐怕最早也要再过一月方能回来。"

"那就太迟了！"陈鸳桥如芒在背，"那么，文献部的主任刘敦桢呢？

他是日本东京高工建筑系毕业的高才,可以请他想想办法……"

"看来你对学社的事情很是了解嘛!不过,他……也不在北平。"

"啊?!"

"日寇虎视眈眈,最紧迫的就是时间。"朱启钤说,"万一起了战事,这些祖国的瑰宝难免要遭逢噩运的。所以,我命敦桢暂时停止了文献部的工作,也赶赴中原地区进行外调了。若是这些属于中华民族的珍贵遗产能够逃过一劫,固然是上天庇佑;若是它们在战火中化为灰烬了,那至少还可以留下些资料,以为后人研究之用。"

"桂老,您心系国家,后生实在是佩服。"陈鸳桥将身子往前探了探,"可我们铲除妖孽,同样也是为了国家。既然殊途同归,还望您给指一条明路才是!"

朱启钤缄默不语,兀自喝着茶,徐徐道:"办法嘛,倒不是没有,就是——"

"愿闻桂老高见!"顾随抱拳道。

"思成和敦桢虽不在北平,可老朽我不是还在吗?就是我年纪毕竟大了,不比年轻人办事敏捷,若是由他二人其中任一者运筹,那五兵蚩尤车二日便可做得;若是换做我,那便需要四天。不知道还来不来得及呢?"

——简直如同久旱逢甘霖!

原来朱启钤前番所言的"让你们失望了",并非指无法造车,而是造车的时间要延后两日。可即便是四日,也比两人之预料少了六日,因而陈鸳桥和顾随都很激动,不能自已地站起身来,双双给朱启钤鞠躬,齐声道:"多谢桂老,多谢桂老!"

连番道谢之后,陈鸳桥和顾随便要告辞。"不急,你们先坐下。"朱启钤说。

"桂老,您还有什么吩咐?"

"把杯里的茶喝干净。"

两人不敢怠慢,迅速端起茶杯,一股脑倒入口中。

"好啦，你们去吧。记住，凡事都不要急躁，多一丝稳健，就多一分胜算。"话毕，朱启钤摆了摆蒲扇，又自顾自地喝起茶来。

出得朱宅，陈鸳桥仍旧难掩兴奋，以至于上车时竟奔向了驾驶座位。顾随把他扯了下来，拍了拍他的肩膀："稳健一些，桂老刚教育过你，转脸儿就忘。"

于是两人回到警署，将这个好消息报告给了陶孟和。

陶孟和的精神恢复了不少，但办公室里依旧弥漫着参茶的浓厚味道。"我得把精气神儿养好了，省得再着了日本人的道！"他痛骂了几句算砂，又说，"朱桂老德高望重，是手眼通天的大人物，没想到一个琉璃厂的古董商竟能有这么大的面子，能够让他亲自出马。这么看来，此番除妖，必定马到功成！"

"那也不尽然，非得您全力支持，才可保无虞！"

"支持，而且还要大力支持！"陈鸳桥的恭维让陶孟和十分受用，"前番出了那些个差头，是因为算砂小儿搞鬼；现在好了，你替我解了侍神，我又是原来的陶孟和了。"

"这一回再战妖蠹，是你死我亡的事情。况且上次顾队长神勇，戳瞎了它的一只眼，想必再次狭路相逢，它定会十分警觉。惊奇道长已身死，如今能够用得上的人手，也就只剩下范世海和小鬼追了。哦，还有那架老破花。"陈鸳桥又补充道。

"算上顾随，也就是三个人一只鹰？"

"嗯，鸳桥就别跟着我们裹乱了。"顾随接过话茬儿，"我设想了一下，仅凭我们这些力量，到底捉襟见肘，所以还请署长派几个弟兄给我——不用太多，五六人即可。他们要做的，并不是跟妖蠹正面硬碰硬，而是在我们与妖蠹缠斗上以后，快速将五兵蚩尤车从苇丛里移入水塘之中，然后便可以撤退了。"

"我看过那五兵蚩尤车的构造，非得在水塘里方可以运动自如。"陈鸳桥解释道，"所以说，这几个警察兄弟十分关键，还请署长仔细甄选才是。"

"放心吧！我手下的兄弟，有草包，但不是个个都是。到时候——不，待会儿我就安排下去，亲自来办这件事。"陶孟和信誓旦旦，"除了这几个兄弟之外，我也会把署里剩下的弟兄全都带去，让他们戳在外围，以备不时之需。必要时，我也可以亲自上阵，为国家分忧嘛，义不容辞！"

陈鸳桥笑道："署长豪言壮志，鸳桥定会在来日的报上，一字不落地录下。如果事情顺利的话，妖魇一除，百姓必定会前来围观，为免引起不必要的恐慌，还请署长对妖魇的尸身予以考虑，要做到不着痕迹才是。"

陶孟和连连点头，啧啧道："想得周全！那么，主意也由你来拿吧！"

陈鸳桥的建议是："可以先将妖魇的尸体就地掩埋，三五日后，再挖出进行火化，打上一个时间差，免得闲人刺探。"

"如此甚好！"陶孟和慨然道，"就这么办了！"

"另外……"

"自己人，但说无妨！"

"这事儿有些难办，但思来想去，也只有署长您有可能办到。"陈鸳桥先给陶孟和扣上了一顶高帽儿，才说出所托之事，"据在下的了解，土御门神道一直以来都是由土御门龙藏来统领，眼下不知为何，却换成了他的儿子算砂。署长耳目通天，所以我想请您帮忙查一下这个土御门龙藏的近况，是生是死，是在中国还是在日本……总之，越详细越好，而且要尽快。事关重大，还请署长……不要推辞才是。"

"别的我就不问了，你给我定个时间吧。"

"四天。"

"包在我身上！"

陈鸳桥说了几句感谢的话，陶孟和便急着去解手了，还不忘让两人随意坐。

顾随坐不住，称要去蓝靛厂一趟，瞧瞧锻造箭镞的情况。

"我陪你一道。"说着陈鸳桥取出笔来，在陶孟和的办公桌上扯下一张便签，刷刷点点写了些字迹，复又放回了桌子上。

两人走出警署，顾随才问他写了什么。

"你不是跟我要过一副治疗前列腺的方子吗？正好今天写给陶孟和，也算谢他的爽快。"

"我好像没跟你说过这方子是帮他要的呀，你怎么知道的？"

"既然不是你，多半就是他了。"

"你到底是怎么知道的？"

"你请我吃午饭吧，咱们边吃我边告诉你。"

"你这个人怎么总是这样，做什么事非得摆人家一道，机关算尽太聪明！"

"咱们中午吃什么？"

"我请，当然是你来想地方。"

"先上车，咱们边走边琢磨。"陈鸳桥率先跳了上去。

"不对啊，怎么又让你给绕进去了？"顾随发动汽车以后，偏脸道，"前列腺方子的事情我就不问了。换另一个问题，你为什么要查土御门龙藏的近况？"

"我要证明一件事。"陈鸳桥十分认真地说。

"愿闻高见。"

"现在还不是时候。"陈鸳桥话锋一转，"不过我倒是想要问你，贵兄顾襄顾瓶笙失踪的具体时间是？"

"两年前……你问这个干什么？"

"也就是民国二十三年，几月份的事情？"

"大概在春暖花开的时候，阴历三月中旬左右吧。"顾随见陈鸳桥若有所思，又道，"你突然问起这个，又请署长查土御门龙藏，是不是认为两者有什么关系？"

陈鸳桥避而不答，却说道："当日在卢沟桥畔，算砂提起贵兄时的样子，这几天我仍然历历在目，他的神情和状态特别不对劲儿……"

"你的意思是,算砂说出那些话,虽然只是想给我一个下马威,实则还存在弦外之音?"

"我并不敢肯定,只是直觉上不那么放心。"陈鸳桥犹豫再三,方才又接着说道,"当日你能放下这桩心结,选择与算砂对峙,无论如何都令我十分钦佩。所以如果有可能,我定会为你做些什么。"

"你可别吓我,你的样子看起来很认真。"

"放心吧!我什么体格自己还是有数的,难不成你想让我拿着这支笔去跟算砂拼命吗?"陈鸳桥说着把钢笔别回到胸前,又指了指脑袋,"就算是,我也会想个天衣无缝的法子才是。否则的话,我才不会去惹那个阴阳怪气的家伙呢!"

"你这么说,我便放心了。"顾随露出了如释重负般的笑容,踩了一脚油门,"不知道为什么,跟你说话,饿得特别快。"

"那好吧,就让我看看,到哪里宰你一顿。"

第四十八章
黄沙涨满天

安葬了沈岐周以后,陈鸳桥回到报馆,把自己关在房间里,写了一封信。

信是写给土御门算砂的,才刚塞入信封里,便听到一阵砸门的声响,跟着是那拿有些焦躁的嗓音:"鸳桥,你先放下手头事儿,我这里有桩急事!"

"你来得正好,待会儿帮我送封信。"陈鸳桥打开门,开门见山。

"送信的事儿往后排排。"那拿摩挲着光头,"我听说怎么着,这回去陶然亭,没有我的份儿?到底是不是真的?"

"你听谁说的?"

"这个你甭管,我就问你,是不是真的?"

"不错。"

"你给个因由出来!"

"刘把儿的事情,我已经够对不起淑贤母子了,不能再害他们娘俩一回。"

"我向你保证,不掉一根汗毛还不成吗?"

"可我不敢保证,你要是真的有什么三长两短,往后,淑贤母子还能指望谁。"

那拿被噎得说不出话，啜嚅了几声："反正怎么着我都得出些力，不然岂不是让范世海和小鬼追笑话死？"他说，"往后该抬不起头了！"

陈鸳桥这才明白，是范世海和小鬼追把信息吐露给的那拿。估计这两人定是说了些相激的话，尤其是范世海，嘴上绝少不了胡呲，否则那拿不会这么激动。

"你就甭跟他俩较劲了，他们俩自己还较着劲呢。"陈鸳桥把信笺递给他，"只要你把这封信帮我送出去，那也是大功一件。"

"你甭诓我了！跑一趟腿儿，能有多大功劳？"

"这信，是给土御门算砂的。"

"啊？！"那拿似有些不解，"难不成你要请那个王八蛋一起去陶然亭？"

"我就是真敢请他，他敢去吗？"陈鸳桥笑道，"先不要问那么多了，总之，这件事只有那兄你去办，我才放心。"

"可是，要送去哪里？那个王八蛋神龙见首不见尾的！"

"柳树井灶庙。"陈鸳桥说。

那拿见陈鸳桥说得如此肯定，知他定是心中有数，也就不再问了，只道："你放心，我这就走一趟，只是，要是那里——"

"你就隔着门缝将信塞进去就好，不必说话，也不必停留，什么都不必做。"

"就这么简单？"

"嗯。"

那拿刚走没多久，顾随便来到报馆。

他满脸抑制不住的亢奋，一见陈鸳桥就伸出了双臂来，将之紧紧裹在怀里，握紧拳头用力捶动着他的后背："成了！鸳桥，终于成了！"他说，"我刚刚去了赵堂子胡同，朱桂老那里……五兵蚩尤车，提前制成了！"

陈鸳桥被捶得直咳嗽，他说："能不能先放开我？你这样我直起鸡皮疙瘩！"

"不能！"顾随把陈鸳桥抱得更紧，"非如此，不足以表达我的激动之情！鸳桥，你知道吗？我说的是，五兵蚩尤车，是对付妖魇的五兵蚩尤车，成了！"

"我知道。"陈鸳桥挣脱开，"而且我还知道，你又去了蓝靛厂，星槎先生那边也进展顺利，是不是？"

"欸？你怎么知道的？"

"你这一身烟熏火燎的，要不是进了窑，难不成是钻了便宜坊的灶眼儿？"

"真是狗鼻子！"顾随灌了一碗冷茶，又道，"我看事不宜迟，不如今晚就动手。打铁要趁热，事不宜迟！"

陈鸳桥不置可否，他走到窗口，望着天空道："报上说，明日黄沙涨天。不如……我们反其道而行之，借黄沙而遁，于白日突然对妖魇展开袭击！来他个出其不意！"

顾随也将目光伸向窗外，只见天际横着一抹暗黄，似已有黄沙侵城的迹象："你的建议十分有道理。避其锋芒，方能掌握先机，而后一击中的！"顾随握紧了拳头，十分兴奋，"我这就回警署，先行同署长报告，而后再布置一切。明早，咱们陶然亭外见！"

翌日，东风起，黄沙漠漠。

大清早，眉楼从观颐斋赶到报馆，方才一日，陈鸳桥便觉她瘦了一圈，十分憔悴。她照例烧水给陈鸳桥，却被淑贤夺下了茶壶，让陈鸳桥陪她说说话。

两人相视无语，茶已闷好，却仍旧没说一字。

此时，一声刺耳的喇叭声打破沉寂，不多时，便见顾随推门而入，带进来一股呛人沙尘。

"不是说好了陶然亭见吗？"

"是我让他来的。"顾随一闪身,陶孟和走了进来。

"您真是稀客!"陈鸳桥赶紧为其倒茶,又招呼淑贤洗一方干净的毛巾来,"今日要与妖蠹决一死战,您不是怕我胆怯不敢前往观战,特地前来监督前往的吧?"

"伶牙俐齿,无中生有!"陶孟和擦了一把脸,先是道了一声谢,为那日陈鸳桥留下的药方,然后才说道,"至于你托我查的事情,已经有眉目了。"

"此人是生是死?"

"生死未卜。"

"请署长知无不言,言无不尽。"

"情报上说,土御门龙藏三年前来到中国,是由长崎出发的,先到了上海,然后才北上到此。他到达北平的时间,大概是民国二十二年秋。但自从民国二十三年春天以后,这个人就像人间蒸发了一样,再也没有他的任何消息了!"

"民国二十三年春天,没错吧?"

"没错,是民国二十三年春天。"

陈鸳桥把目光伸向一旁眉头紧蹙的顾随,还没等说话,就见顾随利落地伸出一只手来做出制止的姿态:"我知道你想说什么,但我现在不想听。"他沉吟片刻,才又说道,"眼下最要紧的是与妖蠹决战,我不想因为别的事情而分神。明天,等一切尘埃落定以后,我们再调查这件事,到时候就算你不愿意,我也会拉着你同去。"

陶孟和早知顾襄失踪之事,当下便猜出了个八九分,于是说道:"鸳桥,无论你推断出了什么,眼前确实并非最好的时机,还是听顾随的吧,先解决燃眉之急才是。"

陈鸳桥犹豫了一下,点头道:"那好吧。"

众人遂由屋中走出。

苍穹之下,黄沙似又重了一层,目所能及之处,尽显阴翳。

"昨晚我查了一下历年这个时候的气象，对比了一下，发现黄沙遮天蔽日之际，皆是在午后时分，信号是东来大风。"

"也就是说，见东来大风，才是对妖蠃下手的最好时机？"陶孟和追问道。

"不错！黄沙一旦蔽天，最少也要两个时辰方能消歇，这便是妖蠃的七寸之时；但倘若中途出了什么岔子，没有在既定的时机之内除掉它，那么我的建议是立即撤出陶然亭，否则一旦失去黄沙的掩护，那无异于羊入虎口……"

"这你放心，若是四个小时还消灭不了妖蠃，那也甭再继续浪费粮食活下去了！"

说话间那拿迎面奔了过来，手中还拿着一封信笺。

"淑贤到处找你，你去哪儿了？"不等那拿张嘴说话，陈鸳桥便抢先一步夺下他手中的信函，转而塞入兜中，一边示意他赶紧去后院。

那拿把要说的话硬咽了下去，三步并做两步往后院跑了去。

"是谁的信？"顾随问了一嘴，"从没见你这么紧张过，是不是——"

"打住！"陈鸳桥深情地望了一眼眉楼，"我没有相好的，心里只装着眉楼一个人，从前是，往后也是。"

"知道你们伉俪情深，但也不用这么直接吧？"

"顾随，你要保重才是。"眉楼突然站住了身子，"如果你遭逢不幸，鸳桥会伤心，我也会伤心。别忘了，我答应过要送给你一件袍子，若是你没有机会穿上它，那对你和我都将是一种遗憾。"她注视着顾随的双眼，"我说的话，你明白吗？"

"明白……"顾随嘴中喃喃，内心里却泛起一丝说不出的苍凉来。他不明白自己为何会有这种感觉，令他好奇，却又感到害怕。

待陶孟和上了车，挨在顾随身边的陈鸳桥突然说："有一件事，思来想去，我觉得还是有必要提醒你。前番在陶然亭，海猴子的出现绝非无缘无故。"

"你担心其中有诈？"

"你想想，妖蜃之事，本就是算砂一手策划的，但他却能够以《魍魉胜录》来跟咱们交换弩弓，这说明什么？他根本不怕我们研制出五兵蚩尤车！也就是说，在潜意识里，他认定咱们除妖必定会功败垂成！那么，他总要有自己的理由吧？以算砂的狡诈和心机，一旦我的推断成立，其结果必然是我们难以想象的——或许，海猴子出现在陶然亭，便是其中的一个环节也未可知。"陈鸳桥沉吟片刻，伸手攥住顾随的腕子，"所以，不论如何，你都要多加一分警惕。如果事情到了无法掌控的地步，千万不要恋战，千万！一定先活下来，咱们再想其他的办法。"

"你的话，我都一字不落地装在心里了。"顾随一翻腕子，反攥住陈鸳桥的手，"上车吧，说不定到了陶然亭，你触景生智，又能琢磨出些新鲜的线索出来……"

"我尚有一点琐事要处理，你们先行。午时，东风大起的时候，我自会出现。"陈鸳桥转头望了眉楼一眼，"到时候，我会和眉楼一起，等着你得胜归来，然后咱们把酒言欢，喝他个烂醉如泥，花枝乱颤！"

"那定然有意思得很，令人期待！"顾随笑了笑。

击掌，两只手紧握在一起。

于是，汽车裹着弥漫的黄沙消失在石碑胡同的尽头。陈鸳桥谛视良久，就仿佛那辆汽车须臾便会去而复返一样。

"你对他说谎了，今天你并不会出现在陶然亭，是不是？"眉楼突然说。

陈鸳桥一怔，连忙躲开眉楼烧灼的目光："你在说什么？我听不大懂。"他说，"外头风沙大，咱们还是回屋去吧。"

眉楼默默地跟在陈鸳桥身后，回到报馆后园。

"茶凉了，帮我烧一壶热水吧。"

"不必支开我。我知道那信是算砂写给你的，既然是为了我，又何必瞒着我？"

"现在，我倒情愿你没那么聪明。"陈鸳桥把信笺取出，交到眉楼手里，推门进了屋里。

"十番棋？你有把握赢他吗？"看罢算砂的回信，眉楼问道。

陈鸳桥不置可否，却道："这是我能想到的，唯一可以从算砂的手中夺回弩弓的方法了。既然是唯一，那么别无他路，只能一试。"

眉楼听出了弦外之音，追问道："我想知道的是，你有几成胜算？"

"棋场如战场，波谲云诡，往往一着不慎，满盘皆输。所以我不敢说有把握赢下来，但比之算砂，我心中多了一份真情——我有你，就是棋先一着！"

"可万一要是输了呢？！"眉楼神情激动地抖动着信笺，"你赌的可是自己的性命！你要是没了命，你觉得我可以独活吗？"

"所以，要么同生，那么同死。"陈鸳桥铿锵有力地说。

眉楼用力地摇头："世兄，你想过没有，就算你真的赢了，以算砂的奸诈，他会兑现承诺吗？他不是你，他是日本侵略者的帮凶！"

陈鸳桥洒脱一笑："如果真是那样的话，他自会在心里杀了自己，变成一具行尸走肉。"

眉楼还要辩驳，却被陈鸳桥伸出一根手指刮了刮鼻子："不要再争了，我一定不会改变计划的，与其如此，倒不如随遇而安。"他说，"现在是七点钟，我半个小时后出发，如果顺利的话，我在中午的时候，还真能赶到陶然亭呢。"

"我这就去给你闷茶！"两串泪珠洒落，眉楼当即转过头来，快步奔出屋外。

陈鸳桥没有喝上香片，他悄然溜出报馆，奔出石碑胡同以后，方才叫住一辆洋车。黄沙漫颊而过，天地一片迷蒙。这异常的气象加剧了离别的愁绪，使得陈鸳桥的内心生出一孔无法填补的空洞，令他倍感怆然。

自己真的可以战胜算砂吗？

在报馆，陈鸳桥向眉楼回避了这个问题，但此刻他却不得不面对。

算砂对自己了解颇深，而且仅凭一面之缘，就能够判断出自己棋技不凡，这的确并非常人可以办到。在卢沟桥畔，他还提到了一位名为吴清源的棋士，称正是因为看过他与另一位棋士木谷实在船上对弈，方才临时决定参加上海张园的棋会。当时陈鸳桥便在心中一凛，颇感不妙。那木谷实的棋艺到底如何，他并不了然；可那吴清源，他却十分熟谙。彼时，他因年满十二岁而必须离寺自谋出路，因此便以松坡居士所授之棋艺谋生，往来于来今雨轩等地的棋所，以下棋谋生，直到机缘巧合与曹四爷相遇，这才结束了这段朝不保夕的日子。正因如此，他在去上海之前，还不时会去来今雨轩等棋所观战，吴清源其人，他便是在这个时候认得的。此人要小自己七八岁，同样是十二岁的年纪，却已是身经百战，北平各棋所设置的擂台，最终获胜者十之八九是他，真可谓当之无愧的天才棋人。陈鸳桥与之在北海漪澜堂的棋馆里弈过三局，至今印象深刻。吴清源年纪虽小，举手投足却透着一股沉稳的气度，似令陈鸳桥感觉是在与松坡居士对弈，不由得压力倍增，从而导致三盘皆败，惨不忍睹。从那时起，陈鸳桥便知自己这一生无论多么努力，在弈棋上终难有所成就——这并非妄自菲薄，而是吴清源这样的人，他们天生就是为棋而生。

算砂此人自视甚高，却能够因看过吴清源对弈，而临时改变行程，这足以反向说明，他生着一双慧眼——唯有慧眼，方可识才。但令陈鸳桥所忧虑的，尚不仅如此。

"算砂"这二字，其本身就是日本棋坛的象征。

究其缘由，是因纵横日本棋坛"四大家"之一的"本因坊"一世，其名字正是这两个字。此人八岁出家，曾取法名日海，后在诵经念佛之余研习围棋，渐成大器。当时，日本正是丰臣秀吉的天下，他认为弈理与兵事相通，于是大力提倡围棋，还将日海拜为师父，以"名人"相称，并为日海专门设立了一个"棋所"，作为第一国手的荣誉，每月拨给一定的俸禄供养。但是，这"名人棋所"并非一个机构，而是一个头衔，一个对于棋士们而言至高无上的荣誉，是人人都欲登上的宝座。此后，日海在丰臣秀吉的协助下，建造了寂光寺，并改号"本因坊"，改名为"算砂"，还规定本因坊之号由弟子世代相传。

这便是本因坊的由来。

而正是由于本因坊算砂的出现，日本举国上下才开始皆尊棋道，于是便生出了许多门派来，这其中本因坊自然是独领风骚，其他另有井上、安井和林家，是为日本"棋院四大家"。

这段掌故，在日本几乎妇孺皆晓，土御门算砂是此中高手，又怎能不知？

思虑至此，陈鸳桥内心更觉怆然，不由得一阵心慌，头晕目眩。于是连忙叫停车夫，于漠漠黄沙当中伫立了一会儿，始觉不那么难受了。

洋车复又奔驰起来，车夫脚程甚猛，一往无前，像是生怕会令陈鸳桥赴约迟到。

这车夫当然不会知道，陈鸳桥将要面对的是生死对决。而这场争斗，丝毫不会逊色于武士之间的白刃战！在日本棋坛的传统里，擂争"十番棋"往往伴随着血腥和悲壮，尤其是为争夺"名人棋所"之位而进行的对弈，其根本就是以命相搏，胜利者永远都是踏着鲜血走上棋界第一人的宝座；而失败者，会因此降级，与原本棋份相同的对手拉开一段差距，无法再平等对抗，名誉受损也就是自然的了。更重要的是，在下一次的擂争中如果赢不回来，那就意味着永远无缘"名人棋所"的头衔了。然而，往往这下一次的机会凤毛麟角，所以这生死对决，基本上就只有一次。

日本正保年间，二世本因坊算悦与二世安井算知为争夺"名人棋所"之位，双方赌上生死耗时九年而只下了六局，且是三比三平，没有分出输赢。那算悦是个心高气傲的人，因为无法赢棋而郁郁寡欢，终在四十八岁时含恨而去。

而到了宽文年间，为了挑战"名人棋所"安井算知，三世本因坊道悦将要面对的，则是输棋后被流放远岛的刑罚——这无异于中土所谓的发配边疆，也许这一生都不会再离开，死后无人收尸，化作一堆沉默的白骨。

更为悲壮的是，元文年间，本因坊七世秀伯与井上因硕的决斗，双方在近一年的时间里，只下了八局就因秀伯吐血而告终。争棋最耗心血，加之平日又用功过度，这致使秀伯此战过后，仅支撑了三年便撒手人寰，享年只有二十六岁。

至于本因坊十四世秀和与幻庵因硕的擂争，第一局棋便耗费了九天的时间，且后者因焦心苦虑过度，两次呕血，却仍旧苦撑至翌日清晨，将全局下完。以面如槁灰之状奋力进行拼杀，好似单枪匹马冲入万军丛中，其悲壮之情不言而喻。因此这番争斗，被日本棋坛称为"献身之争棋"。

到了近代，更恐怖的一幕发生在棋士野泽竹朝与铃木为次郎之间。彼时，野泽已经是肺结核末期，为免传染，两人分坐两室而弈，过招全用记录纸传递。如此弈了八局之后，铃木以五胜二败一和领先——按照"十番棋"的规则，先胜六局者获胜，而这关键的第九局野泽一旦输掉，便会被降级，可谓"生死一线"。此时野泽已然病入膏肓，如同一具僵尸勉强支撑。友人都劝他收场，可他却一声苦笑，称自知寿命将尽，即便中途罢手，也将不久于人世，既然同样是死，何不像个英雄一样？倘若能够弈出足以传世的棋来，则虽死亦不朽了……这番决不弃战的血泪之语，闻者莫不动容。于是，无比关键的第九局就这样悲壮地开始了——而此时，距离双方第一局开始的时间，已经过去了三年！

这是一局令人无比凄怆的对决。众人只见野泽面色枯干憔悴，神情恍惚，常常凝视虚空良久，仿佛对局场上笼罩着一股深深的鬼气。只可惜野泽纵然燃尽生命余火，最终却还是未能战胜铃木，而以和棋告终。待到最后的第十局，野泽已经气若游丝，实在无法再坚持弈下去了，就这样挨到翌年初，终于抱憾身亡——其临终之际，口中还念念不忘最后一战……

这些陈鸳桥曾作为谈资的往事，如今汁液淋漓地映出他的脑海，仿佛漫天的黄沙一般挥之不去。他低下头来，试着揉了揉干涩的双眼，寄希望于这个举动，可以多少抵消它们的冲击。然而，当他再抬起头的时候，却发现终点已至。

第四十九章
烂柯争锋记

黄沙漠漠，本就衰败的"灶庙"又多一分萧索之气。四下里，除了沙尘飞扬发出的响动以外，再也听不到别的声音，人影也没有。

陈鸳桥叩动门环，由于年久失修，加之风雨侵蚀，只传来了几声"嘎啦啦"的涩音。等了两分钟，破败的大门裂开一条缝隙，出现了一只眼睛，上下打量着陈鸳桥。几乎与陈鸳桥等待的时间相差无几，门缝才渐渐扩宽，跟着就伸出来一只枯干有力的胳膊，陈鸳桥被抓住了肩头，一拽，整个人仿佛被鲸吞一般，倏地来到了门内，身后的大门随即闭合。

眼前有七八个日本浪人，阴鸷的神情仿佛一个模子刻出来的。其中一人不由分说把陈鸳桥杵在门板上，粗暴却又十分谨慎地搜身，背面结束了是正面，就连腋下都不放过。陈鸳桥尽量配合，只是在那浪人将他胸前别着的钢笔抄入手中之时，他才冷笑了一声："你们不会以为，我要用这支钢笔行刺土御门算砂吧？"他说的是日语。那浪人听罢愣了一下，阴鸷的表情里多了一丝嫌恶，将钢笔丢在地上，一脚踏上去，碾了碾。

陈鸳桥也不生气，待他发泄完毕，躬身捡起钢笔来，掸落上头的泥土，重新别回胸口上。

换了另外一个浪人为陈鸳桥引路。

461

穿过垂花门,只见算砂就站在杂芜的疯草之间。他照旧穿着一件筒袖和服,月白色,带有精致的云水纹。那支暗藏杀人法门的尺八也在,正斜插于腰间的束带里。

"我没有想到,你居然有勇气向我发出挑战。这么看来,那个女人在你心中的位置不低啊,连命你都可以不要。"

"我也没有想到,算砂阁下可以这么痛快地答应。按照我的判断,你怎么着也得犹豫个三五天才是。如此看来,陈某在阁下心中的位置也不低啊!"

算砂把目光伸向不远处的弩弓——或许是以示庄重,又或是别的什么原因,它被放置在了一张高几上。那高几斑驳不堪,显然是自此地寻得,但算砂并没有忽略掉它上面的灰迹。"陈鸳桥,逞口舌之快并不能帮你赢棋,所以我劝你,还是谨言慎行。"他说着把目光从弩弓上挪开,转向置在一旁的棋盘,又道,"现在,我们来定一下对弈的规矩。"

"我只有一个要求,"陈鸳桥抢嘴道,"请算砂阁下将你那尺八离开我的视线。我一看见它,总觉得后脖颈儿阴风阵阵,生怕你一旦输了棋,故技重施,那就不妙了。想必你也知道了,沈岐周已经被你暗算身亡了。"

"他本不该死,可我厌恶被人拿枪指着头。"算砂语气淡然,一边将尺八取下,掷向了垂花门外,"现在,你听好规矩:一,不准再下模仿棋;二,不许长考,不许打挂;最后一点,你要是输了,必须按照我的要求去死。"

"能不能提前透露一下,你打算让我怎么去死,是拔舌吗?"

"不,那样太便宜你了!"

陈鸳桥收起笑意,又道:"前后两点我没有异议。至于第二条,我也认为在这种情况下并不合适,因此我们索性规定得再细致些,每次思考的时间不得超过两分钟,不知算砂阁下意下如何呢?"

算砂闻之,定睛注视了陈鸳桥片刻,点头道:"都依你便是。"

这长考及打挂,都是弈棋的专门术语。前者的意思是在落子之前进行长时间的思考，不限定时间；后者则是暂停对弈的意思——在日本围棋的传统里，是限于上手的特权，以示尊重。而正是源于这两项规则，才有一局棋下了十几天、几个月甚至一年的事情。

于是两人幕天席地，身体半隐于连绵的疯草之中，开始了"十番棋"的第一局的对抗。

陈鸳桥执黑棋先行，算砂紧随其后，双方落子之快，有如急风劲雨一般，黑白双方没过多久便相互纠缠到了一起。而后，陈鸳桥率先发起进攻，呈现出一种气吞山河的气势来，仿佛手持白刃，刀刀挂风，丝毫不给算砂喘息之机。算砂见状也毫不示弱，亮剑与之展开对杀。一时间，双方展开了你死我活的缠斗，简直如同白刀子进，红刀子出般的白刃战。结果，陈鸳桥"杀大龙"不成，一个不留神被算砂反杀，中盘已见胜负。

第二局的对弈，几乎是第一局的复制，其结果仍旧是陈鸳桥败北。

两局皆输，陈鸳桥默然地点起一支烟来。

"我劝你不要意气用事，这样只会让你死得更快。"算砂以手拂动飘至面前的烟雾，神情骄蹇，"只有不谙棋道真谛的匹夫，才会一门心思横冲直撞。岂不知孙子兵法有云：上兵伐谋，其次伐交，其次攻城？以你我今时今日之棋艺，'杀大龙'这类过时的棋风，就不必再反复上演了吧？这样的话，等到若干年后我回忆起今天，会觉得索然无味的。"

"中国有句俗语，叫做一口吃不成个胖子。"陈鸳桥深吸了一口烟，呼出，烟雾形成一个烟圈，在棋盘上空游移。他又将烟圈吹散，接着说道，"据我所知，日本围棋跟中国围棋如出一辙，一开始也是讲究'杀大龙'拼个你死我活，只不过到了四世本因坊道策那时，才摒弃这种棋风，讲究布局和战略。可是，要是因为发明了枪炮，就嘲笑起刀剑，因为明治维了新，就全盘否定汉文化的滋养，这是不是就叫数典忘祖呢？"

算砂的脸色一下子阴下来："赌的不是我的命，要当匹夫的也不是我。"他说，"反正我已经给出了建议，至于听不听，那就是你的事情了。"

"你的父亲……"陈鸳桥突然话锋一转，"我是说，阁下的棋艺可是家传?"

"是又如何，不是又如何?"算砂避开陈鸳桥的目光，瞥了一眼高几上的弩弓，又将目光拉回到棋盘上，"陈鸳桥，你是孤儿，有些事情你永远不会懂。"

"不如你给我讲讲?"

"你还真会见缝插针，就坡下驴!"

"其实……"陈鸳桥紧盯着算砂，"这架弩弓跟你父亲土御门龙藏的失踪有关，所以你才会处心积虑地想要得到它，甚至为之付出的精力远胜于妖蜃，是也不是?"

算砂的眼神里陡然闪过一丝慌乱，但他立即就以一抹阴邪的笑意掩饰掉了。"你不该经营小报，而是应该去当一名警察。"他说，"这样的话，也许北平的悬案又会多几成。"

陈鸳桥也不理会算砂的揶揄，接着说道："阁下提到警察，我倒是还想起了一件事。我问过顾随，他告诉我，他大哥顾襄顾瓶笙是在两年前的春天失踪的；而据我的了解，贵父土御门龙藏也是在这个时候不见踪影的。如果不是巧合的话……"

"不是巧合。"算砂回答得十分干脆。

"那我是不是可以这样理解，这架弩弓同样也与顾瓶笙的失踪有关呢?"

"下一局赢了我，你才有资格得到答案。"算砂话毕，又马上补充道，"不过我要提醒你的是，仅限于此，与他局无关。"

"那还等什么?"陈鸳桥率先执起一颗黑棋，落在"星位"上。

这一局从最初的时候，陈鸳桥便褪去了先前的锋芒，变得十分谨慎。算砂仿佛也被陈鸳桥突然的改变所感，稳扎稳打地从低位开始占地，与此同时，陈鸳桥的黑棋也迅速扩张了"模样"。因此迨到中盘，白棋攻入黑"模样"中时，双方便开始了大战。不过算砂十分清楚，他的白棋打入虽看似成功，但在局势上略呈苦战状，稍显劣势。

陈鸳桥洞若观火，自然不会放过这个机会，步步紧逼之下，双方的交战局面遂越发地扩大。这促使算砂的思考时间一再拉长，几次落子均超过了一分半钟，甚至有一次是在最后临界点才落下，足见陈鸳桥给他制造了不小的困难。

算砂额头上涌出的细密汗珠，让陈鸳桥看到了赢棋的曙光。只是，这团希望之火燃烧的时间过于短暂，本欲赚两目的陈鸳桥突然失手，遭到了算砂的猛烈反击，形成大劫。陈鸳桥眼见局势不妙，奋起抵死相争。算砂好不容易逮到了一个金蝉脱壳的机会，又怎会轻易地放过？于是双方再一次铿锵拼杀，不觉间四野天低，空气中的沙尘味道更为浓烈了。

拼杀在算砂找到劫材时，得到了短暂的息止。此时双方已经下到了一百五十五手。陈鸳桥下出第一百五十六手，消完大劫后，微微松了一口气。算砂察言观色，落子也开始变得舒缓起来，额上也不再涌出汗水。

双方就这样心照不宣地保持着匀速落子，直到进入收大官子之时，陈鸳桥一个不留神又失误了，局面陡然变成对白棋有利。陈鸳桥于脑中疯狂地计算，其结果是如此下去，最终算砂会赢二三目。他不敢大意，亦寄希望于算砂会出现失误，煎熬之下，口干舌燥。不知是否因为也计算出自己会获胜，算砂在终局前的第一百九十三手竟是臭棋，陈鸳桥当即抓住时机进行打劫，结果涉险逆转，最后黑棋胜了两目。

这一局所用的时间，几乎比前两局加起来的时间还要久。

陈鸳桥有些疲惫，正要起身，却听到算砂一声喝止："坐下！"他脸色铁青，仿佛并没有从输棋的情绪里走出来，"咱们再弈一局！"

"算砂阁下，臭棋谁都下过，你又何必耿耿于怀呢？伤了肝气就不妙了。"

"少废话！下，还是不下？"

"下，自然要下。"

不消说，这一局陈鸳桥又赢了，且双方只下到了中盘，便见胜负。

"现在该轮到我劝你了。算砂阁下，如果你再这么意气用事下去，恐怕你苦心孤诣才得来的弩弓，很快就要回到我的手里了。"陈鸳桥站起身来，一边活动着筋骨，一边又道，"若是你父亲看到你这副样子，是不是会说一句孺子不可教也呢？"

"你没有资格教训我！"算砂冷笑了一声，脸上的凄惶之色尽消，转而化为阴沉，"我说话算话。没错，顾瓶笙的失踪确实也跟这架弩弓有关，不过那又怎么样呢？反正今天你会死在这儿，顾随是永远都不会知道这些的！"

"你真的想我那么快死？"陈鸳桥凑近弩弓，谛视良久，"如果我没猜错的话，你怀疑你父亲也在'十八蹬'之中，是吧？那你得到弩弓之后，为何不第一时间拆开呢？得到小霸王藏在里边的锦帛，可就意味着你可以跟他见面了。等了这么久，你为何还要贪恋棋盘上的胜负而压抑对你父亲的思念呢？这么看来，只有两个解释：要么，在你心目中，你父亲并不如你想象中那般重要；要么，就是你太孤独了，以至于你必须从我身上才能感到活着的意义。如果不幸是第二点的话，那么算砂阁下，其实最不想我死的人，恰恰是你。"

"在你说这番话之前，或许是这样。"算砂的脸色突然惨白如纸，"不过在你说了这番话以后，就必须要死了。因为没有人可以猜中我的心事，我不允许，不管他是土御门神道的人，还是你这个鼓唇弄舌的支那人！"

陈鸳桥笑道："那我只能回赠阁下一句了，你不允许，只是你的事情。"

算砂翘起手指，捻展修长的眉毛，咬牙切齿道："两胜两负，我们不过是回到了原点。接下来我会让你深刻地感受到死亡前的恐惧，到底是怎样的！"

第五局从第一颗黑子落下时，陈鸳桥便感受到了一股邪气弥漫在棋盘的上空。那晚在卢沟桥畔，算砂吹动尺八之后，周遭的空气也曾如出一辙的冰冷。这该是算砂催动了什么卑鄙的法门，陈鸳桥于弈棋间隙偷瞄，发现算砂虽然面色惨白如纸，双耳却十分鲜红。这样的反常，之前并没有出现过。

"不敢怠慢,也不可分心思虑太多!"陈鸳桥一边告诫自己,一边凝神静气,摒弃一切杂念,力求做到细密坚韧,无懈可击。

然而到得中盘,不管陈鸳桥怎样克制,总觉得难以聚精会神,心情飘忽不定,同时身体也开始冰凉,直至瑟瑟发抖,在牙齿叮当作响之际被杀得片甲不留,溃不成军。

接下来的两局,情况亦没有丝毫的改变。

七局已过,陈鸳桥五败二胜。按照十番棋的规则,对弈双方先胜六局者获胜。现在,只要算砂再拿下这关键的第八局,便可以宣告胜利,要了陈鸳桥的命!

天王山之战!

"陈鸳桥,又轮到我劝你了。"算砂露出了难以抑制的桀骜,"你要时刻记着,你手上的每一颗棋子,都是通往地狱的垫脚石。我若是你,就会如履薄冰,心如止水。"

"让算砂阁下费心了。不过,阎王爷应该不喜欢我这样话太多的家伙,不如劳烦尊驾跑一趟,给阎王爷介绍一下你们的天照大神,意下如何?"

"闭上你的嘴吧!"算砂实在无力招架陈鸳桥阴损刻薄的嘴,"死到临头了,还不忘絮叨!"

陈鸳桥抽出一支烟点燃,吞吐之间落下了自己的第一颗白子。

棋局在陈鸳桥接连不断吞云吐雾的过程中,很快便弈到中盘。或许是烟雾驱散了裹缠在身边的那股邪气,陈鸳桥没有再发抖,白棋也占据了优势。此时黑棋行拐头,陈鸳桥却突然自补了一手,直令算砂喜形于色,险些叫出声来。

"真是自作孽,不可活!"

"您先甭着急,看明白了再叫嚣也不迟。"陈鸳桥气定神闲。

算砂冷笑了一声,又把目光伸向棋盘,起初嘴角还挂着笑意,渐渐地却僵住了,好似发现了什么难以理解的谜题,喃喃道:"这怎么可能……"

"棋盘如战场，没有什么是不可能的。"陈鸳桥指着棋盘上的纠缠处，侃侃而谈，"我自补这手，不但确保了一只后手眼，而且同时防住了你在这处地方的搭断和挖断，岂不是一石三鸟，再无后顾之忧了吗？"

"的确……是妙手。"绷了好一会儿，算砂才挤出这几个字来。

弈棋最重心气，一泄而千里。

虽然是天王山之战，但算砂囿于这一妙手无法自拔，又下了十几手，便草草掷棋认了输。

算砂被陈鸳桥扳回一城，不敢有所懈怠，自第九局初始便放低了姿态，棋风突然变得朴实无华，极具韧性。而陈鸳桥恰恰相反，他开始运营大斜定式对付算砂——此乃本因坊十二世丈和所创的杀手锏，号称千变万化，步步陷阱，招招皆是天罗地网。算砂疲于应对，终于在中盘乱了阵脚，再次落败。

陈鸳桥在生死一线之间连扳两局，让算砂再也坐不住了。

他起身后背对陈鸳桥，静伫了一会儿，便往连绵的疯草丛深处走去。当大半个身子被淹没，陈鸳桥听到了一连串古奥难解的念词，像是某种咒语，抑或是教门的祝祷。

这怪异的举动持续了一刻钟有余，算砂才又重新坐下身来，示意陈鸳桥可以开始了。

"阁下不会是去祈求天照大神庇佑了吧？"陈鸳桥调侃道，"要是当真如此的话，阁下可能要失望了。这么远的路，莫说您那天照大神不能够照顾得到，就算他接了这个活儿漂洋过海，咱这儿还有土地佬管着呢，够不着啊！"

"你接着说，阴损个够！"算砂突然一反常态，面色平和。

陈鸳桥内心"咯噔"了一下，九局对弈下来，他其实早有发现，一旦算砂能够掌控好情绪而不是被情绪所吞噬，那么自己必然就会输棋。因此他才多番言语相激，为的就是以作干扰，从而寻求机会，取得胜利。

"如果你没什么话要说了，那我就落子了。"不等陈鸳桥眉头舒展，算砂已然执黑行棋。

大出陈鸳桥意料，算砂在开端竟走出了三三、星、天元的奇诡布局！

陈鸳桥深谙日本棋风，尤其是代表日本棋界的本因坊一门，他几乎研习过所有的棋谱。相较于坊门的那些传统布局，算砂可谓兵行险招。尤其是三三，这在坊门中是被定为"禁手"的，任何弟子都被明令告知，绝不可以使用。

陈鸳桥知道，最致命的考验就要来临了，他绝不可以有半点儿闪失。因此双方一直进展到中盘，所呈现的态势基本可以用"旗鼓相当"来形容；而在落子前花费的时间上，陈鸳桥则要超过算砂一倍还不止。

不知不觉间，双方已经弈到一百五十多手。此时，陈鸳桥无意间摸了一把额头，竟发觉手指上沾有血迹，不禁愕然。细观之下，方才找到一具蚊子的半残尸首。原来因为精力过于集中，额头被蚊子叮咬，自己却丝毫没有察觉出来。

陈鸳桥揉动咬伤处，禁不住在心里暗暗叫苦。再看算砂正襟危坐，目所能及的几只蚊虫将将飞抵他的近前，不知为何，却又忽而折身飞离，仿佛见了鬼似的，叫人费解。

思来想去，只有一个解释，那便是算砂身上弥漫的香气在起作用。

如此看来，将对弈安排在草间，当是算砂的诡诈！

陈鸳桥思绪略一松动，体察棋局难免不明，腾地里将手中的一颗白子，凌空落在了黑阵之中。

"糟糕！"棋子甫一落下，陈鸳桥便忍不住暗叫了一声，不忍再观。

"你怎么可以……"感觉像是天长地久以后，陈鸳桥才听到算砂说了话，"陈鸳桥，你到底是人是鬼？！"

抬起头来，只见算砂神情有些恍惚，极不情愿地将手中的黑子落在了棋盘上。

陈鸳桥大感不解，赶紧又谛视棋局，这一看不要紧，竟发现自己刚刚落入黑阵的那颗棋子，竟然是一着妙手，给整局棋带来了极其复杂的变化。

可真是歪打正着!

想来算砂落下那颗棋子之前,在短短的两分钟之内,经历了激烈的苦思,但仍旧没有想出最佳的防御之法,因此才会神色大异。

陈鸳桥如遇冰火两重天,顿时斗志迸发,而后在那无意间下出的妙手的威力波及下,右侧的黑棋五子被吃,由此局面一改先前的晦暗不清,变得对陈鸳桥十分有利。

但算砂并没有就此放弃,仍旧在寻找各种办法试图扭转乾坤,熟练地运用着盘面上残留的若干复杂官子。只是,这种抵抗多少掺杂着对棋艺本身的敬意,已然与胜败无关了。

陈鸳桥再下一城,双方战至平手!

"算砂阁下,时已至午,你我未分胜负,不如……"

"择日不如撞日,既然十局分不出胜负,那就再下一局,一局定胜负,你意下如何?"

"要是我不同意呢?"

算砂冷幽幽地说:"那我现在就杀了你。"

"所以阁下的意思是,我必须下,且赢了才有机会活命?"

"是这个意思。"

"不过,我想换一种弈棋的方式,不知道算砂阁下敢不敢接招?"陈鸳桥不等算砂接茬儿,便继续道,"你我皆执白子进行对弈……"

"废话不必多说!但,我要求全都执黑子。"算砂分毫不让。

此时突然风声大作,扬沙四溢咆哮,天地之间呈现出汹涌的黄浪,十分骇人。

陈鸳桥知道,斩杀妖蜃的最佳时刻已经来临!

而就在这个时候,算砂却突然说道:"在开局之前,我还有一些话要告诉你。其实,我看得出,你一直都在怀疑海猴子那晚为何会出现在陶然亭。想来你会认为,他定是奉了我的命令,去干了什么吧?现在我可以告诉你,你猜对了,正是如此……"

第五十章

仗剑风萧萧

一声啸叫,老破花飞抵苇塘上方,倏地滞空,兜翅划了一个弧,沉下身去。

东风大起,黄沙已成咆哮之势,四野渐渐与天际相接,形成了一个黄色的穹顶,将太阳隔离在外,只露出浅浅的光晕。

顾随与范世海、小鬼追三人各持利刃;身后,是七八名精壮警察,在他们的推动下,五兵蚩尤车滚动向前。此车设有四个外带利刺的轮毂,后端略低,前端扬起,因此,附着其上的弩弓呈现出一种天然的力量感;而中部的构造则是专为入水设计,只要拉动藏在暗处的机括,车子便可以自行前进或者后退;另外,整车全部运用了榫卯结构,是"砸不碎,捶不烂的一辆煌煌战车"。这是取车的时候,朱启钤亲口告诉顾随的。

除此之外,朱启钤还命人制作了一批护目镜,他说北平的风沙势猛难挡,若是在除妖途中被飞尘迷目,那就得不偿失了。

起初范世海还不以为意,待到狂风大吼之际,他却第一个抢先戴上,赞不绝口道:"朱桂老果然想得周到,不愧能当那么大的官儿!"

众人由西方向进入苇丛,行至滩涂处止步,四下观瞧,并没有妖魇的踪影。

顾随命一干警察留在此处，他则打算与范世海和小鬼追分头行动，深入东南北三方苇丛之中，寻找妖鼍的栖息地。偏在此时，老破花不知从哪里冒了出来，飞抵小鬼追的肩头，然后把身子缩成一团，微趄双目，就像一个怕冷的老朽一样。

"前几天见它捉兔，倒是生出了些血性，本来还指望着它啄瞎妖鼍的另一只眼呢！"范世海伸出手指戳了一下老破花，"可你们看它这副德行，这不就是一副偷懒的长工相吗？我看是指不上了！"

"不说两句风凉话，你找不着北是不是？"小鬼追努了努下巴，"在那儿呢。"

"小心！"顾随突然喊了一声，猛推了范世海一把。

范世海侧身观瞧，只见地上多了一道稀屎，不是那老破花干的还能有谁？气不打一处来，当即横眉立目，要跟老破花拔横，却被顾随喝止，称先办正事要紧。

三人各自散向苇丛。

顾随在东侧找了一阵，并没有任何的线索。

于苇丛中移动到南部，与小鬼追会合，也未有什么发现。

"老破花刚刚是从哪个方向飞回来的？"顾随突然问了一嘴，又侧起耳朵。

"我也没大看清，好像是……五爷那头……"小鬼追说着一拍肩上的鹰，"是不是？"

那老破花提着嗓子，叫了一声以作回应。

"嘘！"顾随突然屏住呼吸，将手上的利刃对准了东侧。

苇丛唰啦作响了一阵，"老顾，别怕，是我！"范世海嚷了一声，大步流星走了过来。

顾随松了一口气："你那边有什么发现没有？"

范世海摇头道："屁都没有！他妈的，这个孙子，估计知道爷要来取它的命，撤出了陶然亭也不是没有可能！"

"这一回,咱们是从西侧进来的,现在东、南、北都没有发现妖蠚,就连老破花也没有寻到它的一点儿踪迹……难道……"顾随沉吟道,"妖蠚昼伏夜出,该不会是——"

"水塘里?"范世海一转眼珠儿。

"很有可能。"

顾随话音刚落,猛地一阵涉水的声音传了过来,跟着是几声撕心裂肺的惨叫声,不消说,显然是留守在滩涂的一干警察发出来的。

"糟糕!五兵蚩尤车还在滩涂上,要是被妖蠚毁了,那咱们的麻烦就大了!"小鬼追当机立断放飞老破花,"走!快走!"便与顾随和范世海狂奔而去。

顾随刚由苇丛里奔出,迎面就见两名警察磕磕绊绊地跑过来,他们的脸上挂着极端的恐惧,即便是护目镜和飞沙也无法掩盖。顾随心中不禁一凛,他知道自己担心的事情还是发生了——这些警察一旦怯场,五兵蚩尤车的移动或许就只能依靠自己来完成。只是,他并没有就此放弃,而是将两名警察拖住,寄希望于他们仅仅是暂时的神志慌乱,待到适应后,便可以依照先前制定的计划行事了。

"就在这儿待着别动,等着我叫你们!"

不等二人再语,顾随飞身而起,刀光霍霍之间,已然奔到妖蠚的近前,扬起利刃,迎面便是一斩,大有巨斧开山之势。

那妖蠚正摇着响尾与老破花纠缠,忽见顾随出招,一个骨碌躲避开来,接着跃身而起以锋利的指爪由下至上掏向顾随,其力量十分骇人,挂着遒劲之风——倘若被它所伤,其死状将会与先前被掏了心肝的两名警察如出一辙。

"砰"的一下,妖蠚的利爪在将要触及顾随之时,突然被小鬼追飞起一脚所袭,瞬间改变了方向,连带着一声啸叫。

那妖蠚本是行动灵活之物,但因前番被顾随刺瞎了一只眼睛,视线受阻,这才给了小鬼追可乘之机。否则的话,即便小鬼追有一身跤人的底子,也不可能这么轻易近得它身,更别说结结实实踢中了。

"追兄,不可恋战!设法将它重新引入水塘,用五兵蚩尤车才是!"顾随见小鬼追得手之后跃跃欲试,赶紧喝止道。

然而那妖鼍已然被其所恼,它放弃了对顾随的追击,转而扑向小鬼追,一边接连挥动着利爪,一边以尾巴行辅助之效,似乎非要将小鬼追置于死地不可。

小鬼追闪转腾挪,妖鼍的利爪几次从他的耳畔划过,又几次掠过他的胸口,其惊险程度直令范世海冷汗飚出了一脑门子。范世海平日里虽然云山雾罩,可关键时刻他心中最为清明有数:妖鼍之力迅捷而持久,仿佛一口源源不断涌出泉水的泉眼;而小鬼追则会在持续的对抗中渐渐失力,进而难逃魔掌!

"妖鼍看这儿!五爷来领教你的高招!"范世海唯恐引不起妖鼍注意,故而在跃身而起后,脚踏五兵蚩尤车以借力,将身子撑成弓背状,斜劈了妖鼍一刀。

那妖鼍正追赶小鬼追,忽地有人攻击自己身后,忙以尾巴迎敌,"唰"的一响,好似弹簧一样伸缩出去,啪!不偏不倚,正扫在范世海胸口上!

范世海原本绷紧的身子,瞬间便懈松开来,硬生生地砸在了五兵蚩尤车上,当即人翻车倒。他感到眼前一阵发黑,舌尖一阵发甜,虽努力咬紧牙关,但鲜血还是渗了出来。而此刻他已顾不得这些,忙起身,欲将战车扶正。偏在这时,那妖鼍放弃了对小鬼追的追赶,调转身体,凌空跃起,向他扑杀而来!

这时机选择得太过刁钻,以至于摆在范世海面前的只有两条路:要么卸掉膂力,翻身逃脱;要么继续发力,进而保证五兵蚩尤车不受损伤——但自己的性命必将不保!

惊雷一霎,范世海选择了后者!

当五兵蚩尤车经他奋力一掼,落在几丈开外之时,他突然转过身来,挺起胸膛面向妖蠹，骂了一声："你大爷的！"然后，笑着闭上了眼睛……

"砰"的一声碰撞，这响动凿入耳际，范世海倒吸了一口凉气。他并没有感到来自身体上的任何疼痛，相反的是，那妖蠹好似受到了什么攻击，痛彻心扉。

"范世海，愣什么！你死一回还嫌不够吗？！"

小鬼追这一喊，让范世海猛地打了一个激灵，当即一个骨碌闪开。这时他再一看，始明白过来，刚刚那声碰撞，正是老破花所为——它将自己化作了一颗炮弹，砸在了妖蠹那只受伤的眼睛上！

妖蠹被老破花这一袭，当即陷入癫狂，触电似的挥动着利爪和响尾，试图以此来缓解身体上的疼痛。那老破花十分精明，见此情景飞入了苇塘上空，盘旋以待时机。

顾随认为最好的时机已到，连忙转身去招呼星散的警察们，不想扫了一圈，竟一个都没有发现。他骂了一句脏话，一边挥刀刺向妖蠹，一边大叫道："五爷，辛苦你和追兄，把战车推下水，咱们得速战速决！"

两人同时扑向五兵蚩尤车，一个推，一个拉，不想力道相悖，那战车竟纹丝不动。

"成事不足，闪一边儿去！"范世海情急之下吼道。

"要滚你滚！"小鬼追当仁不让，手上的力道丝毫不减半分。

"这都什么时候了，你还跟我较劲！再他妈折腾一会儿，老顾就没命了！"

"知道你还不放手？快放手！用不着你，我一个人就能把这车子弄到水塘里！放手！"

范世海急得头上青筋暴起："小鬼追，我上辈子真是欠了你丫的！"他说着卸去了手上的力道，让了步。

两人磕磕绊绊地将五兵蚩尤车移入水中之时，顾随也奔了过来："屈就你们俩，先帮我挡上一挡。"跟着他不由分说扭动机括，跳上五兵蚩尤车。

475

那战车于水中行动迅捷，顾随兜了两圈便适应了它的节奏。于是，他将装有箭镞的长篚打开，自内里抽出三支羽箭，分别安置在弩机的卡槽上。

几天以来，周纬于蓝靛厂的窑口里，将遏必隆刀回炉，共铸就出十五枚箭镞；而五兵蚩尤车上的弩弓，一次最多可以发射三支羽箭。五次发射十五支羽箭，就算仅有五支将妖鼍射中，那也可以置它于死地了！

此时，妖鼍在范世海与小鬼追连番的逗引之下，开始向顾随的方向靠近。

"散开——！"顾随忽地高喊了一声。

范世海和小鬼追早已心领神会，听得顾随这声指令，以"八"字之势分别向两侧飞身跃去。与此同时，顾随扣动了扳机，"嘣噔"的一声，三支羽箭鱼贯而出，向着妖鼍的头部飞去！

那妖鼍到底不是寻常走兽，既知勇攻，又晓退守，见羽箭势如破竹而来，陡然将四肢伏于地面，头亦缩低，便躲开了攻击。但它如此行事，其深意却在其后——那三支羽箭将将掠过头顶，它就扬起了尾巴，将它们尽数拦截，而后卷起反甩，直指顾随。

羽箭去而复返，实在出乎顾随的意料。他在慌乱之下躲掉了两支，身体失重，因此只好眼睁睁地看着另外一支戳中了下肋。跟着身子一栽，掉入了水塘，"扑通"一声，激起了一大片的水花。还未等站稳，他便利落地摸了一把伤处，鲜血虽然沾了一手，但所幸箭镞只是擦着身体而过，并没有留在体内。

范世海和小鬼追愣了又愣，相视了一眼，各自咽了一口吐沫。

或许是五兵蚩尤车的存在，令妖鼍感到了些许威胁，它突然发出了一声恶狠狠的啸叫，一双妖眼当即变成了碧绿色，而飘荡在周遭的那些斑驳毛羽，也孥了开来！

妖鼍发怒了！

它眼中的怒火，已经喷向了五兵蚩尤车！

"五爷！追兄！拦住它！再给我争取一次机会！"顾随吐出混着沙土的塘水，一边向范世海和小鬼追大嚷，一边奋力往五兵蚩尤车上爬去。

范世海和小鬼追也都看得清楚，一旦妖鼍来到近前，纵然那五兵蚩尤车再怎么结实，那榫卯结构再怎么牢不可破，终究也难抵它的尖牙利齿，因此。二人几乎同时又冲了上去，全然不顾及自己的安危……

中计了！

本来以作袭扰的二人，匆忙之下门户大开！

妖鼍敏锐地捕捉到了这一点之后，突然将攻击的目标转向他们，于是范世海和小鬼追双双中招，身子各自飞了出去，重重地摔在滩涂上，呕出的鲜血洒了一地。

范世海觉得自己骨头已经酥了，它们像是已经跟皮肉脱离，呈现出一种略带僵麻的痛楚感。他勉强动了动脑袋，乜斜了一眼。隔着妖鼍，小鬼追也在尝试起身，虽然动作十分缓慢，可他还是站起来了。范世海从来不甘于人后，尤其是不甘于被小鬼追落下，这一斗气便紧咬起牙关，口中一阵"咯嘣"乱响，还真让他坐起身来了！

范世海长喘了一口气，只是他睁开眼睛之后，却见妖鼍已经不知何时来到近前，正盯着他看，鼻孔里呼吸出的土腥味，一浪浪地喷在他脸上，热烘烘的。

"你大爷的！"范世海骂了一声，便感觉耳朵里一阵怪响，"嗡嗡"的像是成千上万的号角同时吹奏。这持续的响动令他完全听不到他人的喊叫，也听不到自己的咒骂……

然后，他突然苦笑一声，跟着再次咬紧牙关，把头颅当做了武器，穷尽全力向妖鼍磕去！

天旋地转得厉害……

妖鼍轻而易举躲开，反将之摁倒，以利爪抵住他的下颌。

范世海开始呼吸急促，这让他的双目一阵阵发紧，眼珠像是要爆出眼眶。他几乎用了身体里最后一股力气，抬手将护目镜扯了下来，扔在了

477

妖魇的面部——只是这样的反抗对于妖魇来说，同飞扬的尘土落在脸颊上，几乎没有区别。

穹顶似乎又下沉了，漫天的黄沙开始肆意流窜，似乎要把太阳完全吞噬。

脖颈儿上的压迫，已经让范世海的脸颊涨成了紫色，代替呼吸的，是"咳咳"的响动，以及溅涌的鲜血……他不想就这么死去，还想再看一眼北平晴朗时的天空——思虑至此，他突然觉得自己可笑至极！

恰在此时，忽的一阵风垂直而下，像是掉下来一块石头，"扑通"一声，砸在了妖魇头顶上，刹那间，一些湿漉漉的液体扑在了范世海的脸上。

几乎就在这一瞬间，范世海耳朵里的响声消散得无影无踪，而与此同时，他看到妖魇硕大的身躯晃了两晃，栽翻在地。

可……妖魇身旁那个血肉模糊的东西是什么？

"老破花——！"小鬼追一声撕心裂肺的吼叫，响彻整片苇塘。

范世海摸了一把脸，湿漉漉的，是鲜血，好像还有泪水。

他想要起身，去捡起那个血肉模糊的还在抖动的东西，他固执地认定，那根本不是老破花。那个老鸡贼，才没有这样的血性！那个老鸡贼，才不会把自己变成一发炮弹！那个老鸡贼，才不会牺牲自己救人，尤其救的又是他；那个老鸡贼……

"啪"的一响，范世海纷繁的情绪被震碎，他一怔，脸庞出现了错愕的神情，跟着又扭曲成一团，爆发出号啕的恸哭。

妖魇以利爪，彻底葬送了老破花，将之化为了一个肉饼！

是的，妖魇又站了起来！

范世海不想活了，他要把自己也变成一颗炮弹，就算不能伤到妖魇分毫，他也在所不惜。这一刻，似乎唯有这般，此行才是功德圆满……

小鬼追见他一心寻死，只好拖着残躯扑过来，生拉硬拽，尽量使之远离妖魇。这时顾随见机不可失，又射出三支羽箭来。那妖魇正是头脑浑噩之时，不及防备，三箭势如破竹而来，全部都戳入了它的体内！

妖魇当即发出了惨绝人寰的叫声，直震得在场人等无不耳洞生疼。

三支羽箭，其一射中妖魇的肩头，一支射了它的前肢，还有一支凿入了它的下腹。三处无一是要害！顾随自然不敢掉以轻心，遂再次取出羽箭。这一回，他瞄向了妖魇那只未瞎的右眼——唯有如此，方是捷径。

射偏了！

三支羽箭，竟无一支中的！

就是这短短的片刻，那妖魇便从锥心之痛的泥沼中抽身出来，转而闪转腾挪，三蹿两跳奔入水塘，啸叫一声，直面站在五兵蚩尤车上的顾随。

东风更烈了，妖魇面庞上那些斑驳的毛羽随风舞动，蓬蓬勃勃，使之更添了一份暴戾之态。但顾随毫无退缩之意，他摘下了护目镜，扔进了水里，向妖魇勾了勾手指。

妖魇撕开嘴巴，"轰——"地啸叫了一声。

它已然怒不可遏！但，令顾随没有想到的是，它并没有像从前那般跃身攻击，而是将身体扎入了水中，飞鱼一样逼向顾随。

这一来，羽箭就完全失去了攻击角度。顾随急忙控制五兵蚩尤车，试图躲避妖魇的横冲直撞。那戚少保所设计的神器果然非同寻常，控制起来极为便捷，使得顾随几次脱险。

如此追逐了几个回合，妖魇突然像是累了一样，竟伏在水中静止不动了。过了片刻，整个身子渐渐沉入水中，只剩下布满利刺的脊背尚留在外边。

顾随不知其意，但料想妖魇这般偃旗息鼓，绝非示弱那么简单。于是，他暗暗调整了弓弩的角度，心道不管它葫芦里卖的什么药，先射出羽箭，再说不迟！

不料手指将将搭上机括，就觉身下的水里起了异样，一阵涌动过后，五兵蚩尤车忽地上升，跃出了水面。顾随身体失去平衡，从车上掉落，影影绰绰之间，他看到妖蜃也升出了水面——原来，它将甲壳蜕掉以作诱饵，来了一手暗度陈仓！

蜕甲后的妖蜃，脊背呈现出一片斑驳的血肉，这让顾随想起了羊肉床子上挂着的被剥了皮的羊肉。这念头一闪而过，顾随眼睛一亮，心道没有了铠甲的保护，那妖蜃的脊背岂不正是最佳的攻击点吗？

他当即扑向五兵蚩尤车，而妖蜃却先他一步，扬起前肢一掴，直将战车打飞出十几丈远。这一掴力量十足，顾随忍不住叫了一声，生怕车子就此分崩离析！

"老顾，小心你的身后！"范世海突然喊了一嗓子。

只这一失神的工夫，妖蜃便突然发力，向顾随扑了过来。幸好范世海提点，他跃身躲开了，否则后果不堪设想。

兵刃早已在连续不断的缠斗中丢失，所幸刚刚翻离五兵蚩尤车的时候，顾随忙中有序地扯下了一支羽箭。他紧紧握着它，就像握着一支救命稻草。他知道自己必须想办法，在妖蜃与其蜕甲合拢之前，将这支羽箭插中它……

此时，范世海和小鬼追审时度势，他们相互搀扶着起身，磕磕绊绊地奔向妖蜃的蜕甲，"老顾，剩下的，可就全靠你啦！"范世海大叫了一声，与小鬼追合力提起蜕甲，不由分说便往滩涂奔去。

那妖蜃见此情景，发出了一声尖利的啸叫，当即弃顾随于不顾，掉转头来追赶范世海和小鬼追——显而易见，它是要夺回蜕甲。

待到这时，顾随方才明白过来，为何范世海会喊出那句话——他是想同小鬼追做饵，留给自己一个绝佳的破敌机会。思虑至此，他不敢怠慢，连忙尾随妖蜃而去。

范世海和小鬼追毕竟受了重伤，再加上那妖蜃的蜕甲犹如钢铁，两人只行了十几步便被妖蜃赶上，跟着妖蜃一把将蜕甲抄起，再一晃，范世海和小鬼追就像两摊泥巴似的砸在了滩涂上，发出"啪嗒""啪嗒"的两声响。

而就在这流星赶月之间,顾随已经跃身而起,他把自己拉成了一张弓,拼尽全力将羽箭向妖蜃红通通的脊背扎了下去……

"啪"的一响,就在那箭镞快要锥入的一刹那,顾随的身体忽然被一股重力所袭,他飞向了天空,又快速坠入了水塘里,炸开一片水花!

妖蜃迅速地与其蜕甲融为一体,抖了抖那条功劳不小的粗尾。

顾随被妖蜃这一重击,几乎昏死,幸而落水之后又被灌入鼻孔内的冰水呛醒。他浑浑噩噩地爬起身来,只觉天旋地转,目所能及的一切事物,都变成了双份,且摇晃得厉害,仿佛整个陶然亭就要被黄沙彻底吞没。

他下意识一通乱摸,试图找到些什么来抵御渐渐靠近的妖蜃,结果摸来摸去,手中只多了一捧混着细沙的污水……

难道,这就是结果吗?

他将目光越过妖蜃,伸向滩涂上的范世海和小鬼追——此刻,这两人十分安静,像是熟睡了一样……

妖蜃更近了!

他冷笑了一声,松开了手,沙水从他的手中滑落……

看来,这就是结果!

他转过身来,背对着妖蜃,把目光伸向十几丈开外的五兵蚩尤车——此刻,那车子……

那车子旁边……怎么突然多了一个人?!

是那拿?

居然是那拿!

他正将五兵蚩尤车扶起,一边向顾随挥舞着手臂,但嚷的什么却完全听不清。

妖蜃所散发的腥气已经从脸庞划过,顾随终于迈开了步伐,磕磕绊绊地向那拿的方向奔了过去;而那拿,也跳上了五兵蚩尤车,驱动车子飞快地靠近他……

"箭——！"

就在五兵蚩尤车快要撞上自己，妖虘就要追上自己的时候，顾随忽然大吼了一声，跟着猛地自水中跃起身来，一脚踩在蚩尤车上，凌空荡起，然后接过那拿递来的羽箭，一个空翻，力破山石一般将羽箭插入了妖虘的头顶！

惊天动地的一声长吼，塘水飞溅，大地为之颤抖，妖虘轰然倒下了！

那拿从五兵蚩尤车上跃下，他想要拉一把歪趄在水中的顾随，但后者完全视而不见，似乎还未从刚刚激烈的情绪里走出来，浑身上下瑟瑟发抖个不停，眼神亦发散得厉害，像是体内的所有力气都已经用尽……

妖虘死前的长吼，也将滩涂上昏死过去的范世海和小鬼追震醒，他们尝试着各自站起身来，发现根本不行。于是又只好相互借力，但先前的默契居然消失得无影无踪，因而免不了又是一阵相互指责……

"你们两个王八蛋，就不能让老子消停一会儿吗？"顾随骂了一句，终于攥住了那拿伸出的手，站起身来，紧紧地抱住他，"好兄弟！就知道你一定会来！"

这时，距离那拿几丈远的水塘里，突然传来"咕噜噜"的响动，水面一阵汹涌过后，内里陡然跳出一只庞然大物——只见此物头似鹰首而硕大，双目犹如剥了薄皮的龙眼葡萄，泛动着猩红色光芒；其妖眼周遭遍布着微有卷曲，颜色却十分斑斓的毛羽，清风拂过，如海藻一样飘荡。那毛羽蔓延至脖颈儿处便消失不见，取而代之的则是细密的鳞片……

"妖虘——！陶然亭还有另外一只妖虘——！"顾随声嘶力竭地喊出这句话以后，那妖虘扬起的利爪，也已泰山压顶般落了下来……

第五十一章
河山一局棋

汗珠绵绵密密地布满陈鸳桥额头，他脸色苍白如纸，呼吸沉重不堪，瞳孔里出现了与顾随如出一辙的色彩，仿佛此刻也有一只妖魇，正向着他泰山压顶般袭来。

"你好像很害怕。"

"是不是……不管顾随他们做什么，都改变不了结局？"

"除非我死！"算砂阴冷一笑，嘴角露出一丝嘲讽，"可问题是，就凭你陈鸳桥，可以要了我的命吗？"

陈鸳桥缓慢地闭拢双目，颓然低下头来。"你就是个魔鬼。"良久，他才说出这句话来。

算砂放声大笑，笑声比那沙尘打在朽窗上的响动还要刺耳。

在此之前，两人已然"移师"屋内。

这是陈鸳桥的建议。他说二人同以黑棋对弈，不但考较棋艺，更兼强记，尤其是双方短兵相接时，满盘皆黑，敌我难辨，最见功力；可若是再被漫天黄沙所扰，便有些辛苦了。

算砂没有异议，那弩弓自然也就随二人同移屋内。

"我知道你心里很不忿，就像日清战争的时候，北洋水师全军覆没，当时你们中国人也很不忿,说什么泱泱大国,居然败给了蕞尔小国……但事实就是事实,不是谁骂几句就可以扭转过来。身为日本人,尤其是土御门家的一分子,国家事,就是天大的事,我又怎么会轻易偃旗息鼓呢?当然了,你们中国人生来就喜欢安逸,既然是装睡,又有谁能叫醒?"算砂摆出指点江山的模样,侃侃而谈,"话说到这里,我不妨再透露一些秘密给你。当日我命海猴子潜入陶然亭,以灵符的方式将侍神植入妖蜃体内以后,就已经奠定了胜局。因为只要我不解开封印,就算顾随再有手段,消灭了第二只妖蜃,陶然亭还会再出现第三只、第四只,直至他们全部送掉性命……"

"所以说,你策划这一切,其实有更深层的目的!你是想让北平的老百姓们都看清一件事,那就是他们的政府有多么无能,从而为你们日后的侵略扫清障碍!因为你明白,拿下北平以后,如何统治这里才是关键,而只要获得人心……"陈鸳桥说不下去了,他感到一阵彻骨的冰冷,思绪也被这冰冷所攫住,"土御门算砂,你简直是狼子野心!"

"岂不知水能载舟,亦能覆舟?"算砂更为得意,接着说道,"不过,你也无须太难过了。毕竟在整个过程中,你的《异报》无形之中也扩大了此事的影响。就这一点而言,我当替我的国家向你报以感谢才是。"

陈鸳桥慢慢地握紧了拳头,双眼里喷射着火焰,像是要将算砂一口吃掉。

"算了吧陈鸳桥,你还是省省气力,想想怎么才不至于让我在棋盘上也杀得片甲不留才是。"算砂似乎怕陈鸳桥听不明白,进而解释道,"你帮不上顾随,他们必死无疑。而如果你因此乱了心神,输了棋,你也得死。"

"我的命,你现在就可以拿去!只求你放过顾随……"

"你说什么?求我?"算砂摇头叹了一声,"这么幼稚的想法,换作你是我,也不会答应吧?再说,就算我答应了你,从这里到陶然亭,路途那么远,恐怕也来不及了。所以终归一句话,你还是顾好你自己,安心下棋吧。"

陈鸳桥拈起一颗棋子，望着棋盘的双目游移不定，好一会儿才落下。算砂则表现得气定神闲，落下每一颗子所用的时间，都远远少于陈鸳桥。陈鸳桥自知在这种情况下，是不能与算砂短兵相接的，否则一片黑子，将极为耗费精力。但算砂根本不给他机会，从一开始便摆出了锋芒毕露的进攻态势，逼得陈鸳桥不得不接招。

如此下了二十几手之后，陈鸳桥便开始有些慌乱，每次思考的时间都要超过一分半钟，且只有增加没有减少，颓势十分明显。

"路是你自己选的，到头来却这样不堪一击，真是好无趣！"

陈鸳桥深知这等紧要时刻，算砂说出的每一句话，都是为了扰乱他的思路。而他早不说晚不说，偏巧在自己提出双方持单色棋子对弈之时，透露出妖蜃的秘密，自然也是出于这个缘由。"真是机关算尽局中局！"陈鸳桥在心底暗叹了一声，又强装出不以为意的状态，"未到最后一刻，算砂阁下怎知究竟鹿死谁手？"

"好啊，这正是我愿意看到的。要是你有什么妙手，千万不要吝啬才是。"

"阁下请放心，妙手一定会有的。"

陈鸳桥话音将落，忽然有敲门的声音传来。

"进来！"敲门声又响了两遍，算砂才十分不耐烦地说道。

一个裹着沙尘的浪人闪身进屋，还未等开口就被算砂训斥了一番，狼狈不堪地低下头颅。

"说吧，到底什么事情。"

这浪人斜了一眼陈鸳桥，犹豫了片刻，俯下身来，向算砂耳语了一番。

"原来是这样。"算砂的嘴角闪过一丝狡猾，"来都来了，那就别让人家在风沙里等着收尸了。还是再残忍一些吧，这样才有趣。"

"明白！"那浪人心领神会，向算砂行礼后，快步退出屋外。

陈鸳桥精通日语，他从算砂与那浪人的对话里，读出了一丝危险的信号。这让他突然万分恐惧——不！眉楼绝不会这么冒失……

门开了，正是眉楼。

她手中提着一个三层的食盒，冲着愕然不已的陈鸳桥莞尔一笑："这么吃惊干吗？弈棋归弈棋，可总不能饿了肚子不是？"又转向算砂的方向，面露和气，"已经晌午了，您不会也想做一名饿死鬼吧？"

"我真是不明白，你陈鸳桥究竟好在哪里，值得眉楼小姐如此待你？"

"他的好处，我清楚就够了。"眉楼打开食盒，将一碟碟精致的菜肴取出，最后又取出了一小坛酒来，倒入两个杯子当中，"二位，请。"

"算砂阁下，咱们开局之前已经说好，不打挂——"

"欸！此一时，彼一时嘛。"算砂摆手道，"难得眉楼小姐如此费心，我看就破例一次吧，待饭后接着弈便是了。"

"如此……那就恭敬不如从命了。"

陈鸳桥话虽说得十分勉强，心里实则却委实松掉了一口气。自己所落之棋子，从十五手开始便已经失误，若是继续弈下去，除非有绝佳的妙手出现，或者土御门算砂遭遇重大的失误，否则必输无疑。现下打挂，倒是可以利用吃饭的这段时间，想想补救之法，这样一来总也不至于一溃涂地。

"不要再打扰我，这是命令！"算砂向站在门口的浪人发话。

那浪人诚惶诚恐地低下了头颅，而后快速撤出，合拢了房门。

算砂当即褪去了一脸的阴沉，望着一众菜肴道，笑道："干炸丸子、糟熘鱼片、芫爆散丹、赛螃蟹、米粉肉、氽双脆、炒腰花、烧鲫鱼，啧啧啧，今天我还真是口福不浅啊！"说着，端起了酒杯。

"你就不怕这酒里投了毒？"眉楼笑道。

"眉楼小姐聪慧过人，即便是想杀我，也不会用如此低级的方法。"话毕，竟一饮而尽。

"这酒怎么样？"

"好！好喝……真的是好……"算砂抑制不住地咳嗽起来，面颊涨得通红,"这不是白干儿,劲头如此之大,是什么酒?"

"这是高粱酒。"眉楼又给算砂斟了一杯,"若是算砂阁下不胜酒力,最好不要勉强才是。否则,耽误了你与世兄对弈,那我可就罪过了。"

"难得眉楼小姐一片美意,在下又怎么会扫兴?"算砂再次端起酒杯,竟然又是一饮而尽。但这一回,他却露出了十分惬意的神情。

陈鸳桥端起酒杯来,心不在焉地抿了一口,酒很辣,像一道火线般戳入肚囊。他猜不出眉楼为何要拿来这烈的酒,只是隐约觉得,这其中定有深意。

"说实话,我已经很久没跟别人同桌共饮了。"算砂夹起一个丸子,放入口中,十分认真地咀嚼,咽下后才又说,"是真的。"

"怎么,算砂阁下从来不跟你的爪牙们一起吃饭吗?"

"他们没有资格,他们可以做的,只有效忠和服从我的命令。"算砂说得轻描淡写。

"那样就最好了。"

"眉楼小姐,你说什么?"

"没什么。"眉楼笑了一下,"你要不要尝一下这道佘双脆?"

"我听说,这菜曾经是隔壁明湖春饭庄的招牌菜?"算砂夹起一块鸭胗,"可惜余生也晚,没能在那饭庄歇业之前尝一回。好在今天有了这个机会,那我便不客气啦……"

"算砂阁下好像很了解明湖春?"

"那是自然!要不是对周边的环境了然于胸,我又怎会操纵陶孟和选择这里?"

"那算砂阁下自然也知道,这里死过很多人了?"

"陈鸳桥,你到底想要说什么?"

"我是想告诉你,因为好奇,我曾经对这里做过一番钩沉,或许了解得比阁下更多一些吧。比如说,"陈鸳桥环顾四下,"眼下咱们所在的这间屋子,便是当年那位北洋官僚的外房,与街铺小裁缝幽会的地方……"

"胡扯!"算砂像是受到了天大的冒犯,摆手道,"与那女人通奸的,根本不是什么小裁缝,而是前来护卫的一名士兵。为了消解心头之恨,那个官僚还将那二人剥光了衣服,活活打成了两摊稀泥!此事风波甚大,当时北平无人不知,又岂会有假?"

"事情当然没有假。但那女人确实说了谎,她冤枉士兵,为的只是救下小裁缝一条性命。"

"我不信她会这么做。"

"算砂阁下,请永远不要低估女人,尤其是当她心中有爱的时候。"

算砂仿佛听到了一个笑话,脸上露出鄙夷的神色:"眉楼小姐,你倒是心中有爱,可又能如何呢?"他说,"今天,陈鸳桥无论如何都会死在这儿!而你能做的,不过是为他收尸而已!并且,到那时候还要看我的心情……懂了吗?"

眉楼抬起头来,直面土御门算砂,她的目光忽然变得十分纯粹,并没有流露出丝毫怨恨的色彩:"我懂了。"她语气平和地说,"算砂阁下,希望你今天过得愉快。"

算砂爆发出一阵放肆大笑,衬托得陈鸳桥活像一只小丑。

于是在接下来的时间里,这些平日里被陈鸳桥大啖特啖的佳肴,他食之味同嚼蜡。

"好啦,我已经喝得足够多了。"算砂拦下眉楼,"这剩下的半坛子,你还是留给陈鸳桥吧——在你葬了他之后,洒在坟前。"

"算砂阁下想得周全,那我便恭敬不如从命了。"眉楼将酒坛收好,又为陈鸳桥点燃了一支香烟,她说,"我知道没什么能难住你,你一定会赢的,是不是?"

"我……尽力而为。"皱起的眉头显示着陈鸳桥的焦虑。

"我会一直陪着你……"

"不!"陈鸳桥语气强硬,"你必须离开!听我说,这不是闹着玩的……"

"谁说不可以留下来？"算砂摆出一副偏要跟陈鸳桥作对的架势，笑道，"眉楼小姐是我的贵客，能够请你观棋，这对于在下来说，是莫大的荣耀。再说了，这么美妙的棋局，如果一个观者都没有，那实在是太无趣了！"

"可是——"

"不要再说了世兄，我既然来了，就不会走。"眉楼的双眼里突然涨满倔强，"你听好了，我只要你安心下棋，我只要你赢了他，至于其他的，你什么都别管。"

陈鸳桥如鲠在喉，但见眉楼一副决绝之状，也只好将一肚子的话强压了下去。

对弈在中断了一个小时之后，再次开局。

在此期间，陈鸳桥几乎调动了所有的智慧，拼命计算接下来的棋局走向。在脑中虚幻的对弈中，他确定了自己可在前六十手保持不败，至于之后，就完全交给天意吧。

可是，事实却并非如此！

陈鸳桥在刚刚下到第五十手的时候，就感到有些力不从心。他偷眼来瞧，算砂一派轻松自如，仿佛早已料到结果。陈鸳桥多年浸淫围棋，深知其中的关窍，若不是经过精妙准确的计算，是绝对做不到这般滴水不漏的。而计算是需要时间基础的，因此完全可以断定，打挂的间隙，算砂也一刻没有停止过计算，且不耽搁他饮酒吃菜。

一心二用却不着痕迹，足见算砂是天赋异禀之人，绝非寻常手段可以将之战胜！

陈鸳桥冥思对策，自觉气短，脑子也涨得厉害，仿佛里头正有一捧豆子在破土发芽。猛地听到一阵"淅沥沥"的声音，抬眼来看，只见眉楼不知何时离开了自己，正站在不远处的高几旁，将剩下的半坛子高粱酒往弩弓上倾洒……

"不可以！"陈鸳桥又见她摸出了一个打火机来——刚刚眉楼用它给自己点过烟！

"眉楼小姐，我劝你最好不要玩火自焚！"比之陈鸳桥，算砂的情绪似乎并没有任何的起伏，"你是清楚的，只有这架弩弓，才可以救你的命。"

"但你如此处心积虑想要得到它，不也是为了找到你的父亲吗？"眉楼笑着将打火机点燃，"我问过卖酒的人，这么醇的高粱酒，只要触火就会烧起来。算砂阁下，不如我们来一个鱼死网破，你意下如何？"

"好啊！"算砂仍旧面不改色，"你要是真想死，我决不拦着。"他说着竟偏回脸，不再去看眉楼，"陈鸳桥，你到底还下不下？"

"我已经落子了。"

"嗯？"

"算砂阁下，你真的就不在乎你的父亲吗？"

"请便！"算砂排除干扰，迅速地统观棋盘，试图接上丢掉的思路。

棋之胜败，往往牵一发而动全身；对弈者更要眼观六路，耳听八方，随时捕捉对方的情绪，从而追本溯源，来判断局势的走向。陈鸳桥自是对这番道理了然于胸，念头一闪，便全然明白过来，这是眉楼在帮助自己——她也看出了自己正处在劣势。

"算砂阁下，我想现在，咱们扯平了。"

"别以为这样就能赢我！"

从算砂的语气里，陈鸳桥已经能够感觉到他情绪上的变化，不消说，他是顶在乎那弩弓的。但，"如此对弈，岂不是无所敬畏？"陈鸳桥暗忖。只是，一想到算砂的卑鄙，竟在开局的时候使诈，陈鸳桥就释然了——以彼之道，还之彼身，对付豺狼，本该如此！

陈鸳桥遂振奋精神，屏息凝神，步步为营，不想仅用了十几手，便扭转了颓势，且大有翻盘的迹象。所谓此消彼长，这边陈鸳桥得势，那边算砂必定失势，胜负难测之间，他也终于开始沉不住气了。

"算砂阁下，你确定此子要落在这里吗？"

"不然呢？"

"依在下的愚见，若是这样的话，不出五手，陈某可就要赢了。"

算砂喉结攒动，匆忙地扫了扫棋局之后，抬起头来谛视陈鸳桥的双目，仿佛要通过这样的观察，来判断陈鸳桥是否说了假话。

"听不听随便你，再犹豫，时间可不够了。"陈鸳桥挽袖看起了手表。

"惺惺作态！"算砂还是选择相信自己，"我岂会受你蒙骗！五手？你还真是大言不惭！"

陈鸳桥也不反驳，又快速落了一子。

算砂当仁不让，以同样的速度落子，仿佛有意做给陈鸳桥看。

到得第五手下完，陈鸳桥突然露出了轻松一笑："算砂阁下，你输了。"他说着站起身来，用力地抻了一个懒腰。

"不可能！"算砂双眼猩红，瞪大了眼睛在棋盘上来回扫视，"你不可能赢了我！我的棋技天下无敌！没有人可以战胜我土御门算砂……"

"这世上，没有什么事情是不可能的。"眉楼冷冷地说了这句话以后，突然将打火机再次点燃，这一回，她没有再犹豫，抛出了手——

高粱酒触火后大燃，一下子将弩弓包裹，形成了一团火焰！

算砂愕然地张大了嘴巴，怔了又怔，方才转向眉楼："你！你！你……"他再也说不下去，猛地扑向眉楼，双手扼住了她的咽喉，"我要杀了你！我要杀了你！杀了你……"

眉楼并不反抗，她露出了意味深长的微笑，仿佛早已将生死置之度外……

突然，算砂长喘了一声，双眼里塞满了恐惧！

几乎一瞬间，他扼住眉楼的双手不由自主地松开了，然后，他扭过身来，不可思议地望着近在咫尺的陈鸳桥，摇了摇头，黯然地苦笑了一声。

算砂的后胸插着一支钢笔，准确地说，是一支经过改造，装上了短刺的钢笔。钢笔的周遭，洇出一片鲜血出来，在月白色衣着的映衬下，格外地红。

眉楼看到，那钢笔所插入的位置，与父亲被算砂暗算而受伤的位置，一模一样。

"你们这对奸夫淫妇……真是好手段!"

"若是没有破釜沉舟的打算,又怎能这么轻易取你狗命!"眉楼厉声道,又突然抄起棋筒,砸向算砂的后胸,"噗"的一声,钢笔受到重击,自前胸贯穿而出。

算砂身子一软,扑在陈鸳桥怀里。

"土御门算砂,你不是一直想领教我的妙手吗?这就是了!我从来没有杀过人,但为了这片河山,为了我的爱人,为了我的挚友,我并不后悔。所以,现在我想告诉你的是,一个真正的文人,不在于文章写得多漂亮,而是在于他能以笔杀人!"

"我……我不要听……这些!"算砂突然涌出一大口鲜血来,"我只想知道……我只想知道这一局,我到底有没有输?!"

陈鸳桥扶着算砂坐下,有条不紊地捡起地上的白子,接着替换了棋盘上的若干黑子,完成了复盘。"算砂阁下,现在你可以看得清楚明白了。"他说。

算砂只瞄了一眼,就流下两行泪水。

那棋盘上,果然没有一块活棋,是真真正正地败了。

"现在……现在我终于明白了……什么叫做……叫做杀人诛心!"算砂神情激动,又涌出大口大口的鲜血来,不能自已地摔倒在地。

陈鸳桥扯起眉楼的手,四目相对间,胜似千言万语。

"哦,对了,"陈鸳桥蹲下身来,注视着算砂的双眼,"你一定在担心,我们怎么才能逃出这里,毕竟那些浪人们功夫不俗。其实,当年那个女人真的说了谎,与她幽会的确是小裁缝。为此,那小裁缝还挖了一条通往这里的地道,出口就在隔壁的明湖春饭庄旧址。在决定赴会之前,我已经请陶孟和帮忙确认过了。所以临别之际,我要再重复一遍那句话,以同算砂阁下共勉——请永远不要低估女人,尤其是当她心中有爱的时候。"

第五十二章
春明梦余录

天晴了。

黄沙远去,降了一阵细雨,碧空如练。

顾随是被一种声音从梦中唤醒的,它们自遥空传来,唉唉琅琅,时宏时细,忽远忽近,亦低亦昂,倏急倏徐,悠扬回荡之间,恍如钧天妙乐一般……

是了,这是北平!

只有在北平,鸽哨才会这样变化万千,总能叫人心旷神怡!

适才在梦里,他看到自己血肉模糊,全身筋骨断裂,因为无法行走,红毛小鬼们只能以担架将之抬入阎罗殿,不过,等待他的,却不是阎罗王,而是一只妖蜃……

顾随卧起身来,头脑昏沉得厉害,整个身子像是散了架,骨头缝里透着酸疼。他避开耀眼的光芒,四下打量,发现自己并没有在家里。

这地方他也很熟悉——是石碑胡同,报馆,陈鸳桥的居处。

灌下几口冷茶,看到桌上放着一件折叠整齐的长袍,上面还有一封信笺。

信封上没有字迹,但应该是留给自己的,顾随从那件长袍上做出判断。眉楼说过，是要送他一件的。于是，展信来读：

顾随吾兄道鉴：

荏苒驹光，麦瓜已熟。敬维鼎祺绥燕，履祉吉羊。

忆自邂逅宣南陶然亭，一见如故，欢若平生，而后得挹芝晖，晨夕追随，不觉间匝月已过，叹韶光之易逝，慨岁月之蹉跎。兄乃湖海豪人，坦荡义士，若知弟与算砂辈交易，必牵肠而致分心，恐于除妖大计不利，故瞒而未禀，实非欺妄，望兄谅之。

算砂狗辈，腌臜至极，施阴阳诡术谋兄，又弄鬼蜮伎俩图弟，殊为可恨也。弟虽不才，但自决心赴会，便已持玉碎之念。十番之棋，生死争锋，蒙上天庇佑，始成平局。唯算砂性贪而诈，意在置弟于死地之前逞其弈能。幸眉楼不弃，于紧要关头从旁协助，方能诛贼于当场。然，三姑所托之弩弓，竟毁于火焚，惜哉！

此物关联甚广，眉楼之性命，瓶笙、算砂父龙藏之失踪，恐皆系于此。失之以断吾兄寻迹瓶笙，深感愧然，不胜惶恐。盖眉楼之疾，非赤鱬太岁不可解，佳人如玉，怎可薄幸之？自当携侣苦觅，虽沧波万里，海天浩渺，远涉重洋，亦终不恨悔。俟药到病除，定当重返都门，晤吾兄以倾怀。届时助兄了却心中彷徨，同游春明胜迹，作十日之饮耳！

寸衷之念，尺素难宣。

暑溽困人，益觉回肠百结，惆怅难平……

吾兄珍重！

陈鸳桥夫妇　顿首

字是簪花小楷，当是陈鸳桥口述，眉楼落笔。

那"惆怅难平"四字后,仿佛尚有千言万语要道出,但最终却化为了一句"珍重",直让顾随一时发怔,满面怆然。

也不知过了多久,门外传来了一阵婴儿的啼哭之音。

顾随将信笺收好,推门而出,只见淑贤怀抱着绍棠,那拿就站在他们母子身旁,肩头上背着一副行囊,像是要离开的模样。

"怎么,你也要走吗?"

"嗯!"那拿用力地点了点头,"二爷昨天来过报馆,说是府上老太太的意思,让我搬回去住。你是知道的,您老人家的话,我不敢不从。"

"昨天?"

"你太累了,一直在睡,到这会儿,差不多小两天了!本来,淑贤不想让我打搅你,不过咱们是过命的交情,要是不辞而别,那跟范世海和小鬼追有什么区别!"

"对了,五爷他们二人呢?"

"昨天去葬了老破花,两人抱头痛哭了半晌。今天一大早来报馆,见你没醒待不住,好像是去了旧宫,听说小鬼追的师父,奎宝寿老爷子身体有恙,恐怕要不久于人世了。"

顾随叹了一声:"鸳桥他……他们……"

"昨日清早离开的,走之前特地嘱咐我,让你睡足了。"

"嗯……"顾随默然了一会儿,方才抬起头来,"那兄,多多保重。他日若是有暇,我请你喝酒,也给我讲讲逛獾的事情……听鸳桥说过你们那日的奇遇,很有意思……"

"你一句话,我随时奉陪!"

将那拿和淑贤母子送出了报馆,转身看到馆役正在摘去"异报"两字的匾额。那是出自陈鸳桥的手笔,顾随听他说起过,于是向馆役要了来。

抱着匾额回到报馆的办公室,房间里的座椅什物都已经搬走,显得空空荡荡。角落里堆叠着尚未清理的杂物,一片凌乱。从中拾起一张《异报》来，先是看到了一帧占据了小半幅版面的照片——是陶孟和，他正襟危坐，目光坚毅，嘴角露出一丝掩饰不住的兴奋。顾随把目光挪向报头，"终刊号"三个字映入眼帘。

这是《异报》的最后一期，刊行于昨日。

过往，顾随从没有看过这份报纸，但此刻他却兴趣盎然地读了起来。

头版的文章里，陈鸳桥把陶孟和购置"柳树井灶庙"，描绘成他的主动行为，其目的便是引诱土御门算砂，意图行瓮中捉鳖之计。为了证明此事不假，陈鸳桥还在版面的下端，另附了一张房契的照片……

这张报纸一字不落地读完，天边已然涌起了大团火烧云。

在落日的余晖下，顾随拿着长袍、信笺、报纸以及匾额，离开了石碑胡同。

转眼到了六月，日头毒起来。

北平风物，每年逢"重六"即六月初六，谓之翻经节。

野老相传，唐代高僧玄奘从西天取经归来，过海时，经文曾被海水所浸湿，取出晒干那日，正逢农历六月初六。此后，这一天便成佳日，以至于皇宫也选择同一天晾晒龙袍及銮舆仪仗；而商户民家，则将平日所穿着之衣物，悬于门前以应该俗。

顾随也将眉楼送他的长袍取出，晾晒的时候才发现，这袍子是有兰花暗纹的。

秋风乍起之时，顾随第一次穿上它，很合身。

那天，他还穿着这件长袍，去了阜成门外的白塔寺庙会。

当初，陈鸳桥往西山去寻范世海，曾在庙会上买了一支藏香，中途在野茶馆避雨，阴差阳错当了一回"接生婆"，救了淑贤母子，香却毁了。陈鸳桥对自己说过，得闲，要再去一回潭柘寺，去还了这炷香。

买好藏香往外走，迎面奔来几个嬉戏的孩子，顾随一闪身，差点儿踩中古玩摊上的一个笔筒，于是赶紧道歉。那小贩却是个精明种子："有缘千里来相会！买了它，先生？"顾随不懂这些，接过这只粉彩笔筒瞧，却觉得似曾相识。

噢！这就是陈鸳桥跟自己说过的洪宪瓷，时隔多日，竟然没有卖掉！

当即买下了。设想他日陈鸳桥重返都门，看到这东西后的讶异神情，顾随的嘴角不禁泛出一丝笑意。

从潭柘寺烧香回来以后，顾随仿佛变了一个人。

他越发喜欢在闲时脱掉警服，穿上那件长袍，行走于北平的大街巷陌。

他去过故宫。在神武门下，谛视青石匾额上的"故宫博物院"几个字。陈鸳桥说，这字是李石曾写的，颜体，气势恢宏磅礴，极佳。皇极门外，九龙壁上白龙腹部的秘密，仍未被人发现。遂初堂的匾额上，还依稀可见箭镞留下的戳迹……

他去过旸台山。枫叶红透了的时候，大觉寺更显清幽。他绕行白塔，看两旁松柏，天上流云。他仔细辨认辽碑上的字迹，直到黄昏日落，细雨婆娑，眼前一片迷蒙。皓月当空，他去拜祭穆道人和惊奇道人，在他们的坟前，洒下半壶烈酒，剩下半壶，一饮而尽……

他去过天桥。吃瞪眼食儿的时候，他会将事先准备好的毛巾取出，铺在胸前，遮住那件袍子。阴三的跤场还在，生意更红火了，听一些看客提起过"单臂擎车"和"野马分鬃"这两手京跤绝技。他还看了云里飞的滑稽戏，听大金牙唱大片、焦德海说相声、大兵黄骂街卖糖、赛活驴关德俊的莲花落子……

他去过粉子胡同。那家名叫"虹桥王"的羊肉床子，队伍总是排得老长。他站在那间无名灌肠店的门口，看食客们吃掉一盘灌肠，喝掉一碗棒糁儿，然后兴高采烈地离去。他不明白，这种东西为何会让人如此欢愉，于是，生平第一次走了进去。第三回来到粉子胡同的时候，他迷上了这东西……

他去过琉璃厂。元月的厂甸，百货云集，古籍充栋，珍玩镇街，彝鼎珠玑。想到那只洪宪瓷的彩色笔筒,太过寂寞了,于是便买了几支毛笔,又添了纸、墨、砚台。海王村公园是书海,可惜自己不懂书,只能拣些李白、杜甫、苏东坡来读。南新华街便路,冷摊无数,匝地皆是旧物,如星罗棋布。陈鸳桥说,那里才是觅宝的佳处,往往可以寻得美物。去了,眼中尽是游者,法币却一分都没有花出去……

他去过中山公园。在春明馆里喝水仙瓜片,听皓首耆宿谈古论今,不插一言;饿了会叫清汤馄饨和煨伊府面。长美轩他也去,买来一笼火腿包子,喝一杯冰啤酒;陈鸳桥若是在的话,该会再叫上一份灌汤蒸饺的。柏斯馨的咖喱饺,他吃过三角形牛肉馅儿的,猪肉馅儿的是长方形的。牡丹花开,芍药初绽,他不看花,只观看花的人。夕阳西下,坐在茶座上眺望南北,报贩上前,新旧画报杂志,却独独没有了《异报》……

他去过龙泉寺。捐了些钱财给孤儿院,将从正明斋饽饽铺买来的玫瑰饼和萨其马分给孩子们吃。松坡居士老而弥坚,耄耋之年,健饭如常,谈笑间白髯飘动,双目精光熠熠。与之弈棋,不谈陈鸳桥。幽禁章太炎的小院,看过,花木扶疏,绿荫匝地,是一处佳地。陶然亭距此不远,却只远观了一眼……

他去过卢沟桥。春末的永定河水浪惊骇,迅雷奔马,东注而去。数桥上的狮子,数到二十七八之时大雨突降,奔到琉璃瓦亭避雨,观石刻朝天吼,远处苇丛摇荡。乾隆题写的"卢沟晓月"石碑仍在,这景致却再难重现。西安"兵谏"以后,日寇的势力在此蠢蠢欲动,城内已展开抗日活动,令人心忧……

农历五月的最后一天,他去了陶然亭,游了慈悲庵、文昌阁,窑台真武殿荒芜已久。龙爪槐处,有人烤肉分糕。他独望西山,一脉青苍;午后信步,行至一处孤坟,杂花绕之,见旁边有一石碣,阳铭文篆书"香冢"两字。曾听人讲,此乃乾隆香妃之墓,又或为名妓鸿倩埋骨处,不一而足。转而去看阴铭文,上写:

浩浩愁，茫茫劫。短歌终，明月缺。郁郁佳城，中有碧血。

　　碧亦有时尽，血亦有时灭，一缕烟痕无断绝！是耶非耶？化为蝴蝶。

　　读罢，竟一阵心悸。于是情绪被攫，往事竟排山倒海般涌出脑海，红了眼眶。这世间许多事情就是如此奇妙，有些人出现在你的生命中，离开后，也许就不会再出现，留下的，只有找不到替代的无尽思念……

　　从陶然亭归来，顾随久久平静不下来，于是他从那只洪宪瓷的粉彩笔筒里，取出一支毛笔，蘸了墨汁，在宣纸上写下了香冢的铭文，一遍，又一遍，再一遍……

　　当晚，侵华日军蓄意挑衅，随后炮轰宛平城，中国守军奋起反抗，双方遂激战于卢沟桥畔，是为后世史书所载之"卢沟桥事变"。这一天是西历1937年7月7日，民国二十六年旧历五月二十九日，距九龙妖蜃被铲除于陶然亭，恰一整年。

2020 年 5 月 29 日　第一稿
2020 年 6 月 28 日　第二稿
2021 年 7 月 22 日　第三稿
2023 年 9 月 21 日　第四稿